元代文学散论

查洪德——著

中国出版集团 东方出版中心

图书在版编目（CIP）数据

元代文学散论 / 查洪德著. －上海：东方出版中心, 2022.9

ISBN 978-7-5473-1999-4

Ⅰ.①元… Ⅱ.①查… Ⅲ.①中国文学－古典文学研究－元代 Ⅳ.①I206.47

中国版本图书馆CIP数据核字（2022）第141781号

元代文学散论

著　者	查洪德
责任编辑	裴宏江
封面设计	钟　颖

出版发行	东方出版中心有限公司
地　址	上海市仙霞路345号
邮政编码	200336
电　话	021-62417400
印刷者	上海盛通时代印刷有限公司

开　本	890mm×1240mm　1/32
印　张	18.125
字　数	404千字
版　次	2022年9月第1版
印　次	2022年9月第1次印刷
定　价	88.00元

自　序

说实话，我从来没有想过为自己编一部集子。编这部集子的缘起，也很偶然。2019年底《元代文学通论》出版后，加之之前的《元代诗学通论》《理学背景下的元代文论与诗文》以及其他几本书，本以为自己以往发表的元代文学研究文章，大致都在这些书里了。但此后，我从知网查看自己发表过的论文，发现曾在《文学遗产》和《文献》上发表过的刘秉忠研究的文章，哪部书也没有收。为什么不把这些文章作附录收在《元代文学通论》里呢？后来我把已经发表过而没有收入任何一部书的论文清理一下，竟然还有二三十篇。其中有的发表在一些辑刊上，现在已经很难找到。这促使我下决心编一部集子，把这些文章收进去。这些文章不写于一时，讨论的问题也比较分散，那就取个老实的书名，叫《元代文学散论》吧，尽管这名字既乏文采，也不够学术，但它体现了书的内容：研究的是元代文学问题，文章的性质主要是"论"；讨论元代文学多方面的问题，是"散"。

编这本集子，也给自己一个机会回顾一下三十多年来走过的学术之路。2020年，《中华读书报》王洪波先生采访我，他给我的采访题目，有一个是"如何走上元代文学研究之路的"，当时没有作具体回答，这里可以作一个补充，也算对王洪波先生美意的回报。

我是"文革"后第一届专科生，考入当时的安阳师范高等专科学校。1980年底毕业，1981年即留校在教务处工作，岗位是行政。大量的事务性工作，难以言说的繁忙，没有上班下班、白天晚上，假期里的星期天也难得休息。但出于对学术的向往，自己挤时间读点书，中文系的老师们也愿意让我跟他们一起做些事，但并没有一定的方向，准确地说，也不懂得什么是研究方向。先后与老师们合作整理出版了笔记《才鬼记》《青泥莲花记》，又做了《沈佺期诗集校注》，都由中州古籍出版社出版。做这些事，年龄在二十多到三十岁时。回想起来，除了无知大胆，并没有多少值得赞赏的东西。当时我的工作，除教务处日常事务外，还曾兼做《安阳师范高等专科学校学报》的编务。1984 年学报整顿，当时我已脱离学报，但学报的几位老师还是找到我，商量如何应对及写整顿报告。我建议，把学报更名《殷都学刊》，并建议着力办好殷商史与甲骨文研究栏目，以此为特色，带动刊物上层次。我的意见被老师们采纳，改刊后引起河南省教育厅高教处主管科研工作的孙顺霖处长的高度重视，在他的大力帮助和推动下，《殷都学刊》很快产生影响，成为国内外发行的学术期刊。当时我还为《殷都学刊》设计了一个地方文学研究栏目，叫"邺下风流"（安阳是古邺城），这成为影响我后来学术走向的一个伏线。那时有一个思路：地方性低层次学校，应该研究地方文化。整理《沈佺期诗集》与此有关；研读郑廷玉戏曲作品，也与此有关。

据《录鬼簿》记载，元代曲家郑廷玉是彰德（今安阳）人。至于彰德何处人（古彰德很多地方不属今安阳），没有记载，现在就把他视为安阳人了。我读他的作品，写成《〈看钱奴〉元明刊本的比较研究》，时间是在 1989 年。这是我写的第一篇元代文学研究论文，当然是摸索着写的。当时《河北师范学院学报》有一个"元曲研究"专栏，我投了稿，发表在该刊 1991 年第 1 期。后来张月中编《元曲通融》（山西古籍出版社 1999 年版），收入了我这篇文章。沿着同一思路，我后来又写成《论〈楚昭公〉的主题与郑廷玉杂剧的思想性》，发表在《中州学刊》1993 年第 4 期，这篇文章也收入张月中主编的《元曲通融》。这是我早期在元杂剧研究方面留下的痕迹。

1987 年，我从教务处调《殷都学刊》编辑部工作，尽管我在编辑部的岗位还是行政，但我个人觉得，来编辑部总得搞学术吧。此时我看到北京师范大学招收访问学者的信息，导师有李修生先生。我当时已经校点注释过《才鬼记》和《青泥莲花记》，正在整理《沈佺期诗集》。由于工作和其他原因，我参加过多次河南省的古籍整理工作会议，会上听老先生发言，知道古籍整理需要很大的学问。但自己懵懵懂懂，不明白这很大的学问是什么。既然全国名校古籍整理研究所招收古籍整理访问学者，何不去学习呢？抱着这样的想法，我报了名。到了北京才知道，北京师范大学古籍所承担了《全元文》编纂的重大项目，由此招收古籍整理方向的访问学者。当时正在做文献普查，我们访问学者参与了一些工作，但主要还是自己搞研究。由此机缘，我开始走上元代文学研究之路。

访学时间只有一个学年，约九个月，但在我一生读书经历中，这是真正的读书时间。我的中小学时期在"文革"中度过，"文革"结束，我考取了大专，那时我们读书都特别努力，但我所在的学校是中等师范基础，加上"文革"刚刚结束，图书馆本来没有多少书，很多书尚未解禁，能读的书其实极少。大专毕业留校做学校行政工作，要读书，那只能是古人说的"三更灯火五更鸡"了。而在北京的这几个月，我的生活轨迹就是宿舍、餐厅、图书馆，内容就是吃饭、睡觉与读书。凡图书馆开馆时间，我都在图书馆，做三件事：查书、读书、摘抄。从对元代文史知之甚少到进入元代文学研究之门，是一个很艰难的过程。我给自己设计了一个由面到点再到面的路径。要总体把握一代文学，必须先有比较充分的个案研究，这是尽人皆知的。但如果对一代历史文化缺乏基本的了解，个案研究可能会迷失。我当时找到曾永义编的《元代文学批评资料汇编》(台湾成文出版公司 1981 年版)，这部三十八万字的资料汇编，我整整读了一个学期。当然不是只读这三十八万字，而是把书中涉及的人、书、问题，都做进一步考察，以这部书为线索做延伸阅读。由这部书的研读，我对元代文学几个方面的情况有了基本把握：元代诗文作家和理论批评家有哪些人，其中最有成就、最具代表性的是哪些人，人们对他们有什么基本评价；元代诗文和理论批评的基本文献有哪些，其中重要的文献是哪些，元代文学理论批评的基本状况如何，元代文学批评家关心的主要问题、讨论比较集中的问题是哪些；如果研究元代的文学理论批评，最应该关注哪些问题，在这些问题上，元代文学批评家的主张和基本倾向是什么。在阅读积累的基础上，我写了系列论文四篇：《文道观与文章功用

论——元代文论研究之一》(《北京师范大学学报》1991 年增刊《元代文史论考专号》)，《理气之辨与作家修养论——元代文论研究之二》(《北京师范大学学报》1992 年增刊《元代文史论考专号》)，《元人诗论性情说——元人文论研究之三》(《北京师范大学学报》1996 年增刊《元代文史论考专辑》)，《元代诗文论研究概述》(《北京师范大学学报》1991 年增刊《元代文学学术讨论会特辑》)。这四篇文章，《理气之辨与作家修养论》《元人诗论性情说》经过修改、改写，成为后来《理学背景下的元代文论与诗文》一书的第四章和第五章，《元人诗论性情说》还发表在《文学评论》2007 年第 2 期 (改题为《元代诗学性情论》)，收入 2008 年《中国古代文学研究年鉴》，并译成英文发表在高等教育出版社英文版《中国文学前沿》2009 年第 4 期。《理气之辨与作家修养论》则改写为《理、气、心与元代文论家的理论建构》，发表在《文学评论》2010 年第 1 期。《文道观与文章功用论》和《元代诗文

论研究概述》这次收入本集。

这一学年，我还做了两件事。一件是当时河南人民出版社的鲁锦寰先生向我约稿，让我写一部《耶律楚材评传》，于是下功夫研读耶律楚材的有关文献。一件是中州古籍出版社的范炯先生跟我商量了一个题目，叫《落日牛羊下：蒙古帐下的文人》，写一个十万字左右的小册子。由此我系统摸了相关文献。《耶律楚材评传》写了一章并寄给责编，但责编调离，也就搁置。《落日牛羊下：蒙古帐下的文人》交出版社并已排版，我也校过，但出版社停摆，后来再无下文。尽管这两部书都没有结果，但由此进行的阅读与思考，形成了一些认识，却影响着以后的研究。写《落日牛羊下：蒙古帐下的文人》时，我强烈感受到，当时的时代主题是社会重建。尽管这一认识，与当时主流的文学史观念对立，但我坚信我从原始材料中得来的认识，是符合历史实际的，所以我始终坚持这一认识不动摇，并随着阅读思考的深入将其丰富和清晰化。研究耶律楚材，写出了几篇学术论文，其中就有我在《文学遗产》发表的第一篇论文《耶律楚材的文学倾向》。相关阅读让我明确：研究元代文学，要对理学、佛学有所了解，我需要学习这些东西。我没有时间和机会专门学，只能在干中学。我于是与出版社合作，共同策划一套书，叫《三教慧海》（中州古籍出版社 1994 年版），我主编佛教分册，在做的过程中学习佛学。做《近思录》的译注（中州古籍出版社 2004 年第一版，以后有再版及多种版本，至今已重印近二十次），学习理学。理学的研习给我的研究较大助益，并因此有了我的第一项国家社科基金项目《元代理学与文学》（1996 年度青年项目）。本集收录了几篇与理学有关的论文，是我学习与思考的印记。只是对于佛学，我始终未有所得。

1991 年 6 月 5 日到 7 日，在北京师范大学召开了"元代文学学术讨论会",会上,我认识了诸多文学研究名家。李修生先生安排我作大会发言,和郭预衡先生、邓绍基先生、吕薇芬先生这些名家一起排在大会发言名单中,我诚惶诚恐。我发言的题目是《元代诗文论研究概述》(这次收在本集中)。我当时只有一个念头: 别讲砸了给李先生丢脸。意外的是,发言过后,时任上海古籍出版社副总编的李梦生先生鼓励了我,并转达了其他先生的肯定意见。我当时不知如何答对。

这一学年的收获,是多方面的。简单概括是两句话: 第一,这是我学术的真正起步。这一年中,我寻找学术的基本立足点,寻找进取路径,寻找认识和把握元代文学基本问题的思路,奠定了后来学术之路的基础。第二,确立了元代文学的研究方向,并期望从元代诗文与文论方面突破。这是一条前人未走过的路,注定是艰难的。但我自有我的看法: 选择热门方向,如同参加大合唱,以我的能力与水平,怎么会显出我的声音? 这一方向,虽然冷落孤寂,但哪怕发出一点点声音,那总是我的声音。我也知道自己资质平平,又缺乏时间及其他条件,在学术上难大有作为,但必须尽己所能。守持一个方向,对我来说就特别重要。三十年来,这个基本方向没有改变。当然,由于情况与需要的变化,具体的研究内容一直在调整,思考问题的方式也在改变。比如,从面到点再到面,是当时为自己设计的进路。在对元代文学与文化有了基本的认识与把握后,进入代表性诗人作家的个案研究;在一定数量个案研究的基础上,再回到宏观思维。《理学背景下的元代文论与诗文》的完成,是按照这一思路走了一个循环。

在此循环的过程中,已经开始寻求另外的突破。与李修生先生一起主持《20世纪中国文学研究·辽金元卷》,全面梳理以往的研究,发现研究中存在残缺与割裂的问题;与李军教授合作《元代文学文献学》,试图寻求整体把握元代文学的思路,期待能以通观视野,做元代文学全面与整体的研究。正是此时，我有幸进入河北大学，师从詹福瑞先生读博。我工作单位对我读博作了奇怪的限制：不准转档案，只给半年时间上必修课（政治、外语），而后不准离岗。但我还是因师从詹先生而深受启发与教益；按詹先生要求，我重读《文心雕龙》，读《文选》，通读《四库全书总目》中经部与集部提要，阅读一系列文学理论著作。由此开阔眼界，打开思路。这对后来的研究进展，是非常重要的。在这期间完成了《元代文学文献学》的撰写。书名是"文献学"，而我是当作文学史著作对待的。书出版后很受欢迎，邓绍基先生看了很高兴，特别鼓励我。作为一代学术领军人物，他以其独到眼光，肯定该书，跟我说：这本书的价值，就在它的框架。邓先生肯定这个"框架"，就是肯定该书全面反映了元代文学成就，特别是那些颇有成就却长期被忽视的部分。时任《民族文学研究》主编的汤晓清老师，那时还不认识我，但她与李军老师是同学，且与书的责任编辑熟悉。汤老师通过他们主动联系我，在《民族文学研究》上发表《元代文学文献与元代文学研究》（《民族文学研究》2003 年第 3 期），这实际上是对该书的推介。以后又在多个场合介绍该书，肯定此书对元代文学研究的推动作用。傅璇琮先生见到书，给我写信讲他正策划一套《中国古代诗文名著提要》，要我负责金元分册。还有一件与《元代文学文献学》有关的趣事。2002 年，当时全国高校古委会每年给每个省一部分经费，称作"切块经费"，由各省资助两三个题目。河南省教育厅负责这项工作的朋友太忙，过了时间点才想起这件事，于是委托我赶快报三个选题。那时我们正在省教育厅组织下做河南地方文献研究，我联系了当时河南省几位从事古籍整理的学者，加上我自己的《元代文学文献学》，三个题目报给古委会。过了一段时间，省教育厅的朋友告诉我，另外两个选题通过了，没有我的《元代文学文献学》。

意外的是，又过几天，我收到全国高校古委会的信，将《元代文学文献学》作为古委会直接资助项目立了项。非常感谢古委会的专家。

《元代文学文献学》不是什么重要的学术成果，但它在我的学术经历中却是一个比较重要的节点。20世纪的元代文学研究存在残缺与割裂两大缺陷，相对地，就应该追求完整与一体的元代文学史。《元代文学文献学》是对元代文学文献的一次全面介绍。或许有人会问，我怎么会想到做一本《元代文学文献学》呢？这源于我当年在安阳师专独自摸索学术路径的经历。当时的我，独学无友，从师无门。除了寻找机会向一切可以学习的人学习外，我也从读书寻找门径。当时有两本书是在手边常翻的，一本是潘树广的《古典文学文献及其检索》（陕西人民出版社1984年版），一本是张君炎的《中国文学文献学》（江西人民出版社1986年版）。此外还有谢灼华的《中国文学目录学》（书目文献出版社1986年版）、吴小如和吴同宾编著的《中国文史工具资料书举要》（中华书局1982年版）。我看得多的，主要是前两本书，当时对我帮助很大。在21世纪初，我感觉有不少青年学者想从事元代文学研究，但苦于无门径可入，无台阶可循。那么我为什么不编一部《元代文学文献学》，作为接引青年人的阶梯呢？

从《元代文学文献学》的编写，到《元代文化精神与多民族文学整体性研究》国家社科重点项目立项（2010年），这一思路进一步清晰；再到《元代文学通论》出版，又一个循环大致完成。在这一循环中，涉及很多问题，也引出了很多课题。从2005年来到南开大学，而后陆续招收硕士和博士研究生，后来也有博士后研究人员。这些问题，都成为他们的学位论文题目，或毕业后用以申请国家、教育部规划项目或其他项目的选题。从2012年我的学生开始有申请科研项目的资格，至今的十年中，我指导的博士和博士后研究人员，共获得国家社科基金立项十七项（包括重大招标项目一项），教育部人文社科项目四项，博士后面上资助三项，省级项目六项。把这些博士论文和项目课题梳理一下，大致已经成为一个系统。当然，这十几年，用于个人研究的时间越来越少，更多的时间用在学生身上。同时教学相长，在与学生的讨论中，深化或拓展了对问题的认识，也是难得的收获。

在这一过程中，或主动或被动地拓展了一些研究范围。被动的，比如整理辽金元笔记。也有超出元代文学研究范围的，都是因研究元代文学需要而做。比如，关于诗歌理论及诗格、诗法的研究，是因为研究元诗，无前人评价可资借鉴，又必须对元人诗歌说出个所以然，只好读古人诗论，逐渐有所领悟。这类文章近几年有一些，但不属于元代文学研究，故不收入本集。不管主动还是被动，总是沿着一个大的方向向前走。每走一步，都留下或深或浅的"脚印"。

编一部集子，将一部分"脚印"收起来。文章未必有多大价值，但它是自己几十年学术之路一种形式的显现。

既然是"脚印"，就应该真实，保持原本的模样。这里最早的文章，是三十多年前写的，虽然当时生理年龄已过三十，但学术极不成熟，从这一意义上说，可以说是"少作"。古人常"悔其少作"，或烧毁，或老年改作。其实没有必要，不管其时所作多么稚嫩甚至疏拙，毕竟是那时候的思考。老来的东西成熟，但可能丢掉了不成熟时的大胆与可爱。年轻时敢说的，老来不敢说了。年轻时大胆说出来的，不谨严甚至有些不合适，或许包含了某些思想的闪光。所以，本集收录的文章，都保持原貌。除了个别文字的错误或排版、校对错误，以及一些不能不改的文字，其他一切如旧。有些问题，当时的理解与今天的认识有较大不同，比如《方回的诗人修养论》，发表于《中国人民大学学报》1994年第5期，其中谈到方回倡"真"而黜"俗"，由"真"

说到"诚"，引了《中庸》"诚者，天之道；诚之者，人之道也"及朱熹的解说。这个"诚"是理学概念。按现在的看法，当时解读不够准确，但也自是一种解读，这类也一仍旧贯。个别文章，由于确实需要，作了一些语句处理，都在文末说明，如《元人的文道观与文章功用论》，文末注："收入本书时在保持原貌的前提下作了文字处理。"《元代民族融合与文学关系的思考》由于原是个发言稿，在收入本书时作了必要的局部修订，也在文末作了说明。

需要特别说明的有两点。一是文献注释。发表早一些的文章，当时文献注释没有明确要求，收入本集要按目前的出版要求一一补上。补的注释，尽可能用原来版本。但少数原用版本找不到了，只好用后来的版本代替。所以会出现文献注释版本出版时间晚于文章发表时间的问题。这样的情况虽不多，但毕竟也是问题，需要特别说明。至于不同时期发表的文章，引用同一部书用了不同的版本，都保持原貌不改。二是有的文章有摘要、关键词，有的没有。这也是依发表时原貌。发表时有，即保留；发表时没有，也不添加。尊重原貌是总的原则。

文章如何编排，也经过一番踌躇。原拟按发表时间编排，体现这几十年自己关注问题的走向。但经过反复思考，还是决定大致归一下类，目录显示为七个部分加附录。

第一部分四篇文章，是对元代文学的整体性思考。第一篇《元代文学的多元丰富性》揭示元代文学的多元性时代特点，后面三篇涉及民族问题与理学问题，这当然是影响元代文学全局性的问题。发表时间，最早的为1998年，最近的为2021年。

第二部分八篇文章，是关于元代诗文、文论的研究。这部分占比最大，也是我这些年关注较多的方面。大致讨论的是诗文的发展、特色，重要作家及他们的成就。发表的时间，从 1991 年到近期，说明这一直是我关注和思考的问题。

第三部分，元曲与笔记，有四篇文章。元曲是最早关注的问题。在 20 世纪 90 年代之前，人们对元代文学的关注，就是元曲，我当时也不可能关注元曲以外的问题。这些文章发表在 20 世纪 90 年代初，后来就放下了。2009 年在《文艺研究》发表《元曲"蛤蜊味"说献疑》则是一个偶然，因上课讲元散曲引发。近几年因全面、整体把握元代文学的需要又涉及元曲，但有关内容已编入《元代文学通论》，故本书未再收录。近来应大象出版社之邀主持"全辽金元笔记"项目，由此写了两篇关于笔记的文章，一篇发表在《光明日报》（2020 年 9 月 19 日），题目为《为什么要整理元代笔记文献》。收入本集的《辽金元笔记文献整理述论》发表在《民族文学研究》2021 年第 2 期，这是为《全辽金元笔记》写的总序，改成论文形式发表。由于前一篇很多内容包含在后一篇里，所以只收入了一篇。笔记与元曲作为一个部分，显示自己研究元代文学，最初与所有人一样关注杂剧，近来则关注人们极少注意的笔记。

第四部分八篇文章，是元代诗文作家的个案研究，涉及的人有杨奂、耶律楚材、刘秉忠、方回、姚燧、刘因、袁桷、李洞。除刘秉忠的研究缘于一个偶然原因，其他都在这些年研究的某一计划中。杨奂、姚燧、李洞是一个系列，是为考察中州文派而作。姚燧是中州文派的核心。"以传奇为传记"，不仅是姚燧文章的特色，也是元代文章的一个特色；这一命题，超越了姚燧个案研究的意义。研究杨奂，是要为姚燧文章"宗韩"寻找来路。姚燧文章之宗法韩愈，不是前人说的那样横空出世，崛地而起，是受了杨奂的影响。而李洞则是姚燧几大弟子之一，他是一个被历史尘埋了的诗人文章家，需要将他从历史的尘埃中寻找出来。关于方回，我的元代诗学研究从方回起，也从方回突破。方回诗学研究论文：《关于方回诗论的"一祖三宗"说》（《文史哲》1999 年第 1 期）颇得学界过誉，和另一篇《方回论"格高"与"圆熟"》，已作为附录收入《元代诗学通论》；这篇《方回的诗人修养论》编在本集中。研究袁桷，是为考察南北文风交流融合。袁桷是打通南北隔阂的关键人物，研究他的意义在此。耶律楚材与刘因两篇，则是由于原来有研究文章（《耶律楚材的文学倾向》《北方文化背景下的刘因》，分别发表在《文学遗产》1994 年第 6 期、2002 年第 3 期），因需要应约写成。

第五部分，文献考证，共三篇，两篇写于 20 世纪 90 年代前期，发表在中国历史文献研究会会刊《历史文献研究》上，一篇写于 21 世纪初，发表于《文献》。《耶律楚材著述的流传与整理》是集中读耶律楚材别集时，有感于其中的文献问题而写；《行秀著述考》则是研究耶律楚材的延伸，因为耶律楚材的《湛然居士文集》中有多篇关于行秀著述的材料，而研究界对行秀的了解一直不多，他有哪些著作，人们更是不甚了了。今天看来，这两篇文章依然有其价值。而《刘秉忠文学文献留存情况之考查》中关于刘秉忠著述、佚诗和作品辨伪，随着相关文献整理与研究的进展，证明当时的认识是正确的。如对刘秉忠《沁园春》词的辨伪，当时依据内容与风格，判断非刘秉忠作。以今天的检索手段，很容易就查到这首词载许衡《鲁斋遗书》卷十四，题《沁园春·垦田东城》。当时虽没有今天检索的方便，但依据内容与风格判断非刘秉忠作，还是正确的。文献考证涉及的三位，都是佛教人物，这是巧合。尽管我于佛学一直无所得，但读这三篇文章，还能忆起自己曾涉猎了一定数量的佛教文献。又由于考证内容涉及佛道之争，也涉及一定的道教文献。

第六部分，选了十二篇序文，都是近两三年为年轻学者新著出版而作。这些书的作者，超过一半是我带的博士和出站博士后，其他几位也因不同情况而与我联系，还有一位是我在安阳师院工作的同事。著作，都是金元这一段的研究成果。由此也可窥见近些年金元文学研究之态势。我曾多次说过，元代文学研究，我们这一代人做的，只是"两个基本"：整理基本文献，提出基本问题。元代文学研究的深入和展开，追求新的高度，展现全新面貌，达至理想境界，还要靠年轻学者。我年轻时，老一代学者如邓绍基先生对我的殷殷期待，我要转给现在的年轻学者，学术就是如此一代代向前走的。所以我愿意做一切他们需要而我又能做的事，为了年轻学者的进步，为了学术的推进。年寿有时而尽，事业则是永恒。长江后浪推前浪，雏凤清于老凤声。人们的希望，总是一代胜过一代。由于序的行文比较自由，我也在其中比较轻松地谈了对相关问题的一些看法。

以上六部分是本文集的主体。接下来第七部分的两篇《近古诗学的"变"与"复"》（《文史哲》2017 年第 2 期）、《研究中国文学须有中国思维》（《文学遗产》2018 年第 5 期），从题目看似乎与元代文学研究无关，其实文章中都有关于元代文学的内容及相关思考，所以收在本集中，算是与元代文学研究有关的文章吧。前一篇，是应复旦大学黄仁生教授之约而写，且是黄教授出的题目；后一篇是《文学遗产》编辑部约稿，是《文学遗产》一个系列文章中的一篇。在我都是在对元代文学有关认识的基础上，扩展而成。

我已经出版的元代文学研究的书，包括个人撰著或与朋友合作撰写、共同主编的，有《20 世纪中国文学研究·辽金元文学研究》《元代文学文献学》《理学背景下的元代文论与诗文》《中国古代诗文名著提要·金元卷》《姚燧集》（整理）《元代诗学通论》《元代文学通论》《中国诗歌研究史·金元卷》。1991 年至今发表的元代文学研究文章，其内容不见于以上各书的，基本上都收在这部《元代文学散论》里了。说"基本上"，那就是还有未收。未收的，有我独立写作并发表的个别文章，比如《耶律楚材研究中的文献问题》，收入《中原文化与历史文献研究》一书（高等教育出版社 1995 年版）。这样的文章之所以未收，是由于某种原因，感觉不太合适。还有一些，是我这些年与学生联名发表的一些文章。我一向不与学生合名发表文章。作为一个老师，指导和为学生修改论文，是自己的工作。人文学科的导师指导研究生，指导什么？就是指导学生读书、思考、写作（表达），修改论文是指导工作的有形"抓手"，否则，指导工作难以落在实处。修改的过程，正是学生提高的过程，在修改中提高学生对问题的把握能力、思维能力和表达能力。所以，不管老师在一篇学生论文上花了多少功夫，在我看来，那是学生的文章。十多年来指导的学生有几十位，跟学生合名发表的文章很少。可有时候，刊物要求必须导师署名才发表，那也只能曲从了。编这本集子，原本也选几篇想编进去，作为这一方面的体现，也记录我与学生共同探讨过的一些问题。但后来还是放弃了。放弃的原因，是收哪些不收哪些，不易确定。这部分，在本集中就付之阙如了。

《中华读书报》2020 年 7 月 16 日发表了王洪波先生就《元代文学通论》对我的长篇采访，我回答了王先生提问的若干问题，其中谈了我对元代文学的一些看法，也作为附录，收在本书中。

为了弥补未按时间顺序编排的缺憾，兹将本集中前五部分文章按发表顺序罗列于下，借此或可看出我思考元代文学问题的一些心路：

《〈看钱奴〉元明刊本的比较研究》，《河北师院学报》1991 年第 1 期

《元代诗文论研究概述》，《北京师范大学学报》1991年增刊《元代文学研讨会专辑》

《元人的文道观与文章功用论》，《北京师范大学学报》1991年增刊《元代文史论考专号》

《论〈楚昭公〉的主题与郑廷玉杂剧的思想性》，《中州学刊》1993年第4期

《方回的诗人修养论》，《中国人民大学学报》1994年第5期

《耶律楚材著述的流传与整理》，《历史文献研究》（北京新五辑），北京师范大学出版社1994年版

《行秀著述考》，《历史文献研究》（北京新六辑），北京师范大学出版社1995年版

《耶律楚材与北京》，《中国典籍与文化》1996年第2期

《理学与元代文学思潮》，《文史知识》1998年第9期

《刘秉忠文学文献留存情况之考查》，《文献》2005年第4期

《刘秉忠文学成就综论》，《文学遗产》2006年第4期

《理学之人格追求与元人之文风追求》，《晋阳学刊》2007年第1期

《〈全元文〉：新世纪元代文学研究的重要基石》，《中国典籍与文化》2007年第2期

《元诗四大家》，《文史知识》2008年第4期

《金元之际杨奂的诗文成就及影响》，《文学与文化》第八辑，南开大学出版社2008年版

《元代文学的多元丰富性》，《光明日报》2008年8月1日

《元曲"蛤蜊味"说献疑》，《文艺研究》2009年第2期

《以传奇为传记：姚燧文章读札》，《文学遗产》2011年第1期

《袁桷的学术渊源》，"第二届江南文化论坛"（上海师范大学），
2013年10月25日至27日

《辽金元诗歌研究之成就与未来的任务》，《北京大学学报》
2013年第6期

《诗人李洞和他的湖上园亭宴集题咏》，《玉林师范学院学报》
2016年第4期

《元代文化史上的刘因现象》，"智引未来——雄安新区建设发展
高峰论坛·历史文脉与新区文化建设分论坛"（河北大学），2017年
5月13日至14日

《元诗发展述论》，《江淮论坛》2018年第1期

《近古诗学的"变"与"复"》，《文史哲》2017年第2期

《研究中国文学须有中国思维》，《文学遗产》2018年第5期

《元人诗宗唐观念之演变》，《文学与文化》2019年第3期

《"金华四先生"的诗文成就》，《浙学》（第一辑），中华书局
2019年版

《元代民族融合与文学关系的思考》，《文艺报》2021年4月9日

《辽金元笔记文献整理述论》，《民族文学研究》2021年第2期

袁行霈先生在"《袁行霈文集》出版暨北京大学中国古典学学科
发展座谈会"上的答谢辞中说："我的这点成绩真算不了什么，在北大
算不了什么，在全国算不了什么，在学术史上更是不值一提。"在当今
学术界，如果袁先生是高山，我连小丘都不是，我这些东西又算得了
什么？但看这个目录，却引人品味人生。回望自己走过的路，不免引
发的内心感慨。感慨虽多，但难以用言语表达。庄周有言："人生天地
之间，若白驹之过隙，忽然而已。"年轻时写那些文章，感觉似乎是前
不久的事。理性一想，当初三十岁，而今虚龄六十五。三十多年，经

历过诸多坎坷、磨难与艰辛，让人感叹人生不易。处身艰难中又要做些事，就更不易。但艰难中做事，心有所寄，心有所乐，浑然不觉处身艰难，坦然面对坎坷与磨难。活得充实，便无失落。有时觉得，自己对古人说的"孔颜乐处"似乎有所感悟。当然，更多的是师友相伴，感受暖心与贴心，美好的回忆远远多于苦涩的记忆。

我资质中下，又缺乏好的读书机会。中小学在"文革"中度过，有幸赶上"文革"后首届高考，进入专科学校学习。三年学制只上两年半课便离校实习，毕业后从事学校行政工作，在繁忙紧张的工作之余，自修且自己摸索着做些业务。四十多岁，因其他需要而读博，工作单位不许离岗，只好利用一切可以利用的时间尽可能多读些书。来到南开大学是一个关键性转折。每走一步，都得到老师和朋友真诚而有力的帮助。比如，在我学术的蹒跚学步期，有幸得到邓绍基先生的扶持、指导与督促。在人生关键时刻，遇到了詹福瑞先生。在人生的又一选择关口，遇到了陈洪先生。他们不仅影响了我的学术，也影响了我的人生。至于帮助过我的朋友和其他师辈，那就更多。前年我接受《中国科学报》采访时说："我所有的人生坐标都指向行政，但我每次的选择都是学术。"（《中国科学报》2019 年 9 月 15 日）我就这样走到了今天。再后来，身边的学生，更是我不得不前行的动力。而我报答老师与朋友的，唯有尽力于学术。检点学术足迹，自我评价，虽说不上成就，但努力了。愿以此书为心香一瓣，敬献所有关心帮助支持我的师友。

2021 年 7 月

目　　录

附　录　查洪德：元代文学的价值需要重新认识 / 536

元代文学的多元丰富性

元朝尚武轻文，科举时兴时废，唐宋以来形成的人生追求和人生价值观被强有力地改变；治法粗疏，人的精神思想比较自由；在宋代尚雅观念压抑下艰难发展的俗文化、俗文学，到元代得到了充分发展的空间；宗教的空前发展；理学在士大夫阶层产生普遍影响。如此等等，多元文化带来了人们价值观、审美观的多元化，思想的活跃使人们可以对事物作出多视角的评判。特殊时代的历史文化背景造就了特殊时代的文学。元代文学具有不同于其他朝代的鲜明特色，这特色可用多元丰富性来概括。从浅层看，表现为文学体裁的丰富性和作家队伍构成的复杂性，因而也形成了审美取向的多元性；从深层看，则表现为文学主题和文学观念的丰富复杂性。

学术与信仰的多元化对文学的影响最为明显。在兼收并容的宗教政策下，各种宗教都得以发展。儒学在思想上的统治地位已不复存在，加之草原游牧文化和西域商业文化凭借政治上的强势地位向社会各个方面渗透，使得中原很多千百年来奉若神明的观念和教条受到冲击，包括传统的伦理观念、价值观念，以及在中土根深蒂固的重义轻利、重农抑商、安土重迁等观念，都在很大程度上被动摇。汉民族失去了以往的独尊地位，与之相关的一些神圣的、至尊的东西因而也没有了以往的尊严，于是许多传统的禁区在元代可以畅通无阻。著述无须为尊者讳，甚至皇帝在文学作品中可以成为丑角。大圣大贤如孔子、屈原也可以被嘲笑，"淫奔"之事被颂扬。可以说，元代学术思想和信仰的多元性，是中国历史上任何一个"礼崩乐坏"、思想解放时期所无法比拟的。

在如此思想文化背景下，元代的文坛自然呈现出前所未有的丰富多彩和纷乱复杂。举例说，在唐宋两朝，以唐明皇和杨贵妃故事为题材的文学作品，或作为历史反思，批评唐玄宗之荒淫误国；或作为李、杨"爱情"故事讲述。人们审视这一问题的视角，不过数种。到了元代，审视的视角，评判的眼光，当有十数种之多。有人为杨玉环鸣冤："未应三寸脚，踏倒长安千丈壁"（刘将孙《寓言》）[1]，"偃月堂成已乱基，徒令千古罪环儿"（耶律铸《题明皇思曲江图》）[2]。这样的历史的反思也是以往所没有的。俗人眼里无神圣，俗文学里的李、杨角色，是唐宋文人所梦想不到的："开元天子好奢华，太真妃选作浑家。东风吹动祸根芽，娘牵挂，没乱煞胖娃娃。"（汤式【正宫·小梁州】《太真》[3]，"胖娃娃"指安禄山）这还是文人写的俗文学作品。在市民阶层欣赏的俗文学作品中，就更出现了不可思议的东西，《天宝遗事诸宫调》竟用大量笔墨，写唐明皇、杨贵妃、安禄山三人的淫乱。

在文学思想领域，一部分人坚守儒家诗教、先哲垂训，学者郑玉就强调"道外无文"（《余力稿序》），但另一部分人却置之不顾，离经弃道而为文。元末，卫道坚定者中如宋濂，他愤激于圣人诗教的被抛

---

[1] 刘将孙著，李鸣、沈静校点：《刘将孙集》，吉林文史出版社 2009 年版，第 25 页。
[2] 耶律铸：《双溪醉隐集》卷六，台湾商务印书馆影印文渊阁《四库全书》本。
[3] 隋树森：《全元散曲》，中华书局 1964 年版，第 1775 页。

弃和践踏，感到元末的文坛简直是一片混乱，所以起而抨击之。在
《徐教授文集序》中，他说：

后之立言者，必期无背于经始可以言文。不然，不足以
与此也。是故扬沙走石，飘忽奔放者，非文也；牛鬼蛇神，佹
诞不经，而弗能宣通者，非文也；桑间濮上，危弦促管，徒使
五音繁会而淫靡过度者，非文也；情缘愤怒，辞专讥讪，怨尤
勃兴，和顺不足者，非文也；纵横捭阖，饰非助邪，而务以欺
人者，非文也；枯瘠苦涩，棘喉滞吻，读之不复可句者，非文
也；廋辞隐语，杂以诙谐者，非文也；事类失伦，序例弗谨，
黄钟与瓦釜并陈，春秋与秋枯并出，杂乱无章，刺眯人目者，
非文也；臭腐阘茸，厌厌不振，如下里衣裳不中程度者，非文
也。如斯之类，不能遍举也。[1]

003

可在后人眼里，宋濂本身就没有说这些话的资格。他文章中乱力鬼
神、荒诞不经的东西比比皆是，有人认为他不仅作为一个儒者不合
格，作为一个文章家也不合格，清人陆世仪就说："宋景濂一代儒宗，
然其文大半为浮屠氏作。自以为淹贯释典，然而学术为不纯矣。不特非
孔孟之门墙，抑亦倒韩欧之门户。八大家一脉，宋景濂决其防矣。"[2]
但在元代，文章家大多如此，并不为怪，也没有遭到如此批评。

由此，我们可以对元代文坛的丰富和复杂，有一个概括的了解。

（原载《光明日报》2008 年 8 月 1 日）

[1] 宋濂：《徐教授文集序》，《宋濂全集》，浙江古籍出版社 1999 年版，第 1351 页。
[2] 陆世仪：《思辨录辑要》卷三十五，台湾商务印书馆影印文渊阁《四库全书》，第
724 册第 331 页。

元代民族融合与文学关系的思考

　　"民族融合与文学关系"这个题目，可以作两种理解：一种理解是民族融合对文学的影响。从这方面说，民族融合、民族文化的交融，决定了中国文学的风貌。也就是说，中国文学的面貌，正是在民族融合中形成的。各民族文化的不断融入，形成并推动着文风的发展变化，使中国文学在不同时期、不同地域、不同背景下展示着不同风貌。没有民族文化的融合，就没有今天我们看到的中国文学的面貌。另一种理解是，在多民族融合、多民族文化融合的过程中，多民族文学之间的关系。从这方面说，民族文学的交流，是以民族融合为背景的；文学的交流与交融，又对民族融合发挥着重要的推动作用。从这方面看，文学关系与民族融合，两者是双向互动的。不管从哪方面理解，把这个题目放到元代，都是重要话题，都可深入探讨。比如，元代的上京文学，就是中国文学发展史上的一个独特标本。在远离中原与江南的草原地区，形成这样一个文学中心，并且影响着全国。上京文学是独特的，但又是元代文学的重要部分。它融汇了草原因素、中原因素、江南因素，而又不仅仅是草原的、中原的、江南的。扩而大之，元代文学的独特风貌，是以中原文化为主体，融汇了草原文化、西域文化，甚至安南文化与海洋文化，造就了元代文学的多样化与整体风貌。

就元代民族融合与文学关系的研究，我简单谈几点个人的看法。

第一，元代是中华精神共同体形成时期，而文学在其中发挥了重要作用。在元代，多民族及其文化发展的方向是多源汇流，这是历史的客观。这一基本方向，在研究中永远不应该淡忘，要有正确而客观的认识与表述，并用具体的文学研究加以揭示与展示。

第二，元代多元文化的交融，基础是两个认同，即政权认同与文化认同。从整体上看，元代多民族士人是认同并拥护元政权的，元代多民族士人也是认同并向往中原文化的。政权认同，使得大元朝成为稳固的政治共同体；文化认同，形成了大元王朝治下的精神共同体，如此才有整个天下的一体性。在这两个方面，我们的研究都出现过偏失。这些偏失，可以概括为两个"强调"：一是强调汉族士人特别是南方士人与元政权的对立，将一些士人的个体行为普遍化并加以夸大。二是强调蒙古、色目作家作品的独特性，还努力寻找其独立性，淡化整体上与基本面的一体性。这两种偏失，都不符合元代文学史的客观，多为主观解读。

第三，对元代少数民族作家的研究，我想说两方面。一方面是我们的研究必须建立在可靠文献的基础上。这个问题还需要说吗？需要说，因为以往的研究引用的文献，有的就不可靠。可靠文献，首先要依据当时文献作出客观的解读，一切认识都从当时人的记载中来；也要读当时人的议论，理解当时人的观念。不能脱离当时文献凭某种观念去推理，又回过头来用这些想象、推理出来的认识去解读作品。20世纪一些相当流行的观点是这样推出来的。后代文献也可以用，但必须甄别。以往研究中引用的一些材料，现在看来是荒唐的，但有些材料至今还有人用。比如，明代张燧有一部书叫《千百年眼》，里边涉及元代的东西很多都是瞎说，可是我们的研究者却愿意相信。我们以其中一条"中华名士耻为元虏用"为例，看看这部书有些内容多么不可靠：

> 胜国初，欲尽歼华人，得耶律楚材谏而止。又欲除张、王、赵、刘、李五大姓，楚材又谏止之。然每每尊其种类而抑华人，故修洁士多耻之，流落无聊，类以其才泄之歌曲，妙绝古今，如所传《天机余锦》《阳春白雪》等集，及《琵琶》《西厢》等记，小传如《范张鸡黍》《王粲登楼》《倩女离魂》《赵礼让肥》《马丹阳度任风子》《三气张飞》等曲，俱称绝唱。有决意不仕者，断其右指，杂屠沽中，人不能识。又有高飞远举、托之缁流者，国初稍稍显见，金碧峰、复见心诸人，俱以瑰奇深自藏匿。姚广孝幼亦避乱，隐齐河一招提为行童。古称胡虏无百年之运，天厌之矣！[1]

其中涉及历史，有的捕风捉影，如"欲尽歼华人"与"除张、王、赵、刘、李五大姓"，"楚材又谏止之"更不着边际，因为那时耶律楚材已经去世百年；有的主观臆断，如所谓"流落无聊，类以其才泄之歌曲"，而《天机余锦》是明人所编的一部宋、金、元、明词的选本，既不成书于元代，也与元散曲（歌曲）毫无关系；有的移花接木，将明初事移到元代，如所谓"断其右指"；而"高飞远举、托之缁流者""深自藏匿"，无一与史实相合。最近我读有关元好问的东西，竟然看到这样一则材料：

> 元遗山仕金，官至行尚书省左司员外郎，金亡不仕，隐有

---

[1] 张燧著，朱志先校释：《〈千百年眼〉校释》，武汉大学出版社 2018 年版，第 386 页。

归宋之志，故辞元世祖员外之命。世祖以其抗诏，怒之，命拘管聊城，自伤志不得遂，而见之于诗。《西园》云："典刑犹见靖康年。"《镇州与文举百一饮》云："只知终老归唐土，忽漫相看作楚囚。"珂于此百思而不得其解。以不臣二姓之义言之，金亡可不必归宋。以种族之见言之，金元皆同种不同族耳。[1]

这则材料出自清人徐珂的《松阴暇笔》。这类近似梦呓的材料，连批评的价值都没有。奇怪的是，像这样的材料，如此荒唐，为什么有人相信呢？这段时间整理元代笔记，有一部叫《焚余录》，撰者署名李模，说是清初发现的，近代才刊刻。从内容看，大致可以断定为伪书。但有几位著名文献学家题跋，没有人怀疑这部书的真实性。为什么呢？因为这些学者愿意相信其中的内容，也就不去怀疑。建立在这样的文献基础之上的研究，自然无法得出客观的结论。

另一方面是研究民族作家的成长过程，特别关注师承、姻亲关系，其次还有朋友关系。他们的老师往往是大儒，他们的母亲大多是名人之后，具有很高的中原文化修养，不少人长期在外祖母家居住。他们中的很多人，从小所受的教育与成长的文化环境，与中原或江南文人没有大的不同。他们是涵养于中原文化之中，接受了良好的教育，也在很大程度上接受了中原文化观念。比如，著名诗人萨都剌，他有一首《溪行中秋玩月》诗，诗前有序，说：

余乃萨氏子，家无田，囊无储。始以进士入官，为京口录事长，南行台辟为掾，继而御史台奏为燕南架阁官。岁余，

[1] 徐珂：《康居笔记汇函·松阴暇笔》，山西古籍出版社1997年版，第109页。

迁闽海廉访知事。又岁余，诏进河北廉访经历。皆奉其母而行，以禄养也。后至元三年八月望，舟泊延平津。是夕，星河灿然，天无翳云，月如白日。溪声潺湲若奏乐，四山环抱，如拱如立，如侍左右奔走执事者。萨氏子奉母坐船上，与其妇具酒肴盘馔，奉觞上寿。继而若妹、若姊、若婢、若仆，以次而进。和而不亵，谨而怡怡。月色荡酒而溪韵杂笑谈。母欢甚。至舟人醉饮，亦相与鼓枻作南歌而乐。今夕何夕，不知奉亲之在异乡也。嗟夫！昔人所谓宦游之乐不如奉亲之乐，实天乐也。[1]

其中表现的观念，与中原士人没有任何区别。只有考察民族作家如何在师缘、亲缘、朋友情缘中，成为诗人作家，并且在多民族士人的交往中，实现了多民族士人之间心灵的深度契合，如此才能在深层次上把握民族交融对作家创作的影响。

第四，客观把握多民族士人体现的文化色彩，综合考察其家族文化承传与所居之地的地域文化浸染。色目士人，其原本的民族与家族文化特点与发展程度不同，接受中原文化的基础不同。进入汉地后，所居之地不同，所受地域文化的影响不同；此外还有时代的影响，生活于元中期与元末乱世当然不同，人生际遇不同，心态也就不同。这多方面的影响，造就了这些诗人作家各自独特的风格，使他们成为独特的"这一个"。每一位民族作家，他们的价值就在于不同于他人的"这一个"，即其为人与为文风格的独特性。每一位独特的"这一个"，都是多民族文化交流融合、家族文化承传、地域文化浸染的样本。比如，廼贤与萨都剌不同，马祖常与丁鹤年不同。他们各自特色

---

[1] 萨都剌：《溪行中秋玩月序》，《萨天锡诗集》，《四部丛刊》影印明弘治癸亥刊本。

的形成，都是这多种因素影响的结果。研究作家特色，往往从时与地两个方面着眼，所谓"地为之，时为之"。元代多民族作家的研究，当然也应该着眼于这两个方面，只不过这两个方面，情况都较一般诗人作家复杂些，需要下更大功夫深入了解。

总之，所有这些研究，都要建立在可靠、客观的文献基础之上，力求得出较为客观的认识。

（本文为 2021 年 1 月 8 日在中国社会科学院民族文学研究所座谈会上的发言，后发表于《文艺报》2021 年 4 月 9 日第 7 版，收入本书时作了局部修订）

理学与元代文学思潮

任何一个时期的文学思想，都是在其哲学思想的影响下形成的。元代居统治地位的官方哲学是理学。那么从理学与文学的关系入手，清理当时文学思潮嬗变的轨迹，应是十分重要的。

首先，需要了解一下元代理学发展的状况。

理学成为官学，是元代一个突出的文化现象。理学形成于宋代，奠基人是北宋的周敦颐。经过北宋张载、程颢、程颐，南宋朱熹、胡宏、吕祖谦、张栻、陆九渊等人的发展，取代了传统儒学，成为学术的正宗。其中朱熹被认为是理学的集大成者。由于对世界的本原这一哲学根本问题认识的分歧，宋代理学分为三派：南宋朱熹发展北宋程颐的学说，形成"程朱之学"，认为"理"是世界的本原，世间的一切都是由"理"派生的；以北宋张载为代表的"气"学，认为"气"是充塞宇宙的实体，太和之气是世界的本原；南宋陆九渊之学由程颢上追周敦颐而自成一派，称为"陆学"或"陆氏心学"，认为"心"是世界的本原，心外无理。在元代，所谓理学成为官学，实是朱学或说程朱之学成为官学。元初，作为忽必烈儒臣的许衡等人，都以朱熹之学相标榜。到元仁宗初年开科举，"明经""经疑"和"经义"考试无不依朱熹注，于是理学成为官方哲学。

这一文化现象给人造成一种错觉，许多人以为元代学术是朱学一尊的局面。事实远非如此。程朱理学虽经官方提倡，但学者中真正坚持朱学的却不多。这除了官方提倡带来的逆反作用外，更重要的是元代缺乏朱学发展的社会条件。

程朱之学的精神内核，朱熹概括为三句话："主敬以立其本，穷理以致其知，反躬以践其实。"[1]它既反对外向的事功之学，也反对内向的心学。元代社会与士风的现实，使学者很难把朱学坚持下去。元初，文人们面对的是文化濒于毁灭的社会实际问题，他们必须关注现实，回归到传统儒学的"经世致用"上去。"实"和"用"的精神被突出地强调，于是便与"事功之学"相合。元朝的文化政策也是"崇尚实行，放斥浮辞"[2]，空对空的正谊明道、心性义理，是不受欢迎的。到元中后期，文人们普遍感到对社会现实的无能为力，理学注重内修的一面适应了他们的心理需要。他们注重自我，注重个体精神，不可避免地走向心学。所以，终元之世，真正坚持朱学的学者很少。所谓"朱氏诸书，定为国是。学者尊信，无敢疑二"[3]，只是表面的或说口头的，实际的情况并非如此。当时方回就曾慨叹："朱子之殁未百年，求所谓义理之学者不一见焉。"[4]我们看到的元代思想界，北方诸儒多泛取北宋周（敦颐）、邵（雍）、程（程颢、程颐）、张（载）、欧（阳修）、苏（苏轼、苏辙）、司马（光）等各家而不专主一家；南方诸儒则兼取南宋朱（熹）、陆（九渊）、吕（祖谦）以及陈亮、叶适诸家而各有侧重；而调合朱陆、推尊张载，可以说是其主流。

[1] 朱熹：《晦庵集》卷七十五《程氏遗书后序》，《四部丛刊》影印明嘉靖本。
[2] 许谦：《白云集》卷二《送尉彦明赴开化教谕序》，《四部丛刊续编》影印明正统本。
[3] 虞集：《道园学古录》卷三十九《跋济宁李璋所刻九经四书》，《四部丛刊》影印明景泰翻元小字本。
[4] 方回：《桐江续集》卷三十二《吴云龙诗集序》，文渊阁《四库全书》本。

理学对文学思想的影响，最根本也是最重要的，是在哲学本体论的影响下文学本体论的形成。

宋以前，儒家学说缺乏对世界本体的思考，自然中国的文论家也没有关于文学本体的论述。宋代理学产生，"宇宙生成论"是他们讨论的根本问题之一。理学发展到一定阶段，文学的本原问题也就纳入了他们讨论的范围。

文学的本原即文学的本体论问题是文学的根本问题，它决定了文学理论的基本精神、基本倾向。而文学本体论是受哲学本体论决定的。如前所述，在理学领域内，哲学本体论有程朱的"理一元论"、张载的"气一元论"和陆氏心学的"心一元论"。凡哲学上持"理一元论"的批评家，其文学理论必然重"道"。"道"就是"理"，它既然是先天地而生的永恒的世界的本体，宇宙的一切就都由它派生，自然"这文皆是从道中流出"[1]。这便是文学的"理本论"。既然如此，文就没有它自身的独立价值，而完全依附于"道"。这一派的文论，只强调文的社会功利性，彻底否定辞采与工丽。元初，这种理论发展起来并形成影响，重道轻文的倾向达到极致，认为文只能是道的工具，表现作家情感就是滥情。这种观点的极端表现，是所谓"道即文""文即道"，这在许衡、郝经的文章中有不少论述。而哲学上持"气一元论"的学者，认为"气"是世界以及世间万物的本体。世间万物的生灭盛衰变化，都缘于"气"的聚散，文章自然也不例外。人禀天地之气而生，又由于所禀之气的清浊不同形成各自的气质，"文"便是其"气质"的自然表现。持此以论文，必然强调文学体现自然的原则，于是文便无须作道的工具，而尽可去表现和表达自然之景、自然之

012

---

[1] 黎靖德编：《朱子语类·论文上》卷一百三十九，中华书局 1986 年版，第 3319 页。

情、自然之事、自然之理。元代中后期，这一派理论在文论界占据了重要地位。"心一元论"的哲学家认为"宇宙便是吾心，吾心便是宇宙"，心为其哲学的最高范畴。心学的创始人陆九渊从其哲学思想出发，提出"读书作文之事，自可随时随力作去"，而不可"失其本心"[1]。南宋包恢提出作诗应"自咏情性，自运意旨"[2]。元代黄溍，更直接指出诗文发自我"心"（《题山房集》）。这一派论文强调师心、主情。"言为心声""吟咏性情"这些古老的命题，在他们那里被赋予了新的含义。他们大力张扬诗人的个性，而不理会传统诗教的"温柔敦厚"，敢于"乐而淫""哀而伤"。这种文学思想在元末犹如狂飙卷地，给文坛带来了新的气象。

理学对文学思想的影响，还表现在文论家运用理学哲学解释和说明文学问题，从而取得了新的理论成果。

试举一例。元初郝经有一篇《内游》的文章，批评文学创作的"江山之助"说，提出精彩的"内游"说。宋人马存著文认为，司马迁的《史记》之所以写得"雄勇猛健"，是由于他历览名山大川，"尽天下之大观以助吾气"，"尽取而为文章"。郝经认为这种说法是不对的。如果仅仅是"勤于足迹之余，会于观览之末，激其志而益其气，仅发于文辞而不能成事业，则其游也外，而所得者小也"，他称这是外游。外游"其得也小，故其失也大"。与其外游，不如"内游"。"身不离于衽席之上，而游于六合之外；生乎千古之下，而游于千古之上……持心御气，明正精一，游于内而不滞于内，应于外而不逐于外。常止而行，常动而静，常诚而不妄，常和而不悖。如止水，众止不能易；如明镜，众形不能逃；如平衡之权，轻重在我。无偏无倚，无污无滞，无挠

[1] 陆九渊：《象山集》卷三《与吴显仲》，《四部丛刊》影印明嘉靖本。
[2] 包恢：《敝帚稿略》卷二《论五言所始》，民国影印宋人集本。

无荡，每寓于物而游焉。……既游矣，既得矣，而后洗心斋戒，退藏于密，视当其可者，时时而出之。……蕴而为德行，行而为事业，固不以文辞而已也。如是则吾之卓尔之道、浩然之气，厥乎与天地一，固不待于江山之助也。"[1]他运用程颢的"定性说"和孟子的"养气说"，使问题的探讨很有理论深度。他强调作家主体的精神修养，重视主体精神，是应该肯定的；他强调读书造道、集义养气，即作家精神素质的内修，要比单纯强调自然对人的感染熏陶科学合理。"内游"说，是中国文学理论史上的新贡献。

其他如虞集运用理学哲学论述如何"不动心"，吴澄运用气论论诗，陈绎曾运用主静修心学说论诗文运思，等等；都富于理论色彩，也很精彩。

《文史知识》1998年第9期

---

[1] 郝经撰，秦雪清点校：《郝文忠公陵川文集》，山西人民出版社2006年版，第296～297页。

理学之人格追求与元人之文风追求

元代诗文有别于前代的独特风貌，是形成了以理学为精神底蕴的文风。元代之所以形成这一具有时代特点的文风，是由于理学精神对文学（诗文）的全面渗透。理学精神对文学的渗透，在宋代已经开始。宋诗尚淡的风格追求、重理趣的精神取向，宋代平和闲淡的诗歌境界，都与理学家中和静穆的人生境界追求高度相关，宋代重理的文风与理学家追求的明心见性有关。但这种以理学为精神底蕴的一个时代文风的形成，或者说理学精神真正从根本上和全局上影响文学，则是在元代。元代新的文风追求，多与理学影响有关。

元代出现了理学家文人化的趋势，元代的诗文作家也普遍接受理学。他们论诗论文，主张要"根著理道"[1]。在宋代，理学家与文章家形成了两大对立阵营，而元代这两大阵营却渐渐合二为一了。于是，理学家大多文采斐然，文章家也多精于理学。学者与文人的合二为一，为理学精神向文学的全面渗透提供了条件。这一渗透的结果，是形成了一些由理学概念派生的文学概念，比如受理学家对"圣贤气象"的人格追求影响而形成的雍容和平正大之诗风、文风；等等。

---

[1]　吴澄：《吴文正集》卷七十五《故楚清先生龚君墓碣铭》，文渊阁《四库全书》本。

一、"圣贤气象"与诗文之"平易正大"

前人概括元代文风，说是"平易正大""纡徐雍容""涵淳茹和"等，这正是宋代文、理割裂之后，元代走向文理兼容的必然结果。正如上文所言，元代文章家和理学家都主张以韩柳、欧苏之文，载周程、张朱之道，在文章风格上注重表现中和之意，追求一种"儒者气象"。这里非常重要的是所谓"儒者气象"，理学中人称作"圣贤气象"，这种气象表现于为人，是一种精神面貌；表现于为文，则是一种文章风格。对于这种气象的追求，在"平易正大"文风的形成中，起着潜在的但却是决定性的作用。二程、朱熹等理学宗师，对这种气象曾反复描绘，如说"仲尼，元气也；颜子，春生也""颜子，和风庆云也"[1]，诗人黄庭坚也称周敦颐"胸中洒落，如光风霁月"[2]，程颐《明道先生行状》说程颢：

> 先生资禀既异，而充养有道。纯粹如精金，温润如良玉。宽而有制，和而不流。忠诚贯于金石，孝悌通于神明。视其色，其接物也如春阳之温；听其言，其入人也如时雨之润。胸怀洞然，彻视无间；测其蕴，则浩乎若沧溟之无际；极其德，美言盖不足于形容。[3]

这些描述，都充满了审美情趣。由这种审美情趣化了的人格认知，迁移于诗文风格的美学追求，是十分自然的事。从理学宗师的诗文中，也可以感受到这种"气象"，如程颢《秋日偶成二首》之二："闲来无

---

[1] 程颢、程颐：《二程集》，中华书局 1981 年版，第 76 页。
[2] 黄庭坚：《山谷集》卷一《濂溪诗序》，民国八年商务印书馆《四部丛刊》影印本。
[3] 程颢、程颐：《二程集》，第 637 页。

事不从容，睡觉东窗日已红。万物静观皆自得，四时佳兴与人同。道通天地有形外，思入风云变态中。富贵不淫贫贱乐，男儿到此是豪雄。"[1]外在的"从容"与"自得"，就是这种儒者气象的直观表现，但在这极其平易的表象下，却有"道通天地有形外，思入风云变态中"的深邃，而这"平易"与"深邃"又是浑然一体的。我们把元人对"平易正大""冲淡悠远"文风的描述与此对比来看，就不难发现，两者在精神意态上惊人的相似。如虞集要求转变文风说要"以平易正大振文风，作士气，变险怪为青天白日之舒徐，易腐烂为名山大川之浩荡""冲淡悠远，平易近民"；"澹乎冲和而不至寂寞，郁乎忧思而不堕乎凄断，发扬蹈厉而无所陵犯，委曲条达而无所流失"；"夫山之行……亦或以广衍平大为胜，水之流……而或以平川漫泽、纡徐清泠为美"[2]。由此我们便不难理解，元代"平易正大"文风的形成与理学精神之间的关系，也就是说，元代"平易正大""冲淡悠远"的文风，是以理学为精神底蕴的，是理学家的人格追求的延伸。当然，和理学家人格追求的平易中有深蕴一样，元人的文风追求也要求平中寓奇，平易中含深邃。按照一般的理解，平则浅。但浅易不是元人的追求：平易还须正大。无深致则不能正大。

这种文风的大力倡导者在元中期，这种文风的形成在元中期，但其实它是其来有渐的，绝非横空出世。自南宋中后期以来，凡理学家而兼文士或文士而濡染理学者，都在渐渐倡导这种文风，朱熹评李杜诗歌已经表现出理学家的这种文风取向并显出形成这种取向的学术根源，如他评李白诗："李太白诗不专是豪放，亦有雍容和缓底。如首篇

---

[1] 程颢、程颐：《二程集》，中华书局1981年版，第482页。
[2] 虞集：《道园学古录》，卷四十《跋程文宪公遗墨诗集》、卷八《琅然亭记》、卷三十四《饶敬仲诗序》，商务印书馆《四部丛刊》影印景泰本。

'大雅久不作'，多少和缓！"[1]又其比较杜甫与韦应物："杜子美
'暗飞萤自照'，语只是巧。韦苏州云：'寒雨暗深更，流萤度高阁。'
此景色可想，但则是自在说了。……其诗无一字做作，直是自在，其
气象近道，意常爱之。"[2]朱熹之所以推崇这种诗文风格，就是由于
这种风格"气象近道"。清代姜宸英《湛园札记》卷四曾谈到朱熹此
评，以为他"于诗外别有见解"。这诗外"见解"，在我看来，大致两
端：他所称赏韦诗的，一是自在，一是见道。元初北方文人王恽已经
对这种"平易正大"文风有较好的论述，他在《遗安郭先生文集引》一
文中说：

> 文章虽推衍《六经》，宗述诸子，特言语之工而有理者
> 乎？然必需道义培植其根本，问学贮蓄其穰茹，有渊源精尚
> 其辞体，为之不辍，务至于圆熟，以自得、有用为主，浮艳陈
> 烂是去，方能造乎中和醇正之域，而无剽切捞攘、灭裂荒唐
> 之弊。故为之甚难，名家者亦不多见。惟周卿先生，天资冲
> 粹，内守峻洁……其资之深、学之博，与夫渊源讲习，可谓有
> 素矣。故诗文温醇典雅，曲尽己意，能道所欲言。平淡而有
> 涵蓄，雍容而不迫切，类其行己，蔼然仁义道德之余。[3]

王恽从对这种文风的追求和获取这一角度，详明地论述了这种文风与
人格气象、理学修养、文字功夫三者的关系，只有在这三个方面不懈
追求，才能获得这种文风。而最终表现为"平淡而有涵蓄，雍容而不
迫切"。到元中期，这一文风逐渐为学术界和诗文界普遍接受，其时以

---

[1] 朱熹：《朱子全书》卷六十五，文渊阁《四库全书》本。
[2] 朱熹：《朱子语类》卷一百四十，中华书局1986年版，第3327页。
[3] 王恽：《秋涧集》卷四十三，《四部丛刊》影印本。

文风刚劲古奥著称的姚燧也曾为这种文风张目，他从人品与文品关系的视角讨论文风，说："惟所性中正宏厚者，故能优柔而明炳，洞畅而温醇，斯大雅君子言符其德者也。"[1]他这里推崇的，也是一种体现君子风度的文风。特别重要的是，他指出了人格的"中正宏厚"和"平易正大"文风之间的对应关系。虞集等人正是承接此绪，在元中期特定的社会时代背景下，大力倡导并以其创作实践促成了平易正大的所谓盛世文风，而这也正是有别于前代的元代代表性文风。当时提倡这种文风的虞集、欧阳玄等人，都紧扣论人而论文，如虞集《李景山诗集序》说："古之人以其涵煦和顺之积而发于咏歌，故其声气明畅而温柔，渊静而光泽。"[2]欧阳玄《族兄南翁文集序》说："族兄南翁过余浏上，示予以文稿，读其文，廉静而深醇。是四辞者，昔人尝以称人之有德者矣，今予以称兄之文，必有所见也。兄抱道自足，无求于时，故形诸外者，亦有德之言乎！"[3]他们所说的"涵煦和顺""渊静光泽""廉静深醇"等，都是理学家追求的理想人格，是一种春风和煦、光风霁月的圣贤气象，是一种平易中含深醇的气象。

在认识这种文风时，我们始终不应忘记的是"根著理道"或称"根极理奥"，所以其"平"只是文章风格，而文章之根则须深植于"理奥"之中。理学家追求的人格是平中蕴奇，没有深厚蕴涵作底蕴的"平"则是浅俗，那是元人所反对的。黄溍评诗有云："精切整暇，如清江漫流，一碧千里，而鱼龙光怪，隐见不常，莫可得而测也。"[4]正如真正的"鱼龙光怪"只能隐含于一碧千里的清江漫流之中一样，

---

[1] 姚燧：《牧庵集》卷三《樗庵集序》，《四部丛刊》影印本。
[2] 虞集：《道园学古录》卷五。
[3] 欧阳玄：《圭斋文集》卷八，《四部丛刊》影印明成化本。
[4] 黄溍：《黄文献公集》卷六《绣川二妙集序》，《金华丛书》本。

真正的奇崛文风也只能隐含于雍容正大、明畅和煦的文风之中。

二、"深造自得"与诗文之"自得之趣"

"深造自得"是宋代理学的一个学术的命题,"自得之趣"则由学术的命题衍变为艺术的(主要是诗学的)命题。连接两个命题的当然是"自得"这一概念。我们首先应该考察这两个命题的衍变过程。

"深造自得"出自《孟子·离娄下》,该篇记孟子之言曰:"君子深造之以道,欲其自得之也。自得之则居之安,居之安则资之深,资之深则取之左右逢其原。故君子欲其自得之也。"[1]宋代理学宗师朱熹《四书章句集注》对这段话作了这样的解说:"言君子务于深造而必以其道者,欲其有所持循,以俟夫默识心通,自然而得之于己也。"[2]他所谓"默识心通",就思维方式说属感悟,当然具有艺术思维的灵妙性。而对于我们的话题来说,更为重要的是朱熹在这里所引的程颢的一段话:"学不言而自得者,乃自得也。有安排布置者,皆非自得也。然必潜心积虑,优游厌饫于其间,然后可以有得。若急迫求之,则是私己而已,终不足以得之也。"[3]程颢的这段话,给"自得"之意附加了丰富的意蕴:"自得"是内在的自然领悟而非由外在的习得;是自然的获取而非着意的安排;由于"自得"所得的对象属于道德的而不仅仅是学问、认知的,所以它不是一个求知的追寻过程,而是一个人生的、生命的体认过程,是一个人格完善的过程;又因此一过程不能是急迫的而只能是从容的、悠然的、适然的;并且这一体认过程又是超越具体知识、超理性的,具有妙悟与玄解的性质,尽管

---

[1] 杨伯峻:《孟子译注》,中华书局 1960 年版,第 189 页。

[2] 朱熹:《四书章句集注》,中华书局 2016 年版,第 297 页。

[3] 程颢、程颐:《二程遗书》,中华书局 1981 年版,第 121 页。

它是渐悟的。正因为"自得"这一概念被附加了这样一些意蕴，宋元时期的学者们才创造出了"从容自得""雍容自得""悠然自得""翛然自得""萧然自得""超然自得""泰然自得""陶然自得""畅然自得""酣然自得""适然自得""恬然自得""怡然自得"等情趣化、情绪化的概念。这种注重妙悟与玄解，注重体验的思维特点，正是深受禅学影响的理学所固有的。在这种思维方式的影响下，宋元人论学，也一样是情趣化的。元初刘壎《答友人论时文书》使用"自得"一词论学，很能让我们认识这一问题，他说："士禀虚灵清贵之性，当务高明光大之学……今幸科目废，时文无用，是殆天赐读书岁月矣。寻求圣贤旨趣，洗濯厥心，先立其大，岂不油油然有颜曾自得之乐？……学以明理，文以载道，其妙在乎自得。"[1]"油油然有颜曾自得之乐"本身就是一种艺术方式的表达，颜回之乐，安素乐贫，"一箪食，一瓢饮，在陋巷"（《论语·雍也》），"饭疏食，饮水，曲肱而枕之，乐亦在其中矣"（《论语·述而》）。曾点之乐，超然世外，"鼓瑟希，铿尔，舍瑟而作""莫春者，春服既成，冠者五六人，童子六七人，浴乎沂，风乎舞雩，咏而归"（《论语·先进》）[2]。《论语》中的这种表达，多么富于审美情趣和艺术精神！这其中就寓有"自得之趣"。这种学术思维与艺术思维的相通，使得"深造自得"这一原本应属于理性的命题在人们的观念中向情趣化演进，逐渐进入文学领域，成为一个文学的特别是诗学的命题。

南宋人已普遍使用"自得"一词论学、论文。而作为一个文学概念或诗学概念的形成，应该是"自得之趣""自得之妙"这些词语的出现。因为"趣""妙"这些词语体现的是艺术的精神。这些词语在南宋

---

[1] 刘壎：《水云村稿》卷十一，文渊阁《四库全书》本。

[2] 杨伯峻：《论语译注》，中华书局1980年版，第59、70、119页。

后期为理学中人较多使用，如吕乔年编《丽泽论说集录》卷三录吕祖谦论《诗经·还》语："此诗虽刺田猎之荒，常人但知其荒而不知其于田猎中自有精神。三章之诗，不见说其荒，但见其洋洋自得之趣。"这是通过论诗论学，他认为其"洋洋自得之趣"体现的是一种"精神"，"自得之趣"之前又冠以"洋洋"，是何等的形象生动！所以此"精神"，除表现一种深刻的理性认知外，无疑也表现为一种神韵、一种风貌，它既是理性的也是艺术的。真德秀《文章正宗纲目》之《诗赋》论《诗经》说那些兴寄高远之作，"读之使人忘宠辱，去系吝，翛然有自得之趣"[1]。所谓"翛然"，是洒脱自在之貌，"翛然有自得之趣"无疑是艺术的表达。他虽是论诗，但所论依然是一种道德体验，属于人格修养的范畴。魏了翁大量使用"自得之趣"论诗，从他的论述中，我们可以体会一个理学家而兼文章家的人对"自得之趣"的理解，进而也可以认识这一命题在元代被广泛使用的原因。其《费元甫注陶靖节诗序》说：

> 其称美陶公者曰：荣利不足以易其守也，声味不足以累其真也，文辞不足以溺其志也。然是亦近之。而公之所以悠然自得之趣，则未之深识也。《风》《雅》以降，诗人之辞乐而不淫，哀而不伤，以物观物而不牵于物，吟咏情性而不累于情，孰有能如公者乎？[2]

陶渊明的"悠然自得之趣"，按照一般的理解，不外乎"采菊东篱下，悠然见南山"人与自然融合为一的人生境界，和"少学琴书，偶爱闲静，开卷有得，便欣然忘食。见树木交荫，时鸟变声，亦复欢然有

---

[1] 真德秀：《文章正宗·纲目》，文渊阁《四库全书》本。
[2] 魏了翁：《鹤山全集》卷五十二，《四部丛刊》影印宋本。

喜。常言五六月中，北窗下卧，遇凉风暂至，自谓是羲皇上人"[1]的
生活方式和高士情怀。从这段文字看，所谓的"自得之趣"还包括
"以物观物而不牵于物，吟咏情性而不累于情"即对物、我、情之间关
系的把握。这对我们从艺术的角度把握"自得之趣"很有帮助。

与"自得之趣"一样，"自得之妙"也经历了一个由论学到论艺的
过程，为避免行文的繁复，这里不再引录具体例证。

元人以"自得之趣"等论诗更为普遍。为了寻绎元人诗论中
"自得之趣"等概念的意蕴，需要引述元人用这些概念论诗论学的
文献。在元代理学家而兼文人的文集中，有一篇关于"自得"的专
论和一篇关于"自得之妙"的专论，前者是吴澄的《自得斋记》，
载《吴文正集》卷四十四；后者是黄溍的《唐子华诗集序》，载
《金华黄先生文集》卷十八。前者论学，而文中充溢着艺术的情
趣；后者论艺，而强调艺进于道。两文都昭示了"自得之趣"乃是
道与艺的融会，作为诗学概念，它是要求趣中体道的。先看吴澄的
《自得斋记》：

> 孟子之言"自得"，亦谓自然有得云尔。何也？天下之
> 理，非可以急迫而求也；天下之事，非可以苟且而趋也。用
> 功用力之久，待其自然有得而后可。先儒尝爱杜元凯之言，
> 意其有所传授，其言曰："优而柔之，使自求之；厌而饫之，
> 使自趋之。若江海之浸，膏泽之润，涣然冰释，怡然理顺，然
> 后为得也。"斯言殆有合于孟子"自得"之旨欤？优柔而求者
> 不以速而荒，使之不知不觉而遂所求；厌饫而趋者不以馁而

---

[1] 陶潜：《陶渊明集》卷三《饮酒二十首》其五、卷七《与子俨等疏》，中华书局 1979 年
版，第 89、188 页。

倦，使之不知不觉而达所趋。若江海膏泽之浸润者，渐而不
骤也。逮至胶舟而遇初冰之释，解牛而遇众理之顺，则胶者
涣然而流动，解者怡然而悦怿，无所用其功力矣。此之谓自
得。然自得者，言其效验而未尝言其功力也，非不言其功力
也，未易言也。故但曰："以道而已。"以道者，循其路径以
渐而进也。君子固欲深造也，岂能一蹴而遽造于深也哉？其
必进之以渐而待之以久，夫思之思之又思之，以致其知，以
俟一旦豁然而贯通；勉之勉之又勉之，以笃其行，以俟一旦
脱然而纯熟。斯时也，自得之时也。[1]

吴澄描述的是一个造道的过程，这一过程即是求知的认识过程，也是
道德人格的完善过程，又是审美的感受过程，他所描述的，又是一种
境界，一种意趣，一种人生体验，其中既体现了道德人格的追求，也
充溢着真和善所难以包容的审美体验，那种"怡然而悦怿"的心灵感
受，正是在审美中识理见性造道，在审美中实现人格精神的超越。这
一切都是自然的而非人为的，自在的而非安排的，是沉浸其中、物我
混融的而非对象化认知的，是感悟的而非理解的，所谓的"豁然而贯
通""脱然而纯熟"，都是妙悟的而非逻辑的，是合于艺术思维的。理
学中人对这种境界、这种体验、这种感受多有描述，读吴澄此文，我
们很自然地就会想到朱熹的《观书有感二首》，其二云："昨夜江边春
水生，蒙冲巨舰一毛轻。向来枉费推移力，此日中流自在行。"[2]在
"春水生"之前，亦即在经过长时间的"自求""自趋"而实现"涣然
冰释"之前，一切人为的"推移"之力都是"枉费"，"必进之以渐而待

[1] 吴澄：《吴文正集》卷四十四，文渊阁《四库全书》本。
[2] 朱熹：《朱文公文集》卷二《观书有感二首》其二，《四部丛刊》影印本。

之以久""以俟一旦豁然而贯通""脱然而纯熟",那时便如"江边春水生",无须人力,无须安排,自然而然就能"中流自在行"。这就是"自得"的境界,这就是"自得"的心灵感受。再看黄溍的《唐子华诗集序》:

> 荀卿子曰:"艺之至者不两能。"言人之学力有限,术业贵乎专攻也。若夫天机之精,而造乎自得之妙者,其应也无方,其用也不穷,如泉之有源,不择地而皆可出,岂一艺所得而名欤?且声之与色,二物也。人知诗之非色、画之非声,而不知造乎自得之妙者,有诗中之画焉,有画中之诗焉,声色不能拘也。非天机之精而几于道者,孰能与于此乎?……盖其诗即画,画即诗,同一自得之妙也。荀卿子所谓不两能者,特指夫艺而言之耳,讵为知道者发哉?是故庖丁之技,与养生之道同,不知者第见其能庖而已,诚使易其事而为之,则老聃、列御寇之徒矣。[1]

具体的"艺"中体现着普遍的"道","艺"是形而下的、低层次的,不同的"艺"当然各具个别性,逐一去认识和把握将不胜其烦,也非一人有限之精力所能胜任。而各种"艺"中所体现的共同的艺术精神,即"道",黄溍称之为"天机之精",则是艺术的灵魂,是以一统万的,把握了这形而上的"道",也就把握了各种具体的"艺"的精神和灵魂,就无适而不可,这也正如"理一分殊",把握了这"一",就能"其应也无方,其用也不穷,如泉之有源,不择地而皆可出"。黄溍要求对艺术的学习要超越低层次的具体认识,而进入高层次的对精神实

———————
[1] 黄溍:《金华黄先生文集》卷十八,《四部丛刊》影印本。

025

质的认识，而鉴赏中也应超越对具体艺术形式的把握而进入高层次的对艺术精神的把握。这便是艺术创作和鉴赏中的"自得之妙"：艺术的创作要"体道"，要有对"道"的哲学精神的体认和反映，这样才能超越"声色"等形式而反映"天机之精"，使艺术品具有灵魂；艺术的欣赏要从"道"的高度来反观具体的创作，这样才能不受具体艺术形式的制约而把握其艺术精神。不管是诗人还是画家，所有的艺术家都应该是哲学家、思想家，只不过是用他掌握的艺术形式来表现其哲学思想而已，他们都应该有老子和列御寇的思想境界和认识高度，否则就只能作为一个"雕章刻句"的匠人。以"道"眼观"艺"，所看到的是不同的艺术形式中所体现的共同的艺术精神，把握的是存在于各种艺术形式中的共性。所谓："造乎自得之妙者，有诗中之画焉，有画中之诗焉，声色不能拘也。非天机之精而几于道者，孰能与于此乎？"这在当时，是一个难得的认识高度。读黄溍此文，我们自然会联想起苏轼的"诗中有画，画中有诗"及"诗画本一律"[1]之论，苏东坡认为诗与画有共同的精神，乃"天工与清新"，这是一个艺术家的思维，而黄溍则从哲学的角度和高度来把握不同艺术形式中体现的共同的艺术精神，这是他超越宋人之处。

此外，元人以"自得之趣"论诗文还有其他一些含义。

首先，出新才有"自得之趣"。元初王恽《玉堂嘉话》卷二记其前辈文人王磐论文之语曰："文章以自得、不蹈袭前人一言为贵。曰'取其意而不取其辞'，恐终是蹑人足迹。"王恽持这一理论评文，说："析理知言，择之精，语之详，浑涵经旨，深尚体之工，刊落陈言，及自得之趣。"他也以此评书画，说："书与画同一关纽。昔人谓学书者苟非

---

[1] 苏轼：《东坡全集》卷十六《书鄢陵王主簿所画折枝二首》之一，文渊阁《四库全书》本。

自得，虽夺真妙墨，终为奴书。余于画亦然。"[1]元后期的赵赟批评元诗缺乏新意说："诗道至宋之季，高风雅调，沦亡泯灭，殆无复遗。国朝大德中，始渐还于古，然终莫能方驾前代者何哉？大率模拟之迹尚多，而自得之趣恒少也。"[2]在这里，"自得之趣"是与"仿真之迹"也即模拟痕迹相对立的。

其次，"自得之趣"的风格取向是从容、萧然、幽淡，认同于魏晋高风。《四库全书总目·樵云独唱》提要评元人叶颙诗："其诗写闲适之怀，颇有流于颓唐者，而胸次超然，殊有自得之趣。天机所到，固不必以绳削求矣。"[3]而叶颙之夫子自道则云："幅巾便服，轻鞋瘦策，从樵夫刍叟，相往还于其间。山回路转，川鸣谷应，伐木之丁丁，鸟声之嘤嘤，更唤互答，斯乐何极？斧斤之余，浊酒自适；觞咏谈笑，击壤赋诗。……虽不足以关世教之盛衰，亦足以叙幽情，写闲适之兴怀。……薪桂老而云山高寒，音调古而岩谷绝听，得不谓之独唱乎？"[4]（《樵云独唱序》）元末诗人傅若金评诗，也以"幽澹闲远""异乎流俗"者为"有自得之趣"[5]。这种萧然拔俗之韵，宋人苏轼称之为"魏晋高风"[6]。元人论诗，在推崇盛唐气象的同时，也普遍认同于魏晋高风，如郝经《素庵记》所云："先生学际天人，安于所遇，素患难行乎患难，素贫贱行乎贫贱，历万变而中未尝变。曳屣击藜，摅泄运化，吟咏情性，从容自得，翛然天壤之间，而寓其

[1] 王恽：《秋涧集》卷四十二《兑斋曹先生文集序》、卷七十二《摹马图》，商务印书馆《四部丛刊》影印本。
[2] 赵赟：《玩斋集序》，贡师泰《玩斋集》卷首，文渊阁《四库全书》本。
[3] 爱新觉罗·永瑢等：《四库全书总目》卷一百六十八，中华书局1965年版，第1458页。
[4] 叶颙：《樵云独唱》卷首，文渊阁《四库全书》本。
[5] 傅若金：《傅与砺诗文集》卷四《邓林樵唱序》，文渊阁《四库全书》本。
[6] 苏轼：《东坡全集》卷九十三《书黄子思诗集后》，文渊阁《四库全书》本。

天趣。"[1]

三、"志以御气"与诗文之"气和声和"

"志以御气"在元人文学理论中主要用于论文,有时也涉及诗。

这一命题的理论渊源,首先是传统文论中的"诗言志"和"文以气为主",在传统文论中,"志"和"气"都属于最重要的、用得最为普遍的概念。同时,它们也是理学的重要概念。《孟子·公孙丑上》从人的心志与血气的关系谈人的修养,说:"夫志,气之帅也;气,体之充也。""持其志,无暴其气。""志壹则动气,气壹则动志也。"[2]在宋代理学家看来,"气"也即血气,是基于人的生理反应的、受情绪支配的,因而是非理性而难以把握的,是必须努力加以控制的,否则便有碍于道德修养与人格完善。理学宗师程氏认为:"志御气则治,气役志则乱。人忿欲胜志者有矣,以义理胜气者鲜矣。"[3]于是,"以志御气"就成为宋代理学家常说的话题,如南宋真德秀说理学家是"以志御气""以道应物",陈傅良也说要"以志御气,以礼制欲,以道胜情",段昌武则从反面说:"志不御气,荡然听血气之偏徇,而所发皆非性之理、情之节也。"[4]段氏所论,已涉及文学问题。元人则用以论文,如任士林《刘思鲁侍父之浏阳序》倡导"以道御气,输之和平之音",他对前代"沉郁之士,感愤悲鸣,气不能辄平"[5]是否定的。

---

[1] 郝经:《陵川集卷》二十六,文渊阁《四库全书》本。

[2] 杨伯峻:《孟子译注》,中华书局1960年版,第62页。

[3] 程颢、程颐:《二程集》,中华书局1981年版,第1255页。

[4] 真德秀:《西山文集》卷十九,《赐正议大夫参知政事兼太子宾客楼钥乞仍旧致仕归伏田里不允诏》,陈傅良:《八面锋》卷八,段昌武:《段氏毛诗集解》卷一,《四部丛刊》影印本。

[5] 任士林:《松乡集》卷四,文渊阁《四库全书》本。

但是，"志"这一概念也像中国哲学和文学的许多概念一样，具有多义性和歧义性，不同的人使用这一概念，往往有不同的含义。要说明"志"这一概念的复杂性并不困难，只需把不同的人使用这一概念的话拿来作一简单对比，就会了然。如朱熹有言：

> 诗者志之所之，在心为志，发言为诗。然则诗者岂复有工拙哉？亦视其志之所向者高下如何耳。是以古之君子，德足以求其志，必出于高明纯一之地，其于诗固不学而能之。[1]

朱熹所说的"志"，标志着一种道德人格，人生境界，而其"志"之高下的衡量标准，乃是"古之君子"，即儒家的君子风范。再看元初人方回以"志"论诗之言：

> 古之人，虽闾巷子女风谣之作，亦出于天真之自然，而今之人反是。惟恐夫诗之不深于学问也，则以道德性命、仁义礼智之说排比而成诗；惟恐夫诗之不工于言语也，则以风云月露、草木禽鱼之状补凑而成诗，以哗世取宠，以矜己耀能。愈欲深而愈浅，愈欲工而愈拙。此其故何也？青霄之鸢，非不高也，而志在腐鼠，虽欲为凤鸣，得乎？是故诗也者，不可以勇力取，不可以智巧致；学问浅深，言语工拙，皆非所以论诗也。……（赵宾旸）自序乃谓"学必本洙泗，文必本六籍、先秦、两汉"。此以教后学入门可也，使后学由此以求君之所谓诗，而不本于志，则亦好龙画虎而已。[2]

---

[1] 朱熹：《晦庵集》卷三十九《答杨宋卿》，《四部丛刊》影印本。
[2] 方回：《桐江集》卷首《赵宾旸诗集序》，《宛委别藏》本。

显然，方回之所谓"志"绝非道学家所谓"志"，他之所谓"志"，是出于"天真之自然"的高洁之"志"，是排斥"道德性命、仁义礼智"之说的，与朱熹之所谓"志"竟然是对立的。元末人杨维桢以"志"言诗，其所谓"志"纯然是个体的、个性化的："诗得于言，言得于志。人各有志有言以为诗，非迹人以得之者也。"[1]此处"志"绝非孟子所说的纯粹理性、抑制"血气"的志，而是一种个人志趣，个体情志，不包含道德的意义。与朱熹所提倡的君子人格，在取向上也是对立的。

主张"志以御气"的论者，其所谓"志"，自然是志乎道、志乎学、志乎古。正如傅若金所论："为文而不志乎古之作者，而能合道鲜矣。是故志以为主，而气以充之，必至之道也。"[2]他说的"志"，指向的是规矩、准的，其归趣是"道"。

"志以御气"主张的提出，是当时文章史发展的必然。元承金、宋，北方之金，文章衍欧、苏一派，到金元之际，作者既乏东坡之才，文章也就失去了苏文江海之势而仅得其滑易，正如元人张养浩所言："盖常人之文，多剽陈袭故，弗克振拔。"[3]南方之宋，也因国势之弱造成了士风文风之弱，所谓"宋季文章，气萎薾而辞骫骳"（《元诗选·初集卷八·戴表元小传》），正是对南宋末年文风的很好概括。元初，南北文人都有起而矫其弊者，北方如姚燧等人，以雄奇古奥扭转文风，其文一任才驱气驾，张养浩《牧庵集序》评之曰："惟牧庵公才驱气驾，纵横开阖，纪律惟意。……每有所述，于燕酣后，岸然瞑坐，

---

[1] 杨维桢：《东维子集》卷七《张北山和陶集序》，商务印书馆《四部丛刊》影印《鸣野山房》本。

[2] 傅若金：《傅与砺诗文集》卷四《孟天伟文稿序》，文渊阁《四库全书》本。

[3] 张养浩：《牧庵集序》《牧庵集》卷首，《四部丛刊》影印清武英殿聚珍版书本。

词致砑隐，书者或不能供。章成，则雄刚古邃，读者或不能句。尤能约要于繁，出奇于腐，江海驶而蛟龙拏，风霆薄而元气溢。森乎其芒寒，煏乎其辉煜。"[1]此即所谓"气盛"之文。南方的情况也与此相似，元初文人也以奇险救萎靡，虞集描述当时的情形说："当是时，南方新附，江乡之间，逢掖缙绅之士，以其抱负之非常，幽远而未见知，则折其奇杰之气，以为高深危险之语。视彼靡靡混混，则有间矣。"[2]与北方一样，他们用"奇杰之气""高深危险之语"横扫了宋末的"靡靡混混"。

但是，这种奇崛文风并不是理想文风，从某种意义上说，它是一种新的文弊，所以当它形成之时，就受到质疑。北方如王恽，他就坚决反对这种文风，认为文章"以自得有用为主，尽名家而传不朽。若必曰须撑霆裂月、碎破阵敌、穿穴险固者方可为之，则后生晚学不复敢下笔矣。如西岩之气淳而学古，材清而辞丽，自足以摅平生之底蕴，为后进之规模"[3]。南方如虞集，他对当时执文柄的元明善提出批评，说："凡为文辞，得所欲言而止。必如明善云'若雷霆之震惊，鬼神之灵变'然后可，非性情之正也。"[4]

那么如何才能使文章既不流于萎靡又不失之奇险呢？文不主气，则瑟缩无生意；任气而发，必失儒雅温淳之旨，其弊将不胜言。元人的必然选择是：主气而不使之失控。于是他们提出了"志以御气""以理命气"的主张。请看黄溍的思考：

---

[1] 张养浩：《牧庵集》卷首《牧庵集序》，《四部丛刊》本。
[2] 虞集：《道园学古录》卷三十三《序·庐陵刘桂隐存稿序》，商务印书馆《四部丛刊》影印景泰本。
[3] 吴澄：《吴文正集》卷四十三《西岩赵君文集序》，文渊阁《四库全书》本。
[4] 宋濂等：《元史》卷一百八十一《元明善传》，中华书局 1976 年版，第 4173 页。

> 某窃闻昔人之论文，率谓文主于气，气命于志，志立于学
> 者也。盖三代而下，骚人墨客以才驱气驾而为文，骄气盈则
> 其言必肆而失于诞，客气歉则其言必苟而流于诡。譬如一元
> 之运，百物生焉。观其荣耀销落，而气之屈伸可知也。惟夫
> 学足以辅其志，志足以御其气者。气和而声和，故其形于言
> 也粹然一出于正。兹其所以信于今而贻于后欤？[1]

文主于气，而气须有制约，制约气的应是志和理，气是感性的，志和理则是理性的，将感性之气置于理性的控制之下，就能保证气之"和"，"和"则"正"，元人称之为"御气"，能"御气"就能避免"怪奇"和"矜诞"。元人也认识到"气"与"情"之间的内在关联，认为对"气"的制约也就是对"情"的制约，在诗学领域，要使情不滥发，御气也是一个有效的途径。所以虞集在谈诗论乐时提出了"以理命气"[2]的命题。他们要追求的，是一种既有感情贯注又不肆情滥情的儒雅气象。这种理论，消解了文学"笔落惊风雨，诗成泣鬼神"的震撼人心的力量，使文学追求内涵与内敛。在今人看来，这容易导致文学基本精神的失落，但元人自有他们的解释，他们认为，文学震撼人心的力量，在于其内在的"志"而不在于外在的声色刺激。刘将孙说：

> 诗者，固仁人志士、忠臣孝子之所为作也，岂直章句之巧
> 而风月之尚哉！古所谓惊风雨，泣鬼神，非以其奇崛突兀，
> 以其志也。[3]

---

[1] 黄潜：《黄文献公集》卷六《吴正传文集序》，《金华丛书》本。

[2] 虞集：《道园学古录》卷四十《题吴先生真乐堂记后》，商务印书馆《四部丛刊》影印景泰本。

[3] 刘将孙：《养吾斋集》卷十一《魏槐庭诗序》，文渊阁《四库全书》本。

所谓"不大声色",并非无声无色,而是追求一种内敛的声色,将凛然之气内敛于表面的平和与光洁之中。危素评黄潜之文,就是对这样一种文章风格、风范的描述:

> 壹本乎六艺,而以羽翼圣道为先务。然其为体,布置谨严,援据精切,俯仰雍容,不大声色。譬之澄湖不波,一碧万顷,鼋鼍蛟龙,潜伏而不动,渊然之色,自不可犯。[1]

唐代韩愈《石鼎联句诗》有两句云:"磨砻去圭角,浸润著光精。"吴澄借来作为这种文风的形象描述,在《马可翁诗序》一文中,他要马可翁以此作为文风追求:"请以斯言为子修辞之则,亦为子修身之则。"[2]文章外表"光精",而其内质则为圭玉;圭角不露,而其坚不改,就是他们追求的文风。与理学家的人格追求相联系,这种文风体现的是所谓"大儒君子"之风,虞集描述说:"气象舒徐而俨雅,文章丰博而蔓衍。从而咏之,不足以知其深广;极其所至,不足以究其津涯。此岂非龟蒙、徂徕之间,元气之充硕,以发挥一代斯文之盛者乎?"[3]他们追求的是一种初读似无味,而愈读愈感到深广的效果,是平中寓奇,奇在平中。宋人已经在追求这种风格和效果,王安石就推崇"看似寻常最奇崛,成如容易却艰辛"[4]之作;元人与宋人的不同是,他们要在诗文中贯穿"理"的精神。

我们分析元代以理学为精神底蕴的文风,举出三种。由于这三种文风都是融贯了理学精神的,所以它们有着较多的共性:都"根著理道",都不追求精神的外射而追求蕴涵的丰厚。但也各具个性:一个

---

[1]　黄潜:《日损斋笔记》附录危素《文献黄公神道碑》,《丛书集成初编》本。
[2]　吴澄:《吴文正集》,文渊阁《四库全书》本。
[3]　虞集:《道园学古录》卷三十三《曹士开〈汉泉漫稿〉序》。
[4]　王安石:《临川先生文集》卷三十一《题张司业诗》,商务印书馆《四部丛刊》影印本。

追求雍容平易，一个追求萧散高致，一个追求淡雅光洁。总的说来，它是理学家外圆内方人格追求的体现：在儒雅闲静的背后，深藏着孤介不倚、凛然难犯的君子之性。

（原载《晋阳学刊》2007 年第 1 期）

辽金元诗歌研究之成就与未来的任务

十一卷本《中国诗歌通史》的出版，确实是中国诗歌史研究的一大成果。其中的"辽金元卷"，则是辽金元这一特殊时期诗歌发展史的一次系统梳理。读这一卷书，深感它是一部厚重的断代诗歌史著。在欣喜的同时，也引发了关于辽金元诗歌研究的一些感想。

一、《中国诗歌通史 · 辽金元卷》的成就

1. 21 世纪文学史家观念和眼光

辽金元诗歌，即使是广义概念的辽金元诗歌，在以往的文学史著中，也篇幅寥寥。这一时期的诗人诗作，除元好问等极少数诗人和一些散曲作品外，都不入文学史家之眼。它们被放在不受关注的角落。不承认辽金元诗歌的价值，这当然是以往文学史的偏见。这种偏见由来已久，根深蒂固，很难在短时期内清除。进入 21 世纪不久出版的《中国诗歌通史》，首先在篇幅上打破了固有的格局，给了辽金元一卷的篇幅，在宏观上肯定了辽金元诗歌的地位，体现了 21 世纪文学史家的眼光。这一格局的改变，绝对不仅仅是部头大小的外在直觉，它具有多方面的文学史意义，将对今后的文学史研究和教学，特别是诗史研究和教学，产生多方面的影响。其意义，将随着时间的推移而显

现，而被认识。

2. 第一次在广义诗歌观念下，把辽金元诗歌的发展作了系统梳理

《中国诗歌通史·辽金元卷》，既是《中国诗歌通史》的一卷，同时又具有自身的独立性。作为一部独立的著作，它是一部分体断代的文学史，即断代的诗史。作为断代诗史，它是第一部系统梳理辽金元诗歌发展的学术著作。辽、金、元三代，分而言之，是三个前后相接并具有共同性的朝代。合而观之，它是中国历史上一个特殊的时期。这一特殊时期的诗歌，从时代分有辽诗、金诗、元诗，从作者的种族看，有汉族诗人诗作和其他民族诗人诗作，从体裁分则有诗、词、曲之不同。但所有这些，都是在中国历史上辽金元这同一时空中的创作。既然是同一时空中的诗歌创作，就应该通而观之，以通观的眼光来看待。所谓通而观之，应该体现三个融通：辽金元的历史贯通，各民族诗歌的融通和诗、词、曲的横向联通。《中国诗歌通史·辽金元卷》也试图做到这三点。有些方面做得好一些，有些方面还明显不足。做得最好的，首先是纵向上史的贯通。尽管各部分分别成于不同作者之手，但看来各位作者都有历史贯通的意识，所以这方面做得好一些。其次是民族的融通。作者是把不同民族诗人及其作品作一体观的，尽管非汉族诗人作了专章，但在写作中还是贯穿了多民族一体的观念。当然，客观上看，这些非汉族诗人的诗作，都属于汉语创作，其中体现的观念，也与汉族诗人诗作大体相同。做得不理想的是诗、词、曲的联通。将同一历史时期不同文体的研究互相割裂，是不应该的，但却是长期以来文学史研究的定势。这一问题，在这卷书里也没有得到较好的解决。毫无疑问，这应该是今后相当长的一个时期，辽金元文学研究应该着力突破的关节点。这一突破无疑是困难的。将辽金元时期的诗词曲作一体观，除了需要研究者有驾驭多种文体研究的

知识与文献储备外，关键是要能很好把握一个时代共有的文化精神。

3. 时代特色与独到见解

辽金元时代是中国历史上一个特殊时期，这样一个特殊时期，其诗歌有着不同于其他时代的特色。本卷在纲目设计和撰稿中，都努力体现其特色。这些特色，主要是民族文化特色、地域特色，以及这些特色在不同时期的不同表现。辽金元诗歌的特色是历史的客观存在，对于本卷撰写者来说，就是如何认识和把握它，把握得越准确、越到位，就越能较好地揭示其特色。可贵的是，本卷撰稿人有这种自觉。

本卷成于多人之手，由五位撰稿人分别写成。在当前的学术界，成于众手之作，多被看成是拼凑，水平往往会受到质疑。而本卷则不然，它是由相关方面研究有素的学者撰稿，是在长期积累的基础上写成，尽管难以避免行文风格不一、互相照应不够等缺点，但每一部分都坚实深厚，具有撰稿人的独到见解，而这些见解是建立在深思熟虑基础之上，经得起考验的，使得本卷展示了较高的学术水平。

二、 辽金元诗歌研究面临的艰巨任务

辽金元诗歌创作取得了一定成就，但直到今天，其成就还没有得到客观认识。这有多方面的原因和问题。这些问题，有些比较容易解决，有些则一时难以改变。辽金元诗歌研究，还是任重道远。

1. 清除认识的偏见

文学史研究界对辽金元诗歌（特别是元诗）的偏见是根深蒂固的，其影响也广泛而深刻。有些偏见现在看来容易破除，但要将这些偏见从人们观念中全部清除，是非常困难的。人们对辽金元诗歌的偏见，自明代以来影响至今。史学家陈垣就批评过明人的这种偏见，说："（元之）儒学、文学，均盛极一时。而论世者每轻之，则以元享

国不及百年，明人蔽于战胜余威，辄视如无物，加以种族之见，横亘胸中，有时杂以嘲戏。王夫之《夕堂永日绪论·外编》谓胡元诗人贯云石、萨天锡欲矫宋诗之衰，而膻气乘之云云，其一例也。"[1]陈垣还论证了明人不读元诗，感慨："可见元人之诗，久不在明人目中也。"明人也有比较客观看待元诗的，但其观点影响不大。如李东阳，他认为元诗是中国诗史发展的一个阶段，有自己的特点：

> 诗之为物也，大则关气运，小则因土俗，而实本乎人之心。……世殊地异，而人不同，故曹、豳、郑、卫，各自为风；汉、唐、宋之作，代不相若，而亦自为盛衰。逮至于元，其变愈极，而其间贤人义士，往往奋发振迅，为感物言志之音者，盖随所得而成焉。[2]

在李东阳看来，元诗也与汉魏六朝唐宋诗一样，有着自身不可取代的特色："汉魏六朝唐宋元诗，各自为体。譬之方言，秦晋吴越闽楚之类，分疆画地，音殊调别，彼此不相如。……气机所动，发为音声，随时与地，无俟区别，而不相侵夺。"[3]但这些观点，在20世纪的文学史界没有影响。20世纪有些著作着意贬低元代，存在着大量的主观解读甚至故意曲解。举一个影响很大尽人皆知的例子，有一条证明元代文人地位低下的材料："滑稽之雄，以儒为戏者曰：'我大元制典，人有十等：一官二吏，先之者，贵之也。贵之者，谓有益于国也。七匠八娼，九儒十丐。后之者，贱之也。贱之者，谓无益于国也。'嗟乎，卑哉！介乎娼之下、丐之上者，今之儒也。"既表明文人地位低下，又说

[1] 陈垣：《元西域人华化考》卷八《总论元文化》，北京师范大学出版社1982年影印《励耘书屋丛刻》本，第259页。

[2] 李东阳：《怀麓堂集》卷二十四《赤城集序》，文渊阁《四库全书》本。

[3] 李东阳：《怀麓堂诗话》，李庆立校释本，人民文学出版社2009年版，第179页。

明元代愚昧黑暗，文化不昌明。这段话出自著名宋遗民谢枋得的文章《送方伯载归三山序》。细读原文，才知道作者本意正好相反，是批判宋代科举制度制造了科举程文之士，只会作场屋无用之文，造成了文化厄运。在谢枋得看来，进入元代，文化厄运即将结束，人们可以抛弃"场屋无用之文"而作"经天纬地"有用之文，"文运大明，今其时矣"[1]。像这类误读甚至有意歪曲的东西不除，怎么能对元代文学包括元诗有客观的评价？

2. 了解元代文坛

元代是一个"文倡于下"的时代。元人许衡说："纲常不可一日而亡于天下，苟在上者无以任之，则在下之任也。"由于元政府在文化风教上不作为，在下的文人们自觉担当起兴起文教、重建纲常的任务。明人何景明有言："文之兴于盛世也，上倡之；其兴于衰世也，下倡之。倡于上，则尚一而道行；倡于下，合者宗，疑者沮，而卒莫之齐也。"[2]不管他怎样界定盛世与衰世，但他认为，衰世也可以有"文之兴"，只是衰世之文，不是"倡于上"，而是"倡于下"。倡于上则"尚一"，即其风气宗尚显示出相对的统一性；倡于下则不"一"，即显示出相对的多元性。"倡于下"相对多元，正是元代文学与文学思想的特点。倡于上，政府有提倡，也就有干预；倡于下，没有政治力量的推动，同时也就摆脱了政治的强力干预。元代为我们提供了一个"文倡于下"的时代范本。认识了这一点，我们就必须用多元价值标准来评价元诗，才可能客观认识元诗的价值。如果一定要用美刺讽喻、抒情言志、移风易俗、反映重大社会问题的标准衡量元诗，就可能忽略了元诗多方面的价值，甚至其中珍贵的东西。

---

[1] 谢枋得：《叠山集》卷六《送方伯载归三山序》，《四部丛刊续集》影印本。
[2] 何景明：《何大复先生集》卷三十四《汉魏集序》，明刻本。

比如有人认为，元诗的社会批判意识不强。可以明确地说，这种看法是错误的，元诗的批判意识和批判力度，超越以往。只是这种批判与其他时期有着明显的不同：它没有"惟歌生民病，愿得天子知"（白居易《寄唐生》）的直接目的，只是直写眼前所见、心中所感。诗人不是有意写给谁看，反倒更真切。举例看，元人李思衍有《鬻孙谣》："白头老翁发垂领，牵孙与客摩孙顶。翁年八十死无恤，怜汝孩童困饥馑。……客谢老翁将孙去，泪下如丝不能语。零丁老病维一身，独卧茅檐夜深雨。梦回犹自误呼孙，县吏催租更打门。"[1]这样的诗，越读越感人，读者从中体会到的是那种揪心之痛和凄婉之情。把这样的诗和《卖炭翁》相比，孰高孰低，有可品评。

3. 理解元代文人

元代文人对诗的理解不同于其他时期，在一部分元人心中，诗就是写心的，诗只为自己而作。元代文化精神中有一种极可贵的东西，就是对文人自身价值的发现。当治国与明道都与自己无关时，文人们才发现，原来治国与行道，都是自身以外的东西。既然是文人，其价值和优势就在于自身的"文"，即文化、文才。"文"是他们的自身属性，也是他们社会角色的优势。这时才发现了真正属于自身的价值，其价值不依附于政治，不依附于道统，为他们自身所具有。不治国，不明道，其价值依然，不会因社会的改变而失去。与"文"的属性相连，还有高雅不俗的生活情趣。曾被孔子赞赏的曾点舞雩之适，在忘怀世事的轻松中，享受自然与文人雅趣，追求人格的完整和精神的独立。在与尘俗的鄙野、官场污浊的鲜明对比中，展示清雅之趣，突出文人们独居文化高地优越感的人生价值，就成为很多文人自我调适的

[1] 顾嗣立：《元诗选》二集，中华书局1987年版，第1975页。

选择。他们有文化，有清趣，以此区别于世俗的鄙庸和富贵者的污浊。诗人和诗论家戴表元认为，诗人之"清能灵识"是独得于天者，天既不以之赋予世俗之人，也不赋予富贵中人。文人有此，足以傲世。[1]赵文进一步认为，人之"清才"远比富贵难得，因而也更可贵："宰物轻与人以富贵，重与人以清才。"[2]天地间只有清才最可贵。贡师泰说：

> 富贵可以知力求，而诗固有难言者矣。是以黄金丹砂，穹圭桓璧，犹或幸致，而清词妙句在天地间，自有一种清气，岂知力所能求哉？[3]

文人在自我价值的重新发现中获得了心灵的平衡与满足。元代文人把诗看得很重，诗是他们生活不能缺少的部分，是心灵的寄托，他们自言万事皆废，所不废者，唯读书与作诗。释善住诗云："辩才已老犹临帖，子美虽贫不废诗。最是世间清胜事，此中风味少人知。"[4]越是老贫，越不能废诗。刘将孙描写文人们以诗会友，朋友之间"各以诗为日用"，尽管"四方行李"，也要"每为会期，远者二三岁一聚，近者必数月，相见无杂言，必交出近作，相与句字推敲，有未稳处，或尽日相对无一言，眉间郁郁，参差倚阑行散，馈食不知，问事不应"[5]。元季丧乱，文人们也将其悲忧愉逸之情寄之于诗。舒頔《群英诗会序》说："吾乡诸友，遭群凶攘窃之余，而复形诸咏歌，发其铿

041

[1] 戴表元：《吴僧崇古师诗序》，李军等校点《戴表元集》，吉林文史出版社2008年版，第124页。
[2] 赵文：《青山集》卷一《王奕诗序》，文渊阁《四库全书》本。
[3] 贡师泰：《葛逻禄易之诗序》，迺贤《金台集》卷首，中国书店《海王邨古籍丛刊》影印《元人十种集》本。
[4] 释善住：《谷响集》卷三《春夜杂兴十八首》之十八，文渊阁《四库全书》本。
[5] 刘将孙：《养吾斋集》卷十《跲肋集序》，文渊阁《四库全书》本。

锵之音，宣其湮郁之气，和其性情之美。或登高临深，或良辰美景，或悲忧愉逸，一于诗是寄。"[1]宋元之际的诗人谢应芳有诗云："秋菊春兰各有时，颓然老我一书痴。脚跟不识青云路，头发空成白雪丝。怕醉有时曾止酒，遣闲无日不吟诗。"[2]大致同时，另一位诗人也有诗说：

> 平生寡嗜欲，所好在吟诗。朝夕吟不已，鬓边已成丝。幼女颇解事，长跪陈戒辞。吟止适情性，勿使精神疲。深感吾女言，而我乐在兹。一日不吟咏，满怀动忧思。阿女顾予哂，予心还自怡。春风入庭院，花阴满前墀。清兴不可遏，把笔更须题。[3]

诗是他们生命的重要组成部分，没有诗，他们就不知道自己生命还有什么意义。

对于元代很多诗人来说，写诗是心灵的需要。他们写诗，排除一切功利目的，黄溍赞赏朋友的作诗态度，说他"遇风日清美，辄与胜流韵士，酣嬉于水光山色间。所为诗，直以写其胸中之趣，不苟事藻饰求媚俗也"[4]。写诗不是给别人看，别人如何评价，对他们来说意义不大，如王冕画梅之"不要人夸好颜色"（《墨梅》四首其三）。他们作诗，不过"取之胸中，施之笔下，如出自然。……能自乐其乐。遇好泉石则吟，好风月则吟，好朋友则吟"[5]。我自作诗，我自写我

---

[1] 舒頔：《贞素斋集》卷二《群英诗会序》，文渊阁《四库全书》本。

[2] 谢应芳：《龟巢稿》卷十六《生日口号二首》其二，《四部丛刊三编》影印傅氏双鉴楼藏抄本。

[3] 邓雅：《邓伯言玉笥集》卷一《偶题》，清抄本。

[4] 黄溍：《金华黄先生文集》卷三十一《信州路总管府判官谢公墓志铭》，《四部丛刊》影印元刊本。

[5] 牟巘：《陵阳集》卷十三《挂蓑集序》，文渊阁《四库全书》本。

之心，娱我之情，或泻其无聊，与他人无关。以往研究者认为，这是逃避社会，不关心现实。认为这样的诗歌，内容贫乏，缺乏社会批判意识。现在看来，这种认识应该改变。文学是写心的，写心之诗，展示了诗人的心灵和情绪，这样的诗，就是有价值的。好诗是自然写出来的。元代诗论家刘将孙对此有很好的论述，他认为，诗应如九皋鹤鸣，"感赏于风露之味，畅适于无人之野，其鸣也，非以为人媚"，是完全自然自由和无功利的。诗之感人，也是自然遇之，自然感动，"其闻也，非其意。而得之缥缈者，无不回首萧然"，如此自然感人之声，即使是"肉食之鄙夫，筝笛之聋耳，将亦意消而神愧"[1]。宽松的环境，自然的状态，自由的心灵，应该是推动诗歌发展最好的条件。元代具备这样的条件。如果你承认，文学本质上是写心的，文学说到底是心灵的东西，那你应该认可元诗，并因其在中国诗史独具特色，而加以珍视。

　　了解元代文坛，理解元代文人，都是要转换眼光。清除偏见不易，转换眼光更难。辽金元诗歌研究，依然任重而道远。

　　（本文为首都师范大学诗学研究中心 2013 年 6 月 12 日《中国诗歌通论》研讨会稿，后刊发于《北京大学学报》2013 年第 6 期）

---

[1] 刘将孙：《养吾斋集》卷十《九皋诗集序》，文渊阁《四库全书》本。

元代诗文论研究概述

文学批评史家多无视元代诗文论之存在，文学批评史著作对有元一代可以略而不论，专门研究元代诗文论的论文也是寥若晨星。研究者几乎众口一词：元代诗文论沉寂。直到近几年，才开始有人注意到元人文论独特的价值。元代诗文论的研究亟待加强。为了进行这方面的研究，对元代诗文论研究作一回顾，也许不无意义。

一、资料之整理

元代诗文论研究的薄弱，首先从文献整理的落后上反映出来。而文献整理的落后，又是造成研究薄弱的直接原因。

元代诗文论资料有两部分：文论专书和散见于元人文集或其他著述中的文献。

元代诗文论著作，流传下来的有十七种。其中大部分在清人整理以后，没有再作进一步的整理。所以我们现在要去研究，仍需使用清代的本子。现将大致情况罗列于下。

《四库全书》收六种：

陈绎曾《文说》一卷，

王构《修辞鉴衡》二卷，

潘昂霄《金石例》十卷,

倪士毅《作义要诀》一卷,

辛文房《唐才子传》十卷,

方回《瀛奎律髓》四十九卷。

《学海类编》收二种:

陈秀民《东坡文谈录》一卷,

陈秀民《东坡诗话录》三卷。

《历代诗话》收四种:

蒋子正《山房随笔》,

杨载《诗法家数》,

范梈《木天禁语》,

范梈《诗学禁脔》。

《历代诗话续编》收三种:

韦居安《梅涧诗话》,

吴师道《吴礼部诗话》,

陈绎曾《诗谱》。

未经整理的尚有两种:

陈绎曾《文筌》八卷,

徐骏《诗文轨范》二卷。

　　除此之外,元人笔记中保留文论资料较多的如王恽《玉堂嘉话》、刘壎《隐居通议》,收入民国时编印的《丛书集成初编》。

　　上列各书,解放后大多没有重新整理出版,只有两种例外:一种是《唐才子传》,一种是《瀛奎律髓》。《唐才子传》出过多种版本,近年又有大型《唐才子传校笺》(傅璇琮主编,中华书局分册陆续出版)。《瀛奎律髓》经李庆甲整理,1986年上海古籍出版社出版《瀛奎律髓汇评》，最近中国书店影印了清人纪晓岚《瀛奎律髓刊误》，更名为《唐宋诗三千首》。这里有一个很值得注意的问题：这两种书不是作为元代文论资料而是作为唐宋文学研究资料被整理出版的。《唐才子传》本来是"以论文为主，不以记事为主"[1]，作者是要通过这部书成一家之言，它无疑是一部诗论著作，但长期以来只被当作唐诗研究资料。《唐才子传校笺》一书，补充了大量资料，对书中所论诗人的生平进行了深入考证，是唐诗研究领域的一大成果。但其诗论价值也同时被淹没。《唐才子传》研究的论文，在许多目录中被编入唐代文学研究里去，这也可见人们对这本书价值的认识了。《瀛奎律髓》也是这样，方回自序说："所选诗格也，所注诗话也。"他是作为诗论著作撰写的，并且实际上也写成了诗论著作。但人们却只把它看成唐宋律诗的选本。李庆甲汇评本的出版，无疑有利于唐宋律诗的研究，但方回的诗学思想也就同时被淡化了。而中国书店影印本，更直接将书名改成《唐宋诗三千首》。《瀛奎律髓》的研究文章，也同样被编进唐宋文学研究的目录。所以，这两部书虽被反复整理出版，但对元代文论研究，却没有产生应有的推动作用。

除这两种以外的其他十五种，内容大致可分为两类：一种是诗话文话，以记事为主，兼有评论；一种专讲诗文技法。这些书一直未引起研究者的重视，其原因是两方面的，就这些书本身来说，确实不是文论名著；就研究者来说，也受长期轻视技巧倾向的影响。如果我们的眼光更客观一些，那么这些书中对诗文技法的研究，特别是由总结科举程文写作经验而提出的文章技法，还是很有价值的。

---

[1] 爱新觉罗·永瑢等：《四库全书总目》，中华书局1965年版，第523页。

这些年，历代文论著作整理出版不少，元代的文论著作，除《唐才子传》《瀛奎律髓》被当作唐宋文学研究资料整理出版外，其他的一本也没有。这不能不说是一种缺憾。

元人文论富于理论色彩的，是散见于元人别集中的文集序跋、诗文作家的碑、铭、赞、祭文等。这方面的整理有：《元人文集篇目分类索引》（陆峻岭编，中华书局1979年版）。该书收元人一百七十种别集目录，其中属文论资料的有：诗文别集序跋一千二百六十八篇，诗文总集序跋一百五十二篇，诗文曲评七十六篇，文论专著序跋二十一篇，程文研究专论九篇。几种合计一千五百二十六篇。在人物传记类目录中，还有诗文作者的碑、铭、志、赞、祭文等，数量相当大，不下数百篇。本书所收范围较广，篇目也多，但它仅是一个目录，其推动研究的意义当然也就受到限制。

《元代文学批评资料汇编》（曾永义编，台湾成文出版公司 1981年版）。这是一部大型资料汇编，摘编了元代一百二十八家论诗文的序、跋、铭、赞、语录、评点、随笔、论诗诗等一千四百多篇（首），计三十八万字。应该说，这是一部难得的资料书，编者自称重要资料，大抵该备。不过就我们目前掌握的情况，觉得它尚难称"该备"。它的遗漏有四个方面：第一，所收别集面不够宽，元人别集收入《四库全书》的就有一百六十八种，加上《四库全书》未收的，现存二百余种。该书所收实不超过一百二十种；第二，已收文集中文论资料也有不少遗漏；第三，元人笔记中的文论资料没有广泛搜求；第四，《元史》诗文家本传中保存有不少重要资料，未搜求。所以此书成绩虽应有足够估价，而此项资料尚待进一步深入钩稽。

《宋金元文论选》（陶秋英编选，虞行校订，人民文学出版社

1984年版）。这本书的出版使广大读者看到了一些元人文论资料，但所收数量有限，元代部分不过数万字而已，并且选篇不够全面，一些代表性的文论家，如许衡、吴澄等人的文论没有入选，使这部分不具有代表性，人们不能由此书而窥知元人文论的全貌。

要推动元代文论研究，首要的是搞好资料整理，这是基础工作。

二、总 体 研 究

在已有的元代文论研究论著中，极少有对元人文论作总体性或就某一问题作专题性研究的。在已出版的中国文学批评史或中国美学思想史著作中，没有一部对元人文论作宏观概述的。单篇文章，现知有陈苏《元代的文学批评》（《光明日报》1960年10月16日），曾永义《元代文学批评资料汇编·绪论》，徐寿凯《以古为尚——元代文艺思潮之一》《对温柔敦厚与太和的鼓吹——元代文艺思潮之二》（皆载《古代文艺思想漫话》，浙江文艺出版社1984年版），《中国大百科全书·中国文学卷·元代文学理论批评》（马白撰文）；专题研究有许总《金元杜诗学探析》（《江海学刊》1987年第3期）。

人们对元代文论的总体性研究，大致可用两句话概括，即认为元人文论思想上是保守的，理论上不出前人的见解。总之是没有价值的。陈苏《元代的文学批评》说郝经、虞集是反动的，斥责他们卖身投靠侵略者，是顽固的卫道士。徐寿凯《古代文艺思想漫话》历述了郝经、吴澄、戴表元、欧阳玄、杨维桢的观点，认为他们全是主张复古的，作者总结说："由于我们从元初到元末的文集中，可以看到大量复古的言论，却难得发现反对复古提倡革新的意见。因此可以说，在元代，从理论上提倡复古是它的有代表性的思潮之一。"（《以古为尚——元代文艺思潮之一》）[1]他又认为："宣扬温柔敦厚与太和之气，也是终元一代带有普遍性的一个文艺思潮。"他说郝经、刘壎、吴澄、黄溍、杨维桢、王礼、陈基，都无一例外地鼓吹温柔敦厚的诗教，其目的，则是"要借此来麻痹和消弭人民的反抗意识"。不过他又认为："在鼓吹者当中，也并不一定都是出自内心，有的可能是违心之谈。"（《对温柔敦厚与太和的鼓吹——元代文艺思潮之二》）[2]曾永义的《元代文学批评资料汇编·绪论》是一篇规模很大的概论性文章，全文分文论、诗论、词曲论、余论几部分。文论又分本体论、功用论、文法论、文体论、文弊论；诗论又分本体论、功用论、诗体论、诗法论、宗派论。他认为元人的文章本体论，"实即本于两宋道学家之绪论"；元人的文章功用论"自亦兼具二者（指两宋道学家与古文家）之主张"；元人的文法论，"大旨不出三家（指刘勰、韩愈、柳宗元）的主张"；对元人的文体论稍有肯定，认为是与前人相互发明的；元人文弊论，"其实都是撷拾韩愈《原道》排斥佛老之意而已"。曾永义论元人诗歌本体论，认为"元人论诗，可以说大抵不出大序的范畴"；元人的诗歌功用论，"可以说不出大序的见解"；对元人诗体论稍有肯定，认为"元人在这方面较之两宋与明清虽然不能比拟，但也有足供参考的见解"；只有诗法论被认为"是很值得参考的"；最后宗派论述而不评。曾氏的文章虽洋洋数万言，大旨却在证明元代文论没有价值。他对元代文论总的评价是："元人的文学批评，其内容和两宋不殊，仍以论诗论文为主。又因为此时学术思想不昌明，传统文学亦很沉寂，故其文学批评的见解，亦大抵不出两宋名家的主张。……诚如郭绍虞《中国文学批评史》所云：我们从元人的言论中，时常可以找出一些

049

[1] 徐寿凯：《古代文艺思想漫话》，浙江文艺出版社1984年版，第203页。
[2] 徐寿凯：《古代文艺思想漫话》，第207页。

明代文学批评的端倪。"[1]《中国大百科全书·中国文学卷》将元代诗文理论分为三派：一派"以郝经、刘将孙为代表，承继宋代理学家的观点，以道论文"；一派"以方回为代表，承继宋代黄庭坚与江西诗派，标榜'格律整峭'"；一派"以戴表元、袁桷为代表，承继严羽，提倡唐音"。总之，"元代诗文理论多沿袭宋人，较少创见"[2]，因此也用不着论其价值了。

只有近年发表的一篇专论《金元杜诗学探析》(许总撰，《江海学刊》1987年第3期)持论不同。文章认为元人批评宋儒以道学为诗，提倡性情，诗歌本体论"已经由'从道中流出'变为'皆在人性中流出'""在宋代理学的强大影响下，却能大为'缘情'张目，相当程度地恢复了诗人的诗论，正是其价值所在""在程朱理学被继续作为唯一的官方哲学的时代，金元思想家却能一定程度地突破程朱理学的藩篱，这正是金元诗学之所以一定程度地从宋学桎梏下解放出来，使诗歌理论从'言志'回复到'缘情'，从对政教功利的宣扬回到对审美作用的强调，使诗论的重心从外在转向内在，从客体转向主体的思想根源"。

我们期待着总体研究的突破，期待着《中国文学批评通史·宋金元文学批评史》的出版。

三、个 案 研 究

元人文论总体的、宏观研究的不足，是由于个案的、微观研究的

---

[1] 曾永义：《元代文学批评资料汇编》，台湾成文出版社有限公司1978年版，第1～66页。

[2] 中国大百科全书总编辑委员会《中国文学》编辑委员会：《中国大百科全书·中国文学》，中国大百科全书出版社1988年版，第1197～1198页。

贫乏，个案研究没有给总体研究提供足够的基础。

具体对某位文论家作个案研究的论著也不多，就笔者所见，除郭绍虞《中国文学批评史》、敏泽《中国美学思想史》、王运熙等《中国文学批评史》几部书外，有论文十来篇。论及的元代文论家，仅郝经、方回、戴表元、辛文房、刘将孙、杨维桢数人而已，也有论到赵孟頫的。现逐一分述于下。

郝经。专门论过郝经的仅郭绍虞先生一人。他在《中国文学批评史》中称"元代的文学批评没有什么特别可以提出的地方"，"只能就几个开明代文论风气的讲一讲"。这几个开明代风气的是郝经、戴表元、刘将孙、杨维桢。对论到的四人，他都很推重。他认为郝经学问广博，规模宏大，以其博大的气魄，打通了儒林与道学的关系。郝经主张文道合一，反对文道之分，所以说"有德者必有言"与"气盛言宜"的关系就发挥得透彻。认为郝经以如此规模宏大之学开宋濂之先声，影响明清，"已可看出他在文学批评史上的重要了"[1]。敏泽在研究方回时涉及郝经的"内游"说，认为"内游"就是想象力的自由驰骋，提倡"内游"，是"重视审美主体的心灵作用"。但因此而反对"观览"，则是片面的、唯心主义的。[2]

方回。在元代众多文论家中，方回是最受后人注目的，因此研究者也最多。敏泽、王运熙、方孝岳书中都有专论，论文有许总《论清人评〈瀛奎律髓〉之得失及其启示》（《江海学刊》1982年第5期）、李庆甲《略谈方回的〈瀛奎律髓〉》（《中国文艺思想史论丛》第二辑，北京大学出版社1985年版）、詹杭伦《方回诗歌美学思想初探》（《西北师院学报》1986年第2期）。这些研究又分两类：王运熙、方

[1] 郭绍虞：《中国文学批评史》，上海古籍出版社1979年版，第308～312页。
[2] 敏泽：《中国美学思想史》（中册），齐鲁书社1989年版，第499～500页。

孝岳、许总、李庆甲是文学批评史的研究，敏泽、詹杭伦是诗美学的研究。从文学批评史的角度研究方回和他的《瀛奎律髓》，一般都涉及方回诗论和清人纪晓岚《瀛奎律髓刊误》的是非问题，这几篇文章作者都是倾向于肯定方回的。概括地说，他们认为方回在文学批评史上的贡献是改造与提高江西诗派的诗学理论，使之朝着克服消极面、发扬积极面的方向前进了一大步。具体来说，第一，崇尚"格高"，强调人格与诗格的关系；第二，注重"拗字""变体"等法则，是对江西派诗律学体系的改造与提高；第三，推尊杜甫，提出"一祖三宗"说，号召后学直接学习杜甫，有利于克服只重形式技巧的片面性；第四，注重诗歌与现实的关系，强调诗歌的现实性、时代感。但各家对方回诗论的肯定程度是不同的，其中推崇至极的是方孝岳，他在《中国文学批评》第三十三节《〈瀛奎律髓〉里所说的"高格"》里，一一反驳纪晓岚《刊误》对方回的批评，并且说："除了《瀛奎律髓》而外，我国文学批评界，恐怕还找不出传授师法有如此之真切如此之详密的第二部书。"敏泽和詹杭伦虽然都从诗美学角度研究方回，但两人论述却大不相同。敏泽主要是用美学理论评价了方回"心即境""高格""新与熟"三个诗学观点。说"心即境"即景在情中，情在景中，"正是审美观照中主客体融而一之的结果：主体客体化或物化，客体主体化或心灵化"。这是方回"从哲学高度，从审美主客体的'心''境'的关系，对传统中的'意境说'作了精辟的概括"。关于"高格"，他认为"方回以'格高'高自标置，首先重视的是审美主体高尚的道德情操和人格美"，"方回所说的'高格'，既指诗格中所反映的人格美，又指与其相联系的苍劲的风格美及二者的统一"。关于"新"与"熟"，他认为"强调'新而熟''熟而新'，包含着推陈出新的意义"。他对方回追求瘦硬枯劲的风格表示不满。詹杭伦《方回诗歌美学思想初探》是一篇万余言的论文，文章分两部分。第一部分谈方回关于诗歌本质与功用的论述，作者认为："方回善于给一些传统的文学批评原则赋予新的时代意义。"如"诗言志"，方回"强调诗歌出于'天真之自然'，必须抒发作者眇眇临云之志、真实感人之情。这就使古老的'诗言志'说，具有了新的时代意义"。再如"诗亦史"，方回在前人评杜诗为"诗史"的基础上，提出"采诗观风，诗亦史也"的崭新命题，这就"将宋人对杜诗的评论，推衍为对整个诗歌本质的看法，这在理论上是一个重大的进步"。又如"诗可以怨"，方回进一步提出"诗'可以哀而哀，可以伤而伤'的新观点""突破了'乐而不淫，哀而不伤'的中庸之道"。文章第二部分谈方回关于诗歌创作和欣赏的理论，作者认为方回提出了"一些带根本性的看法和经验"，提出了"诗歌的创作和欣赏中需要'诗家眼'的观点"，即审美主体的素养问题；提出了审美中"所感之怀不同"而作不同审美判断的问题，即审美判断的差异取决于审美主体的心境、怀抱；提出了"状貌之外观精神"的观点，发展了传统的"形神论"，提出了自然美需要"赖人以为重"的看法，即自然的社会性，"人化的自然"的问题。文章最后说："我们对方回的诗歌美学思想作了一次初步巡礼。可以看出，方回的美学思想非常丰富，相当精深。……方回得以在前人的基础上，总结过去，面向未来；因而能够使他的理论在中国诗歌美学史上，产生极为深远的影响。"[1]

戴表元。戴表元对宋末文弊的批评，和他慨然以振起斯文为己任的精神，为许多元代文学史家或文学批评史家所称述，但目前看到专论戴表元文论思想的，却只有郭绍虞一人。他评戴表元的论诗主张：

---

[1] 詹杭伦：《方回诗歌美学思想初探》，《西北师大学报》1986年第2期。

"由前言，与沧浪为近；由后言，又与明代七子相类。""他可以启七子之先声而不致造成七子之流弊。"因为戴表元倡导复古但思想通达，"是他高出明代前后七子的地方，可惜他看重的还是在形式技巧方面"[1]。

辛文房。关于辛文房《唐才子传》的研究文章有三篇：郭曼君《新版〈唐才子传〉校读记》(《光明日报》1957 年 9 月 22 日)、张国光《元代西域诗评家辛文房的〈唐才子传〉评介》(《新疆师大学报》1987 年第 2 期)、漆绪邦《辛文房〈唐才子传〉的理论价值》(《北京师院学报》1987 年第 1 期)。这里着重介绍漆绪邦的文章，他首先拨正世俗的看法："一般以为，《唐才子传》是一部有关唐代诗歌的史料书，且毁誉不一。""但《唐才子传》的主要价值，并不在史料方面，而在理论方面。"它"以论文为主，不以记事为主"，但"从来治文学理论史的学者，叙元代文论，一般不及《唐才子传》，其理论价值没有得到应有的肯定。实际上，在元代的文学理论专著中，《唐才子传》应该说是最有见地，最有理论水平的一种"。辛文房写作的目的，也是要"成一家之言"的。作者论《唐才子传》在文论史上的地位，说它是"适应宋元之际的诗风的转变而产生的。同时，对元诗的挑宋入唐，又起着一定的开风气的作用"，推动了元初诗风的转变，并且在提倡宗唐，提倡"吟咏情性"以矫宋诗之弊的历史过程中，"在从严羽到明高棅以至七子之间，起着重要的桥梁作用"。作者认为，辛文房的诗论体系，核心是"诗道性情"。他论诗人之"才情""所阐明的，是诗歌的一个基本艺术特征，即抒一己之情，表自我之真"。他常用"情兴""缘兴""风情""情致""骚情风韵"等词，则他"主张

---

[1]　郭绍虞：《中国文学批评史》，上海古籍出版社 1979 年版，第 314～315 页。

抒写自然真情，主张诗从肺腑中流出，是很明确的"。作者说："辛文房认为，陶写性灵必以心神独运，'得其环中'为条件。"因"情之抒写，因人有别"，"各师成心，其异如面"，所以辛文房对各种各样的风格，"一般俱取肯定态度"。只是他"最为欣赏的，乃是情兴富于阳刚之气而具有豪壮之美的诗"。作者认为，"辛文房对阳刚之美的特别重视，是时代精神的反映，是时代心理的反映"。作者最后谈到，辛文房也谈"发乎情，止乎礼义"，是"没有能完全摆脱正统诗教的束缚"[1]。

刘将孙。郭绍虞、敏泽及陶秋英对刘将孙的文论都是肯定的，但肯定的程度不同。敏泽是一般肯定，说："刘将孙的美学思想，无疑是比较通达，颇具新意的。"认为他"文必宿必于理，而理无不綮然而为文"的主张是想调和道学家与文学家的矛盾，但两者分别属于哲学与美学，"从根本上说，又是不能合一的，因此，这种调和的意义，毕竟又是很有限的"。刘将孙认为"人声之精者为言，言之精者为诗"，追求诗的天然之趣，敏泽认为，其意思就是说"诗是人的精神美的结晶"。他对于刘将孙"夫诗者，所以自乐吾之性情也"，及"诗固有不得不如禅者"的观点也是肯定的[2]。郭绍虞对刘将孙则是赞赏，他认为刘将孙"文道合一"的主张，是对"南宋道学家否定古文家"的"否定之否定"。认为刘将孙"文字无二法""时文之精，即古文之理"之说是"惊人妙语"，是不能不令人惊叹的"卓识"[3]。至于陶秋英，他对刘将孙文论可谓激赏，认为"他对于文艺理论，体会精到，论议透辟""有超越前人之处，有精进的诠解启发后人之处，又有大胆的创

055

---

［1］ 漆绪邦：《辛文房〈唐才子传〉的理论价值》，《北京师院学报》1987 年第 1 期。

［2］ 敏泽：《中国美学思想史》（中册），齐鲁书社 1989 年版，第 506～508 页。

［3］ 郭绍虞：《中国文学批评史》，上海古籍出版社 1989 年版，第 315 页。

见。可说有综前启后的作用。对于文学方面，大的小的各种各样的问题都提出来讨论，方面之广……可称丰富多采。所以既宽泛而又深刻，广博而细腻，平正而创新。后代文论派系歧出不可谓不是刘氏启其端"。又说，"他每一篇文论，都美不胜收"[1]。

杨维桢。杨维桢论诗由性情进而重品格，强调"诗之品无异人品"，这一点在郭绍虞《中国文学批评史》、王运熙等《中国文学批评史》、敏泽《中国美学思想史》等专著，以及陶秋英《宋金元文论的发展》一文中都给予高度肯定。如敏泽评价说："杨维桢在美学思想上的一个最突出的特点，就是鲜明地强调诗品即人品"，认为这种观点是"重个性、人品及主体的审美情感体验""类似的见解虽然前人也接触过，但在中国美学思想史上，如此鲜明地提出这一点，在他之前却是没有的。这无疑是一个符合实际的美学论断。而且，重审美主体个性差异及美感体验区别的美学思想，对于传统诗教，在客观上也是一种冲击"[2]。

个案研究的文章还很少，论到的文论家也极有限，从此可以看出，元代文论的研究仍颇为沉寂。可慰的是，在已有的不多的论著中，却有一些颇为深刻的见解。

四、结　　语

回顾已走过的历程、已取得的研究成果，我们觉得必须重新认识元代诗文论，认真开展元代诗文论研究。

元代是中国文学批评史上一个重要的转折时期。

---

［1］ 陶秋英：《宋金元文论的发展——为〈宋金元文论选〉一书作》，《古代文学理论研究丛刊》第二辑，北京大学出版社1985年版。

［2］ 敏泽：《中国美学思想史》（中册），齐鲁书社1989年版，第508～509页。

学术的发展，总是经过长期积累，在一定时期达到繁荣，繁荣过后是危机，但危机中总是孕育着新的思想，新思想的发展形成学术史的转折，转折给学术发展带来新的生命，经过发展形成新的繁荣。学术的繁荣期固然是重要的，但以历史的眼光看问题，学术思想的转折期则更为重要。元代正是这样一个值得重视的文学思想的转折时期。这一转折起码有以下重要的标志。

第一，文学理论从经的附庸、道的奴仆的地位挣脱出来，成为独立的理论。中国文论，特别是居统治地位的儒家文论，从产生时起就带着浓重的工具性、功利性，全部文论研究的，不过是如何更好地明道，如何更好地教化。到后来更形成了文本于经、文本于道的文学本体论，只是到了元代晚期，才实现了文学理论的自觉，文学理论成为独立的理论，而不再是经的附庸和道的奴仆。元代文论家提出了"文本乎气"的文学本体论，认为诗文不是从道中流出，而是由天地之元气自然形成，由"宇宙间清灵秀淑之气"[1]形成，因此，文章不必宗经，不必征圣，不必原道，而要"一出于己"，只要"文至于是，辞至于达"[2]，就是好文章。这种理论，促成了元末文学思想的大解放。虽然这种崭新的、叛道的文学思想没有被明代文论家直接继承，但它对文学思想深层的影响，却是不可低估的。明代文论一再出现个性解放的思潮，不能说与晚元文论的影响无关。

第二，在文章理论中，打通了理学与文艺的壁垒，提倡文理相融标志着文章理论新的成熟。元人尖锐地批判了宋代文艺、理学判为专门，造成的"尚其文者不能畅于理，据于理者不能推之文"的文弊，要

[1] 戴表元：《送王子庆序》，李军等校点《戴表元集》，吉林文史出版社2008年版，第175页。

[2] 王沂：《伊滨集》卷十三《王叔善文稿序》，文渊阁《四库全书》本。

求写文章应该"文必宿于理，而理无不絮然而为文"[1]。要求"出议论于事外，发理趣于意表"[2]，写出文、理兼美的文章。值得特别注意的是，元人所说的理，已不再限于宋儒宣扬的性理，而多指"理致""理趣"，"理趣"正是反对宋代道学家以理为诗造成的"理障"而提出的美学概念。理学产生以前的文论家，没有认识到文与理的矛盾，当然更不可能提出处理文理关系的意见。文质之论，不如文理之论深刻。理学兴起，文章家重文，理学家重理，互相矛盾，各走极端，陷入片面。他们看到了文与理的矛盾，但没有正确解决。只有到了元代，文学理论才妥善地解决了文理矛盾，并将理学家的"性理"发展为符合艺术特征的"理趣"概念。只有正确认识并妥善解决了文与理的关系这一根本性的矛盾，人们对文章的认识才算成熟。只有解决了这一根本性的问题，其他问题的探讨才不致误入歧途。

　　第三，在诗论中建立起"性情"说，抛弃了"止乎礼义"的枷锁，诗歌的抒情特性被真正肯定。在元以前，先秦时期庄子提倡"真情"，六朝文论强调"缘情"。儒家文论也谈"性情"，但被纳入"言志"论的范畴中去，且凡言"发乎性情"必言"止乎礼义"。他们强调的不是"发乎性情"，而是"止乎礼义"。历来统治中国诗论的，都是"温柔敦厚"的诗教，和这一"发乎性情，止乎礼义"的诗学原则。诗是抒情的，但在"止乎礼义"的制约下抒情，无疑是带着锁链跳舞。到理学兴起，理学家更以理学为诗，诗的抒情性被否定。南宋严羽虽然提倡"兴趣说"，呼唤诗的抒情，但丝毫不能改变以押韵的语录为诗的局面。到元代，"性情"之说大起，以"性情"论诗才成为风尚，才放弃

　[1]　刘将孙：《赵青山先生墓表》，刘将孙著，李鸣、沈静校点《刘将孙集》，吉林文史出版
　　　　社 2009 年版，第 238 页。
　[2]　刘将孙：《赵青山先生墓表》，《刘将孙集》，第 238 页。

了"止乎礼义"而只谈"发乎性情","性情"一词才被理解为自然之真情。赵文倡导"人人有情性,则人人有诗"[1]。戴表元认为:"惟夫诗则一由性情以生。"[2]刘将孙认为诗"有得于情性者""惟发之真者为不泯"[3]。王沂认为"言出而为诗,原于人情之真,声发而为歌,本乎土风之素"[4]。他们强调"可以哀而哀,可以伤而伤"[5],"当歌而歌,当怨而怨"[6]。元人破与立的理论勇气,无疑是值得敬佩的。明代出现的"童心说""性灵说",其思想解放程度,都没有超过元代。

元代是中国文学批评史上一个重要的历史时期,元代诗文论重要的理论价值,乃在于坚决地与日益僵化的传统文学思想决裂,以自然的眼光观照文学问题,对明清文论有巨大的开启之功。可以说,明清文论源于元代文论,其保守的理论,是对元初文论的继承。而强调个性解放的文论,无疑是发端于元末新的文学思想。当然,对元代诗文论的评价会有不同意见,但认真开展这方面研究的意义,却是无可争辩的。因为搞清元人的文学思想,对认识中国封建社会后期数百年文学思想发展史,是至关重要的。

(原载《北京师范大学学报》1991 年增刊《元代文学学术讨论会特辑》)

---

[1] 赵文:《青山集》卷一《萧汉杰青原樵唱序》,文渊阁《四库全书》本。
[2] 戴表元:《珣上人删诗序》,李军等校点《戴表元集》,吉林文史出版社 2008 年版,第126 页。
[3] 刘将孙:《彭宏济诗序》,刘将孙著,李鸣、沈静校点《刘将孙集》,吉林文史出版社2009 年版,第 98 页。
[4] 王沂:《伊滨集》卷十六《隐轩诗序》,文渊阁《四库全书》本。
[5] 方回:《桐江续集》卷五《送罗架阁弘道并序》,文渊阁《四库全书》本。
[6] 王礼:《麟原后集》卷一《魏德基诗稿序》,文渊阁《四库全书》本。

元人的文道观与文章功用论

　　"文以明道"的思想，在先秦已露端倪。《荀子》的《解蔽》《儒效》《正名》等篇中，就要求文以明"道"。汉代的扬雄在《太玄·玄莹》《法言·吾子》中，进一步把明道与"宗经""征圣"联系起来。到南朝梁刘勰著《文心雕龙》，直接以《原道》《征圣》《宗经》命篇，明确提出"道沿圣以垂文，圣因文以明道"（《文心雕龙·原道》）[1]。此后开始注重文的特点。唐代韩愈领导古文运动，"志在古道，又甚好其言辞"[2]，以古文传古道。柳宗元也主张"文者以明道"[3]。然而二人都是文章大家，十分重视文章的写作。李汉概括韩愈的主张说："文者，贯道之器也。"[4]提出了"文以贯道"说。宋代欧阳修一面强调"道胜者，文不难而自至也"[5]，一面强调"我所谓文，必与

[1] 刘勰著，詹锳义证：《文心雕龙义证》，上海古籍出版社 1989 年版，第 28 页。

[2] 韩愈：《答陈生师锡书》，韩愈著，刘真伦、岳珍校注《韩愈文集汇校笺注》，中华书局 2010 年版，第 731 页。

[3] 柳宗元：《柳河东集》卷三十四《答韦中立论师道书》，上海人民出版社 1974 年版，第 542 页。

[4] 李汉：《昌黎先生集序》，《朱文公校昌黎先生文集》卷首，《四部丛刊》元刊本。

[5] 欧阳修：《答吴充秀才书》，欧阳修著，李逸安点校《欧阳修全集》，中华书局 2001 年版，第 666 页。

道俱"[1]，反对因重道而轻文。至理学兴起，周敦颐首先提出"文以载道"（《通书·文辞》）说[2]，二程更以为"文章害道"，南宋时朱熹反对"文以明道""文以贯道"，以为："这文皆是从道中流出，岂有文反能贯道之理？"[3]于是有文章家与理学家文道论的矛盾。自先秦直至两宋，"文道观"作为中国文学的一个基本观念，其具体内容虽因时而异，其基本精神则没有发生大的变化。在以"道"为目的，以"文"为手段这一根本点上是一贯的。到元代，这一文学观念发生了值得注意的变化：首先是将重道轻文的观念推向极端，甚至取消文章的概念；而后是对重道轻文的批判；有人甚至抛弃"载道"观。

宋代重"文治"，但难挡蒙古的武威。宋朝的灭亡，留给人们许许多多的思考，其中一点是：宋亡于文。《宋史·艺文志序》说："宋之不竞，或以为文胜之弊，遂归咎焉。"[4]谢枋得痛心疾首地说："以学术误天下者，皆科举程文之士，儒亦无辞以自解矣！"[5]程钜夫的两句话"邪说兴而大道废，议论胜而文气卑"[6]颇切其弊。"宋人议论未定而兵已渡江"[7]，这是后人很典型的说法。

所以元初文论的特点是弃虚文而尚实用，特别强调文章的载道功用，以矫宋末文章之弊。

由金入元的郝经（1223—1275），诗文师法元好问，又从赵复学理

061

---

[1] 苏轼：《祭欧阳文忠公夫人文（颍州）》，苏轼著，孔凡礼点校《苏轼文集》，中华书局1986年版，第1956页。

[2] 周敦颐：《周敦颐集》，中华书局2009年版，第34页。

[3] 朱熹：《朱子语类》卷一百三十九《论文上》，中华书局1986年版，第3305页。

[4] 脱脱等：《宋史》，中华书局1977年版，第5031页。

[5] 谢枋得：《叠山集》卷六《程汉翁诗序》，《四部丛刊续编》影印明本。

[6] 程钜夫：《雪楼集》卷十五《李仲渊御史行斋漫稿》，文渊阁《四库全书》本。

[7] 爱新觉罗·允秘：《宗室王公功绩表传》卷四《多尔衮致史可法书》，文渊阁《四库全书》本。

学，可谓学综南北。他虽非南宋旧人，但他的《文弊解》却颇中南宋文弊。他说："事虚文而弃实用，弊已久矣！"那些自称为文人的人："援笔为辞，缀辞为书，籍籍纷纷，不过夫记诵辞章之末，卒无用于世，而谓之文人，果何文耶？"作起文章，一意追求言辞工巧："规规以为工，切切以为巧，斐斐以为丽，角胜而相尚。为文而无用，何哉？"[1]干什么要写些没用的文章呢？在郝经等人的言论中，"文"有两个概念：一是狭义的，指文章或叫辞章；二是广义的，指文化，称作"斯文"。他们主张：取消文章概念，强调斯文之大用，以为文即是道，道即是文。许衡（1209—1281）是元初儒学宗师，他从赵复学朱熹理学，也继承了朱熹一派的文论。他说："诗文只是礼部韵中字已，能排得成章，盖心之明德使然也。不独诗文，凡事排得著次第，大而君臣父子，小而盐米细事，总谓之文。以其合宜，又谓之义。以其可以日用常行，又谓之道。文也，义也，道也，只是一般。"（《鲁斋遗书》）。又说："'文'之一字，后世目词章为文，殊不知天地人物，文理粲然，不可乱也。孔子称斯文，岂词章而已？"（《鲁斋遗书》）[2]郝经则认为："天地有真实正大之理，变而顺，有通明纯粹不已之文。"作文章只能"是其所以而为之。"他引《易》说："物相杂，故曰文；文不当，故吉凶生焉。"[3]又认为"道即文也""文即道也"。天上的自然变化是"天之文"，地上的山川万物是"地之文"，人类的一切文明是"人之文"："天之文本然而固有矣……地之文亦本然而固有矣……人之文丽乎两间，畀赋蕴畜，尤所固有矣。"从这种意义上，他

---

［1］郝经著，张进德、田同旭编年校笺：《郝经集编年校笺》，人民文学出版社2018年版，第541～542页。

［2］许衡：《鲁斋遗书》卷一、卷二，文渊阁《四库全书》本。

［3］郝经：《文说送孟驾之》，郝经著，张进德、田同旭编年校笺《郝经集编年校笺》，第599～600页。

认为"道非文不著，文非道不生"[1]。至于文章，他说："三帝二王无文人。仲尼之门虽曰文学，亦无后世篇题辞章之文。"[2]"孔氏之门，游、夏以文学称，未闻其执笔命题而作文也。"[3]郝经从理学的世界观出发，认为世间一切皆生于道，物相杂而成文。至于文章，则不过是这"文"的简单表现。这就是他对"文"的哲学思考。类似郝经、许衡的观点，在唐吕温、李舟、武元衡等人，在宋石介、陆九渊等人曾说过，郝、许作了充分发挥，并彻底否定了文章的概念。

他们否定文章、崇尚道理的本心，乃是把文人的目光，从以文学为表现情感、审美怡情，甚至作为"发身之具"的小天地中拉出来，引导他们关心社会的政治与教化。在蒙古帝国时期的北方，有一定积极意义，也确实是抢救传统文化，接续儒家道统，以至重建社会与伦理秩序的需要。

鉴于前代空文无用之弊，元初特别重视文章的实用价值。孟攀鳞（1204—1267）在《湛然居士集序》中提出了文章是"救世行道之具"说[4]，这是文道观在元初特殊历史条件下的新发展。蒙古初入中原，对中原文化与社会缺乏了解，中原文化面临毁灭的危险。当时士人如耶律楚材，以一介书生独立于成吉思汗、窝阔台之朝，廷诤面折，谏议行汉法、用儒臣、救苍生，以重建社会秩序、保护中原文化为己任，为之奋斗，死且不顾，确可称作以"文""救世行道"。郝经、许衡等

---

[1] 郝经：《原古录序》，郝经著，张进德、田同旭编年校笺《郝经集编年校笺》，人民文学出版社2018年版，第739页。

[2] 郝经：《答友人论文法书》，郝经著，张进德、田同旭编年校笺《郝经集编年校笺》，第612页。

[3] 郝经：《文弊解》，郝经著，张进德、田同旭编年校笺《郝经集编年校笺》，第542页。

[4] 孟攀鳞：《湛然居士集序》，耶律楚材《湛然居士文集》，中华书局1986年版，卷首第6页。

人，更从理论上大倡实用。郝经说："天人之道，以实为用，有实则有文，未有文而无其实者也。……六经无虚文，三代无文人。"[1]许衡以为："明明德是学问中大节目，此处明得三纲、五常、九法，立君臣、父子井然有条，此文之大者。细而至于衣服饮食起居洒扫应对，亦皆当于文理。"并批评说："今将一世精力专意于文，铺叙转换极其工巧，则其于所当文者，阙漏多矣。……文章之害，害于道。"[2]他强调文章的政教作用到了极端，便竭力反对文章的怡情作用，说："读魏、晋、唐以来诸人文字，其放旷不羁诚可喜，身心即时便得快活。但须思虑究竟意是如何，果能终身为乐乎？果能不隳先业而泽及子孙乎？"当然不能，所以他告诫说："凡无检束、无法度，艳丽不羁诸文字，皆不可读，大能移人性情。圣人以义理诲人，力挽之不能回，而此等语，一见之入骨髓，使人情志不可收拾。从善如登，从恶如崩，古语有之，可不慎乎？"[3]今人认为，魏晋时期是中国文学的自觉时期，这时的诗文作者才意识到诗文自身的审美价值，从而追求文章的形式美。许衡准确地看出了魏晋以后文章"大能移人性情"，说明他的敏感。他以儒家功利主义的文学标准衡文，凡是讲究形式语言，而不以传道为务的文章，他都反对。

　　由宋入元的文论家，对于宋末文弊，比北方学者看得更为清楚。戴表元（1244—1311）在宋时就痛伤文章气萎薾而辞骩骳，慨然以振起斯文为己任。他批评理学造成南宋文弊，说："后宋百五十余年，理学兴而文艺绝。"永嘉学派造成了文气萎靡，江西后学造成词语堆砌，

---

[1]　郝经：《文弊解》，郝经著，张进德、田同旭编年校笺《郝经集编年校笺》，人民文学出版社 2018 年版，第 542 页。

[2]　许衡：《鲁斋遗书》卷一《语录上》，文渊阁《四库全书》本。

[3]　许衡：《鲁斋遗书》卷一《语录上》。

结果是"一切直致，弃坏绳墨，焚烂不可举"[1]。戴表元的文章也与一般理学家之文大异其趣，写得"理趣洋溢，出入庄周；辞笔爽朗，依稀苏轼。意存牢落而抒以放旷，语涉诙嘲而不废法戒"[2]，具有古文家的洒脱风度。不过像他这样的观点，在元初是不被重视的。

重道轻文的观点仅盛行于元初，后生接响者稀稀疏疏。郝、许之后，宣扬这些观点的仅有郑玉、吕溥，以及朱夏、陈绎曾等人。而戴表元所代表的，批判理学害文，主张文道并重的观点，则在元中期大行于天下。

开启元中期文风的是古文家姚燧。《元史·姚燧传》说姚文出，"宋末弊习，为之一变"[3]。而姚燧文章行于天下，恰在忽必烈去世、元成宗即位的元贞元年（1295）。这一年他以翰林学士修《世祖实录》，为总裁，从此主盟文坛。

姚燧（1239—1314）是元初大儒姚枢的侄子、杨奂的女婿，幼年从伯父学习，二十四岁始学作文，后即师事许衡。《四库全书总目》评价姚燧说："虽受学于许衡，而文章则过衡远甚。"[4]他张扬韩、欧一系文统，极力推崇欧阳修，说："彼复有班孟坚者出，表古今人物，九品中必以一等置欧阳子，则为去圣贤也有级而不远。"（《元史·姚燧传》）[5]姚燧是文章大家，其文章对元中期影响很大，其文论对元中期影响也很大。

元代理学大师，世称"北许南吴"，即北有许衡、南有吴澄（1249—1383），并称儒宗。许衡弟子姚燧为北方一派的文坛领袖，吴

［1］ 袁桷：《清容居士集》卷二十八《戴先生墓志铭》，《四部丛刊》影印元本。
［2］ 钱基博：《元代文学史》，中华书局1993年版，第784页。
［3］ 宋濂等：《元史》，中华书局1976年版，第4059页。
［4］ 爱新觉罗·永瑢等：《四库全书总目》，中华书局1965年版，第1249页。
［5］ 宋濂等：《元史》，第4059页。

澄弟子虞集（1272—1348）则为南方一派的文章大家。所不同的是，许衡质朴无文，师徒论文异趣；吴澄词章典华，师徒文论相承。在元中期，与以姚燧为代表的北方文人文论相继影响文坛的，是以吴澄、虞集师徒，刘壎、刘将孙、袁桷等人为代表的南方文人文论。

元初文论激烈地批评了宋末文弊，但并没有对宋末文弊及其成因作出冷静深入的分析，真正作出分析的是中期南方文人。他们大都由宋入元，数十年后反观宋末文弊，其认识当然就相当客观，相当深刻。他们的文论主张，也多是通过分析宋末文弊阐发的。

较早以吴澄、刘壎（1240—1319）为代表，他们看到否定文章就无法明道，文章写不好就不能很好明道的事实，于是提倡文采，反对"忘道、忘艺"。刘壎的学问渊源已难考察，但他在《隐居通议》一书中对宋代诗文的称引与评价，确是值得注意的。他评论宋代文章说："回澜障川，斫雕反朴，崇议论，尚风节，要以关世教、达国体为急，则欧、苏为其宗；已而濂溪周子（敦颐）出焉……（其为文章）余力所及，虽不多见，味其言，蔼如也。……后生接响，谓性外无学，其弊至于志道忘艺，知有语录而无古文。始欲由精得粗，终焉本末俱舛。然则言之不文，行之不远，亦岂濂溪所尚哉？"[1]宋代理学受佛教禅宗的影响，认为道在言外，否认文章的价值，以为文章优美反而有害于明道，不料否定文的结果是"本末俱舛"，文章不可读，道也无以明。在刘壎看来，这正是犯了鱼未获而弃筌的错误。他认为这不是理学始祖的初衷，理学始祖是重文并有文采的，后期理学家不讲文采是对始祖的背离。吴澄采取另一种说法，他首先批评"理学害文"的观点，说"谁谓儒者之文不文人若哉？彼文人工于诋诃，以为洛学兴而文

---

[1] 刘壎：《隐居通议》卷十七《魏鹤山文集序》，清《海山仙馆丛书》本。

坏"，在他看来，儒者之学不在文，但并非不用力于文："朱子之学不在于文，而未尝不力于文也。"赞美朱熹的文章是"韩柳欧苏之规矩也，陶谢陈李之律吕也"[1]。继而以刘将孙（约 1302 年前后在世）、袁桷（1266—1327）、虞集为代表，他们认为，宋末经术、文艺判为专门，造成了文、道俱弊的局面。刘将孙是宋代评点家刘辰翁的儿子，刘辰翁又是欧阳守道的弟子。欧阳守道论文的中心是"文资于理，理资于学"[2]，刘辰翁论文则说："文犹乐也，若累句换字，读之如断弦失谱，或急不暇春容，或缓不复收拾，胸中常有咽咽不自宣者，何为听之哉！"[3]刘将孙继承和发展他们的文论，注重文章的音节美，强调文理相融。刘将孙认为： 从文章和经术两方面分别考察，宋人的成就都是辉煌的，"欧苏起而常变极于化，伊洛兴而讲贯达于粹"，文章技巧的高度发展到欧阳修、苏轼已入化境，儒学的深入至理学兴起达到精粹的境界。不幸的是二者也从此分手，此后文自文、理自理，至使"尚其文者不能畅于理，据于理者不能推之文"，文、理俱弊。刘将孙的理想是"以欧苏之发越，造伊洛之精微"，做文章应是"文必宿于理，而理无不粲然而为文"[4]，文质彬彬，然后为美。他甚至与传统文章观念大唱反调，认为"文字无二法""时文之精，即古文之理"。又说："本无所谓古文，虽退之政未免为时文耳。"[5]这是对理学家否定文章的再否定，显示出文章意识的回归，这一点对元末影响很大。袁桷是宋代东南文献旧家之后，幼时从戴表元、王应麟、舒岳祥学，学问渊博，文采风流。他又以乃师戴表元拯救文弊、振起斯文之事业

---

[1] 吴澄：《吴文正集》卷十五《张达善文集序》，文渊阁《四库全书》本。

[2] 欧阳守道：《巽斋文集》卷十二《送曲江侯清卿序》，文渊阁《四库全书》本。

[3] 刘辰翁：《须溪集》卷七《答刘英伯书》，文渊阁《四库全书》本。

[4] 刘将孙：《养吾斋集》卷二十九《赵青山先生墓表》，文渊阁《四库全书》本。

[5] 刘将孙：《养吾斋集》卷二十五《题曾同父文后》。

为己任，终成元中期大德、延祐时期的文章大家，直接开虞、杨、范、揭之先路，为元代代表性的四大家诗风的形成作出了贡献。他分析宋末文弊，认为经学、文艺分科后，"明理者邻于直致，修辞者萎于曲裁"[1]，不重文的理学家和不明理的文章家，写的文章，各有其弊。"世之为学，非止于辞章而已也。不明乎理，曷能以穷夫道德性命之蕴？理至而辞不达，兹其为害也大矣"[2]。他又特别指出理学对诗的危害，"至理学兴而诗始废，大率皆以模写宛曲为非道"，而理学家们的诗是"散焉不能以成章"[3]，袁桷说："宋世诸儒，一切直致，谓理即诗也，取乎平近者为贵，禅人语偈似之矣。"[4]这使我们自然想起钟嵘《诗品》对两晋玄言诗的批评。"以理为诗"与"以玄言为诗"一样，都是反艺术的。元代文风以中期虞、杨、范、揭为代表，中期文风又以虞集为集中代表。虞集作为元代文章大家，从道统说，是由吴澄而承二程、朱熹；从文统说，则推重姚燧但直接效法欧、苏、曾巩。虞集在元代文坛的地位，前人比作宋之欧阳修、金之元好问。他的文章理论，对元代影响之大，可想而知。虞集一身，一手接道统，一手接文统，所以就特别反对文道之分。他说："宋之末年，说理者鄙薄文辞之丧志，而经学、文艺判为专门。"到元代，"亦循习成弊"，依然是"肤浅则无所明于理，蹇涩则无所昌其辞，循流俗者不知去其陈腐，强自高者惟旁窃于异端。斯文斯道，所以可为长太息者，尝在于此也"[5]。从这里可以明确看出，他们批评经学、文艺判为专门，是对

---

[1] 袁桷：《清容居士集》卷四十《答朱生》，《四部丛刊》影印元本。

[2] 袁桷：《清容居士集》卷二十一《王先生困学纪闻序》。

[3] 袁桷：《清容居士集》卷二十二《乐侍郎诗集序》。

[4] 袁桷：《清容居士集》卷四十九《书栝苍周衡之诗编》。

[5] 虞集：《道园学古录》卷三十三《庐陵刘桂隐存稿序》，《四部丛刊》影印明景泰翻元小字本。

理学家的批评，因为两者分道，责任在理学家而不在文章家。合则两美，离则两伤，虞集是既叹"斯文"，又叹"斯道"。与不良的文风学风相对，虞集认为写文章要"慎所当言，而不鼓浮夸以为精神也；言当于是，不为诡异以骇观听也；事达于情，不托塞滞以为奇古也；情归于正，不肆流荡以失其本原也"[1]。这是针对故作高深奇古的风气提出的本于事理、认真严谨的文风。

元代中期之所以能出现这些有见解的批评，客观地分析理学家与文章家的偏失，正是由于理学与文学的相互吸收。元中期文章名家，大多是理学中人，虞（集）、杨（载）、范（梈）、揭（傒斯）并称"元诗四大家"，其中虞、揭就是大儒；号称"儒林四杰"的虞、揭、柳（贯）、黄（溍），也以文章并称。当时文坛，号称"郁郁彬彬"，这标志着学术与文学发展新的成熟。

中期专讲文章功用的不太多，他们对文章社会功用的认识，贯穿在对宋末文弊的批评中。应该提到的是揭傒斯（1274—1344）和虞集关于文章传世功能的不同看法。揭傒斯反对把文章作为传名后世的工具，他说："且文者，古圣贤不得已者之所托也，而今世行道之士，不惟其事，尚欲托此以垂后世，不亦甚可悲夫！"[2]文人应该用心于今世的行道，如果写作文章的目的是想借此传其道其名于后世，是非常可悲的。其实他所批评的，正是中国知识分子的一种传统观念，孔子说："后世知丘者以《春秋》。"[3]曹丕说："寄身于翰墨，见意于篇

---

[1] 虞集：《道园学古录》卷四十六《贞一稿序》，《四部丛刊》影印明景泰翻元小字本。

[2] 揭傒斯：《答胡汲仲书》，揭傒斯著，李梦生标校《揭傒斯全集》，上海古籍出版社2012年版，第300页。

[3] 司马迁：《史记》卷四十七《孔子世家》，中华书局1959年版，第1944页。

籍，不假良史之辞，不托飞驰之势，而声名自传于后。"[1]中国知识分子一直把垂世传名作为理想。虞集发表过与揭傒斯相对的观点，认为立行、立言不可偏废，他说："大夫君子所以有誉于天下而垂名于方来者，必有及人之政、传世之文。"如果只重立行而不立言，就会"使有志有为之盛绩，竟堕于无闻无知，则所谓言之无文，行之不远者夫？是以无长歌之纡徐，短歌之激烈，无以陈说其志意而感动其性情。使夫人者手无可披之编，口无可吟之艺，于是声光风采，不能使人有所欣慕而感发于无穷者，良可惜哉！所以立言立行之不可偏废也如此"[2]。这段话的价值，不在于强调文章的传世功用，而在于虞集提出了百姓文化生活的需要问题。人们需要手有可披之编，口有可吟之艺，总之是有文化生活需要，也就是接受者自身的精神需要。满足接受者精神生活的需要，是文学的直接功用。这一点在中国古代文论中始终是被忽略的。虞集把它提出来并与文章的传世功用、教化功用，以及表情达意功用放在一起论述，是值得重视的。

元中期虞、杨、范、揭四大家出，文章至于极盛。"以气运言，则全盛之时也。盛极则亦衰之始。"[3]元文宗死，元顺帝即位，虞集谢病归去，不久揭傒斯病累而死。于是黄、欧代虞、杨、范、揭主持京师文坛，文风再变。从此进入元代文风、文论发展的后期。

就文道观说，元中期的特点是趋同，有影响的文论家，都是主张文理并重的。文章宗韩柳，道理宗朱程，是那时的风尚。到元晚期又分为两派：多数有影响的文论家抛弃载道观，引入新的文章本体论，

---

[1] 曹丕：《典论·论文》，萧统编，李善注《文选》卷五十二，上海古籍出版社1986年版，第2271页。
[2] 虞集：《道园学古录》卷三十三《陈文肃公秋冈诗集序》，《四部丛刊》影印明景泰翻元小字本。
[3] 杨维桢：《东维子文集》卷六《王希赐文集序》，《四部丛刊》影印旧抄本。

建立起新的文章理论；另有几位则重开文道轻重之辩，但人数既少，又无名家，影响不大。

黄溍（1277—1357）、欧阳玄（1283—1357）、吴师道（1283—1344）等人一派的文论，代表着元晚期文论的主要倾向。他们主张言必己出，既不师其辞，也不师其意，主张"文至于是，辞至于达而已"[1]。他们要摆脱的，既有道统的禁锢，也有文统的束缚。

吴澄在元代文学批评史上占有重要地位，一方面由于他在元前中期力倡文道并重，另一方面由于他对元晚期文论有巨大的开启之功。正是他提出了"文本乎气"的文章本体论，为晚期文学思想的解放奠定了理论基础。这里的"气"不是"文气"，而是作为哲学本体论的"气"。吴澄说："盈天地之间一气耳。人得是气而有形，有形斯有声，有声斯有言，言之精者为文。文也者，本乎气者也。"[2]刘将孙进一步说："天地间清气，为六月风，为腊前雪，于植物为梅，于人为仙，于千载为文章，于文章为诗。"[3]文章本于天地自然之"气"而不是本于圣人之"道"，那么把文章看作"道"的工具显然是不合理了。

后期文人一边用这一文章本体论解释文学问题，一边把这一理论本身推向完善。黄溍是开晚期风气的文论家，他先后师事李燔的再传门人石一鳌、文天祥僚友方凤以及刘应龟，同游者中有柳贯、吴莱（三人同从师于方凤），弟子中有宋濂、王袆、戴良、陈基、高明等，他的思想学术影响元末明初几十年。"文本乎气，本乎自然"的理论大行于元晚期，与他的大力推动有关。他说："宇宙间清灵秀淑之气，未

071

[1] 王沂：《伊滨集》卷十三《王叔善文稿序》，文渊阁《四库全书》本。
[2] 吴澄：《吴文正集》卷二十五《别赵子昂序》，文渊阁《四库全书》本。
[3] 刘将孙：《养吾斋集》卷十《彭宏济诗序》，文渊阁《四库全书》本。

有积而不发，天不能闷藏，而复出以为文。……盖有得于天者，不必皆合于人。显晦虽系乎时，天之所不能闷藏者，人亦不能闷藏之也。此理之必至，夫何疑焉？"[1]他强调天与人的对立，实际上也就是自然与义理的对立；强调文章得于天者不必合于人，实际上是主张遵循自然的法则写作，解除"文"对"道"的依附关系。欧阳玄是虞集的弟子，也是元晚期的文章大家和文论大家。他也说："斯文者，天地之元气也。"[2]概念就更加明确了。吴师道（1283—1344）说："人声之发为言，言之精者为文，而皆出于气也。"[3]似乎是对吴澄所言的概括。"言之精者为文"在元晚期成为流行的说法，王礼（1314—1389）再将这一理论具体化："夫文之在天地之间，二气之为也。盖阳明之气……发为文章也，英华俊伟，明白正大，如春阳，如海运，神妙变化而光彩不可掩抑；阴晦之气……得之于文也，浅涩尘浊，晦昧敝龊，如寒萤光，如焦谷芽，读之无足快人意者。"[4]这样，"文本乎气"的文章本体论就具备了基本理论和具体运用两个方面，成为较为完整的文论体系。当然，今天看来这一理论并不科学，但在当时是为文论家所接受的，并成为反对文学禁锢的理论武器。

早在元初，王恽（1227—1304）就说："文章以自得不蹈袭前人一言为贵。曰'取其意而不取其辞'，恐终是踵前人足迹，俱不若孟轲氏一字皆存经世大法，其辞庄而有精采也。"[5]所谓"不蹈袭前人一字"，不过要求作者"我手写我心"，并不是要凭空撰出。到中期，吴澄又说："然制礼作乐，因时所宜，文章亦然。品之高，其机在我，不

[1] 黄溍：《金华黄先生文集》卷十八《雾峰文集序》，《四部丛刊》本。
[2] 欧阳玄：《圭斋文集》卷七《梅边先生吾汶稿序》，《四部丛刊》影印明成化本。
[3] 吴师道：《礼部集》卷十五《张文忠公云庄家集序》，文渊阁《四库全书》本。
[4] 王礼：《麟原文集》前集卷四《伯颜子中诗集序》，文渊阁《四库全书》本。
[5] 王恽：《秋涧集》卷九十四《玉堂嘉话》卷三，《四部丛刊》影印明弘治本。

在乎古之似也。"他以诗为例说:"杜子美,唐人也,非不知汉魏之为
古,一变其体,自成一家,至今为诗人之宗,岂必似汉似魏哉?"[1]
他这里虽只提到反对法古,和肯定作者主体的创造力,但法古与宗
经、原道相连,法自然则与强调作者主体价值相连。

到元晚期,思想统治力量薄弱,"文本乎气"说已盛行天下。在这
样的社会条件下,王恽、吴澄的上述观点便被发扬起来。黄溍说:"辞
必己出。古者《骚》不必如《诗》,《玄》不必如《易》,而《太史公
书》不必如《尚书》《春秋》。"[2]明确表示不宗经、不征圣、不法
古。他赞扬刘应龟:"读书务识其义趣,未尝牵引破碎以给浮说。至其
为文,雄肆俊拔,飙驶水飞,一出于己,无少贬以追世好。"[3]读书
只是"识其义趣"而不是学道,更不是要以圣人之心为心了。写文章
可以"飙驶水飞",把"肆而不流"的美学原则远远地抛开;可以"一
出于己",管它合不合圣教呢。吴全节(1269—1346)更直接非经毁
圣,他说:"吾尝怪乎言出于圣贤者谓之经,出于诸子百家者谓之书。
均是言也,经与书何为而别乎? 道有隆汙,言有精粗,非人之所能为
也。经、书之分,故判然若天之尊、地之卑,高下之位,确乎其不可相
逾也?"[4]唐代李商隐怀疑经书之分,今人赞扬他思想解放,而不知
元代的吴全节有更为有力的怀疑与质问。欧阳应丙(与吴全节同
时)讽刺那些抱经终老的腐儒说:"经生曲士,自少至老,役役事寱白
语言,或者不知苏为何文、杜为何诗者有矣,况老氏之学者欤? 况韩
与《选》欤?"[5]在道学家看来,这真是可怕可恶的异端谬种。元末

073

---

[1] 吴澄:《吴文正集》卷二十《孙静可诗序》,文渊阁《四库全书》本。
[2] 黄溍:《金华黄先生文集》卷三《山南先生集后记》,《四部丛刊》本。
[3] 黄溍:《金华黄先生文集》卷三《山南先生述》。
[4] 吴全节:《贞一斋文稿叙》,吴荣光《辛丑销夏记》卷四,道光刻本。
[5] 欧阳应丙:《朱练师文集序》,吴荣光《辛丑销夏记》卷四,道光刻本。

著名文论家杨维桢（1296—1370）说："言有高而弗当，义有奥而弗通，若是者后世有传焉？无有也。"[1]这些话实在是针对那些故作高深的儒生经士而发的。王沂（1317—1383）对文章的要求是"文至于是，辞至于达而已"。文章要表达正确的意思，这意思又能顺畅地表达出来也就是了。这要求是简单实在的。他接着说："余幼时侍先子官江南，时宿儒老先生尚在，听其议论，读其文辞，如是而充拓之远也，如是而含容之深也，如此其精丽也。如此其雄深也。然其论者实理，其序者实事。又以悟文之果止于是，而辞之果止于达也。"[2]论"实理"，序"实事"，即要求从实际出发写文章，当然是与从"道""理"出发写文章相矛盾的。

元晚期黄溍、欧阳玄一派的文论，有着很高的理论价值，它给中国文论带来了新的内容和新的意义。这一派反对把文章看作明道的工具，但并不否定文章的社会功用。黄溍强调诗歌"究得失"和"使人创艾而兴起"的感化作用[3]。欧阳玄分文章为三等："上者载道，其次记事，其次达焉。"[4]所谓"达"，这里指达意之文。他特别指出：文章"正人心、扶世教之功，难见于治平之时，而屹然可仗于流离颠沛之日，然后知斯文之所系如是其重欤？"[5]陈旅（1287—1324）、苏天爵（1294—1352）都是虞集的弟子，苏天爵编《国朝文类》，陈旅为之作序，说书的选文标准是："必其有系于政治，有补于世教。或取其雅制之足以范俗，或取其论述之足以辅翼史氏。凡非此者，虽好弗取

---

[1] 杨维桢：《东维子文集》卷六《鹿皮子文集序》，《四部丛刊》影印旧抄本。
[2] 王沂：《伊滨集》卷十三《王叔善文稿序》，文渊阁《四库全书》本。
[3] 黄溍：《金华黄先生文集》卷十七《徐氏咏史诗后序》，《四部丛刊》本。
[4] 欧阳玄：《圭斋文集》卷八《族兄南翁文集序》，《四部丛刊》影印明成化本。
[5] 欧阳玄：《圭斋文集》卷七《梅边先生吾汶稿序》。

也。"[1]鲁贞（约 1350 年前后在世）甚至阐发张载的意思，说圣人之文是"所以为天地立心，为生民立命，为万世立天极也"[2]。杨维桢将文章看作武器，说："干将之器，利可刜钟。然其利之司于人者有当不当焉。君子以御寇，利也；盗持以杀人，亦利也。文章大利器也，而妄庸者轻用之，世无分寸利而危至于杀人。吁，可不慎诸？"[3]这一比喻是恰切的，见解也是精辟的。

从他们对文章功用的认识看，他们的思想是成熟的，他们要打破的只是理学对文章的束缚，求得文学思想的解放和写作的自由。

元晚期论文道关系的，又有理学家之论和文章家之论。

以理学论文道关系的有郑玉（1298—1358）、吕溥（许谦门人，生卒年不详）和朱夏（？—1352）、陈绎曾（至顺中为国子助教）。郑玉是元后期著名理学家，他在元晚期仍高举"文章害道"的大旗，斥责韩、柳、欧、苏"涂天下之耳目，置民于无闻无见之地"，说："道之不明，文章障之也；道之不行，文章尼之也。"认为"道外无文""文外无道"[4]。吕溥对元晚期轻理学道统的风气深为不满，尖锐地批评说："今有号为词章之学者，辄以性理一家目为拘儒，其意谓性理云者，涉于高远迂阔而不切于实用，从而诋毁讪笑之，可见其不自量矣。"他说这些人是"词章学之罪人，吾儒之残贼也，而可谓之文章之士哉"！他认为性理与词章，其根本原是不可分的，"自其纯粹而蕴于中者则为德性，自其英华而发于外者则为文章。有诸中必形诸外者也。故有德者必有言，顺理者必成文""凡作文必以理为主，而以词发

[1] 陈旅：《安雅堂集》卷四《国朝文类序》，文渊阁《四库全书》补配文津阁《四库全书》本。
[2] 鲁贞：《桐山老农集》卷二《古今文典序》，文渊阁《四库全书》本。
[3] 杨维桢：《东维子文集》卷六《王希赐文集序》，《四部丛刊》影印旧抄本。
[4] 郑玉：《师山集》卷首《余力稿序》，文渊阁《四库全书》本。

之。未有不明乎理而能作文者也，亦未有外乎理而可谓之文者也"[1]。从理学家立场出发，反对离道为文。

文章家论文道关系的有戴良（1317—1383）、李国凤（1315年进士），二人都是金华学派中人，但他们更是诗人与文章家。戴良理学与文章都学于柳贯、黄溍，诗学于余阙，他认为文章应以理为之体，"以气为之充，以学为之辅"[2]。他也批评经义之学、文理之分、科举程文对文章的危害。戴良的论文是中期文论的继续。李国凤说："夫人之生则有声，声通乎心，其宣诸口者谓之言，言中于理，伦比之而有章者谓之文。则文乃言之尤，其可传而不泯者，又文之尤也。盖言以宣意，文以立言，可传而不泯者，以其中理而载夫道也。"又说："三代而上，文与理具……三代而下，文自文，理自理，言之不能措诸文者有之矣，文之而戾乎理者亦有之矣。"他强调文章"虽一言之微，亦本于理，累辞之繁，必明夫道"[3]。李国凤祖述元中期文论，又吸收了晚期的一些观点，但却比戴良更重道。

元晚期出现的新的文学思想，给中国文论吹来了一股新风。可惜的是，这种思想没有为后代所继承。明初文论的倾向是向道统回归。开有明一代文风的是宋濂（1310—1381），黄溍、柳贯、吴莱都是他的老师，其中黄溍对他影响最大，但他却抛弃了黄溍文学思想中很重要的东西，如"文本乎气"、作文"一出于己"等，只继承了一些具体的东西，如提高为文修养的方法："以群经为根本，迁、固二史为波澜。"[4]他自述向儒家道统回归的时间表说："余自十七八时，辄以古

---

[1]　吕浦：《竹溪稿》卷下《与郭陶夫书》，民国《续金华丛书》本。
[2]　戴良：《九灵山房集》卷二十一《遯斋小藁序》，《四部丛刊》影印明正统本。
[3]　李国凤：《玩斋集序》，贡师泰《玩斋集》卷首，明嘉靖刻本。
[4]　宋濂：《宋学士文集》卷三十四《叶夷仲文集序》，《四部丛刊》影印明正德本。

文辞为事，自以为有得也；至三十时顿觉用心之殊，微悔之；及逾四十，辄大悔之，然如猩猩之嗜屐，虽深自惩戒，时复一践之；五十以后，非惟悔之，辄大愧之；非惟愧之，辄大恨之。自以为七尺之躯，参于三才，而与周公、仲尼同一恒性，乃溺于文辞，流荡忘返，不知老之将至，其可乎哉！自此焚毁笔砚，而游心于沂泗之滨矣。"[1]我们再看他的另一时间表：二十岁，从闻人梦吉学，既而师吴莱，再师柳贯、黄溍。至二十七八岁已有文集行世。当他《潜溪后集》刊行时，得欧阳玄为之作序，称赞他："大江以南，最号博学者也。以其所蕴，大肆厥辞。其气韵沉雄，如淮阴出师……其神思飘逸，如列子御风……"说他是"殆理明而文成者欤？"[2]把他看作博学明理的文章家，他自己也尚未对此"悔"。至三十岁，讲学东明山，这是求知于当世的开端，正是这时，突然后悔当初学了古文。四十岁，元朝辟为国史院编修官，不起，说明他想大有为于世了，于是也就"大悔"，所以就在四十六岁时作起道学先生，避居小龙门山著《龙门子凝道记》，这一是养声望，二是试图使人忘掉他是文章家而视他为儒士。五十岁应召为朱元璋所用，因为他至此也没有从文章家变成理学家，所以回想当初不仅大悔，而且愧，而且恨，干脆焚毁笔砚，再去治经。就个人说，他是想做以儒治国的卿相而不甘做润色鸿业的文人；就社会说，新政权急需的是以理学治人心的儒臣。这两种因素促成了宋濂文论的倒戈，走向乃师黄溍等人的反面。他说："凡天地间青与赤谓之文，以其两色相交，彪炳蔚耀，秩然而可睹也。故事之有伦有脊，错综而成章者，皆名之以文。……斯文也，非指夫辞章而已也。"[3]"三代无

---

[1] 宋濂：《宋学士文集》卷十一《赠梁建中序》，文渊阁《四库全书》本。
[2] 欧阳玄：《圭斋文集》卷七《潜溪后集序》，《四部丛刊》影印明成化本。
[3] 宋濂：《文宪集》卷六《讷斋集序》。

文人，六经无文法。无文人者，动作威仪，人皆成文；无文法者，物理即文，而非法之可拘也。"[1]他又重实行儒道，说："所谓古者何？古之书也，古之道也。道存诸心，心之言形诸书，日诵之，日履之，与之俱化，无间古今也。若曰专溺辞章之间……美则美矣，岂师古者乎？"[2]他重道轻文，讲实用，但推重历代文章家，俨然元初郝经文论的接响。

（原载《北京师范大学学报》1991年增刊《访问学者论文专辑》，原题《文道观与文章功用论——元人文论研究之一》，收入本书时在保持原貌的前提下作了个别文字处理）

---

[1] 宋濂：《宋学士文集》卷四十一《曾助教文集序》，文渊阁《四库全书》本。
[2] 宋濂：《宋学士文集》卷二十八《师古斋箴并序》。

元人诗宗唐观念之演变

      元诗宗唐，是文学史研究者的共识，元明之际人瞿祐有"举世宗唐"之说[1]。元代诗学界对唐诗的热衷与关注，从元代诗学著作中可以强烈感受到。元代有多种唐诗学著作，金元之际就有元好问的《唐诗鼓吹》，入元则有辛文房的《唐才子传》、杨士弘的《唐音》，以及戴表元的《唐诗含弘》和李存的《唐人五言排律选》。方回的《瀛奎律髓》选唐宋律诗，也主张宗法杜甫，推崇盛唐。但元人宗唐，与明人宗唐有诸多不同。其不同之一，就是不专主盛唐。细考元人宗唐的情况，从共时角度看，元人宗唐是多元的；从历时角度看，从元初到元末，元人的宗唐观念也在演变。认识元代诗学之宗唐，必须从原始文献入手，对这些问题作深入具体考察，才能得出客观可靠的结论，认识其具体主张及其在中国诗学史上的价值，也才能很好连接起唐诗学从宋到明之间的链条。

      元人作诗师法唐人，这可以从元代的诗法著作中得到明确具体的认识。这些书讲诗歌作法，标举诗作或诗句作格范，所举多是唐诗。

---

[1] 瞿祐：《归田诗话》卷上《鼓吹续音》，《历代诗话续编》本，中华书局 1983 年版，第 1249 页。

以《诗法家数》与《木天禁语》为例[1]，《诗法家数》举例诗十九首，其中杜甫一人占十六首，另外三首分别是皇甫冉一首、刘沧二首，都是唐人诗。《木天禁语》情况复杂，举例诗也有十九首，其中唐诗十五首，分别是杜甫六首、郑谷二首，李白、柳宗元、李端、刘禹锡、李商隐、吴融、崔珏各一首。唐以后诗有宋人王安石一首，元人王士熙、张雨各一首，另有无名氏一首不详时代。《木天禁语》举诗句六十四例，其中唐人诗四十九例，作者不详者九例，以理推之，这九例也当多唐人之作。唐人以杜甫为主，有二十四例，李白、王维、贾岛有二例，其他唐人有沈佺期、岑参、白居易、韩愈、李商隐、刘禹锡、张籍、王建、胡曾、杜荀鹤、景云、方干、曹松、吴融、耿纬、郑谷、于武陵（邺）、林宽，各一例，另有只署为晚唐人的一例。宋人则有林逋、苏轼、陈传道、王安国、梅尧臣、唐庚各一例。可见其取法唐诗之意，以及杜甫诗的典范意义。

清人王士禛曾说：“宋、元论唐诗，不甚分初、盛、中、晚，故《三体》《鼓吹》等集，率详中、晚而略初、盛，揽之愦愦。杨士弘《唐音》始稍区别，有正音，有余响，然犹未畅其说，间有舛谬。”[2]邓绍基先生发挥了这一观点，说：“元人学唐的结果，使元诗也像唐诗那样万木千花。”邓先生说法比较稳妥，王士禛则不客观。“初、盛、中、晚”的概念形成于元，而不是一般理解形成于明代，很难说元人论诗不分初、盛、中、晚。在元代中期，已经形成宗法李杜、推崇盛唐的诗学取向。杜甫在元代，具有一家独尊的崇高地位。

本文对元诗宗唐观念演进的基本走向作一梳理，而后考察元代诗

[1] 所用版本为张健编：《元代诗法校考》，北京大学出版社2001年版。
[2] 王士禛：《香祖笔记》卷六，上海古籍出版社1982年版，第121页。

学宗唐中一些独特的现象，使我们对元诗宗唐观念及相关问题有更为清晰准确把握。

一、元诗宗唐观念演变的基本走向

元代诗学宗唐观念，可以看作是宋、金诗学宗唐观念向明代诗学宗唐观念的过渡。但这过渡期的唐诗学有其独特的价值。价值之一是，元代有多元并且多彩的唐诗学讨论，有较高理论含量；价值之二是，元代的宗唐观念，既泛取各家，又突出盛唐，并奠定了李杜诗的典范地位。既没有宋末宗晚唐靡弱之弊端，也没有明代宗盛唐绝对化之失，从后世看，其观点多中允可取。

诗坛的宗唐风气，兴起于金末宋季。入元之前，南北诗坛同倡宗唐，但南北宗唐旨趣不同。北方效法李杜，以改变金中期尖新之风。刘祁《归潜志》述金末情况说："赵闲闲晚年，诗多法唐人李杜诸公，然未尝语于人。已而麻知几、李长源、元裕之辈鼎出，故后进作诗者，争以唐人为法也。"[1]赵闲闲即赵秉文，金南渡后的诗坛领袖，麻九畴（知几）、李汾（长源）、元好问（裕之），是那个时代的代表性诗人。元好问说过"以唐人为指归"[2]的话，曾学于元好问的王恽说："金自南渡后，诗学为盛，其格律精严，辞语清壮，度越前宋，直以唐人为指归。"[3]实际上在金末，诗人宗法唐人，在李杜之外，还有韩愈，即宗法李、杜、韩。而"格律精严，辞语清壮"，也不是李白、王维代表的盛唐风韵。金末诗学的宗唐，倾向性是明显的，即多

---

［1］ 刘祁：《归潜志》卷八，中华书局1983年整理本，第85页。

［2］ 元好问：《杨叔能小亨集引》，姚奠中主编《元好问全集》卷三十六，山西人民出版社1990年版，第38页。

［3］ 王恽：《秋涧集》卷四十三《西岩赵君文集序》，台湾新文丰出版社1985年《元人文集珍本丛刊》影印本。

主杜甫、韩愈一路，这与北宋的影响有关。南方宗晚唐，在江湖诗风气影响下，多学贾岛、姚合，尽管遭到严羽和后来方回的批评，但大的风气未变。诗论家方回《瀛奎律髓》谈当时情况说：

> 乾、淳以来，尤、杨、范、陆为四大诗家，自是始降而为"江湖"之诗。叶水心适以文为一时宗，自不工诗，而"永嘉四灵"从其说，改学晚唐诗，宗贾岛、姚合，凡岛、合同时渐染者，皆阴挦取摘用，骤名于时，而学之者不能有所加，日益下矣。名曰"厌傍'江西'篱落"，而盛唐一步不能少进。天下皆知"四灵"之为晚唐，而钜公亦或学之。[1]

宋末严羽也批评贬斥晚唐体，其《沧浪诗话》说："近世赵紫芝、翁灵舒辈独喜贾岛姚合之诗，稍稍复就清苦之风，江湖诗人多效其体，一时自谓之唐宗，不知止入声闻辟支之果，岂盛唐诸公大乘正法眼者哉！"[2]严羽的批评并没有改变诗坛走向，南方诗坛是在宗晚唐的风气下入元的。元初张之翰说到当时情况："近时东南诗学，问其所宗，不曰晚唐，必曰四灵；不曰四灵，必曰江湖。"[3]

需要特别明确的是，方回宗盛唐与严羽宗盛唐有诸多不同，但最根本的不同是，严羽宗盛唐是要强调诗人应各抒性情，方回宗盛唐则要在诗学领域重建和强调宗法观念。两种宗盛唐，具有根本不同的诗学指向和文化指向。不过，他们对元代诗学走向，影响都不大。元初影响诗坛的，在北方是元好问及其后学，在南方则有江西的刘辰翁，在浙江则是脱胎于江湖的戴表元。

---

[1] 方回选评，李庆甲集评校点：《瀛奎律髓汇评》，上海古籍出版社1986版，第771页。

[2] 严羽著，郭绍虞校释：《沧浪诗话校释》，人民文学出版社2001年版，第24页。

[3] 张之翰：《西岩集》卷十八《跋王吉甫直溪诗稿》，文渊阁《四库全书》本。

尽管南北论诗旨趣不同，但相同的是，南北诗坛都是在宗唐风气下入元的。

1. 元初南北宗唐旨趣之不同

元初诗坛情况，需要南北分别叙述。

在金末元初的北方，元好问是笼罩一代的诗人和诗论家。认识北方诗坛，必须从元好问说起。元好问在《杨叔能小亨集引》一文中说，金之后期，"贞祐南渡后，诗学大行。初亦未知适从，溪南辛敬之、淄川杨叔能以唐人为指归"[1]。如何理解他之"以唐人为指归"？一方面，论古体诗，他主杜甫、韩愈一路。该文所举杨弘道"以唐人为指归"的作品，是《幽怀久不写一首效韩子此日足可惜赠彦深》[2]，此诗学韩愈《此日足可惜赠张籍》。两诗都是长篇古体。可见他说的唐人是杜甫、韩愈等人，即钱锺书所谓唐人之开宋诗先河者。我们可以仅从一个角度分析韩愈与杨弘道的这两首诗，认识他们之所谓"唐"。唐代古体诗受律诗影响，成为入律的古风。韩愈是坚决反对古体入律的，写作古体诗，着意使其不合律，这首《此日足可惜赠张籍》就是如此。我们看其前八句："此日足可惜。此酒不足尝。舍酒去相语。共分一日光。念昔未知子。孟君自南方。自矜有所得。言子有文章。"平仄情况是：仄仄仄仄仄。仄仄仄仄平。仄仄仄平仄。仄平仄仄平。仄仄仄平仄。仄平仄平平。仄平仄仄仄。平仄仄平平。孤平、三仄尾，甚至还有一个五仄句。杨弘道这首诗尽管没有韩愈诗极端，但也是有意不合律之作，其前八句："幽怀久不写。郁纡在中肠。为君一吐之。慷慨缠悲伤。辞直非谤讦。辞夸非颠狂。流出肺腑

083

---

[1] 姚奠中主编：《元好问全集》（下），山西人民出版社1990年版，第37页。
[2] 杨弘道：《小亨集》卷一《幽怀久不写一首效韩子此日足可惜赠彦深》，文渊阁《四库全书》本。

中。无意为文章。"平仄情况是：平平仄仄仄。仄平仄平平。仄平仄
仄平。平仄平平平。平仄平仄仄。平平平平平。平仄仄仄平。平仄平
平平。有三平尾、三仄尾、五平句。这些为宋代欧、苏等所继承。韩
愈上承杜甫，下开苏轼，形成杜、韩、苏的系统。这正如清人所说：
"作古诗声调，须坚守杜、韩、苏三家法律。"[1]而由唐杜、韩到宋苏
轼，都为当时北方诗坛所推尊，故元人虞集说："国初，中州袭赵礼
部、元裕之之遗风，宗尚眉山之体。"[2]当然，元好问理解的唐诗，
也不仅仅是此一路，他又说："情性之外，不知有文字。幸矣！学者之
得唐人为指归也。"[3]这符合一般人理解的唐诗风范。

　　元好问编《唐诗鼓吹》，是我们理解他唐诗观的重要文献。其书只
选七律，选诗详中晚而略初、盛。研究者有统计，共选唐诗人九十六
家，诗五百九十七首。选中晚唐人许浑、薛逢、陆龟蒙、皮日休、杜
牧、李商隐、谭用之等人作品为多，盛唐只选王维（八首）、高适（一
首）、岑参（一首）、张说（二首）、崔颢（一首）、李颀（二首）数
人，诗仅十五首。但元好问所选晚唐诗，不是一般人评判的精工雕琢
而格力卑弱者，而多选深沉伤乱之作，如韩偓《伤乱》："故国几年犹
战斗，异乡终日见旌旗。交亲流落身羸病，谁在谁亡两不知。"[4]大
不同于人们印象中韩偓诗的香艳。元好问本人诗作，研究者一般认为
属杜、韩一路，同时也受晚唐影响，清人有言："遗山诗，三分是韩、
杜，三分是玉川，故其论诗曰：'万古文章有坦途，纵横谁似玉川

[1] 陈仅：《竹林答问》，清镜滨草堂抄本。
[2] 虞集：《傅与砺诗集序》，《傅与砺诗集》卷首，文物出版社 1982 年影印《嘉业堂丛书》本。
[3] 元好问：《杨叔能小亨集引》，姚奠中主编《元好问全集》卷三十六，山西人民出版社 1990 年版，第 38 页。
[4] 钱牧斋、何义门评注，韩成武等点校：《唐诗鼓吹评注》，河北大学出版社 2000 年版，第 86 页。

卢．’推挹之至。"[1]其《论诗三十首》论到的唐人很多，初、盛、中、晚唐都有，除少数如晚唐孟郊、陆龟蒙有批评外，大多是肯定和表彰的。元好问的主张，影响着元初北方的唐诗观。

元好问之后的著名诗人郝经、刘因，诗歌主张与诗歌创作都受元好问影响，但有趣的是，他们两人都批晚唐又学晚唐，特别是批李贺爱李贺，作诗受李贺影响。

入元南方诗坛，诗学主张是多元的，宗唐观念也是多元的。

浙江一带沿宋而来的风气，诗人仇远表述是："近体吾主于唐，古体吾主于《选》。"[2]他之所谓唐，并没有特指某一时段。宋人刘克庄的类似表述，可以帮助我们了解仇远的主张。刘克庄有赠"四灵"之一翁卷的诗，说："非止擅唐风，尤于《选》体工。有时千载事，只在一联中。"[3]仇远所谓主唐，大致也如"四灵"之主晚唐。除浙江仇远等人外，元初还有明确提倡"四灵"晚唐体诗风的，如江西上饶徐瑞，有诗云："永嘉诸老不可作，史传纷纭孰与评？一字不轻严衮钺，千年如见审权衡。"[4]所谓"永嘉诸老"，指永嘉学派叶适，实指叶适所推举的"四灵"。

宋末严羽批晚唐倡盛唐，元初方回也主盛唐批晚唐。但两人心目中的盛唐却大不相同。严羽所说的盛唐诗，是但见性情，不见文字，是羚羊挂角，无迹可求；方回则是理性的诗学，既讲究诗法，又推崇

085

---

[1] 吴世常：《论诗绝句二十种辑注》引，陕西人民出版社 1984 年版，第 68 页。

[2] 方凤：《仇仁父诗序》，方凤著，方勇编校《方凤集》，浙江古籍出版社 1993 年版，第 64 页。

[3] 刘克庄：《后村先生大全集》卷七《赠翁卷》，《四部丛刊》影印旧抄本。

[4] 徐瑞：《松巢漫稿》卷二《刘元辅寄咏史诗六十首赋此为谢》，《豫章丛书》本，江西教育出版社 2006 年版。

浑成气象，主张"始不拘一家，终自成一家"[1]，认为"学问必取诸人以为善，杜陵集众美而大成"[2]。有趣的是，严羽《沧浪诗话》和方回《瀛奎律髓》，这两部在后世影响很大的诗学著作，在元代几乎没有什么影响。方回之论大约不符合元代主流论诗宗趣，少有人提及。在被认为举世宗唐的元代，《沧浪诗话》也没有什么影响。《沧浪诗话》之搜集成编，《沧浪吟卷》的编辑成书，都到了元后期。元后期有严羽再传弟子黄清老，与其同年张以宁及黄镇成等人，承传发扬闽中严羽诗学，开启了元明之际的闽派诗。黄清老有《答王著作书》，阐扬严氏诗论，在当时影响颇大，编入多种诗法著作，题作《黄子肃诗法》《黄氏诗法》，或直接命名作《诗法》，在元明之际流行。今人张健编《元代诗法校考》、周维德集校《全明诗话》（齐鲁书社 2005 年版）均编入，题作《诗法》。

元前期在南方影响很大的，首属刘辰翁的唐诗评点。欧阳玄谈到刘辰翁在当时的巨大影响，说："宋末须溪刘会孟出于庐陵，适科目废，士子专意学诗。会孟点校诸家甚精，而自作多奇崛，众翕然宗之。"[3]刘辰翁评点了众多唐人诗，有李贺、王维、孟浩然、韦应物、孟郊、李白、杜甫等，最先评点的是李贺，影响大的也数评李贺诗。庐陵文派推崇李贺、学李贺风气一直延续，直到元之后期，依然如故，这是形成庐陵奇崛诗风的重要因素。可以说，刘辰翁诗学，是宋代江西诗学在元代的演变。时人程钜夫对此曾有论说："自刘会孟尽发古今诗人之秘，江西诗为之一变，今三十年矣，而师昌谷、简斋最盛……"[4]

---

[1] 方回：《桐江集》卷四《跋刘光诗》，上海古籍出版社《续修四库全书》本。
[2] 方回：《桐江集》卷五《刘元辉诗评》。
[3] 欧阳玄：《罗舜美诗序》，魏崇武等校点《欧阳玄集》，吉林文史出版社 2009 年版，第 83 页。
[4] 程钜夫：《雪楼集》卷十五《严元德诗序》，文渊阁《四库全书》本。

江西南丰人刘壎论唐诗比较独特，他于唐最尊杜甫，又取晚唐。认为诗人各有所长，一种诗体，有数家为胜。五古、七古、五律、七律，他分别标举若干家，刘壎建议学诗者"混合陶、韦、柳三家以昌其五古，孰（熟）复少陵诸大篇以昌其七古，则又取法少陵五律以昌其五律，取牧、锡、浑、沧诸作以昌其七律"[1]。"牧、锡、浑、沧"即杜牧、刘禹锡、许浑、刘沧，都是晚唐诗人。刘壎是江西诗学后劲，但却推尊晚唐律诗，他想以此救江西末流生硬枯槁之病。

在这一时期，可以与刘辰翁并提的，是戴表元。他曾学诗于方回，但论诗旨趣与方回明显不同。他论诗倡导"唐风"，可称元代前宗唐诗论的代表。"唐风"概念，宋人唐庚、元初方回都用过（分别见唐庚《书三谢诗后》、方回《送罗寿可诗序》等文），戴表元对其意蕴作了具体阐发。戴表元之所谓"唐风"，是对唐诗整体风格、风貌的概括。倡导"唐风"，即主张学诗泛取唐代各家而不名一家，融汇为一，形成自我。后文详述。

诗论家赵文述当时诗坛情况说："近世士无四六时文之可为，而为诗者益众，高者言《三百篇》，次者言《骚》言《选》言杜，出入韦柳诸家，下者晚唐、江西。"[2]赵文的高下之评，未必人人认可。但元初诗坛的多元性，由此可见一斑。

从元初宗唐的多元，到元代中后期广取初、盛、中、晚而以盛唐为主、李杜为宗，再到明代的专主盛唐，其变化的走向，可以从戴表元的《唐诗含弘》、杨士弘的《唐音》、明代高棅的《唐诗品汇》三部唐诗选本选诗观念的变化中体会。《唐诗品汇》选诗有九品之分，即正始、正宗、大家、名家、羽翼、接武、正变、余响、旁流。据研究者考

---

[1] 刘壎：《水云村稿》卷七《曾从道诗跋》，文渊阁《四库全书》本。
[2] 赵文：《青山集》卷四《诗人堂记》，文渊阁《四库全书》本。

察，这并非高棅的发明，而是借鉴了元代戴表元的《唐诗含弘》和杨士弘的《唐音》，其中接武、正变、余响、旁流四品取自《唐诗含弘》，正始、正宗则借鉴自《唐音》（《唐音》有正始、正音、遗响，《唐诗品汇》取其"正始"，而变"正音"为"正宗"）。[1]比较元前期戴表元《唐诗含弘》、元中期杨士弘《唐音》和明代《唐诗品汇》的品类名称，可以看出他们之间的差别，也可从一个方面认识宗唐观念的变化。戴表元所言的"接武""正变""余响"等概念，基本上不包含明显的褒贬倾向。元初有倡盛唐的，有倡晚唐的，有接续江西、推崇杜甫的（宗杜与宗唐或宗盛唐，在这一时期是不同主张），戴表元主张融汇各家而不主一家，故对唐诗各期各家，不分别对待。我们可以看作是元初论诗多元中所取的平衡。《唐音》的"正始""正音""遗响"已经有褒贬倾向，但所谓"正始""正音"，并不以初、盛、中、晚的世次分。这反映了元中期唐诗学的倾向性。这一时期主流诗论崇尚盛唐，取法李杜，但绝对没有明人宗法盛唐、否定中晚唐的问题。到《唐诗品汇》，正式标举"正宗"，明确以盛唐为正宗。当然，唐诗"正宗"意识，也不是到高棅才有。宋代真德秀《文章正宗》已标举文统正宗，元代虞集论诗以李杜为正宗，说："唐人诸体之作，与代终始，而李杜为正宗。"[2]但虞集没有排斥其他唐人，也不独尊盛唐。虞集的唐诗学主张，可以作为元中期唐诗学的代表。不过，虞集的以李杜为正宗，与明人的以盛唐为正宗，是大不相同的。

2. 中期以李杜为宗、取法盛唐成为主流

元初论诗泛取各家的状况，到元中期有一定改变，在虞集等人倡

---

[1] 王顺贵：《〈唐诗品汇〉何以成为典范的唐诗选本——论元代三种唐诗选本与〈唐诗品汇〉的关系》，《文学遗产》2013 年第 2 期。

[2] 虞集：《傅与砺诗集序》，傅若金《傅与砺诗集》卷首，文渊阁《四库全书》本。

导盛世诗风的影响下，逐渐形成宗李杜、主盛唐的唐诗学观念。宗法李杜的观念，在元初就有。牟巘说："观水必于海，观其会也。李杜，其诗之会乎？"[1]元中期诗论以李杜为盛唐诗人的代表，如学者柳贯所说："唐诗辞之盛，至杜子美兼合比兴，驰突骚雅，前无与让。然方驾齐轨，独以予李太白，而尤高孟浩然、王摩诘之作。"[2]柳贯论诗推尊盛唐，柳贯诗也被认为是取法盛唐。元明之际的王祎《九灵山房集序》称："昔者浦阳之言诗者二家焉，曰仙华先生方公、乌蜀先生柳公。方公之诗幽雅而圆洁，柳公之诗宏丽而典则，大抵皆取法盛唐而各成一家言，用能俱有重名于当世。"[3]方凤（仙华先生）是元初人，柳贯则活动在元之中期。两人都被认为是取法盛唐而自成一家的。

辛文房的《唐才子传》和杨士弘的《唐音》，是元代两部重要诗学著作。《唐才子传》成书于元成宗大德八年（1304），属元前中期。《唐音》的编撰，始于元顺帝至元元年（1335），成书于顺帝至正四年（1344）。从时间说已进入元后期，但其反映的诗学观念，则是中期。

《唐才子传》理论上高举盛唐的旗帜，以李杜为高标，说："昔谓杜之典重，李之飘逸，神圣之际，二公造焉。观于海者难为水，游李、杜之门者难为诗。斯言信哉！"[4]但在具体的品评中，却明显表现出对晚唐诗的喜爱。《四库全书总目》谓其"大抵于初、盛稍略，中、晚以后渐详"[5]，显示出主流话语与个人偏好之间的错位，这种矛盾现

---

[1] 牟巘：《陵阳集》卷十二《仇山村诗集序》，文渊阁《四库全书》本。
[2] 柳贯：《柳待制文集》卷十八《跋唐李德裕手题王维辋川图》，《四部丛刊》影印元刊本。
[3] 王祎：《九灵山房集序》，李军等点校《戴良集》"附录"，吉林文史出版社2009年版，第384页。
[4] 辛文房著，周绍良笺证《唐才子传笺证》，中华书局2010年版，第358页。
[5] 爱新觉罗·永瑢等：《四库全书总目》卷五十八，中华书局1965年版，第523页。

象在元代中后期普遍存在。

《唐音》则高举盛唐的旗帜，同时有抑晚唐之意，反映了当时主流诗学的主张。杨士弘之所以编《唐音》，是不满于唐以来的唐诗选本"大抵多略于盛唐而详于晚唐"[1]，他要改变这种倾向，以盛唐为《正音》，该卷小序说："是编以其世次之先后，篇章之长短，音律之和协，词语之精粹，类分为卷，专取乎盛唐者，欲以见音律之纯，系乎世道之盛。"[2]元中期诗学领袖虞集对此大加赞赏，为其书作序，高度肯定其选诗"以盛唐、中唐、晚唐别之"，称其见识："度越常情远哉！"[3]但其书并非"专取乎盛唐"。

元中期，主流诗学之外的声音还是很强的，主流诗学与反对者之间的矛盾，在对《唐音》的评价上充分地显示出来。我们可以把庐陵诗学作为非主流诗学的代表。庐陵派刘辰翁后学周霆震就猛烈批评《唐音》说：

> 近时谈者尚异，糠秕前闻。或冠以虞邵庵之序而名《唐音》，有所谓"始音""正音""遗响"者，孟郊、贾岛、姚合、李贺诸家，悉在所黜；或托范德机之名选少陵集，止取三百十一篇，以求合于夫子删诗之数。一唱群和，梓本散行，贤不肖靡然师宗，以为圣人复起殆不可易。[4]

他不满于《唐音》之贬晚唐，其中应该特别不满于贬李贺。这是庐陵一派与虞集等人的分歧处。当然也可以理解为主张取法多样与宗法盛

[1] 杨士弘：《唐音自序》，陶文鹏、魏祖钦整理点校《唐音评注》，河北大学出版社2006年版，卷首。
[2] 陶文鹏、魏祖钦整理点校：《唐音评注》，河北大学出版社2006年版，第74页。
[3] 虞集：《唐音序》，陶文鹏、魏祖钦整理点校《唐音评注》卷首。
[4] 周霆震：《石初集》卷六《张梅间诗序》，《豫章丛书》本，江西教育出版社2006年版。

唐的分歧。庐陵诗学主张取法多样，批评一味模拟李杜、宗法盛唐，刘诜《与揭曼硕学士》说："一二十年来，天下之诗，于律多法杜工部《早朝大明宫》、夔府《秋兴》之作，于长篇又多法李翰林长短句。李杜非不佳矣，学者固当以是为正途。然学而至于袭，袭而至于举世若同一声，岂不反似可厌哉？"[1]其所指，就是虞集等人代表的主流诗学。

《唐音》产生了广泛且持久的影响，其主盛唐的观念跨越晚元，影响明初。宋讷《唐音缉释序》称其书："既镂梓，天下学诗而嗜唐者争售而读之。可谓选唐之冠乎！"[2]胡缵宗说："自杨伯谦《唐音》出，天下学士大夫咸宗之，谓其音正，其选当。"[3]其书在明代不仅多次刊刻，而且出现了多种注本。这一切都说明其影响之大。胡震亨则把《唐音》看作宗唐观念之一大转关："自宋以还，选唐诗者，迄无定论。大抵宋失穿凿，元失猥杂，而其病总在略盛唐，详晚唐。至杨伯谦氏始揭盛唐为主，得其要领；复出四子为始音，以便区分，可称千古伟识。"[4]所谓"四子"，乃初唐王、杨、卢、骆（其序为杨、王、卢、骆）四人，其《凡例》言"四家制作，初变六朝"[5]。

以诗人虞集和杨士弘《唐音》为代表的主流诗学，在当时和以后影响很大，他们倡导的主盛唐的观念，逐渐为诗坛接受。元明之际的谢应芳有诗说："金龟换酒邀明月，玉麈论诗说盛唐。"[6]可见元代中

［1］ 刘诜：《桂隐文集》卷三《与揭曼硕学士》，台湾新文丰出版社 1985 年《元人文集珍本丛刊》影印本。
［2］ 宋讷：《西隐集》卷六《唐音缉释序》，文渊阁《四库全书》本。
［3］ 胡缵宗：《刻唐诗正声序》，《唐诗正声》卷首，明嘉靖何城重刻本。
［4］ 胡震亨：《唐音癸签》卷三十一，上海古籍出版社 1981 年版，第 326 页。
［5］ 杨士弘：《唐音·凡例》，陶文鹏、魏祖钦整理点校《唐音评注》卷首，河北大学出版社 2006 年版。
［6］ 谢应芳：《龟巢稿》卷十七《挽管伯龄》，《四部丛刊三编》影印傅氏双鉴楼藏抄本。

后期的情况。

3. 尊李杜而泛取各家，"铁体"风行又流派纷呈，是后期宗唐诗论的基本取向

元代诗坛的基本走向，可以概括为前中期的多源归一，和后期的多元竞胜。元代唐诗学也体现了这一走向。

前人讲元诗，多以为元中期出现了"元诗四大家"，代表了元诗之盛。当然也有不同看法，有人认为，元末诗坛才是真正的繁盛期。清人顾嗣立有一个判断："有元之文，其季弥盛。"还说："有元之诗，每变递进，迨至正之末，而奇材益出焉。"[1]"奇材益出"带来了多元纷呈的局面。元之后期，虞集时代过去，影响最大的诗人是杨维桢，他以其特色鲜明但却不合正统的诗歌创作和诗学理论，冲击了元中期形成的主流诗论。杨维桢代表的"铁雅"诗派，以奇艳瑰异为特征，清代四库馆臣视之为元诗末流，说："迨其末流，飞卿、长吉一派，与卢仝、马异、刘叉一派并合而为铁体，妖冶俶诡，如出一辙，诗又大弊。"[2]"铁体"即"铁雅"诗派，在当时特别是在东南一带，笼罩一时，成为影响很大的流派。

讲元代诗派，一般只说铁崖派。流派纷呈，一般认为是到明代。入明即有所谓"明初五派"，其说见胡应麟《诗薮》："国初，吴诗派昉高季迪，越诗派昉刘伯温，闽诗派昉林子羽，岭南诗派昉于孙蕡仲衍，江右诗昉于刘崧子高。五家才力，咸足雄踞一方，先驱当代。"[3]但稍作考察就会发现，所谓"明初五派"，其实是元末五

[1] 顾嗣立：《元诗选》初集，中华书局 1987 年版，第 1394、8 页。
[2] 爱新觉罗·永瑢等：《四库全书总目》卷一百八十九《唐诗品汇》提要，中华书局 1965 年版，第 1713 页。
[3] 胡应麟：《诗薮》续编卷一，上海古籍出版社 1958 年版，第 342 页。

派。这五派都形成并活动于元末。

吴中诗派成就最高者是高启（季迪，1336—1374），他与杨基（1326—1378）、张羽（1333—1385）、徐贲（1335—1380）并称"吴中四杰"。他们主要生活在元代，在明代生活时间，分别只有六年、十年、十九年、十四年，且都死于非命。他们文学活动和诗歌创作，当然也主要在元代；以他们为代表的吴中派，无疑是元末诗派。越派，后人称或作浙派，以刘基（伯温，1311—1375）为代表，成员包括胡翰（1307—1381）、苏伯衡（约1329—1389）、宋濂（1310—1381）、王祎（1321—1372）等人。其实，这一派最著名的诗人应该是戴良（1317—1383），因为入元不仕，讲"明初五派"诗人不包括他。从生卒年就可明确看出，这一派诗人也大部分时间在元代度过〔其中刘基、宋濂在至正二十年（1360）应召至应天，进入朱元璋政权〕，其诗歌创作也主要在元代；越派无疑也是元末诗派。关于闽派，胡应麟"闽诗派昉林子羽"之说不完全准确，讲闽派诗，还应该包括早于林鸿（子羽）的黄清老（1290—1348）和张以宁（1301—1370），两人是元泰定四年丁卯（1327）科进士同年，又是同乡好友。他们是元代人，直接承宋末严羽之绪，是闽派诗的先导；故闽派也是元代诗派。岭南派代表诗人"南园五先生"孙蕡（1334—1390）、王佐（1334—1377）、黄哲（1334？—1376）、李德〔生卒年不详，洪武三年（1370）荐为洛阳典史〕、赵介（1344—1389），生活在元明之际。据孙蕡《琪林夜宿联句一百韵》序[1]，其南园诗社活动始于孙蕡十八九岁时。按十九岁计，当在元顺帝至正十二年（1352），此时距元亡还有十六年时间。到明初，这些人相继入仕，各奔东西，诗社活动也就中断。这个诗派的活

---

[1] 孙蕡：《西庵集》卷七，文渊阁《四库全书》本。

动时间，也在元代。所以，明陈琏为赵介《临清集》作序说："当元季，吾郡有南园诗社，诸公赋咏，盛于一时。"[1]视之为元代诗社。

最后是江右诗派，其代表诗人刘崧（又作崧，1321—1381），字子高，入明时已四十八岁，入明十三年去世，他的诗歌活动和创作，也在元代。从宋濂给他诗集写的序看，其成名并有影响，在元代。宋濂述其学诗过程有四个阶段：第一阶段，读前人之作，从《诗》《骚》至唐宋诸家，"皆钻研考核，穷其所以言。用功既深，精神参会，绝无古今之间"。这是书本功夫，诗内功夫，只是写好诗的基础。第二阶段，出与能诗者游，在豫章，"与辛敬、万石、周浈、杨士弘、郑大同"五位"负能诗名"者游，切磋砥砺，也开阔眼界。第三阶段，"复痛自策督"，再下创作功夫。第四阶段，畅怀远游，得江山之助，涤荡心胸，"刘君之诗，于是乎大昌矣"。[2]所有这一切，肯定是在元代，因为明洪武三年（1370），他就举明经，授兵部职方郎中，做官去了。又几年，就去世了。他的诗歌创作，主要在元代。

总之，所谓"明初五派"，其实是元末五派。这五派，特色与主张不同。今人王学泰有《以地域分野的明初诗歌派别论》一文[3]，对这五派作了考察和特色分析，可以参考。

杜贵晨评所谓明诗"莫盛国初"之说，以为"这个话只有一半是对的"，他说："以诗人论，固然有陈田所说明初有'若犁眉、海叟、子高、翠屏、朝宗、一山、吴四杰、粤五子、闽十子、会稽二肃、崇安二蓝，以及草阁、南村、子英、子宜、虚白、子宪之流'，彬彬称盛；但

---

[1]　阮元：《（道光）广东通志》卷一百九十五《艺文略七》，清道光二年刻本。

[2]　宋濂：《刘兵部诗集序》，黄灵庚主编《宋濂全集》，人民文学出版社 2014 年版，第 496 页。

[3]　王学泰：《以地域分野的明初诗歌派别论》，《文学遗产》1989 年第 5 期。

是，以诗作论，诸‘诗家各抒心得，隽旨名篇，自在流出’的创作高峰期，大都在入明以前的元末乱世，入明后就在阵阵腥风血雨中化为强颜的欢笑或噤若寒蝉了。"[1]在明初的政治恐怖与高压下，诗坛沉寂了，众鸟不鸣，也不会有什么派了。

元后期诗学，尽管流派纷呈，大的取向还是宗唐，只是所取唐人不同，或者说不分世次，泛取各家，如苏天爵所言："夫自汉魏以降，言诗者莫盛于唐。方其盛时，李杜擅其宗，其他则韦、柳之冲和，元、白之平易，温、李之新，郊、岛之苦，亦各能自鸣其家，卓然一代文人之制作矣。"[2]初盛中晚、各家各派，都可效法，而以李杜为宗。

当然由于《唐音》的流传，元中期主流诗学观念之主盛唐贬晚唐，在元后期仍然有较大影响。宗盛唐是一部分人的主张，比如闽派，由此延之明初，直接开启了明代复古派诗学。只是与杨维桢刮起的李贺旋风相比，就相形见绌了。

095

二、 相关的几种唐诗学现象和概念

在对元诗宗唐观念演变的基本走向作了大致梳理后，还需要对元代唐诗学中一些值得关注的现象进行个别考察，才能对元诗宗唐观念的发展变化有比较具体切实的了解。此外，一些在后世很有影响的唐诗学观念，出现在元代。今人对此不了解，不管从对元诗宗唐观念的考察，还是从中国诗学史的角度，都需要作出说明。

1. 元人"四唐"观念已成熟，论唐诗多盛晚唐对举

清人王士禛说宋元论唐诗，不甚分初、盛、中、晚。这显然是对元

[1] 杜贵晨：《明诗选·前言》，人民文学出版社 2003 年版，前言第 3 页。

[2] 苏天爵：《滋溪文稿》卷五《西林李先生诗集序》，中华书局 1997 年版，第 62 页。

代诗论不了解。"四唐"概念不仅在元代已经形成，而且有了成熟的"四唐"诗论。元初方回已有唐初、盛唐、中唐、晚唐的概念。盛、中、晚的概念，多见于《瀛奎律髓》，其《桐江续集》卷二十八《题寒山拾得画像》有"我读寒山拾得诗，唐初武德贞观时"之句[1]，其《文选颜鲍谢诗评》卷二也用"唐初"概念[2]。同是元初人的龙仁夫也用"唐初"概念指称沈、宋，其《庐山外集序》言"唐初宋之问、沈佺期辈体尚疏"，却认为"许诗雄浑而不粗犷，秀丽而近自然，盖盛唐铮铮"。[3]显然，"四唐"概念在元前期已经形成。到元中期，李存编《唐人五言排律选》十卷，第一卷"御制"、第二卷（上下）"试帖"之后的八卷，鲜明地以初盛中晚"四唐"世次编排："初唐"（卷三卷四），"盛唐"（卷五卷六），"中唐"（卷七卷八），"晚唐"（卷九卷十）。这一点，王顺贵《〈唐诗品汇〉何以成为典范的唐诗选本——论元代三种唐诗选本与〈唐诗品汇〉的关系》一文，已经说明，不再详述。更为重要的是，元佚名诗法著作《诗家模范》论唐诗初盛中晚之不同，说：

> 唐人律诗……有清新富丽者，有雄浑飘逸者，有纤巧刻削寒陋者。体制不一，音节亦异。大抵学者要分别得初唐、盛唐、中唐、晚唐及宋、元人诗，某也如何，某也如是。看得多，识得破，吟咏得到，审其音声，则而象之，下笔自然高古。[4]

---

[1] 方回：《桐江续集》卷二十八，文渊阁《四库全书》本。

[2] 方回：《文选颜鲍谢诗评》卷二谢惠连《秋怀诗一首》评，李庆甲集评校点《瀛奎律髓汇评》附录，上海古籍出版社2005年新1版，第1864页。

[3] 僧道惠：《庐山外集》卷首，北京大学图书馆藏元刻本。

[4] 张健：《元代诗法校考》，北京大学出版社2001年版，第419页。

不仅分得出初、盛、中、晚之世次，而且指出初盛中晚诗之体制音节各异。很明显，以初盛中晚"四唐"论唐诗，在元代已是成熟的诗论观念。据此可知，"不甚分初盛中晚"非是。元人论诗也并非不分初盛中晚。早在宋元之际，方回就已指出唐诗盛、中、晚之变，说："予选诗，以老杜为主。老杜同时人，皆盛唐之作，亦皆取之。中唐则大历以后，元和以前，亦多取之。晚唐诸人，贾岛开一别派，姚合继之，沿而下，亦非无作者，亦不容不取之。"[1]不仅分盛、中、晚唐，而且寓有明显的褒贬之意。又说："放翁诗出于曾茶山而不专用江西格，间出一二耳。有晚唐，有中唐，亦有盛唐。"[2]元人这方面的论述，给人印象深刻的，是初唐与晚唐对举。尽管不同论者的诗学观念不尽相同，对晚唐诗的褒贬也不同，但不少论者将晚唐与盛唐对举。这种对举，在宋代严羽的《沧浪诗话·诗辨》已有，说："论诗如论禅。汉魏晋与盛唐之诗，则第一义也；大历以还之诗，则小乘禅也，已落第二义矣。晚唐之诗，则声闻、辟支果也。"[3]其《诗体》部分"以时而论"，列举唐代有唐初体、盛唐体、晚唐体。方回论诗，给人很突出的感觉就是盛、晚唐对举，尊盛唐，批晚唐。如《学诗吟十首》其七："宋诗孰第一，吾赏梅圣俞。绰有盛唐风，晚唐其劣诸！"[4]《瀛奎律髓》中多有这种对举，如卷十五陈子昂《晚次乐乡县》诗后批："盛唐律，诗体浑大，格高语壮。晚唐下细工夫，作小结裹，所以异也。"卷四十二李白《赠升州王使君忠臣》诗后批："盛唐人诗，气魄广大；晚唐人诗，工夫纤细。"卷二十翁卷《道上人房老梅》诗后评"四灵"：

[1] 方回选评，李庆甲集评校点：《瀛奎律髓汇评》，上海古籍出版社 2005 年新 1 版，第338 页。
[2] 方回选评，李庆甲集评校点：《瀛奎律髓汇评》，第 181 页。
[3] 严羽著，郭绍虞校释：《沧浪诗话校释》，人民文学出版社 2001 年版，第 10 页。
[4] 方回：《桐江续集》卷二十八，文渊阁《四库全书》本。

"名曰'厌傍江西篱落',而盛唐一步不能少进。天下皆知四灵之为晚唐,而钜公亦或学之。"[1]也有字面没有出现对举而实寓对比之意者,如《瀛奎律髓》卷一张祜《金山寺》诗后批:"大历十才子以前,诗格壮丽悲感;元和以后,渐尚细润,愈出愈新,而至晚唐。"[2]这类较多,不再列举。

其他人之论,如刘壎《水云村稿》的一段话,很值得注意:"小谿翁曰:昔在行都,访白云赵宗丞参诗法,因问何以有盛唐、晚唐、江湖之分。赵公曰:此当以斤两论。"[3]可见在宋元之际,论诗以晚唐与盛唐对举,是很普遍的。到元后期,欧阳玄论诗也说:"六朝劣于汉魏,得其巧未得其拙也;晚唐愧于盛唐,亦得其巧未得其拙也。"[4]元明之际的王祎《九灵山房集序》说:"《三百篇》而下,莫古于汉魏,莫盛于盛唐。齐梁、晚唐,有弗论矣。"[5]在他看来,晚唐比之盛唐,如齐梁比之汉魏。这类列举,多推尊盛唐之论。

也有特别关注中唐的,如袁桷,他关注的是中唐诗的变与承,如说:"诗至于中唐,变之始也。"强调中唐之变。又云:"李商隐诗号为中唐警丽之作,其源出于杜拾遗。晚自以不及,故别为一体。玩其句律,未尝不规规然近之也。"[6]谈李商隐对于杜甫的由承到变和变中之承。

---

[1] 方回选评,李庆甲集评校点:《瀛奎律髓汇评》,上海古籍出版社2005年新1版,第529、1484、771页。

[2] 方回选评,李庆甲集评校点:《瀛奎律髓汇评》,第13页。

[3] 刘壎:《水云村稿》卷十三《诗说》,文渊阁《四库全书》本。

[4] 欧阳玄:《娱拙集跋》,魏崇武等点校《欧阳玄集》,吉林文史出版社2009年版,第181页。

[5] 王祎:《九灵山房集序》,李军等点校《戴良集》附录,吉林文史出版社2009年版,第384页。

[6] 袁桷:《书汤西楼诗后》《书郑潜庵李商隐诗选》,李军等校点《袁桷集》,吉林文史出版社2010年版,第678、679页。

2. 杜甫与李贺在元代是特别引人注目的两位诗人

杜甫是元代诗学的一个独特符号，其在元代诗坛的独特地位，上文已经涉及。元代诗法、诗格类著作直接以"杜"名者就有《杜律心解》《杜陵律诗五十一格》等书，其他书中，举例也多用杜诗。元代文人雅集，取前人诗句分韵赋诗，也多取杜。据统计，玉山雅集分韵赋诗三十一次，选用唐诗的有十八次，其中用杜诗十三次。可说明元人对杜甫的推崇。

元代诗论家多尊杜，但之所以尊杜却各不相同。元初北方元好问尊杜，其《论诗三十首》有"少陵自有连城璧"之句。[1]他之尊杜，与元末一部分人尊杜，是身处乱世，读杜甫丧乱诗有感于心，遂进一步崇拜杜甫诗的成就。他们心中，有一个伤乱的杜甫。元好问有《杜诗学》一书，其书不传，今存其自序《杜诗学引》，评杜诗云："尝谓子美之妙，释氏所谓学至于无学者耳。今观其诗，如元气淋漓，随物赋形；如三江五湖，合而为海，浩浩瀚瀚，无有涯涘；如祥光庆云，千变万化，不可名状。固学者之所以动心而骇目。及读之熟，求之深，含咀之久，则九经百氏，古人之精华，所以膏润其笔端者，犹可仿佛其余韵也。"[2]则又显示，他对杜甫融汇九经百氏，化入诗中而无迹，表示特别的佩服。元中期著名诗人虞集等也尊杜，明人杨士奇就说："百年之前赵子昂、虞伯生、范德机诸公，皆擅近体，亦皆宗于杜。"[3]传说虞集有《杜律虞注》一书，后人考证为伪托，但明人杨士奇却认为其书不伪，为之作序，赞赏说："伯生学广而才高，味杜之

---

[1] 姚奠中主编：《元好问全集》（上），山西人民出版社1991年版，第338页。

[2] 姚奠中主编：《元好问全集》（下），第24页。

[3] 杨士奇：《东里续集》卷十四《杜律虞注序》，文渊阁《四库全书》本。

言，究杜之心，盖得之深矣。"[1]与元好问不同，虞集等人是把杜甫作为诗界权威形象来树立，以此强化主流意识。与虞集等人尊杜以强化主流相反，杨维桢尊杜，是强调诗歌的多样性，他说："删后求诗者尚家数，家数之大，无止乎杜。宗杜者，要随其人之资所得尔。……虽然，观杜者不唯见其律，而有见其骚者焉。不唯见其骚，而有见其雅者焉。不唯见其骚与雅也，而有见其史者焉。此杜诗之全也。"[2]也有人尊杜，是崇尚杜甫的人格，如赵文《诗人堂记》载："云隐山人钱有常，学道而好吟，绘李、杜、苏、黄像，置所居堂，又取唐宋诗佳句书于壁，而名其堂曰'诗人堂'。"赵文为作记，感慨于宋元易代的特殊时期，很多人以诗人自诩气节而无操守，"近世士无四六时文之可为，而为诗者益众……而夷考其人，衣冠之不改化者鲜矣。其幸而未至改化，葛巾野服，萧然处士之容，而不以之望尘于城东马队之间者，鲜矣"。他认为，这些写诗者不足以称为人："今世诗多而人甚少。"[3]李、杜、苏、黄是诗人榜样，更是"人"即人格榜样。

当然，更多的还是把杜甫作为诗人尊崇，如刘壎《隐居通议》论少陵句法：

> 或以豪壮，或以巨丽，或以雅健，或以活动，或以重大，或以涵蓄，或以富艳，皆可为万世格范者。今人读杜诗，见汪洋浩博，茫无津涯，随群尊慕而已，莫知其所从也。因摘数十联，表而出之。其他殆不胜书，姑举其概。善学者固可触类举隅矣。[4]

[1] 杨士奇：《东里续集》卷十四《杜律虞注序》，文渊阁《四库全书》本。
[2] 杨维桢：《东维子文集》卷七《李仲虞诗序》，《四部丛刊》影印明鸣野山房抄本。
[3] 赵文：《青山集》卷四《诗人堂记》，文渊阁《四库全书》本。
[4] 刘壎：《隐居通议》卷七《杜少陵诗》，清《读画斋丛书》。

学者吴澄论杜，也是诗人眼光："杜为诗家冠冕，固亦以如此诗（按指杜甫《题李尊师松树障子歌》）而鸣于盛唐，况其集中如'黄四娘家花满蹊'，如'南市津头有船卖'，此类非一。盖杜诗兼备众体，而学之者各得其一长。"[1]

需要注意的是，"宗唐"与宗杜不同，甚至曾一度矛盾。宋元之际，"四灵"、江湖学唐（学晚唐），江西一派宗杜。当时方回等人提倡宗杜、批江湖诗派，而"四灵"、江湖都号称"宗唐"，"宗唐"与宗杜成为对立的概念。此外，宗杜与宗盛唐也不同。方回论诗，以为宋诗各派都从唐诗出，他推崇盛唐，宗法杜甫，但宗杜与宗盛唐异趣。宗盛唐形成了宋诗（梅尧臣等人）的盛唐风韵，宗杜形成了宋诗的"黄陈格高"（黄庭坚、陈师道等）。方回认为，这就是宋诗的两个基本走向，他说："宋人诗善学盛唐而或过之，当以梅圣俞为第一；善学老杜而才格特高，则当属之山谷、后山、简斋。"[2]其《学诗吟十首》之七说得更明确："宋诗孰第一？吾赏梅圣俞。绰有盛唐风，晚唐其劣诸……黄陈吟格高，此事分两途。"[3]这样的差异与矛盾，在入元后逐渐消失，言盛唐就包括杜甫，如刘壎《跋石洲诗卷》所言"李杜盛唐诸作"等。[4]例子不再多举。

元人论诗几乎都尊杜，但之所以尊杜，及所尊之杜却并不相同。从这一个独特视角，也可窥见元诗"宗唐"观念之演变。

李贺成为最受关注的诗人，恐怕只有在元代。可以这么说，只有能容得下杨维桢的时代，才可能容得下李贺。在整个元代，学李贺都

---

[1] 吴澄：《吴文正集》卷五十六《题刘爱山诗》，文渊阁《四库全书》本。

[2] 方回：《瀛奎律髓》卷二十四梅尧臣《送徐君章秘丞知梁山军》后评，文渊阁《四库全书》本。

[3] 方回：《桐江续集》卷二十八《学诗吟十首》之七，文渊阁《四库全书》本。

[4] 刘壎：《水云村稿》卷七《跋石洲诗卷》，文渊阁《四库全书》本。

是一个特殊的现象。邓绍基先生说："元代诗坛学李贺之风不断，早期北方作家刘因开其端，还曾以人呼其'刘昌谷'而自豪；由宋入元的南方作家吾丘衍也有这种倾向。到了元末，杨维桢和他的'铁崖派'，还有一批浙东诗人如陈樵、项诃和李序等，掀起一股'贺体'旋风，明代胡应麟说：'元末诸人，竞学长吉。'（《诗薮》）……如果说文学史上有'李贺时代'，那并不在中唐而在元末。"[1]邓先生的概括不一定完全准确，但大致如此。

元前期北方两位重要诗人郝经、刘因都受李贺影响。郝经在学唐问题上有明显的矛盾，他理论上曾明确批晚唐，其《与撖彦举论诗书》说："近世又尽为辞胜之诗，莫不惜李贺之奇，喜卢仝之怪，赏杜牧之警，趋元稹之艳。"但就在同一篇文章中，他历数各种风格，而这些风格，都是他赞赏的：

> 有沉郁顿挫之体，有清新警策之神，有震撼纵恣之力，有喷薄雄猛之气，有高壮广厚之格，有叶比调适之律，有雕锼织组之才，有纵入横出之变，有幽丽静深之姿，有纤余曲折之态……[2]

这些风格，多有近李贺者。他又有《长歌哀李长吉》诗，感叹"人间不复见奇才"[3]。刘因《述学》一篇，理论上也批晚唐，以为"效晚唐之菱荼，学温、李之尖新，拟卢仝之怪诞，非所以为诗也"[4]，但其

---

[1] 邓绍基：《杨维桢诗歌的特点》，《邓绍基论文集》，社会科学文献出版社2014年版，第245～246页。

[2] 郝经：《陵川集》卷二十四《与撖彦举论诗书》，《北京图书馆古籍珍本丛刊》影印明正德李瀚刊本。

[3] 郝经：《陵川集》卷八。

[4] 刘因：《静修文集》卷一《叙学》，《丛书集成初编》本。

作深受李贺影响，诗风有时奇崛而雄健，瑰丽险怪，驰骋想象，或大气磅礴。如《登镇州隆兴寺阁》："太行鳞甲摇晴空，层楼一夕蟠白虹。天光日色惊改观，少微今在青云中。初疑平地立梯磴，清风西北天门通。又疑三山浮海至，载我欲去扶桑东。雯华宝树忽开眼，拍肩爱此金仙翁。"[1]颇有李贺之风。

元后期杨维桢以其古乐府辞震耀诗坛，由于他效法李贺，诗坛也就流行李贺之风。他有《鸿门会》一诗，为其得意之作，他的学生吴复说他"酒酣时，常自歌是诗。此诗本用贺体而气则过之"。他自己也说过："故袭贺者贵袭势，不袭其词也。袭势者。虽蹴贺可也；袭词者，其去贺日远矣。"[2]

元代灭亡，再也不会有"李贺时代"。此后或有给予李贺高度评价的，如竟陵派钟惺等，但学李贺诗风再也不会形成元代那样的影响。

3. 古体宗汉魏、近体宗唐之论贯穿元代始终，但各家主张不同

由宋入元的仇远有"近体主唐，古体主《选》（即汉魏晋古诗）"之论，邓绍基先生将戴表元的相关诗论概括为"宗唐得古"。认为"宗唐得古"是元诗一个最显著的特点。元诗发展的历史，就是宗唐风气形成和衍变的历史。[3]从文字表述说，"近体主唐、古体宗汉魏"的说法贯穿元代始终。但在相同的文字表述后，隐藏了各自不同的诗学主张。元初情况已如仇远所言，是延续宋末"四灵"诗风。到元中期，欧阳玄描述其情况说："我元延祐以来，弥文日盛。京师诸名公，咸宗魏晋唐，一去金宋季世之弊，而趋于雅正，诗不变而

103

---

[1] 刘因：《静修文集》卷七《登镇州隆兴寺阁》，《丛书集成初编》本。

[2] 杨维桢：《铁崖古乐府》卷一《鸿门会》诗后注，卷二《大数谣》吴复注语，《四部丛刊》影印明成化本。

[3] 邓绍基：《元诗"宗唐得古"风气的形成及其特点》，《河北师院学报》1987年第2期。

近于古。"[1]有趣的是，按此说，延祐时期宗魏晋唐，纠正了宋末宗魏晋唐的"季世之弊，而趋于雅正"。"元诗四大家"平易正大诗风也是宗魏晋唐，欧阳玄评揭傒斯："公与清江范梈德机、浦城杨载仲弘继至，翰墨往复，更为倡酬。公文章在诸贤中，正大简洁，体制严整。作诗长于古乐府《选》体，律诗、长句，伟然有盛唐风。"[2]元末，奇艳险怪被明人斥为"文妖"的杨维桢也主宗魏晋唐，他说："我朝诗人往往造盛唐之《选》，不极乎晋魏汉楚不止也。"[3]虞集的弟子、元末赵汸评他人诗作，言其"远师汉魏，近宗盛唐，视他作，以为格卑不足法也"[4]。这里明确说魏晋盛唐诗以外的"格卑不足法"，如此说，在他看来，魏晋唐诗因"格高"可法。同一口号，实际取法竟有如此多的差异。

4. 两个值得重视的唐诗学概念：盛唐气象与唐风

其一，盛唐气象。现在讲唐诗以及唐代其他艺术，"盛唐气象"是一个用得很普遍的概念。这一概念，因林庚先生的解读而影响更大。从诗学史角度进行探讨的，有王运熙先生《说盛唐气象》一文，今天讲"盛唐气象"概念的出处与发展，一般用王运熙先生之说。王先生考察"盛唐气象"，是从严羽论唐宋诗"气象"不同开始的，之后便说到明人。但严羽有"盛唐人气象"之说，并未形成"盛唐气象"这一概念，王先生是由严羽"唐人与本朝人诗，未论工拙，直是气象不

---

[1] 欧阳玄：《罗舜美诗序》，魏崇武等点校《欧阳玄集》，吉林文史出版社 2009 年版，第 87 页。

[2] 欧阳玄：《圭斋文集》卷十《元翰林侍讲学士中奉大夫知制诰同修国史同知经筵事豫章揭公墓志铭》，《四部丛刊》影印明成化本。

[3] 杨维桢：《东维子集》卷十一《无声诗意序》，《四部丛刊》影印旧抄本。

[4] 赵汸：《东山存稿》卷三《沧江书舍记》，文渊阁《四库全书》本。

同"[1]一语加以解说。其实,"盛唐气象"出自元人,元人用"盛唐气象"评诗,如胡炳文《与滕山癯》:"胸有五车,眼空四海。清音挥麈,犹余西晋之风流;健句惊人,何啻盛唐之气象。"[2]"唐诗气象"是"健",区别于"西晋风流"的"清音"。元末王祎《张仲简诗序》也以"盛唐气象"评诗:"仲简之诗,所谓温丽靖深而类乎韦柳者也。后之人读其诗,非惟知其人,虽论其世可也。仲简之乡先生文昌于公谓为有盛唐气象,嗟乎!公之言岂欺我哉?"[3]当然,这里有一个矛盾:在王祎看来,张仲简诗"温丽靖深而类乎韦柳",属中唐气象,但"乡先生文昌于公谓为有盛唐气象"。我们无法了解他所谓"盛唐气象"的具体含义。

元代以"气象"论诗者很多,但没有详解盛唐气象的,我们可以参考宋人涉及"晚唐气象"的一段话,大致理解元人心目中的盛唐气象。宋何汶《竹庄诗话》引《雪浪斋日记》云:

> 为诗欲词格清美,当看鲍照、谢灵运;欲浑成而有正始以来风气,当看渊明;欲清深闲淡,当看韦苏州、柳子厚、孟浩然、王摩诘、贾长江;欲气格豪逸,当看退之、李白;欲法度备足,当看杜子美;欲知诗之源流,当看《三百篇》及楚词、汉、魏等诗。……予尝与能诗者论:书止于晋而诗止于唐。盖唐自大历以来,诗人无不可观者,特晚唐气象衰苶耳。[4]

元人对不同时代诗之气象的理解,应该受宋人影响。

[1] 王运熙:《说盛唐气象》,《上海社会科学院学术季刊》1986年第3期。
[2] 胡炳文:《云峰集》卷六《与滕山癯》,台湾新文丰出版社1985年《元人文集珍本丛刊》影印明正德本。
[3] 王祎:《王忠文集》卷五《张仲简诗序》,明嘉靖元年张齐刻本。
[4] 何汶:《竹庄诗话》卷一,中华书局1984年版,第10页。

其二，唐风。"唐风"的概念宋代已有，元初方回也曾使用。但真正引起人们注意，是由戴表元的阐发。戴表元之所谓"唐风"，非某一唐人或某一时期唐人诗的风貌，而是对唐诗整体风格、风貌的概括。他说："始时汴梁诸公言诗，绝无唐风，其博赡者谓之义山，豁达者谓之乐天而已矣。"[1]可见所谓"唐风"不指具体某位诗人，某一风格，而是泛取各家融汇而成的整体时代风貌，大致类似于我们今天所使用的"唐音"。他用酿蜜作比，其《蜜喻赠李元忠秀才》云：

> 酿诗如酿蜜，酿诗法如酿蜜法。山蜂穷日之力，营营村墟薮泽间，杂采众草木之芳腴，若惟恐一失，然必使酸咸甘苦之味无可定名，而后成蜜。若偏主一卉，人得咀嚼其所从来，则不为蜜矣。[2]

戴表元所编唐诗选本《唐诗含弘》，可以帮助我们理解他之"唐风"观念。含弘一词，见于《易·坤》"象辞"："至哉坤元，万物资生……含弘光大，品物咸亨。"孔颖达疏："包含宏厚，光著盛大，故品类之物皆得亨通。"他要以"包含宏厚"的心胸眼界，涵容唐诗各家各派，以见唐诗之盛大。书的自序，表达了他对唐诗的认识：

> 世之评诗者曰"初日芙蓉"，又曰"弹丸脱手"。是则诗之为义，如丈人之承蜩，庖丁之解牛，工倕之斫轮，出乎自然以写其情性。若用意溪刻，遣调严险，想其胸中若有不能遽吐之物，则病于生涩；想其笔下若有不能遽达之旨，则伤于锻炼，均无取焉。中乎道者，其惟唐贤乎？唐诸名家之诗，

---

[1]　戴表元：《洪潜甫诗序》，李军等校点《戴表元集》，吉林文史出版社 2008 年版，第 117 页。

[2]　戴表元：《蜜喻赠李元忠秀才》，李军等校点《戴表元集》，第 329 页。

养之渊然，按之冲然，婉缛而不流于绮靡，直往而不流于血气。不浅不深，非显非晦，登峰造极，有非人可得而及者。[1]

这是他心目中的唐诗，也是他心目中的"唐风"。

元诗"宗唐"观念有一个演进的过程，其中有不少我们需要了解但以往缺乏了解的东西。元人的唐诗观念中有不少有价值的东西，也是我们应该了解的。没有对元代唐诗学的真正了解，中国诗学史的一些概念、唐诗学发展的线索，就理不清。

（原载《文学与文化》2019 年第 3 期）

［1］ 戴表元：《唐诗舍弘》卷首，苏州图书馆藏清抄本。

元诗发展述论

　　元诗发展经历了百余年的历史，元代诗坛具有多元丰富性。把一代诗歌发展的线索梳理清楚，是很困难的。况且限于篇幅，本文只能对元诗发展作概略性的描述，很多问题都只能点到而不能展开。有兴趣的同仁不妨就其中一些问题展开，深入探讨元代诗史发展中一些有意义的问题。

　　元代是继唐宋之后中国诗史发展的一个独特阶段。在唐、宋诗发展高峰之后，中国诗史的辉煌时期已经过去，元代诗人已经很难创造超越唐宋的诗史奇迹，但他们创造了自己时代的诗歌成就，走出了不同于唐、宋诗的发展道路，赋予元诗不同于唐、宋诗的新特点。

　　元代文人已经不可能用诗歌换取社会政治地位，也不依靠诗歌博取声名。在元代写诗，不需要歌时颂圣，也没必要刻意炫才。不能靠诗歌致显达，也不会因作诗而获罪。写诗不需要婉曲其语，深晦其意。人们读元诗，觉得没有唐宋诗那样意蕴深厚了。元代诗人几乎没有前代诗人那样大起大落的人生经历，诗中也少有刻骨铭心的人生体验和对人生问题的深邃思考。这都使得元诗似乎不及唐宋诗。但诗歌创作没有政治意图的助推，也就摆脱了政治的桎梏。元代诗歌与以前诗歌相比，最大的不同在于回归诗人自身：诗歌成为文人自身生活和群居社交生活的需要,写诗不是为了给人看,只是自我情感以及朋友交往的需要,"自乐吾之性情""以诗为日用"[1]等新的诗学观念在元代产生并为不少人接受。元代诗人身份构成的复杂性,诗人来源和写作地域的广阔性,所写内容和情感体验的多元性,也都是远超前代的。从各个方面说,元诗都具有多元丰富性。元代诗歌于是呈现了不同于以往的新面貌。我们需要认识这新的面貌,用新的标准对元诗作出价值判断。

就一般意义上说,元代的文学史以蒙古灭金之年(1234)为历史起点。但元代诗歌发展的历史,则应上追到跟从成吉思汗西征的耶律楚材。1215 年,金中都破,北方最大的文化中心进入蒙古统治区。自此至蒙古灭金,是元诗发展的早期。1234 年蒙古灭金,大批旧金文士渡河而北进入蒙古统治区,蒙古政权下之诗坛发生了极大变化。进而元灭宋统一南北,直到忽必烈去世,都属元诗发展的前期。前期,是元代诗坛形成但南北诗风未能融合,分别沿袭宋、金诗风的时期。1294 年,忽必烈去世,元成宗即位,元诗发展的历史进入中期。延祐(1314—1320)儒治,一批文人登上文坛,元代代表性诗风形成并主导诗坛。1333 年,元朝最后一个皇帝元顺帝即位,元代历史和元诗发展都进入了后期。后期诗坛,是一个主导性诗风衰落、多种风格各标奇秀的时期。多元竞胜,是元后期诗坛的特点。

元诗发展经历了一百多年的历史,元诗发展有一个明确的走向:前、中期多源归一,后期多元竞胜。具体说是,前期诗坛,多源汇流:有早期蒙古政权下的诗人、北方旧金诗人和南方由宋入元诗人,多源汇聚为元代诗坛。到元中期,南北诗风融合,形成了以"元诗四大

---

[1] 刘将孙:《九皋诗集序》《跆肋集序》,刘将孙著,李鸣、沈静校点《刘将孙集》,吉林文史出版社 2009 年版,第 98、95 页。

家"为代表的主导性诗风。到后期，这一主导性诗风消失，代其而起的是一个多元竞胜的局面，形成了多元风格和多地域中心的多元诗坛。

一、 元代诗史的奇异开端

元代诗史的发端，应上追之蒙古破金中都、部分金代文人进入蒙古政权时期。这一时期，代表性的诗人是耶律楚材。

耶律楚材是蒙古政权下第一位诗人。蒙古成吉思汗十三年（1218），二十九岁的耶律楚材被征至蒙古帐下。他从永安（今北京）出发，一路经过居庸关、武川、云中（今大同），抵天山（此指阴山，非新疆天山）之北，涉大碛，逾沙漠，达成吉思汗行在。明年随军西征，夏过金山（今阿尔泰山），越瀚海（即哈密以东之沙漠），经轮台县、和州、五端（今于阗）、普剌、阿里马、虎司窝鲁朵、塔剌思（唐之怛逻斯）、讹打剌、寻思干（即撒马尔罕）、蒲华（今不哈拉）等，留居今乌兹别克境内。在西域，他有比较长的时间居住在寻思干，即西辽的河中府。这些奇异的经历，他在《西游录》中有具体记载。西行途中和居住西域期间，他写了大量诗歌。这些诗特别是写于西域河中府的诗歌最具特色，如《壬午西域河中游春十首》其五："二月河中草木青，芳菲次第有期程。花藏径畔春泉碧，云散林梢晚照明。含笑山桃还似识，相亲水鸟自忘情。遐方且喜丰年兆，万顷青青麦浪平。"[1]他在异域新异环境中度过一段宁静的生活，《西域河中十咏》充分写出这里的新异与宁静。这些，都是耶律楚材给中国诗史带来的新内容。蒙古军队的打仗与围猎，也用他的诗笔带进诗史，其

[1] 耶律楚材：《湛然居士文集》卷五，中华书局 1986 年版，第 96 页。

110

《扈从冬狩》云:"天皇冬狩如行兵,白旄一麾长围成。长围不知几千里,蛰龙震栗山神惊。……壮士弯弓殒奇兽,更驱虎豹逐贪狼。"[1]中原古代也有田猎,但只有蒙古围猎才有如此规模和阵势。

耶律楚材为诗,崇尚平易自然,追求空灵的诗境,又崇尚古雅简淡,也推崇清新雄奇。他的作品呈现多种风格,王邻称其诗"其温雅平淡,文以润金石;其飘逸雄拔,又以薄云天。如宝鉴无尘,寒水绝翳,其照物也莹然"[2]。"温雅平淡","飘逸雄拔"两种风格的作品,耶律楚材都写得很好,前一种如《过济源登裴公亭用闲闲老人韵》:"山接晴霄水浸空,山光潋潋水溶溶。风回一镜揉蓝浅,雨过千峰泼黛浓。"[3]写得晶莹如玉,美得令人向往。后一种风格如《过阴山和人韵》:"临高俯视千万仞,令人凛凛生恐惶。百里镜湖山顶上,旦暮云烟浮气象。山南山北多幽绝,几派飞泉练千丈。……山高四更才吐月,八月山峰半埋雪。"[4]其雄奇之风,磅礴之气,在中国诗史上也是少有的。耶律楚材在元代诗史上的地位,可以概括为两句话:接宋金之绪,开元诗之端。王邻推崇其作,赞扬他并美前代:"辞藻苏、黄,歌词吴、蔡。"[5]言其接续宋(北宋)、金。清人顾嗣立《元诗选》耶律楚材小传说他:"当经营创制之初,驰驱绝域,宜若无暇于文,而雄篇秀句,散落人间,为一代词臣倡始,非偶然也。"[6]寓开端元诗之意。

早期活动于蒙古政权下的诗人还有全真教道士丘处机和他的若干

111

[1] 耶律楚材:《湛然居士文集》卷十,中华书局1986年版,第214页。

[2] 王邻:《湛然居士文集序》,耶律楚材《湛然居士集》卷首,第4页。

[3] 耶律楚材:《湛然居士文集》卷七,第161页。

[4] 耶律楚材:《湛然居士文集》卷二,第21页。

[5] 王邻:《湛然居士文集序》,耶律楚材《湛然居士集》卷首,第4页。

[6] 顾嗣立:《元诗选》,中华书局1987年版,第339页。

弟子。丘处机是著名全真教士，成吉思汗十四年（1219），他以七十三岁高龄，西行万里，到西域觐见成吉思汗。一路西行途中，他写下了数量可观的纪行之作。这些作品，载在其弟子李志常记录其西行经历的《长春真人西游记》中。孙锡《长春真人西游记序》言其："所至辄徜徉容与，以乐山水之胜，赋诗谈笑，视死生若寒暑。"[1]他一生诗作，大致以西行途中所作为佳。如道出居庸，入峡门作《初入峡门》，在宣德府过冬，作《赴龙岩寺斋以诗题殿西庑》等，都是可读之作，也都比较好地描述了一个中原人眼中的北方奇异风光。这类诗中，《泺驿路》可作代表，这是他行至今乌兰巴托附近（此地南接鱼儿泺驿路）所作："如何造物开天地，到此令人放马牛。饮血茹毛同上古，峨冠结发异中州。"[2]初入绝域，一切都让他感到惊奇和不理解。再西行，到达今新疆境内的金山（即阿尔泰山），他却写出了很静幽的作品，《金山三绝》其二是如此清净无尘："金山南面大河流，河曲盘桓赏素秋。秋水暮天山月上，清吟独啸夜光球。"[3]境界是安静的、阔大的，诗人的心也是安闲的。前人论丘氏诗歌风格说："其恬淡闲逸，纵凡俪俚，无所拘碍，若游戏于翰墨畦径之外者，不雕不琢，匪丹匪青。土鼓蒉桴之不求响奏，玄酒大羹之不事味享。"[4]其主导风格是虚静、清淡、冲和、不避俚俗的质朴，但又不失之死寂。

　　丘处机和耶律楚材，一位全真道士，一位佛教居士。其一生诗歌创作，最具特色最引后人关注的，是在距中原万里的西域所作。在如此特殊的地域，和中国历史上独特的时期写出的作品。元代诗史，不

---

[1]　孙锡：《长春真人西游记序》，王国维《长春真人西游记校注》卷首，《海宁王静庵先生遗书》本。
[2]　李志常述：《长春真人西游记》卷上，王国维校注本。
[3]　李志常述：《长春真人西游记》卷上。
[4]　毛麾：《磻溪集序》，赵卫东辑校《丘处机集》，齐鲁书社 2005 年版，第 2 页。

得不以他们的创作为开端。如此开端，不能不称奇异。

二、 南北初合未融的前期诗坛

窝阔台汗六年（1234），蒙古灭金，元北方文坛形成。元世祖至元十六年（1279），宋亡，元南方文坛形成。从公元1234年，到公元1294年忽必烈去世，是元代文学发展的前期，约六十年。南北文坛，承金接宋，各自沿固有方向发展，虽合而未融。到元世祖死，成宗即位，元诗发展进入中期。中期是南北融合并形成时代诗风的时期。

元前期，南北诗坛都不零落，都创造了一个时期诗歌的相对繁荣。在北方，如清人赵翼论："国家不幸诗家幸，赋到沧桑句便工。"[1]在南方，如钱谦益言："唐之诗，入宋而衰；宋之亡也，其诗称盛。"[2]黄宗羲则说："文章之盛，莫盛于宋亡之日。"[3]

谈当时的南北诗坛，都有一些回避不了的问题，就是易代之际诗人的时代归属，特别是一些代表性诗人、影响一时的诗人。北方如元好问，南方如刘辰翁。

1. 前期北方诗坛

明末毛晋刻《十元人集》，收《遗山诗集》二十卷。清人顾嗣立编《元诗选》，以元好问为首。宋荦《元诗选序》说，元诗之盛："遗山、静修导其先。"[4]还有后来编《元诗别裁集》的张景星等，他们都明确以元好问入元。而沈德潜、翁方纲等人对此极端不满，坚决反对将元好问归元。这一直是一个争论的问题。我赞同清人赵翼《题元遗山

[1] 赵翼：《瓯北集》卷三十三《题元遗山集》，清嘉庆十七年湛贻堂刻本。
[2] 钱谦益：《牧斋有学集》卷十八《胡致果诗序》，上海古籍出版社1996年版，第800页。
[3] 黄宗羲：《谢翱年谱游录注序》《雷南吾悔集》卷一，《四部丛刊》影印本。
[4] 宋荦：《元诗选序》，顾嗣立编《元诗选》，中华书局1987年版，卷首第5页。

集》之说:"身阅兴亡浩劫空,两朝文献一衰翁。无官未害餐周粟,有史深愁失楚弓。"[1]他是金代诗人,更是元代诗人,"两朝文献"并不相妨。他未仕元,但曾入元世侯东平严实幕府。他并非不想仕元,而是未能得到忽必烈之任用,沈德潜在《宋金三家诗选·遗山诗选例言》中也说道:"元世祖未尝欲其仕。"[2]在金亡元初的三十年间,元好问是无可争议的文坛领袖。元好问和他的同辈们,生逢丧乱,或悲歌慷慨,或寄怀深远,所作诗歌,为后人所重:"唐以来,律诗可歌可泣者,少陵数十联外绝无嗣响,遗山则往往有之。"[3]忽必烈即位前三年(1257),元好问去世。元好问以后北方文坛的繁盛,是由他的弟子或他影响下成长起来的一批人创造的。他们都终生仰慕、宗法元好问。整个忽必烈时代的北方诗坛,没有出现新的宗主。这几十年,是一个没有元好问的元好问时代。清人顾嗣立说:"元诗承宋、金之季,西北倡自元遗山,而郝陵川、刘静修之徒继之,至中统、至元而大盛。"[4]这一批创造中统、至元大盛的,有世祖潜邸文人、东平行台幕府文人、河北三镇文人,以及"河汾诸老"诗人。其中较为突出者,除顾嗣立说到的郝经、刘因外,还有刘秉忠、卢挚、王恽、胡祇遹,等等,以及与元好问情同父子的白朴。他们同受元好问影响而又各具特色。

这一时期北方的学术格局,也是诗坛格局。大致说,在怀卫地区的苏门山(今河南新乡辉县市百泉风景区内)有理学家许衡和他的朋

---

[1] 赵翼:《瓯北集》卷三十三《题元遗山集》,清嘉庆十七年湛贻堂刻本。
[2] 沈德潜:《宋金三家诗选·遗山诗选例言》,齐鲁书社 1983 年影印清乾隆亦园藏版印本。
[3] 赵翼:《瓯北诗话》卷八,人民文学出版社 1963 年版,第 117 页。
[4] 顾嗣立:《寒厅诗话》,王夫之等撰,丁福保辑《清诗话》,上海古籍出版社 2015 年版,第 85 页。

友姚枢、窦默等人的怀卫之学，他们属义理派。在河北邢州（今邢台）刘秉忠、张文谦为代表的邢州学派，他们属经济之学，成员还有郭守敬、张易、王恂。由金代科举出身的一批词章之士集中在东平严实幕府，其实际领袖却是元好问，代表人物有王磐、徐世隆等。当然还有一些人游走于不同中心，具有多重学术色彩，比如王恽、胡祗遹、郝经等人。也有不归任何一派的，比如卢挚、刘因。这三大学术中心，也是文学中心。这些文人，多有诗文创作。只是所操之学不同，诗歌成就与特点也不同。

2. 前期南方诗坛

元世祖至元十三年（宋恭帝德祐二年，1276），宋朝廷进降表，元军入临安。元政府诏谕："前代圣贤之后，高尚儒、医、僧、道、卜筮，通晓天文历数，并山林隐逸名士，仰所在官司，具以名闻。名山大川，寺观庙宇，并前代名人遗迹，不许拆毁。"[1]这是一个保护文化的诏谕，由此南方文人在宋亡后，没有遭受北方文人金亡后的苦难，南宋诗坛由此也很自然地成为元代的南方诗坛。宋元易代给南方诗人心灵带来了强烈的冲击，他们或慷慨悲歌，或哀婉低回，抒写着亡国之痛和家国之感。林景熙、汪元量等一批遗民诗人，刘辰翁、牟巘、黄庚等隐逸诗人，方回、赵孟頫等一批仕元诗人，以及戴表元、赵文等，用他们不同的创作，共同创造了南方文坛的繁荣。

进入元代，庐陵人刘辰翁成为南方文坛领袖。南宋灭亡、科举停废，是刘辰翁成为文坛领袖的历史机缘。元代重开科举，刘辰翁的时代也就终结了。如元人欧阳玄所言："宋末须溪刘会孟出于庐陵，适科目废，士子专意学诗。会孟点校诸家甚精，而自作多奇崛，众翕然宗

---

[1] 宋濂等：《元史》卷九《世祖本纪六》，中华书局1976年版，第179页。

之，于是诗又一变矣。我元延祐以来，弥文日盛。京师诸名公，咸宗魏晋唐，一去金、宋季世之弊，而趋于雅正，诗丕变而近于古。江西士之京师者，其诗亦尽弃其旧习焉。"[1]刘辰翁代表了元前期南方诗坛以奇崛诗风横扫江湖诗风的走向。在浙江则有主张改造江湖诗派、以唐诗精神振兴诗坛的，其代表人物是戴表元。戴表元影响不及刘辰翁，但他诗、文、诗论的成就，都可称那个时代重要的领军人物，在浙江当地，他具有文坛领袖的地位，但影响限于一地。他的主张与影响，后来通过其弟子袁桷带向大都文坛。

与刘辰翁批评唐宋诸家诗大致同时，另一位由宋入元的诗论家方回也作了大致相同的工作：选唐宋律诗三千首细加评点，编成《瀛奎律髓》。就文学批评成就说，方回不亚于刘辰翁。方回也是诗人，客观地说，应该是宋元之际最有成就的诗人之一。但方回没有成为那个时代的诗坛领袖，原因应该是多方面的，其一是，在诗坛萎靡不振的晚宋之后，刘辰翁提倡学李贺、陈与义，以李贺之"变眩"与陈与义之"清俊"震耀诗坛。方回则是理性的诗论家，他系统梳理律诗格法，从法度上指出学诗途径，不可能有震动诗坛的效应。大约也正因为这样，刘辰翁诗学震耀一时而未能持久，方回的一些诗论，影响至今。

元世祖至元二十三年（1286），程钜夫奉诏江南访贤。同一年，江南有吴渭发起的"月泉吟社"以"咏春日田园"为题的征诗活动。次年，程钜夫向朝廷举荐二十多位江南贤士，月泉吟社"春日田园杂兴"评诗结果也在大致相同的时间揭晓。有意思的是，发生在元代前期南方诗坛的这两件影响最大的事，时间竟如此巧妙重合。这仅仅是时间的巧合吗？其实，它标志着南方文人的朝野大分化。至元二十三

---

[1] 欧阳玄：《罗舜美诗序》，魏崇武等《欧阳玄集》，吉林文史出版社 2009 年版，第 83 页。

年（1286），距宋室降元已经十年，亡国的冲击波渐渐退去，文人们要对自己的人生作出选择。在一部分人入朝的同时，一部分人坚守林下，吟咏田园，南方文人的人生抉择，就此剖判。从这一节点上看月泉吟社的文学活动，或许能发现以前没有发现的东西，而这一发现，也许还是很重要的。被评为第一名署名"罗公福"（连文凤）的诗"老我无心出市朝，东风林壑自逍遥"[1]，和赵孟頫答忽必烈的"往事已非那可说，且将忠直报皇元"[2]，简直就可以看成这一分化中两类人的宣誓词。

宋亡入元，南方诗坛迎来了一个繁荣时代。繁荣的原因，可以概括为三个方面：一是亡国的心灵震撼，二是停科举带来创作能量的释放，三是创作的自由。第一方面无需再说。第二方面，当时论诗者几乎以庆幸的心态看待科举停废，如戴表元说："科举场屋之弊俱革，诗始大出。"[3]黄庚说："自科目不行，始得脱屣场屋，放浪湖海，凡平生豪放之气，尽发而为诗文。"[4]至于第三个方面创作自由，元代诗文写作几乎没有任何忌禁，整个元代没有一起文字狱。有几个文字案，都没有兴起狱，从元初就是如此。骂官员，贬胡人，甚至揭皇帝之短的内容，在元代诗文皆可见。可写所欲写，能言所欲言，在古代中国，这是特别可珍视的。

---

[1] 吴渭：《月泉吟社诗》，文渊阁《四库全书》本。

[2] 宋濂等：《元史》卷一百七十二《赵孟頫传》，中华书局 1976 年版，第 4021 页，当据欧阳玄所撰《元翰林学士承旨荣禄大夫知制诰兼国中赠江浙等处行中书省平章政事魏国赵文敏公神道碑》，载魏崇武等《欧阳玄集》卷九，吉林文史出版社 2009 年版，第 99 页。

[3] 戴表元：《陈晦父诗序》，李军等《戴表元集》卷九，吉林文史出版社 2008 年版，第 117 页。

[4] 黄庚：《月屋漫稿序》，顾嗣立《元诗选》初集卷九黄庚小传，中华书局 1987 年版，第 251 页。

政治上的南北统一，客观上要求南北诗风融合，告别旧时代的南北诗风，形成元代自己时代的诗风。但由于长期南北分治，造成了很大的南北差异，包括诗风的差异和诗歌观念的差异。南北文人之间也需要一个磨合的过程。南北文风的融合，需要一个相当长的过程。真正的融合，新的诗风的形成，则到中期。元后期采编《元风雅》的谢升孙《元风雅序》有言："吾尝以为中土之诗，沉深浑厚，不为绮丽语；南人诗尚兴趣，求工于景意间。此固关乎风气之殊，而语其到处，则不可以优劣分也。编诗者当以是求，读者亦以是观，则得之矣。"[1]这其中包括两个方面的信息：第一，曾有南北优劣之论；第二，在谢升孙时代，至少谢升孙本人已经认为，南北之诗"不可以优劣分"。

三、 中期： 至清至和承平雅颂之声

公元1294年，忽必烈去世，标志着元代历史上一个时代的结束。元成宗即位，元代历史进入了中期，元诗的发展也进入了中期。与前期文坛领袖为在野文人不同，中期是在朝文人、京师文坛影响着天下风气，因而，中期的诗风变化，可以从翰林院（奎章阁）主导者及人员构成来考察。

前中期诗坛的走向是多源归一，这也分为两个阶段：前期多源汇流，中期融而为一。这"一"，既指整个元代诗坛的一体性，也需要有代表一个时期的标志性的诗风。这都是在中期实现的。这一走势，元后期的欧阳玄有描述，他说：

> 皇元混一之初，金、宋旧儒，布列馆阁。然其文气，高者

---

[1] 谢升孙：《元风雅序》，丁丙《善本书室藏书志》卷三十八，清光绪刻本。

崛强，下者委靡，时见旧习。承平日久，四方俊彦萃于京师，笙镛相宣，风雅迭倡。治世之音，日益以盛矣。于时雍虞公方回翔胄监容台间，吾党有识之士，见其著作法度谨严，辞指精核，即以他日斯文之任归之。至治、天历，公仕显融，文亦优裕。一时宗庙朝廷之典册，公卿大夫之碑版，咸出公手，粹然自成一家之言。[1]

欧阳玄描述的，是从南北统一到文宗天历年间（大约是从 1279 年到 1329 年）这五十年诗坛演变的状况，又分三个阶段：第一个阶段"混一之初"，是"金、宋旧儒，布列馆阁"的阶段，大致可以看作是统一后的忽必烈时期，如果从南北统一的至元十六年（1279）算起，到忽必烈去世的至元三十一年（1294），是十五年。疆域统一，但南北诗风尚未融合，因此我们归之为元诗发展的前期。第二个阶段，是元代诗文发展中期的前半段，时间上是元成宗至元仁宗时期。这一阶段，先由北方文人姚燧等主导京师文坛，即所谓"承平日久，四方俊彦，萃于京师"之时；而后过渡到南方文人赵孟頫等人主导京师文坛，即所谓"治世之音，日益以盛"之时。第三个阶段，是中期的后半段，即"至治、天历，公仕显融，文亦优裕"，虞集成为文坛领袖，是虞集为代表的"四大家"等主导文坛的时期。

根据欧阳玄叙述，元代文学发展中期（从成宗元贞元年即 1295 年，到文宗至顺三年即 1332 年，共三十八年），实可细分为三个阶段，分别为姚燧、赵孟頫、虞集主导文坛。

第一阶段，成宗、武宗时期十多年，姚燧为代表的北方文人主

119

---

[1] 欧阳玄：《雍虞公文序》，魏崇武等《欧阳玄集》，吉林文史出版社 2008 年版，第 228 页。

导。成宗即位之初，即召姚燧入京，主持《世祖实录》的修撰。世祖时期的翰林国史院，由东平出身的文人主导。姚燧改变了这一状况，也扭转着诗文风气。姚燧主导翰林国史院也主导大都文坛的大德时期，是四方精英向大都集中的时期，虞集这么说："大德中，予始至京师，海宇混一之余，中外无事。中朝公卿大夫士，敦尚忠厚，雅厚文学，四方名胜萃焉。"[1]所述与欧阳玄叙述一致。这其中，袁桷北上，对于南北关系的协调，南北文人与文风的融合，具有重要意义。他由东平文人推荐进入翰林国史院，与南北文士广泛交往且关系融洽，为转变南北固有文风、形成新的文风，奠定了基础。

第二阶段，武宗死，仁宗即位，文坛宗主易人，赵孟頫成为文坛宗主。政治上的仁宗时期，是文坛上的赵孟頫时期："仁宗在东宫，素知其名，及即位，召除集贤侍讲学士、中奉大夫。"不久拜翰林学士承旨，荣禄大夫，成为新的文坛盟主。如清人顾嗣立所言，赵孟頫"风流儒雅，冠绝一时，邓善之、袁伯长辈从而和之，而诗学又为之一变"[2]，即在此时。《元史》评赵孟頫："诗文清邃奇逸，读之，使人有飘飘出尘之想。"[3]这与姚燧诗文，是两种大不相同的风格，可以想见，他在当时文坛被接受和不被接受，都会有比较强烈的反应。与赵孟頫同时影响文坛，同开虞、杨、范、揭先路的是袁桷，他们被认为是"首倡元音"（胡应麟《诗薮·外编·元》）者。袁桷与赵孟頫是多年的好友，也是文坛上的同道。袁桷交游广泛，与赵孟頫、虞集等人不同，他的风格和性格，能为南北各地文人接受，因而在促进文人与

[1] 虞集：《道园类稿》卷三十五《为从子旦题所藏予昔年在京写冬窝赋手卷后》，台湾新文丰出版社1985年《元人文集珍本丛刊》影印本，第6册，第156页。
[2] 顾嗣立：《元诗选·袁桷小传》，中华书局1987年版，第593页。
[3] 宋濂等：《元史》卷一百七十二《赵孟頫传》，中华书局1976年版，第4022、4023页。

诗风融合中，发挥着独特的作用。四库馆臣对袁桷等在这一时期的定位，是客观的，说他们："文采风流，遂为虞、杨、范、揭等先路之导。其承前启后，称一代文章之钜公。"[1]他们是从姚燧等到虞集等"元诗四大家"的过渡。

第三阶段，文宗即位，诗坛进入虞集时代。虞集与文宗的关系，一如赵孟頫与仁宗的关系。古人评价元代诗文，多以虞集等人主盟文坛的至治、天历时期为极盛，如清人顾嗣立说"虞、杨、范、揭，为有元一代之极盛"[2]。

虞集是"四大家"之首，元代盛世文风的主要倡导者。他认为，新的时代应有与之相适应的文风："世道有升降，风气有盛衰，而文采随之。其辞平和而意深长者，大抵皆盛世之音也。"[3]时际承平，要有治世之音，其风格，应如"青天白日之舒徐""名山大川之浩荡"[4]，诗人能"涵煦和顺之积，而发于咏歌"，方能"声气明畅而温润，渊静而光泽"[5]。其风格追求是"至清至和"，其《天心水面亭记》以水喻文，说，"横奔怒激"之水，"拂性而害物"，是不可取的，倾向："必也至平之水，而遇夫方动之风，其感也微，其应也溥，涣乎至文生焉。非至和乎？"[6]所谓"治世之音"，是元代中期代表性的诗风。

说元代盛世文坛，就不能不说奎章阁学士院。奎章阁成就了虞集在元代诗坛的宗主地位，成就了虞集倡导的盛世文风。文宗天历二年

[1] 爱新觉罗·永瑢等：《四库全书总目》卷一百六十七《清容居士集》提要，中华书局1965年版，第1436页。
[2] 顾嗣立：《元诗选》初集卷二十五虞集小传，中华书局1987年版，第843页。
[3] 虞集：《道园学古录》卷六《李仲渊诗稿序》，《四部丛刊》影印明景泰翻元小字本。
[4] 虞集：《道园学古录》卷四十《跋程文献公遗墨诗集》。
[5] 虞集：《道园学古录》卷五《李景山诗集序》。
[6] 虞集：《道园学古录》卷二十二《天心水面亭记》。

（1329），设立奎章阁学士院；当时的文化精英，大多延入阁内。虞集受文宗亲命入阁，为侍书学士，他后来回忆说："往者承乏，事文宗皇帝于延阁。清燕之暇，曲赐延对，访问故实，著述文字，几无虚日。"[1]虞集确实改变着当时的诗风："京师近年诗体一变而趋古，奎章虞先生实为诸贤倡。"[2]元代诗坛的虞集时代时间并不是很长，但给文坛留下的记忆是长久的。元诗的虞集时代，与元朝的文宗时代相始终。文宗去世，政治的大棒终于打向虞集，虞集也离开京城，文坛虞集时代结束，也标志着元代盛世文坛的结束。

从姚燧，到赵孟頫，再到虞集，他们是中期文坛不同时期的宗主。由他们的文学主张和诗文风格，可以清晰看出这几十年文学主张和文风的变化。

这一时期的文坛，南北差异虽然存在，但矛盾与隔阂多已消弭。《元诗选》王士熙（字继学）小传说："继学为诗，长于乐府歌行，与袁伯庸、虞伯生、揭曼硕、宋诚夫辈唱和馆阁，雕章丽句，脍炙人口，如杜、王、岑、贾之在唐，杨、刘、钱、李之在宋，论者以为有元盛世之音也。"[3]王士熙是世祖时期翰林学士承旨王构之子。唱和诸人，袁桷（伯庸）、虞集（伯生）、揭傒斯（曼硕）是南方文人，宋本（诚夫）则是大都人。这条文献，说明当时馆阁之中，南北文人之间的关系是融洽的。

———————

[1] 虞集：《道园学古录》卷三十二《送墨庄刘叔熙远游序》，《四部丛刊》影印明景泰翻元小字本。

[2] 欧阳玄：《梅南诗序》，魏崇武等校点《欧阳玄集》卷八，吉林文史出版社 2009 年版，第 81 页。

[3] 顾嗣立：《元诗选》二集，中华书局 1987 年版，第 537 页。按杜、王、岑、贾，指唐肃宗乾元元年(758)，贾至有《早朝大明宫呈两省僚友》，王维、杜甫、岑参三人有和诗。杨、刘、钱、李，宋真宗景德年间，杨亿、刘筠、钱惟演、李宗谔等编书于秘阁，相互酬唱，成《西昆酬唱集》。

这一时期的文坛也存在明显矛盾和不同声音。虞集等人倡导清和诗风，就要对以庐陵文派为代表的奇崛诗风加以评判，以除旧布新。他在给庐陵派代表人物刘诜文集写的序中发表了尖锐的批评意见，他从宋亡入元之初说起："当是时，南方新附。江乡之间，逢掖缙绅之士，以其抱负之非常，幽远而未见知，则折其奇杰之气，以为高深危险之语。"他们批评这种文风"循习成弊"[1]，必须改变。这是直指刘辰翁及其后学。刘诜也曾对虞集等人倡导的文风有过直接尖锐的批评，在给揭傒斯的一封信中说，诗文"期于古而不期于袭，期于善而不期于同，期于理之达、神之超、变化起伏之妙，而不尽期于为收敛平缓之势"[2]。刘诜批评的三大弊："袭""同""收敛平缓"，都与虞集有着直接的关系。元中期诗坛的这些弊端确实存在，并且确实与虞集有着直接的关系。元明之际王逢曾批评说："近代自虞文靖公近体诗行天下，雷然争仿竞袭恐后，弊甚，一律千百，较之唐，远矣。"[3]

天历，文宗年号，在谈论元代诗文的文字中，是一个高频词，代表着人们对元代文坛极盛的记忆，也是盛极而衰的转折点。自来盛之极即衰之始，天历以后，元朝盛世不再，不几年而战乱纷起。盛世之文，只在追忆中了。元后期的杨维桢明确指出这一点：盛之极与衰之始，都在天历：

> 我朝文章肇变为刘、杨，再变为姚、元，三变为虞、欧、揭、宋，而后文为全盛。以气运言，则全盛之时也。盛极则

123

[1] 虞集：《道园学古录》卷三十三《庐陵刘桂隐存稿序》，《四部丛刊》影印明景泰翻元小字本。
[2] 刘诜：《桂隐文集》卷三《与揭曼硕学士》，清抄本。
[3] 王逢：《大雅集后序》，赖良《大雅集》卷末，文渊阁《四库全书》本。

亦衰之始。自天历来，文章渐趋委靡……[1]

盛之极在天历，衰之始也在天历。天历，是元诗发展的转折点。此后，便进入元诗发展的后期。

四、 多元竞胜的后期诗坛

至顺三年（1332），元文宗去世。次年，元顺帝即位，元代的历史也就进入了后期。元后期，权臣乱政，民不聊生。反元起事连连，大江南北，处处烽烟。相对于后期政治的极度混乱，后期文坛则多元发展，创造了辉煌。虞集离朝，顺帝力推揭傒斯。按照姚燧、赵孟頫、虞集那样的惯例，揭傒斯大有成为新的文坛宗主之势。揭傒斯取代虞集，大都文坛酝酿着新的转向。但不久，揭傒斯去世，没有成为新的文坛宗主，于是文风转向也只是一种可能而没有实现。揭傒斯之后，在朝文士再也没有出现新的文坛宗主。关于虞集和揭傒斯，文献记载他们之间有一些故事。人们都一般地讲虞杨范揭"元诗四大家"，但揭傒斯与虞集诗风和论诗主张都不同，可以说虞、揭异趣。元后期政治的混乱，虞集等人倡导的盛世文风也失去了社会基础，盛世文坛结束。与中期具有明显的主导性诗风不同，元后期是一个诗人各逞才华，各种风格标奇竞秀的时代，是一个多元竞胜的时代。没有主旋律，多元纷呈，是元代后期文坛的特点。

虞集去后，京师文坛主导天下的局面终结。和前期一样，文坛由在野文人主导。此时，崛起于东南的杨维桢，成为新的文坛领袖。

关于元代诗文的繁盛期，历来有不同看法。不少人认为，虞集等代表的盛世文坛，未见得就是元代诗文成就最高的时期，元末才是真

---

[1]　杨维桢：《东维子文集》卷六《王希赐文集序》,《四部丛刊》影印旧抄本。

正的繁盛期。元明之际著名诗人丁鹤年有诗云:"堂堂至正最多材。"[1]《明史·文苑传》下了一个史断:"元末文人最盛。"[2]清人顾嗣立说:"有元之文,其季弥盛。"[3]"有元之诗,每变递进,迨至正之末,而奇材益出焉。"[4]在文学史上,元后期是一个被分朝代书写的文学史肢解了的时段,也是一个被文学史家严重忽视了的时段。

长期以来对元后期诗风的定性,需要重新审视。元季诗"纤秾""类小词",几乎是文学史研究者的一致看法,这是清四库馆臣给元后期诗风的定性。"纤秾"之评极多,如评黄镇成诗:"格韵楚楚,颇得钱、郎遗意。较元代纤秾之体,固超然尘埃之外也。"评王绅诗:"诗无元季纤秾之习。"评高启:"振元末纤秾缛丽之习,而返之于古,启实为有力。"[5]"类小词"之说如《四库全书总目》《铁崖古乐府》提要和《御定四朝诗》提要,前者云:"元之季年,多效温庭筠体,柔媚旖旎,乃类小词。"后者言:"有元一代,作者云兴,虞、杨、范、揭以下,指不胜屈,而末叶争趋绮丽,乃类小词。"[6]现在看来,其评不客观。元末动乱,诗人的感情再一次被震荡,"流离悲壮之态,感慨激烈之情,有不能自已者"[7]。如周霆震等人的纪乱诗,都极具震撼人心的力量。其《古金城谣》《李浔阳死节歌》,分别写元末死节之士余

125

[1] 丁鹤年:《鹤年诗集》卷二《自咏十律》其五,文渊阁《四库全书》本。
[2] 张廷玉等:《明史》卷二百八十五《文苑传》,中华书局 1974 年版,第 7326 页。
[3] 顾嗣立:《元诗选》初集卷四十《贡师泰小传》,中华书局 1987 年版,第 1394 页。
[4] 顾嗣立:《元诗选·凡例》初集,第 8 页。
[5] 爱新觉罗·永瑢等:《四库全书总目》卷一百六十七黄镇成《秋声集》提要,卷一百六十九高启《大全集》提要。卷一百七十王绅《继志斋集》提要,中华书局 1965 年版,第 1445、1471、1472、1480 页。
[6] 爱新觉罗·永瑢等:《四库全书总目》卷一百六十八《铁崖古乐府》提要,卷一百九十《御定四朝诗》提要,第 1462、1725~1726 页。
[7] 郯肃:《居竹轩诗集序》,成廷珪《居竹轩诗集》卷首,文渊阁《四库全书》本。

阙、李黼两位抗乱战死的英雄事迹。《延平龙剑歌并序》，序云："邓克明率江西之党攻延平江州八月，破之日，邓亦大败奔还，失亡甚众。"诗呼唤传说中神奇的延平剑，希望它能一出为天下斩除怪类，荡涤世乱。记灾记乱，是元后期诗的重要内容，这些作品，绝不可能"纤秾""类小词"。元末有"纤秾""类小词"之作，但不能以此概括这一时期的诗风。

元后期文坛的繁荣，有一些重要标志，比如文学活动的频繁，诗歌的采集与多种诗总集编刊等，都说明当时文坛处于极度活跃状态。

频繁的文学活动。元后期文学活动有多种，最引人注目是文人雅集，雅集以东南为盛，如陈田《明诗纪事》所形容："元季吴中好客者，称昆山顾仲瑛、无锡倪元镇、吴县徐良夫，鼎峙二百里间。海内贤士大夫闻风景附，一时高人胜流，佚民遗老，迁客寓公，缁衣黄冠与于斯文者，靡不望三家以为归。"[1]其中昆山顾瑛发起的"玉山雅集"是元代持续时间最长，吸引人数最多，影响面最为广泛，留下诗文作品最为丰富的文人雅集。"玉山雅集"留给人们的回忆中，最珍贵的，是可贵的自由与平等的精神。凡来玉山佳处的，都是朋友。这里没有高官与布衣的等级，也没有富豪与贫士的差别。在这里的活动，是自由的，因而也是轻松的。其他著名的雅集，还有高启等人的"北郭诗社"和"荆南倡和"，曹知白的"曹氏园池雅集"，徐达左的"耕渔轩雅集"。特别引人感佩的，是在战乱中，战争之间隙，诗人还不忘他们的雅会，如石抹宜孙在处州主持的"掀篷唱和"与"少微唱和"，刘仁本在余姚召集"续兰亭会"等。与雅集类似的，有诗会文会，如松江地区的"应奎文会"等。诗酒雅会，是文人雅趣生活的追求，文会则是科举的预演和补偿。雅集、诗会文会外，还有大型题咏活动，

---

[1] 陈田：《明诗纪事》甲签卷二十五，上海古籍出版社1993年版，第504页。

影响最大的是《听雨楼图卷》题咏和《破窗风雨卷》题咏,规模比较大的有《师子林图》题咏。后期的大型文学活动,真正在中国文学史上有影响和地位的,是杨维桢与张雨、郯韶等人发起的西湖竹枝词唱和。杨维桢《西湖竹枝歌》十首,引来南北很多人和作,前后和者一百二十人,杨维桢将这些作品编成《西湖竹枝集》,作品广泛流传。此后,"竹枝"之风大盛,竹枝词也由巴蜀走向各地,在元代漠北的上都也有了竹枝词的创作。

多种元诗总集编刊。这是后期文坛繁盛又一标志。而这些总集,不少是编者亲历州县,采录所得,而后加以编选(或自编,或请他人编选)。其中影响最大的诗文总集当然是苏天爵的《元文类》(《国朝文类》),其次有杨维桢编《西湖竹枝集》、顾瑛编《玉山雅集》等。一个特别有趣的现象是: 多个名为《元风雅》的元诗总集在同一时段里集中面世: 傅习等人采集编选的《皇元风雅》;宋褧编《皇元风雅》,也称《元风雅》;蒋易编《国朝风雅》,也称《元风雅》;天一阁所藏佚名《元朝野诗集》,亦题《元风雅》,四库馆臣怀疑是蒋易书残卷,但只是推断。还有丁鹤年编《皇元风雅》,据戴良序,知编成于至正后期避地浙东时。五种元诗总集前后出现,同名《元风雅》,也可算是文学史一大奇观。

多个诗歌流派和类诗人群的出现。这也是元后期文坛繁盛一个重要标志。诗歌流派,影响大的是以杨维桢为代表的铁崖派。杨维桢以诗鸣东南,从学者众,杨维桢自称"铁门",人称其体为"铁体"。如清代四库馆臣所言:"维桢才力横轶,所作诗歌,以奇谲兀臬凌跞一世,效之者号为铁体。"[1]杨维桢不仅是铁崖派宗主,且是元后期文

127

---

[1] 爱新觉罗·永瑢等:《四库全书总目》卷一百六十八《庸庵集》提要,中华书局1965年版,第1463页。

坛领袖，他是一位个性鲜明而颇富争议的人物。客观地说，中期盛世诗坛少有个性鲜明的诗人。杨维桢突起于此时，以个性与性情相号召，反对模拟，力倡独造，说："诗得于师，固不若得于资之为优也。诗者人之情性也。人各有情性，则人各有诗也。得于师者，其得为吾自家之诗哉！"[1]他写古乐府（不同于中期虞集等多写近体诗），学李贺奇崛诗风，在元末文坛刮起"贺体"旋风，以极具特色的诗歌，震荡文坛。

文学史上的所谓明初五派，其实是元末五派。胡应麟《诗薮》："国初，吴诗派昉高季迪，越诗派昉刘伯温，闽诗派昉林子羽，岭南诗派昉于孙蒉仲衍，江右诗派昉于刘崧子高。五家才力，咸足雄踞一方，先驱当代。"[2]这五派，分别是高启代表的吴中诗派，刘基代表的越派或称浙派，闽派在林鸿之前还应上追到张以宁、黄清老、孙蒉等，"南园五先生"代表的岭南诗派，刘嵩（又作刘崧）代表的江右诗派。考察他们的生平和诗歌活动，都是在元末。诗人和流派，都属元代。如杜贵臣所言："以诗作论，诸'诗家各抒心得，隽旨名篇，自在流出'的创作高峰期，大都在入明以前的元末乱世，入明后就在阵阵腥风血雨中化为强颜的欢笑或噤若寒蝉了。"[3]具体考察，此处从略。

元代后期诗坛，引人注目的有几类诗人：画家诗人、僧道诗人、西北子弟诗人，还有不大受人关注的女性诗人，构成元后期诗坛几个类诗人群。

元后期文坛不得不说的还有两件事：修宋、辽、金三史与《唐

[1] 杨维桢：《东维子文集》卷七《李仲虞诗序》，《四部丛刊》影印旧抄本。
[2] 胡应麟：《诗薮》续编卷一，上海古籍出版社1958年版，第342页。
[3] 杜贵晨：《明诗选·前言》，人民文学出版社2003年版，前言第3页。

音》的成书。

修三史，是元后期文坛一件突出大事，深入考察修三史中的一些问题，可以透视当时文坛一些隐微的但确是很重要的问题，并可由此认识当时文人的进退和文风转变。由于它不属于元诗发展的话题，故略而不述。而《唐音》的成书，在元代诗学史上是相当重要的。至正四年（1344），杨士弘编撰的《唐音》成书。虞集为之作序，高度推崇，但同时又遭到以庐陵派为主的一些人的猛烈抨击。从《唐音》的成书及影响，我们可以看到两点：第一，从当时人对《唐音》的不同态度，可进一步认识虞集一派与庐陵一派诗学主张的分歧；虞集一派肯定其师法盛唐的主张，庐陵一派则坚持师法多途，反对只法盛唐。第二，杨士弘《唐音》开明代宗唐复古之先河，预示了诗史发展的走向。

元末世乱，豪杰四起，文人们再次面对人生与政治抉择。不同的政治抉择，带来了又一次文人大分化。如当时人贝琼所言："方海内兵争，智勇之士，各欲自炫，以徼一时之富贵。"[1] "各欲自炫"云云有些以偏概全，并非所有的人都选择这样的进身之路。元末文人的政治抉择大致有四种途径：效力于元室，乱中赴难与殉难者；入朱元璋政权，后成为明臣者；效智于群雄者；隐匿不出，不为任何势力所用者，其中一部分人以诗人自命，无意于一切世事。效力于元室者很多，最著名者余阙、泰不华以及李黼外，还有石抹宜孙、吴当、卢琦、刘鹗等一批人。还有一批坚持作元遗民的，如戴良、王逢。效智于群雄者，以张士诚幕中的吴士为多，如陈基、马玉麟、饶介、张宪、陈秀民等；方国珍幕中有刘仁本。不过，效智于群雄的文人，大多也心在

---

[1] 贝琼：《清江文集》卷五《炙背轩记》，《四部丛刊》影印清赵氏亦有生斋本。

元室。这一批人，由于政治抉择的影响，他们几乎被文学史忽略了。进入朱元璋政权的无需细数，宋濂、刘基代表的浙派文人是主体。

尽管不同的人有不同的政治抉择，入明后遭受打击却没有什么不同。文人被杀被流，少有人能够逃脱。经过一番摧残，明初的文坛是什么状况呢？刑部主事茹太素给朱元璋上书说："才能之士数年来幸存者，百无一二。"还活着的文人，"多半迁儒俗吏"[1]。当时的文坛，只有恐怖，没有其他。像元时"玉山雅集"、百人题咏那样的文化盛宴，只在文人的回忆中了。

（原载《江淮论坛》2018 年第 1 期,《新华文摘》2018 年第 12 期摘目）

---

[1]　姚士观等编校：《明太祖文集》卷十五《建言格式序》,文渊阁《四库全书》本。

元诗四大家

元代诗坛虞集（字伯生）、杨载（字仲弘）、范梈（字亨父，一字德机）、揭傒斯（字曼硕）并称"四家"，这一并称在四人生活的当时已经形成。明程敏政编《明文衡》卷五十五收胡广《虞揭诗记》云："虞文靖公尝作范德机诗序，有云：当时中州人士谓清江范德机、浦城杨仲弘、豫章揭曼硕及集四人诗为四家。"说这是当时"天下之通论"[1]。在明人的文献中，经常见到"时称虞杨范揭"之类的说法（元末陶宗仪《南村辍耕录》已有"国朝之诗称虞赵杨范揭焉"之说）。所谓"时称"之"时"，自然是四人生活之当时，也即元中期延祐至天历时期。但"元诗四大家"这一概念则形成于明代。明何良俊撰《四友斋丛说》卷二十五云：

> 元人诗，昔人独推虞、范、杨、揭，谓之四大家。盖虞道园、范清江、杨仲弘、揭曼硕四人也。四人之诗，其格调具在，固不可不谓之大家。[2]

需要特别指明的是，当时并称为"四家"和称作"元诗四大家"是有质

---

[1] 程敏政：《明文衡》卷五十五，《四部丛刊》影印明本。
[2] 何良俊撰，李剑雄校点：《四友斋丛说》，上海古籍出版社2012年版，第167页。

的区别的，后者是把四人作为元诗风格与成就的代表，前者则只表示四人成就或风格接近。

以虞杨范揭"四大家"作为元中期诗风和元代诗歌成就的代表，这一观念有一个逐步形成的过程。大致与他们同时的黄溍在为揭傒斯写的《文安揭公神道碑》中就已经有近似说法。元末戴良在其所作《皇元风雅序》中说：

> 唐诗主性情，故于风雅为犹近；宋诗主议论，则其去风雅远矣。然能得夫风雅之正声，以一扫宋人之积弊，其惟我朝乎？我朝舆地之广，旷古所未有。学士大夫乘其雄浑之气以为诗者，固未易一二数。然自姚、卢、刘、赵诸先达以来，若范公德机、虞公伯生、揭公曼硕、杨公仲弘，以及马公伯庸、萨公天锡、余公廷心，皆其卓卓然者也。[1]

戴良的区分是很明确的：姚（燧）、卢（挚）、刘（因）、赵（孟頫）为"四大家"之前辈（先达），马（祖常）、萨（都剌）、余（阙）则为西域人。中间剩下的，就是"虞杨范揭"了。释来复《潞国公张蜕庵诗集序》则颂扬"虞杨范揭"四人："更唱迭和于延祐、天历间，足以鼓舞学者而风厉天下，其亦盛矣哉！"[2]清人重视元诗，清人论元诗推崇"四大家"，顾嗣立《寒厅诗话》论元诗之发展，说至"延祐、天历之间，风气日开，赫然鸣其治平之盛者，有虞、杨、范、揭，一以唐为宗，而趋于雅，推一代之极盛"[3]。从上述材料可以看出，在前人眼里"虞杨范揭"不仅是四位诗人的并称，而且是元盛世

---

[1] 戴良：《九灵山房集》卷二十九，《四部丛刊》影印明正统本。

[2] 释来复：《潞国公张蜕庵诗集序》，张翥《蜕庵诗》卷首，《四部丛刊续编》影印明本。

[3] 顾嗣立：《寒厅诗话》，丁福保辑《清诗话》，上海古籍出版社 2015 年版，第 85～86 页。

诗风的代表，是元诗成就的代表，他们将元诗推向了极盛。文学史上有很多并称，一般说来，这些并称只说明各家成就接近，并不一定表示其作品有相近的内容和风格。"元诗四大家"则不同，他们是元中期盛世诗风的代表，都以唐为宗且都是雅正诗风的代表。因此，认识虞集等"元诗四大家"，对了解和认识元诗的成就和风格，有着特别重要的意义。

虞集是"四大家"之首。虞集（1274—1348），字伯生，世称邵庵先生，临川崇仁（今属江西）人。成宗时至大都，为大都路儒学教授、国子助教。仁宗时为集贤修撰，升翰林直学士兼国子祭酒。文宗时任奎章阁侍书学士，受命与中书平章赵世延等修《经世大典》。他的成就在元代是否最高，人们可以有不同看法，但他的影响在元代最大，这是无可争议的。同时，他也是元代盛世诗风最典型的代表。

人们一般认为，元人批判宋人以议论为诗、以道理为诗，否定了宋诗的道路，向唐诗回归。明人李东阳《怀麓堂诗话》说："宋诗深，却去唐远；元诗浅，去唐却近。"[1]但元诗只是较宋诗"去唐近"，并不是回到唐诗。如果我们认真读虞集等人的诗论，就会发现，他对唐诗之任情随性是否定的。他们追求的诗风是"辞平和而意深长"[2]，如果以水为喻，那应该是"安流水波，演迤万里"，深长难穷。他反对"惊涛巨浪之壮"，欣赏"平波漫流之闲"[3]。他认为诗应吟咏性情，但要"情性之正"，因而诗人应该嗜欲淡泊，思虑安静。如果说元以前的诗有主性情的唐诗范式和求深致的宋诗范式的话，这两种范式

[1] 李东阳：《怀麓堂诗话》，丁福保辑《历代诗话续编》，中华书局 1983 年版，第1371 页。
[2] 虞集：《道园学古录》卷六《李仲渊诗稿序》，《四部丛刊》影印明景泰本。
[3] 虞集：《道园学古录》卷五《李景山诗集序》。

都被虞集否定了。那么我们就不免困惑：按照虞集的主张，诗该怎么写？如此写出的诗，又会是怎样的风貌？我们把徐世隆、林景熙、虞集三人悼念文天祥的诗各一首作一对比，来寻求答案。

　　大元不杀文丞相，君义臣忠两得之。义若汉皇封齿日，忠如蜀将斫颜时。乾坤德泽华夷见，山斗威名草木知。只恐史官编不尽，老夫和泪赋新诗。[1]（徐世隆《挽文丞相》）

　　黑风夜撼天柱折，万里飞尘九溟竭。谁欲扶之两腕绝，英泪浪浪满襟血。龙旂戈铤烂如雪，孤臣生死早已决，纲常万古悬日月。百年身世轻一发，苦寒尚握苏武节。垂尽犹存杲卿舌，膝不可下头可截。白日不照吾忠切，哀鸿上诉天欲裂。一编千载虹光发，书生倚剑歌激烈。万壑松声助幽咽，世间泪洒儿女别，大丈夫心一寸铁！（林景熙《读文山集》）[2]

　　徒把金戈挽落晖，南冠无奈北风吹。子房本为韩仇出，诸葛安知汉祚移。云暗鼎湖龙去远，月明华表鹤归迟。何须更上新亭望，大不如前洒泪时。[3]（虞集《挽文文山丞相》）

这三首诗都是悼念文天祥的名篇。三首诗比较，徐诗全以议论，尚是宋诗风味；林诗感情激烈，自是学唐。虞集诗则代表了元诗特点：即不以议论胜，又用平和之语来表达深沉的感情。末两句虽极沉痛，却

[1] 苏天爵：《元文类》卷六，《四部丛刊》影印元至正本。
[2] 林景熙著，陈增杰校注：《林景熙诗集校注》，浙江古籍出版社 1995 年版，第 280 页。
[3] 虞集：《道园遗稿》卷三，文渊阁《四库全书》补配文津阁《四库全书》本。

用了"何须更上新亭望，大不如前洒泪时"这样的诗句，音节和缓，口气平和，而于平易中含深挚。这就是元诗，这就是虞集等人所追求的"辞平和而意深长"，渊静而深醇。这可以说是代表了元诗的典型风格。应该承认，元诗有其既不同于宋诗又有别唐诗的独特的美学风格。

比较三首诗，我们便不能不承认，虞集堪称大家。另两诗虽然也传诵极广，但终究与虞诗相去甚远。这就是虞集在诗史上享有盛誉的原因。清代翁方纲《石洲诗话》卷五说："入元之代，虽硕儒辈出，而菁华酝酿，合美为难。虞雍靖公，承故相之家，本草庐之理学，习朝廷之故事，择文章之雅言。盖自北宋欧苏以后，老于文学者，定推此一人，不特与一时文士争长也。"[1]

虞集个人的诗风特点，应该是清和、雍容、儒雅、圆熟。其五言古诗学汉、魏、晋，拟乐府之作有汉乐府之韵味。虞集自幼仰慕陶渊明，写诗也追慕陶渊明，有些诗纯真自然，有陶诗风味。七言古诗主要受唐诗影响，总体说是儒雅风流，风格以清朗、疏放、飘逸、轻扬为主，时露奇气，可以感受到李白之逸气。如《送人游庐山》："我爱江上之庐山，山止不动江不还。紫云冠岭危石古，白鸥冲雨春波间。浩然始见浔阳浦，太白欲托云松间。河岳萧条二子死，神灵恍惚千年怪。昔我寻春入幽竹，有人抱瓮开深关。……"[2]在李白诗的飘逸中加进了儒雅。虞集诗写隐居生活、田园景色、山野之趣者多佳，诗人向往一种安闲萧散、无追求、无目的、自然也就无争斗的生活状态。诗中表现出的是静谧、淡远的风格。如《题渔村图》："黄叶江南何处

135

［1］ 翁方纲：《石洲诗话》卷五，人民文学出版社 1981 年版，第 162 页。
［2］ 虞集：《道园遗稿》卷二，文渊阁《四库全书》补配文津阁《四库全书》本。

村，渔翁三两坐槐根。隔溪相就一烟棹，老妪具炊双瓦盆。"[1]这类诗都有真趣。诗之气象非唐非宋，自是元诗气象。其七言古诗有清丽可爱的，如《吴中女子花鸟歌》：

> 吴中女儿颜色好，洗面看花花为俏。调朱弄粉不自施，
> 写作花间雪衣鸟。绿窗沉沉春昼迟，平生心事花鸟知。花残
> 鸟去人不归，细雨梅酸愁画眉。[2]

全诗乃是民歌情调。虞集律诗成就主要在七律，明胡应麟《诗薮》外编卷六评元诗："七言律，虞伯生为冠。"[3]他受前人激赏的诗作多是七律。李东阳《怀麓堂诗话》赞扬其诗"真得少陵家法"[4]。他的一些优秀之作寄慨深远，体现了杜诗精神，《遣兴》就属此类作品：

> 千梳白发度清斋，有客柴门始一开。书为目昏空对简，
> 酒因囊涩久停杯。北窗风雨长孤坐，南海音书遂不来。垅上
> 辍耕童稚辈，强来问学慰衰颜。[5]

他的一些绝句也具有"明畅而温柔，渊静而光泽"的特点，如《题柯敬仲画》："牵牛引蔓上棠梨，上有幽鸟夜夜栖。自有秋风动疏竹，江南月落不须啼。"[6]

明人李东阳《怀麓堂诗话》有一段很有影响的元诗评论，说："极元之选，惟刘静修、虞伯生二人，皆能名家，莫可轩轾。世恒为刘左

---

[1] 虞集：《道园学古录》卷二十八，《四部丛刊》影印明景泰本。
[2] 虞集：《道园遗稿》卷二，文渊阁《四库全书》补配文津阁《四库全书》本。
[3] 胡应麟：《诗薮》，上海古籍出版社1958年版，第242页。
[4] 李东阳：《怀麓堂诗话》，丁福保辑《历代诗话续编》，中华书局1983年版，第1381页。
[5] 虞集：《道园遗稿》卷三。
[6] 虞集：《道园学古录》卷四。

祖，虽陆静逸鼎仪亦然。予独谓高牙大纛，堂堂正正，攻坚而折锐，则刘有一日之长；若藏锋敛锷、出奇制胜，如珠之走盘、马之行空，始若不见其妙，而探之愈深，引之愈长，则于虞有取焉。"[1]他真正抓住了虞诗的特色，也抓住了元诗代表性诗风的特色。需要明确的是，"藏锋敛锷"并非无"锋"无"锷"，不过如绵里藏针，不使锋芒毕露、光彩焕发而已，锋芒毕竟还在，光彩当然也有。这是我们读虞集诗应该明白的，也是我们读元诗应该明白的。

在"四大家"中，只有杨载不是江西人。他年岁稍长，其诗也成名较早。杨载（1271—1323），字仲弘，建宁浦城（今属福建）人，徙居杭州。范梈《翰林杨仲弘诗集序》称其诗为"一代之杰作"[2]。

"四大家"之排序，杨处虞后而居范、揭之前，这不只是杨年长于范、揭，也并非杨之成就高于范、揭。主要在于，杨载是元中期诗风较早的倡导者，又是他们之中诗法理论的先导。明何乔新《椒邱文集》卷九《重刊黄杨集序》就说，元中期"四大家"代表的诗风，乃"杨仲弘、范德机倡于江南，而虞伯生、揭曼硕诸公从而和之"[3]，杨载倡盛世诗风在虞集之前。陶宗仪《南村辍耕录》卷四"论诗"载："虞伯生先生集、杨仲弘先生载同在京日，杨先生每言伯生不能作诗，虞先生载酒请问作诗之法，杨先生酒既酣，尽为倾倒。"[4]当时杨载诗名最著，同辈人向他请教诗法，是正常的事。杨载精于诗法，元时书贾所为诗法之作，多有托其名者。清人顾嗣立《元诗选》杨载小传称："当时之论诗法者，以仲弘称首。"[5]元明之际文人叶子奇的《草

---

[1] 李东阳：《怀麓堂诗话》，丁福保辑《历代诗话续编》，中华书局1983年版，第1371页。

[2] 范梈：《翰林杨仲弘诗集序》，《杨仲弘集》卷首，《四部丛刊》影印明嘉靖本。

[3] 何乔新：《椒邱文集》卷九《重刊黄杨集序》，文渊阁《四库全书》本。

[4] 陶宗仪：《南村辍耕录》卷四，中华书局1959年版，第50页。

[5] 顾嗣立：《元诗选》（初集），中华书局1987年版，第935页。

木子》卷四曾如此说："元朝文法汉，欧阳玄、虞集是也；字学晋，赵孟頫、鲜于枢是也；诗学唐，杨载、虞集是也。"[1]在叶氏看来，元中期诗家宗唐者，其代表人物首推杨载，虞集与之并列。杨载无疑是当时倡导宗唐复古主要的人物。在元明文献中，有关杨载谈论诗法的记载比较多，如《诗法源流》载："杨仲弘云：凡作唐律，起处要平直，承处要春容，转处要变化，结处要渊永；上下要相连，首尾要相应。最忌俗意、俗字、俗语、俗韵。尝用功二十年，始有所得。"[2]

杨载诗宗唐，但与元代多数诗人宗中唐或宗晚唐不同，他以盛唐为法，其中尤其是学李杜。七言歌行明显受李白影响，有大气磅礴之作。律诗学杜，有沉郁顿挫之致。古诗学魏晋，有的颇似汉乐府。先看其颇有李白诗风的七言歌行《古剑歌为吴真人作》：

> 闲闲真人藏古剑，敬之如神不敢忽。宾客来时求一观，辄有悲风起仓卒。人言此是金铁精，良工煅炼久始成。动摇天地合变化，摩荡日月含光晶。昔年有蛟起江中，口吐烈焰烧长空。下民流溺上帝怒，雷电往击皆无功。尝持此剑斩蛟首，流血滔滔浸庐阜。传记传闻时既久，不意世间今尚有。吾过下里多恶氛，魍魉魑魅能食人。请君为我绝此怪，一洗宇宙长清新。[3]

此诗动荡开阖不及李白，潇洒飘逸不及李白，但我们却觉得它富有李白诗之神韵，蕴含有李白诗那种奔腾的气势，具有动荡心魄的力量。眼前不过一剑，引发的则是诗人出入宇宙之奇思，其归宿点却在人间

---

[1]　叶子奇：《草木子》卷四，中华书局1959年版，第70页。
[2]　张健编：《元代诗法校考》，北京大学出版社2001年版，第242页。
[3]　杨载：《杨仲弘集》卷五，《四部丛刊》影印明嘉靖本。

之"恶氛",具有强烈的现实批判精神,表达了诗人欲借此神剑"一洗宇宙长清新"的愿望。这在精神上是与李白相通的。但此诗自是杨载诗,并非模拟李白之作。杨载的律诗与歌行则大异其趣。我们看他的《赠孙思顺》:

> 天涯相遇两相知,对榻清谈玉屑霏。芳草谩随愁共长,青春不与客同归。熏风池馆蛙声老,落日帘栊燕子飞。南浦他年重到日,湖山应识谢玄晖。[1]

这首诗有很高水平,其时间跨度极大,蕴含情意极丰,而写来似乎全不费力。中间四句,艺术上已达到纯熟境地,能使读者过目不忘。所写是友人共处的常见话题,意象也是自古诗歌常见的意象,却绝无陈熟之感,反倒在似曾相识中给人以亲切感。这淡淡的惆怅,又显示了元诗风味。杨载律诗接近杜诗,又加入了些晚唐诗的清苦。他学杜甫之沉郁,但没有杜诗之忧思深广。为杨载博得天下诗名的《宗阳宫望月分韵得声字》也是七律,其中"大地山河微有影,九天风露寂无声"一联,确实让人拍案称奇,有此一联,便使整首诗显得灵动可喜。《元史》所谓"自其诗出,一洗宋季之陋"[2],这一联足可作为注脚。在历代诗歌中,写朦胧而静寂的月夜,人们俯仰沉沉大地、茫茫天际时的所见所感,要找到比这一联更好的,恐怕不容易了,此联能唤起人们都曾有过的那种莫名的感觉。杨载的绝句有极清新喜人之作,《到京》云:"城雪初消荠菜生,闲门深巷少人行。柳梢听得黄鹂语,此是

---

[1] 此诗不载《杨仲弘集》,《元风雅》前集卷二收此诗,归赵孟頫,为《书事四首赠孙思顺》之二,但亦不见于赵氏《松雪斋集》,《元诗体要》作杨载诗,清人《元诗选》及《御选元诗》均作杨载诗,《元诗选》于诗后注:"此诗《风雅》作赵子昂,《体要》作杨仲弘。"则其断归杨载当有其道理,今从之。

[2] 宋濂等:《元史》,中华书局 1976 年版,第 4341 页。

春来第一声。"[1]即使放在唐人绝句中，也一样堪称优秀之作。

在"四大家"中，范梈应该是个性特点比较鲜明的，所以，他的诗和其他三人相比，既有取径学唐和倡导"治平之音"的共性，又具有自己独特的风格。范梈（1272—1330），字亨父，一字德机，人称文白先生，临江清江（今属江西）人。家贫早孤，而天资颖异，耽诗工文，用力精深。年三十六游京师，卖卜燕市，以荐为翰林编修官，秩满，出为海南海北道廉访司照磨。文宗时授湖南岭北道肃政廉访司经历，以母老未赴。明年母丧，竟以毁卒。他的生平经历，也与其他三家不同。这些都成就了他诗歌的独特性。

虞集曾评范梈诗如"唐临晋帖"，揭傒斯不同意，重新评曰："范德机诗如秋空行云，晴雷卷雨。纵横变化，出入无朕。又如空山道者，辟谷学仙。瘦骨峻嶒，神气自若。又如豪鹰掠野，独鹤叫群，四顾无人，一碧万里。"[2]其实，虞集对范梈另有评价，是在范梈去世后所作《题范德机诗集后》，有句云："抱膝长吟老范兄，寒岩古柏两同清，东都高节鸿毛远，南海真仙鹤骨成。"[3]显然认为范诗具有清雅高风，这与揭傒斯"空山道者""独鹤叫群"的比喻是一致的。明李昌祺有诗论元"四大家"诗，云"周鼎殷彝推范古，天机云锦让虞工"[4]，以"古"推范，以"工"评虞。这"古"也可以理解为脱落凡近的清雅高风。这应该是范梈诗的基本特色，与上文清雅之评相合。清人顾奎光《元诗选》之《元诗总论》评范诗："德机天骨开张，

[1] 杨载：《杨仲弘集》卷八，《四部丛刊》影印明嘉靖本。
[2] 揭傒斯：《范先生诗序》，揭傒斯著，李梦生标校《揭傒斯全集》，上海古籍出版社2012年版，第313页。
[3] 虞集：《道园学古录》卷二十九，《四部丛刊》影印明景泰本。
[4] 李昌祺：《运甓漫稿》卷五《读元杨仲弘诗》，文渊阁《四库全书》补配文津阁《四库全书》本。

挥斥变化,俊逸则学青莲,锻炼则摩工部。"[1]认为其诗兼有李白的俊逸和杜甫的工炼。

范梈歌行体给人以深刻印象。揭傒斯《范德机诗序》称其"尤好为歌行"。其歌行尽管有诸多风格,但都属雄健多气、挥斥变化而近李白的。他最具代表性的歌行之作是《王氏能远楼》:

> 游莫羡天池鹏,归莫问辽东鹤。人生万事须自为,跬步江山即寥廓。请君得酒勿少留,为我痛酌王家能远之高楼。醉捧勾吴匣中剑,斫断千秋万古愁。沧溟朝旭射燕甸,桑枝正搭虚窗面。昆仑池上碧桃花,舞尽东风千万片。千万片,落谁家,愿倾海水溢流霞。寄谢尊前望乡客,底须惆怅惜天涯。[2]

这首诗让人想到李白《宣州谢朓楼饯别校书叔云》。诗中诗人的自我形象,其失意与狂怪,也和李白相同;尽管其逸气不及李白,但却颇有李白诗的精神。他的另一首歌行《题李白郎官湖》也富有李白诗的神韵,其诗奔放自如,慷慨激越。范梈诗虽然没有李白那种力挽千钧、大气磅礴的气势,但确实具有"秋空行云,晴雷卷雨。纵横变化,出入无朕"(揭傒斯评)的神奇,开阖变化,动荡起伏,以极富动感的词语抒写深挚的感情,这也是和李白诗精神相通之处。对这种诗格和风神的追求,范梈有着理论的自觉,他说:

> 七言古诗要铺叙,要开阖,要风度,要迢递险怪,雄峻铿锵。忌庸俗软腐。须是波澜开合,如江海之波,一波未平,

---

[1] 顾奎光《元诗选》卷首陶瀚、陶玉禾撰《元诗总论》,清乾隆十六年刻本。
[2] 范梈:《范德机诗集》卷四,《四部丛刊》影印元抄本。

一波复起。又如兵家之阵，方以为正，又复为奇；方以为奇，忽复是正。奇正出入变化，不可纪极。备此法者，惟李杜也。（王琦《李太白集注》卷三十四引）[1]

范梈不仅追求诗风的奇，且有奔放的感情流荡于诗中。他的律诗多学杜甫。范梈学杜不同于黄庭坚，他主要学杜诗之"就景中写意"。他所追求的，是情、景、意浑然莫辨的境界，这是对南宋以来律诗学中"前后虚实"理论的批判。他的律诗大多能做到情、景、意水乳交融，无浅露之弊。其律诗名篇《平台晚怀》可以说是实践了这一理论，《题黄隐君秋江钓月图》也是如此："旧识先生隐者流，偶因图画想沧洲。断云满路碧窗晚，明月何年青嶂秋。世故风尘双短屐，生涯天地一扁舟。何由白石空矶畔，招得人间万户侯。"[2]颇富杜诗风味。明人胡应麟说"元人绝句莫过虞、范诸家"[3]，范梈绝句清新可喜，难以想象这些诗与其歌行之作出自同一作者之手。其《春日西郊》（四首之一）："春风千里福州城，绿水青山老送迎。惟有垂杨偏待客，数株残雨带流莺。"[4]读此诗，直觉清气拂面。

揭傒斯论诗有"心平气和"之说："夫为诗与为政同，心欲其平也，气欲其和也，情欲其真也，思欲其深也。"[5]但他的诗却是"四大家"中最具锋芒的。他对现实批判之尖锐，他对社会弊端揭露之大胆，他仁民爱物的情怀和作为士君子的担当精神，在中国历代诗人中

[1] 瞿蜕园、朱金城：《李白集校注》，上海古籍出版社 1979 年版，第 1877 页。按此说未必出自范梈，旧署杨载著之《诗法家数》载有这段文字，明胡震亨《唐音癸签》卷三引此文字也归杨载。
[2] 范梈：《范德机诗集》卷七，《四部丛刊》影印元抄本。
[3] 胡应麟：《诗薮》外编六，上海古籍出版社 1958 年版，第 237 页。
[4] 傅习编：《元风雅前集》卷九，文渊阁《四库全书》本。
[5] 揭傒斯：《萧有孚诗序》，揭傒斯著，李梦生标校《揭傒斯全集》，上海古籍出版社 2012 年版，第 306 页。

应该是一流的。这就提示我们正确理解他论诗"心平气和"之说。心平气和并不等同于圆滑无棱角，心平气和也一样可以直面现实，心平气和地去揭露现实的弊端，这样的批判和揭露也就更客观，更服人。

揭傒斯（1274—1344），字曼硕，龙兴富州（今江西丰城）人。延祐初，程钜夫、卢挚列荐于朝，授国史院编修官。天历初，开奎章阁，首擢为授经郎，又擢为奎章阁供奉学士，改翰林直学士。近人胡思敬说："揭文安在元与虞道园齐名，诗格更在道园之上。历朝操选政者早有定评。"[1]认为揭诗高于虞集。应该说，其诗整体成就不及虞集，但也有超越虞集之处。

虞集评揭诗如"三日新妇"，显然失当。孔齐《至正直记》载，揭傒斯有《题秋雁》诗云："寒向江南暖，饥向江南饱。莫道江南恶，须道江南好。"言其诗"盖讥色目北人来江南者，贫可富，无可有，而犹毁辱骂南方不绝。自以为右族身贵，视南方如奴隶。然南人亦视北人加轻一等，所以往往有此诮"[2]。这样的诗，如何比之"三日新妇"？其实，揭傒斯倒写了不少丈夫诗，如揭露吏治腐败的《燕氏救兄诗》等。他的《赠王郎》则是另一种大丈夫诗：

> 王郎楚狂士，意气飞秋霜。读书一万卷，下笔数千行。富贵视浮云，况肯矜文章！十五耻闾里，掉臂辞故乡。夜宿东海月，朝买西州航。瞋目王公前，结客少年场。一饮或一石，一醉或一觞。宁揖屠狗人，不与俗士当。千金不易笑，岁暮单衣裳。阮籍在穷途，英声连四方。鸾翮有时铩，反愧燕雀翔。世无剧孟交，不及青楼倡。燕赵如花人，翠袂黄金

元诗四大家

143

---

[1] 胡思敬：《揭文安公集跋》，揭傒斯著，李梦生标校《揭傒斯全集》附录三，第610页。
[2] 孔齐著，李梦生、庄葳、郭群一校点：《至正直记》卷三，上海古籍出版社2012年版，第119～120页。

珰。不识豪俊士，空媚痴与狂。王郎远过我，坐我枯藜床。

终夕无酒饮，抚髀歌慷慨。平明别我去，极目空茫茫。[1]

这是一首写失意狂士、奇士、壮士、豪士的悲歌。如此一位奇士，在这个世界上却是如此落魄不遇，这是对社会、对时代的批判。揭傒斯也有婉转清秀之作，他受时人和后人称扬的《重饯李九时毅赋得南楼月》就写得俊逸可爱："娟娟临古戍，晃晃辞烟树。寒通云梦深，白映苍祠暮。胡床看逾近，楚酒愁难驻。雁背欲成霜，林梢初泫露。故人明夜泊，相望定何处。且照东湖归，行送归舟去。"[2]

揭傒斯有"五字长城"之誉。清人彭蕴章《题元人诗十二首》其八云："诗名藉甚揭文安，五字长城天历间。"[3]他确实长于五言，不管是古体还是近体，五言律诗如其《出三洪峡》："积水群山里，行舟乱石间。地偏疑隔世，峡怒欲藏关。独鸟啼深树，斜阳下急滩。千忧逢一快，未觉此生屬。"[4]五言绝句如《寒夜》云："疏星冻霜空，流月湿林薄。虚馆人不眠，时闻一叶落。"[5]截取生活中的一个横切面，从极广阔空际写到极细微的一片落叶的声响，将空阔与静寂都写到了极端。至于这空阔与静寂中人的心灵感受，则作为"留白"，让读者自己去品味。此作深得唐人绝句神韵。称揭傒斯为"五字长城"，并非其七言诗不好。其实，和他同时的欧阳玄曾说他"律诗长句，伟然有盛唐风"[6]。所谓"律诗长句"就是七言律诗。他的《梦武昌》就是一

---

[1] 揭傒斯著，李梦生标校：《揭傒斯全集》，上海古籍出版社2012年版，第85页。

[2] 揭傒斯著，李梦生标校：《揭傒斯全集》，第20页。

[3] 彭蕴章：《松风阁诗钞》卷十六《题元人诗十二首》其八，清同治刻《彭文敬公全集》本。

[4] 揭傒斯著，李梦生标校：《揭傒斯全集》，第50页。

[5] 揭傒斯著，李梦生标校：《揭傒斯全集》，第164页。

[6] 欧阳玄：《圭斋文集》卷十《元翰林侍讲学士中奉大夫知制诰同修国史同知经筵事豫章揭公墓志铭》，《四部丛刊》影印明成化本。

首很好的七言律诗。和当时很多人一样，揭傒斯也擅写民歌风味的竹枝词，他有两首《女儿浦歌》，杨维桢《西湖竹枝集》评："其风调不在虞下。"[1]

揭傒斯在《傅与砺诗集序》中有一段精彩诗论："刘会孟尝序余族兄以直诗，其言曰：'诗欲离欲近。'夫欲离欲近，如水中月，如镜中花，谓之真不可，谓之非真亦不可。"[2]诗特别是咏物诗，其摹写应在虚实真幻之间，应在似与不似之间，这样的意思，早已有人说过。而用"水月镜花"作比，除本身具有诗意外，还特别新颖而恰切，容易深入人心。

（此文压缩后发表于《文史知识》2008年第4期）

---

[1] 顾嗣立：《元诗选》（初集），中华书局1987年版，第1044页。

[2] 揭傒斯：《傅与砺诗集序》，傅若金《傅与砺诗文集》卷首，文渊阁《四库全书》本。

"金华四先生"的诗文成就

宋元时期的金华地区，在学术与文章两个方面，都占据着至高点。"金华之学"，有金华东莱之学与金华朱学，金华朱学被认为是朱学嫡派。清人张夏《洛闽源流录》说："宋南渡后，新安朱子、东莱吕氏，并时而作，皆以斯道为己任，婺实吕氏倡道之邦，而其学不大传。朱子一再传为何基氏、王柏氏，又传之金履祥氏、许谦氏，皆婺人，遂为朱学世嫡。"[1]何、王、金、许，是学术史上著名的"北山四先生"。但在他们之后，金华传人多不以学术著称而以文章名世，如清人黄百家所言：

> 金华之学，自白云一辈而下，多流而为文人。夫文与道不相离，文显而道薄耳。虽然，道之不亡，犹幸有斯。
>
> 北山一派，鲁斋、仁山、白云既纯然得朱子之学髓，而柳道传、吴正传以逮戴叔能、宋潜溪一辈，又得朱子之文澜，蔚乎盛哉！[2]

---

[1] 张夏：《洛闽源流录》卷一，清康熙二十一年黄昌衢彝叙堂刻本。

[2] 黄宗羲、全祖望：《宋元学案》卷八十二《北山四先生学案》，中华书局1986年版，第2801页。

"北山四先生"之一白云先生许谦为著名学者，与他同师事金履祥的柳贯已成文章家，此后金华学派衍为金华文派。在元中期，黄溍、柳贯以及年岁晚于他们但属同一辈分的吴莱，号称"金华三先生"，是当时著名文章家。他们的弟子，则有所谓"金华四先生"的宋濂、王祎、胡翰、戴良。其中影响最大、成就最高者为宋濂，王祎与宋濂同为《元史》总裁官，胡翰也是那个时代著名的文章家。与他们三人不同，戴良不仕明，成了著名的元遗民；他们三人以文章称，戴良是元末最著名的诗人之一，而其诗，并非师承吴莱，而是学于色目诗人余阙，自成风格。"四先生"在元明之际影响很大，宋濂被称为明代"开国文臣之首"，地位极高。以下分述宋濂与其他三人的文学主张与诗文成就。

一、宋濂的诗文

宋濂（1310—1381），字景濂，浦江（今浙江浦江县）人。元末以荐除翰林编修，以亲老辞。入仙华山为道士。明初修《元史》，充总裁官。仕至翰林学士承旨兼太子赞善大夫。正德中追谥"文宪"。他的学术追求和诗文主张，都鲜明地体现了金华地区的学术精神。诗文成就和影响在"四先生"中也最高。

宋濂一生可以入朱元璋政权为界划分为两个阶段。此前此后，宋濂之为人判若两人，甚至可以说是两个宋濂。他的朋友王祎为他写的《宋太史传》，描绘元时的宋濂是："性疏旷，不喜事检饬。宾客不至，则累日不整冠。或携友生彷徉梅花间，索笑竟日；或独卧长林下，看晴雪堕松顶，云出没岩扉间，悠然以自乐。"[1]而《明史》本

---

[1] 王祎：《王忠文公文集》卷二十一，《北京图书馆古籍珍本丛刊》(98)影印明嘉靖元年张齐刻本。

传中的宋濂，在明初的政治环境中和文学侍从之臣身份的拘束下，变得谨小慎微而泯没了全部个性："濂性诚谨，官内庭久，未尝讦人过。所居室，署曰'温树'。客问禁中语，即指示之。"按"温树"乃用汉代孔光事。孔光为人谨重，言不及朝省事。或问光："温室省中树皆何木也？"光默不应，答以他语。由此我们也可以想见宋濂前后期文章的不同风格。

我们喜欢元时的宋濂，喜欢他的为人与为文。我们不对他的创作作全面介绍，只介绍他写于元时的几篇人物传记。这些文章有几个特点：第一，文章所写传主虽实有其人，但文章却并非其人之实录，而实实在在属于传记文学，文章不重记事，而重在渲染传主之精神风貌。第二，我们所选诸篇，所记均为有奇节异行、奇才异能、特立独行之士，作者写他们超尘出俗之人格与行为，表达了对他们由衷的钦敬，从而也表达了对世俗的批判。第三，这些文章中所表现的观念和意趣，与金华文派、与其师吴莱的文风和诗文主张是一脉相承的。由此我们知道，他在理论和观念上走向乃师的反面，应该是后期的事。宋濂在自撰的《白牛生传》中为自己画像，刻画了一个不同流俗的学古君子的形象，其言行举止不入世人之目，不为世人理解，人们"笑其迂""疑其拙""以为狂""虑其诈""谤其偏"，作者一一予以驳斥。这类文章中给人们印象最深、最可称为代表作的是《秦士录》，兹录于下：

> 邓弼字伯翊，秦人也。身长七尺，双目有紫棱，开合闪闪如电，能以力雄人。邻牛方斗不可擘，拳其脊，折仆地；市门石鼓，十人异，弗能举，两手持之行。然好使酒怒视人，人见辄避，曰："狂生不可近，近则必得奇辱。"

文章开头，对人物作简笔描述。我们如何评价？我想说：天地间绝无此人，天地间定有此人。以事求之，行事绝不可能，世间绝无此人；以神求之，人物凛凛有生意，读者但觉似曾相识，天地间当有此人。

> 一日独饮娼楼，萧、冯两书生过其下，急牵入共饮。两生素贱其人，力拒之，弼怒曰："君终不我从，必杀君，亡命走山泽耳，不能忍君苦也。"两生不得已从之。弼自据中筵，指左右挹两生坐，呼酒歌啸以为乐。酒酣，解衣箕踞，拔刀置案上，铿然鸣。两生雅闻其酒狂，欲起走，弼止之曰："勿走也。弼亦粗知书，君何至相视如涕唾？今日非速君饮，欲少吐胸中不平气耳。四库书从君问，即不能答，当血是刃。"两生曰："有是哉？"遽摘七经数十义叩之，弼历举传疏，不遗一言。复询历代史，上下三千年，缅缅如贯珠。弼笑曰："君等伏乎未也？"两生相顾惨沮，不敢再有问。弼索酒被发跳叫，曰："吾今日压倒老生矣……"

我以为元代文章有以传奇为传记一格，虽记真人，却纯然如一篇传奇。此文可作例证，这一节便是传奇笔法入传记。以一具体事，写出常人眼中的邓弼，证实"狂生不可近，近则必得奇辱"之说。所谓欲扬先抑，但抑中展示出邓弼奇才，为文章的核心内容的叙写做好了充分的铺垫：

> 泰定末，德王执法西御史台，弼造书数千言，袖谒之。阍卒不为通，弼曰："若不知关中有邓伯翊耶？"连击踣数人，声闻于王。王令隶人捽入，欲鞭之。弼盛气曰："公奈何不礼壮士？……"庭中人闻之，皆缩颈吐舌，舌久不能收。王曰："尔自号壮士，解持矛鼓噪前登坚城乎？"曰："能！""百万军

中可刺大将乎?"曰:"能!""突围溃阵,得保首领乎!"曰:"能!"王顾左右曰:"姑试之。"问所须,曰:"铁铠良马各一,雌雄剑二。"王即命给与。阴戒善弩者五十人,驰马出东门外,然后遣弼往,王自临观,空一府随之。暨弼至,众弩并进。弼虎吼而奔,人马辟易五十步,面目无色。已而烟尘涨天,但见双剑飞舞云雾中,连斫马首堕地,血溅溅滴。王抚髀欢曰:"诚壮士!诚壮士!"命酌酒劳弼,弼立饮不拜,由是狂名振一时,至比之王铁枪云。[1]

真是天地间一位奇人。由此文,我们看到了陈亮以来,方凤、吴莱等人身上所体现的浙东人文精神在宋濂身上的延续。应该说,这才是真实的宋濂,指"温树"而不言的宋濂,是被压抑、被异化了的宋濂。这组文章,还有《竹溪逸民传》《抱瓮子传》《吾衍传》《樗散生传》,传主全都奇装异服,彰显的是他们的奇节异行。这些人个个有奇才异能,但其德才却不为世人所知,甚至不为当世所容。《竹溪逸民传》的主人公"戴青霞冠,披白鹿裘,不复与尘事接。所居近大溪,篁竹翛翛然生。当明月高照,水光潋滟,共月争清辉。逸民辄腰短箫,乘小舫,荡漾空明中。箫声挟秋气为豪,直入无际,宛转若龙鸣,深泓绝可听。箫已,逸民叩舷歌曰:'吹玉箫兮弄明月,明月照兮头成雪。头成雪兮将奈何,白鸥起兮冲素波。'人见之,叹曰:'是诚世外人也,欲常见且不可得,况狎而近之乎?'性嗜菊,种之满园,顾视若孩婴。黄花一开,独引觞对酌,日入不倦"。五十岁后,又自言"将渔于山樵于水矣"[2]。作者由其言断定,这是一位有道者。读《抱瓮子传》,恍

[1] 宋濂著,黄灵庚校点:《宋濂全集》,人民文学出版社2014年版,第1932~1933页。
[2] 宋濂著,黄灵庚校点:《宋濂全集》,第331~332页。

然进入桃花源:"予尝游括之少微山,俯瞰四周,如列屏障。山之趾,有随地形高下为蔬圃,约二十亩,凡可茹者咸艺焉,傍列桃杏梨李诸树。时春气方殷,蔬苗怒长,满望皆翡翠色,树亦作红白花,缤纷间错,如张锦绣段。心颇讶之,曰:'是必有异。'因曳杖而降,冉冉至其处。气象幽夐,绝不闻鸡犬声。遥望草庐一区,隐约出竹阴间。疑中有隐者,亟前候之。良久,见一士,戴棕叶冠,身被紫褐裘,抱瓮出汲水灌畦。予进问曰:'夫子何名?'曰:'山泽之民无所名也。'强之,曰:'人以其抱瓮也,遂呼为抱瓮子尔。'"在不同寻常的环境中有一位不同寻常的人,他的服饰和言行都让人感到高深莫测。在说了一番"灌畦之道"的哲理后,"入竹阴间,闭户高卧,扣之不见答"[1]。这显然是一位遗世独立的高士,有似《庄子》中的渔父。《吾衍传》中的吾衍,意气简傲,"居生花坊一小楼,客至,僮辄止之,通姓名,使其登乃登。廉访使徐琰一日来见,衍从楼上呼曰:'此楼何敢当贵人登邪?愿明日谒谢使节。'琰素重衍,笑而去。生徒从衍游者,常数十百人。衍坐童子地上,使冠者分番下授之,时出小青凉伞,教之低昂作舞势。或对宾游谈大噱,解发濡酒中为戏。群童皆肃容莫敢动。衍左目眇,又跛右足,一俯一仰,妩媚可观,宛有晋、宋间风致。畜两铁如意,日持弄之。或倚楼吹洞箫数曲,超然如忘世者"[2]。就是这样一位清雅之士,却因被俗卒所辱,死不知所终。宋濂这组写奇人的奇文,使人过目不忘。

长期以来,文学史研究者都以为宋濂文学成就主要在文,文又以传记文成就突出,传记文中以这一组最具特色与个性。至于诗,评价

---

[1]　宋濂著,黄灵庚校点:《宋濂全集》,人民文学出版社 2014 年版,第 345 页。

[2]　宋濂著,黄灵庚校点:《宋濂全集》,第 318 页。

不一，有肯定者，但也是有限肯定，王世贞评其诗"严整妥切"[1]，朱彝尊以为"景濂于诗，亦用全力为之。盖心慕韩、苏而具体者"。否定者则直言，宋濂文章，"评者以本朝第一目之"，而"韵语则非所长。集虽多，不作可也"[2]。但明人陆深却发现，宋濂诗歌成就因文献缺失而被掩盖了。他读到了人们罕能见到的宋濂《萝山吟稿》（或题《萝山集》），认为集中作品显示了宋濂在诗歌方面的非凡成就，说：

> 深读先生文最早，诗则无从得焉，妄意先生于此毋乃小有所让，抑亦昔人所谓难兼以长者？近得《萝山吟稿》五卷，读之，锻炼之精工，体裁之辨治，气韵之伟丽，词兼百家，亦国朝诗人之所未有也。欣慰累日，若还至宝。于是叹前辈之高雅，世未易尽知。[3]

此后这部《萝山集》（或《萝山吟稿》）便很少有人提到，清初黄虞稷《千顷堂书目》虽有著录，但不能确定黄氏曾见此书。

有幸的是，这部销声匿迹数百年的诗集，有抄本在日本被发现。黄灵庚先生编辑校点《宋濂全集》，根据任永安博士的整理收入此集。卷首郑涛《宋太史诗序》言："太史先生诗若干卷，简雅赡丽，各因体成赋，声调辞气，精纯弗杂。涛尝传至京师，翰林诸公莫不爱诵之，而揭文安公为之评。"[4]有意思的是，"宋太史""太史先生"，显然是入明后才有此称，而此序作于元至正十三年（1353），序文称谓，应该是明初刊刻《萝山集》时所改。卷二末有宋濂所作识语："右此卷诗凡

---

[1] 王世贞：《明诗评》卷三，《丛书集成初编》本，商务印书馆1937年版，第59页。

[2] 朱彝尊：《明诗综》卷三，中华书局2007年版，第122～123页。

[3] 陆深：《俨山集》卷八十六《题萝山集》，台湾商务印书馆影印文渊阁《四库全书》，第1268册第553页。

[4] 宋濂著，黄灵庚校点：《宋濂全集》，人民文学出版社2014年版，第2318页。

百余首，皆乙未、丙申岁作也。情寓于词，颇多缪戾纤弱，谩钞新稿后，以俟他日删去。"今本《萝山集》卷二计收诗一百一十九首，与题识所言数合。乙未、丙申，为元至正十五、十六年。《萝山集》所收，应该都是这前后几年的作品。三年后，即至正十九年（1359）正月，宋濂被朱元璋召为五经师。其人生和创作，都进入了一个新的时期。

任永安读过《萝山集》后说：入明后，宋濂"写了不少酬应、颂圣诗作，这些充满台阁气息的诗歌严整妥切、平易雍容，但相对说来价值不高"。"抄本《萝山集》则收录了大量宋濂入明前所作诗歌，这些山林之诗自由活泼、情感浓烈、风格醇深雅美，对于全面认识宋濂的诗歌创作成就具有重要价值。"[1]《萝山集》的重新面世，确实提出了研究宋濂诗的课题。但在我看来，还不仅仅是评价其成就高下的问题。宋濂诗歌在元代确实有诸多特别之处。元前中期，诗坛宗唐，人们多写近体诗。而宋濂诗学汉魏六朝，诗中近体极少。元后期，以杨维桢为宗主的铁崖体风行，学李贺，写古乐府辞，风格幽艳奇诡，其诗风笼罩一时；宋濂的老师吴莱也学李贺，也多写古乐府，诗风颇近杨维桢。则诗体选择上，宋濂与杨维桢尚古反律同，而风格宗尚则异。宋濂为诗，能自外世风，独辟路径。其《萝山集》开卷《杂体五首》，即效江淹《杂体三十首》，每首拟一人，五首分别拟陆机、陶潜、谢灵运、颜延之、鲍照。以下诗作，遍拟魏晋至唐名家。不仅如此，他还遍拟魏晋至唐古诗各体，柏梁体、东飞伯劳歌格、顶针体、吴歌乐府、杜甫七歌体、唐人艳阳词等，而其《越歌约杨推官同赋》实际上就是竹枝歌。这在元代诗人中仅见。如此我们就可理解陆深所说其诗"锻炼之精工，体裁之辨治，气韵之伟丽，词兼百家"，词兼百家，

153

―――――――

[1] 任永安：《日本藏宋濂〈萝山集〉抄本考述》，《文学遗产》2011 年第 1 期。

由其拟百家，拟一家即追摹一家。元明之际诗坛的拟古倾向，应与宋濂的影响有关。

郑涛《宋太史诗序》所录揭傒斯评宋濂诗："如宝鉴悬秋，随物应象，无毫末不类。及至其玄妙自得，即之非无，索之非有，莹彻玲珑，不可凑泊，足以映照古今矣。"[1]实是说宋濂诗有晋宋风味，其评也近似。其卷二后题识自言"情寓于词，颇多缪戾纤弱"，也确实符合宋濂部分诗的特点。比如，其《越歌》十四首，《历代诗余》录《古今词话》录其中二首且有评：

> 宋金华以大手笔，开一代风气，而亦有丽语，如："恋郎思郎非一朝，好似并州花剪刀。一股在南一股北，几时裁得合欢袍。""有郎金凤饰花容，无郎秋鬓若飞蓬。侬身要令千年白，不必来涂红守宫。"此鉴湖竹枝也。[2]

这也让我们认识了宋濂的另一面。这类诗有的确实写得很可爱，如吴歌乐府辞之作《采莲辞》："吴蛾采莲秋江渚，风吹鬓影金蝉舞。莲房嫩红丝缕缕，采莲不见莲心苦。莲心自苦人莫知，藕带未成情已移。鸳鸯若刺莲下飞，慎勿伤我带中丝。"仿民歌作，不失民歌的清新与活泼。其他作品如怀古之作《过采石因问李白葬处》：

> 采石江头秋影湿，蛾眉亭上凉鸟集。千载芳魂唤不醒，一天月色空江声。欲寻李白题诗处，满望凄凉白杨树。暮蛩犹自学悲吟，入青云响若人诗。石麟有语寄西风，只有江流与旧同。

---

[1] 宋濂著，黄灵庚校点：《宋濂全集》，人民文学出版社 2014 年版，第 2318 页。

[2] 王奕清等：《御选历代诗余》卷一百二十，台湾商务印书馆影印文渊阁《四库全书》本，第 1493 册第 413 页。

诗不失涵浑气象，一气流转，不见工巧，而圆活自然。宋濂论诗重
"气"，他这些诗，也都富有生气。《饥龙行》则写元末战乱中的惨
相："长淮千里无尺瓦，白蒿满地高于马。饥龙无主走西东，日啖乱尸
肥似熊。……举头问天天若漆，忍使生灵作枯骨。愿泻银河洗甲兵，
甲兵用时日东没。"这应该算元末战乱诗中的佳作。

《萝山集》重新发现以前，其他文献如钱谦益《列朝诗集》所载宋
濂诗也有一些不错的作品。郎瑛《七修类稿》卷三十五《宋戴遗诗》
录有宋濂与戴良的一组寄赠诗[1]，在《萝山集》卷三题作《答戴正
学》，共十首，兹据《萝山集》录其第五首：

> 盈盈白面生，骑马出重关。铁衣何皎皎，宝刀缀双环。
> 左右千貔貅，绣旗随风翻。自云将家子，折节征百蛮。尝从
> 大将军，三箭定天山。飘摇意气得，泰华欲成吞。庸竖震骇
> 之，喈喈咸长叹。鄙我章句生，弃掷同粪丸。我固屏弱躯，
> 久服章甫冠。亦有兵百万，藏之心胸间。欲施竟何之，目送
> 孤云还。[2]

155

确实有汉魏古诗的气象和风骨，大能荡人心胸，激人血气。还有载于
《文宪集》卷三十一的《古曲》："思君不可见，忽见阶下花。此花君
手植，如见君容华。嫣然索予笑，不语意自佳。花容方窈窕，因君愈
妍好。见花情尚多，见君将奈何！"[3]活泼而不失蕴藉，读了颇惬人
意。还有悲情泣诉使人动情动容的《鸳鸯离》："结发成昏期白发，谁

---

[1] 郎瑛：《七修类稿》卷三十五，中华书局 1959 年版，第 525～527 页。
[2] 宋濂著，黄灵庚校点《宋濂全集》，人民文学出版社 2014 年版，第 2317 页。
[3] 宋濂：《文宪集》卷三十一，台湾商务印书馆影印文渊阁《四库全书》本，第 1224 册第
536 页。此诗亦载《萝山集》卷四，宋濂著，黄灵庚校点《宋濂全集》，人民文学出版社
2014 年版，第 2405 页。

道鸳鸯中道拆。妾身虽作土中泥，妾魂长与君同栖。娶妻只为多似续，妾有三儿美如玉。愿君勿娶全儿恩，一娶亲爷是路人。"[1]一个牵挂幼子、难断旧爱的多情女子鬼魂的倾诉，这当然是诗人的假想，也是人类共通之情。但读来让人感到，这倾诉是那么真实可感，让人揪心。宋濂还有些富有情趣的小诗，如《题亭上壁三首》其一："意随流水行，却向青山住。因见落花空，方悟春归去。"[2]诗小，但能给人广阔的想象空间和回味余地。所有这些，这里都不可能具体展开了。

应该说，宋濂在元明之际，是名副其实的文坛领袖。他的文学主张影响一时，他的文章成就极高，同时也是一位值得研究的诗人。

二、 王祎与胡翰的文学成就

王祎在后世声明不显，但在当时，他是与宋濂并称的文章家和史学家。王祎（1322—1374），字子充，号华川，义乌人。明初征为中书省掾，诏修《元史》，与宋濂同为总裁官。书成，拜翰林待制。奉使招吐蕃，至兰州召还，改使云南，招降元梁王，为元人所杀。建文元年（1399）赠翰林学士，谥文节，正统中改谥忠文。今存《王忠文集》二十四卷。

宋濂、王祎之同门友、同为"金华四先生"的胡翰，同样入明为官，官位不达，名不如宋、王之显，但诗文成就颇高。胡翰（1307—1381），字仲申，在金华文派第二代中也是一位颇具特点的人物。《明

---

[1] 宋濂：《文宪集》卷三十二，台湾商务印书馆影印文渊阁《四库全书》本，第1224册第553页。此诗亦载《萝山集》卷四，宋濂著，黄灵庚校点《宋濂全集》，人民文学出版社2014年版，第2425页。

[2] 宋濂：《文宪集》卷三十一，第1224册第536页。此诗亦载《萝山集》卷四，第2406页。

史·胡翰传》言："长从兰溪吴师道、浦江吴莱学古文，复登同邑许谦之门。同郡黄溍、柳贯以文章名天下，见翰文，称之不容口。游元都，公卿交誉之。与武威余阙、宣城贡师泰尤善。或劝之仕，不应。既归，遭天下大乱，避地南华山，著书自适。文章与宋濂、王袆相上下。"其诗文也为当时及后世所称。金华文派在元明之际有声有色，不仅靠宋濂的居高临远，还要靠王袆、胡翰、戴良的羽翼之功。

王袆在明初文坛，声望颇高。杨士奇序其文集，称其与宋濂"入翰林，持文柄""岿然一代之望也"[1]。《明史·王袆传》载，朱元璋曾对王袆说："江南有二儒，卿与宋濂耳。学问之博，卿不如濂；才思之雄，濂不如卿。"[2]人们对其文章，也颇多推崇之语，胡行简序其集，称其文"驾宋轶唐，轹西汉先秦，而骎骎乎三代也"[3]。客观地说，这样的推崇之语没有什么参考价值。苏伯衡序则言其"温温乎其纯雅，恢恢乎其宏辨，秩秩乎其密察也，而要其归，无不本于经者"[4]。《四库全书总目》评其文："袆师黄溍，友宋濂，学有渊源，故其文醇朴闳肆，有宋人轨范。"[5]这让我们理解：王袆之文是学者之文，其文既"醇朴"又"闳肆"，文本于学，但同时也重视"文"，因而王袆可称文章高手。王袆《宋太史传》评宋濂之文，以为得黄溍、柳贯之传而能合黄、柳二人之长。苏伯衡《王忠文公集序》评王袆文，大意近似。宋濂序王袆文，以为文有三变：早年之作"幅程广而运化弘，光焰奕奕起诸公间"。成年后出游各地及北上大都，"所见

157

[1] 杨士奇：《王忠文公文集序》，王袆《王忠文公文集》卷首，《北京图书馆古籍珍本丛刊》影印明嘉靖元年张齐刻本，第3页。
[2] 张廷玉等：《明史》卷二百八十九《王袆传》，清乾隆武英殿刻本。
[3] 胡行简：《王忠文公文集序》，王袆《王忠文公文集》卷首，第5页。
[4] 苏伯衡：《王忠文公集序》，《王忠文公文集》卷首，第7页。
[5] 爱新觉罗·永瑢等：《四库全书总目》卷一百六十九《王忠文公集》提要，中华书局1965年版，第1466页。

乔岳长河，摩日月而荡云烟，精神翕然与之冥会。故其为文，波浪涌而鱼龙张，风霆流而雨雹集，五采竞明而十日并照……气象益以沉雄"。再后来"退藏重山密林中，愈沉酣于古而密体于方今，凡天人之理、性命之奥，皆肆其玄览而养厥灵淳，其学遂底于成，而年亦已逾四十矣。故其为文，浑然天成，而条理弗爽，使人挹之而逾深，味之而弗竭。其平日华绮豪放之习，至是刊落殆尽"[1]。如果说王祎文章达到了如此高的水准则未见得，但他们对王祎文章质朴而无华丽特点的把握，则是准确的。

王祎文章较好的如为宋濂所撰之《宋太史传》，上文已引其文章评价部分，议论相当精到。而写其状貌、性情、为人一节，又极简洁传神："景濂状貌丰厚，美须髯，然目短视，寻丈之外不能辨人形，而雪边月下，蝇头之字可读也。性疏旷，不喜事检饬……与人交，任真无钩距，视人世百为变眩捭阖，谩若不知，知之亦弗与较，纵为人所卖，不复恤，而人亦无忍欺之者，用是，咸称为有德之君子。"[2]文笔依然朴实，但朴实之中却显示出把握和表现人物特点的深厚功力。他有一篇《吾丘子行传》，传主与宋濂之《吾衍传》为一人，正可与宋濂文对读：

> 子行嗜古学，通经史百家言……然性放旷，不事检束。眇左目，右足跛，而风度特酝藉，一言一笑皆可喜。对客辄吹洞箫，或弄铁如意，或援笔制字，旁若无人。

几笔就勾勒出他的相貌风神。学问、形象、性情、作为，皆非常人。

---

[1] 宋濂：《王忠文公集序》，王祎《王忠文公文集》卷首，《北京图书馆古籍珍本丛刊》影印明嘉靖元年张齐刻本，第 6 页。

[2] 王祎：《王忠文公文集》卷二十一，《北京图书馆古籍珍本丛刊》影印明嘉靖元年张齐刻本，第 376～377 页。

以下具体写:

> ……偁居陋巷中，教生徒常数十人，未成童者坐之楼下，宾客谈笑，喧动邻舍，而楼上下之徒常肃然。达官贵人，闻子行名，款门候谒，非其意，斥弗与见。或从楼上遥与语，弗为礼。或与为礼矣，送之，弗下楼也。东平徐公子方，海内大老也，持部使者节浙西。所蓄古器物，款识多莫能辨，咸以为非子行莫能知者。徐公即命驾访子行，子行为一一鉴定之。徐公未尝不叹服其精敏。于是人皆谓徐公能下士，而子行非果于傲世者矣。[1]

妙笔传神，与宋濂文相较，可谓各有千秋，或者说不在宋濂文之下。类寓言的议论性文章《杂说二首》，就蜈蚣与鸡、蚊与鳖、猬与虎、乌贼与乌几种物的相互关系引发思考，在趣谈中揭示一些事理，也是不错的文章。我们看其二：

159

> 猬之为物，毛善刺人，能跳入虎耳。虎或噬之，猬皮顽不能死，则穴虎腹以出。而其性恶鹊，见鹊便自仰腹受啄。乌贼之为物，无有皮介，每暴于水上，状若已死。人取之易甚，而其性好乌。乌有下啄则卷而食之。呜呼，猬与乌贼，其形相方也，其好恶不相侔也。猬狞然而可畏，乌贼块然而可狎。狞然可畏者，宜能害鹊而反受害于鹊。块然可狎者，宜不可害乌而卒致害于乌。此其理诚有不可解者。然则人固有狞然而恶人者，其可畏。块然而好人者，其可狎耶？[2]

---

[1] 王祎：《王忠文公文集》卷二十一，《北京图书馆古籍珍本丛刊》影印明嘉靖元年张齐刻本，第372页。

[2] 王祎：《王忠文公文集》卷十八，第328～329页。

天下事所有不可以常情揣度者，人的善与恶更难以凭感觉而评判。物与物之间有如此多不可思议的关系，深入考察，识其就里，方能得物与物性情与关系之实。人间事当然更复杂，必识破表象，得其本质，方能不为表象所迷。这些短文趣味盎然，妙含睿智，彻悟世事，给人们以启示，引人思考。

代表王祎文章水平的，是《心迹双清亭记》，文章写景、感悟、议论，都达到了很高水平。这篇文章由写景、感悟、议论三个层次构成。写景文字简洁而层次分明，不用惊人之语，而能写出摄人心神的景色：

> 亭凡三楹间，高可数仞。累石为址，崇亢而疏敞。遥对麈湖、琵琶、圣井诸峰，层峦迭嶂，如翠屏排空，杳在天半。藐姑、象山，隐如隆如，出其东；琼林、仙岩，或起或伏，列其右。群山秀色，可揽而致也。前临大溪，萦纡如带，而俯瞰琼台琳馆，浮丹涌碧，掩映于林霏苍莽间。亭之四周，大抵长松修竹，苍凝翠结，错杂相蔽亏。林飙徐兴，振发天籁，而玄猿白鹤，清响互应。游其间者，疑为真神仙境，非复人间世也。

语言朴实，但朴实中见清秀。叙述与描写相间，但都不过款款道来，不用一新奇字，没有一惊人语，但让人读来，如置身其中。远近、高下、四方，或山或水，或动物或植物，有声有色，如毫不费力，一一呈现读者眼前耳中。写感受，借他人之口道出：

> 客有语外史者曰："吾之游斯亭也，荡开灵襟，助法神观。恍兮惚兮，如神行万物之表，而情超八极之外，意者列御寇之御风，庄周之天游，殆不是过。心之郁者廓然以

撼，迹之累者超然以舒，是可谓心迹双清者矣。盍即是以
为亭名也？"[1]

凡有如此经历者，都有如此心灵感受。但少有人能用如此简单的语言
透脱说出。最后的议论则围绕心、迹问题展开，论有心与无心，有迹
与无迹："谓吾果有心乎？吾心泊然其犹太虚耳，止水耳。日月之明，
不能烛其微；鬼神之灵，不能测其倪。虽吾亦不自知其主宰我者此
也，是可谓之有心乎？无心乎？谓吾果有迹乎？吾虽不能不与物接，
而固未尝物于物也。当吾乘天地之正，御六气之辨，以游于无物之始
而无所穷止，虽吾亦不自知所当止而止矣。是可谓之有迹乎？无迹
乎？心与迹俱无矣，而果孰为清乎？且吾闻之，心迹俱无者，至人
也。至人无己，己不有矣，于心迹奚取哉？吾之所造，非敢及是也。"
（同上引）此段议论，合理学与老庄，思理极精妙。无心便流于老庄，
理学家程颐反对"无心"之说："有人说无心。伊川曰：无心便不是，
只当云无私心。"[2]"心迹俱无者，至人也。至人无己，己不有矣，
于心迹奚取哉"，则是发挥老庄之论。尽管这段有些玄虚，一般读者可
能感觉如堕五里云雾，但毕竟显示了文章的思辨色彩，显示出学者之
文的特点。

161

金华文派在黄溍、柳贯一代，其成就主要在文，人们所关注的也
是其文。胡翰作为黄、柳的弟子，承传其学，续其文脉，人们当然也
会关注其文。钱谦益《列朝诗集小传》对其有评："仲申少师事吴莱立
夫，尽得其学，游于黄文献、柳文肃之门，与潜溪、华川为友，既而
黄、柳凋谢，而仲申继之，一时文誉大著，与宋、王不相上下。集中

---

[1] 王祎：《王忠文公文集》卷八，《北京图书馆古籍珍本丛刊》影印明嘉靖元年张齐刻
本，第154页。
[2] 程颢、程颐：《二程集·二程外书》，中华书局1981年版，第440页。

《皇初》《井牧》诸文，造诣渊源，踔厉风发，视诸公殆有过之而无不及焉。……潜溪遭时遇主，一时高文典册，皆出其手；仲申老于广文，位不配望，是以天下但知有潜溪，鲜知仲申也。”[1]文章家的水平、成就和在当时的社会影响并不绝对成正比，人的社会地位和活跃程度，是文章家形成社会影响的重要因素。但后人则可以依据其文章水平和成就，比较客观地加以评价，认定其在文学史上的地位。钱谦益认为，胡翰文章水平不低于宋濂、王祎，并视胡翰为黄、柳文脉的承续者。《四库全书总目》提要称其文章：“持论多切世……然尝与修《元史》，《五行志序论》即其所撰，今见集中，于天人和同之际，剖析颇微。《牺尊辨》《宗法论》诸篇，亦湛深经术。则又未尝不精究儒理也。”[2]关注和称赏的，是其论学之文，也让我们理解，胡翰之文，论学之文是其所长，学者之文是其特色。

胡翰并非只能作论学之文，文笔也不迂腐。《清风楼记》就是一篇不错的写景而后生发议论的好文章。看他如何写清风楼周围的山势及自然景色，以及游于其间的感受：

古称金华山一名长山，衺延数千里，至赤松而风气融会，丹崖翠壁，环合为一。涧水汩瀡，并山曲折，若左右顾而去。晋黄初平牧羊山中，即其地也，今灵迹故存。观之庐舍，联络错峙，各擅其胜，而是楼冠之。吾尝与德基登览其上，见山之诸峰，高者竦而侧者歧，前者伏而后者赴，矫若鸿惊，抉若猊怒，拱若人立而植圭璧，欲遽数之，不暇。晨霞夕霭，晦明吐纳。大松数千百章，柯叶弥布如车盖，它奇木异

---

[1] 钱谦益：《列朝诗集小传》甲集，上海古籍出版社 1983 年新 1 版，第 93 页。

[2] 爱新觉罗·永瑢等：《四库全书总目》卷一百六十九《胡仲子集》提要，中华书局 1965 年版，第 1469 页。

草，往往非人世间物，可服饵也。山雨日出，春爽芬烈之气袭人。其北修竹万个，如碧云苍雪，历寒暑而不变，望之有太古之色，不敢狎也。禽鸟嘤鸣荟蔚中，鹳鹤决起，清风飒然，于于徐徐而来，不暴不暗；寥寥习习，而草木动，涧谷应，杂若琴瑟笙筑，引金石而考之，乍鸣乍止。[1]

如此干净利落的描述，不蔓不枝，而又巨细远近动静声色，无不呈现，所以完全可以说，胡翰这类文章虽不多见，但由此文即可见其笔力不凡。由于写景最后落在风上，以下议论因风而发："美哉风乎！往来升降于两间，而浮游回薄乎四时之序，可以鼓大化，举大物。人卒遇之，可喜可愕，可悲可慨，其变不穷，而孰吹嘘是？孰橐籥是？吾与子皆不得而知也。临爽垲之地，处广埌之野，台焉而观，川焉而游，鼓南薰，挹西灏，疏瀹世之污浊，由是以快一时之怀，则人得取而乐之也。天下之物，人得而取之，故吾取之也莫与之争；人得而乐之，故吾乐之也无有不足。"（同上引）胡翰文章长于议论，但这段议论未见新意，不过读来不感陈腐，还颇觉亲切。就其流传文献看，精彩出众之作并不太多。比较好的如《谢翱传》，但放在中国文章史上看，也难称佳作，元明时为谢翱作传者颇多，如任士林、宋濂等，横向比较，胡翰所作，不及宋濂，而不劣于任士林。

王袆、胡翰都是不错的诗人。与他们的诗学主张有关，他们都长于古体。这也是元明之际金华文派诗人的共同特点。明人徐泰《诗谈》评元明之际金华诸人诗云："金华胡翰雄壮，苏伯衡丰腴，太牢之味与藜藿自别；宋景濂、王子充诗亦纯雅，以文名。"[2]朱彝尊《静

---

[1] 胡翰：《胡仲子集》卷七《清风楼记》，台湾商务印书馆影印文渊阁《四库全书》本，第82页。

[2] 徐泰：《诗谈》，江苏广陵古籍刻印社影印《学海类编》（五）1994年版，第551页。

志居诗话》云:"子充文,脱去元人冗沓之病,体制明洁,当在景濂之右。惟诗亦然。"[1]如果说王祎文在宋濂之右,只能说是一家之言,而诗优于宋濂,应该比较客观。

王祎的一些具民歌风味的诗,清新自然而富有情彩,如《江上曲》:"木兰船系门前树,阿郎今朝棹船去。去时为问几时归,约道归时日须暮。江上风水不可期,日暮不知归不归。"为少妇写神写心,其悬望与不安的神与态,自在读者想象中。又,《忆别曲》:"低低门前两桑树,忆君别时桑下去。桑树生叶青复青,知君颜色还如故。桑叶成蚕蚕作丝,络丝织作绫满机。欲将裁作君身衣,恐君得衣不思归。"[2]这让读者想到姚燧散曲【越调·凭阑人】《送征衣》,两作同意而风味不同,描摹女子矛盾又近于可笑的心理,则异曲同工。

王祎的律诗则自具唐人风味。看以下几首写行旅况味的律诗:

> 飘零有若此,离别复如何。情剧酒杯少,愁添诗句多。荒村黄叶树,极目白鸥波。回首相携处,秋风玛瑙坡。(《吴江别莲上人》)

> 家乡消息断,屈指已逾年。忧极浑如醉,更深转不眠。梧桐惊夜雨,薏苡怯秋天。浩荡沧洲兴,终期理钓船。(《久不得家信》)

> 九月忽又暮,吾行祗自伤。秋兼人共老,愁与路俱长。野果迎霜赤,园花带雪黄。故人相慰藉,日晚引壶觞。(《滹

---

[1] 朱彝尊:《静志居诗话》卷二,人民文学出版社1990年版,第34页。

[2] 王祎:《王忠文公文集》卷三,《北京图书馆古籍珍本丛刊》影印明嘉靖元年张齐刻本,第62、63页。

池道中》）

　　十年奔走竟何依，转觉谋生事事非。时序每惊愁里换，
家山长向梦中归。吴江岁晚寒波积，楚塞天空鸿雁稀。酒后
登楼倍惆怅，缁尘犹满旧征衣。（《吴江客中冬至日》）[1]

由于王祎相当长时间奔波或客寄于外，特别是兰州、云南之行乃
是在朝被排挤所至，故他的一些行旅之作直白而袒露心迹，真情感
人。这些诗写飘零之感，真切动人，不假雕饰而自是佳作。

王祎长于古体，一些古体诗确实很动人。他青年时曾北上大都，
渴望为时所用，虽才华为人公认，而终进取无路，内心的压抑与失落
借诗以宣泄。其《赠别昝德明归省》云：

　　嗟我逼贫贱，束书来京师。长怀出门日，含凄拜亲闱。
恐伤慈爱情，忍泪不敢挥。飘零靡所慰，时拂身上衣。今晨
与君别，令我惨不怡。念君富文采，炯若珊瑚枝。成君未卒
业，如何遽言归。……燕郊凉风动，淮甸白云飞。还家造膝
下，再拜献酒卮。彩衣舞且饮，此乐孰与夷。人生适意少，
处世多睽离。东门送子行，薄言歌我辞。[2]

同为求仕，同样不遇，友人先我而归，我之情当如何？恐怕自己也迟
早告别都门，落魄而去。《至正庚寅二月十六日同韩秀才发都门南归并
怀陈检讨》正是南归时之作："驾言驱我车，南还涉江汉。帝乡非不
乐，他适岂所愿。平生抱区区，期结明主眷。天关九重深，先容孰吾

---

[1]　王祎：《王忠文公文集》卷二，《北京图书馆古籍珍本丛刊》影印明嘉靖元年张齐刻
　　本，第42、46、53页。
[2]　王祎：《王忠文公文集》卷一，第25页。

援。低回出都门，顾阙情恋恋。行矣徒自伤，怀哉又谁怨。朋友幸知己，祖道纷缱绻。"读书人有志难申，失路之悲，令人动容。元末动乱，目睹生民之难而无力援手，也使他内心极度痛苦，其《感兴四首》其三云："秋风战庭树，落叶如败兵。触目感时艰，油然百忧生。四方晏安久，一旦灾祸兴。干戈半天下，积骸比丘陵。……嫠妇不恤纬，智士若为情。"[1]百姓的灾难有多深，一个负救世拯民情怀的儒者的痛苦就有多深。

遭遇朱元璋，似乎是他命运的转机。但多才而正直的儒者，注定命运多艰。看其仕履，也可称辉煌，曾官翰林待制同知制诰兼国史院编修官，文士之荣，也少有过之者。但其实他多有挫折，内心多的是痛苦无奈。其兄五十岁生日，王祎写了一首很长的诗祝贺。在祝贺的同时，却诉说了自己的无奈："弟也十载走官涂，备尝苦澹忘甘腴。年来霜雪生眉须，颇觉厌佩腰间鱼。便欲挂冠遂悬车，行问君王乞鉴湖。长歌式微赋归欤，与兄共读先人书。"[2]他其实得意时少而失意时多。其中艰难又危险的经历，一是受命使吐蕃，未至而改使拒不附明的云南。使吐蕃，一路写诗纪行。路途艰难，前途难卜，世事无常等，都在诗中表现。其《兰州》诗言："洮云陇草都行尽，路到兰州是极边。谁信西行从此始，一重天外一重天。"[3]《长安杂诗十首》其十则云："人生百年中，穷通无定迹。譬如风前花，荣谢亦顷刻。当时牧羊竖，尊贵今谁敌？憔悴种瓜翁，乃是封侯客。丈夫苟得时，粪土成拱璧。一朝恩宠衰，黄金失颜色。古昔谅皆然，今我何叹息。"[4]

---

[1] 王祎：《王忠文公文集》卷一，《北京图书馆古籍珍本丛刊》影印明嘉靖元年张齐刻本，第26、27页。

[2] 王祎：《王忠文公文集》卷二《长歌一首寄寿子进家兄五十》，第49页。

[3] 王祎：《王忠文公文集》卷三，第58页。

[4] 王祎：《王忠文公文集》卷二，第41页。

这些诗，语言朴实而内容充实，感情真挚，心胸袒露。王祎也擅长小诗，陈田《明诗纪事》称："忠文诗，质坚体洁，时作小诗，亦有风致。"[1]并举王祎《南城曲二首》其一"素罗束发双髻拖，大红衫子小红靴。并马早出南城路，问人杏花多未多"，以为"可补入枫江渔父（按为清人徐釚）《本事诗》"。其小诗有风致者多有，如《古意二首》其二："一片如水青铜镜，懒教拂拭任昏沉。只为妾颜憔悴甚，照时分晓易伤心。"又如《吴中客怀二首》其一："独对一壶酒，自斟还自吟。句从闲里得，愁到醉边寻。"有风致有情趣的不仅是小诗，一些风物诗也清新有趣。生长于南方的文人到塞北高寒的上都，都对异域风景感到新奇，王祎的《白翎雀图》是题画诗，题一幅上都鸟雀图：

> 白翎雀，雪作翎，群呼旅食啁哳鸣。何人翻作弦上声，传与江南士女听。南人听声未识形，画师更与图丹青。图丹青，一何似，知尔之生何处是。秋高口子草如云，风劲脑儿沙似水。

由诗可知，当时到过塞外上都的人普遍喜欢白翎雀，他们用多种媒介把白翎雀介绍给南方的人，既有乐曲[2]，又有图，未到过塞外的人则以极大的好奇和兴趣，通过各种途径了解白翎雀。读王祎此诗，更增强人们了解白翎雀的欲望。

金华文人多以文名，大多诗名逊于文名。胡翰却以诗著称。清朱彝尊《静志居诗话》云："金华承黄文献溍、柳文肃贯、吴贞文莱诸公之后，多以古文辞鸣，顾诗非所好。以诗论，吾必以仲申为巨擘

［1］ 陈田：《明诗纪事》甲签卷五，上海古籍出版社1993年版，第123页。
［2］ 陶宗仪：《南村辍耕录》卷二十"《白翎雀》者，国朝教坊大曲也"，中华书局1959年版，第248页。

焉。……诵仲申五言，正犹路夔出于土鼓，篆籀生于鸟迹，庶几哉，升堂之彦乎？宜潜溪有'学林老虎文渊鲸'之目也。"[1]据《明史·胡翰传》，胡翰原本有诗集与文集，诗集为《长山先生集》，文集《胡仲子集》，可见其诗数量可观。今传本诗文合编《胡仲子集》十卷，其中诗的数量不多，故《四库全书总目》言其"诗不多作，故卷帙寥寥，而格意特为高秀"。胡翰诗的整体风貌，已经不可得而知了。但可以肯定的是，他与王袆一样，长于五言古体。钱谦益《列朝诗集小传》："至于五言古诗，超然夐迈，虽潜溪亦莫企及，余子何足道哉？"[2]其诗多为五古和骚体，而以五古为优，诗深得汉魏古意。清代《御选明诗》录胡翰诗十八首，其中五言古诗十五首，此外则四言、乐府歌行、五律各一首。他的组诗《拟古九首》，可以代表其风格特点：

> 白马谁家子，翩翩新少年。宝带千金裘，鞍乘两骖骟。五侯争驰鞫，七族莫比肩。来往长杨间，捷出飞鸟先。朝从羽林猎，夜展秦楼筵。前楹列庭实，中庖具珍鲜。赵女舞双袖，吴姬调七弦。张急调高起，酒尽意弥坚。恨无美人赠，中激壮士肝。暌离各自爱，重来还复然。（《拟古九首》其二）

> 梧桐生朝阳，不附众木林。上枝拂云汉，下根固重阴。岁久材质古，斫为姚氏琴。朱弦翻横理，加以玉与金。徽轸何粲粲，清弹扬妙音。重华不可见，怀思意何深。（《拟古九首》其五）

---

[1] 朱彝尊：《静志居诗话》卷二，人民文学出版社1990年版，第46页。
[2] 钱谦益：《列朝诗集小传》甲集，上海古籍出版社1983年新1版，第93页。

　　饮酒须饮醇，结交须结真。貌合不足贵，言合宁可珍？
长安桃李树，家家自阳春。常时握手者，孰是同心人？吴中
有双剑，一奉洛阳宾。精灵飒以合，万里情相亲。(《拟古九
首》其九）[1]

王夫之《明诗评选》选其二，评曰："通体陈王，乃不落陈王排设中。
此天壤至文，云容水派，一以从容见神力，非吞剥古人者，得十里外
间香也。"[2]认为其诗得曹植之精神风度而不落曹植之格套，评价极
高。有些诗学《古诗十九首》，古朴中自饶风韵，如《郁郁孤生桐》：

　　郁郁孤生桐，托根邹峄颠。皎皎白素丝，出自岱岋间。
一朝奉庭贡，妙合良自然。桐以为君琴，丝以为君弦。中含
希世音，置君离别筵。征马惨不嘶，仆夫跽当前。君行千里
道，岂惜一再弹。南风日渺渺，清商动山川。和者昔已寡，
听者今亦难。[3]

当然，胡翰只是借《古诗十九首》的表达方式表达和寄寓自己的
情感。

　　在元明之际，如此诗风不多见。胡翰之师吴莱诗多歌行与古风，
但诗风近唐李贺，奇崛怪变。胡翰的诗风却如此质重浑厚，确如睹商
尊周彝。当然，在学习汉魏古诗，他未能避免模拟之弊。

三、遗民戴良

　　金华第二代"四先生"中唯一不入明的是戴良。戴良（1317—

---

[1]　胡翰：《胡仲子集》卷十，台湾商务印书馆影印文渊阁《四库全书》本，第129、130、
　　　131页。
[2]　王夫之：《明诗评选》卷四，河北大学出版社2008年版，第134页。
[3]　胡翰：《胡仲子集》卷十，第129页。

1383），字叔能，号九灵山人。除师从柳贯外，又从黄溍、吴莱学古文，从余阙学诗，成为元末著名诗文作家。在元曾短暂出仕，也曾依附张士诚，元亡，不仕新朝，自杀身亡。

戴良的诗文理论，有其独特价值。如他反对"诗之与事，判为二途""文学与政事殊科"，认为"诗之道，行事其根也，政治其干也，学其培也"[1]。在天下危难之际，其理论是颇具现实意义的。元代文论家以气运论文，他的探讨比较深入，认为文运之兴，条件有三：气运之盛、山川之秀、文献之传，称："昔人谓文章与世相高下，然亦恒发于山川之秀，本诸文献之传。"[2]其中主导因素是气运："世道有升降，风气有盛衰，而文运随之。"[3]文运随气运即时代盛衰而盛衰。如果说"气运"是影响文学的社会因素的话，自然环境与文化承传积累也是影响文学发展的重要因素。今人也许认为并非什么高超之论，但他在元代作这样的探讨，是很值得肯定的，也是可贵的。

戴良的诗文理论强调关注现实，以雅正为本。他的诗文创作体现着这一精神。他生活在元末的东南，受社会与地方学术风气的影响。戴良重功利，在动荡的政治形势下，他也关注现实。

当时人揭汰评其诗文："故其文叙事有法，议论有原，不为刻深之辞，而亦无浅露之态；不为纤秾之体，而亦无矫亢之气。盖其典实严整，则得之于柳先生者也；缜密明洁，则得之于黄文献者也；而又加之以舂容丰润。故意无不达，味无不足。其诗则词深兴远而有锵然之音，悠然之趣。清逸则类灵运，明远沉蔚则类嗣宗、太冲。虽忠宣公发之，而自得则尤多。"言其文章兼得柳贯、黄溍之长，这是评论者对

---

[1] 戴良：《九灵山房集》卷七《玉笥集序》，《四部丛刊》影印明正统本。
[2] 戴良：《九灵山房集》卷十三《求我斋文集序》。
[3] 戴良：《九灵山房集》卷七《夷白斋稿序》。

宋濂、王袆的一致看法，由此可见金华之文的承传有绪，且有共同或相似的风格倾向。言其诗得之于余阙（忠宣公）而多自得之趣，也是中的之论。王袆评其诗："质而敷，简而密，优游而不迫，冲淡而不携。庶几上追汉魏之遗音，其复自成一家者欤！"[1] 诸家对于戴良诗文风格特点的概括，是准确的。戴良诗在元末，可以说是独树一帜，在或主唐或宗宋的元末时代，"金华四先生"均不为世风左右，宋濂、王袆、胡翰学汉魏，戴良又与三人不同，独具晋宋风味而自成风格。《四库全书总目》卷一六八《九灵山房集提要》则说："良诗风骨高秀，迥出一时。眷怀宗国，慷慨激烈。发为吟咏，多磊落抑塞之音。"[2] 反映了戴良诗主导的内容与风格。钱基博《中国文学史》则批评说："其诗依仿晋宋，颇得其明丽。而文则沿袭宋格，然不安于为宋，时参拗调耢语，而未能独裁一气，所以生刬而不免拗塞，条畅而或失庸絮。知其沿宋而未安，欲以变宋而不能者也。"[3] 虽然贬抑有过，却也切中其弊。

171

戴良《九灵山房集》三十卷，按不同时期，分作《山居稿》《吴游稿》《鄞游稿》《越游稿》。

《山居稿》中值得称道的是反映离乱的诗，如五律《寄宁之鹏南兄弟二首》，其一云：

> 携家非得计，世乱粗求安。有季俱行役，谁人救急难。
>
> 月从愁里没，雪向望中寒。昨夜乡书到，知君不忍看。[4]

---

[1] 均见戴良：《九灵山房集》卷首原序，《四部丛刊》影印明正统本。

[2] 爱新觉罗·永瑢等：《四库全书总目》卷一六八《九灵山房集提要》，中华书局1965年版，第1458页。

[3] 钱基博：《中国文学史》，中华书局1993年整理本，第828页。

[4] 戴良：《九灵山房集》卷二十二。

此诗沉郁悲凉。《文心雕龙·时序》评建安诗:"世积乱离,风衰俗怨。并志深而笔长,故梗概而多气。"其特色,于此诗依约得之。《吴游稿》中诗一部分写于渡海北上投奔元军途中,诗人历尽艰辛,诗中充满深沉悲慨,真如前人评杜甫夔州以后诗"不烦绳削而自合"。试举《除夜客中二首》其一、《渡海》两首:

> 忽忽岁欲暮,飘飘叹此生。孤舟游子恨,两地老妻情。
> 数寒频思卜,途穷懒问程。遥知小儿女,犹自说升平。

> 结屋云林度平生,老来翻向海中行。惊看水色连天色,
> 厌听风声杂浪声。舟子夜喧疑岛近,估人晓卜验潮平。时危
> 归国浑无路,敢惮波涛万里程!

熟悉唐诗的人会感觉到,七律《渡海》有些模拟唐卢纶《晚次鄂州》,特别是其中"舟子夜喧疑岛近,估人晓卜验潮平"一联,颇似卢纶"估客昼眠知浪静,舟人夜语觉潮生"一联,但两诗风味却远不同。应该说,这些诗达到了很高的水平。这些诗仿佛杜甫的乱离之作。在举世学杜的元代,戴良受杜诗影响也很自然,但更好的解释,应该是他不刻意学杜而不能不似杜,因为在乱离的时代,他感杜甫之所感,诉杜甫之所诉,诗似杜甫,自然而然。相对来说,《鄞游稿》中好诗较多。经历世乱和元亡的震荡,备尝了人生的辛酸,世事之尝于心者多矣,真情动于中,肆口而出,无需文饰而自然感人。其中一组拟古乐府诗如《城上乌》《有所思》《艾如张》《西门行》等,风格古朴,确有古乐府之遗韵,但情调不免颓丧。再就是一组《客中写怀六首》(寄妇、忆子、念姊、思弟、示侄、怀友),情亲辞朴,给人的印象很深。《鄞游稿》中优秀之作在律诗,如《经金绳废寺》《自述二首》

《岁暮感怀四首》，以及写亡国之痛的《秋兴五首》等。这些诗多叹老嗟贫，但真实地反映生活的凄凉、孤独与穷困潦倒，表现人生的追求及追求破灭的痛苦，也是好诗。如《自述二首》其一写文人的悲哀：

> 事业此生休，遑遑今白头。一年看又尽，数口转多忧。
>
> 醉忆山公骑，寒悲季子裘。妻儿重相见，说著也堪羞。[1]

戴良与杜甫一样，是一位颠沛流离中、艰难困苦中都不敢忘忧国的诗人。其意可敬，其情可悲。类似这样的诗，使人感动，又不知如何言说。

邓绍基先生评戴良文不同于钱基博，他说："前人评论戴良，多重其诗，其实他的文比诗更好。"[2]戴良有一篇动情文字《投知己书》，使人想起司马迁《报任安书》，其感慨之深沉，感情之激烈，倾诉之回肠荡气，均足动人：

173

> 嗟乎！仆生五十有余年矣，虽足迹不出乎吴越，交游不及乎卿相，而往来于士大夫间亦多矣。泛泛市道者固不足言，其以诗文相亲爱不啻如亲骨肉者，亦且不少矣。然方无事时，未尝不慷慨激发，期刎颈以相死；一旦遇小故，未至利害之相关，即变颜反目，遽然相背负有矣；或攘臂而挤之，如怨家仇人者亦有矣；至于望望然若不识知，不肯出一语以辨黑白而反附合者，滔滔皆是也。于斯之时，而能以道始终，不以时而去就，不以利而厚薄，考之言行而无二，窥之度量而不见其畦畛者，惟阁下一人而已。朋友道绝，仆乃幸遭逢

---

[1] 戴良：《九灵山房集》卷二十七，《四部丛刊》影印明正统本。

[2] 邓绍基主编：《元代文学史》，人民文学出版社 1991 年版，第 535 页。

于阁下，宁不为之感荷也乎！[1]

这位知己是谁？已无法考证。由"惟阁下一人而已"一语，就可推断，元明之际的"金华四先生"，不仅政治抉择异趣，个人感情也难说亲密。我们有理由相信，戴良在金华文派中是一位孤独者。金华文派是由师门承传自然形成的文派，戴良与宋濂、王祎、胡翰等人都是同门友，他们本应是一个相互援引、相互庇护的群体。戴良这样孤立无援，自叹"朋友道绝"，批评的指向，无法排除宋濂、王祎等人。如果说这篇文章写在苏州张士诚幕府，则戴良的同门友陈基当时与他同僚。从这篇文章可知，他这位"知己"春秋高，居山中，不是金华文派中人。他又说自己："心志不明，暗于事几，见夷不能履，见险不能避。踉跄颠顿，为士类羞。若夫妄言妄行，不顾是否，同于狂惑丧心者之所为，则诚有不敢。知我信我，乃不为流言之所移，嗟乎！世岂复有如合下者乎？"这种孤立与孤独，成就了这样一篇感人至深的佳作。同在《吴游稿》中还有一篇优美的写景文字《刿源记》，其中一段以代言形式描述刿源之景，极见功力："刿源之溪以曲数者凡九，第二曲而为跸驻者，吾七世祖宋殿中监公当五代时以文学行义潜焉，吴越忠懿王亲往顾之，俗故以是名也。自跸驻东迤北汇为两湖，湖有大石离立，不可名状。去石百步，有潭甚清冽，鱼百许头可数，所谓小盘谷也。又北东而为莲叶峰、三石溪，皆幽丽可观。至第五曲则其境尤胜，大抵异石最多，岈然洼然，若垤若穴，而穹然若室者，其大可坐十人，上有'丹霞'二字，隐隐如朱书。有洞窈然，入之甚寒，问其深，则其好游者不能穷也，谓之'丹山赤水之天'，而赤水不常有也，此盖吾六世祖隆国文简公之所居也。又东折至六曲，而为茅渚，则吾始祖

[1] 戴良：《九灵山房集》卷五，《四部丛刊》影印明正统本。

奉化公居之。公于唐末自长安使吴越，遭乱不能还，钱氏留为奉化尉，故居之也。"[1] 读者闭目可以神游，文中夹述与地名及景色有关的事典，更增添了行文的趣味。仅就写景的真切传神说，与唐宋大家散文如柳宗元《永州八记》相比，并不逊色，其差距不在写景，而在于缺乏深刻的寄寓。在元文中，此篇自是上品。

《鄞游稿》中有一篇《九灵自赞》，写得很好。文中或调侃，或自嘲，表现他的追求与辛酸、不幸与忠节、不平之气与坚贞之志，展现出一个文人的风致与风骨。它能引读者发笑，但笑得苦涩。这部分有《二灵山房记》一文，即使放在中国文章史上看，也应算一篇优秀之作：

> 鄞之名山水不可一二数，而东湖为最奇；东湖之名山水不可一二数，而二灵为最奇；二灵山房则又得夫二灵山水之最奇者也。山有二灵寺，即寺右庑为山房，寺与山房皆因山以为名。而寺乃宋和禅师讲道之处，山房则今大沙门天渊浚公之所居也。天渊自万寿退归，已逃隐此山。是时山房未成，二灵山水未见其为奇也。一日命仆人制篠荡，剪薪蒸。辟其屋之陋隘而加葺焉，且凿东壁为牖以通明，于是山房成而境始奇。
>
> 盖东南诸山，踊跃奋迅，北走而达于湖，若奔马之饮江，若游龙之赴壑。其旁群峰，羽翼乎兹山者，皆效奇献巧，若翔凤之展翅，而众鸟为之后先。环之以锦屏，舒之以练带，巉然湾然，如拱如揖。凡境之最奇，所以接乎目而交于心者，举入乎山房矣。天渊置图书几研，供张诸物于其中，客

---

[1] 戴良：《九灵山房集》卷六，《四部丛刊》影印明正统本。

至则相与倚栏而立，纵目以嬉，不知日之将入，但见泽气上腾，与林光山色掩苒。歘兮攒青，倏兮浮白，乍合乍敛，歘忽荡漾。已而皓月微吐，横射庭隙，流光下彻，影动虚楹。悄骨凄神，恍不类人间世。此又一奇也。

山房之境信奇矣，然必得人焉而益奇。向非天渊之居此也，是山庭宇不过一废区耳。天渊至而山房之名出，然后里邑之人慕天渊之学者，皆往游矣；四方之人慕天渊之名者，又皆往游矣；后来继今闻风而兴起者，又将若是。而山房之境，传之以不朽，斯其为奇者，顾不益大矣乎？

噫！此予所以庆二灵之有遭，而山房之记所由作也。[1]

读者可能感到微有摹仿之痕，但总的说，不失为一篇优秀散文。

《越居稿》中的《石孝子传》可看作带传奇色彩的小说。文章写四明山一农夫，家世贫贱，早丧父，独与母居。一日以事出，其母为虎所食。"孝子即心惊，仓皇抵舍，忽见壁间一巨窦，觇之，则虎子三，居其榻处为穴。孝子知母已为其所害，即恸，且尽杀虎子。复磨一斧，坚执立窦内。顷之，母虎循窦入，即斫其首碎之，取肝脑磔诸庭，而复大恸，以斧指天曰：'吾虽杀四虎，而吾母之仇未足以报也。'乃更迹牡虎所行路，持斧阻崖石待之。牡虎果咆哮过崖下，孝子奋而前，当虎首，连斫数斧即毙。虎既毙，孝子亦随死，僵立不仆，张两目如生。而手所持斧，狞不可夺。"[2]千百年后读之，犹觉孝子不死，其精神夺人心魄，凛凛有生气。

戴良在《投知己书》中曾说自己"于书不能多读，读亦不能记忆。

[1] 戴良：《九灵山房集》卷十二，《四部丛刊》影印明正统本。
[2] 戴良：《九灵山房集》卷二十七。

凡其艰苦而仅得者，不过用以资于文与诗。而于古圣贤人之大道，则固未有闻也"[1]。这虽是他的自谦，但也确实反映了他治学的实际。与宋濂的自悔为文人不同，对于诗文，戴良是钟情的，也是着意为之的，并且取得了相当高的成就。

"四先生"之外，在金华文派第二代中有必要提及的是金涓。金涓字德原，义乌（今属浙江）人。初受经于许谦，又学文章于黄溍。金涓淹贯经传，卓识过人。入明后，征辟不起，教授乡里以终。同学王祎有《国宾黄先生之官义乌主簿因赋诗奉赠义乌乃仆乡邑故为语不觉其过多然眷眷之情溢于辞矣》长诗（一百二十韵）一首，诗中述及金涓，云："德元负才气，少也不可羁。援经复据史，历历谈是非。酒酣即狂歌，襟度无畛畦。左足久蹩躠，想更容颜衰。惜哉承平世，遗此磊落姿。近闻处村僻，转与世情违。"[2]此可知其为人。涓曾和诗一首（长至一百九十韵，已佚），宋濂读涓和诗，欣然命笔，题其诗后，因言涓"气雄而言腴，发为文章，尤雅健有奇气，又不但长于诗而已"[3]。著有《湖西》《青村》二集，共四十卷，明初已佚。今存《青村遗稿》一卷，《四库全书》提要评曰："诗格清和婉约，虽乏纵横排奡之才，而格调春容，自谐雅度。"[4]有一定诗文成就。

金华学派本被视为朱学正宗，但在"北山四先生"之后，由于学源的交叉和时代的变迁，至黄、柳一辈流为文人了，于是金华学派也就衍变为金华文派。至黄、柳、吴的弟子宋濂，先是以文求道，既而自

---

[1] 戴良：《九灵山房集》卷五，《四部丛刊》影印明正统本。
[2] 金涓：《青村遗稿》卷首，台湾商务印书馆影印文渊阁《四库全书》本，第1217册，第473页。
[3] 宋濂：《文宪集》卷一二《题金德原和王子充诗后》，《北京图书馆古籍珍本丛刊》影印明嘉靖元年张齐刻本。
[4] 王祎：《王忠文公文集》卷二，《北京图书馆古籍珍本丛刊》影印明嘉靖元年张齐刻本，第37页。

悔为文人，要去文而返道，但他们始终只是文人，没有像自己所希望的那样成为学者。到他们的弟子辈，以方孝孺为代表，继续着恢复纯正朱学的努力。《明史》卷一四一《方孝孺传》称："孝孺顾末视文艺，恒以明王道、致太平为己任。"[1]方孝孺的努力是有成效的，在人们眼中，他已经是一位纯正的学者。《明儒学案·发凡·方正学孝孺》给予他极高的评价，说"其扶持世教，信乎不愧千秋正学者也""在当时已称程、朱复出"[2]。金华道统恢复的同时，也就宣告了金华文派的衰微。然而，随着"靖难之役"结束，方孝孺被明成祖朱棣所杀，金华之学因而式微。

（原载《浙学》第一辑，中华书局 2019 年 12 月出版）

---

[1] 张廷玉等：《明史》卷一四一《方孝孺传》，中华书局 1974 年版，第 4017 页。
[2] 黄宗羲：《明儒学案·师说·方正学孝孺》，中华书局 1985 年版，第 1 页。

《全元文》： 新世纪元代文学研究的重要基石

　　《全元文》这项跨世纪的巨大工程，终于最后完成了。历时十五载，收集有元一代全部汉文文章，收录元文作者三千二百余人，全部六十一册一千八百八十卷，收文三万五千多篇，总字数约二千八百万。如此一部恢宏的断代文章总集摆在我们面前了，媒体上也出现了不少关于《全元文》的信息，说明它已经受到人们相当的关注。学者们已经指出，它是新时期我国古籍整理出版事业的又一项划时代的壮举，是一项规模宏大的文化建设工程，它必将推动世界对元史（其实不止元史）的研究进入一个新的阶段。我十分赞同这样的评价。我作为这项工程的主要参加者和受惠者，在这个时候也颇多感慨。

　　1990 年，我从一所专科学校到北京师范大学古籍所访学，跟从李修生先生研习元代文化和元代文学。当时适逢该所承担的《全元文》项目上马，《全元文》工程当然地成为全所的中心工作。作为访问学者，我们的研习也就与《全元文》发生了密切的关系，并直接参与了《全元文》的工作。只是当时尚未料到，我从此便与《全元文》结下了一生缘： 我的学术生涯与《全元文》同时起步；我的学术方向因《全元文》而确定；我的研究与《全元文》的进展大致同步；在审读《全元文》书稿和研读《全元文》的过程中获得了多方面的收益。今后的学术工作，无疑将始终与《全元文》密切相关。这是仅就我个人而言，如果从元代文学研究的学术发展这一角度看，则《全元文》在以往的十多年中，对元代文学研究发生了重要影响；往后看，21世纪的元代文学研究，将离不开《全元文》，它无疑将成为21世纪元代文学研究的重要基石。

在21世纪之初，《全元文》竣工面世，在我看来，这并不是时间上的偶然，我们可以从更深层次上认识这一事件的时间意义。20世纪的百年中，人们对元代文学的评价和认识，发生了很大变化。在20世纪以前，明人贬低元代，说元无文学。清人对明人之偏见有所纠正，他们整理元代文献，在诗文的宗唐与宗宋观念之争中，宗宋者不大看得起元人文学，而宗唐者则抬高元代诗文。总之，清人对元代诗文的评价，较之明人是提高了。20世纪初，陈垣在《元西域人华化考》卷八"总论元文化"（1927年《燕京学报》）中曾谈到这一情况："元代之儒学文学，均盛极一时，而论世者每轻之，则以元享国不及百年，明人蔽于战胜之余威，辄视如无物。加以种族之见横亘胸中，有时杂以嘲戏。"又说："清人去元较远，同以异族入主，间有一二学者，平心静气以求之。"于是"知元人文化不弱"[1]。但这仅是少数学者之论。20世纪初的学术界，对元代的文化文学几乎是全面否定的。当1904年林传甲编写被后人认为是我国第一部《中国文学史》（1904年以讲义形式印行，1910年武林谋新室出版）时，元代诗文既不被肯定，而小说戏曲又被视为"无学不识者流"的"淫亵之词"。在这样一些学者的观念中，元代文学自然在中国文学史上不占什么地位，与陈垣所批评的明人之见有些相似。元代文学在中国文学史上地位的改变，是从戏曲研究开始的。20世纪前期，王国维等学者研究了元代戏曲后，对中国

[1] 陈垣：《元西域人华化考》，北京师范大学出版社1982年影印《励耘书屋丛刻》本，第260页。

古代戏曲的评价发生了根本的变化，由当初认为"元之杂剧，明之传奇，存于今者尚以百数。其中之文字虽有佳者，然其理想及结构，虽欲不谓至幼稚，至拙劣，不可得也"[1]。但到王国维研究了元人戏曲以后，就彻底推翻了自己原有的认识，反而认为元曲是中国文学史上"最自然""最有意境"之文学，其代表之作，即列之于世界大悲剧中亦无愧色（《三十自序·二》，《王国维遗书》第五卷）。于是，经过仅仅一二十年的研究发掘，元代戏曲学便成为中国文学史研究中的显学。由于戏曲文学研究的需要，学者们花了一些时间去阅读元代诗文，但是，诗文本身并没有成为文学史家的研究对象，它们只是作为戏曲研究的文献进入研究者视野的。"文革"结束后的 20 世纪 80 年代到 90 年代，元曲研究在前辈学者开创的基业之上踵事增华，取得了辉煌的成就。但到 20 世纪 90 年代初，人们已经感觉到元曲研究的潜力和空间有些局限，在加强对文学史薄弱环节的研究号召下，元代诗文研究才真正受到一部分学者的关注。而此时适逢国家大力提倡整理和抢救古籍，《全元文》便与《全宋诗》《全宋文》《全明文》《全明诗》《全清词》等，作为所谓几大"全"之一上马了。这是《全元文》立项的学术背景。

在《全元文》编纂的这十几年里，元代文学研究格局又发生着相当大的改变。元代戏曲研究在元代文学研究中一枝独秀、一体独尊的局面逐渐改变，元代的诗、文、词、文论等研究则逐步升温。笔者对人大复印报刊资料《中国古代、近代文学研究》专题从 1990 年到 2004 年这十五年中转载和录目论文的统计，或许可以从一个侧面说明元代文学研究的大致走向。

---

[1] 王国维著，周锡山评校：《王国维文学美学论著集》，上海三联书店 2018 年版，第262 页。

表一　人大报刊复印资料《中国古代、近代文学研究》历年
　　　复印元代文学研究论文统计

年份	杂剧（含曲学文献）	散曲	南戏	诗文	词	文论	曲论	小说	辞赋	宏观研究	合计
1990	31	2	2	3						1	39
1991	21	6	1	2						1	31
1992	15	5		5				1			26
1993	12	7	1	5					1	1	27
1994	5	2	1	1							9
1995	6	2		1						1	10
1996	3	5	2	1	1						12
1997	5	1	2	3		1					12
1998	12	2		4		2		2			22
1999	2	1		4	1					2	10
2000	2			5	3	1				1	12
2001	1	1		1	2			1			6
2002		1		3			1	1		1	7
2003	4			3	1	1					9
2004	4			1	1			2			8

表二　人大报刊复印资料《中国古代、近代文学研究》历年
　　　索引元代文学研究论文统计

年份	杂剧（含曲学文献）	散曲	南戏	诗文	词	文论	曲论	小说	辞赋	宏观研究	合计
1990	45	6	2	6	1						60
1991	33	8	3	1							45
1992	48	12	2	6							68

年份	杂剧（含曲学文献）	散曲	南戏	诗文	词	文论	曲论	小说	辞赋	宏观研究	合计
1993	43	18	4	17	2	1		1			86
1994	43	12		15	2	1		1		1	75
1995	24	13	2	4				5	1		49
1996	36	22	2	13	1	2		1		2	79
1997	67	17	10	17	3	2		1			117
1998	52	26		8	3	4	2	2		1	98
1999	52	21	3	17	2	2	1	2		1	101
2000	39	19	1	20	11	7	1	1		4	104
2001	34	15	2	24		9		2	2		91
2002	29	10	2	14	3	1	4		1	1	64
2003	33	14	1	23	5	2		3		4	85
2004	40	21	1	30	3	2		4			101

　　这一走向可以明确地告诉我们，新时期的元代文学研究的重心将向诗、文等传统文学样式研究转移，进一步进入对元代各体文学全面重视的时代。《全元文》的出版，正当这一转移的极重要时期，在彼已消而此方长的关键时期，它的出版，对于元代文学研究者来说，无疑是一个启发，一个召唤，一个促进，同时完全可以说是学术转变时期的一种标志和象征。所以，我认为《全元文》在此时出版，并不是一个时间点的偶然，它是20世纪元代文学研究发展的结果，也将为元代文学研究的这一转变划界。

　　在过去十几年元代诗、文、文论等研究逐渐升温的过程中，《全元文》起了很大的推动作用。这体现在以下几个方面。

第一，年轻一代有一定成就的元代诗、文、文论研究者，大多是《全元文》编纂工作的主要参加者，或与《全元文》项目有着密切关系的人。如北京师范大学古籍所编纂的《国内所藏元人文集版本目录》和该所完成的《元史全译》，李修生、查洪德主编的《20世纪中国文学研究·辽金元文学研究》（北京出版社2001年版），查洪德、李军合著的《元代文学文献学》（中国社会科学出版社2002年版），邓绍基、杨镰等完成的《中国文学家大词典：辽金元卷》（中华书局2006年版），查洪德、李军、王树林等合著的《中国古代诗文名著提要·辽金元卷》（河北教育出版社即将出版），张晶主编、查洪德等人合作完成的《中国古代文学通论：辽金元卷》（辽宁人民出版社2005年版），杨镰的《元诗史》（人民文学出版社2003年版）、《元代文学编年史》（山西教育出版社2005年版），查洪德的《理学背景下的元代文论与诗文》（中华书局2005年版），黄仁生的《杨维桢与元末明初文学思潮》（东方出版中心2005年版）、《日本现藏稀见元明文集考证与提要》（岳麓书社2004年版），徐永明的《元代至明初婺州作家群体研究》（中国社会科学出版社2005年版），邱瑞中等的《韩国文集中的蒙元史料》（全二册，广西师范大学出版社2005年版）；普及读物如李梦生的《元明诗一百首》（上海古籍出版社2000年版）。正在进行的研究如李军的《元人文集叙录》（全国高校古委会资助项目），查洪德的《元代文学思潮与诗文流派》。而这又为21世纪的元代诗文等研究打下了基础。在《全元文》出版前后的这几年集中出版了这么多相关成果，绝非孤立的现象。《全元文》项目团结、培养了一批学者，激发了一些学者的研究兴趣，引导了一些学者的研究方向。所以，《全元文》对元代诗文研究推动作用是十分显见的。

第二，《全元文》为元代文学研究提供了丰富而珍贵的文献。《全元文》是在大规模文献普查的基础上编纂的，不仅录入了大量元人别集中的文章，还收录了大量散篇佚文，汇集了很多不易见的材料。多数元人别集，都搜集到数量不等的集外文，如元代著名诗人、书画家赵孟頫，其《松雪斋集》所收文章百十篇，而《全元文》辑得集外文竟达三百二十一篇，这无疑对赵孟頫研究是很有意义的。特别应该指出的是，元代重要的诗文别集，有近三十种为"四库"辑本，而"四库"辑本误收和漏收的情况是相当严重的。《全元文》在这方面作了大量工作，补入相当数量的漏收作品，又对误收作品进行了一些甄别去除，这无疑为研究者提供了很大的方便。当然，无须讳言，这方面的工作还可以做得更好些。与辑佚的巨大成绩相比，甄别辨伪的工作相对薄弱，如《四库全书》本姚燧《牧庵集》误收宋人姚勉《师濂堂跋》文，文末明明自署"宝祐五年"，则是宋人文章无疑，《全元文》仍承四库馆臣之误而未加剔除。《全元文》还有一个大的贡献是，许多元人生平是《全元文》的小传第一次作了描述，由于很多诗文作家生平的考察，现代学者并未涉及，《全元文》的小传是根据碑传或其文章自署来撰写的，当然就成为首次描述。这方面无须举例。就我本人这些年的研究说，就大得益于《全元文》，我个人或者与同道一起先后完成了《元代文学文献学》《理学背景下的元代文论与诗文》《中国古代诗文名著提要·金元卷》，正在进行《元代文学思潮与诗文流派》的写作。没有《全元文》，这些或者难以进行，或者其质量要大打折扣。

正如上文所言，《全元文》的出版将为元代文学研究的转变划界，也就是说，它将全面影响 21 世纪的元代文学研究。首先，它会促使人们客观认识元文的价值和水平。这里我想举一个反面的例子作正面的说明。《全元文》据《四部丛刊》本《牧庵集》收录了姚燧的《赵樊川集序》，文如下：

> 樊川，宥密公长安别业也。其地得姓，则由汉舞阳侯哙有墅乎此，岂与叶边舞阳封国改为樊国者同其时耶？唐则韦、杜二家专之，皆宅北山之曲，韦西而杜东，以故中舍杜牧名其集为《樊川》。公居二曲之间，余少之时屡至焉。其地先甚荒弃，由为公有，岁新而月盛之。泉石、岩洞、池塘、林木，出没窈窕，魁奇繁荟。凡可娱心而骇目者，悉甲其邻，人亦目公樊川。中统之初，京师诸贵诗其图者，惟大参杨公西庵为绝倡，云："一赋阿房万古传，而今还有赵樊川。谢公墩上王公住，异代风流各自贤。"公平生精练世故，每自负其沉几先识，算无遗策，国家亦以是期之。初未知其文。公没十有八年，中子饶总管通议君训，始掇遗稿百数十首，为集而板之。尝因最公自予。无几何，会予自中书舍人出牧杭州。岁余，改右庶子，移疾东洛。明年复刺苏州。四年间三换官，往复奔命，不啻万里，席不遑暖，刿笔砚乎？所托文久未果就。及刺苏州，又剧郡，治数月，政方暇。因发阅箧中表，睹居敬所著文，其间与予唱和者数十首，烛下讽读，惨恻久之，恍然疑居敬在旁，不知其一生一死也。遂援笔草序，序成复视，涕与翰俱，悲且吟曰："黄壤讵知我，白头徒念君。唯将老年泪，一洒故人文。"重曰："遗文三十轴，轴轴金玉声。龙门原上土，埋骨不埋名。"呜呼，居敬！若职业之恭慎，居处之庄洁，操行之贞端，襟灵之旷淡，骨肉之敦爱，丘园之安乐，山水风月之趣，琴酒啸咏之态，与人久要，遇物多

情，皆布在章句中，开卷而尽可知也，故不序。时宝历元年冬十二月乙酉夕，在吴郡西园壮斋东墉下作序。[1]

此文自"无几何"以下为唐代白居易《故京兆元少尹文集序》一文之后半段，白氏此文载《白氏长庆集》卷六十八。四库馆臣辑录姚燧文，竟能将唐白居易之文续于姚文之后，将两个半篇拼成一篇文章。但我们这里不是要批评四库馆臣的粗心，而是要就此说明，姚燧文章的水平应该与白居易文没有很大的差距。白居易在唐代为著名文章家，不仅以诗名而已。前辈学者陈寅恪谈唐代古文运动时曾说："此时之健者有韩、柳、元、白，所谓'文起八代之衰'之古文运动即发生于此时，殊非偶然也。"[2]（《元白诗笺证稿》）尽管这篇移花接木之文有多处硬伤，如"会予自中书舍人出牧杭州。岁余，改右庶子，移疾东洛。明年，复刺苏州"，这与姚燧生平不符，又其篇末署"时宝历元年"，宝历非元代年号，应该说，发现这一荒唐并非难事。但这一问题却长期未被读者发现。这说明，以往认真读姚文的不多，同时也说明，姚文的水平，即使放在唐代，也一样可称得上重要作者。

我本人就是《全元文》的直接受惠者。在我已经完成的论文和著作中，很多问题的解决得益于《全元文》，在前不久完成的《中国古代诗文名著提要·金元卷》，比较多地介绍了《全元文》的辑佚情况，则是由于《全元文》而提升了该提要的学术价值。

在21世纪里，《全元文》无疑将成为元代文学研究不可或缺的重要文献。如前所述，在戏曲研究暂时趋冷之后，元代文学研究的增长点在诗、文、词、文论，要推进诗、文、词、文论的研究，没有《全元

---

[1] 李修生主编：《全元文》第9册，江苏古籍出版社1999年版，第395页。

[2] 陈寅恪：《元白诗笺证稿》，上海古典文学出版社1958年版，第2页。

文》是不可想象的。20 世纪《全金元词》的出版，促进了 20 世纪末到 21 世纪初金元词的研究，此次《全元文》的出版，也必将促进 21 世纪元代诗文的研究。清王士祯有诗云："《铁崖乐府》气淋漓，《渊颖》歌行格尽奇。耳食纷纷说开宝，几人眼见宋元诗。"[1]闭目不看元代诗文却盲目否定其价值的现象，是古已有之的，我们今天不能再犯这样的错误了。正如王国维不看元人戏曲时否定元代戏曲，看了以后大加赞赏一样，相信很多人认真阅读了元代文章，也会改变对元代诗文的看法。《全元文》的出版为学者们提供了阅读元代文章的条件，因而必将对元代诗文的研究起到更大的推动作用。另外，《全元文》的出版，为研究者提供了前所未有的大量文献。许多文献，在《全元文》出版之前是无法看到的，这些文献，有可能为元代戏曲研究提供新的材料，因此为渐缺活力的戏曲研究注入生命力，从而激活元代戏曲研究。最近张文澍先生在研究白朴时，就由于发现了新的材料而对白朴的生平和思想有了新的认识。元代文化和元代文学很多方面的研究，都可能因新材料的发现而展现新的面貌，很多旧有的结论也许会因补充了新的材料而得以修正或完善。

有了这新的重要的基石，21 世纪的元代文化和元代文学研究必将展现新的风貌。

（原载《中国典籍与文化》2007 年第 2 期）

---

[1] 王士祯：《戏仿元遗山论诗绝句》，周兴陆编：《渔洋精华录汇评》，齐鲁书社 2007 年版，第 174 页。

辽金元笔记文献整理述论

所谓笔记，指那些没有严格体例、信笔记录摘录而成的著述，是古代文献中很重要的一部分，其中蕴含有大量信息，具有很高学术价值，历来为研究者重视。辽金元三代笔记，特别是其中的元代笔记，又因其历史文化的特殊性而具有独特价值。

古代笔记文献的整理，已取得了丰厚的成果，特别是唐宋笔记，除《全唐五代笔记》《全宋笔记》已经整理出版外，单行本的校点，数量也已可观。与此形成明显差异的，是辽金元笔记文献的整理情况，很不理想。兹将有关情况，述论于后。

一、 辽金元笔记的存世与整理情况

辽金两代笔记，几乎不为人关注，元代笔记情况略好些，但被关注度也不高。这里举人们熟知的两大笔记文献丛书为例，对比宋元明三代笔记收录情况，可以说明问题。中华书局的《历代史料笔记丛刊》，收宋代笔记五十八种、明代笔记二十六种、元代笔记三种，分别占目前掌握的宋、元、明三代笔记总数的百分之十八（宋）、百分之二点五（明）、百分之一点一（元）。上海古籍出版社的《历代笔记小说大观》，收宋代六十三种，明代十六种，金元两代五种。为什么人们的关注度如此不平衡呢？是辽金元代笔记没有价值吗？当然不是。这种状况，应该改变。

就元代笔记说，最早收录元代笔记的，是元人别集与元人所编元代总集，比如王恽的《乌台笔补》《承华事略》《玉堂嘉话》《中堂事记》，收在其别集《秋涧集》中，这类情况在元代比较多见；还有一些笔记被作为文章，收录在元代总集如《元文类》中，如杨奂的《汴故宫记》。最早大量收录元代笔记的是元末陶宗仪的《说郛》，收录元代笔记数十种，但多是摘录。明清两代，大部分元代笔记保存在丛书丛刻中，如《津逮秘书》《宝颜堂秘笈》《稗海》《古今说海》《知不足斋丛书》《读画斋丛书》以及《历代诗话》等。在古代书目中，《四库全书总目》已有"笔记"之名，该书《杂家类·杂说之属》后有按语："杂说之源，出于《论衡》，其说或抒己意，或订俗讹，或述近闻，或综古义。后人沿波，笔记作焉。大抵随意录载，不限卷帙之多寡，不分次第之先后。兴之所至，即可成编。故自宋以来，作者至夥。"[1]尽管在《四库全书》中，笔记被收在"子部"小说家类、杂家类、艺术类，"史部"载记类、杂史类、地理类、古今志类、史钞类、史附类、故事类、伪史类、典故类，以及"集部"的诗文评类中，但杂家类还是最为集中，特别是其中的杂说之属，这部分收宋代笔记最多，达四十九种，元代笔记也相当多，收十二种，与明代笔记数量相当。《四库全书》各部收元代笔记四十多种。因文渊阁《四库全书》影印出版，这部分文献得以面世，比较重要的如《困学斋杂录》《隐居通议》《湛渊静语》《敬斋古今黈》《日闻录》《勤有堂随录》《玉堂嘉话》《庶斋老学丛谈》《研北杂志》《北轩笔记》《闲居录》《雪履斋笔记》等。后出的"四

---

[1] 爱新觉罗·永瑢等：《四库全书总目》卷一百二十二，中华书局 1965 年版，第1057 页。

库"系列大型丛书，如《续修四库全书》《四库存目书丛刊》，影印出版了一些元代笔记，为我们提供了比较珍贵的版本。20世纪20年代，上海进步书局石印的《笔记小说大观》，收元代笔记包括元好问《续夷坚志》、刘祁《归潜志》、陆友仁《砚北杂志》、陈世隆《北轩笔记》、盛如梓《庶斋老学丛谈》、杨瑀《山居新话》、郭畀《客杭日记》、陶宗仪《古刻丛抄》、郑元祐《遂昌杂录》，还收录了金代王若虚《滹南诗话》，其中多数成为20世纪整理比较多、流传比较广的元代笔记。迄今为止，收录元代笔记数量最多的，还是民国时的《丛书集成初编》，收录元代笔记六十九种。加上其后《丛书集成续编》（上海书店1994年版）收录十二种。这基本上是目前一般研究能够利用的元代笔记文献。

20世纪八九十年代至21世纪初，出版了多种大型笔记小说、野史文献丛书。首先是台北新兴书局1978年影印出版的《笔记小说大观》，收元代笔记五十一种，但由于对笔记概念理解的不同，在我们看来，大约四分之一不属笔记，实际属于我们理解的元代笔记不到四十种。其次是巴蜀书社1993年影印出版的《中国野史集成》（元代笔记收十二种，2000年的《中国野史集成续编》未见收元代笔记），河北教育出版社1995年影印出版《历代笔记小说集成》（收元代笔记二十九种）。黄山书社《元代史料丛刊》"史书类"与"子书类"收录了若干种元人笔记，但为其收书宗旨所限，收元代笔记不是太多，反倒收后代记元代事的笔记文献不少。上海书店出版社2013年出版《金元日记丛编》，收元代笔记十多部。这些可为元代笔记整理提供寻找版本的便利。另外，泰山出版社2000年出版的《中华野史》（辽夏金元卷）收元代笔记四十六种，类似的丛书还有一些，但既非影印，也不是严格意义上的古籍整理，属一般读物性质。

整理元代笔记较早的，可上追到 1925 年到 1926 年王国维的《长春真人西游记校注》（李志常原著）、《圣武亲征录校注》（佚名原著），和《古行记校录》所收《北使记》（刘祁原著）、《西使记》（刘郁原著）。类似文献整理，有后来向达校注的耶律楚材《西游录》（中华书局 1981 年版）。中华书局 1959 年至 2014 年陆续出版的《历代史料笔记丛刊》，其中《元明史料笔记丛刊》中的元代笔记有陶宗仪《南村辍耕录》、杨瑀《山居新语》和王恽《玉堂嘉话》，以及署为金人的刘祁《归潜志》、署为明人的叶子奇《草木子》。上海古籍出版社的《历代笔记小说大观》中的《宋元笔记小说大观》收杨瑀《山居新语》、姚桐寿《乐郊私语》、陶宗仪《南村辍耕录》、蒋子正《山房随笔》、孔齐《至正直记》。该社有《宋元笔记丛刊》，所收基本上是宋代笔记，元代笔记只收《至正直记》一种。中华书局分别于 1981 年、1983 年标点整理出版了《历代诗话》和《历代诗话续编》，收录了一些可归入笔记的元人著作，复旦大学出版社 2007 年出版的《历代文话》收录元人著述七种，也属笔记类。北京师范大学《元代古籍集成》（第二辑，北京师范大学出版社 2017 年版）整理本有元代笔记艺术类十种。还有一些笔记被作为著名文言小说整理出版，如《郁离子》等，一些被作为地方文献由地方出版社整理出版，这类有相当数量。一些专业性的笔记被作为专业文献整理出版，如《真腊风土记》等。所有这些，目前掌握有比较好的整理本的，有四五十种。以上所述，是元代笔记整理的基本状况。

大致来说，目前研究者一般可作为文献使用的辽金元笔记，总数七十多种。而经文献调查，辽金元三代存世笔记至少二百九十种九百零七卷，其中辽金两代笔记十八种五十八卷，元代笔记二百七十二种八百四十九卷。也就是说，目前存世的辽金元笔记文献数量，差不多是一般研究者可利用数的四倍。辽金元笔记这一巨大的资料库，应该发掘整理出来，提供给文史研究者，以助推当前的辽金元文史研究。

二、 辽金元笔记价值例说

辽金元笔记整理的欠缺，使得相关的研究难以得出客观全面的认识。目前关于笔记的研究论著不少，但研究辽金元笔记的却少见。在通代的笔记小说史或笔记文研究论著中，辽金元笔记不占什么位置。在这类著作中，很难找到有关辽金笔记的内容，元代笔记也被忽视。著者首先将元代前期一批记载宋代史事的笔记归宋，然后对元代笔记成就作出有限肯定，甚至委婉否定的评价。其肯定部分，也显示出对元代笔记缺乏具体全面的了解。如认为元代笔记比较多的是琐记随笔，或轶事小说，这显然不符合元代笔记的实际。有学者肯定元代学术性笔记的价值，这很对，但举作例证的，是《隐居通议》与《南村辍耕录》，却不举李冶的《敬斋古今黈》和方回的《续古今考》（尽管刘叶秋先生在其《历代笔记概述》中早就说过："《敬斋古今黈》的内容，并不逊于宋王应麟的《困学纪闻》。"[1]今按，王应麟的《困学纪闻》也成书于元，也应属元代笔记）。目前唯一研究元明笔记的专著，是姚继荣《元明历史笔记论丛》，该书属历史学的研究，却深受笔记小说之论的影响，认为元代历史笔记"无大的成就"（这一判断与史实不符），又认为"元朝笔记的主体，是杂著性的笔记和志人、记事的笔记小说。这是历经宋代之后笔记发展的必然"[2]。并引萧相恺《宋元小说史》之论，支持其观点。陈尚君《宋元笔记述要》（中华书局 2019 年版）有十五种元代笔记的叙录。以辽金元笔记为研究对象的真正意义

---

[1] 刘叶秋：《历代笔记概述》，北京出版社 2011 年版，第 160 页。
[2] 姚继荣：《元明历史笔记论丛》，民族出版社 2015 年版，第 11 页。

上的单篇学术论文，可以说没有。有一篇硕士论文《元代笔记中的小说史料研究》（赵立艳，山东大学 2010 年），从题目就可看出不是研究元代笔记，而是以元代笔记的内容为史料研究小说。作者认为："除去独放异彩的杂剧和散曲外，元代的其他文学样式似乎处于衰惫的状态之中。在这样的条件下，就元代笔记的创作而言，数量和品质虽不及唐宋，但依然有可观之处，对文化的发展做出了一定的贡献。"[1]如果对全部元代笔记有所了解，这样的论断肯定会修正。要对辽金元笔记作出符合历史实际的评价，只有建立在对辽金元笔记全面了解的基础之上，而辽金元笔记文献的全面整理，又是其前提。在很长的时期中，辽金元文学成就被严重低估，辽金元笔记的成就也同样被低估。多数人并不了解辽金元笔记的成就，文学史家一般认为，元代笔记（辽金不在视野中）成就无法与唐宋相比。若将全部辽金元笔记整理出版呈现在研究者面前，自然会改变人们的看法，相信会对辽金元笔记成就作出客观的评价。

金作为与南宋并立的政权，其笔记有其特点与成就。元代笔记承宋之后继续发展，凡宋代笔记有的内容与种类，诸如读书摘记、生活杂录、文人趣事、艺术品鉴、朝政轶事、林下闲谈、诗话文话等，元代笔记无所不有。其内容，涉及政治、军事、航运、灾异、出使、世风、士风、掌故、风土、物产、演艺等，举凡士人生活涉及的领域，都在笔记中有所反映。元代笔记还有诸多不同于宋代笔记之处，如宋代笔记多文人闲暇随兴之作，明人桃源居士《五朝小说大观·宋人小说序》有言："（宋笔记）出士大夫手，非公余纂录，即林下闲谭……故一语一笑，想见先辈风流。"[2]在研究者看来，宋后笔记大致也是如此，

---

[1] 赵立艳：《元代笔记中的小说史料研究》，山东大学 2010 年硕士论文。
[2] 佚名：《五朝小说大观·宋人百家》卷首，扫叶山房本。

其实不然。元代笔记多为文人着意撰著，早期北方刘祁的《归潜志》、南方刘壎的《隐居通议》，后期南方陶宗仪的《南村辍耕录》，莫不如此；学术性笔记如《续古今考》等，更是着力撰著之作。就比较发达的史事记录类（刘叶秋名之为"历史琐闻类"）说，还有两个显著特点：一是强烈的存史意识；二是直书无隐。存史意识，如刘祁《归潜志序》所言："独念昔所与交游，皆一代伟人。今虽物故，其言论谈笑，想之犹在目。且其所闻所见，可以劝戒规鉴者，不可湮没无传。因暇日记忆，随得随书……异时作史，亦或有取焉。"元人普遍具有较强的存史意识，当然也体现在笔记中。直书无隐，典型的如孔齐《至正直记》，书名既已可见。孔子有言："父为子隐，子为父隐，直在其中矣。"孔齐却不如此，既不为父隐，也不为君隐。这在古人，是不能接受的，四库馆臣批评说："中一条记元文宗皇后事，已伤国体。至其称'年老多蓄婢妾，最为人之不幸，辱身丧家，陷害子弟，靡不有之。吾家先人晚年亦坐此患'。则并播家丑矣。""播家丑"的是卷一"年老多蓄婢妾"条（内容即上文所引），"伤国体"的是同卷"周王妃"条，说："文后性淫，帝崩后，亦数堕胎，恶丑贻耻天下。后贬死于西土，宜矣。"尽管如此极端的例子在元代笔记中很少，但直书无隐，可称元代笔记的普遍特点。如刘佶《北巡私记》记元中书右丞脱火赤战败被擒，直书"脱公嗜酒，醉而踣于阵，士卒尽没"[1]。直书无隐，大约只有元人能做到。

　　因其时代特征，辽金元笔记又具有独特价值。读金代笔记，如读《大金吊伐录》等，会改变我们对宋金关系的看法；读《辽东行部志》等，会让我们惊奇于当时东北地区高度发达的文化水平。更具独特价

---

[1] 刘佶：《北巡私记》，薄音胡、王雄编辑点校《明代蒙古汉籍史料汇编》第1辑，内蒙古大学出版社2006年版，第6页。

值的当然还是元代笔记。元代疆域广大，中外交通发达，商旅与使者往来频繁，于是域外行纪、域外地志等，成为元代笔记中引人注目的一类。西北行纪如上举王国维校注的多种，其他还有张德辉《塞北纪行》等；南方与海上，则有汪大渊《岛夷志》、周达观《真腊风土记》、徐明善《安南行纪》、黎崱《安南志略》、周致中《异域志》等多种。元人游前人不曾游之地，入前人不曾入之境，见前人不曾见之物，感前人不曾感之情，记录了前代笔记所不曾有的内容。比如，元代有一部《和林广记》，其书已佚，但有一些佚文保留在其他文献里。在宋濂的《萝山集》中有一则："《和林广记》所载：极西北之国曰押刺者，土地卑吉湿，近海，日不没，无昏夜，日唯向北转过便曙。"这应该是关于北极白夜很珍贵的记录，这则文献还将此地的天象与其他地区相比，说："比之铁勒煮羊胛熟而天明者，又益异矣。"[1] 类似地，则有周致中《异域志》所载骨利国："其国一年天旋到此，天光返照一遍，国人谓之天门开，非也。"[2] 元代笔记中具有独特价值的还有不少，如人类第一次探黄河源的记录《河源记》（潘昂霄撰），记载元代海运的揭傒斯等撰《大元海运记》和危素著《元海运志》等，都是有特色的文献。元代笔记文献含有丰富的历史文化信息，有政治的、军事的、经济的、科技的、天文的、交通的、域外的、海洋的、草原的。这些无疑都是很珍贵的。元人日常生活是丰富多样的，记录其生活的笔记内容也丰富多彩。元代笔记的全面整理，将会对多学科的研究起到助推作用。

辽金元三代，特别是元代，是中华民族精神共同体形成时期。在元代文人观念里，大元朝的建立，是中原疆域向四外的极大拓展，"四

---

[1] 宋濂著，黄灵庚校点：《宋濂全集》，人民文学出版社 2014 年版，第 2434 页。
[2] 周致中：《异域志·天际国》，中华书局 1981 年版，第 30 页。

振天声，大恢土宇，舆图之广，历古所无"[1]，"我元四极之远，载籍之所未闻，振古之所未属者，莫不涣其群而混于一。则是古之一统，皆名浮于实；而我则实协于名矣"[2]。由此，王化大行，无远弗届。千百年的胡汉对立终于消除，"蒙恬剑下血，化作川上花"[3]，庆幸于"华夷一统太平秋"[4]，真正实现了"天下车书共一家"[5]。元代笔记文献，也包含有丰富的西北地域与多民族文化内容，广为人知的《圣武亲征录》与不为人知的《和林广记》等，都是这方面的珍贵文献。其他如《南村辍耕录》《至正直记》《归潜志》等，都记载了丰富的多民族文化与文学研究资料。辽金元笔记文献的系统整理，将为多民族一体性研究提供大量以前未发现、未使用的文献，从而推进这一研究的进展。

三、"笔记"概念之界定与收书边界问题

全面系统整理辽金元笔记文献，收书边界的划定是首先要解决的问题。参考学术界对"笔记"概念的理解，充分考虑辽金元笔记的具体情况，对"笔记"作出既符合学术界一般认识，又适用于辽金元笔记文献整理工作实际需要的界定，划出"辽金元笔记"的边界，编制出尽可能完善的辽金元笔记目录，是做好整理工作的前提与基础。

[1] 图克坦公履：苏天爵《元文类》卷九《建国号诏》，《四部丛刊》影印元至正西湖书院刊本。
[2] 许有壬：《至正集》卷三十五《大元一统志序》，《北京图书馆古籍珍本丛刊》影印清抄本。
[3] 陈孚：《陈刚中诗集》卷三《秦长城》，台北商务印书馆影印文渊阁《四库全书》集部，第658页。
[4] 耶律楚材著，谢方点校：《湛然居士文集》，中华书局1986年版，第163页。
[5] 杨维桢：《次韵杨左丞五府壁诗》，张昱《可闲老人集》卷四，台湾商务印书馆影印文渊阁《四库全书》集部161，第618页。

什么是"笔记",目前一般地作出界定,已经不难。其基本含义,学术界已大致形成共识。但落实下来,哪些书是笔记,哪些书不是,某一部书是不是笔记,分歧却相当大。查阅已经出版的有关笔记丛书,就可明显感受到这一点。也就是说,理论层面的表述,目前分歧不大,但操作层面,掌握很不一致,具体认识,多有不同。在这样的情况下,为"辽金元笔记"划出相对清晰的边界,收录的书为研究界普遍认可,依然不易。

最早界定笔记含义的,应该是《四库全书总目》,其所谓"大抵随意录载,不限卷帙之多寡,不分次第之先后。兴之所至,即可成编"[1]。今人的语言表述或与此不同,但基本含义,无大差别。研究者的表述不少,20世纪流行"笔记小说"概念,20世纪20年代上海进步书局编印的《笔记小说大观》行世,"笔记小说"概念被广泛采用。

中华书局编辑出版《历代史料笔记丛刊》,显然不同于"笔记小说"对笔记的理解。史学家多使用"野史笔记"的概念,谢国桢说:"凡不是官修的史籍,而是由在野的文人学士以及贫士寒儒所写的历史纪闻,都可以说是野史笔记,也可以称说是稗乘杂家。"[2]这应该代表史学家对笔记的理解。1980年,刘叶秋先生出版《历代笔记概述》(中华书局),由此"笔记"作为独立概念被使用。但正如刘叶秋所说:"什么叫作笔记,笔记有什么特点,哪些作品可以算是笔记等等,恐怕是见仁见智,看法各有不同,未必能得出一致的结论。"他给笔记的界定是:"以内容论,主要在于'杂':不拘类别,有闻即录;以形式论,

---

[1] 爱新觉罗·永瑢等:《四库全书总目》卷一二二"子部",第1057页。
[2] 谢国桢:《明末清初的学风·明清野史笔记概述》,人民出版社1982年版,第89页。

主要在于'散'：长长短短，记叙随宜。"[1]此后关于何谓笔记的讨论不少，没必要一一引述。有直接借鉴意义的是《全宋笔记》的界定与选书实践。其基本界定是："笔记乃随笔记事而非刻意著作之文。古人随笔记录，意到即书，常常'每闻一说，旋即笔记'，具有叙事纷杂的特性。从写作体例看，宋代笔记随事札录，不拘一格，作品名称与'笔'相关的有笔记、笔录、笔说、试笔、笔谈、随笔、漫笔、余笔、笔志、笔衡等，这些名称无不体现了宋人笔记随笔记事的特性，有别于正史的严肃划一，亦别于传奇志怪的天马行空；从内容看，涉及典制、历史、文学、民俗、宗教、科技、文化等，芜杂和包罗万象乃是其最大特色。"这是正面界定，还有反面排除："凡题材专一，体系结构紧密的专集，虽亦有逐条叙事者，则已非随笔之属，如茶经、画谱、名臣言行录、官箴等。"以及"纯粹的传奇志怪小说作品"[2]等，认为这些不符合笔记属性，不予收录。借鉴这一界定，根据辽金元笔记的情况，作适当调整。第一，辽金元笔记多"刻意著作之文"（宋代笔记也有"刻意著作"者），是否"刻意著作之文"应该不是笔记的本质属性，不以此作为选择与排除的必要条件。第二，题材是否专一，也难作为区分的标准。只要是随见随录，随手记录或摘录，不具备严格体例，非系统性，非有严密体系的著作，同时，它是见闻记录，或阅读摘录，而非想象虚构的，即行收录。笔记之认定，不应以内容分，只以体裁形式论。故诗话、画记等类，凡属笔记形式者，即应收录。第三，"纯粹的传奇志怪小说作品"，在宋元时代不多，应是基于这样的情况，《全宋笔记》收录了《夷坚志》。类似之作，也应收录。

---

［1］ 刘叶秋：《历代笔记概述》，北京出版社2011年版，第5～6页。
［2］ 戴建国：《补正史之亡裨掌故之阙——〈全宋笔记〉编纂札记》，《中国社会科学报》2016年2月2日。

依据以上界定，利用各种古籍书目及叙录、图书馆藏书目录，各种大型丛刊，各种网络资源，搜求编制辽金元笔记书目，尽最大努力，力争少遗漏，少留遗憾。

四、 编纂校点工作的若干问题

全面系统整理辽金元笔记，为辽金元文史研究提供全面可靠的笔记文献，也为一般读者提供良好的辽金元笔记读本。为此，要认真解决一系列问题。大致说，有版本（底本）选择，已有整理成果之吸收，辑佚与辨伪、附录材料之搜求等。

其一，版本选择。全面利用各种古代文献、重点的大型丛刻、20 世纪以来影印出版的相关丛书，尽可能完整掌握各笔记的版本信息，梳理版本源流，确定精良适用的校勘底本，以及校本、参校本，尽可能搜集可资参考的其他文献，把校勘工作建立在准确的文献基础之上，这是做好编校工作的前提。

笔记的版本情况比较复杂，有些笔记，不同版本，差异很大；有时不仅仅是异文问题，卷数不同，条目互异。甲本有的条目乙本漏落，乙本有的条目甲本缺失。文字的出入也很大。又有不少未经整理的抄本，凌乱与残缺情况比较常见，有些辨读困难。基于这种情况，选择底本的依据，首先应是全，以相对漏落缺失较少者为底本，以清晰完整者为底本。

辽金元笔记底本选择还有若干特殊情况。一是部分笔记有单行本系统与别集本系统，两者相较，多数情况是别集本系统保存较好，自然应选择别集本。二是有些笔记卷帙不大，内容比较独特，近代曾有人（如王国维等）作过学术价值极高的校注，凡此类即应以其校注本为底本，保留其校注，参考其他版本做校勘。其他如《归潜志》《知不足斋丛书》本有清人鲍廷博校正与疏解，也如此处理。三是《四库全书》及其系列版本的使用。一般认为《四库全书》版本价值不高，但"四库"所收辽金元笔记，很多版本价值较高。我们对多种有"四库本"的笔记做了不同版本的详细比对。比如《诗林广记》，今存主要版本有明弘治刊本与《四库全书》本，"四库本"乃纪昀家藏本，诸本相较，文渊阁《四库全书》为佳，少脱漏讹误，故应以文渊阁《四库全书》本为底本，但需将"四库本"以"违碍"改易之处，一律据明刊本改回。王恽的《承华事略》《中堂事记》《乌台笔补》《玉堂嘉话》，我们选择《秋涧集》本，而《秋涧集》又有多种版本，重要者如元刊本、《四部丛刊》影印明覆元本，《四库全书》及《四库全书荟要》本。1985年台北新文丰出版公司影印《元人文集珍本丛刊》，收《秋涧集》元刻本配补明覆元本，一时为研究者重视。但细加比较，《四库全书荟要》本远优于《元人文集珍本丛刊》本，应选用《四库全书荟要》本为底本。总之，以求全、完整、清晰、差错较少作为主要考虑，在认真比对各本后，依据实际情况作出选择，而不受其他因素过多影响。

其二，已有整理成果之借鉴。辽金元笔记整理难度极大。要做好，除整理者全力投入，精审校点外，最大限度地吸收已有整理成果，很有必要。有今人整理本者，利用全国总书目、各出版社书目及其他出版资讯，全面掌握20世纪以来辽金元笔记的校点整理本的出版情况，搜求全部校点整理本，借鉴一切可以借鉴的整理成果。但借鉴只是借鉴，决不能代替自己的校勘，必须先做校勘，而后借鉴他人。这里特别强调的是，一些笔记已有多种整理本，但有些错误却一直沿袭。对这类笔记，须下功夫重点纠正相沿之误。如何发现相沿之误？只有多查。既不盲目自信，也不轻信他人，包括权威。加大投入，力争后出转精。无今人整理本者，也尽力寻找相关成果，以为校勘中的借鉴。笔记作品，多有辑录、摘录、转引前人的内容，而古人往往并不言其出处，在整理中要尽力查其出处，查找原书，以为校勘参考。尤其是学术性笔记，所讨论辨析的问题，涉及经史为多，内容多源自经史著作（当然也有子集）。古今学者的相关整理与研究成果，都可作为整理的参考。典型的如方回所撰《续古今考》，不参考古今经史整理成果，整理可以说寸步难行。其他问题，如元代特有的语言、人名、地名等，也必须尽可能参考借鉴已有成果，尽力减少整理中可能出现的错误。

最后，辑佚与辨伪等。近些年古籍数字化的成果，为文献检索提供了极大方便。利用各种检索工具，充分查找相关材料，辑录笔记佚文，为研究者提供尽可能完整的笔记文献，是整理中应尽力做的一个方面的工作。辨伪是古籍整理的重要任务。在流传的辽金元笔记中，确有一定数量的伪书。前人已认定者，如署名伊世珍的《琅嬛记》、署名龙辅的《女红余志》、佚名的《赵氏家法笔记》。前人疑伪者，有署名张师颜的《南迁录》、署名张道宗的《记古滇说》等。这些要在前人研究的基础上作进一步考察。也有前人未发现的伪书，如署名徐大焯的《烬余录》，从书前李模序及书之内容，可初步判定其为伪书。辑佚与辨伪，应该作为辽金元笔记整理工作的重要内容。

附录材料之搜求。尽力搜求古近代学者的序跋、题记、叙录，以及一切评价资料，作为附录，将有价值的参考文献奉献给研究者。就笔者的经验，即使一些有深度整理单行本的笔记，前人已经辑录了丰富的附录资料，依然有相当大的补充空间。

总之，辽金元笔记文献的整理，难度大，意义也大。将整理工作建立在坚实的文献研究基础之上，选择精良底本，精审校点，做好辑佚辨伪等工作，确保编纂校点质量，为辽金元文史研究者和其他读者，奉献出完整可靠的辽金元笔记文献，让读者信赖，让研究者放心使用。这应该是辽金元笔记文献整理工作的目标。

（原发表于《民族文学研究》2021年第4期，人大复印报刊资料《古代、近代文学》2021年第7期转载）

《看钱奴》元明刊本的比较研究

　　《看钱奴》是郑廷玉杂剧的代表作，也是元杂剧中的名作。该剧现存有《元刊杂剧三十种》本和明代《元人杂剧选》《元曲选》、脉望馆抄校内府本。《元刊杂剧三十种》是一个类型，明刊三种大致相同，是又一类型。《元曲选》本流传最广，影响最大，是历来研究《看钱奴》、评价郑廷玉的依据。但拿它和《元刊杂剧三十种》本略一比较就会发现，《元曲选》本远不能代表《看钱奴》的思想和艺术水平。邵曾祺《元明北杂剧总目考略》肯定地说：

> ……此剧的思想性和艺术性不仅在元杂剧中少见，在明清传奇中也少见，没有元刊本，尽管我们也能看到这个杂剧的优点，但不会体会到它有这样高的成就。[1]

　　为了澄清《元曲选》本给《看钱奴》带来的不当评价，有必要将《元刊杂剧三十种》本（以下称"元刊本"）与《元曲选》本（以下称"明刊本"）作一比较。

---

[1]　邵曾祺：《元明北杂剧总目考略》，中州古籍出版社 1985 年版，第 61 页。

一、 明刊本已非《看钱奴》本来面目

照常理说，一部作品的不同刊本，总会有些差别，但既然是同一作品，便不会有根本的差别。《看钱奴》元刊本与明刊本的差别却很大。应该说，时代早、水平高的元刊本是接近原作的，那么时代晚水平又低的明刊本就不是《看钱奴》的本来面貌。我们将两本的差别大略罗列于后：

第一，两本题目不同。元刊本题目是"疏财汉典孝子顺孙"，明刊本作"穷秀才卖嫡亲儿男"。所谓"疏财汉""穷秀才"，都指剧中男主人公周荣祖。由此便可看出，两本中的主人公，乃至整个剧本具有根本性的差异。

第二，周荣祖投亲的起因和路线不同。元刊本说周荣祖居住洛阳，因家私消乏，到曹州投亲不遇，无奈将儿子卖给曹州富豪贾弘义。明刊本则说周荣祖是"汴梁曹州人氏"，因为他父亲拆寺建房得罪神佛，神灵让贾仁（即元刊本中的贾弘义）挖去了周家埋藏的窖金，周荣祖变得一贫如洗，到洛阳投亲不遇，卖子曹州。曹州人去洛阳投亲，投亲不遇，卖子却又卖到曹州，还让周荣祖唱："肯分的俺三口儿离乡外。"阴差阳错，何况曹州也不曾隶属过汴梁。明刊本之所以出现这些问题，是因为它要把故事编成一个因果报应，贫富前定的圈子，就得把周、贾两家改成同乡，但又未将整个情节重新安排，这就难免自相矛盾。

第三，两本的基本内容也不相同。元刊本有曲子五十七首，明刊本四十一首，变动情况如下表所列：明刊本删去二十三首，增加七首，作了大的改动，破坏了原作思想性、艺术性的至少八首（表中用△标出）。剩下二十六首，多作了或大或小的修改，完整保留的极少。

此外，明刊本还增加了一个宣扬"天命观"和"宿命观"的楔子，多出了一个人物店小二。

两种刊本《看钱奴》之差异

	元本	明本		元本	明本		元本	明本
楔子		仙侣赏花时 幺篇	第三折	后庭花 双雁儿 青歌儿 村里迓鼓 元和令 上马娇 游四门 胜葫芦 浪来里煞	醋葫芦	第四折	紫花儿序 东原乐 绵搭絮 小桃红 鬼三台 秃厮儿 鬼三台 金蕉叶 圣药王	△紫花儿序 △小桃红 △鬼三台 天净沙 秃厮儿 圣药王
第一折	混江龙 幺篇	△混江龙						
	正宫端正好 滚绣球 呆古朵	△正宫端正好 △滚绣球 滚绣球						
第二折	滚绣球 脱布衫 小梁州 幺篇 三煞 二煞 煞尾	△随煞	第四折	越调斗鹌鹑	△越调斗鹌鹑			

　　如此巨大的变动，已经不可能保持原作的思想内容和艺术风格了。两种刊本，几乎成了两个《看钱奴》。

二、 浓重的宿命论思想并非《看钱奴》所固有

　　既然我们把元刊本作为研究《看钱奴》的依据，那么，只是在明刊本中才表现得十分浓重的宿命论思想，便不能看作是《看钱奴》所固有的，那个账，不应算在郑廷玉头上。

　　当然，元刊本《看钱奴》也同很多古典小说戏曲一样，具有劝善意识，故事情节中也有宣扬"善恶报应"的东西，但还不能说它是意在宿命论。在明刊本中，贫富前定、因果报应的思想则已经成了剧本的主题。

　　元刊本中怀疑和批判天命的宿命观的内容，明刊本中没有了，有些被删了，有些被改成宣扬宿命论的东西。还多出了一些内容，例如楔子等，都是为宣扬宿命论而增写的。

先看情节的改动，元刊本说，周荣祖因为"家私消乏"到曹州投亲。家私消乏的原因没有交代，大约是题目中说的"疏财"。在曹州投亲不遇，风雪中一家三口性命难保，无奈将儿子卖给曹州富豪贾弘义（卖后名贾长寿）。二十年后夫妻俩到东岳烧香，被贾长寿打了一顿。后路过曹州，贾弘义已死，周氏父子相认，于是，贾家的财产复归周家所有。这时意外地发现贾家的钱上都有周家祖上的印记。贾弘义原是穷汉，求增福神借给他二十年富贵，因得古藏成了富豪。这期间他干了许多坏事。他死后钱财尽归周家。贾弘义敛财一生，吝啬到死，只不过替周家做了二十年的看钱奴。就形式说，其中运用的巧合和鬼神串戏的手法都是古典戏曲、小说中常用的；就内容说，也不过是借"贫穷富贵轮回至"这一古人常见的模式去鞭挞、讽刺为富不仁的吝啬鬼。到明刊本中，周家衰败的原因交代得很细，说周家祖上信佛，盖寺院，念佛经，因而广有家财，到周荣祖父亲，"一心只做人家"，拆了佛院修宅舍，这就造了孽，不仅他遭报应丢了命，还使周荣祖受过二十年，乞讨、卖子，备尝人间辛苦。这二十年中，神灵让贾仁替周家代管钱财。二十年后，周荣祖受过期满，钱财复归故主，明刊本还将元刊本中批判现实的内容删改殆尽。这就使贫富轮回、善恶果报变成了剧作的目的，《看钱奴》也就成了一部着意宣扬宿命论的作品。

曲词的增、删、改，没法一一列举。大致说，明刊本是通过增和改，增强剧作的宿命论思想；又通过删，抹煞其批判现实的意义。

增写的七首。有五首是为了宣扬宿命观。如楔子中的【幺篇】：

可不道湛湛青天不可欺，举意之前悔后迟，空内有神祇。

（带云：俺父亲呵）不合兴心儿拆毁，今日个客路里怨他谁！

这是周荣祖对父亲拆寺作孽的埋怨。其内容是违背元刊本中周荣祖性格的。所增各曲大抵如此。

改的曲词很多，其中作了较大修改的几首，都是运用夺胎换骨的手法，更换其中的一些字句，使原来怀疑、批判天命和宿命的内容变成宣扬宿命论的内容。我们试将第四折中相连的两曲拿来比照一读：

元刊本：

〔越调斗鹌鹑〕
赛五岳灵神，谁不奉一人圣慈；总四大神州，受千年典祀；护百二山河，掌七十二司。咱献香、醮钱纸。道积善的长生，造恶的便死。

〔紫花儿序〕怎生颜回短命，盗跖延年，伯道无儿？谁不道灵神有验，正直无私，劝化的人心慈，便道东岳新添速报司。孔子言鬼神之事，大刚来把恶事休行，择其善者从之。

明刊本：

〔越调斗鹌鹑〕
赛五岳灵神，为一人圣慈；总四海神州，受千年祭祀；护百二十河，掌七十四司。献香钱，火醮纸。积善的长生，造恶的便死。

〔紫花儿序〕一个那颜回短命，一个那盗跖延年，一个那伯道无儿。人都道威灵有验，正直无私。现如今神祠，东岱岳新添一个速报司。大刚来祸无虚至，只要你恶事休行，择其这善者从之。

这两曲要连读。曲子写周荣祖东岳烧香回去路上的内心活动，表现周荣祖希望神灵有验却又十分怀疑的矛盾心理。元刊本的曲词一方面真实地反映了人物的心理活动，另一方面又借此表现了作者对天命与宿命观的怀疑和批判。从思想性和艺术性上看，都是成功的。明刊本的曲词，已经看不出是特定环境中特定人物的心理活动。而变成直接的要人服从天命和宿命的说教。在【斗鹌鹑】中，把"谁不奉一人圣慈"改为"为一人圣慈"，又将"道积善的长生"的"道"字去掉，这就把对神灵有验不置可否的客观叙述语气变成肯定的主观表述语气。语意已经大不相同。在【紫花儿序】中则把彻底的怀疑改成竭力的宣扬。元刊本说："道积善的长生，造恶的便死。"却"怎生颜回短命，盗跖延年，伯道无儿！"于是"谁不道灵神有验，正直无私"，连"便道东岳新添速报司"，都不过是要"劝化的人心慈"。就是"孔子言鬼神之事"，大概（大刚来即大都是、总之是）也是劝人"把恶事休行，择其善者从之"。到这里，在【斗鹌鹑】中表现出的一点希望也否定了，神灵有验之说都是假的。明刊本将"怎生"改成"一个"，质问变成了述说；"谁不道"改成"人都道"，怀疑的语气没有了；去掉"劝化的人心慈"，抹煞了对宣扬鬼神有验教化目的的清醒认识，也就抹煞了对神灵有验的怀疑；去掉"孔子言鬼神之事"加上"祸无虚至"，就把对孔子言鬼神之事的教化目的的认识，变成对果报不虚的正面宣扬。虽然改得很妙，还是没能藏住孙猴子的尾巴，那意在说明果报不灵的三个典故保留在曲子里，造成自相矛盾，不可理解；去掉"孔子言鬼神之事"，留下了无处照应的"大刚"二字。整个曲子逻辑混乱。

明刊本往往抓住最关键的字去改，使得一字之差，语意大变。如第一折【混江龙】曲中有几句："这等人忘人恩，背人义。赖人钱，坏风俗，杀风景，伤风化，倒能够肥羊法酒，异锦轻纱。"明刊本改"倒能够"为"怎能够",一个字的变动,元刊本中批判现实、怀疑报应的意识就被宣扬报应和劝善意识所取代。

明刊本删去的曲词很多。整曲删去的二十三首,部分删去的也有不少。删去的大多是尖锐地批判、深刻地揭露富豪对穷人敲诈勒索的曲词。就是说,那些最具有批判意义的内容被删掉了。以第二折为例,这一折原有曲子十七首,删掉七首,大改二首,增写一首,保留的八首中,七首作了改动,一首删去大半内容。整个删的七首和部分删去的一首,全是周荣祖怒骂贾弘义的,都是尖锐批判现实的语言。这里随意摘些来看,就可大致了解:

> 【滚绣球】典玉器有色泽你写没色泽,解金子赤颜色写着淡颜色,你常安排着九分厮赖,把雪花银写做杂白。解时节将烂钞攉,赎时节将料钞抬,恨不得十两钞先除了折钱三百……

> 【幺篇】你子与我饥饿民为害,您豪家有细米干柴。漂不了你放课钱,失不了你筹人债。折末水淹到门外,子把利钱来。

> 【煞尾】……陷穷人的心儿毒、性儿歹,骂穷人的舌儿毒、口儿快。打了人衙门钱主划,杀了人官司钞分折。有锋利曹司宝贝揍,敢决断的官人贿赂买,强证的凶徒畅不该,代诉的家奴更叵奈,问不问有钱的自在,是不是无钱的吃嗔责……青湛湛高天眼不开,穷滴滴饥民苦怎捱……

前两首是整曲被删的,后一首是部分被删的。

通过如上的增、删、改，《看钱奴》批判现实的主题便被歪曲成宣扬宿命论的主题。

三、 明刊本中的周荣祖也非元刊本中的周荣祖

由于如上所述的元、明刊本的巨大差别，使周荣祖的形象发生了根本变化：在元刊本中，他性格坚强，勇于抗争；在明刊本中，他信天认命，畏缩乞怜。

元刊本中的周荣祖，穷不丧志。他有些书生气，但他坚决地捍卫自己的人格尊严，又有几分豪气。没穷时，他是个"疏财汉"。变穷后，他誓不向为富不仁者低头。卖子遇上贾弘义耍赖，他就"折底骂一场"，在庙中遭豪家义儿贾长寿赶打，他便义正词严地斥责；后来发现打他的富豪公子正是自己的亲生儿子，又坚决要"捉拿去告官司"，转念想到自己："卖了亲子，停了死尸，无儿无女起灵时，能可交驴驾了舆车儿？"这才作罢。他不信天命，不信鬼神，只信人事，只信人为。这方面前边已经涉及，无需专门举例。

211

明刊本中的周荣祖则完全是一个穷酸措大。他是个"穷秀才"，因而很爱钱。第四折中他认出曾打他的贾长寿原来是自己的儿子，要去打官司，却被儿子用钱买了个不言语，连妻子都骂他"你个爱钱的老弟子孩儿"；要钱遇到麻烦，他又表现得十分怯懦，他把儿子卖给贾仁，贾仁耍赖只给一贯钞，他嫌少，贾仁便要罚他打他，他唱的是："快离了他这公孙弘东阁门楹外，再休想汉孔融北海开尊待……他他他则待掐破我三思台，他他他可便撼破我天灵盖。走走走早跳出了齐孙膑这一座连环寨。"（【塞鸿秋】）这是多么迂腐，又多么怯懦。他还笃信天命，完全被写成了一个宣扬宿命论的传声筒。这点也无需再举例了。

可以说，元明两个刊本，是两个《看钱奴》，两个周荣祖。两个不同的人物形象，艺术价值相差很远，思想意义更是截然不同。

四、 元刊本的艺术成就远非明刊本所可比

郑廷玉剧作属于本色一派，其语言多由口语提炼而来。但它毕竟是诗人的提炼，写出的是诗的语言，加上主人公周荣祖是位知识分子，语言难免一些文言成分。舞台演出中对剧本作进一步的改造是必要的。明刊本应是改造过的演出本。可以认为：元刊本是诗人的《看钱奴》，明刊本是世俗的《看钱奴》。

在极个别的地方，明刊本的改造还为原作增了色。如第二折一曲【倘秀才】：

> 饿的我肚里饥少魂失魄，冻的我身上冷无颜落色。这雪飘在俺穷汉身边冷的分外。雪深遮脚面，风紧透人怀，忙把手揣。

明刊本改作：

> 饿的我肚里饥失魂丧魄，冻的我身上冷无颜落色。这雪呵，偏向俺穷汉身边乱洒来。你看雪深埋脚面，风紧透人怀，我忙将这孩儿的手揣。

改造后大大提高了表现力。这是成功的改造。

可惜的是，增色的例子再难找到。就整体看，明刊本的改造大大降低了剧作的艺术水平，不少地方甚至可以说是破坏，特别那些颠倒原作思想意义的地方，同时是艺术的破坏。上举【紫花儿序】就是一例。所以总的说是极不成功的改造。

首先，它使周荣祖的形象大为失色。除前边已论到的，明刊本还删去了许多表现周荣祖个性和心理活动的曲子，使本来活生生的、有血有肉、感情丰富真挚的周荣祖变得面目不清，冷漠无情。如第二折中删去的【呆骨朵】【幺篇】【三煞】【二煞】等，第三折中的【青哥儿】【村里迓鼓】【元和令】等，第四折中的【东原乐】【金蕉叶】【圣药王】等，都是写得很好，又对塑造人物形象具有重要作用的曲子。

其次，它削弱了剧作的批判力量。反映现实的深度，是作品艺术水平的重要方面。元刊本深刻反映了社会不公，揭示出造成这种不公的原因是富人的巧取豪夺。明刊本却竭力淡化这种揭露和批判。如第一折【天下乐】有"富了他三五人，穷了他数万家"，明刊本改成"富了他这一辈人，穷了他那数百家"。

再次，它大大降低了剧作的语言艺术水平。前边说过，为了演出，进行口语化改造是必要的。但明刊本的改造，在语言通俗化和便于演出方面，收效甚微，却明显地使诗化的语言庸俗化，淡化了抒情色彩，失去了原有的韵味。这里我们用随机抽样法，取第二折及第三折的第一首曲为例进行比较。先看第二折第一首：

> 【正宫·端正好】路难通，家何在？乾坤老山也头白。四野冻云垂，万里冰花盖，肯分我三口儿离乡外。

明本改为：

> 赤紧的路难通，俺可也家何在？休道是乾坤老山也头白。似这等冻云万里无边届，肯分的三口儿离乡外。

再比较第三折第一首：

【商调·集贤宾】区区步行离了汴梁，过了些山隐隐水茫茫，盼了些州城县镇，经了些道店村坊。望见那东岱岳万丈巅峰，不见泰安州四堵城墙。这安仁殿盖的来接上苍，映祥烟紫雾红光。神州三月天，仙阙五云乡。

明本改为：

我可便区区的步行离了汴梁，过了些山隐隐更和这水茫茫。盼了些州城县镇，经了些店道村坊。遥望那东岱岳万丈巅峰，怎不见泰安州四面儿墙匡。这不是仁安殿盖造的接上苍，掩映着紫气红光。正值他春和三月天，早来到仙阙五云乡。

【正宫·端正好】一曲，用简短的句子，急促的节奏，表现周荣祖在饥寒交迫中极度的危难和寻求生路的紧迫；用冰封万里的背景，衬托人物处境的危急和心情的悲凉；那诗化的韵律，具有极强的感染力。到明刊本里，节奏缓慢了，人与背景的对比模糊了，诗味荡然无存了，"休道是"加在"乾坤老山也头白"上，上下句子也串不起来了。【商调·集贤宾】写周荣祖夫妻急切地赶赴东岳还愿烧香，渴望早去早回，到曹州看望离散二十年的孩子的心情。前四句连用"离""过""盼""经"四个动词，又用"山隐隐水茫茫"的叠字和"州城县镇""道店村坊"两个四字并列词组，写一路风尘仆仆和赶路的紧张；后六句写遥望泰山已在眼前的喜悦和恨不得一步跨到的心情，"望见""不见"两句充分表现出这种将至未至时的心情，后面对庙宇仙境般的远景描绘，是因向往而起的美感。明刊本第一句加上"我可便"，一下子把句意变成了初离汴梁踏上征途的交代，这本也没什么，但却与"区区的"矛盾，刚上路如何便区区的（路途辛苦）？第二句在山隐隐水茫茫中间加上"更和这"，把一个急推的镜头拦腰斩断，将赶路的紧张感消溶了；将"望见那""不见"改成"遥望那""怎不见"，把赶路人将至未至时的望变成了一般意义中的望，或者竟像闲中观望。最后四句，元刊本以若虚若实，非虚非实的描写，从而创造出诗的意境，诗的韵味，明刊本完全坐实了，于是就全无诗意，全无诗味。整首曲子优美的节奏韵律，也被增加的几个字和改动的几个字破坏了。

明刊本还将人物性格化的语言，或说特定环境特定人物的语言改坏。如第二折【滚绣球】写周荣祖卖子写文书："我浓浓完着墨色，临临下着笔画，不得已委实无奈。"表现周荣祖写卖子文书时矛盾痛苦，不忍写又不能不写的心情。到明刊本中却成了"我这里急急的研了墨浓，便待要轻轻的下了笔画，呀，儿也，这是不得已无如之奈"。卖子的哪有这样迫不及待，哪有这样轻松愉快？"委实无奈"不得不写也成了欺骗儿子的"无如之奈"。这一折最后一曲【煞尾】，周荣祖愤怒地咒骂贾弘义作恶、不知悔改，说"直待失了火遭了丧忩时节改"，明刊本改作"直待犯了法遭了刑，你可恁时才改"。这一改，既不像怒火中烧忍无可忍的人愤愤诅咒的语言，也不像既骂富豪也骂官府的周荣祖的语言。

《看钱奴》是以其讽刺艺术著称的，这要感谢明刊本的宾白，并因此使我们看到了贾仁（弘义）的形象，但细读曲词，感到还是元刊本的曲词诙谐有趣，讽刺深刻。我们把第一折【六幺序】拿来比照一读便自然明白：

215

元刊本：	明刊本：
这等人斗筲器难容物，球子心怎捉拿？打扮的似宰相人家。	这人没钱时无些话，才的有便说夸。打扮似大户豪家。你

看他耸起肩胛，迸定鼻凹，没半点和气谦洽。每日在长街市上把青骢跨，只待要弄柳拈花。马儿上扭捏着身子儿诈，做出那般般样势，种种村沙。

耸着肩胛，迸着鼻凹，更无些和气谦洽。贫儿乍富把征骢跨，早不肯慢慢行咱，马儿上扭捻身子儿诈，鞍桥柞木，镫挑葵花。

元刊本全用形神毕现地描绘其丑态来讽刺鞭挞，明刊本则靠抽象概念的评论，这自有高下之分。语言本身，明刊本也远不及元刊本传神有趣。

五、几点看法

第一，明刊本的价值不能否定，但以它为研究《看钱奴》的依据，显然是不合适的，它不能代表《看钱奴》的思想艺术水平。应该以元刊本为研究《看钱奴》的主要依据。

第二，《看钱奴》是一部讽刺喜剧，这一认识是正确的。但认为《看钱奴》格调不高，宣扬了宿命论则是不正确的。《看钱奴》的主题不是宣扬宿命论而是批判现实，它深刻揭露和批判了社会不公和现实黑暗，成功塑造了周荣祖这一意志坚韧，敢于抗争的被压迫、被欺侮者的形象。《看钱奴》的主题是严肃的，思想是积极的。它是一部具有深刻批判意义的喜剧。

第三，《看钱奴》的艺术成就是突出的，特别是其语言艺术，在元杂剧中是少见的，值得我们认真研究。

第四，郑廷玉是一位有正义感又才华卓著的优秀元杂剧作家，他在元杂剧发展史上的地位应予充分肯定。

（原载《河北师院学报》1991 年第 1 期，收入张月中主编《元曲通融》，山西古籍出版社 1999 年版。发表时与杜海军合名）

论《楚昭公》的主题与郑廷玉杂剧的思想性

　　郑廷玉是元代前期重要的杂剧作家。据曹楝亭本《录鬼簿》记载，他一生创作杂剧二十三种，是仅次于关汉卿的多产作家。但人们多认为他的剧作思想内容复杂，在肯定他的剧作（如《看钱奴》）揭露了社会黑暗、贫富不均、为富不仁时，又批评他的剧作宣扬封建伦理纲常、鬼神迷信，有浓重的"宿命论"思想，消极平庸，无甚可取。我们对此有些不同看法，曾在《河北师院学报》1991年第1期上发表拙文《〈看钱奴〉元明刊本的比较研究》，将《看钱奴》的元刊本（《元刊杂剧三十种》本）与明刊本（以《元曲选》本为代表）作了一番比较，认为明刊本已非《看钱奴》本来面目。不应作为评价郑廷玉《看钱奴》的依据，因为它不能代表郑廷玉原作的思想和艺术水平；以元刊本为依据研究《看钱奴》，则其主题是严肃的，思想是积极的。进一步认为，说郑廷玉杂剧都含有浓重的"宿命论"思想，其思想境界不高，是不确切的，尚须讨论。本文拟对郑廷玉另一部有元刊本传世的杂剧《楚昭公疏者下船》（简称《楚昭公》）的主题作一点探讨，连带再谈一下对郑廷玉剧作思想性的看法。

一、 关于《楚昭公》的主题

　　《楚昭公》杂剧，今存有元本《元刊杂剧三十种》本，和明本脉望馆抄内府本、《元曲选》本。明本两种大略相同，而与元刊本大异。现有的谈论《楚昭公》的文字，大多以明刊本（《元曲选》）为依据，只有少数据元刊本（如赵景深主编、邵曾祺编著的《元明北杂剧总目考略》，中州古籍出版社1985年版）。一般认为，《楚昭公》是一部宣扬封建伦理纲常的杂剧，宣传了鬼神迷信和善恶果报的宿命观，是不足取的。笔者不同意这一看法。

　　元刊本只录曲文，科白全无，剧情只能从曲文推断。明刊本与元刊本相比，不仅曲文几乎全异，情节也有不小差别，但尚可看出是从元刊本脱胎而来（严敦易《元剧斟疑》已对两种版本作了详细的比较和剖析），研究《楚昭公》，应该以元刊本为依据，以明刊本作参考。

　　按照明刊本，《楚昭公》的情节是：吴王心爱的湛卢宝剑神奇地飞往楚国楚昭公床下，被昭公收起。吴王再三派人索取，昭公不与，于是向楚国下战书，命伍子胥为元帅伐楚，定要索回宝剑。伍子胥原是楚臣，只因昭公之父听信奸臣费无忌谗言，屈斩了他父兄，伍子胥出奔吴国，这次正好借兵复仇。伍子胥当年曾与申包胥一起发愿：子胥誓要覆楚，包胥誓要复楚。如今大敌当前，昭公找申包胥商议，申包胥要昭公深沟高垒，紧守城池，不可出战，自己急速西去秦国借兵，约定三十日为期，定借秦兵复国（以上第一折）。楚昭公没有记取申包胥的劝告，听信费无忌的大话，任费为元帅，与伍子胥交兵，结果大败，被楚军杀得"人亡马倒积成丘，恰便似落叶尽归秋"（【圣药王】），楚昭公仓皇逃亡（以上第二折）。浩浩长江里，有汉江龙神率鬼力奉上帝敕令等待楚昭公一家。楚昭公与弟弟、妻子、儿子一家至亲四口被吴军追杀逃到江边，前边有长江，身后是追兵，在地尽路绝时，见有渔父撑一条小船，便求渔父渡他们过江。怎奈船小载重，到江心又突然波涛汹涌。渔父下令：亲的逃命，疏的下船。三口人谁亲谁疏？哪一个忍心割舍？楚昭公好不为难。而妻、子、弟三人争着下船。最后认定妻子是外族，最疏，下船。剩下三人，小船仍不能承载，必须再有一人下去。昭公认为弟弟亲，儿子疏，让儿子下船。儿子下船后，江上立即风平浪静。渡过江去，兄弟两人分头逃命。而投江的贤妻孝子，也被鬼力救起，安然无恙（以上第三折）。申包胥到秦借兵，秦王只是不肯出兵，申包胥在驿亭中依墙而泣，七日夜号哭不停，直将驿亭哭倒。秦王为之感动，又想当年在临潼会上，曾被伍子胥欺负。秦国也要雪当年临潼之耻，即发十万雄兵救楚。那伍子胥因为与申包胥有约，见申包胥借来秦兵，先自解兵罢战而去，楚国重安。昭公重新坐上宝殿，"猛想起渡江时不觉心如碎"（【驻马听】），恰此时弟弟得知申包胥重扶楚国，也来相见。昭公重见兄弟，恍如在"南柯梦里"。此时，被鬼力救起的贤妻孝子也来了，一家团圆，不想喜上添喜，秦国又来议亲，将公主许与入水不死的公子为婚。于是皆大欢喜，设宴庆贺。

据此看来，人们批评《楚昭公》宣扬封建忠孝伦理观念、鬼神迷信、善恶果报的宿命观，虽然不免偏颇，但尚属实有。偏颇处在于：复仇与复国，仍是该剧的突出主题，只不过被上述一些消极的东西干扰和冲淡了。伍子胥的复仇，与申包胥的复国，被同时歌颂着，构成了善与善的悲剧冲突。秦王的出兵，也是为了雪耻，楚昭公的亲疏区分，除了反映封建正统观念外，更为现实也更为重要的是为复国大计考虑。在第一折吴兵压境时，就有一曲【寄生草】唱道：

> 从来道要得千军易，偏求一将难。闲时故把忠臣慢，差
> 时不听忠臣谏，危时却要忠臣干。谁当这借吴雪恨伍将军？
> 我则索求那扶周摄政姬公旦。

当无人可以托命时，他把楚国的希望寄托在弟弟身上，就像当年周武王弟弟周公旦扶周一样。到了第三折江心难渡的生死关头，昭公第一个要保的是兄弟，因为没有了兄弟，"着谁人买马招军，重与俺扬威耀武"（【斗鹌鹑】），所以宁可抛妻弃子也要保住兄弟。这一折，并没有游离于复仇与复国的戏剧冲突之外，只不过是借昭公的情感冲突，将矛盾推向高潮。

当我们再读元刊本时，就会有这样一种强烈的感觉：人们批评《楚昭公》思想内容上消极的东西，大多并不存在；它的主题，就是歌颂复仇与复国精神，也有对奸臣误国的斥责，对忠孝行为的颂扬；它是一部十分严肃的、悲剧气氛很浓的历史悲剧。

元刊本前有楔子，交代了当时的形势：楚昭公即位，斩了陷害忠良的贼臣（费无忌），封了兄弟，拨乱反正。但奔吴的伍子胥是楚国大患，"若是子胥雪恨亡了先帝，怕来时节我当屈斩了功臣罪"（【仙吕·端正好】），楚国处在伍子胥复仇的恐慌之下，气氛是严肃庄重的。明刊本改成因一把剑而起争端，使故事蒙上了神秘色彩，又似乎吴国游戏兵戈，冲淡了悲剧气氛和主题的严肃性。元刊本第一折开头昭公追述往事：昭公之父平王听信谗言，屈斩伍子胥父兄，子胥被迫奔吴，"忠臣叛"；伍子胥与申包胥相对发愿：一个誓要覆楚复仇，一个誓要复楚安国，"子胥胜天翻地乱，包胥胜国泰民安"，两人是"一龙离水，二虎交山"（【混江龙】）。该剧虽是楚昭公主唱，但决定矛盾发展的冲突双方已经展现：一方是复仇的伍子胥，一方是复国的申包

胥，复仇与复国的主题也就展现出来。这里特别应该注意：郑廷玉将叛逃的伍子胥作"忠臣"颂扬，这是对封建伦理纲常的反叛。在昭公的胆战心惊中，害怕的事情不可避免地发生了：子胥复仇大军压境。这时又插入一段曲词，追述伍子胥当年临潼会上显英豪，颂扬他的忠孝和英勇。在这存亡关头，申包胥临危受命，西去秦国，借兵复楚。戏剧冲突展开。这一情节，明刊本大致相同，只因曲文改窜，悲剧气氛已不如此强烈，复仇与复国主题也不如此鲜明。元刊本第二折，子胥复仇："他将那乾坤忠孝，盖世英雄，来报那杀父母冤仇。"（【紫花儿序】）这样高度赞美的话，通过昭公的口唱出，可见作者是如何地强调"复仇"这一主题了。在国亡家破关头，昭公一家凄凉伤怀，豪华已去死临头，哀哀切切，浓笔抒写亡国的哀痛。接下去写子胥鞭尸复仇，哀痛与痛快淋漓交织着，复仇与屈辱同时捧在读者面前，这悲剧冲突、情感冲突是异常激烈的。从这一系列描写中，人们清楚地认识到了作者生活的那个时代，那个时代的惨象和时代的情绪，从而认识《楚昭公》的思想艺术价值。这些激烈的戏剧冲突和情感冲突，在明刊本中看不到了。出现在舞台上的，是在元刊本中早已处死了的奸臣费无忌的一段小丑似的表演，翻成一节游戏文字，复仇的主题，亡国的哀痛，被淡化了。元刊本第三折，写昭公嫡亲四口逃难中在江心的"疏者下船"，这一情节，元、明刊本大致相同，只是明刊本加上了龙神救护的情节，而这正是批评者说《楚昭公》宣扬封建迷信和善恶果报的宿命观的根据，这一根据在元刊本中不存在，因而这一批评也不适合于元刊本。至于其中宣扬的亲疏观念，则另有劝世警世之意，下文再谈。元刊本第四折，情节很简单：申包胥借来救兵，伍子胥闻讯而退，楚国重安，昭公兄弟再见，思念死去的贤妻孝子，说他们"身死在波光内，名标在书传里"（【落梅风】）。为了纪念，"近山村建座坟围，盖座贤妻庙，立个孝子碑，交后代人知"（【水仙子】）。元本没有明刊本那样的大团圆结局，而是在沉痛的哀悼气氛中，落下了悲剧的帷幕。这一折的曲文，多是借昭公之口发议论，以申明剧作主题。如【双调·新水令】说：

> 包胥忠孝子胥知，听得借将军来引军先退。借军的重扶
> 的楚国安，报仇的齐和凯歌回。名姓与天齐，忠孝两完备。

复仇的子胥，复国的包胥，都被认为是"忠孝"，可见作者的"忠孝"观，已完全服从了复仇与复国的主题，而与正统的忠孝观是相悖的。作者又将楚昭公"疏者下船"的亲疏观加以引申，用以劝世警世，【得胜令】一曲，与第三折呼应，批评世人俗态说：

> 最软（当作"钦"——笔者注）的是房下子、脚头妻，最
> 敬的是大舅舅、小姨姨，见丈母十分怕，见丈人百事随。有
> 一个富相知，感旧一辈传一辈；见一个穷的亲戚，识的他却
> 皮隔皮。

研究者对楚昭公"疏者下船"的亲疏观批评较多，认为这反映了剧作者浓重的封建正统观念。这一点不可否定，只是应该说明，像上引【得胜令】等有关劝世警世的内容，在明刊中没有了，"疏者下船"的情节失去了呼应，人们已看不出劝世的寓意，剩下的只有对正统观念的宣扬了。实事求是地说，这些劝世警世的议论，虽然从"疏者下船"引申而来，但与戏剧冲突是两层皮，是《楚昭公》的败笔。

《楚昭公》是一部严肃的历史悲剧，它的主题与作者生活的时代有关，是时代精神、时代情绪的反映。

二、《楚昭公》的主题是时代的主题

在钟嗣成的《录鬼簿》中，郑廷玉被列入"前辈名公才人，有新编传奇行于世者"中，又知郑廷玉与《赵氏孤儿》的作者纪君祥、《伍员吹箫》的作者李寿卿同时，可知郑氏生活创作在元代前期。这是一个民族矛盾尖锐、民族情绪激烈的时期，是一个产生悲剧的时期。蒙古大军马首南向，覆金灭宋，建立了空前恢宏广大的元帝国，这是一首空前雄壮的历史进行曲。但同时，这时的知识分子在宋、金归元的历史大变动中，历尽了沧桑。民族矛盾与新旧矛盾交织着，他们心中有无限愤激。有的人在无可奈何时产生了严重的历史幻灭感，隐居山林逃离现实，写些宁静恬淡的田园诗，或出世入仙的神仙道化剧，掩盖和压抑心中的不平。但更多的是"感慨悲歌之语"（《河汾诸老诗集序》）。"乱世之音怨以怒""亡国之音哀以思"，知识分子要呼喊，要发泄，抒发历史兴亡之感，宣泄复仇与复国情绪。这是时代的民族情绪，"名公才人"激昂的呼唤复仇，低哀的痛挽前朝。在北方，有元好问的"伤乱诗"。在南方，颂扬岳飞与文天祥的诗作大量涌现，突出反映了这一民族情绪。虽然复国已成泡影，但血未冷，心不死，他们景仰、欣赏着那"待从头，收拾旧山河"的激昂慷慨。

杂剧，由于它体裁的特点，比之抒情的诗歌，就更便于表现复仇与复国的主题。李修生先生在《元杂剧发展述略》一文中论元初期杂剧说：

> 元杂剧作家有的终生不仕，有的屈沉下吏，有的成为浪子班头，他们只能以歌代哭，在他们创作的杂剧作品中倾吐其内心的不平。他们写出了善良的人们在悲苦命运重压下的

呼喊，抒发了历史兴亡的感叹，以及压抑的民族情绪。这些
杂剧作品汇成了时代的最强音。

　　……他们创作了中国戏曲史上，也即中国文学史上真正
具有悲剧精神的戏曲文学作品，《窦娥冤》《梧桐雨》《赵氏孤
儿》《汉宫秋》等，被今人称为元代四大悲剧，都是这个时期
的产物。[1]

这是一个悲剧的时代，所以产生了如此众多的中国文学史上最为优
秀的悲剧。在所谓"元代四大悲剧"中，《窦娥冤》歌颂窦娥的死后
复仇伸冤，《梧桐雨》写唐明皇失国的哀痛，至于"列之于世界大悲
剧中亦无愧色"[2]（王国维语）的《赵氏孤儿》，更是集中而强烈地
表现复仇精神。李春祥先生曾指出"这种精神是与元初社会矛盾斗
争息息相通的"，是"时代精神"[3]。以此评价郑廷玉的《楚昭公》
也是适用的。因为在我们看来，《楚昭公》与《赵氏孤儿》的主题是
极其相似的：表现复仇复国（或复邦）精神，痛斥权奸，歌颂忠良
（或忠孝）。有趣的是，《录鬼簿》介绍《赵氏孤儿》的作者纪君祥
说："与李寿卿、郑廷玉同时。"这李寿卿就有一部杂剧《伍员吹
箫》，歌颂伍子胥复仇。"四大悲剧"的另一部《汉宫秋》，更是民族
情绪的宣泄。

　　复仇主题，是中国古代叙事文学的传统主题，但在元初这一特别
时期，具有特别的意义。《楚昭公》就是在这一特殊时期，鲜明地表现
复仇与复国精神的历史悲剧，其主题是积极和深刻的。

---

[1]　李修生：《元杂剧发展述略》，《文学遗产》1991年第2期，第97页。
[2]　王国维：《宋元戏曲史》，上海古籍出版社2008年版，第88页。
[3]　李春祥：《元杂剧史稿》，河南大学出版社1989年版，第211、212页。

三、 关于郑廷玉杂剧思想性的一点浅见

郑廷玉现存剧作，除《看钱奴》《楚昭公》外，还有《包待制智勘后庭花》《宋上皇御断金凤钗》《布袋和尚忍字记》，另有一部有争议的《崔府君断冤家债主》。我们对有元刊本流传的《看钱奴》《楚昭公》两剧，作了元明刊本的对比研究，得出了大致相同的结论：元、明刊本存在着根本差别，元刊本思想和艺术水平远非明刊本所可比，人们据明刊本批评郑廷玉杂剧存在的消极的东西，在元刊本中几乎找不到，只是在明刊本中才有，如此等等，都说明明刊本远不能代表郑廷玉剧作的思想和艺术水平。有元刊本传世的情况是这样，没有元刊本传世的其他各剧的情况也可由此推断。因此，对郑廷玉杂剧的总体评价，应该建立在对《看钱奴》《楚昭公》元刊本研究的基础之上，以往以明刊本为依据对郑廷玉的批评，恐怕是不够公平的。郑廷玉剧作的思想和艺术价值，还没有得到正确的认识和公允的评价。

（原载《中州学刊》1993 年第 4 期，收入张月中主编《元曲通融》，山西古籍出版社 1999 年版。发表时与张弦声合名）

元曲“蛤蜊味”说献疑

　　读元曲论著，常见论者称元曲的风格特点（风味）为“蛤蜊味”，或称“蛤蜊风味”，较早的如 1999 年奚海在《青海师范大学学报》第 4 期发表《略论元杂剧的本色、当行和蛤蜊风味》的专门文章，文章说：“蛤蜊和元曲两者确实有着惊人的相似之处。正因为这样，一些独具慧眼地敏锐感悟到了元曲的伟大和审美特征的曲史家和曲论家们，还在元朝当代就坚决抵制和批判了那些王公勋戚和贵族文人的一切有关文学艺术的所谓正统、卫道等的陈词滥调，分外骄傲地将蛤蜊和元曲相联系标榜。”“标榜”者是钟嗣成，奚海引其《录鬼簿序》，说他为那些“门第卑微，职位不振”的曲家立传，“并以讽刺挑战的口吻写道：‘若夫高尚之士，性理之学，以为得罪于圣门者，吾党且啖蛤蜊，别与知味者道！’”至于何谓“蛤蜊味”，比较常见的说法是与“蒜酪”味接近，以为指元曲的俗趣与诙谐情调，还有若干论文对元曲“蛤蜊味”作了详细的阐释。但邓绍基主编的《元代文学史》说：“钟嗣成在当时已经料到，他作《录鬼簿》必然会受到那些尊奉‘性理之学’人们的歧视和不满，因而他说：‘若夫高尚之士，性理之学，以为得罪于圣门者，吾党且啖蛤蜊，别与知味者道。’明确表示杂剧与宣传‘性理之学’的作品不同，自有‘蛤蜊’味。其独树一帜，以聚‘知味者',与'性理之学'分庭抗礼之心,昭然纸上。"[1]如此看来,"蛤蜊味"与俗趣等元曲风味无关,似乎是指思想观念上的叛逆色彩。

这些都使我感到疑惑。我知道"蛤蜊"是一种海生动物,肉可食,但不知道它与元曲如何联系。尽管研究者对此风味作了许多阐述,如俗趣诙谐、豪爽泼辣、痛快淋漓等,但我总觉得这与蛤蜊之味连不上。元人忽思慧撰有《饮膳正要》三卷,其中真的说到了"蛤蜊味":"蛤蜊,味甘,大寒,无毒。润五藏,止渴,平胃,解酒毒。"[2]这个"蛤蜊味"与元曲的所谓"蛤蜊味"难以建立任何关联。学者们对所谓"蛤蜊味"理解的不一致,更使我对这一说法的可靠性产生怀疑。经过考察,我认为,《录鬼簿序》"别与知味者道"之所谓"味",与元曲之"风味"并无关联。"且啖蛤蜊"则另有出处。我们先将钟嗣成的话引在下边,然后讨论。钟嗣成《录鬼簿序》云:

> 余因暇日,缅怀故人,门弟卑微,职位不振,高才博识,俱有可录,岁月弥久,湮没无闻,遂传其本末,吊以乐章;复以前乎此者,叙其姓名,述其所作,冀乎初学之士,刻意词章,使冰寒于水,青胜于蓝,则亦幸矣。名之曰《录鬼簿》。嗟乎,余亦鬼也!使已死未死之鬼,作不死之鬼,得以传远,余又何幸焉?若夫高尚之士,性理之学,以为得罪于圣门者,吾党且啖蛤蜊,别与知味者道![3]

"且啖蛤蜊"四字是有出处的,并且在古人那里是一个比较常用之典,各大类书多有收录。其出处在《南史》卷二一《王融传》。王融

---

[1] 邓绍基主编:《元代文学史》,人民文学出版社1991年版,第275页。
[2] 忽思慧:《饮膳正要》卷三,明景泰七年内府刻本。
[3] 钟嗣成:《录鬼簿》,上海古籍出版社1978年版,第2页。

为南朝齐武帝时人，颇有才，亦有诗名，为"竟陵八友"之一。融少年得志，高自标置，自期三十以内位至公辅。《南史》本传载：

> （融）初为司徒法曹，诣王僧祐，因遇沈昭略，未相识。昭略屡顾盼，谓主人曰："是何年少？"融殊不平，谓曰："仆出于扶桑，入于汤谷，照耀天下，谁云不知？而卿此问！"昭略云："不知许事，且食蛤蜊。"[1]

这显然是沈昭略见话头不对，为避免冲突，借"且食蛤蜊"以回避。钟嗣成用此典，只不过以"啖"易"食"，并不影响词义。明人孙蕡用此典，也作"啖"，其长诗《骊山老妓行（补唐天宝遗事，戏效白乐天作）》，诗后自题云："而客有问余者，曰：'子诗浅易明白，仿佛乐天。然用事不免多误：上林苑是汉家事，《白翎雀》是世曲子，百子花萼楼恐不在骊山上，如何？'余笑曰：'那知许事，且啖蛤蜊。西山朝来，颇有爽气。'"[2]孙蕡觉得这位"客"于诗为外行，用"那知许事，且啖蛤蜊"之典，表示不想和他说，以免"对牛弹琴"。

古人在使用此典的过程中，意义也有些变化或泛化。就原典出处看，沈昭略只是不想与王融发生冲突而转移话题，也有觉得对方过于狂傲而回避的意思。据史载，沈昭略也是一位狂士，《南史》卷三七《沈昭略传》载："昭略字茂隆，性狂俊，不事公卿。使酒仗气，无所推下。"[3]但他遇到这位狂到自比太阳的人，就不想与之争锋，说："不知许事，且食蛤蜊。"后世诗文中，或表示回避之意，或不愿意、不屑于与对方答话，时用此典，进而有鄙视对方、不对牛弹琴，"道不

---

[1] 李延寿：《南史》，中华书局 1975 年版，第 576 页。
[2] 孙蕡：《西庵集》卷三，文渊阁《四库全书》本。
[3] 李延寿：《南史》，第 960 页。

同不相为谋"，因而不言、不与对方计较、不与对方争高下等意思。如宋虞俦《尊白堂集》卷二《雪晴后书怀二首》其二诗云："会须取印大如斗，宁羡封侯曲似钩！咄咄那庸如许事，尊前且食蛤蜊休。"[1]是指不羡佞幸者之荣耀，也不与之为伍。元仇远《金渊集》卷二《醉醒吟》云："众人皆醉我独醒，众人皆醒我独醉。先生何苦与世违？醒醉之中有深意。或云酒是腐肠药，沉湎淫泆无不至。或云酒是忘忧物，醉乡别有一天地。……公不见昔人有云，且食蛤蜊那知许事！"[2]这是对于社会的愤激之语。至于钟嗣成"若夫高尚之士，性理之学，以为得罪于圣门者，吾党且啖蛤蜊，别与知味者道"之语意，清人陈维崧《董得仲集序》的话最可借为注脚：

> 才高司马，遇杨意以何年；博甚子云，遭桓谭而奚日？行矣董君，勉旃自爱。不遇知音之辈，且食蛤蜊；倘逢识曲之人，定呼龙凤。[3]

不遇知音，"且食蛤蜊"；没人理解，"且食蛤蜊"。陈维崧之言和《录鬼簿序》在这一意义是相通的。钟嗣成深感他之写作《录鬼簿》是不能为"高尚之士，性理之学"者所理解的，不理解曲家及其曲作的意义和价值，当然也不能理解他著书的意义和价值，进一步怪罪他倾其心血著《录鬼簿》为这些人立传，故"以为得罪于圣门"。钟嗣成觉得，与这些"高尚之士"无话可说，"且啖蛤蜊"，将别寻知音"与知味者道"，所谓"知味者"当然是理解自己的工作意义、能心灵相通的人，也是了解曲家曲作真正价值的人。这应该是钟嗣成在序中要表达

---

[1] 虞俦：《尊白堂集》卷二，文渊阁《四库全书》本。

[2] 仇远：《金渊集》卷二，清《武英殿聚珍版丛书》本

[3] 陈维崧：《陈检讨四六》卷四，文渊阁《四库全书》本。

的意思。

以"蛤蜊风味"喻元曲风味有没有别的文献出处呢？不少人说到元曲家王举之的小令【双调·折桂令】《赠胡存善》，说王举之明确提出了"胡存善曲作的'蛤蜊风致'"。我们把王举之的《赠胡存善》引来一读：

> 问蛤蜊风致何如？秀出乾坤，功在诗书。云叶轻盈，灵华纤腻，人物清癯。采燕赵天然丽语，拾姚卢肘后明珠。绝妙功夫，家住西湖，名括东都。[1]

我们有什么根据可以判定这是评价"胡存善曲作"的风味呢？从这首散曲本身看不到任何根据。那么胡存善是个怎么样的人呢？现在仅存的关于胡存善的记载，是《录鬼簿》为他的父亲胡正臣所立的小传中提到了他。小传云：

231

> 胡正臣，杭州人。与志甫、存甫诸公交游。董解元《西厢记》自"吾皇德化"至于终篇，悉能歌之。至于古之乐府、慢词、李霜涯赚令，无不周知。辞世已三十年矣，士大夫想起风流蕴藉，尚在目前。其子存善，能继其志，《小山乐府》、仁卿《金缕新声》、瑞卿《诗酒余音》至于《群玉》《丛珠》，裒集诸公所作，编次有伦，及将古本□□，直取潭州易氏印行。[2]

无须细论，胡存善父亲胡正臣是一位唱曲的艺人，如果表彰一位文人曲家"至于古之乐府、慢词、李霜涯赚令，无不周知"，那不是笑话

---

［1］ 上海辞书出版社文学鉴赏辞典编纂中心编：《元曲鉴赏辞典珍藏本》（下），上海辞书出版社 2012 年版，第 1430～1431 页。

［2］ 钟嗣成：《录鬼簿》，上海古籍出版社 1978 年版，第 86～87 页。

吗？"其子存善能继其志"，存善和他父亲是同样的人，也熟悉曲类作品，并且作了元曲文献的搜集整理印行工作。"《小山乐府》、仁卿《金缕新声》、瑞卿《诗酒余音》至于《群玉》《丛珠》，裒集诸公所作，编次有伦"，这些散曲别集、总集，是他编辑成书的。至于他本人的创作，未见记载，现在也找不到，哪里谈得上他曲作的风味呢？从王举之《赠胡存善》中，倒是可以看出胡氏编选散曲的审美趋向，那是"采燕赵天然丽语，拾姚卢肘后明珠"，"天然"是自然本色之意，但"天然"之后缀以"丽语"，只能理解为清雅自然一路了，何况标举的代表作家作品是高官姚（燧）、卢（挚）的"肘后明珠"呢？可见他编选的审美趋向和今天学者们所论证的"蛤蜊风致"是矛盾的。那么如何理解王举之所谓"蛤蜊风致"呢？联系"且食蛤蜊"的出处和这一典故在运用中的意义演进，王氏这里应该是品评人物之语，即言胡存善富有"蛤蜊风致"：一种不事权贵、潇洒出尘的风致。这与下文"秀出乾坤""人物清癯""家住西湖"，以及他编选作品所取"天然丽语""肘后明珠"都是一致的。

在以上文献证据被否定之后，在论者看来最不重要的一则材料，反倒成了多少有点关系的文献了，这就是何良俊《曲论》批评高明《琵琶记》的一段话：

> 高则诚才藻富丽，如《琵琶记》"长空万里"是一篇好赋，岂词曲能尽之！然既谓之曲，须要有蒜酪，而此曲全无。正如王公大人之席，驼峰、熊掌，肥腯盈前，而无蔬、笋、蚬、蛤。所欠者，风味耳。[1]

---

[1] 何良俊：《曲论》，见中国戏曲研究院编《中国古典戏曲论著集成》第四册，中国戏剧出版社1959年版，第11页。

这也是元曲"蛤蜊味"论者使用的材料之一。如果据此说明曲有"蒜酪"味，倒是可以的，但以此说明曲有"蛤蜊味"，则显然难以成立。何良俊之意很明显，他批评《琵琶记》过于典雅华美而乏趣，"所欠者，风味耳"。如果当时已经有以"蛤蜊味"喻元曲风味者，他哪里用得着说"蔬、笋、蚬、蛤"呢？如果把何良俊此说作为元曲"蛤蜊味"的依据，我们何不说元曲有"蔬笋味"呢？至今也没有听说谁据何良俊这段话说《琵琶记》有"驼峰味""熊掌味"。"蔬、笋、蚬、蛤"如果用在文学批评上，无疑都有清苦、俭约、浅俗、本色之意。但如果就何氏此语认定有以"蛤蜊味"喻元曲风味之说，我们在文字中读不出此意。

结论是明确的：钟嗣成所谓的"吾党且啖蛤蜊，别与知味者道"云云，并非谈元曲风味。"且啖蛤蜊"之意甚明，即不理会高尚之士、性理之学的指责。那么"知味者"也即理解他的人又何所指呢？《录鬼簿》卷下有云：

> 若以读万卷书，作三场文，占奎甲第者，世不乏人。其或甘心岩壑，乐道守志者，亦多有之。但于学问之余，事务之暇，心机灵变，世法通疏，移宫换羽，搜奇索怪，而以文章为戏玩者，诚绝无而仅有也，此哀诔之所以不得不作也。……观者幸无诮焉。[1]

这第三部分人，就是钟嗣成所谓的"知味者"，就人群来说，但他们所知的"味"并非元曲的风味，而是真正的文心。前两种人不得此文心，不"知味"，只有"心机灵变，世法通疏，移宫换羽，搜奇索怪，

---

[1] 钟嗣成：《录鬼簿》，上海古籍出版社1978年版，第44页。

而以文章为戏玩者"能体得文心，是为"知味"。他同时感叹"知味者"之少："绝无而仅有"。如果我们联系曹雪芹《红楼梦》题词"都云作者痴，谁解其中味"[1]，那就会很容易感受钟嗣成之心，理解其序中之意。

（原载《文艺研究》2009 年第 2 期）

234

---

[1]　曹雪芹：《脂砚斋重评石头记（甲戌本）》，人民文学出版社 2010 年版，第 16 页。

金元之际杨奂的诗文成就及影响

文学史家对金元之际的元好问推崇备至，但似乎元好问只是孤峰独秀，与元好问同时的诗文作家都不在视野之内。这是不符合文学历史实际的。事实上，这一时期有不少有成就且有一定影响的诗文作家，其中包括与元好问同为文坛"一代宗盟"的杨奂[1]，元好问称其"学为通儒，有'关中夫子'之目"[2]。他还是元初一代文章大家姚燧的岳父，其文学主张和文章风格对姚燧影响深刻。杨奂本人也取得了相当高的诗文成就。元人李士瞻有言："焕然先生当国初时，文章、道德为第一流人物。"[3]所以，研究杨奂的文学成就和他对当时文坛影响，对于了解金元之际的文坛，对于认识金元文学发展的历史，是十分重要的。

杨奂（1186—1255），本名焕，改奂，又名知章，又或作英，字焕然，号紫阳，乾州奉天（今陕西乾县）人。金末名士。蒙古窝阔台汗十年（1238）选试东平，词赋、论两科皆中第一，从监试官北上谒耶律楚材，荐授河南路征收课税所长官兼廉访使。卒谥文宪。杨奂是金元

[1] 魏初：《青崖集》卷五《跋宋汉臣诸贤尺版手轴》，文渊阁《四库全书》本。
[2] 元好问：《杨府君墓碑铭并引》，杨奂《还山遗稿》附录，文渊阁《四库全书》本。
[3] 李士瞻：《经济文集》卷四《跋关西杨焕然先生画像赞》，文渊阁《四库全书》本。

之际著名文章家，其《臂僮记》一文自言“平生著述外无他嗜好”[1]，自称所著有《还山前集》八十一卷、《后集》二十卷。元好问作奂神道碑则称有《还山集》一百二十卷。赵复《杨紫阳文集序》言其集八十卷，苏天爵撰《元朝名臣事略》则称：“君著述有《还山集》六十卷。”今残存《永乐大典》不见引《还山集》诗文，大概其集明初已佚。今存后人所辑《还山遗稿》二卷。

杨奂嗜读书，擅诗文。元好问《故河南路课税所长官兼廉访使杨公神道之碑》称其：“作文划刮尘烂，创为裁制，以蹈袭剽窃为耻。其持论亦然。观删集韩文及所著书为可见矣。”[2]由此我们知道他曾“删集韩文”，并坚持韩愈“陈言务去”和“词必己出”的为文精神。杨奂有《韩子》十卷，是学习、整理韩愈作品编辑而成的著作，可见他对韩愈情有独钟。《四库全书总目》卷一百六十六《还山遗稿》提要高度评价杨奂诗文，说：“奂诗文皆光明俊伟，有中原文献之遗，非南宋江湖诸人气含蔬笋者可及。”但其所表彰的《汴故宫记》《与姚公茂书》《东游记》诸篇，均非着眼于文学，而是“皆可以备文献之征也”[3]。《民国乾县新志》有杨奂传略，称其：“诗文雅健，类韩昌黎”，评“公之诗文，气象深厚，音调铿锵。其义理之精，胎息之古，措词之高，足以比隆濂、洛，方驾韩、苏。诗文有光明俊伟之象，不其然乎？”[4]指明了杨奂文宗法韩愈又受理学影响的特点。今人也已开

[1] 杨奂：《还山遗稿》卷上，民国《适园丛书》本。

[2] 姚奠中主编：《元好问全集》卷二十三，山西人民出版社1990年版，第580页。

[3] 爱新觉罗·永瑢等：《四库全书总目》卷一百六十六，中华书局1965年版，第1430页。

[4] 《民国乾县新志》第六册附《杨文宪公遗著》卷末《年谱》四《传略》。

始关注杨奂的文章成就，且给予相当高的评价[1]。

一

杨奂在当时为文章名家，其文章写得好的有《还山遗稿》卷上的《射虎记》《重修岳云官记》，《全元文》所收的《重修太清观记》《京兆刘处士墓碣》等。《射虎记》一篇，由孔子"苛政猛于虎"之说推衍开去，指出，凡害人者皆是虎，而且其害更甚于虎。当时郿尉曹某射杀了害人之虎，托人请杨奂为之作记。杨奂认为，县尉射杀害人之虎、为民除虎害自然是好事，但他更大的功绩或说更应该做的是除去为害有甚于虎的"非虎之虎"。他荡开一笔，不写曹某射虎之劳，而表彰其为治一方除"非虎之虎"之功绩："子徒知其去虎之虎，焉知其去非虎之虎，且多乎哉！夫虎之杀人也见于迹，人犹得而避之，其害细；所谓非虎之虎，杀人也，藏于心，使人不知其所避，必狎而就之，其害巨。一扰之后，无地无之，奚独郿也哉？若夫啸凶嗥丑，伏昼伸夜，禁缓则跳踉，势穷则腾踯者，盗虎也；气吞一邑，块祝四乡，逞贪婪之欲，啗孤羸之利者，豪虎也；蒙昏冒昧，诬下罔上，掉难折之舌，吐无证之辞者，讼虎也；假威官府，择肉墟落，志在攫拿，情忘畏惕者，此吏虎也；爪牙为名，意气自若，倚事以下乡，幸赃以中人者，此兵虎也；又若钩距成性，搏击充己，据案弄威，攘权护失者，同僚之虎也；公御上檄，私争己忿，拥妖抱妍，醉酿饱鲜者，过客之虎也。"[2]杨奂长期生活在社会下层，在金末和蒙初这样一个混乱和动荡的时期，对当时的社会状况和社会弊端有着深刻的认识。他很了解，在这个虎

---

[1] 魏崇武：《光明俊伟尚新求变——简论金末元初杨奂的文章》，《殷都学刊》2005年第3期。
[2] 杨奂：《还山遗稿》卷上，民国《适园丛书》本。

狼遍地的时代，民众苦难的深重。他一口气列举了盗虎、豪虎、讼虎、吏虎、兵虎，还有同僚之虎、过客之虎。百姓出门即遇虎，抬头即见虎。群虎横行，百姓何以为生？所以，他这里绝不仅仅是对"苛政猛于虎"的推衍，而是基于对虎之害"其害细"，非虎之虎"其害巨"的切身体验。这篇文章对现实的反映和批判是极端深刻的，作者表彰曹某除非虎之虎之功，表达了人们对清平社会环境的渴望。

　　《还山遗稿》中的重头文章是《汴故宫记》和《东游记》，但人们读了这样的文章，会误认为杨奂富史才而乏文才，长于言事而拙于文辞。其实不然。《汴故宫记》和《东游记》是作者有意选择那样的表述方式。我们读了《重修岳云宫记》，就会佩服杨奂写景状物文笔之精彩：

> 天下形势之重，莫重于河阳、孟州，附邑怀、洛咽颐之地，南通湖襄，北抵燕蓟，出入往来，未有不由于此。拿舟鼓枻，喘息靡暇。承平日，坐挟府库仓庾之饶，而犹病诸。战斗三十载，馆舍灰烬，闾巷荆棘，虽智者亦无及矣。介乎两州之间，宫曰岳云，太行、王屋，堆蓝拥翠，又极一方形势之选。五六月，涨水弥漫，藕花菰叶，动摇于空蒙滉漾中，阆风、玄圃，徒费丹青。[1]

初如高空俯瞰，继而由中景而近景，一直到藕花菰叶之动荡，寥寥几笔写来，既阔大又细腻，语言省净却能给人深刻印象。作者能与元好问并名当世，盛名之下，必非庸才。《重修太清观记》的一段叙事，更让我们惊叹其笔力不凡。其叙述太清观的由建而废，废而复，简捷之

---

[1]　杨奂：《还山遗稿》卷上，民国《适园丛书》本。

至："……后因庵而观，土木工技，竞以时集。殿宇像设之严，指顾告成。至于宾客栖止，厨藏厕圊之所，莫不毕举。天兴之乱，扫地矣。曰复之者，熙真先生吉志通、炼阳子张志洞也。始于丙申，讫于辛丑，甫五六载，而丹臒斑斑然，钟磬锵锵然，簪裾济济然。向之瓦砾荆棘之场，一还旧观矣。"[1]若由常人来写，会觉得中间有多少重要过程无法割舍，又有多少人事需要叙及，还有多少细节需要描述。看了杨奂的叙述，才会明白，那些难以舍弃的文字，其实都是枝蔓，必痛加删削而后精光焕发。但要以杨奂这样的简净之笔写出，还得有他这样高的概括力。杨奂现存最精彩的文章，是《还山遗稿》漏收的《京兆刘处士墓碣》：

　　希文额颔方厚，眉目峭彻，顾盼虎如也。在童子，读书不碌碌，自谓风云势合，卿相可立致。视古之人卓荦不凡者，能指摘其行事可否之。长从河间赵翰林游，下笔有骨肋。既就举长安，龃龉难合。说其风土，不复返。剪去宦学，刻意古文。大抵含奇茹异，不以剽袭之主。西州碑版，多出其手。

　　平居一榻之外，皆法书名画。长安，周秦旧都，可以资玩好者户有之，希文望而判其真赝。合，则虽所甚惜，应手掷之，不作壹钱直；不合，锱铢之物，千百金不可得。尝鬻书于市，一达官辄持去。廱阉者，径造厅事。诘之，则曰："刘某也，取所负书耳！"见其辞色，趣付之，挟书掉臂而出也。其不可触如此。乡遇孤嫠，为所陵栋，无问识与不识，匍匐援之，犹己之急。无事，半语不吐，有可辨，铺今张古，杂出王

---

［1］　李道谦：《甘水仙源录》卷十，明《正统道藏》本。

伯，衮衮不自休，使听之者皆辣。贵游子弟入关，恨不得与之交。寻常燕赏，肴具必极丰洁，惟恐其不惬。强媚者欲效之，不能也。

性不喜浮图法，而喜寺处。往来开元百塔三十年，所须并以力致，羞为寒乞相以溷于人。或忤之，叱咄不少贷。审其无他肠，亦不以为怨。蒙泉在皇甫里，城南胜选也，一得更不挂想。闭门拥书，动至弥月。出则高冠短褐，佩刀曳杖，步武徐缓若有节，途人愕而避之。讥笑之，不屑也。或劝之娶，曰："非不欲也，无以当吾心者，宁孑然以终其身。"[1]

真是一篇以奇笔写奇人的奇文。大凡写奇人之与社会不合，不为社会所容，怀抱奇才而落魄一生，其文章都是批判社会的。这篇文章当然也是如此。文章开头介绍处士的名和字，已经表现出人物的荦荦不凡和孤高不倚，而后渐渐展开，让读者一步步了解处士的奇学异才，奇异性格，奇行异貌，逐步展示出人物的奇志大节。在铭文中，作者更发出了深沉的人生感叹："士之遇也，为龙为虎；其不遇也，如鱼如鼠。既鱼其龙，又鼠其虎。生必达其所好，死则从其所恶。将矫世以自戕？抑直行而不顾？苟会于心，千载其犹旦暮。"作者赞赏这种"直行不顾"，又深慨时代之不识人才，鱼其龙而鼠其虎。笔者曾感叹元代出现了不少写奇人的奇文，从文章章法上说，则多以传奇笔法作传记，如姚燧的《太华真隐褚君传》、虞集的《孝女赞序》、黄溍的《秋江黄君墓志铭》、元末宋濂的《秦士录》《竹溪逸民传》《抱瓮子传》

---

[1] 李修生主编：《全元文》卷七，据北京图书馆金石组编、中州古籍出版社 1989 年版《北京图书馆藏中国历代石刻拓本汇编》收录。

《吾衍传》《樗散生传》、王袆的《吾丘子行传》等，内容与笔法接近的还有揭傒斯的诗歌《赠王郎》。这一系列作品，在中国文章史上显示出特异的光彩。而检点起来，以此篇为最早。所以不妨说，以传奇为传记，是元代文章的创新，而这一创新，杨奂此文开其先河。

二

《四库全书总目》评杨奂诗文"光明俊伟"，以之与"江湖诸人气含蔬笋者"相对举。则"光明俊伟"四个字更应该是对杨奂诗的评价。四库馆臣的评价是客观可信的。杨奂能够与元好问一起成为一代文坛宗盟，肯定有很可称道的成就，文如此，诗也如此。今存《还山遗稿》卷下收五绝、五律、七绝、七律、五古、七古共六十二题一百零二首。20世纪初，张钧衡又从顾嗣立《元诗选》二集中辑得十五首，编为"补遗"一卷。其留诗的数量也是可观的。

杨奂诗确实没有南宋江湖诗的枯寂和清苦。他秉中原厚重之气，其诗浑厚而丰润，有大山广泽之气象，舒徐之中自有深醇。如《还山遗稿》卷下之《次答正卿》诗："客愁青镜里，归梦白鸥边。故国人何在，新秋月又圆。米盐逢此日，诗酒负残年。长羡平林鸟，双飞入暮烟。"读此诗，我们会和诗人一起体验孤独与愁思，默默地感受，这愁思会随着飞鸟延伸到无尽的天际。诗境是浑厚的，情感是深浑的。虽是写一人一时之愁思，但没有诗境狭窄、诗格卑弱之病。

杨奂诗给人印象深刻的是其组诗《录汴梁宫人语》十九首，诗人模拟金内庭宫人口吻，叙述其生活的变迁，从一个特殊的角度，记录了金朝灭亡的历史。从构思到语言的运用，都不同于以往的宫词，在中国诗史上很独特的。我们看其第一、第三、第四、第十三、第十五、第十七、第十九：

> 一入深宫里，经今十五年。长因批帖子，呼到御床前。
>
> 殿前轮直罢，偷去赌金钗。怕见黄昏月，殷勤上玉阶。
>
> 翠翘珠掘背，小殿夜藏钩。蓦地羊车至，低头笑不休。
>
> 陡觉文书静，相将立夕阳。伤心宁福位，无复夜熏香。
>
> 为道围城久，妆奁斗犒军。入春浑断绝，饥苦不堪闻。
>
> 别殿弓刀响，仓黄接郑王。尚愁宫正怒，含泪强添妆。
>
> 北去迁沙漠，诚心畏从行。不如当日死，头白若为生！

诗中的"郑王"，就是金叛将京城西面元帅崔立。蒙古军围汴京，哀宗弃汴出逃，崔立被任命为西面元帅留守汴京。崔后来杀留守的参知政事、枢密副使完颜奴申等，自称太师、军马都元帅、郑王，挟持后妃以城降。这些诗中简单的词句，都有极其丰富的蕴涵，表现了宫人在不同情景中极其复杂又难以言说的内心世界，确实是成功之作。这十九首诗被很多总集、选本或其他文献录入，元明之际陶宗仪《南村辍耕录》录之，以为"虽一时之所寄兴，亦不无有伤感之意"[1]。我们无法考证作者是不是见过金廷被掳北去的宫人，一般说，这些都应是想象之辞，但诗中心理、口吻摹写之逼真，宫人情态竟跃然纸上，又能有如此强的历史概括力，我们就不能不佩服作者笔力之高强。

元初诗坛承金而来。金之明昌、承安间，诗风以尖新为尚。南渡后，在社稷倾覆的危难面前，士风为之一变，诗风也随之而变。南渡后的诗坛，学唐成为风气。刘祁《归潜志》卷八载："南渡后，文风一变。文多学奇古，诗多学风雅。由赵闲闲、李屏山倡之……赵闲闲晚年诗，多法唐人李杜诸公，然未尝语于人。已而麻知几、李长源、元

---

[1] 陶宗仪：《南村辍耕录》卷十八《记宋宫殿》，中华书局1959年版，第222页。

裕之辈鼎出，故后进作诗者，争以唐人为法也。"[1]元好问《杨叔能小亨集引》也说："贞祐南渡后，诗学大行。初亦未知适从，溪南辛敬之、淄川杨叔能，以唐人为指归。"这些以唐人为指归的诗，按照元好问的描述，是"责之愈深，其旨愈婉；怨之愈深，其辞愈缓。优柔餍饫，使人涵泳于先王之泽。情性之外，不知有文字。幸矣学者之得唐人为指归也"[2]。但事实上，金之末年也未能完全扫除固有弊端，清人顾奎光等辑《金诗选》评赵秉文诗时还说："金诗未脱宋习，以槎枒生硬为工，爱使议论，锋芒太露，含蓄浑厚者少。"[3]杨奂诗却有深浑之气而无浅露生硬之失。我们看他的几首律诗：

> 长年因行役，短发易飘零。世事惊春梦，交情散晓星。烧痕侵路黑，柳色夹堤青。落日明霞底，原情动鹡鸰。（《还山遗稿》卷下《晚至青口》）

> 为爱春风好，乘时把一杯。百年双眼在，万事寸心灰。花向坐中落，客从云外来。诗成无纸笔，书地惜苍苔。（《还山遗稿》卷下《饮山家》）

> 瘦马踏雪来长安，老向白云依空山。长年独处村落里，几日一笑尘寰间。竹院风清联夜话，松斋月冷趁晨班。终南太白四时好，不得倚阑相对闲。（《元诗选》二集《送马公远归桂庵》）

243

---

[1] 刘祁：《归潜志》卷八，中华书局1983年整理本，第85～86页。
[2] 姚奠中主编：《元好问全集》，山西人民出版社1990年版，第37、38页。
[3] 顾奎光：《金诗选》卷上，清刻本。

杨奂作诗显然是求韵而不求格，但其诗作韵胜格亦不卑。这几首诗都表现了作者生活的困顿，但绝无叹老嗟贫的卑弱，也没有所谓"蔬笋气"。杨奂也有富有理致之作，理致中又别有风趣，语言极浅，读之忍不住发笑，笑过回味，却深深感受到历史的隐痛。如其《酬昭君怨》："玉貌辞金阙，貂裘拥绣鞍。将军休出战，塞上雪偏寒。"（《还山遗稿》卷下）是谁劝将军休出战呢？是昭君？是他人？还是将军自己不出战？这只是批评将军的懦弱吗？这一劝引人发笑，更引人发千古一叹。又其《太室》："茂陵骨已朽，万岁恐虚传。莫上中峰顶，秦城隔暮烟。"（《还山遗稿》卷下）诗人一语点破，顿觉那些一心要爬上权力顶峰让人山呼万岁的人，其想法和行为是多么的滑稽可笑。这首诗也许是一般意义上的咏史，也许其讽刺有具体所指，今天已经不可考知。但不管怎样，其讽世与警世之意，是深刻的。杨奂写景之作也很见功力，其五律《宿南石桥》云："江流平入楚，山势远连秦。岸柳犹含冻，溪花欲破春。石衔车辙古，沙印虎蹄新。晚境长为客，空山不见人。"（《还山遗稿》卷下）既优游不迫，沉着平缓，又有阔大境界。诗意含蓄，甚可回味。杨奂古体诗也写得不错，《元诗选》二集所收《李王夜宴行》《晋溪行感故人崔君宝冯达卿至》等，都颇富韵味。

三

金元之际的北方文坛，并不像一般想象得那么寂寥。清人顾嗣立在《元诗选》之袁桷小传中说："元兴，承金宋之季，遗山元裕之以鸿朗高华之作振起于中州，而郝伯常、刘梦吉之徒继之，故北方之学，至中统、至元而大盛。"[1]尽管他描述的时代稍后于杨奂，但也可作

[1] 顾嗣立：《元诗选》初集，中华书局1987年版，第593页。

为杨奂时期文坛状况的参考。杨奂与元好问大致同时,当时活跃于文坛的有段克己、段成己等"河汾诸老",还有著名诗人文章家耶律楚材、杨弘道等。应该说,当时的北方文坛非但不沉寂,还呈现出一定程度的繁荣。在这样一个并不寂寥的文坛上,杨奂能与文学巨匠元好问同为宗盟,其文学成就是不应该被忽视的。清代四库馆臣以"光明俊伟"评其诗文,这是一个很高的评价。此语本用以评人,李樗《毛诗集解》的一段话,可以让我们感受,这是多么高的评价:"尝观仁宗皇帝,以仁德育天下,而一时士大夫之贤者,俱列于朝廷。其大者固已光明俊伟,不可企及。而其小者亦能靖共正直号恺悌。"[1]清人曾国藩论文章曾说:

> 文章之道,以气象光明俊伟为最难而可贵。如久雨初晴,登高山而望旷野;如楼俯大江,独坐明窗净几之下,而可以远眺;如英雄侠士,裋裼而来,绝无龌龊猥鄙之态。此三者皆光明俊伟之象。文中有此气象者,大抵得于天授,不尽关乎学术。自孟子、韩子而外,惟贾生及陆敬舆、苏子瞻得此气象最多。[2]

当然,杨奂文章成就不能与孟、韩、贾、陆、苏中任何一人相比,放在整个中国文学史上来看,他只能算有一定成就的作家而不是大家。但《四库全书总目》给我们的提示还是很有意义的:正视杨奂的成就,在中国文学史特别是在元代文学史上,有他的存在。特别需要指出的是,杨奂对元代文章大家姚燧有直接且比较大的影响。读其《京兆刘处士墓碣》,已经可以感受到姚燧文章的气息了。

245

———————

[1] 李樗:《毛诗集解》卷三十,文渊阁《四库全书》本。

[2] 曾国藩:《曾国藩全集·诗文》,岳麓书社1994年版,第554页。

姚燧是中国文章史上的名家，有《牧庵集》传世。他是元代最具代表性的文章家，故元人吴善序其文集称："我朝国初，最号多贤，而文章众称一代之宗工者，惟牧庵姚公一人耳。"张养浩序则云："皇元宅天下百许年，倡明古文，才姚公牧庵一人而已。"[1]虞集在《庐陵刘桂隐存稿序》中说："国朝广大，旷古未有。起而乘其雄浑之气以为文者，则有姚文公其人。其为言不尽同于古人，而伉健雄伟，何可及也！"[2]元末杨维桢谈元代文章发展说："我朝文章雄唱，推鲁姚公，再变推蜀虞公，三变而为金华两先生也。"[3]后代之评，如清黄宗羲《明文案序上》言，明之文章名家，"较之唐之韩、杜，宋之欧、苏，金之遗山，元之牧庵、道园，尚有所未逮。盖以一章一体论之，则有明未尝无韩、杜、欧、苏、遗山、牧庵、道园之文；若成就以名一家，则如韩、杜、欧、苏、遗山、牧庵、道园之家，有明固未尝有其一人也"[4]。将他列入中国文章史一流作家行列。姚燧在元初，是扭转文风的关键人物。元初文章承金之绪，金代流行苏轼文风。到元之初年，姚燧学韩愈的刚劲古奥，使读者耳目一新。正如近人钱基博所言："盖宋金诸家，习于苏文，条达疏畅，而不免滑易；流风所靡，独燧以韩文自振拔。"[5]历来谈姚燧文章，都只说他远宗韩愈，《元史·姚燧传》就说燧从大儒许衡学，"时未尝为文，视流辈所作，惟见其不如古人，则心弗是也。二十四，始读韩退之文，试习为之，人谓有作者风"[6]。似乎姚燧文风的形成，只有远源而无近因。但事实上这是

---

[1] 姚燧：《牧庵集》卷首，《四部丛刊》本。
[2] 虞集：《道园学古录》卷三十三，《四部丛刊》影印明景泰本。
[3] 杨维桢：《东维子集》卷二十四《故翰林侍讲学士金华先生墓志铭》，《四部丛刊》本。
[4] 黄宗羲著，吴光主编：《黄宗羲全集》第十册《南雷诗文集》（上），浙江古籍出版社2012年版，第18页。
[5] 钱基博：《中国文学史》，中华书局1993年整理本，第764页。
[6] 宋濂等：《元史》卷一七四，中华书局1976年版，第4057页。

不可能的。文学史上的一切发展演变，都不可能只有远源而无近因。姚燧文风形成的近因就是杨奂的影响。上文关于杨奂文宗韩愈的论述，已经可以说明问题。在讨论杨奂《京兆刘处士墓碣》一文时，也提到了姚燧的《太华真隐褚君传》，我们摘录一段，具体而直观地感受姚文与杨奂文章在风格和笔法方面的相近：

> 云台，华岳也，为山益奇；上方，又天下之绝险。自北望之，石壁切云霄，峻峭正矗，非恃铁絙，不得缘坠上下。又不知铁絙成于何代何人，意者古能险之圣也。将至其颠，下临壑谷，深数里，盲烟幕翳其中，非神完气劲，鲜不视眩而魄震。君负食上下自给，如由室适奥，嬉然不为艰。薄寒，则上下负食益勤，为御冬备。一岁，偶未集，冰雪塞山门，计廪才得当冬之半。始服气减食为胎息，远则数日一炊。明年，山门开，弟子往哭求其尸，见步履话言，不衰他时，方神其为非庸人。……性嗜读书，逾熟《左氏博议》。日食数龠，饮酒未醺而止，不尽醉也。人家得名酒，争携饷之。至则沉罍泉中，时依林坐石，引瓢独酌。

由此就可以毫不勉强地说，杨奂文章对姚燧产生了直接且深刻的影响。姚燧文章在当时出现，即非横空出世，也非隔数百年而直接中唐韩愈。姚燧学韩是受了杨奂的影响，杨奂的影响是姚燧文风形成的近因。

（原载《文学与文化》第八辑，南开大学出版社 2008 年版）

247

耶律楚材与北京

　　13 世纪前期，金元之际，北京出现了一位了不起的历史人物，他就是曾任蒙古中书令的耶律楚材。他原是辽契丹贵族后代，辽太祖耶律阿保机的长子东丹王耶律倍八世孙，金尚书右丞耶律履第三子。耶律氏，名楚材，字晋卿，信奉佛教，法号"湛然居士从源"。生于金章宗明昌元年（1190），卒于蒙古乃马真皇后三年（1244）。楚材生当金蒙易代之际，在这个遍地铁蹄与烽火的年代，他以一介书生，独立于蒙古汗廷之上，制止杀戮与掠夺，推行汉法与汉化，为蒙古政权规划大政，草创制度，"大有造于中国，功德塞天地"[1]。他精于诗、书、琴、禅，通晓天文、医术。曾编制《征西庚午元历》，在世界上首先提出了历法的"里差"概念。复兴儒学，发展教育。还给后人留下了《湛然居士文集》等著作。

一、不了故乡情

　　楚材是北京人，世居玉泉山，这是没问题的。但有些问题，需要作一点考察。

---

[1]　沈德符：《万历野获编》卷二十八，清道光七年姚氏刻同治八年补修本。

耶律楚材回忆故乡的诗，多忆闾山，或忆吾山。闾山即医巫闾山。当年耶律阿保机去世，楚材的先祖耶律倍，身为太子而不得继位，其弟耶律德光登基后，耶律倍为逃避迫害，示意无心政事，便到东丹国显德府地方（今辽宁义县）的医巫闾山去隐居，在山之绝顶建望海楼，藏书万卷，读书作画其中。耶律楚材一支以耶律倍为始祖，于是自称医巫闾人。吾山则是山东东平的鱼山，因为楚材的父亲耶律履有食邑在东平，所以楚材又自称吾山人。但闾山也好，吾山也好，他都不曾生活过，他是地地道道的燕京玉泉山人。这个问题，王国维先生在《耶律文正公年谱余记》中专门谈过，称"公家自文献后久居燕京，而公诗中多忆闾山之作""则闾山亦当谓西山，而谓之闾山者，当时或有所避忌，故为漫语也。公生长燕京，似无隐闾山之事，然则集中闾山皆作西山观可也""然公诗中用吾山与闾山同意，亦指西山""此读诗者不当以辞害志也"[1]。文献指楚材父耶律履，谥文献。

王国维先生的话虽深有见地而未能将问题讲清。首先，楚材一家自其七世祖耶律娄国为燕京留守，即已定居燕京玉泉山，而非"自文献以后久居燕京"。其次，说"或有所避忌"，避忌什么呢？这应作进一步考察。

耶律楚材自称闾山人，其意乃以耶律倍为始祖。但按中国传统宗子法，他却应该以七世祖娄国为始祖。因为天子世子继世为天子，其余诸子各自立为本派之始祖，而不得以天子为祖。耶律倍虽不得位，但其长子耶律阮却继位为君，是为辽世宗，于是追谥耶律倍为辽义宗。按礼法，楚材一支已不得再以耶律倍为始祖而应以娄国为始祖。

---

[1] 王国维：《耶律文正公年谱余记》，耶律楚材著，谢方点校《湛然居士文集》附录，中华书局 1986 年版，第 375～376 页。

但娄国由于谋废穆宗而被赐死,择绝后之地以葬,成为"逆臣",后人便不愿认他为始祖,而宁愿不合礼法地上推到耶律倍。这也许就是楚材避免说自己是玉泉山人而自称医巫闾山人的原因。在追述其家族显赫的家世时,也总将娄国跳过。请看楚材《为子铸作诗三十韵》一诗的说法:

> 赫赫东丹王,让位如夷伯。藏书万卷堂,丹青成画癖。
> 四世皆太师,名德超今昔。我祖建四节,功勋冠黄阁。先考
> 文献公,弱冠已卓立。[1]

历述了八世祖东丹王倍、六世祖国隐、五世祖合鲁、高祖胡笃、曾祖内刺(四世皆太师)、祖德元、父履,独独不及七世祖娄国。这或许就是王国维所说的"避忌"。但这"避忌"也非始终如一,在其《湛然居士文集》中,卷十二已有自称玉泉处,到最后一卷,即卷十四,自称"玉泉"或直言"家玉泉"者已时时可见,如卷十四《用梁斗南韵》说:"收拾琴书作归计,玉泉佳处老余生。"[2]又如卷十《寄妹夫人》一诗中,有"三十年前旅永安"之句[3]。凡称玉泉的诗都写于晚年,"旅"同"庐",永安即玉泉山耶律氏住地。

尽管楚材诗中有时写闾山,有时写吾山,但处处写的都是玉泉山。生他养他的是玉泉山,楚材魂牵梦绕的也是玉泉山。如《继孟云卿韵》诗中说:

> 归欤奚待冀双旛,无恙闾山耸崒峨。万壑松风思仰峤,

[1] 耶律楚材著,谢方点校:《湛然居士文集》卷十二,中华书局1986年版,第270页。
[2] 耶律楚材著,谢方点校:《湛然居士文集》卷十四,第309页。
[3] 耶律楚材著,谢方点校:《湛然居士文集》卷十,第231页。

千岩烟雨忆平坡。[1]

"仰峤""平坡"是两座名刹，都在北京。则楚材笔下的"闾山"，乃指北京玉泉山，是十分清楚的了。

耶律楚材一生，自二十九岁时被蒙古成吉思汗征召离开燕京，大半生居于西域与漠北。不管他身在何处，也不管困顿与显达，他始终念念不忘故乡，总有一种家山不得归的遗憾。他有一首《吾山吟》说：

> 吾山吾山予将归。予将归，深溪苍松围茅亭，扃扃柴扉。水边林下，琴书乐矣，水边林下，琴书乐矣，不许市朝知。猿鹤悲，吾山胡不归？[2]

是呀，"吾山胡不归"？他不禁自问。当"家亡国破一身存"时，天下惶惶，他就许身天下事，"而今正好行仁义"[3]，要拯救斯民于水火之中。"衣冠异域真余志，礼乐中原乃我荣。何日功成归旧隐，五湖烟浪乐余生。"[4]但是，行道济民是那样艰难，"礼义不张真我恨，干戈未戢是吾忧"[5]"故园日夜归心切，未济斯民不敢行"[6]。他是思见家山怕见家山，当志不得道不行时，他感到"苍生未济归何益，一见吾山一度羞"[7]，而当志微申道得行时，又"虚名羁我未能

[1] 耶律楚材著，谢方点校：《湛然居士文集》卷九，中华书局1986年版，第209页。
[2] 耶律楚材著，谢方点校：《湛然居士文集》卷十一，第245页。
[3] 耶律楚材著，谢方点校：《湛然居士文集》卷十一《送房孙重奴行》，第247页。
[4] 耶律楚材著，谢方点校：《湛然居士文集》卷四《和武川严亚之见寄五首》其一，第86页。
[5] 耶律楚材著，谢方点校：《湛然居士文集》卷六《和薛正之韵》，第140页。
[6] 耶律楚材著，谢方点校：《湛然居士文集》卷四《和武川严亚之见寄五首》其五，第87页。
[7] 耶律楚材著，谢方点校：《湛然居士文集》卷四《和竹林一禅师韵》，第78页。

归"[1]。楚材永远在思归而归不得的矛盾中翘望着家山。即使人到燕京，仍不能算是归乡，因为他之所谓归，就是辞官归隐，挂冠归林。请看他游宦十年，将归燕京时写的一首诗：

> 旧山盟约已愆期，一梦十年尽觉非。瀚海路难人去少，
> 天山雪重雁飞稀。渐惊白发宁辞老，未济苍生曷敢归！去国
> 迟迟情几许，倚楼空望白云飞。[2]

耶律楚材的故乡情，至死也未了。在告别人世之时，他最后表达了归乡的愿望：希望死后归葬于玉泉山东的瓮山，就是今天颐和园中的万寿山。他的遗愿，在死后十七年得以实现，元世祖忽必烈中统二年（1261）十月二十日，葬于瓮山之阳，今昆明湖东岸。他终于长眠在了生他养他的土地中。

252

二、 学道行道在家山

幼而学，壮而行，致君泽民，这是古代士人的人生之路。耶律楚材也走着这条路，不过比一般人走得艰难些。楚材的一生，以二十九岁离开家乡跟随成吉思汗西征为分界，在此以前是学道，在此以后是行道。

耶律楚材生于儒素之家。父亲耶律履，博学多艺，通六经百家之书，尤其深研《易经》与《太玄》，以至于阴阳、方技、历象、推算，无不通晓。长于文辞，年轻时即以文章为时辈推服。曾制《乙未元历》，又有《耶律文献集》五卷。可惜楚材未满三岁，就失去了这位儒雅的父亲。幸而他有一位伟大的母亲，她出身名门，擅长琴棋诗书，

---

[1] 耶律楚材著,谢方点校:《湛然居士文集》卷七《和薛伯通韵四绝》其四,中华书局1986年版,第162页。

[2] 耶律楚材著,谢方点校:《湛然居士文集》卷二《和移剌继先韵二首》其一,第21页。

其父杨昙是当时名士。耶律楚材就在这样一位母亲的怀抱中长大。他有《思亲用旧韵二首》，其中有句："琴断五弦忘旧谱，菊荒三径负疏篱。""灯下几时哦丽句（太夫人昔有诗云：挑灯教子哦新句，冷淡生涯乐有余），筵前何日舞斑衣？"[1]可知楚材的弹琴作诗，都得之于母亲的传授。

居住于燕京永安的耶律氏，毕竟是一个大家族，同族兄弟姐妹，都以诗书琴棋为业。楚材有《寄妹夫人》一诗回忆幼时一起学习的情景：

> 三十年前旅永安，凤箫楼上倚栏干。初学书画同游戏，
> 静阅琴棋相对闲[2]。

幼时的家乡，同学的兄妹，一切都值得他终生眷念，任何时候想起，都会感到韵味盎然。当然，学习并不是件悠闲的事，耶律楚材有诗："尚记承平日，为学体自强。经书兴我志，功业逼人忙。"[3]《为子铸作三十韵》又云："我受先人体，兢兢常业业。十三学诗书，二十应制策。"[4]到十七岁，其诗文已经是深有所得了。宋子贞《中书令耶律公神道碑》说他："年十七，书无所不读，为文有作者气。金制，宰相子得试补省掾，公不就。章宗特赐就试，则中甲科。"[5]以后在亦仕亦学中过了七年，二十四岁，出为开州倅，《再和世荣二十韵寄薛玄之》云："蛟龙初得雨，日月近依光。事主心无隐，遭时建策长。"[6]

[1] 耶律楚材著，谢方点校：《湛然居士文集》卷六，中华书局1986年版，第133页。
[2] 耶律楚材著，谢方点校：《湛然居士文集》卷十，第231页。
[3] 耶律楚材著，谢方点校：《湛然居士文集》卷十二《再和世荣二十韵寄薛玄之》，第262页。
[4] 耶律楚材著，谢方点校：《湛然居士文集》卷十二，第270页。
[5] 耶律楚材著，谢方点校：《湛然居士文集》附录，第323页。
[6] 耶律楚材著，谢方点校：《湛然居士文集》卷十二，第262页。

年轻而气盛的楚材，以才学自负，以功名自期，自比百尺栋梁，想大有作为。不想次年，蒙古围燕，金室南渡，时局大变。楚材被燕京留守表为左右司员外郎回到故乡。困居围城，心思茫然，这时他从万松行秀学佛。不久，燕京也就陷落了。此后三年，他苦心学佛。万松行秀是当时很有影响的禅宗大师，金章宗曾召他到内廷说法。这时他住燕京报恩寺。耶律楚材由澄公和尚介绍，入万松之门。

在《琴道喻五十韵以勉忘忧进道并序》中，楚材自称："幼而喜佛，盖天性也。壮而涉猎佛书，稍有所得，颇自矜大。"[1]在《万松老人评唱天童觉和尚颂古从容庵录序》中叙述他的这段学佛经过说，有位圣安澄公和尚，神气严明，言词磊落，楚材十分敬重，所以常常向他请教佛道，在阅读《古尊宿语录》中有所得，就去问圣安澄公，澄公常赞许几句，楚材也自以为得。"及遭忧患以来，功名之心，束之高阁，求祖道愈亟。"这时又去向圣安请教佛法，澄公一反故态，对楚材的见解，毫无赞许。楚材大惑不解，澄公和尚对他说："昔公位居要地，又儒者多不谛信佛书，惟搜摘语缘以资谈柄，故予不敢苦加钻锤耳。今揣君之心，果为本分事以问予，予岂得犹袭前愆，不为苦口乎？予老矣，素不通儒，不能教子。有万松老人者，儒释兼备，宗说精通，辨才无碍。君可见之。"由此入万松之门。

> 予既谒万松，杜绝人事，屏斥家务，虽祁寒大暑，无日不参。焚膏继晷，废寝忘食者几三年。误被法恩，谬膺子印，以湛然居士从源目之。[2]

按万松的说法是："湛然居士年二十有七，受显诀于万松。其法忘死

---

[1] 耶律楚材著，谢方点校：《湛然居士文集》卷十二，中华书局1986年版，第256页。
[2] 耶律楚材著，谢方点校：《湛然居士文集》卷八，第190～192页。

生，外身世，毁誉不能动，哀乐不能入。"[1]"佛法穷毕竟"之时，楚材的思想已经成熟。他的处身之道是："用我必行周孔教，舍予不负万松轩。"[2]或称："用之勋业垂千秋，发扬孔孟谁为俦！舍之独善乐真觉，赋诗舒笑临清流。"[3]其用世之道是"以儒治国，以佛治心"[4]。就在这时，楚材写了一篇《贫乐庵记》，道出了他一生的志向与追求：

> 夫君子之学道也，非为己也。吾君尧舜之君，吾民尧舜之民，此其志也。使一夫一妇不被尧舜之泽者，君子耻诸。是故君子之得志也，位足以行道，财足以博施，不亦乐乎？持盈守谦，慎终如始，若朽索之驭六马，不亦忧乎？其贫贱也，卷而怀之，独洁一己，无多财之祸，绝高位之危，此其乐也。嗟流俗之未化，悲圣道之将颓，举世寥寥无知我者，此其忧也！[5]

他守持此志，追求此志，生死以之，始终不渝。

结束了学道生涯，就开始了楚材艰难的行道历程。写作《贫乐庵记》后一年多，公元1218年春三月，楚材二十九岁，被成吉思汗征诣行在，他平生第一次真正地远离家山，为实现他救世济民之愿而万里西行了。

在此后二十多年的政治生涯中，楚材以行道救民为己任，建立了

---

[1] 万松行秀：《湛然居士文集序》，耶律楚材著，谢方点校《湛然居士文集》卷首，中华书局1986年版，第1页。
[2] 耶律楚材著，谢方点校：《湛然居士文集》卷六《寄用之侍郎》，第130页。
[3] 耶律楚材著，谢方点校：《湛然居士文集》卷一《和裴子法韵》，第8页。
[4] 耶律楚材著，谢方点校：《湛然居士文集》卷十三《寄万松老人书》，第293页。
[5] 耶律楚材著，谢方点校：《湛然居士文集》卷八，第196页。

赫赫事功，其中与燕京有关的可举三事：建立燕京课税所、建立燕京编修所、打击石抹咸得卜的势力以整顿燕京治安。

燕京课税所设立于窝阔台汗二年（1230），是当时楚材奏准设立的十路课税所之一。据宋子贞《中书令耶律公神道碑》载，当时蒙古库中无斗粟尺帛，蒙古贵族别迭等人对窝阔台说："虽得汉人亦无所用，不若尽去之，使草木畅茂，以为牧地。"这将给中原地区和中原人民带来巨大的灾难，高度发展的农业文明将被毁。耶律楚材立即进言："夫以天下之广，四海之富，何求而不得？但不为耳，何名无用哉！"他给窝阔台算了一笔账，说酒醋、盐铁、山泽之利，每年可得银五十万两，绢八万匹，粟四十万石。窝阔台说："诚如卿言，则国用有余矣。卿试为之。"于是立十路课税所，以燕京为首。"设使、副二员，皆以儒者为之。如燕京陈时可、宣德路刘中，皆天下之选"。以前蒙古的财政来源，主要靠战争中的掠夺。十路课税所的设立，以税收代替了掠夺，其保护文化、保护人民、改变蒙古政权性质等方面的意义都是巨大的。课税所设立以后，"长吏专理民事，万户府总军政，课税所掌钱谷"[1]，分权而治，抑制了贵族势力的恶性膨胀。同时，这又是蒙古政权任用文人的开端。

燕京编修所设立于窝阔台汗八年（1236）。蒙古攻下汴京后，耶律楚材收旧金文士与刻工，"请立编修所于燕京，经籍所于平阳，编集经史，召儒士梁陟充长官，以王万庆、赵著副之"（《元史·太宗纪》）[2]，这是蒙古政权文治之始。此后，在楚材的安排下，"召名儒梁陟、王万庆、赵著等，使直释九经，进讲东宫。又率大臣子孙，执经

---

[1] 宋子贞：《中书令耶律公神道碑》，耶律楚材著，谢方点校《湛然居士文集》附录，中华书局 1986 年版，第 326 页。

[2] 宋濂等：《元史》卷二，中华书局 1976 年版，第 34 页。

解义，俾知圣人之道"（《元史·耶律楚材传》）[1]。进一步，在燕京立学校，兴讲学之风。可见燕京编修所在复兴儒学、复兴文化方面起了多么重要的作用。再以后，燕京编修所又在传播理学中成了重要阵地，据姚燧《中书左丞姚文献公神道碑》载，1241 年以后，在这里印行的书有《小学》《论语或问》《孟子或问》《四书》《声诗折衷》《易程传》《书蔡传》《春秋胡传》《近思录》，以及吕祖谦的经史论说诸书。历史有时也很幽默，楚材当年曾力排理学[2]，而他手创的燕京编修所，却成为北方传播理学的基地。

打击石抹咸得卜的势力，整顿燕京治安，则是在蒙古拖雷监国时的 1228 年。据《元史·耶律楚材传》和宋子贞《中书令耶律公神道碑》载，当时的州郡长吏，生杀任情，以至于夺人妻女，取人财物，兼并土地，无所不为。燕京留后长官石抹咸得卜尤为残暴，杀人盈市，燕京人民生活在水深火热之中，"楚材闻之泣下"，请蒙古主下令，州郡非奉玺书，不得擅征发，判处死刑必须上报汗廷，违者处死。于是残暴之风稍敛。但燕京的问题仍然没有解决，城中到处是强盗，光天化日，强盗就赶着牛车到百姓家中强取财物，不予即杀人。楚材奉拖雷之命，与中使察塔儿一起驰往燕京。"楚材询察得其姓名，皆留后亲属及势家子，尽捕下狱。其家赂中使将缓之，楚材示以祸福，中使惧，从其言。狱具，戮十六人于市，燕民始安。"[3]

耶律楚材还曾回燕京搜索经籍，又曾抵制奸商扑买燕京酒课，保护燕京的文化与经济，保护燕京百姓。另外，他还在燕京写成并刊行

[1] 宋濂等：《元史》卷一四六，中华书局 1976 年版，第 3459 页。
[2] 耶律楚材著，谢方点校：《湛然居士文集》卷十四《屏山居士鸣道集说序》，第 308 页。
[3] 宋濂等：《元史》卷一四六，第 3456～3457 页。

了《西游录》等。

耶律楚材功在社稷，名高天下。与燕京直接有关的事功，只是他所立功勋中极小的一部分。借此不过说明燕京山水养育了他，而他也给了故乡丰厚的回报。

三、北京的纪念

蒙古乃马真皇后三年（1244）五月十四日，楚材逝世于当时的蒙古都城和林（在今蒙古国北杭爱省），"蒙古诸人哭之如丧亲戚。和林为之罢市，绝音乐者数日，天下士大夫莫不茹泣相吊"[1]（《中书令耶律公神道碑》）。十七年后，从其遗愿，归葬于瓮山之阳。建墓时立有祠堂，墓前树有楚材与夫人的石像。明代被毁。清代圈入颐和园，并加以重修。

如今这座纪念物坐落在北京颐和园内，位于昆明湖畔，万寿山麓，虽不大却很肃穆，院门坐东向西，正对昆明湖涟涟碧波。有人说，它是颐和园中第一景，有人称它为颐和园中最古的名胜。跨进大门，是一座不大的庭院。东墙下有一石翁仲，应是建墓时的原物，严肃地端立着，永远做着祠堂主人忠诚的卫士。南墙边有御碑一幢，上刻清代乾隆皇帝亲书《耶律楚材墓诗及序》，诗有"有墓还同封比干"句，表达了后人对祠堂主人的敬仰之情。飨堂三间，坐北向南，是这座名胜的主建筑，匾额上"元枢宰化"四个浑圆大字，使人一望而肃然起敬。祠中彩塑耶律楚材坐像，神态安详，泰然面对世事变迁。每天都有许许多多的游客到此瞻仰，表达对墓主的敬慕之情。

北京人把耶律楚材作为自己的光荣，历代的北京地方志，都记载

---

[1] 宋子贞：《中书令耶律公神道碑》，耶律楚材著，谢方点校《湛然居士文集》附录，第333页。

了他的事迹，如明《永乐大典》本《顺天府志》、万历本《顺天府志》，清康熙本《顺天府志》、光绪本《顺天府志》，以及《宛平县志》《大兴县志》，都把他列入名宦、先贤。现代人更用多种方式怀念他，出版他的文集，研究他的事迹，颂扬他的功绩。"耶律楚材"这个名字，在北京人心中，有着永不减退的光彩。

（原载《中国典籍与文化》1996 年第 2 期）

刘秉忠文学成就综论

  元代僧人政治家刘秉忠是一位很具特色的人物，在元初政坛，他是一位不大声色的风云人物，对一代政治体制、典章制度的奠定，发挥了重大作用。同时，他又是一位诗文词曲兼擅的文学家，在元代文学发展的历史上，自应有他一席地位。在元诗研究日益受到关注的今天，刘秉忠也日渐受到研究者的重视。如杨镰先生的《元诗史》就用相当篇幅评价其诗，认为"他是元初北方诗坛有代表性的诗人之一"[1]，本人也对刘秉忠文学文献的留存情况作了一些粗略考察[2]，这些都说明，刘秉忠之文学创作，确有研究之价值。

  刘秉忠（1216—1274），字仲晦，初名侃。邢州（今河北邢台）人。十七岁为邢台节度使府令史，后去职，出家为僧，法名子聪，号藏春散人。蒙古乃马真后元年（1242），从禅宗大师海云法师晋见忽必烈，留忽必烈幕府。至元元年（1264），忽必烈令其还俗，复刘姓，赐名秉忠，授光禄大夫、太保，参领中书省事、同知枢密院事等。卒赠太傅赵国公，谥文贞。刘秉忠自幼好学，至老不倦，精书法，天文、卜筮、算术皆有成书。除事功卓著外，也对当时的文化建设作出了突出

---

[1] 杨镰：《元诗史》，人民文学出版社 2003 年版，第 258 页。
[2] 查洪德：《刘秉忠文学文献留存情况之考查》，《文献》2005 年第 4 期。

贡献。

评价刘秉忠文学成就，主要依据今存之《藏春集》（或名《藏春散人集》《藏春诗集》）六卷，所收为诗和词，收诗计七律二百三十九首、七绝一百五十一首。《永乐大典》残卷中尚有一部分刘秉忠诗。刘秉忠一生写作有大量文章，但我们今天能够看到的，仅有《全元文》卷一一五所收三篇。评其词作，大致可依据《藏春集》卷五与《全金元词》所收。刘秉忠散曲，今知有小令【干荷叶】一组八首和【蟾宫曲】一组四首，分别载《阳春白雪》前集卷一和《阳春白雪》后集卷一，《全元散曲》收录。其中【干荷叶】第五首至第八首可以断定非刘秉忠作，则实存散曲两组八首。

和古今很多人一样，刘秉忠的人格追求也即其诗风追求。《元史》卷一五七《刘秉忠传》对他的评价正揭明了这一点："自幼好学，至老不衰。虽位极人臣，而斋居蔬食，终日澹然，不异平昔。自号藏春散人。每以吟咏自适，其诗萧散闲淡，类其为人。"[1]在《元史》编撰者看来，刘秉忠之为人是淡泊的，其诗是闲淡的，诗之闲淡来自人之淡泊。这确实抓住了刘秉忠为人和为文的主要方面，也符合他在人们心目中的形象。

但是，我们可以赞赏《元史》这种高度概括的简洁性，却不能不指出，这种概括不能反映刘秉忠人格和诗风的丰富性和多面性。为人之淡泊，这似乎和他僧人的特点有关。但是，在"三教同源""三教归一"成为时代潮流的当时，刘秉忠的思想和人格，也肯定是复合的。应该说，坚定和质实，进取和淡泊，在他身上实现了矛盾的统一。

尽管我们在刘秉忠作品中读到的多是对于萧散闲适山林田园生活

---

[1]　宋濂等：《元史》卷一五七，中华书局 1976 年版，第 3649 页。

的向往，但我们却强烈地感受到他有一颗滚烫的热心，作为一个熟读儒书的士人，他不会放弃社会责任。在当时"天纲折，地维绝"的特殊历史时期，救时行道的历史责任感和使命感，使他深感大道沦没的悲哀。"人饥己饥，人溺己溺"的情怀，和时光易逝、功业难就的感叹，在他胸中交织着，使他的心灵在渴望与苦闷中无法摆脱。既要心怀天下，建功立业，拯黎民之溺；又要不染尘俗，不为尘累，做一个潇洒飘逸的高士，他的理想，是追求这矛盾的统一。这种双向价值追求形成了刘秉忠特有的人格，也使他有着独特的人生感觉。得意时，他认为自己是双求双得，而失意时又感到是双求两失。这些都在他的诗词曲作中强烈地体现出来。

一、 刘秉忠的诗歌

262

　　刘秉忠诗歌创作取得了一定成就。今存六卷本《藏春集》保存了他的七律、七绝。刘秉忠在元以事功称，故闫复《藏春集序》称其"当云霾草昧之世，天开地辟，赞成文明之治"，"至于裁云镂月之章，阳春白雪之曲，在公乃为余事"[1]。张文谦《刘公行状》则称其"诗章乐府，又皆脍炙人口"[2]。清顾嗣立《元诗选》小传称其"以佐命元臣，寄情吟咏，其风致殊可想也"[3]。顾奎光《元诗选》录其诗三首，评价在耶律楚材上。

　　刘秉忠诗的内容是丰富的，我们可以将其内容大体分为以下几类：遣怀、吟兴、咏志之作，记行记游及军旅之作，赠答之作，题画

[1] 闫复：《藏春集序》，刘秉忠《藏春集》卷首，《北京图书馆古籍珍本丛刊》影印明天顺五年刻本。
[2] 张文谦：《故光禄大夫太保赠太傅仪同三司谥文真刘公行状》，刘秉忠《藏春集》卷六附录，《北京图书馆古籍珍本丛刊》影印明天顺五年刻本。
[3] 顾嗣立：《元诗选》，中华书局1987年版，第373页。

之作，即事、写景及咏物等题咏之作，还有咏史诗和论诗诗。当然，这不是对刘秉忠诗进行严格的逻辑分类，因为按照这样的分类，一首诗可能会同时归入几类，这只不过要说明，刘秉忠诗的内容可以从这样几个角度来认识。这里对前三类诗作一简单评介。

首先是遣怀、吟兴、咏志之作。这是刘秉忠诗之一大类，数量较多。刘秉忠诗以"遣怀"命题者随处可见，如《藏春集》卷一之《夏日遣怀》，卷三之《春日遣怀》《岁暮遣怀》《遣怀寄颜仲复二首》《遣怀》，卷四七绝有《遣怀》一首。刘秉忠虽然身处蒙古政权高层，但他始终自视作幽人高士，并且他确有幽人之风与高士情怀。他以幽人高士目光看待物境，物境也触目成趣。如其《溪山晚兴》诗云：

> 楚山临水适幽情，无意成诗诗自成。秋雨滴残秋草暗，
> 晚云收尽晚风清。渔舟散去横烟霭，樵担归来踏月明。是树
> 有枝堪架足，南飞乌鹊莫多惊。（《藏春集》卷一）

诗中充盈着悠然幽然之趣。读此诗，绝不会想到，作者乃是一位为蒙古政权规划大政的人物。诗中感情流露得是那样自然、真实，毫无造作之感。刘秉忠还在诗中表达了他对人生的看法：随遇而安。在刘秉忠诗中，我们常常看到的是一位远离尘嚣的雅士形象。其《蜗舍闲适三首》其三云：

> 半世劳生天地间，千金易得一安难。庭前松菊成闲趣，
> 窗外云山得卧看。光满此宵逢好月，香来何处有幽兰。横琴
> 消尽尘中虑，一曲秋风对月弹。（《藏春集》卷一）

诗人以清幽之心对清幽之境，写出一个彻悟人生后的高人雅士在人境俱寂中的精神满足与心灵享受。直白，朴拙，简淡。在这里，我们发

现刘秉忠似乎对明月特别偏爱，这大约是因为月的明朗与清幽，正与他的人格追求契合。他也曾自言"心如秋月十分朗"（《藏春集》卷二《寄友人四首》之一）。

刘秉忠的人生也并非永远有清幽的明月相伴，他的心中深印着无奈与凄凉，《藏春集》卷三的《遣怀》一诗就抒写了他一生的奔波与飘零，以及他心灵的孤独和寻求归依的渴望：

> 世事茫茫今古同，人生无奈落西东。几年羁旅雁声里，千里家乡蝶梦中。梧叶打残秋夜雨，菊花开尽晓晴风。渊明醉卧东篱下，不管明朝酒盏空。

虚无幻灭之感和人生不过游戏之感也搅扰着刘秉忠："世事百年魂梦里，人生几日笑谈中。朝三暮四相狙戏，识破从前赋芋翁。"（《藏春集》卷一《守常二首》其一）正是这种幻灭和游戏，使他彻悟了。在他的诗中，我们感觉到他以一种大彻大悟的高人眼光冷眼静观着或者竟可以说是俯视着人间的云烟变幻和机诈奸巧，虽然洞视一切却沉默不语："一心止水常平湛，万事浮云任往还。"（《藏春集》卷三《大理途中寄窦侍讲先生二首》其一）又如"就里静为真受用，到头闲是好生涯"（《藏春集》卷一《蜗舍闲适三首》其二），"棋盘十九路纵横，百着皆从一着生。黑白自持心有乱，不如袖手看输赢"（《藏春集》卷四《棋》）皆如此。这就是集僧人和功业卓著的政治家于一身的刘秉忠的内心独白。这尽管与作者信奉佛教有关，但却不能简单地归因于佛教。

其次是记行记游及军旅之作。刘秉忠随蒙古大军北行大漠，南至云南，也曾西征，足迹所至，南北东西数万里，经历了很多奇异与惊险，见识了异域的风情与风光，眼界大开。尽管刘秉忠性情恬淡，对

264

外界刺激不作出强烈的感情反应，新异之物与奇异之境未能改变其诗的风格，他的诗依然恬淡而不奇崛，但诗的内容却大大丰富了，诗的魅力也大大增强了。这部分诗写军旅生活之险恶，军威之盛壮，也写异域之自然风光。生活环境的变换也促使诗人对人生作新的思考。其《西蕃道中》诗云：

> 鞍马生平四远游，又经绝域入蛮陬。荒寒风土人皆怆，
> 险恶关山鸟亦愁。天地春秋几苍雁，江湖今古一扁舟。功名
> 到底花梢露，何事区区不自由。（《藏春集》卷一）

诗中既没有唐代边塞诗中对功业的强烈渴望，也看不出唐代边塞诗中人所畏惧的边地寒苦，无奈和漂泊之感也都是淡淡的，只是从个人功利的角度思考，他对如此没有尽头的鞍马远游生涯的意义表示怀疑，而这种怀疑又源于其生活方式与他散淡自由个性的矛盾。当然，这并不是此类诗的主旋律。以下三首诗或许能代表刘秉忠军旅诗的主要内容：

265

> 稠林夹路冠依违，彪骑单行压众威。重劝小心防暗箭，
> 深知老将识兵机。风号日落江声远，山锁寒烟树叶稀，鹦鹉
> 喧啾似鸦雀，百千都作一群飞。（《藏春集》卷一《乌蛮
> 道中》）

> 征辇震作旅魂惊，直入云南谷口行。一水循环通地脉，
> 四山连避壮天城。兵还失律难依险，国既无人立可平。马援
> 班师铜柱在，谁知儿戏得功名。（《藏春集》卷一《云南
> 北谷》）

天王号令迅如雷，百里长城四合围。龙尾关前儿作戏，
虎贲阵上象惊威。开疆弧矢无人敌，空壁蛮酋何处归。南诏
江山皆我有，新民日月再光辉。（《藏春集》卷一《下南诏》）

三首诗大致表现环境的险恶，境遇之陌生，处境之危险，军威之壮
盛，战功之显赫。其中也表露出此类诗特有的气象。诗人常常用惊奇
的眼光审视这一切，用敏感的心灵感受这一切，有时又勾起诗人对历
史的思考。诗境之阔大，气势之豪壮，在刘秉忠诗中显得很突出。同
样的内容，在大致同一时代、同样经历的耶律楚材笔下，就写得异常
奇崛，而刘秉忠的奇异则蕴涵在舒展平阔之中，颇耐寻味。

有时刘秉忠会忘记身处军旅的现实，而以一个游客的眼光欣赏异
域奇特的风景，流连其中。一个热爱自然的人，有一种对大自然的天
然契合，随时随处都渴望融入自然也能够融入自然。我们看这样两
首诗：

世外徒闻说洞天，桃源迷路再无缘。摩青硊磊谁能凿，
绣白玲珑自可穿。别有一壶藏日月，正看万窍吐云烟。劳生
得遇崆峒客，炼诀还丹问隐仙。（《藏春集》卷一《过玲
珑山》）

闲情平日惬林丘，不忆南来得此游。远近树分山障列，
纵横水入稻畦流。一川风物撩诗兴，满地干戈破客愁。回首
斜阳在乔木，独怜幽境更迟留。（《藏春集》卷一《鹤州
南川》）

有美景而乏良辰，如果不是战争，此地此景，该是多么令人陶醉！在
刘秉忠看来，这里是人间仙境，战争似乎并没有改变这里的平和与安

宁。这是刘秉忠向往的境界，在他看来，这就是世外桃源，他向往的是这里的宁静，可惜战争的忧思搅扰着他，使他赏景之趣大打折扣。这类诗有陶诗的质朴自然真淳，在恬淡平和中透出淡淡的忧思。

刘秉忠长时间转徙四方，写了大量的记行记游和军旅诗。诗题带"客"字的，或作何处"道中"的，或称"宿"某处的诗，在《藏春集》中相当多。和无数传统的中国文人一样，他也有着很重的恋土情结，渴望归乡，渴望安静的生活。"关河牢落别离中，到处题诗记转蓬。啼鸟不知春是客，落花还逐水流东"（《藏春集》卷二《客兴》），表现了他的转徙生活，也写出了他的感慨。他的《江上寄别》寄寓深慨，是一篇佳作：

> 军中无酒慰飘零，辜负沙头双玉瓶。鞍马几年南北路，关河千古短长亭。好风到枕客愁破，残月入帘归梦醒。梦断故山人不见，晓来江上数蜂青。（《藏春集》卷一）

在后世诗评家眼里，这样诗当然有可挑剔处，如连用"梦醒"与"梦断"等，但诗中既真实反映和高度概括了他转徙四方的生活，又见出诗人的真性情，让读者感受到了那隐隐的离思与乡愁，感情虽不强烈但很悠长，诗味隽永。刘秉忠在离别家乡多年后曾回到故乡邢台，写了《丁未始还邢台三首》："万里春风吹绿鬓，一城和气暖朱颜。"（《藏春集》卷二）其亲切和幸福感跳荡于字里行间，更反衬出他飘零中的内心寂寥。

其三是赠答送别之作。刘秉忠是一位淳真的人，他的赠答之作也没有一般赠答诗的客套，没有假意的应酬。他总是在质朴的言语中寄寓深沉的感慨，虽无精工之语、惊人之句，但感情真挚，自能动人。其《寄友人四首》之三：

> 悠悠离阔感中年，我辈情钟岂不然？好景与时浑易过，
> 可人和月只难圆。五更残梦鸡声里，千里归心雁影前。漠北
> 云南空浪走，今春又负杏花天。（《藏春集》卷二）

其诗正如书信般亲切自然，语言朴实得就像话家常，但静心读来，句句都自心中流出，一种人生的无奈和淡淡的哀愁总能萦绕读者心中，挥之不去。有时对友人吐露心曲，感情难以控制，豪气微露，而性情都现。请看《劝友人酒》：

> 西风落叶共萧飕，百感中来不自由。豪客空携铁如意，
> 舞嬛徒费锦缠头。曳过雨脚云归岫，涌出山头月满楼。一曲
> 清歌一杯酒，为君洗尽古今愁。（《藏春集》卷二）

其赠答之作总能向朋友袒露心曲，真挚感人，而无虚意应酬之语，是真人真诗，读来触怀动情。例如："满座春风笑语生，客中长记在家情。……禅房花木通幽处，水远山长梦不成。"（《藏春集》卷二《忆颜仲复》）他对朋友的思念也是如此真切，绝无造作，由于往日共处之乐使得今日的独处更显得寂寥难耐，而寂寥中自然回想往日的相聚，回忆是幸福的，但又使得眼下辗转难眠。这样的诗写得家常而亲切。寄寓人生感慨和表达对人生的思考，也是这类诗的重要内容。其《答乡友》诗云：

> 人生终老觅蒐裘，白发行藏独倚楼。南雁纵能传尺素，
> 西风不解送扁舟。苍山老树烟波晚，零雨疏松水墨秋。愿偃
> 旌旗舞干羽，功名输与玉关侯。（《藏春集》卷三）

这种对于追求功名的厌烦，对于奔波人生的厌烦，对于战争的厌烦，是一种真实的表达，其中透露了他对自己生存状态的深刻不满。

可以说，刘秉忠的赠答诗是真情的诉说，他多数时候都是淡淡的，没有着意表白，又不追求强烈感情的抒写，但读者能够感受到，他没有隐藏真实的自我。尽管没有强烈感情的撞击，但其情思意绪总能深印读者心中，萦绕不去。

刘秉忠诗的艺术成就是可称道的。《元史》评其诗"消散闲淡"，这确实抓住了刘秉忠诗的主体风格，但同时应该指出的是，刘秉忠能于淡中寓奇，追求恬淡辞面下的深蕴，故能淡而不枯，其诗虽不见外放的英华，而颇耐读。

刘秉忠诗的风格也绝非闲淡一端，而是多样的。我们看《江边晚望》：

> 沙白江青返照红，沧波老树动秋风。天光与水浑相似，山面如人了不同。千古周郎余事业，一时曹操漫英雄。东南几许繁华地，长在元戎指画中。（《藏春集》卷一）

本诗写出了含浑阔大之境界和气势，色彩的运用也鲜明而强烈，见不凡胸襟和气魄。诗中表现了对蒙古军声威的赞赏，表达了统一天下的渴望和信心。这样的诗是含浑宏阔的。再看《对酒》：

> 浮世人稀七十强，忧愁朝夕半相妨。骚中不奈灵均苦，酒里从教太白狂。歌后清声自嘹喨，舞来长袖任郎当。任将世务闲拘捡，杯卷东风醉一场。（《藏春集》卷一）

刘秉忠诗写酒的不在少数，但诗风却难得如此佻达旷放，这也应该是刘秉忠性格的一个方面。这种真挚和放旷，显得特别可爱。它当然赶不上李白《将进酒》的雄豪，但一样让人感到痛快淋漓，痛饮狂歌，正如一场东风，席卷去半生忧愁，我们似乎感觉到他是长期压抑后的爆发。此外，软艳之作如《春晓》："海棠微露湿胭脂，杨柳轻风弄碧丝。一片春光都是恨，佳人睡起倚楼时。"（《藏春集》卷四）近似风格的还有《藏春集》卷一的《江边梅树》等。《藏春集》卷二的《春日效宫体》二首之一云："沈香亭小围红树，太液池清映绿苔。"之二则清丽婉转："婀娜腰肢窈窕娘，云鬟十八斗新妆。曾怜歌舞留香阁，乍学笙箫入洞房。禁苑春来花竞放，闲阶雨霁燕争忙。长生殿里明皇醉，梦断华胥白日长。"刘秉忠诗也有满心而发，肆口而成的，如《藏春集》卷二《丁未始还邢台三首》之一的"忘怀不讲世俗礼，无外始知乡党情"等。

刘秉忠诗虽说继轨苏黄，但也时有唐诗风味。如其《晚游》诗云：

> 山水清佳自在游，利名莫莫复休休。瘦筇此日真忘世，
> 长笛何人效倚楼。鸦落点成千树墨，雁飞横绝一天秋。归来
> 小院松梢上，新月低斜玉一钩。（《藏春集》卷三）

前两联议论入诗，自是宋诗余韵，后两联则全然唐人风致，清幽之景，寂寥之情，犹如一幅水墨画，淡淡的，却有意蕴有境界，表现出诗人很高的诗艺。

《藏春集》卷四是绝句，其中也有极佳之作。我们看以下两首：

> 雨过幽庭长绿苔，东风时为扫尘埃。无人曾见春来处，
> 门外桃花只自开。（《有怀遂长老十一首》之五）

> 芦花远映钓舟行，渔笛时闻三两声。一阵西风吹雨散，
> 夕阳还在水边明。（《溪上》）

这两首诗将诗情禅趣融而为一，在诗的境界中表现禅趣，禅趣又使诗境更富韵味，禅趣完全蕴于诗境之中，浑然一体，应该说是诗中上乘

之作，虽不及唐代王维诗的超绝，但富有王维诗的意趣。

刘秉忠诗不乏佳句，这里摘录一些，以见一斑。如"溪声远作千年调，山色高移万古情"（《藏春集》卷一《自平》），"梦破小窗浮月色，漏残寒角奏梅花"（《藏春集》卷二《宿中山乾明寺》），"曲水乱山红树晚，西风残照白云秋"（同卷《秋日途中》），"晚寺共携明月入，寒岩谁听雪猿啼"（同卷《秋晚同友僧宿潞南山寺》）等。

刘秉忠诗歌创作取得了相当成就。他在元代不以诗文名世而以事功著称，但他的创作丰富了当时北方的诗坛。放在中国文学史的大背景上来评价，他自然不够突出，但在蒙元时期的北方，他的成就是应该给予关注的。在元好问、耶律楚材之后，郝经、姚燧、卢挚、刘因之前，有刘秉忠的创作，北方诗坛便不寂寥。

二、 刘秉忠的词曲

刘秉忠词曲在元代都称名家。人们谈元词，无例外地要举出《藏春词》，清人编《历代诗余》，选刘秉忠词五首（两首误收，一收《沁园春》非刘秉忠作，一首【干荷叶】虽为刘秉忠作但属曲而非词）。今人论元词，刘秉忠也居重要位置。

前人论刘秉忠词，最有影响的文献有二：一为王鹏运《藏春乐府跋》，二是况周颐《蕙风词话》卷三之《藏春词》。文字不多，不妨引录于下：

> 往与碧瀣翁论词，谓雄廓而不失之伧楚，酝藉而不流于侧媚，周旋于法度之中，而声情识力常若有余于法度之外，庶为填词当行，且论者庶不薄填词为小道。藏春之境，雅与之合。[1]

---

[1] 王鹏运：《藏春乐府跋》，《四印斋所刻词·藏春乐府》，光绪十四年刊本。

　　夐半塘老人跋《藏春乐府》云："雄廓而不失之伧楚，酝
藉而不流于侧媚。"余尝悬二语心目中，以赏会《藏春词》。
如《木兰花慢》云："桃花为春憔悴，念刘郎、双鬓也成
秋。"《望月婆罗门引》云："望断碧波烟渚，苹蓼不胜秋。但
冥冥天际，难识归舟。"《临江仙》云："马头山色翠相连。不
知山下客，何日是归年。"《南乡子》云："暮雨夜深犹未住，
芭蕉。残叶萧疏不耐敲。"……前调云："行人更在青山外。
不许朝朝不上楼。"《鹧鸪天》云："斜阳影里山偏好，独倚阑
干懒下楼。"《踏莎行》云："东风吹彻满城花，无人曾见春来
处。"右所摘皆警句，以云酝藉，近是，而雄廓不与焉。《太
常引》云："无地觅松筠。看青草红芳斗春。"藏春佐命新
朝，运筹帷帐，致位枢衡，乃复作此等感慨语，何耶？《江城
子》云："看尽好花春睡稳，红与紫，任他开。"则是功成名
立后所宜有矣。[1]

王鹏运"谓雄廓而不失之伧楚，酝藉而不流于侧媚"二语，为刘秉忠
词风格评论定调。后人研究，多由此二语生发。而上引况氏语，则以
为云其"酝藉"近似，而未见"雄廓"。今人黄兆汉则分别指出了"雄
廓"与"酝藉"之代表作，前者举出《木兰花慢》(既天生万物)，后者
拈出《小重山》(云去风来雨乍晴)，而后说："不过，这样把藏春词分
为两种不同作风实在不必，我们可以概括地说，藏春之词，豪放飘
逸，清新隽永。"[2]如果说王鹏运的概括需要补充完善的话，则黄氏
"豪放飘逸，清新隽永"之概括恐怕很难为研究者所认可。

---

[1] 孙克强辑考：《蕙风词话·广蕙风词话》，中州古籍出版社 2003 年版，第 52 页。
[2] 黄兆汉：《金元词史》，台湾学生书局 1992 年版，第 170 页。

与此相关的是对于刘秉忠词内容及情调的议论，人们往往对刘秉忠词中表现的情绪提出质疑，如上引况氏云："藏春佐命新朝，运筹帷帐，致位枢衡，乃复作此等感慨语，何耶？"研究者似乎对此都感疑惑，有人归之为遗民情结[1]，那恐怕只是后人的解读。这两个问题是相互关联的，词中情绪的表现直接影响了作品的风格。所以我们可以作一个问题讨论。

如果我们想了解刘秉忠的内心，词比他的诗更有意义，他的词作较之诗作更能袒露胸怀，更能见出真性情。我们用建功立业与隐逸高士这双向价值追求中的矛盾来分析他诗中的情绪，这种矛盾情绪也同样表现在词中。他有《南乡子》云：

> 季子解纵横。六印累累拜上卿。凤鸟不来人渐老，谋生。二项田园也易成。　　尊酒醉渊明。菊有幽香竹有声。吹破北窗千古梦，风清。小鸟喧啾噪晓晴。（《藏春集》卷五乐府）

在苏秦式的辉煌和陶渊明式的恬淡中，他的取舍是明确的。如果就全部词作所表现的情绪看，他似乎认为这一切都没有意义："花满尊前酒满卮，不开笑口是痴儿。山林钟鼎都休问，且听双蛾合一词。"（《藏春集》卷五《鹧鸪天》）刘秉忠的词，更多地表现出虚无感和幻灭感。

我们可以通过如下统计数字看《藏春词》的抒情倾向：在确认的八十一首刘秉忠词（《全金元词》所收八十一首中剔除《木兰花慢·混一后赋》一首，增入《析津志》所载《秦楼月》一首）中，使用频率较多的语词有：酒，凡三十二见；醉，凡十四见；归，凡二十三见；

273

---

[1]　陶然：《金元词通论》，上海古籍出版社 2001 年版，第 86 页。

秋，凡十九见；月，凡四十四见；山，凡五十二见。此外他自称"刘郎"，"刘郎"一语在他词中五次出现，每次都与衰暮憔悴寂寞相连，如说："桃花为春憔悴，念刘郎、双鬓也成秋。"（《藏春集》卷五《木兰花慢》）他词中充满了苦闷与愁绪，这似乎和他与忽必烈的所谓"风云际会"的人生存在着很大的矛盾。我们如何来认识这一问题，这恐怕是把握刘秉忠词的一个很关键的问题。

其实，这是一种心灵的苦闷，是由于刘秉忠和蒙古贵族之间文化心理的隔膜也即他们之间由于文化差别带来的互相难以理解造成的苦闷，也来自"行道"的理想与现实中"欲行道而不得"的矛盾。如果我们在刘秉忠的作品中难以清楚地认识这一问题的话，不妨从同样与蒙古大汗"风云际会"的耶律楚材作品中去感受："生遇干戈我不辰，十年甘分作俘臣。"[1]（《和移剌子春见寄五首》其二）这是他们发自心灵深处的沉重的哀叹。要理解这一点并不难，只要弄清他们在蒙古政权中真正的作用和地位即可：凡早期蒙古政权中确被信赖的士人，其作用主要是观星占卜，而绝非汉族文人所理解的运筹帷幄等。耶律楚材如此，刘秉忠也同样如此。"世之知数者，无出子聪右"[2]，刘秉忠之被信用实以此。张文谦所撰刘秉忠《刘公行状》言："帝曰：朕惟秉忠始终逾三十年，随行跋涉，虽祁寒暑雨而未尝有倦意，而又言无隐避，一皆出于忠诚。其天文卜筮之精，朕未尝求于他人也。此朕之所自知，人皆莫得与闻。"[3]这便道出了天机。史书所列刘秉忠功绩，有建国号、定都邑、颁章服、举朝仪，四项中起码前三项与数术有

---

[1] 耶律楚材著，谢方点校：《湛然居士文集》，中华书局1986年版，第46页。

[2] 杨奂：《还山遗稿》卷上《总帅汪义武王世显神道碑》，文渊阁《四库全书》本。

[3] 张文谦：《故光禄大夫太保赠太傅仪同三司谥文真刘公行状》，刘秉忠《藏春集》卷六附录。

关。天文、卜筮，自是刘秉忠所精擅。但这与他们行道济民的大志，却不是一回事。可以说，刘秉忠与耶律楚材的处境近似，人格和修养近似，学问信仰近似，相信他们的心灵也是相通的。而这种苦闷，在他们的作品中，不管是直接的还是曲折的，总要反映出来。刘秉忠诗词中功业难就、壮志难酬的惆怅即由此而来。

明于此，刘秉忠词中看似不可思议的东西，都很容易理解了。如英才沉埋之叹：

> 既天生万物，自随分，有安排。看鸷鸶云霄，骅骝道路，斥鷃蒿莱。东君更相料理，著春风、吹处百花开。战马频投北望，宾鸿又自南来。　　紫垣星月隔尘埃，千载折中台。叹麟出非时，凤归何日，草满金台。江山阅人多矣，计古来、英物总沉埋。镜里不堪看鬓，尊前且好开怀。（《藏春集》卷五《木兰花慢》）

> 平生行止懒编排。住蒿莱。走尘埃。社燕秋鸿，年去复年来。看尽好花春睡稳，红与紫，任他开。　　紫微天上列三台，问英才，几沉埋。沧海遗珠，当著在鸾台。与世浮沉惟酒可，如有酒，且开怀。（《藏春集》卷五《江城子》）

这两首词表现的情绪是多么的相似？明说是万事随分，其实包含着无奈与愤激。应该说，况周颐对"看尽好花春睡稳，红与紫，任他开"情感理解是错误的，它决不是功成名就者对世俗纷争居高临下的静观，否则何必要借酒浇愁，醉中寻欢！这些作品，在表面的舒徐中自有一股难以压抑的勃郁之气。以之为"雄廓"，也无不可。

传统儒学重义而轻利，言利之徒，被认为是学术不正，心术不正。但蒙古贵族唯利是趋，忽必烈也同样如此。于是在蒙古早期，以言利进者，纷纷皆是，其中有西域商人，也有中原士子。这些言利者，更得到蒙古统治者实质性的信任。这不能不使刘秉忠感到是非难分，清浊不辨。"大夫骨朽，算空把，汨罗投。谁辨浊泾清渭，一任东流。而今不醉，苦一日醒醒一日愁。薄薄酒，且放眉头"（《藏春集》卷五《望月婆罗门引》），于是他感到自己付出与所获的严重失衡，与世俗对立的傲世情绪油然而生：

> 南北短长亭。行路无情客有情。年去年来鞍马上，何
> 成？短鬓垂垂雪几茎。　　孤舍一檠灯，夜夜看书夜夜明。
> 窗外几竿君子竹，凄清。时作西风散雨声。（《藏春集》卷五
> 《南乡子》）

由此我们可以认为，刘秉忠词中对于功名事业的旷达之语其实都是愤激之语。"年去年来鞍马上"的辛劳，和一无所获的"何成"是不相应的，词人心理上是难以平衡的，不平则鸣，只是刘秉忠选择了自己独特的"鸣"的方式。"长安三唱晓鸡声。谁不被，利名惊。揽镜照星星。都老却，当年后生"（《藏春集》卷五《太常引》），"白日无停，青山有暮，功名两字将人误"（《藏春集》卷五《踏莎行》）。而功名虚无之说，也不过表示了求而不得的无奈。我们看他的《木兰花慢》：

> 到闲人闲处，更何必，问穷通？但遣兴哦诗，洗心观
> 《易》，散步携筇。浮云不堪攀慕，看长空、澹澹没孤鸿。今
> 古渔樵话里，江山水墨图中。　　千年事业一朝空，春梦晓
> 闻钟。得史笔标名，云台画像，多少成功。归来富春山下，
> 笑狂奴、何事傲三公！尘事休随夜雨，扁舟好待秋风。（《藏
> 春集》卷五乐府）

"浮云不堪攀慕，看长空、澹澹没孤鸿"，让我们深切地感受到刘秉忠那种富贵与己无关，和热血壮志的消解。这不问穷通，浮云富贵，傲视三公的前提，是"到闲人闲处"。他所传达的，实质上仍是对世事的不能忘怀。

在对世事的不能忘怀又无奈的矛盾中，刘秉忠要寻求心灵的解脱和精神的慰藉，于是就只能走向虚无。把现实的功名，历史的兴衰，都归之为无意义，都视之为过眼烟云。如此，在刘秉忠的词作中，我们常读到元人散曲中的情调和风味，看到散曲中常有的潇洒与旷达：

> 念我行藏有命，烟水无涯。嗟去雁，羡归鸦。半生人累影，一事鬓生华。东山客，西蜀道，且还家。　壶中日月，洞里烟霞。春不老，景长嘉。功名眉上锁，富贵眼前花。三杯酒，一觉睡，一瓯茶。(《藏春集》卷五《三奠子》)

> 琼华昔日贺新成。与苍生。乐升平。西望长山，东顾限沧溟。翠辇不来人换世，天上月，自虚盈。　树分残照水边明。雨初晴。气还清。醉却兴亡，惟有酒多情。收取晋人腮上泪，千载后，几新亭！(《藏春集》卷五《江城子·游琼华岛》)

"富贵若浮云，本是个、江湖散人"(《藏春集》卷五《太常引·鲁仲连》)，此话是说鲁仲连，实是夫子自道。"三品贵，一时名。众人争处不须争，流行坎止何忧喜，笑泣穷途阮步兵"(《藏春集》卷五《鹧鸪天·酒》)，只有彻底放下和彻底解脱，才能获得心灵的轻松。这使得刘秉忠词具有了元散曲般的萧散与旷达。

和他的诗一样，刘秉忠词也情感真挚，其怀人之作，读来让人感动：

> 松苍竹翠岁寒天。雁山前。凤城边。回首燕南，一别又
> 三年。长爱故人心似月，人不见，月还圆。　　小窗寂寂锁
> 凝烟。一灯然。一诗联。诗苦灯青，孤影伴无眠。明日酒中
> 余思在，挥醉墨，洒云笺。（《藏春集》卷五《江城子》）

在一首作品中，有清幽之境，有孤寂之情，又有狂放之气，但却能融
合无间。其所以能融合无间，原因在于真情贯注，于是狂放就成了孤
寂的自然发展。像这样的作品，我们自难简单地概括其风格。

　　质朴自然，简淡中自有蕴藉，是刘秉忠词风格的一个特点。我们
看他《藏春集》卷五乐府中的两首《玉楼春》：

278

> 闲云不肯狂驰骋。向晚自来栖峰顶。野人无事也关门，
> 一炷古香焚小鼎。　　惊乌有恨无人省，飞去飞来明月影。
> 夜阑万籁寂中闻。破牖透风微觉冷。

> 翠微掩映农家住。水满玉溪花满树。青山随我入门来，
> 黄鸟背人穿竹去。　　烟霞隔断红尘路。试问功名知此趣？
> 一壶春酒醉春风，便是太平无事处。

读这类作品，我们会想到陶渊明，也会想到宋代理学大师兼诗人程
颢，这其中有他们诗风思绪的投影。在词中，我们不仅感受到作者对
山野田园的热爱，更感受到其心灵与自然的契合。这"闲云"就是词
人自身的物化，是词人心灵的影像。这些作品，几乎达到了天工自然
之境界。但在前一首中，下阕用东坡《卜算子》（缺月挂疏桐）意境，
透露出的飘零与凄凉，是隐隐的，也是难耐的。

刘秉忠词也有明快一格，这可以他的两首《清平乐》为例：

> 月明风劲。花弄窗间影。一夜玉壶秋水冷。梧叶乍凋金
> 井。　　世间日月如梭。人生会少离多。篱畔黄花开尽，相
> 逢不醉如何！

> 夜来霜重。帘外寒风劲。横笛楼头才一弄。惊破绿窗幽
> 梦。　　起来情绪如何？开门月色犹多。照我如常如画。更
> 谁能似姮娥？（《藏春集》卷五乐府）

尽管内容有些单薄，境界有些狭窄，意蕴也不深厚，但诗境和节奏都
明快可喜，让人感到亲切，感受到淡淡幽情，也是不错的作品。

　　刘秉忠散曲，《全元散曲》收小令十二首，包括【南吕·干荷叶】
八首，【双调·蟾宫曲】四首。现在能够确认为刘秉忠作的只有《干
荷叶》前四首和《蟾宫曲》四首。《干荷叶》之"南高峰"一首从时间
上推定非刘秉忠作，以下的三首，其所写内容与刘秉忠人格做派不
合，其语言风格也与刘秉忠语言大异其趣。如果说仅读刘秉忠散曲，
无法把握刘秉忠作品中表现的人格与风格的话，在研究了刘秉忠全部
诗词曲后，就可以毫不犹豫地将这三首散曲从刘秉忠作品中剔除。

　　剩下的八首散曲小令，显然是两组作品。今天的研究者说《干荷
叶》组曲非一时一地之作的看法是可以排除的。两组作品，各是一个
有机的整体。《干荷叶》四首依次写荷叶从经霜枯黄、柄折、根折，到
枝柯倒入秋波的过程，在彻底衰败之后追想当初的繁盛，借自然界中
一种具体物的盛衰寄寓感慨，表达人事与历史兴衰之慨。曲中表现的
虚无与幻灭之感，刘秉忠在诗词中曾反复抒写。曲中表现的纯是文人
格调，没有研究者所说的民歌风味。《蟾宫曲》四首，《乐府群珠》题作

"四时游赏连珠四曲",《雍熙乐府》题作"四季",题旨是很明确的。曲的风格,可借每曲的最后相同的四个字来概括"散诞逍遥",曲中表现的是高士、隐士、雅士的生活和情趣,正是刘秉忠所当有。曲中表现的,更是文人格调。刘秉忠散曲未脱词之雅,未成曲之俗,带有明显的从词向曲过渡时期的特点。

刘秉忠虽然不以文称,但他诗文词曲兼擅,确实取得了相当高的文学成就。由于文章留存不多,我们无法根据现存作品评价其成就和价值,但诗和词作都有相当数量,可以肯定地说,在元代诗史和词史上,刘秉忠都可称名家,其成就是不可忽视的,并且具有他自己的个性特色。他的散曲还不具备元散曲的典型风格,但写得也不错,所以才赢得后人的注目。

(原载《文学遗产》2006 年第 4 期)

方回的诗人修养论

中国文论特重作家修养。从孔子强调"有德者必有言"(《论语·宪问》)起[1],就确立了这一传统。经过数千年的探讨,迄至清中期,文论史上曾出现过"才、学、识"说,"才、胆、识"说,"识、才、学、胆、趣"说,"才、胆、识、力"说,"才、学、识、情"说及"德、识、才、学"说等(分别由唐刘知幾,明李贽、袁中道,清叶燮、钱大昕、章学诚提出)。这些学说,一直影响到今天,成为我国传统文论中一笔珍贵的精神财富。对此,宋元之际的方回作出过独特贡献,他的理论有着独特的价值。

方回生于南宋宝庆三年(1227),卒于元大德十一年(1307),字万里,号虚谷。宋亡之后虽曾仕元,但却以宋遗民自视。他的文学批评理论,也是建立在对两宋文学反思基础上的。在南宋后期,统治诗坛百余年的江西派已经为人们所厌弃,诗界风行的是所谓"江湖诗派"与"四灵"诗风,这些诗人不读书,不修德,人品既不高,诗格也卑下,特别是江湖诗人尤甚。方回曾谈及其情形:

> 庆元、嘉定以来,乃有诗人为谒客者,龙洲刘过改之之徒

---

[1] 杨伯峻:《论语译注》,中华书局 1980 年版,第 146 页。

不一人，石屏亦其一也。相率成风，至不务举子业，干求一二要路之书为介，谓之"润匾"，副以诗篇，动获数千缗以至万缗，如壶山宋谦自逊，一谒贾似道，获楮币二十万缗，以造华居是也。钱塘湖山，此曹十百为群……往往雌雄士大夫，口吻可畏。[1]

诗人如此，诗作可知。方回对此，深表痛愤。他又认为，宋诗之前辈大老如欧、苏、黄、陈，都是德识才学兼茂，可做后人楷模的人，学习他们，"非但学诗而已"[2]。在他看来，要救宋诗之弊，就得提高诗人修养。

方回论诗人修养，主张德、识、才、学并重。尽管他没有作出如此概括，但其论述是精深的。如他说：

人品高，胸次大，学问深，笔力健……诗如奕棋挽弓，高一着者决定高一着；臂力弱者，虽欲强进分寸不可也。[3]

这"人品高，胸次大，学问深，笔力健"，正是方回对诗人"德、识、学、才"的要求。这里还体现出这四者之间的联系，各种修养都最终体现在"笔力健"也即诗才上，有多深的修养，就有多大的笔力，绝不是可以勉强的。而提高修养，非有扎实功夫不可，"盖功名可以偶然致，而学问文章，须天性固有之，亦必濡染薰陶，得之于父兄师友之教，则易为力也"[4]。为什么平庸的诗人多而传世的诗人少呢？"由

---

[1] 方回选评，李庆甲集评校点：《瀛奎律髓汇评》卷二十戴石屏《寄寻梅》，上海古籍出版社 1986 年版，第 840 页。

[2] 方回选评，李庆甲集评校点：《瀛奎律髓汇评》卷四十三黄山谷《戏题巫山县用杜子美韵》批，第 1545 页。

[3] 方回：《桐江集》卷二《跋孙元京诗集序》，上海古籍出版社《续修四库全书》影印《宛委别藏》清抄本。

[4] 方回：《桐江集》卷二《跋冯抱瓮诗》。

立志不高也，用心不苦也，读书不多也，从师不真也。"[1]修养是一个艰苦的过程，需要"无一书不读以养其力，无一息不存以坚其志"[2]。方回在德、识、才、学各方面提出的要求，对以后都有相当影响，在今天也不无借鉴意义。

一、 论诗人之德： 倡"真"而黜"俗"

如前所引，方回对宋末诗人不修身、不进德，以诗"为游走乞索之具"[3]，使诗道沦丧，是深恶痛绝的，他批评这些人的诗作：

> 乃止于诉穷乞怜而已，求尺书，干钱物，谒客声气。江湖
> 间人，皆学此等衰意思，所以令人厌之。[4]

他指责这些人都是"太平时节闲人也"[5]，他们决不会像杜甫那样忧国忧民，以天下为怀。这确实命中了江湖诗人的病根。

方回对诗人德的要求是"真"，有诗云：

> 黄陈今不作，天地少诗人。不是诗人少，诗人未
> 必真。[6]

中国传统讲文人修养多言"诚"。《中庸》曰："诚者，天之道；诚之者，人之道也。"所谓"诚之者"，按朱熹的说法，就是"未能真实

方回的诗人修养论

---

[1] 方回选评，李庆甲集评校点：《瀛奎律髓汇评》卷三十六论诗类序，上海古籍出版社1986年版，第1434页。

[2] 方回：《桐江集》卷三《跋俞则大诗》，上海古籍出版社《续修四库全书》影印《宛陵别藏》清抄本。

[3] 方回：《桐江集》卷一《滕元秀诗集序》。

[4] 方回：《瀛奎律髓》卷十四戴式之《岁暮呈真翰林》批。李庆甲汇评本漏收。

[5] 方回选评，李庆甲集评校点：《瀛奎律髓汇评》卷四十二刘后村《赠高九万并寄孙季蕃》批，第1502页。

[6] 方回：《桐江续集》卷二十六《后秋思五言五首》其三，文渊阁《四库全书》本。

无妄，而欲其真实无妄之谓"[1]。"诚之"即人要达到"诚"的自修努力。"诚"在理学的概念中，是圣人之德。如果作世俗的理解，应是心灵的忠实表现，即所谓"诗言志"。"心声心画总失真"[2]（元好问《论诗三十首》）便是不诚。而"真"则是心灵的自然表现。忠实的未必自然，自然的必定忠实，就诗学领域说，"真"更符合艺术规律。因此，在方回看来，"前辈钜公"之所以"下笔便自不同"者，"以胸中天趣胜也"[3]。"天趣"也即真趣，即无伪的情趣，在表达方面则"无作为，不刻画"。相反，在江湖、"四灵"诗风笼罩下，"近人学晚唐，出于强捱而无真趣"[4]。他们"题山林，意朝市"，虽极力"修词溢誉"，但总觉"气味浅短"[5]。"真"的反面是"俗"，诗人应人品高，要"拔乎流俗"[6]。要"天真自然，薄世故，遗外物"[7]。方回倡"真"反"俗"，是由儒家"诗言志"生发而来的，

284 他说：

> 惟"诗言志"可论耳。……《大序》曰："在心为志，发言为诗。"彼尘污俗染者，荤膻满肠胃，嗜欲浸骨髓，虽竭力文饰乎外，自以为近，而相去愈远。古之人虽闾巷子女风谣之作，亦出于天真之自然，而今人反是……青霄之鸢，非不

[1] 朱熹：《四书章句集注》，中华书局 2016 年版，第 31 页。
[2] 姚奠中主编：《元好问全集》，山西人民出版社 1990 年版，第 338 页。
[3] 方回选评，李庆甲集评校点：《瀛奎律髓汇评》卷二十张南轩《与弟侄饮梅花下分得香字》批，上海古籍出版社 1986 年版，第 767 页。
[4] 方回选评，李庆甲集评校点：《瀛奎律髓汇评》卷二十四梅圣俞《送邵户曹随侍之长沙》批，第 1058 页。
[5] 方回：《桐江集》卷二《跋无名子诗》，上海古籍出版社《续修四库全书》影印《宛委别藏》清抄本。
[6] 方回：《桐江集》卷一《张泽民诗集序》。
[7] 方回：《桐江集》卷三《刘光诗跋》。

高也，而志在腐鼠，虽欲为凤鸣，得乎！[1]

他认为那些品格卑污的人不配去作诗，写了诗也不值得读。

　　学诗当然应从学前贤诗入手。方回认为，学前贤诗绝不仅仅是学其诗法，根本点则在学其人的"精神胸腑"。他说："学前人文章而效其体，形似之而精神胸腑不相似，未可也。"例如，江淹拟陶诗，方回认为"江淹为人，又岂可望陶之万一哉？"又如，"韦应物学陶，其诗登山临水，僧交道侣，语意潇淡，然本富贵宦达之人，燕寝兵卫，岂真陶乎？"所以只是"形似之而胸腑非也"。他主张，"学前贤诗，不可但模形状，意会神合可也"[2]。亦即要从人品修养上学。对于"江湖流辈"来说，还应"剖肠湔垢滓"，洗心革面，"始能落笔近风骚"[3]。由"真"出发，他甚至实现了对儒家诗教的突破。孔门诗教要求"乐而不淫，哀而不伤"[4]（《论语·八佾》），《毛诗序》提出的抒情原则是"发乎情，止乎礼义"。这些都是要求诗中的"情"要服从于理性原则，情感的抒发不能超越一定的限度。方回以"真"为原则，就不可避免地与这一诗教发生矛盾，他说：

　　　　诗之音安以乐，吾侪之所愿也。不得已而至于哀以思，岂诗人之所愿哉？盖成败兴替，天也，而人不能无情。……怀昔悼今，其音哀以思，哀而伤，亦人情之所不能已也。……夫哀以思，哀而伤，非诗人之罪也，可以哀而哀，可

285

[1]　方回：《桐江集》卷一《赵宾旸诗集序》，上海古籍出版社《续修四库全书》影印《宛委别藏》清抄本。
[2]　方回：《桐江集》卷三《刘元辉诗摘评》。
[3]　方回：《桐江续集》卷八《读子游近诗复次前韵二首之一》，文渊阁《四库全书》本。
[4]　杨伯峻：《论语译注》，中华书局 1980 年版，第 30 页。

以伤而伤也。[1]

方回生活在宋亡元兴的时代，汉族政权有史以来第一次被彻底推翻，那是一个举国震悼的时代，文人士子们内心的痛苦是空前的，"自古亡国未有若此之哀恫"[2]，这种亡国之痛是诗教所无力束缚的。方回的这一主张，反映了那个时代关心世事的诗人们抒发强烈的哀伤之情的要求。在《瀛奎律髓》一书中，他不止一次借评诗以发痛哭流涕之辞，为"南渡之业，不复再振"抒其"非常之痛，无穷之悲"[3]。他对唐代安史之乱未平，杜甫等人在"京师喋血之后，疮痍未复"就"夸美朝仪"提出批评[4]，尽管杜甫是他最为推崇的诗人。因为那虽然符合儒家文论黼黻皇猷的需要，却不符合他"真"的原则。

二、 论诗人之识："胸中所见高"

唐以前论作家修养几无谈及"识"的。刘勰《文心雕龙·知音》篇有"凡操千曲而后晓声，观千剑而后识器"[5]，算是提到了"识"字，但那是就文学鉴赏说的，与诗人胸腑、上下千古之博识并无关涉。唐代刘知幾提出"史有三长：才、学、识"[6]。他说的是史识，与诗人之识也是有别的。以"识"论诗应始于南宋之严羽，他在《沧浪诗活·诗辨》中说："夫学诗者以识为主，入门须正，立志须高，以

［1］ 方回：《桐江续集》卷五《送罗架阁弘道序》，文渊阁《四库全书》本。

［2］ 王恽：《秋涧集》卷十《椒兰怨》，《四部丛刊》影印明弘治本。

［3］ 方回选评，李庆甲集评校点：《瀛奎律髓汇评》卷四十三胡澹庵《次李参政送行韵答黄舜杨》批，上海古籍出版社1986年版，第1572页。

［4］ 方回选评，李庆甲集评校点：《瀛奎律髓汇评》卷二杜甫、王维、岑参《和贾至舍人早朝大明宫》后批，第61页。

［5］ 刘勰著，詹瑛义证：《文心雕龙义证》，上海古籍出版社1989年版，第1850页。

［6］ 欧阳修：《新唐书》卷一百三十二《刘子玄传》，中华书局1975年版，第4522页。

汉魏晋盛唐为师，不作开元、天宝以下人物……虽学之不至，亦不失正路。"[1]只是他这所谓"识"，远不是后人理解的对于物、事、情、理的见识，仅是要人"识"得以往诗史的正派，从而学之，入"正门"，走"正路"。如此，真正从诗人修养上讲"识"的，应始于略晚于严羽的方回。方回论诗有云：

> 诗不过文章之一端，然必欲佳句脍炙人口，殆百不一二也。非有上下千古之博识，出入天地之奇思，则虽日锻月炼，以求其佳，亦不能矣。[2]

"识"有时又称作"见"：

> 胸中所见高，则下笔自高，此又在乎涵养省悟之有得，不得专求之文字间也。[3]

后人论诗人修养常讲"识见"或"见识"。识也，见也，其实都是一回事，方回则又称之为"知言"或"知道"，他说：

> 非天下之能知言者，决不可与立言。而所以知言，又在于知道。……学者徒见明叔之诗之文，大篇杰句若排江河而注之海也，而不知其胸中之所存，人品高下，世论是非，前代成败，先儒异同，如妍丑之不逃于镜，铢两之不差于衡也……一言以蔽之，曰知道而已。[4]

---

[1] 严羽著，郭绍虞校释：《沧浪诗话校释》，人民文学出版社 1961 年版，第 1 页。
[2] 方回：《桐江集》卷二《跋尤冰寮诗》，上海古籍出版社《续修四库全书》影印《宛委别藏》清抄本。
[3] 方回选评，李庆甲集评校点：《瀛奎律髓汇评》卷十九白乐天《不如来饮酒》批，第728 页。
[4] 方回：《桐江续集》卷三十二《赵西皋明叔集序》，文渊阁《四库全书》本。

此所谓"胸中之所存",也正是诗人的见识。

"识"不仅是诗人修养的一个重要方面,而且直接影响和制约着德、才、学的提高,这就叫"中无主而不止":

> 中无主而不止,外无证而不明。漆园翁以言道,而虚谷翁以言诗文,诗文亦道之一也。胸襟必有自得之地,然后所谓善者聚焉而不散,存焉而不亡,故曰:中无主而不止。[1]

人必须胸中"有自得之地",即自有识见,辨别得善恶高下,才能择善而从,趋高避下。这里关键是"自得","作诗当有自得之处,亦当自知之,不待决于他人之目"[2]。

作为诗人,"识"还有一个独特的方面,即识得天下佳景——超人的审美感受力,方回称之为"诗家眼"。他曾说:

> 予行天下多矣。每登临高胜之处,惟向西为尤佳,而佳景亦多西向。……其所以胜绝者,在夕阳欲落未落之际,其景不可以寻常论也。……予于严陵寓居得旧扁"西斋"二隶字,因其名赋诗曰:"偶得西斋字,向西开此斋。人间诗眼少,天下夕阳佳。"盖谓天下之佳,无过于夕阳,惟西向则得之,而人间所少者诗家眼耳,故不识此景。必具诗眼者而后识此句此景也。……但恨俗人不具诗眼,则不识耳。[3]

独具"诗家眼",识得常人所不能识的天下佳景,即对于美的敏锐的感受力,这是诗人所特有的"识",这自是诗人"胸中所见高"的一个重

---

[1] 方回:《桐江集》卷二《跋汪君若楫诗文》,上海古籍出版社《续修四库全书》影印《宛委别藏》清抄本。

[2] 方回:《桐江集》卷三《题余好问丙子丁酉诗稿》。

[3] 方回:《桐江续集》卷三十《天下夕阳佳诗说》,文渊阁《四库全书》本。

要方面。应该说，方回提出的，确实是一个有价值的命题。这"诗家眼"不仅表现在对自然美的感受上，也体现在对艺术美的感受上。他又说："凡天地间之有声者，必本于形与声之所为。而其所以感人动物者，殆必有超于形声之外者。"[1]要识得这"超于形声之外"而"感人动物"的东西，便得于"状貌之外观精神"[2]。只有具有"诗家眼"才能识得这超乎形声、状貌等物质形式之外的"精神"。这也是诗家之识。

"识"对于诗人如此重要，那么"识"从何来？方回的看法是：不出读书与历练两途。读书，则"经史子集百家之书无不读，而操之以约"[3]。历练，则"学圣人之学，悟性命之理，而又阅世故、更患难"[4]。也即说，"识"要从直接经验和间接经验两方面得来。这是极有见地的。

三、 论诗人之才："得之于气质之聪明，成之以问学之精赡"

中国古人讲"才情""才性"，所谓"性"也，"情"也，是把才与"天分""天赋"联系在一起的。论者常把"天分"与"学力"相对而言，认为积学在人，而才性在天。方回的看法截然不同，他认为诗才之得来，"以渐不以顿"，是一个渐悟的过程而非顿悟，它与参禅作偈不同，"偈不在工，取其顿悟而已"[5]。这个渐悟的过程是"愈参则

[1] 方回：《桐江集》卷二《跋吴友梅诗》，上海古籍出版社《续修四库全书》影印《宛委别藏》清抄本。
[2] 方回：《桐江续集》卷十六《野趣居士杨公远令其子依竹似孙为予写真增以长句》，文渊阁《四库全书》本。
[3] 方回：《桐江续集》卷三十二《赵西皋明叔集序》。
[4] 方回：《桐江集》卷二《跋国史定庵胡公升丁巳杂稿》。
[5] 方回：《桐江集》卷三《清渭滨上人诗集序》。

愈悟，愈变则愈进""少好之，老而不厌"[1]，长期探索，步步深造。所以他认为，就一位诗人来说，是"暮年加进于妙年，而老作更深于少作"[2]。这话虽未必对，古往今来，少年英发而佳作迭出，老来反走向颓唐的大有人在，但他将诗才看作是长期学习、训练所得，在当时却是了不起的观点，它符合唯物主义认识论的精神。

方回所谓"愈参愈悟"，是以参禅悟道作比。落实到诗才之培养上，便是"饱读勤作，苦思屡改，则日异而月不同矣"[3]。学诗就是在这样一个艰苦的过程中实现"渐悟渐进"。在这过程中，读作并重，日新月异。读，是学习前贤，增长诗才。方回有诗云：

> 升天人有分，换骨岂无药。舐鼎化鸡犬，此语君勿噱。
>
> 读书三万卷，太白亦可学。[4]

290

方回坚信即使如太白之才，也是可以通过学习获得的。尽管是愚笨的人，只要去学习，也一样能"升天""换骨"，"但勤驽马驾，定胜屠门嚼"，扎实的学习定胜空想。桓谭《新论·启寤第七》说："人闻长安乐，则出门而向西笑；人知肉味美，则对屠门而嚼。"[5]这种空想是不会有所得的。作，则是通过写作训练增进诗才："朝吟极摹仿，夜咏加渠勤。"[6]他有诗述其学诗曰："忽梦一老仙，电眸齿如冰。……乞汝九万笺，但勤攻剡藤。异日大罗天，后车许汝乘。"[7]（剡藤：剡

---

[1] 方回：《桐江续集》卷三十二《唐师善月心诗集序》，文渊阁《四库全书》本。

[2] 方回：《桐江集》卷三《跋曹之才诗词三摘》，上海古籍出版社《续修四库全书》影印《宛委别藏》清抄本。

[3] 方回：《桐江集》卷三《送俞唯道序》。

[4] 方回：《桐江续集》卷八《次韵汪以南闲居漫吟十首》其二。

[5] 桓谭：《新论》，上海人民出版社 1977 年版，第 27 页。

[6] 方回：《桐江续集》卷二十八《学诗吟十首》其一。

[7] 方回：《桐江续集》卷九《读放翁诗作》。

溪古藤可以造纸，有名。此用以代纸）多作才能深造，诗才正从多作来。古人往往认为，诗才得之于天助，非人积力所可得。方回不这么看，他说："极天下之用力，而后自然无所容用力。"[1]看似自然天成，实由超常的人力所得。他评陈与义诗说："气岸高峻，骨格开张，殆天授，非人力，然亦力学可及矣。"[2]评杜甫诗"若造化生成"，但也是"积力久"所可到的。[3]可见他不承认诗才天授，而坚信天才也是人力可及的。

方回曾说诗才"得之于气质之聪明，成之以问学之精赡"。这两句话，他重点说的是后一句。"气质之聪明"仅仅为诗才的培养提供了基础，必经"问学"才能"成"，才能转变为现实的可能性。他接着借喻明理说："秋之奕也，专扁之轮也，熟基射也，发无不中。"[4]连举三例，都是熟中生巧，因巧出才。方回之意，昭昭明矣。

"才"对于诗之高下是至关重要的。"才大则气盛"[5]，诗格自然高。"才不逮"则力弱，诗作自然"气格卑"[6]。方回此类论述不少，但并无特别之处，故不述。

四、 论诗人之学："书无所不读而不用之于诗"

南宋后期的诗坛，江西末流好用事，以才学为诗；江湖诗派、"四

［1］ 方回：《桐江集》卷二《跋昭武黄潒文卷》，上海古籍出版社《续修四库全书》影印《宛委别藏》清抄本。

［2］ 方回选评，李庆甲集评校点：《瀛奎律髓汇评》卷二十三陈简斋《题东家壁》批，上海古籍出版社 1986 年版，第 1003 页。

［3］ 方回选评，李庆甲集评校点：《瀛奎律髓汇评》卷二十三杜工部《狂夫》批，第 992 页。

［4］ 方回：《桐江续集》卷三十一《孟衡湖诗集序》，文渊阁《四库全书》本。

［5］ 方回选评，李庆甲集评校点：《瀛奎律髓汇评》卷二十四杜工部《送段功曹归广州》批，第 1025 页。

［6］ 方回选评，李庆甲集评校点：《瀛奎律髓汇评》卷二十七刘后村《老将》批，第 1211 页。

灵"批江西，崇尚轻快，认为不读书也能作诗，以风花雪月为诗；又有理学家以理学为诗。宋末诗弊，其弊不在一端，而诗之正道沦灭。当时的诗论家，对此是有明确认识的，严羽所谓："夫诗有别才，非关学也；诗有别趣，非关理也。……所谓不涉理路，不落言筌者上也。诗者，吟咏情性也。"正是针对"近代诸公……以文字为诗，以才学为诗，以议论为诗"而发的。[1]他批判的是江西末流与道学家的诗弊，至于江湖诗派、"四灵"不读书、不讲学空疏之弊则未涉及。方回对宋末诗弊的批评，则主要指向"四灵"、江湖诗派和以道学为诗者，他从"诗言志"出发论诗曰：

> 古之人，虽闾巷子女风谣之作，亦出于天真之自然，而今人反是，惟恐夫诗之不深于学问也，则以道德性命、仁义礼智之说，排比而成诗；惟恐夫诗之不工于言语也，则以风云月露、草木禽鱼之状，补凑而成诗。以哗众取宠，以矜己耀能，愈欲深而欲浅，愈欲工而愈拙。……是故诗也者，不可以勇力取，不可以智巧致。学问浅深，言语工拙，皆非所以论诗。……谓"学必本洙泗，文必本六籍、先秦两汉"，此以教后学入门可也，使学由此以求君之所谓诗，而不本于志，则亦好龙画虎而已。[2]

如果"以学问为诗"可以概括道学家与江西末流诗之通病，则方回的批判较之严羽更全面些。方回确曾多次批评江西之弊，越到其晚年，这一批评就越鲜明。我们将就诗的用事具体述及。

---

[1] 严羽著，郭绍虞校释：《沧浪诗话校释》，人民文学出版社1961年版，第26页。
[2] 方回：《桐江集》卷一《赵宾旸诗集序》，上海古籍出版社《续修四库全书》影印《宛委别藏》清抄本。

方回对于以理学为诗和"四灵"、江湖诗派空疏的批判十分明确。他有诗云:"晦庵感兴诗,本非得意作。近人辄效尤,以诗言理学。……喝咄野狐禅,未必实有得。"[1]朱熹有《斋居感兴》二十首,内容是以诗论学。方回表示不赞赏。对于后来效尤者,就更指为骗子和尚的野狐禅。对所谓"不读书亦能作诗,曰学四灵、江湖"[2]的诗风,方回更大加挞伐,他说:

> 近世诗学许浑、姚合,虽不读书之人,皆能为五七言,无风云月露、冰雪烟霞、花柳松竹、莺燕鸥鹭、琴棋书画、鼓笛舟车、酒徒剑客、渔翁樵叟、僧寺道观、歌楼舞榭,则不能成诗。而务诿大官,互称道号,以诗为干谒乞贷之资。败军之将,亡国之相,尊美之如太公望、郭汾阳。刊梓流行,丑状莫掩。[3]

其深恶之情,愤疾之意,触目可感,真视其为诗界之败类。

对于江西诗派的多用事,方回的态度前后有一个大变化,这一变化反映了他对读书与作诗关系认识的深化。方回的诗论,以六十岁为界,可以分为前后两期。前期诗论主张集中表现在《瀛奎律髓》中,而《桐江续集》《桐江集》中的诗论文字多写于后期。前期,方回认为作诗自当用事,多读书可以丰富"诗料"。他说:"谓能诗不必读书、不在用事可乎?""谓诗不在用事者,殆胸中无书耳。"主张"用事而不为事所用可也"[4]。意思说用事应有助于表情达意而不是炫耀才

293

---

[1] 方回:《桐江续集》卷二十二《七十翁吟五言古体十首》之七,文渊阁《四库全书》本。
[2] 方回:《桐江续集》卷三十三《恢大山西山小稿序》。
[3] 方回:《桐江集》卷三《送胡植芸北行序》,上海古籍出版社《续修四库全书》影印《宛委别藏》清抄本。
[4] 方回选评,李庆甲集评校点:《瀛奎律髓汇评》卷四十四范石湖《耳鸣》批,陈简斋《眼疾》批,卷三皇甫冉《馆陶李丞旧居》批,上海古籍出版社1986年版,第1598、1596、103页。

学、为用事而写诗。这样看待学问与诗的关系，当然是肤浅的。后期，方回则从增强诗人自身修养的高度来看待读书为学，"大抵书无所不读而不用之于诗"。尽管不用于诗，但不读书却决不可，"不行万里路，不读万卷书，未可观杜诗"。观诗尚且不可，如何写诗？"学问文章，多读书为根本，诗其余事"[1]。诗才须"成之以问学之精赡"，读书学问，可以转化为一种内在的力，所谓"无一书不读以养其力"。读书多，自有"一斡万钧"之力，有"数万卷之心胸气力鼓舞跳荡"[2]，诗作自然超群。读书又可增长见识，"胸中贮万卷书，今古流动，是惟无出，出则自然"[3]。他对学问与诗的这种认识，无疑是深刻的，且能切中当时江西末流、江湖诗派、"四灵"，以及以道学为诗者的弊病。

（原载《中国人民大学学报》1994 年第 5 期）

---

[1] 方回：《桐江集》卷三《刘光诗跋》《题佛陀恩游洞山序》，上海古籍出版社《续修四库全书》影印《宛委别藏》清抄本。

[2] 方回：《桐江续集》卷八《读张功父南湖集》，文渊阁《四库全书》本。

[3] 方回：《桐江集》卷二《跋遂尤先生尚书诗》。

以传奇为传记：姚燧文章读札

　　姚燧是元代最具代表性的文章家。近些年陆续有研究姚燧文章的论文发表，但对其文章成就和特点的认识，似乎还不到位。只有准确把握其文章特色，才能客观评价其文章的成就和价值。

　　姚燧（1238—1313），字端甫，号牧庵，洛阳（今属河南）人。三岁而孤，由伯父姚枢养育成人。从元初大儒许衡学。世祖至元中，许衡为国子祭酒，召燧至京师，后被荐为秦王府文学。未几，授奉议大夫，兼提举陕西、四川、中兴等路学校。仕至集贤大学士、翰林学士承旨、知制诰、同修国史。卒谥"文"。姚燧虽为理学家许衡弟子，但却以文章著称。今存《牧庵集》三十六卷。

　　自元至清，人们对姚燧的文章都很推崇，"拟诸唐之昌黎、宋之庐陵"[1]。元末吴善《牧庵集序》将姚燧与汉司马迁父子、扬雄、班固，唐韩愈、柳宗元，宋欧阳修、苏轼等，并称为"一代之宗工"[2]，虽不免推之过当，亦可见他在同时代人心中的崇高地位。清初黄宗羲《明文案序》给姚燧以极高评价，其说被《四库全书总目》称

295

[1]　顾嗣立：《元诗选》二集姚燧小传，中华书局 1987 年版，第 187 页。
[2]　吴善：《牧庵集序》，查洪德编辑点校《姚燧集》附录，人民文学出版社 2011 年版，第655 页。

引，说："国初黄宗羲选《明文案》，其序亦云：唐之韩柳，宋之欧曾，金之元好问，元之虞集、姚燧，其文皆非有明一代作者所能及。"[1]此评很有影响。清嘉庆时杨复吉编有《元文选》，其书不传，蒋光煦《东湖丛记》卷二录有其序，序称以姚燧为代表的元代文章"实足嗣响唐宋，卑视有明"[2]。魏源《元史新编》卷四七《姚燧传》对姚燧文章作了这样的评价：

> 燧学出许衡，而辞章英挺，则有天授。宋末文士，皆宗欧、苏，其敝也冗沓平易。至燧，始宗韩、柳，以绍秦、汉，不屑欧、苏以下，雄视元初，遂开一代风气。故元代古文，远出南宋之上。[3]

这些评论都告诉我们，在中国文学史上，姚燧是一个不应该被忽视，更不应该被遗忘的文章家。姚燧文章的价值，可以从多方面来认识，本文只论其以传奇为传记。

元代传记文章与宋以前相比，有一个显著变化：受传奇小说影响，以传奇笔法写传记，写奇人奇事，有的甚至荒诞不经。鲁迅《中国小说史略》第二十二篇《清之拟晋唐小说及其支流》曾说，在明清之际，"文人虽素与小说无缘者，亦每为异人侠客童奴以至虎狗虫蚁作传，置之集中。盖传奇风韵，明末实弥漫天下，至易代不改也"[4]。其实这种风气，元代已盛。姚燧文章有信史之称，固然少写荒诞不经之事，但运用传奇笔法写人，写出奇人之奇节异行，这样的文章还是

---

[1] 爱新觉罗·永瑢等：《四库全书总目》卷一六六，中华书局1965年版，第1429页。

[2] 蒋光煦：《东湖丛记》卷二《元文选序》，清光绪九年缪氏刻《云自在龛丛书》本。

[3] 魏源：《元史新编》，江苏广陵古籍刊行社1990年据清光绪三十一年湖南邵阳魏氏慎初堂本影印本，第536页。

[4] 鲁迅：《中国小说史略》，人民文学出版社1973年版，第178页。

不少的。他的不少文章，也都因此而大为生色。

姚燧的传记文章，使用传奇手法比较普遍，有局部用传奇笔法者，有全篇用传奇笔法者。局部使用者，在他的人物传记类文章中，比比皆是。举例来看，如他为元代著名色目文人贯云石（小云石海涯）的祖父阿里海涯（清四库馆臣改译为阿尔哈雅）所写神道碑，使用传奇笔法的部分就有声有色，写得非常成功。文章用忽必烈的一段话和御笔亲书开头，先声夺人：

> 初，公以中书右丞下江陵，驿闻，大帝为大燕三日，晓近臣曰："伯颜东兵，阿里海涯孤军戍鄂，朕尝深忧。或荆蜀连兵，顺流而东，人心未牢，必翻城为应，根本斯蹶。孰谓小北庭人，能覆全荆？江浙闻是，肝胆落矣，而吾东兵可无后虞。朕喜以此。"御笔为北庭书："昔噜噜哈西地所生阿里海涯，为大将有功，信实聪明而安详。其加卿为阿虎耳爱虎赤嫡近越各赤给日别平章。"

元军渡江，攻下金陵（今南京），忽必烈异常兴奋。而忽必烈特别看重的，是元军主力东下后，阿里海涯戍鄂稳定根基之功，所以极力表彰。如此让碑主闪亮登场，获得了极好的叙述效果。但这并非碑传之笔，已涉传奇之法。接着叙述阿里海涯的出生及早年所经历的几件事，则是典型的传奇笔法：

> 公北庭人，姚夫人图沁呼都鲁，化胞生剖而出公；考额森和卓，弗善也，将弃之，夫人未忍，益谨鞠。公幼聪颖而辩，长躬农耕，喟然曰："大丈夫当树勋国家，何至与细民勤本畎亩？"释耒去，求读北庭书，一月而尽其师学，甚为舅氏实喇岱达尔罕所异，叹曰："而家门户，其由子大！"及从事大将

布拉吉达，俾其子故中书右丞相呼噜巴哈从受北庭书。又荐其忠谨，得宿卫大帝潜藩。己未，从济江，帝射虎未殪，公舍马而徒，挺矛舂杀之。攻鄂，先众而登，禽一人还，流矢贯喉出项。帝勇之，赐银为两半百。先是，闻吐蕃有贮甘露宝函石室藏山穴者，凡再使求之，皆为大蛇奇兽所惧，莫至，最后遣公至其所，无所见，竟与俱归。劝进之初，诸侯王议未一，惟一王阇察耳尝有书，帝忘其谁在也，顾左右问，公曰："臣所有之。"书出而决。[1]

其出生已非常人；赤庙之叹，显其非凡之志；读书竟一月而尽其师学，则文自当为一代之秀；挺矛杀虎，论武无疑为少年雄豪；攻城先登，写其勇武；实察传闻中的珍宝与异兽，写其明睿；劝进之事，凸显其临大事之智慧。如此一位传奇人物，在如此简洁而富有传奇色彩的文字中，鲜活而丰满地站立在读者眼前。

全篇使用传奇笔法的也不少，《牧庵集》卷二二之《荣禄大夫江淮等处行中书省平章政事游公神道碑》，卷三〇之《中书左丞李忠宣公行状》等均是。这里选《南京路总管张公墓志铭》和《太华真隐褚君传》两篇，作具体介绍。

《南京路总管张公墓志铭》，是一篇颇具传奇风致的人物传记。姚燧用墓主张国宝一生中的四件事，凸显了张国宝的奇人风貌，传奇人生。这四件事，又两详两略，交叉写来。第一件事，写墓主出使安南征服安南君臣，详写：

> （至元）六年，授朝列大夫，佩金符，责贡安南。时已征

---

[1] 姚燧：《湖广行省左丞相神道碑》，查洪德编校《姚燧集》，人民文学出版社 2011 年版，第 188 页。

天下兵数十万围襄阳，实为蹙宋起本。勋臣故相，上与咨军国谋，不可一日离侧者，皆出行省董师。公至其国，王立受诏，公诘曰："王行非止违命干礼，于利害且不熟知。揆此邦人民土地，不当天朝一总管治。皇帝不欲郡县王地，版籍王民，听其称藩。遣使谕旨，德至渥也。且王以与宋辑睦，缓急为援。今百万之师，长围襄阳，鸟飞路绝，朝夕将拔。席卷渡江，覆其国都，易如振槁。王犹偃岸海徼，恃为唇齿，自矜尊高。事且上闻，天威小震，无烦远召中国，云南十万之师，再月可至，则丘墟王庙，草棘王庭者，将不难为。其审策之。"王屈，降拜，益惭愤，将以兵恐公，使力士白刃环卫。公乃示怠弛，袒寝一室，尽掷所悬箭弓，刀槊付卫士，听汝何为。天暑渴甚，每取江水以进，皆温恶不可饮食。及索井汲，不许，曰："吾俗不相悦者，多投毒井中杀人。"公曰："自我所求，毒死不恨。"终汲饮食，自是安南君臣多畏公者。八年，会公以安南贡至，襄阳犹未拔，即授行省郎中。[1]

先几笔简明交代张国宝使安南的背景形势（元大军威压南宋），然后写与其国君臣的第一次交锋。"王立受诏"，即不拜受诏，表示不听命于元。接下来主客之间的大事小情，一切略去，只详述张国宝对安南君臣的一番话。这段话中，将大小国之礼一句带过，而晓以利害，威以形势。"王屈"，一转；"益惭愤，将以兵恐公"，突然又转，对张国宝先以威逼，后以软困，企图征服使者为摆脱困局寻找出路。但张国宝

---

[1] 姚燧：《南京路总管张公墓志铭》，查洪德编校《姚燧集》，人民文学出版社 2011 年版，第 426 页。

以超人的坦然与镇定，征服了安南君臣，圆满完成了这次特殊使命。一段文字，详略有致，曲折生动。张国宝的形象，已经在读者心中站立起来。第二件，母丧，弃官归，略写："丁内艰。时军兴法：闻丧，不得辄行。乞奔赴，不报。公愿还所受制书为民，行省知不可夺，归之。旋舻柽然，金玉美色皆无有，惟文书幞被而已。"[1]这节看似写张国宝因母丧与上司的冲突，实际上写他在礼与利、节孝大义与个人前途利害之间的选择。张国宝不屈于压力，不眷恋官位，毅然弃官奔丧。文章表彰的是孝义，但赞颂的是张国宝不为强力所移的坚定个性。这与出使安南一节，在表现人物性格方面具有一贯性。第三件事，发假控鹤者之奸，详写：

> 十九年，以才起复，仍故官嘉议大夫、南京路总管，兼开封府尹。至治之初，见星而出，见星而归，凡前政积事留狱，旬月剖摘皆出。尤善发奸伏。有控鹤十余辈，比公至，僦大第，聚居二年，黄金横带，出入饮食，街陌纵横，人谓其真也。公曰："控鹤役在京师，久此不行，必剧贼也。"密喻有司以意，期三日尽致其党。索赃以来，得金帛、宝玉、服玩、典质券契盈室。鞫之，皆款服，物则椎埋所获，妻妾仆使，皆掠民子女或娼妓。明日，告晓市中，皆杖死，民骇其神捷。[2]

这件事表现了张国宝的睿智以及建立在智慧和准确判断基础上的勇气，堪称大智大勇。与前两件事相比，更具传奇性。这种智慧和勇

---

[1] 姚燧：《南京路总管张公墓志铭》，查洪德编校《姚燧集》，人民文学出版社 2011 年版，第 427 页。
[2] 姚燧：《南京路总管张公墓志铭》，第 427 页。

气，在民生艰难时，表现为拯救生民的大义担当精神，此即第四件所写：违令济灾民渡河。在大灾面前果敢行事："阖境乏食，已闻未报，辄止税勿输。明年，河北大旱，民流徙就饶及河朔数万人。郡县畏损户罪，谩以逃闻。省部遣使分道邀之，许发仓，人给三月食还所籍。民聚谋曰：'吾得食三月，负难归，重难胜，鬻将何啖？且各卖质田庐而南，至家何为？'愁叹无聊，若出一喙。公谓其使曰：'斯民非贼，河南非别界，皆圣上民社也。非不知奉命，不辄济，可以无罪，诚不忍老稚顿踣吾治。甘受祸以活此民。'则下令诸津急济。果有以专行上告者。事下御史大夫，即治廉之境，民皆曰：'吾侯贤牧，其为开封，明断不阿，可当今代包拯。'大夫察其无他，薄责而归，奏寝不下。"[1]这一节先用十三个字写了张国宝为救民饥"辄止税勿输"的一贯作风，为具体写这次抗命救民作铺垫，然后写这一事件的经过。这一段有二百多字，之所以还称之为略写，是因为这一事件极其复杂，用二百字首尾完整地写出，不仅文字简洁，且见出张国宝在此事件中的坚定，绝不犹豫，毫无个人得失之虑。"甘受祸以活此民"，多么可敬的胸襟和境界，又近于传奇小说中的侠义精神。这样的文章，如果删去墓志铭必写的内容，简直就可作传奇小说读。

301

《太华真隐褚君传》一篇，写人则形神具妙，写景则可媲美唐宋大家。如写牛心谷："谷南直中，方入行二里许，深林奇石，泉溅溅鸣其下。垦地盈亩，构室延袤不足寻丈，环莳佳花美箭。人之来者，始则爱其萧爽，不自知置身尘埃之外。居不浃暑，既已欠伸弛然而思去矣。"[2]文字质朴平实，却很会心，很耐读。文章对太华真隐褚君这

[1] 姚燧：《南京路总管张公墓志铭》，查洪德编校《姚燧集》，人民文学出版社 2011 年版，第 427 页。
[2] 姚燧：《太华真隐褚君传》，第 457 页。

位奇人的描写是很成功的,写褚君主持云台宫因而居云台山,云台上方乃"天下之绝险","非恃铁缅,不得缘坠上下","将至其颠,下临壑谷,深数里,盲烟幕翳其中,非神完气劲,鲜不视眩而魄震"[1]。这些文字,极写云台乃人不可暂居之绝境,都是为写太华真隐这一奇人之奇作铺垫。太华真隐一人独处如此险恶的山中,却能自适自得,才显示其为绝对奇人:"君负食上下自给,如由室适奥,嬉然不为艰。薄寒,则上下负食益勤,为御冬备。一岁偶未集,冰雪塞山门,计廪才得当冬之半,始服气减食为胎息,远则数日一炊。明年,山门开,弟子往哭求其尸,见步履话言,不衰他时,方神其为非庸人。"[2]在以极端反衬之笔揭示其为奇人之后,再用日常生活细节详述其奇人行迹:

> 日食数龠,饮酒未醺而止,不尽醉也。人家得名酒,争携饷之。至则沉罂泉中,时依林坐石,引瓢独酌。日入则入室而休。或坐罢寝觉,起行庭中。一夕,如闻林间行声夏夏,君则曰:"兽也。虽不得其名,可试而知。"引石投之,曰:"麋鹿哉,将惊而奔;或止而不去者,虎耳。"果止听不去。明旦视樊垣外,虎迹纵横。再夜,起行如前夕,不以自戒而止。闻而谈者神明之。亦有他士、樵人、猎夫之适山,初未闻君为孰何人,责之具炊,寝则假榻,甚者易而诟之随之,益勤以安,无难色忿言其外,若职宜然者。去,或问姓名,惟他语,不告。[3]

[1] 姚燧:《太华真隐褚君传》,查洪德编校《姚燧集》,人民文学出版社 2011 年版,第 456 页。
[2] 姚燧:《太华真隐褚君传》,第 456 页。
[3] 姚燧:《太华真隐褚君传》,第 457 页。

太华真隐的奇行奇趣，以奇险之云台山为背景，以恶劣严酷的生活条件为衬托，使人确信其为天地间一奇人，且有高深莫测之感，深信其必有过人之处。而"神其为非庸人"，激发人们了解他的欲望。对他日常生活的描述，则活脱出一位林间高士的形象。投石试兽的细节，更显示了真隐对山间生活的细微体察和过人的智慧。这些给人留下深刻的印象，使人深服作者为写人之大手笔。情节之叙述，人物之描写，都借助了传奇笔法，甚至也有传奇小说那种超现实的情节。

不仅姚燧，元代著名文章家，多有以传奇为传记者。前期北方文章家如刘因，其《孝子田君墓表》已是如此。中期以后南方作家，此类作品更多。号称"儒林四杰"的虞集、揭傒斯、黄溍、柳贯，除柳贯外，其他三人的人物传记类文章都颇用传奇笔法。虞集之作如《王诚之墓志铭》《王公信墓志铭》等属此类，黄溍文如《秋江黄君墓志铭》《武昌大洪山崇宁万寿寺记碑》等属此类，特别是《武昌大洪山崇宁万寿寺记碑》，简直就是一篇传奇小说。揭傒斯也有此类作品，如《饶隐君墓志铭》等。元末宋濂，以传奇为传记达到了更高水平，他写的一大批人物传记，都因传奇笔法的运用而独具魅力，如《秦士录》《竹溪逸民传》《抱瓮子传》《吾衍传》《樗散生传》，所写人物，无不栩栩如生。

在传奇之风的影响与佛道二教盛行的背景下，许多荒诞不经之事，被元代文章家写进了高文大册。以传奇为传记，传记文章富有传奇色彩，是姚燧文章的特色，也是元代文章的一大特色。

（原载《文学遗产》2011 年第 1 期）

303

元代文化史上的 "刘因现象"

雄安新区，这里在古代是所谓燕南赵北，又曾是辽宋边界，元明清三代都处京畿近地。所谓"燕赵多慷慨悲歌之士"，不远处的易县，就是燕太子丹易水送别之处，这里确实有深厚的历史积淀。历史文脉，十分久远，很可称道。历史上名人很多，仅容城，就有刘因、杨继盛、孙奇逢三位名满天下的历史名人，在他们生活的时代，都是一流人物。

刘因是"元代三大儒"之一和著名诗人，与元初另一大儒许衡，两人学术与风节，为世所重，黄宗羲等人所撰《宋元学案》，称他们是"元之所以籍以立国者"[1]，可见其地位和影响。

杨继盛，有"明朝第一直臣"之誉，他不惜身家性命弹劾严嵩，被严嵩害死。明代著名时事剧，据说也是中国最早的时事剧《鸣凤记》，写的就是杨继盛与夏言等人与严嵩斗争的壮烈故事，在严嵩倒台后不久就面世，演出后轰动天下，杨继盛等人英名也为天下所知，为天下人敬仰，感动天下数百年。

孙奇逢是明清之际著名理学家，与黄宗羲、李颙号称海内三大名

---

[1] 黄宗羲、全祖望：《宋元学案》卷九十一，中华书局1986年版，第3021页。

儒。孙奇逢不仅学术为人称道，他人品极高。钱锺书有一段评孙奇逢的话："方苞写孙奇逢传，人家看了不满意，认为孙奇逢的为人，有三个特点：一是他的讲学宗旨比较突出，主张身体力行；二是他的义侠之迹，在明末乱世，他能够率领几百家据守险要，保全乡里；三是他的门墙广大，教育了很多人才。对孙奇逢一生这三个突出成就，方苞在传里一个都不讲，这怎么算写传呢？那不成了抹杀孙奇逢的为人，只说些空话吗？"[1]由此我们可以了解孙奇逢为人与为学之一斑。

这三位，容城人合称其为"三贤"。现在主要讲"三贤"之首，"元之所以籍以立国者"刘因——讲元代的"刘因现象"。

刘因在元代有"冠冕斯文"[2]之誉，在元代文化史、文学史上，他是一个很独特的人物，在他身上，我们看到了一种有趣的现象，我们姑且称之为"刘因现象"。比如，刘因绝对不是元代年龄最长的诗人，而元明之际多种元诗选本都以刘因为第一人；刘因生于元（蒙古）死于元，却被涂上遗民色彩；人们对他的不出仕，作了种种解释，都和他本人的解释不同；刘因之学，自是北方学统，却被说成是朱学之传。人们抱着理想的、美好的愿望对刘因作出如此多的解读。这些解读，很多都属误读误解，尽管未必客观，但都表现了人们多方面的美好愿望。刘因形象，是这些美好愿望的承载者。其实，刘因一生生活得很简单。作为诗人，他很敏感。在那样一个特殊的时代，他对社会、对人生，都有许多感慨。生活简单、感慨又多，给人们留下的解释空间很大，人们多按自己的愿望，对刘因作理想化的解读，于是在不同人的心中眼中，就有了不同的刘因。

简单中有坚守，正是简单成就了他的伟大。

305

---

[1] 周振甫、冀勤：《钱锺书〈谈艺录〉读本》，上海教育出版社1992年版，第265页。
[2] 虞集：《元风雅序》，傅习编《元风雅》卷首，文渊阁《四库全书》本。

一、 误作元诗第一人

刘因不是元代生年最早的诗人。元诗总集,如《元风雅》《乾坤清气集》《元音》等,均以刘因为第一人。刘因生于蒙古海迷失后摄政元年(1249),在今人所编《全元诗》中,他排第六百零五位。单是活跃于世祖朝的比较著名的诗人,年长于刘因的,就有刘秉忠、耶律铸、郝经、方回、王恽、胡祗遹、郭昂、魏初、侯克中、闫复、姚燧、张弘范、刘壎、卢挚、元淮、张之翰、张伯淳、刘敏中、戴表元、仇远、白珽、吴澄等二十多人,这还不包括由宋入元传统归宋的一些诗人,如邓光荐等。《全元诗》所收第一位诗人丘处机生于公元1148年,长刘因一百零一岁。即使一般列为元代第一位诗人的耶律楚材(1190),也比刘因长五十九岁。

这并不是元人(或元明间人)无知而犯的错误。元人(或元明间人)很清楚刘因在元代诗人中并不年长,这样的安排,代表了他们对刘因的尊敬。至于具体想法,《元风雅》《乾坤清气集》《元音》等书的编者都没有说。《元风雅》为元末傅习编,其书"前集首刘因,凡一百十四家;后集首邓文原,凡一百六十六家"。四库馆臣因而批评说:"首尾颇无伦序。"[1]这种批评,显然是没有会得编者的用心。为《元风雅》作序的虞集注意了这一问题,在序中说:

> 余观其编,以静修刘梦吉先生为之首。自我朝观之,若刘公之高识远志,人品英迈,卓然不可企及,冠冕斯文,固为得之。[2]

---

[1] 爱新觉罗·永瑢等:《四库全书总目》卷一百八十八《元风雅》提要,中华书局1965年版,第1709页。
[2] 虞集:《元风雅序》,《元风雅》卷首,文渊阁《四库全书》本。

虞集对此的理解是，刘因"高识远志，人品英迈"可"冠冕斯文"，冠于卷首，"固为得之"，是应该的。这是不是代表了编者的看法，我们无法断定，但起码代表了那个时代的一种理解，且是权威诗人的理解。

《四库全书总目》对《元音》《乾坤清气集》评价是比较高的，说前书："是书于去取之间，颇具持择。虽未能尽汰当时秾缛之习，而大致崇尚风格，已有除烦涤滥之功矣。"称后书："元诗选本，究当以此编为善也。"[1]如此说，这三个选本，可以代表那个时代元诗选本的水平。三书对刘因诗的入选，也可代表那个时代人们对诗人刘因的理解。那么，这些选本都选了刘因哪些诗作呢?《元风雅》选其诗共七首：《黄金台》《翟节妇》《有大如天地》《燕平学仙台》《登武阳》《易台》《山家》。《元音》选其诗十二首：《黄金台》《翟节妇诗》《燕平学仙台》《宋理宗书宫扇》《归去来图》《幼安濯足图》《采菊图》《易台》《海南鸟》《过方古故居》《铜雀瓦》《题理宗烟波横披图》。《乾坤清气集》选其诗六首：《有大如天地》《晨起书事》《燕歌行》《冯瀛王道吟诗台》《翟节妇》《和陶咏荆轲》。三书选刘因诗共二十五首，除去重复，为十九首。其中重选的有《黄金台》《翟节妇诗》《燕平学仙台》《易台》《有大如天地》。重选的，当然是那个时代为人看重的作品。而《翟节妇》一诗，三书都选（早于三书的《元文类》，明清两代的元诗选本《元诗体要》《元艺圃集》《宋元诗会》《元诗选》也都入选）。诗有序，云：

　　昔金源氏之南迁也，河朔土崩，天理荡然，人纪为之大

---

[1] 爱新觉罗·永瑢等:《四库全书总目》卷一百八十九《元音》提要、《乾坤清气集》提要，中华书局1965年版，第1713页。

扰,谁复维持之者?而易之西山,乃有妇人曰翟氏,年廿余,其夫从军,死于所事。翟出入兵刃,往复数百里,昼伏夜行,以其尸归,负土而葬之。既葬,自以早寡无子,遭时如此,思以义自完,乃自决于墓侧。邻里救而复苏。终始一节,今八十余年矣。夫人心之极,有世变之所不能夺者,于此亦可以见之。予闻之,为作是诗,俾其外孙田磐刻之石,或百世之下,有望燕山而歌予诗者,使翟之风节,凛然如在,亦庶几乎吴人《河女》之章焉。[1]

诗句有:"我昨过其乡,山水犹清妍。闻风发如竹,飘萧动疏烟。"确实感人。整体看来,在今人眼中,所选多非其代表作,其中《易台》《山家》两首可代表刘因诗水平与风格。时人所选与今人眼光不同,今人以诗作水平与风格看刘因诗,时人却未必。所选十九首,除《有大如天地》这样以诗论学者外,大致可分两类:怀金悼宋与表现高节者。清人全祖望说他:"南悲临安,北怅蔡州,集贤虽勉受命,终敝履去之。"[2]或许近似选诗者对刘因的理解。大约从这些方面,元人认为刘因可"冠冕斯文"。

二、 误作遗民及以道自尊

关于刘因,人们最乐于谈论的,是他辞征聘,被忽必烈称作"不召之臣"。对于他之拒绝出仕,历来有很多解说,直到今天,研究者也还在作出各自的分析。在他去世时,张养浩有《挽刘梦吉先生》诗云:

---

[1] 孙原理:《元音》卷一,文渊阁《四库全书》本。按"吴人《河女》之章"为歌咏孝女曹娥之作。

[2] 黄宗羲等:《宋元学案》卷九十一《静修学案》,中华书局1986年版,第3026页。

白发山林仅四旬，两朝不肯屈经纶。才名暗折世间寿，气节伟高天下人。康节纵吟无限乐，希夷高卧有余春。一生怀抱谁能识，他日休猜作逸民。[1]

张养浩认为，刘因的心胸怀抱是没有人能理解的，不要把刘因误解为高蹈隐逸之人。张养浩并没有说明为什么刘因"两朝不肯屈经纶"，所以人们还是"猜"了，不仅把刘因猜作逸民，还猜作遗民。刘因很多诗，都被解读为有遗民情结。如其《书事》诗："卧榻而今又属谁，江南回首见旌旗。路人遥指降王道，好似周家七岁儿。"有学者分析："刘因为宋遗民，是愤于家国沦亡于异族。故他的诗作，往往是对亡宋历史沉痛的反思和深刻的批判，而并非对故国亡君无谓的哀悼。周密《癸辛杂志》载北客咏宋太祖诗云：'忆昔陈桥兵变时，欺他寡妇与孤儿。谁知三百余年后，寡妇孤儿又被欺。'旨意与梦吉诗略近，而了无诗味。"请谅解我不注这一材料的出处了。刘因生于公元 1249 年，上距蒙古灭金已经十五年，上距金室南迁、其家乡归蒙古所有，则已三十多年。卒于 1293 年，比忽必烈早去世一年。他生于元（蒙古）死于元，不仅与宋无关，与金也无关，"遗民"之说，实在无据。其实，不仅一般的学者和著作有此误，20 世纪最有影响的两部《中国文学史》之一科学院本《中国文学史》也作此说：

他的诗是元初文人中反映遗民思想较多的，虽然也很隐晦曲折，但感情比较真挚、沉痛。《观梅有感》："东风吹落战尘沙，梦想西湖处士家。只恐江南春意减，此心元不为梅花。"《海南鸟》："越鸟群飞朔漠滨，气机千古见真纯。纥干

---

[1]　李鸣等校点：《张养浩集》，吉林文史出版社 2008 年版，第 54 页。

风景今如此，故国园林亦莫春。精卫有情衔太华，杜鹃无血到天津。声声解堕金铜泪，未信吴儿是木人。"这两首诗都借咏物来表达故国之思，虽然同样含蓄，但前者更多地直接流露了作者的情感，后者则借禽鸟尚解故国之忧的比喻和人们哪会不如鸟的慨叹比较曲折地表示了叹惜和悼念的心情。[1]

为什么人们会把刘因误作遗民（宋或金）？源于他之不仕。

刘因为什么不仕，他自己说是由于身体原因，即所谓"以疾固辞"。他有《与政府书》（《元文类》作《上宰相书》）对宰相陈说：作为士人，出智能以自效于君上，那是必须的，是"理势之必然，亘万古而不可易"，而自己有生以来，"未尝效尺寸之力，以报国家养育生成之德"，面对皇帝征召，自己是不会"偃蹇不出，贪高尚之名以自媚，以负我国家知遇之恩，而得罪于圣门中庸之教"的，无奈家庭连遭不幸，自身又大病，"形留意往，命与心违。病卧空斋，惶恐待罪"[2]，望宰相谅解。古人辞官、辞征聘，很多人都以疾病为借口，"以疾辞"（以病辞）也是古籍中常见的辞官说法。不过，是借疾病之名辞官，还是真有疾病，有时候也难考察。刘因之辞征聘，就是如此。读他的《与政府书》，觉得他是确实有病。但人们不相信他的说法，包括忽必烈也不信，所以才有"不召之臣"之说。于是对刘因之不仕（或说不仕元，是为遗民说之源）有了各种解释，其中很多人都把他的不仕看成是风节的表现。但在我看来，刘因这封信，说的应该是实话，他应

---

[1] 中国科学院文学研究所编：《中国文学史》（三），人民文学出版社 1980 年版，第 801～802 页。

[2] 刘因：《刘文靖公文集》卷二十二，《北京图书馆古籍珍本丛刊》影印明成化蜀藩刻本。

该确实是有病无法应召。他写这封信在至元二十八年（1291）九月二十八日，仅仅过了一年半，至元三十年（1293）四月十六日，就与世长辞了。刘因《与政府书》，反复陈说，只是怕当政者和世人以"高人隐士"目之，表白自己"岂有意于不仕耶"？

风节之高，是古今评价刘因的主流。刘因死后不久，国子助教吴明进策朝廷，建议给刘因赐谥赠官，他说：

> 伏见保定处士刘因，隐居教授，不求闻达。……是其志趣高尚，有非时辈所敢望。或者谓因矜己傲物，索隐之流。臣谓不然。风俗之薄也久矣，士之处世，不自贵重……不复知有廉耻等事。……当风俗浇薄之中，忽得斯人，庶几息奔竞，厚风俗，而士类亦知惩劝矣。[1]

苏天爵《静修先生刘公墓表》也表彰他："道德之遗，风节之伟，固多士之所景仰。……气清而志豪，才高而诚正。道义孚于乡邦，风采闻于朝野。……风节凛凛，天下慕之。扶世立教之功大矣！"[2]刘因是可敬的，也是可爱的。其实风节之高，并不系于仕与不仕。

欧阳玄对他的不仕另有解释，以为是志于道："麒麟凤凰，固宇内之不常有也，然一鸣而《六典》作，一出而《春秋》成，则其志不欲遗世而独往也明矣。亦将从周公、孔子之后，为往圣继绝学，为万世开太平者耶？"[3]把他作为周、孔大圣的后继者，暗与宋儒张、程并列，这样的推崇实在太高了，有些神化的意味。关于刘因志于道的理解，有一个影响很大、传播极广、其实是虚构的故事，即陶宗仪《南村

---

[1]　苏天爵：《元朝名臣事略》卷十五《静修先生刘因》，中华书局 1996 年版，第 301 页。

[2]　苏天爵：《滋溪文稿》卷八《静修先生刘公墓表》，第 110、114 页。

[3]　欧阳玄：《静修先生画像赞》，魏崇武等校点《欧阳玄集》，吉林文史出版社 2009 年版，第 191 页。

辍耕录》卷二"征聘"条所载：

> 中书左丞魏国文正公鲁斋许先生衡，中统元年，应召赴
> 都日，道谒文靖公静修刘先生因，谓曰："公一聘而起，毋乃
> 太速乎？"答曰："不如此，则道不行。"至元二十年，征刘先
> 生至，以为赞善大夫，未几，辞去。又召为集贤学士，复以疾
> 辞。或问之，乃曰："不如此，则道不尊。"[1]

学者早就发现，这是一个虚构的故事，因为中统元年（1260），刘因还
是一个十二岁的孩子，即使他是神童，许衡也不可能"道谒"他。按
此故事，刘因辞官辞征召，乃是要维护道的尊严，似乎有批评忽必烈
的意思。其实，"不如此，则道不尊"有出处，《河南程氏外书》卷三载
二程对学者问云："孔子曰：'二三子以吾为隐乎？吾无隐乎尔。'无知
之谓也。圣人之教人，俯就之若此，犹恐众人以为高远而不亲也。圣
人之言，必降而自卑，不如此则人不亲。贤人之言，必引而自高，不
如此则道不尊。"[2]这让我们理解：把刘因看成隐逸，是对他的贬
低。他的仕或不仕，都是圣贤的选择，一切都是为了"道"，远非普通
人之所为。回过头来再看张养浩之说，"康节纵吟无限乐，希夷高卧有
余春"，近乎孔颜之乐、舞雩归咏气象；"休猜作逸民"，换成刘因的
话，应该是"吾无隐乎尔"。若如此，不管逸民也好遗民也好，都没有
真正理解刘因。刘因境界应该更高。

　　所有这些，都给刘因难以承受之重。大约在生前，他对此已有感
受，故其《书画像自警》言："所以承先世之统者，如此其孤；所以当

---

[1]　陶宗仪：《南村辍耕录》，中华书局1959年版，第21页。
[2]　程颢、程颐：《二程集》，中华书局1981年版，第369页。

众人之望者，如此其虚。呜呼！危乎，不有以持之，其何以居？"[1]
家族的承传，公众的期望，都让他感觉是那样沉重，也让他不得不
自励。

三、 误以为朱学传人

论元代学术者，多以刘因为南宋理学在北方之传。《宋元学案》卷
九十一《静修学案》言刘因之学"亦出江汉之传"[2]。所谓"江
汉"，即江汉先生赵复。此说并不准确。刘因也可能由赵复所传接触过
朱熹之学，《元史·赵复传》曾载，姚枢"既退隐苏门，乃即复传其
学。由是许衡、郝经、刘因皆得其书而尊信之"[3]。但真正用力于朱
学，则是在宋亡南北统一以后，袁桷《真定安敬仲墓铭》说："皇元平
江南，其书（按指朱熹著作）捆载以来，保定刘先生因，笃志独行，取
文公书，荟萃而甄别之，其文精以深，其识专以正……"[4]此时刘因
已人到中年。所谓"荟萃而甄别之"，言其对朱熹之学的接受，是有选
择的。刘因论学尊崇朱熹，但绝非简单的分派程朱。

十多年前，我曾对刘因之学与朱学之不同有过考察，在《文学遗
产》2002 年第 3 期发表《北方文化背景下的刘因》一文。这里再作梳
理。关于刘因之学不同于程朱一派，可以从四个方面来认识。

313

---

[1] 刘因：《刘文靖公文集》卷十九，《北京图书馆古籍珍本丛刊》影印明成化蜀藩刻本。
[2] 黄宗羲、全祖望：《宋元学案》卷九十一《静修学案》，中华书局 1986 年版，第
　　3020 页。
[3] 宋濂等：《元史》卷一百八十九《儒学一》，中华书局 1976 年版，第 4314 页。按今存
　　刘因文集中，提到朱熹者，基本是在元军下临安之后，如《跋朱文公杰然直方二帖真
　　迹后》，作于至元丁丑（十四年，1277）其帖由郝经北归时带回，刘因见之，元军已下
　　临安；又《书王子端草书后》，作于至元十五年（1278）。只有《田景延写真诗序》，作
　　于至元十二年，元军下临安前一年，但文中是转述他人言及朱熹。
[4] 袁桷：《真定安敬仲墓铭》，李军等校点《袁桷集》，吉林文史出版社 2010 年版，第
　　450 页。

（一）关于为学次第

宋儒非常看重为学次第，因为这是理学区别于传统儒学的重要体现。二程反对由经到子的读书顺序，强调治学应从《论语》《孟子》《大学》等入手。程颐论进学之阶说：

> 初学入德之门，无如《大学》，其他莫如《语》《孟》。[1]
>
> 学者先须读《论》《孟》。穷得《论》《孟》，自有个要约处，以此观他经，甚省力。《论》《孟》如丈尺权衡相似，以此去量度事物，自然见得长短轻重。[2]

这是程朱一派坚持的观点。刘因不同意这些意见，他认为这是颠倒了的为学次第，因而给予尖锐批判，他说：

> 世人往往以《语》《孟》为学问之始，而不知《语》《孟》圣贤之成终者。所谓博学而详说之，将以反约者也。圣贤以是为终，学者以是为始。未说圣贤之详，遽说圣贤之约，不亦背驰矣乎？所谓"颜状未离乎婴孩，高谈以及乎性命者"也。[3]

"颜状未离乎婴孩，高谈以及乎性命"是宋司马光的话，原话为"颜状未离于婴孩，高谈已至于性命"[4]，刘因借来，批评颠倒为学次第之害。我们不可轻视这一分歧，它事实上标志着两种学术倾向的本质

---

[1] 朱熹、吕祖谦编，查洪德译注：《近思录》卷三，中州古籍出版社 2008 年版，第 158 页。

[2] 程颢、程颐：《二程集》，中华书局 1981 年版，第 205 页。

[3] 刘因：《刘文靖公文集》卷二十四《叙学》，《北京图书馆古籍珍本丛刊》影印明成化蜀藩刻本。

[4] 晁说之：《晁氏客语》，朱易安、傅璇琮等主编《全宋笔记》第一编第十册，大象出版社 2003 年版，第 110 页。

差异。

刘因所谓传注与议论，近于宋儒所谓训诂与义理（二程称"义理之学"为"儒者之学"）。程颐说："古之学者一，今之学者三，异端不与焉。一曰文章之学，二曰训诂之学，三曰儒者之学。欲趋于道，舍儒者之学不可。"又说："今之学者有三弊：一溺于文章，二牵于训诂，三惑于异端。"[1]朱熹虽不完全同意这些主张，但大致是接受的。刘因明确反对这些说法，他在《叙学》中说：

> 近世学者，往往舍传注疏释，便读诸儒之议论，盖不知议论之学自传注疏释出，特更作正大高明之论耳。传注疏释之于经，十得其六七，宋儒用力之勤，铲伪以真，补其三四而备之也。[2]

宋儒自认为他们的心性义理之学，是在圣道晦暗不明千年之后，发明了圣人"不传之妙"[3]，是"为往圣继绝学"[4]。刘因却说他们的学问"自传注疏释出"，认为他们对圣学的贡献，远低于传统的传注疏释，是十之六七与十之三四之比，且不过是"补其未备"而已。

（三）关于"经""书"轻重

刘因论学，以"六经"为本，反对宋儒轻"六经"的倾向。二程有

---

[1] 程颢、程颐：《二程集》，中华书局 1981 年版，第 187 页。

[2] 刘因：《刘文靖公文集》卷二十四《叙学》，《北京图书馆古籍珍本丛刊》影印明成化蜀藩刻本。

[3] 周敦颐《周元公集》卷一附录胡宏《通书序略》："今周子启程氏兄弟，以不传之妙一回万古之光明。"真德秀《西山文集》卷二十四《明道先生书堂记》："道日晦冥，更千余年，以及我朝，治教休明，风气酝厚，于是始有濂溪周子出焉，独得之不传之妙。明道先生程公见而知之，阐幽发微，益明益章。"

[4] 张载：《张载集·集思录拾遗》，中华书局 1978 年版，第 376 页。

言："学者当以《论语》《孟子》为本。《论语》《孟子》既治，则六经可不治而明矣。"[1]此说刘因更不能认同，他说治学应该：

> 本诸《诗》以求其情，本诸《书》以求其辞，本诸《礼》以求其节，本诸《春秋》以求其断。然后以《诗》《书》《礼》为学之体，《春秋》为学之用。一贯本末具举，天下之理穷。理穷而性尽矣。穷理尽性以至于命，而后学夫《易》，易也者，圣人所以成终而成始也。[2]

宋儒以《大学》为"为学纲目"。他们认为，"六经"之类的文献，不能表现圣人心传之妙，真正得圣人心传之妙的，是他们崇奉的子思、孟子，所以要读体现思孟一派思想的"四书"。程颢说："传经为难。如圣人之后才百年，传之已差。圣人之学，若非子思、孟子，则几息矣。"[3]刘因也并非不重视"四书"，他曾编《四书集义精要》三十卷，苏天爵《静修先生刘公墓表》载："初，朱子之于四书，凡诸人问答与集注有异同者，不及订归于一而卒。或者辑为《四书集义》数万言，先生病其太繁，择为《精要》三十卷，简严粹精，实于《集注》有所发焉。"[4]他编《四书集义精要》，体现的也是他自己的治学精神："必先传注而后疏释，疏释而后议论。始终原委，推索究竟，以己意体察，为之权衡，折之于天理人情之至。"[5]这可看作他对南宋理学一定程度的纠偏。

---

[1] 程颢、程颐：《二程集》，中华书局1981年版，第322页。

[2] 刘因：《刘文靖公文集》卷二十四《叙学》，《北京图书馆古籍珍本丛刊》影印明成化蜀藩刻本。

[3] 程颢、程颐：《二程集》，中华书局1981年版，第176页。

[4] 苏天爵：《滋溪文稿》卷八，中华书局1997年版，第113页。

[5] 刘因：《刘文靖公文集》卷二十四《叙学》。

（四）兼综各家的学术取向

刘因生活在南北长期隔绝的北方。宋金对峙及元统一之初，南北各有学统，南方是朱、陆抗衡，朱盛于陆；北方则是兼综北宋诸家。尽管在窝阔台时期有南宋儒者赵复被俘北上（1235）传播理学，但并不能从根本上改变北方学术。从理学角度说，刘因是兼综北宋各家。至于他对朱熹的推尊，也受朱熹之学影响，《元史》卷一百七十一《刘因传》载，刘因评北宋各家学术之长说："初为经学，究训诂疏释之说，辄叹曰：'圣人精义，殆不止此。'及得周、程、张、邵、朱、吕之书，一见能发其微，曰：'我固谓当有是也。'及评其学之所长，而曰：'邵，至大也；周，至精也；程，至正也；朱子，极其大，尽其精，而贯之以正也。'"[1]评诸人之长的说法，曾遭后人批评。在我看来，这则材料未必可信。《元史·刘因传》其他记载，都能找到出处，所据乃苏天爵《静修先生刘公墓表》。唯有这条材料，我们找不到依据，而又与刘因本人《叙学》观点不一致。其《叙学》云："宋兴以来，诸公之书，周、程、张之性理，邵康节之象数，欧、苏、司马之经济，往往肩汉唐而踵三代，尤当致力也。"[2]在北宋各家中，刘因最推重的是邵雍，苏天爵《静修先生刘公墓表》就说："其学本诸周、程，而于邵子观物之书有深契焉。"[3]《宋元学案》卷九十一《静修学案》引明人刘宗周的话说："静修颇近乎康节（即邵雍）。"[4]

那么，为什么人们一定要把朱熹说成是朱学之传呢？原因就在

---

[1] 宋濂等：《元史》卷一百七十一，中华书局1976年版，第4008页。

[2] 刘因：《刘文靖公文集》卷二十四《叙学》，《北京图书馆古籍珍本丛刊》影印明成化蜀藩刻本。

[3] 苏天爵：《滋溪文稿》，中华书局1997年版，第110页。

[4] 黄宗羲、全祖望：《宋元学案》卷九十一，中华书局1986年版，第3020页。

于，在元明清三代，朱学为官方之学，被认为是儒学正宗。把刘因之学归为朱学一派，显然也有推尊之意。

（本文为河北大学 2017 年 5 月 13 日至 14 日"智引未来——雄安新区建设发展高峰论坛·历史文脉与新区文化建设分论坛"论文）

袁桷的学术渊源

在元代学术史和文学史上，袁桷都是一个必须给予高度重视的人物。袁桷在元代学术史和文学史上的特殊地位和作用，在于他有效地促进了南北学风与文风的融合。

南北统一之后，学术史与文学史发展面临的一大课题，就是学风与文风的南北融合。在经历了宋金长期南北分裂对峙之后，南北的文风学风都有很大差异。这种差异，使得南北的融合注定要经历一个艰难的过程。当时南方文人自认为学在南方，但政治中心在北方，学术机构如翰林国史院、国子学在北方。南方文人北上之前，学术机构由北方文士主导。北上的南方文人能否被北方在朝文人接受，是南北学风、文风融合的前提。而恰恰在这方面，在袁桷北上之前一直不顺利。大儒吴澄、诗书画俱臻极致的大家赵孟頫，以及众多著名文士如张伯淳等人先后北上，都没有真正被接受。南北融合，遇到了极大困难。当时的翰林国史院由东平文人主导，他们认可并推崇四明学者兼文章家袁桷的学术与文章，荐入翰林。苏天爵对此有述，说："大德初，群贤萃于本朝。闻公（按指袁桷）才名，擢翰林国史院检阅官。秩满，升应奉翰林文字、同知制诰兼国史院编修官，遂迁修撰。"[1]当时袁桷由出身东平行台的学者阎复（曾任翰林学士、时任集贤学士）、王构（曾任翰林侍讲学士、时为参议中书省事）和程钜夫（曾受世祖命江南访求遗贤）荐入翰林，从此供职翰林院近二十年，与南北各地文人交往，促进了南北文风、学风的融合。袁桷之所以能被东平人主导的翰林院文人接受且推崇，进而促进南北文人交往与文风融合，与他务有用、尚博识、重词章的学术特点有关。要认识其学术特点，需要从其学术渊源入手考察。

前人把袁桷看成一位文章家，清人全祖望还以其为文士而轻之。应该说，他是文章家，同时也是学者。在元成宗至英宗时期，他是四明学术的代表，是当时在朝地位最高，影响也最大的四明学者。只是他为学重实用，重践履，不以著述为急务。苏天爵《袁文清公墓志铭》说"公有《易说》若干卷，《春秋说》若干卷"。实未成书，故不流传，这是一大遗憾，后人因而无法评价其学术，仅能据其文集《清容居士集》中所收《郊祀十议》等文，窥知其学术之一斑。《郊祀十议》，不仅当时为朝廷采纳，也博取了后世诸多好评，《四库全书总目·清容居士集》提要就说：集中如《南郊十议》诸篇，"援引经训，元元本本，非空谈聚讼者所能。当时以其精博，并采用之"。英宗时，他受命修辽、金、宋三史，这本是他的梦想。但突发政变，修史之梦破灭，他只好抱恨归乡。袁桷很年轻时，老师戴表元对他的评价，就不仅是"天资高，文章妙"，而且"博闻广记""精于史学""贯穿经术"[2]，史学经术，皆受称道。但其学术未能见诸著述：贯穿经术，经说未能成书；精于史学，修史之梦未圆，仅以《延祐四明志》表现其

---

[1] 苏天爵：《滋溪文稿》卷九《袁文清公墓志铭》，中华书局1997年版，第134页。
[2] 戴表元：《剡源戴先生文集》卷十三《送袁伯长赴丽泽序》，《四部丛刊》影印明万历刊本。

史才之一二。命运给他安排的是发挥文章才华的机会：供职翰林，执掌撰述，暇则与翰苑唱和，"其在朝，践历清华，再入集贤，入登翰苑，凡朝廷制册，勋臣碑板，多出其手。故其文章，博硕伟丽，有盛世之音。……其诗格俊迈高华，造语亦多工炼，卓然能自成一家。盖桷本旧家文献之遗，又当大德、延祐间，为元治极盛之际。故其著作宏富，气象光昌，蔚为承平雅颂之声。文采风流，遂为虞、杨、范、揭等先路之导。其承前启后，称一代文章之钜公，良无愧矣"[1]。于是在学术史上的定位，他被认定是文章家，是元代盛世文风的开创者，是"元诗四大家"之先导。这是历史使然，时势使然。但就其学养说，他确实是一位学者，是"旧家文献之遗"。特别应该珍视的是，在元初宽松的思想环境中，袁桷以丰厚之学发客观之论，求真求实而无所顾忌，有一些具有异端叛逆色彩且富有思想价值之论。探究其学术渊源，分析其学术特色，认识其学术价值，无疑是有意义的。

近来出版了两种袁桷文集的整理本：一种是李军等校点的《袁桷集》，吉林文史出版社 2010 年出版；一种是杨亮整理的《袁桷集校注》，中华书局 2012 年出版。两书"前言"中都谈到了袁桷的学术渊源，本文就这一问题作专门探讨。

袁桷的学术渊源，或说形成袁桷学术思想的元素，有家学、师承、地方学术背景和时代学术风尚四个方面。当然，一个人学术特色的成因是极其复杂的，机械地一对一地寻找其学术渊源，会成为主观臆测。只是为了论述的方便，我们从这四个方面来加以梳理。袁桷学术特色的任何一个方面，都可能是多种因素促成的。这是必须特别强调的。

---

[1] 爱新觉罗·永瑢等：《四库全书总目》卷一百六十七，中华书局 1965 年版，第 1435～1436 页。

四明袁氏，号称文献旧家。家学影响，是形成袁桷学术的一个重要因素。但在宋元之交那样一个特殊时期，袁桷父亲袁洪接纳诸多故宋遗老，如天台籍的著名学者王应麟、胡三省、刘庄孙，都寓居袁桷家乡鄞县，且馆于袁家，为袁桷之师。他们也与袁洪讨论学问，袁氏家学因而变得复杂。袁桷幼年学于东南文章大家戴表元，也曾师事学者与文章家舒岳祥，他最推尊的老师是王应麟，再加上胡三省等，在当时的东南，他可以说是遍师诸大家，如《四库全书总目》所言："桷少从戴表元、王应麟、舒岳祥诸遗老游，学问渊源，具有所自。"[1]袁桷学术，主要得自师传，这其中，对袁桷影响最大的是王应麟。袁桷之学，在一定程度上说，是承续王应麟之学。浙东四明，自宋以来便是一大学术中心。四明地方学术，是袁桷学术形成的背景。地方学术背景对任何一位学者的影响，都不能低估，袁桷当然也是这样，认识袁桷学术，就不能不高度关注其地方学术背景。历来学者都难免为时代风气所左右，袁桷当然也是如此。元初的学术风气，在袁桷身上表现是很明显的。追寻袁桷的学术渊源，从这四个方面来探讨和把握，大致可以认识袁桷学术的基本特点。

一、 地方学术背景

袁桷（1266—1327），生在宋元之际的浙东四明鄞县（今宁波鄞州区），这里宋以来就是学者荟萃之地。在袁桷生活的时代，虽处宋元鼎革，但学风始终很盛。宋之将亡，贾似道当国，排斥四明人，四明籍官员乡居，常于陈卓之世纶堂雅集，袁桷还有《书世纶堂雅集诗卷》追怀其事，说："吾乡盛时，比屋皆故家大官。咸淳，贾相擅国，绝恶

---

[1] 爱新觉罗·永瑢等：《四库全书总目》，中华书局 1965 年版，第 1435 页。

四明，繇是衣冠皆为月集，悉不敢议时事，卒至国亡，无卖降于外者。当至元末年，诸老先生犹亡恙，时则有深宁王先生，师表模范。世纶雅集，犹有洛社耆英之遗意。……桷以契家子，犹得从封胡羯末之后。愿相与勉焉，以图无斁。"[1]明言曾受其熏染，且愿勉力继承诸老先生之学。这种雅集，诗酒唱和，也谈论学问。宋亡入元，鄞县学风并未消歇，原因是鄞县在宋元战争中未遭破坏。当时不少地方破坏严重，不仅元军，败逃的宋军也一样焚掠地方。鄞县由于乡居官员的守备，未遭战争蹂躏，袁桷在为其父袁洪写的行状中，详细记载其事：

> 时高公衡孙、赵公汝楳以户部侍郎，汪之林以汀州，陆合以军器少监，章士元以太常少卿，赵孟传以赣州，合执政官至守倅凡六十余人，皆家居，月为一集，约讨论先哲言行，不得议时事。繇是公益得绅绎文献，深爱重自晦，绝不通京师书问。……乙亥冬，临安奉表降，谢太后诏谕东浙诸郡如命，戒毋徒以百姓污锋镝。时入南军道上虞、余姚，焚掠以行，声言留军庆元备御。居无何，王师将压境，公见赵制置，言南军以具海舟，实无意留，旦夕必入城纵火，当先攻甬东门，宜戒火政，分卒保东城，以全居民。未几，果纵火焚浮桥，劫江浒。城有备，不得入，舟出定海以行……[2]

所谓"入南军"，即临安破后南下之宋军。鄞县由于预有防备而免遭败逃宋军的焚掠，故老大儒得以在这里安居。不仅本地学者得以安居论学著书授徒，外地学者也寓居于此。清代学者鄞县人全祖望在《胡梅

---

[1]　袁桷：《清容居士集》卷五十《书世纶堂雅集诗卷》，《四部丛刊》影印元刊本。

[2]　袁桷：《清容居士集》卷三十三《先大夫行述》。

礴藏书窖记》中说："宋之亡，四方遗老，避地来庆元者多，而天台三宿儒预焉。其一为舒阆风岳祥，其一为先生，其一为刘正仲庄孙，皆馆袁氏。时奉化戴户部剡源亦在。"[1]天台三宿儒舒岳祥、胡三省（梅礴先生）、刘庄孙，以及奉化人戴表元，这些人和王应麟等，都成为袁桷的老师，对袁桷学术先后发生了不同的影响。

宋元之际，四明学术有一个宗尚的转变，由宗陆转向宗朱。对这一转向，当时和后世都有人谈及。但如何认识这一转变，人们的说法并不完全一致。与袁桷的老师王应麟同时的方回，记载了他和王应麟就这一问题的交谈：

> 王尚书应麟伯厚尝语予曰："朱文公之学行于天下，而不行于四明；陆象山之学行于四明，而不行于天下。"此言亦复有味。盖四明四先生沈端宪公早师事陆文达公；宜倅舒公，南轩开端，象山洗涤，而融会于东莱，不专一家，为前辈；袁正献公后出，始专尚象山；而慈湖又尝为史弥远师。故一时崇长昌炽，其说大行。袁广微为江东宪，创信州象山书院。……自汤汉伯纪、徐霖景说死，而象山之学无闻，慈湖之学亦无传。[2]

陆学行于四明，其最盛期在南宋孝宗时，方回所说的"四明四先生"也称"甬上四先生"，或称"淳熙四先生"，即南宋尊崇陆九渊心学的杨简、袁燮、舒璘、沈焕四人（沈焕谥端宪，舒璘官宜州通判，袁燮谥正献，杨简号慈湖，即沈端宪公、宜倅舒公、袁正献公与慈湖杨简）。

---

[1] 全祖望：《鲒埼亭集》外编卷十八《胡梅礴藏书窖记》，清嘉庆十六年刻本。

[2] 方回：《桐江续集》卷三十一《送家自昭晋孙自庵慈湖山长序（性存子）》，文渊阁《四库全书》本。

"四明四先生"之学也人各不同，舒璘是著名学者，但其学先后宗法张栻（南轩）、陆九渊（象山）和吕祖谦（东莱），所谓"南轩开端，象山洗涤，而融会于东莱，不专一家"。陆氏之学行于四明，袁桷的祖上是推动者，袁燮乃袁桷之高祖叔，袁甫（广微）为袁燮子（少服父训，又从慈湖问学），按方回所说，他们是陆学流行于四明的主要推动者和关键人物。对舒璘、沈焕，袁桷也很敬慕，他有《跋竺氏藏舒沈二先生书》，说："二先生授学乡里时，踵门而登巍科膴仕者，固不一二数。殊异以后，衣冠沦落，有不忍言者。独剡源竺君嗣孙稷，犹能守儒保世，庋藏二先生遗墨惟谨。"[1]按上文方回所说，四明心学一派，传于宋末而绝："汤汉伯纪、徐霖景说死，而象山之学无闻，慈湖之学亦无传。"（汤汉死于度宗末，1275年；徐霖死于理宗景定二年，1261年）汤汉死的第二年，临安破，南宋也就灭亡了。两人死而四明心学无传，这种说法太过绝对化。元明之际金华学者王袆也谈这一问题，说法与方回有些不同，他说：

325

> 昔日新安朱氏、象山陆氏一时并兴，皆以圣人之道为己任，而其所学不能无异。……陆氏之传，为慈湖杨简氏、絜斋袁燮氏，皆四明人。故四明学者祖陆氏而宗杨、袁，朱氏之学弗道也。东发黄震氏、果斋史蒙卿氏者出，而后朱氏之学始行于四明。[2]

[1] 袁桷：《清容居士集卷》四十七《跋竺氏藏舒沈二先生书》，《四部丛刊》影印元刊本。
[2] 王袆：《王忠文公文集》卷六《送乐仲本序》，《北京图书馆珍本丛刊》影印明嘉靖元年张齐刻本。按此说当得自于其师黄溍，黄溍为程端礼所作墓志铭说："宋季之士，率务以记诵词章为资身取宠之具，而言道学者亦莫盛于此。时四明之学祖陆氏而宗杨、袁，其言朱子之学者自黄氏震、史氏蒙卿始。……黄氏主于躬行，而史氏务明体以达用。"（《金华黄先生文集》卷三十三《将仕佐郎台州路儒学教授致仕程先生墓志铭》）元钞本。

"祖陆氏而宗杨、袁"是对南宋中期四明学术的概括。南宋后期，黄震、史蒙卿出，朱熹之学行于四明。朱学行，陆氏之学并未绝于四明，只是学术主流由陆学转为朱学。从元代的实际情况看，是两者并传且呈融合之势。

由陆学向朱学的转变，并非一朝完成的。而变四明之学的关键人物，是史蒙卿和黄震，他们都是宋元之际著名学者。史蒙卿（1247—1306），宋亡不仕，自号静清处士。《宋元学案》为立《静清学案》。他是袁桷外家舅舅一辈人。在前人看来，史蒙卿出而四明之学变，《宋元学案》言："四明之学，祖陆氏而宗杨、袁，其言朱子之学，自黄东发与先生始。黄氏主于躬行，而先生务明体以达用，著书立言，一以朱子为法。"[1]史蒙卿、黄震学术形成影响，在宋度宗咸淳末，不久南宋也就灭亡了，他们在宋亡后都做了遗民，继续着学术活动。史蒙卿死前，曾托袁桷为作墓志，今存袁桷《静清处士史君墓志铭》，其中曾说袁桷官翰林时，史蒙卿有信给他，"策励于桷为甚重"，信的大致内容是："斯文剥丧余，数十年师表郡县，学者应格则得，未尝于其人。后生不说学，亦未尝知学，剔伪务实，而挽之古，子宜勉焉，非可以虚谈冀也。"[2]对袁桷给予厚望。清人全祖望对史蒙卿扭转四明学术极其敬重，对袁桷所撰史氏墓志铭表示不满，他说：

> 先是，吾乡学者杨、袁之徒极盛……朱学之行于吾乡也，自静清始，其功大矣。……吾读清容所作静清墓志，于其易代大节，言之已悉，而学统所在，不甚了了。清容文士，其于儒苑窔奥，宜其在所忽也。然清容言静清尝与深宁说经，每

[1] 黄宗羲、全祖望：《宋元学案·静清学案》，中华书局1986年版，第2910页。
[2] 袁桷：《清容居士集》卷二十八有《静清处士史君墓志铭》，《四部丛刊》影印元刊本。

好奇，以是多与深宁不合。则又可知静清虽宗主朱学，而其
独探微言，正非墨守《集传》《章句》《或问》诸书，以为苟同
者……[1]

全祖望认为，使朱学行于四明地区，是史蒙卿之大功。而史蒙卿之
学，并不全同于朱熹，他因而对史蒙卿更加敬重。他认为，袁桷只是
一个文士，所以所撰写的墓志铭忽视了对史蒙卿学统的考察，这是很
令他不满的。其实，袁桷撰史氏墓志，重其节操而略其学术，并非如
全祖望所说的忽视，正表达了袁桷的学术态度——他对朱学不感兴趣，
因而也不认为史氏以朱学变四明学术为有功。

全祖望之说，近似朱学宗派之论。黄百家的说法稍不同，他认
为，史蒙卿传朱子之学，以此救陆学流于禅之弊，所以史氏不仅有功
于朱学，同时也是陆学功臣，他在《宋元学案》程端礼传下案语说：
"庆元自宋季，皆传陆子之学，而朱学不行于庆元，得史静清而为之一
变。盖慈湖之下，大抵尽入于禅，士以不读书为学，源远流分，其所
以传陆子者，乃其所以失陆子也。余观畏斋《读书日程》，本末不遗，
工夫有序，由是而之焉，即谓陆子之功臣可也。"[2]《读书日程》即
程端礼（畏斋）《程氏家塾读书分年日程》。程端礼是史蒙卿弟子，宋
元之际学者，鄞县人。其《程氏家塾读书分年日程》，为救当时父兄教
子弟之弊，其目的乃要使后学"经之无不治，理之无不明，治道之无
不通，制度之无不考，古今之无不知，文词之无不达，得诸身心者，无
不可推而为天下国家用"[3]。大致宗旨，主于明理、博识、有用。程

---

[1]　全祖望：《鲒埼亭集外编》卷十六《甬东静清书院记》，清嘉庆十六年刻本。
[2]　黄宗羲、全祖望：《宋元学案·静清学案》，中华书局 1986 年版，第 2913～2914 页。
[3]　程端礼：《程氏家塾读书分年日程·序》，《四部丛刊》影印瞿氏铁琴铜剑楼藏元
　　　刊本。

端礼乃袁桷同乡同辈人，这对于我们认识朱学流行于四明后，四明地区的学术特点，很有帮助。

袁桷早年读书于湖州，初仕在金华为丽泽书院山长。湖州、金华地方学术，对袁桷也有影响。就广义的概念说，袁桷的地方学术背景，可以包含湖州与金华。在湖州，袁桷与赵孟頫过往甚密，情好甚笃。他们在学术上肯定有相互影响，但没有文献依据，无法作具体说明。唯有袁桷书法与赵孟頫之神似，可以说明他们相契之深。袁桷之学，得于金华吕祖谦者为多。金华是吕祖谦的家乡，袁桷任职的丽泽书院，原是吕祖谦讲学会友之所。人们很容易将其学术与金华丽泽书院相联系。一般说来，袁桷得吕祖谦之学，与他师从王应麟有关，王应麟治学"兼取诸家，然其综罗文献，实师法东莱"[1]。袁桷乃从王应麟得吕祖谦（东莱）之学。而吴师道《上袁伯长学士书》，则以为与袁桷任职金华有关，他说：

> 东莱吕子之在乾淳间，而婺实其侨居，流风遗化深矣。易世抢攘，衣冠沦谢，虽欲考德问业，而求之故老，皆无存者矣。先生世鄞中大家闻人，与吕子辈行言论风旨相及。先生渐渍其渊源，而博闻精艺之学，亲从其徒而得其书，又尝憩金华之下，坐丽泽之上，致其景行之思，而修其教育之方，得之于吕子者多矣。[2]

可以说，袁桷得东莱之学，是多途径的。如吴师道所言，有袁、吕两家前辈交往中的相互影响，有袁桷与吕祖谦弟子交往且因而得读其

---

[1] 黄宗羲、全祖望：《宋元学案》卷八十五《深宁学案》，中华书局 1986 年版，第 2858 页。

[2] 吴师道：《吴礼部文集》卷十一《上袁伯长学士书》，《北京图书馆古籍珍本丛刊》影印清抄本。

书，又在金华地区任职且主持吕氏之丽泽书院而亲受熏染。即由家族渊源、地方学术、学友交游多途径所得，当然也有师从授受。地方学术的影响确实不能排除，因为苏天爵也曾说过"浙东之学以多识为主，贯穿经史，考核百家"[1]，体现的也是吕氏之学的精神。应该引起我们关注的是，当袁桷任教职于金华时，金华地区流行的，已经主要是金华朱学，以何基、王柏、金履祥为代表，他们自称为朱学正宗。吴师道本人就是金履祥弟子。但在现存袁桷诗文中，未见与这些人有交。大致可以说明，袁桷与他们学术旨趣不同。

二、袁氏家学

袁桷生在一个学术世家。但谈袁桷家学，并不容易。高祖叔袁燮，曾祖叔袁甫，都是南宋学术名家，四明学术的代表。袁桷曾祖袁韶是袁燮弟子。袁氏一门列名《宋元学案》者，还有袁哀、袁溪、袁毂、袁肃等多人，这些都足可说明袁氏家学的辉煌。苏天爵为袁桷所撰墓志铭也说："龙图阁学士正献公燮、兵部尚书正肃公甫，父子俱号名儒。越公……师事正献，尹临安十余年，为政严明，事载之史。"[2]作为家族的骄傲，其学术对袁桷肯定会有影响。但在多大程度上影响其学术取向，却很难说。在家庭中，直接影响袁桷的，当然是他的父亲袁洪。袁洪不以学术著称，但也有向学之心。袁桷撰《延祐四明志》卷五"人物考"有袁洪传，言洪"七岁通《诗》《书》《春秋》，受业王先生鑐"。官太社令，"时贾相不乐四明人，与同郡士六十余人坐废，家居讲学，不及世务。其畜德远权势如此"[3]。袁桷《先

329

---

[1] 苏天爵：《滋溪文稿》卷九《袁文清公墓志铭》，中华书局 1997 年版，第 137 页。
[2] 苏天爵：《滋溪文稿》卷九《袁文清公墓志铭》，第 134 页。按越公即袁桷曾祖袁韶。
[3] 袁桷：《延祐四明志》卷五《人物考》，文渊阁《四库全书》本。

君子蚤承师友晚固艰贞习益之训传于过庭述师友渊源录》，列王鬺、王应麟、胡三省、戴表元、黄震、程钜夫、舒岳祥、史蒙卿等三十四人，王鬺冠于诸多高官名儒之前列于首位。就对袁洪影响大者说，应属王鬺。该文介绍王鬺说："敦厚寡言，幼师之。精理学，多录言行教人。……语乾道、淳熙事，月日先后亡异，史官李心传尝质之。喜校书，经史皆手定善本。严州奉祠，日相过从。"[1]"严州"指袁桷祖父袁似道，官知严州。如此说，王鬺对袁似道、袁洪父子都有影响。

由于袁氏为四明学术之大宗，所以在谈地方学术时，不少内容都与其家学有关。袁家是四明心学的主要推行者，四明心学虽以"四先生"杨简、袁燮、舒璘、沈焕为代表，而"袁正献公后出，始专尚象山"，真正使陆氏心学大行于四明的，是袁燮，其子袁甫（广微）也积极推动其传播，"袁广微为江东宪，创信州象山书院"。所以后人称四明学术"祖陆氏而宗杨、袁"。但这一家学传统在袁桷身上的体现，主要是感情的而非学术主张的。如果从学术主张方面来看，在"四明四先生"中，倒是早于袁燮（1144—1224）的舒璘（1136—1199）"南轩开端，象山洗涤，而融会于东莱"，兼取张栻、陆九渊和吕祖谦，与袁桷有些近似。除了人们关注较多的陆九渊、朱熹、吕祖谦学术外，袁桷家学影响中，被人们忽视的是张九成。袁洪的老师王鬺不仅"多录言行教人"，且以张栻之《言行编》授袁洪，袁桷为父袁洪所作行述言："公幼从王先生鬺学问，戒以躬行为持身本，每授以《言行编》诸书，公守而行之。"[2]《言行编》记张九成（无垢居士）之言行。张九成曾贬温州，其书在浙东广泛流传，明人刘鳞长认为，张九成之

[1] 袁桷：《清容居士集》卷三十三《先君子蚤承师友晚固艰贞习益之训传于过庭述师友渊源录》，《四部丛刊》影印元刊本。
[2] 袁桷：《清容居士集》卷三十三《先大夫行述》。

学，是浙东心学的渊源之一。[1]王鎡以《言行编》授袁洪，袁洪"守而行之"，这会间接影响到袁桷。宋代理学家多排佛，张九成却好佛学，因此为朱熹所痛斥。张九成有《横浦心传》一书，"晦庵尝谓洪适刊此书于会稽，其患烈于洪水、夷狄、猛兽"[2]。袁桷生当宋元之际，学术活动在元代。元代学者论学，多不排佛老。袁桷论学不排佛老，主要是时代学术风尚使然，但也应与家学影响有关。

据元末诗人戴良《跋袁学士诗后》，袁桷曾与龙山永乐寺僧商隐"同参横川和尚"，戴良称赞"商隐之结交文清，犹如佛印之于东坡，灵源之于山谷，其趣味相同"[3]。这可说明袁桷与佛教的因缘。袁桷对道家（道教）的兴趣始于幼年，自言"余幼好读《黄庭》《真诰》二书"[4]。他自号清容居士，"清容"者"清而容物"，取自《庄子·田子方》，是田子方描述其师东郭顺子的话："其为人也真，人貌而天，虚缘而葆真，清而容物。"[5]袁桷《题放翁训子帖》说：

331

> 放翁先生送其子之官，独书《庄子》二章以训。或曰："五经切近，而书《庄子》，何耶？"余曰：自农师右丞师尊临川，临川宗老庄，故其家学世守之。此二章足以涉世变。"清而容物"，远祸之基也；喜怒哀乐不入于胸次，进德之本也。绍熙党祸萌蘖，故逢迎者废于嘉定，标榜者锢于庆元。虽善恶歧，而当时仕进者宁不自重？先生教子之意深矣。[6]

---

[1] 刘鳞长：《浙学宗传》，《四库存目丛书》本。

[2] 黄震：《黄氏日抄》卷四十二，《丛书集成初编》本。

[3] 戴良：《九灵山房集》卷二十九《跋袁学士诗后》，《四部丛刊》影印明正统刊本。

[4] 袁桷：《清容居士集》卷五十《书薛严二道士双清编》，《四部丛刊》影印元刊本。

[5] 郭庆藩：《庄子集释》，中华书局1961年版，第702页。

[6] 袁桷：《清容居士集》卷四十六《题放翁训子帖》。按陆游祖父陆佃，字农师，官右丞。师事临川王安石。

顺应自然，清而容物，这应该是袁桷信奉的人生哲学。在袁桷的观念里，没有将道家与道教明确区分，但他崇信道家之理，而疾恶道教之妄。宋代理学宗师以佛老为异端，主张一概加以拒绝。有人主张应该分辨其与儒家合与不合，合者取之，不合者去之，二程坚决反对，说："释氏之说，若欲穷其说而去取之，则其说未能穷，固已化而为佛矣。……故不若且于迹上断定不与圣人合，其言有合处，则吾道固已有。有不合处，固所不取。如是立定，却甚省易。"[1]这样简单武断，显然不是处理学术问题所应持的态度。袁桷则明确表示，应该吸取佛道之长，其《定水源禅师塔铭》借定水源禅师之口表达其主张，认为其合处与异都有可取，都有价值：

> 或问曰："吾儒性善，与佛所言同否？"曰："同。感物而动，汉儒失之。由是有不同焉。后乃曰儒、释二教，分别有异，在治人治心。治人在五常，治心在四大修，五常治人之本，修四大，乱心之本。道微世衰，诚得一人焉不可得。"[2]

治人与治心，对于社会，都是需要的，因此佛与儒，应该并行不悖。至于老庄，他认为多与儒家经典《易》合，他说："昔之善言老子者，谓其同者合于《易》，其不同于孔子者，皆矫世之弊。""道散于九流百家，同归而殊涂，唯老子最近。然则《易》《老》诚相表里邪？"[3]"道"绝非为儒家圣人所专有，九流百家，都是"道"的体现者，殊途同归，"唯老子最近"。这是对理学家道统论的公然挑战。他甚至直接

---

[1] 程颢、程颐：《二程遗书》卷十五，《二程集》，中华书局1981年版，第155页。
[2] 袁桷：《清容居士集》卷三十一《定水源禅师塔铭》，《四部丛刊》影印元刊本。
[3] 袁桷：《清容居士集》卷二十一《老子讲义序》、卷三十一《空山雷道士墓志铭》。

回击排佛老之论，说：

> 老氏之学，力本自治，退足无欲，其言黯以彰，不知者以
> 虚无释之，邈不相涉矣。……世以役鬼神窃服食为道，吾不
> 能知之。不惑于众，则害于民者寡。考其自治，则于吾道
> 合。清净富强，昔之时君尝师之。则凡刻缮者，诚得矣，夫
> 何疑焉。[1]

"世以役鬼神窃服食为道"，这是妄诞的道教；"老氏之学，力本自
治，退足无欲"，这是道家之学。袁桷没有"道家"与"道教"的观
念，但其区分清静的老氏之学与虚妄的道术，还是很明确的。区分了
道教与道家，则道家之学是有益于社会的，"夫何疑焉"？

袁桷长于史学，曾立志修《宋史》而未果。其史才应有得于胡三
省。袁氏家学也长于史，袁桷这方面大约也得益于家学滋养。袁桷为
其族人袁衷作墓志铭，哀其有志史事而不得酬："两家子孙，凡五为史
官，独君不及用，诚可憾。"[2]袁家多史官，今可知者，袁燮尝以礼
部侍郎专史事，袁韶入秘书省为史官，袁甫为实录史院修撰等。有志
修史而不及用，这是袁衷的遗憾，更是袁桷的悲哀。因为正当他受命
修《宋史》时，元英宗被刺，史事搁浅。苏天爵为袁桷所作墓志说：

> 公在词林几三十年，扈从于上京凡五。朝廷制册，勋臣
> 碑版，多出其手。尝奉诏修成宗、武宗、仁宗三朝大典。至
> 治中，郓王拜住独秉国钧，作新宪度。号令宣布，公有力
> 焉。……王尤重公学识，锐欲撰述《辽》《宋》《金》史，责成

---

[1]　袁桷：《清容居士集》卷三十一《通真观徐君墓志铭》，《四部丛刊》影印元刊本。
[2]　袁桷：《清容居士集》卷三十《海盐州儒学教授袁府君墓表》。

于公。公亦奋然自任，条具凡例，及所当用典册陈之。是皆本诸故家之所闻见，习于师友之所讨论，非牵合剿袭，漫焉以趋时好而已。未几国有大故，事不果行。[1]

这成了袁桷终生的遗憾。稍可慰其情怀的，是撰修《延祐四明志》，略显史才。该书成为古代著名方志，四库馆臣称其书"条例简明，最有体要""考核精审，不支不滥，颇有良史之风"[2]。

袁氏多史官，袁氏家学重史学，但这些属于其家学的远源，对袁桷长于史学的影响究竟有多大，难以落实。我们在有关文献中倒是看到有袁桷与他父亲老师王鬺近似的记载：袁桷《先君子蚤承师友晚固艰贞习益之训传于过庭述师友渊源录》说王鬺"语乾道、淳熙事，月日先后亡异"。陆友仁《研北杂志》记袁桷则更过之："袁伯长学士，博闻洽识，江左绝伦。谓张伯雨曰：'宋东都典故，能以岁记之；渡江后事，能月记之。'"[3]王鬺也许曾直接或间接影响袁桷。

袁氏藏书极富，"袁氏自越公喜藏书，至公收览益富"[4]。从其曾祖袁韶（越公）到袁桷，经五世积累，袁氏成为东南著名藏书之家。袁桷刻苦读家藏书，是其获益于家学的一个重要途径。

三、师 承 授 受

袁桷的师承，清人胡文学《甬上耆旧诗》卷三"袁桷小传"说："袁氏最为世族。公少负异才，读先世遗书，至穷日夜。初事戴剡源，

[1] 苏天爵：《滋溪文稿》卷九《袁文清公墓志铭》，中华书局1997年版，第135～136页。

[2] 爱新觉罗·永瑢等：《四库全书总目》卷六十八《延祐四明志》提要，中华书局1965年版，第601页。

[3] 陆友仁：《研北杂志》卷下，《丛书集成初编》本。

[4] 苏天爵：《滋溪文稿》卷九《袁文清公墓志铭》，第136页。

稍长，在王深宁先生之门，复从舒岳祥游，尽传诸公之学。既家有赐书，又亲见中原文献，得接风流。故其学最为有本。"又说："自宋南渡而后，吾乡学者，以多识相尚。文清得王氏之传，其于近世礼乐之因革，官阀之选次，朝士大夫之族系，九流诸家之略录，俱能溯源执本，得其旨归。浙河以东，于斯为盛。"首先列举其先后师承，依次为戴表元（剡源）、王应麟（深宁）、舒岳祥，而后又重点谈王应麟。遍师名家，而得益于王应麟者最多，反映了袁桷师从关系的实际。这里有一个重要的遗漏是胡三省，胡三省应该是袁桷比较重要的一位老师。其他馆于袁氏的，还有刘庄孙等，也是袁桷的老师。未曾师从而受其教诲者尚多，在袁桷《先君子蚤承师友晚固艰贞习益之训传于过庭述师友渊源录》所列三十多人中，应有不少，可以确切指明的，如史蒙卿等。

在前人看来，袁桷从不同老师那里所学是不同的。苏天爵撰墓志铭说："公生富贵，为学清苦，读书每至达旦。长从尚书王公应麟讲求典故制度之学，又从天台舒岳祥习词章，既又接见中原文献之渊懿。故其学问核实而精深，非专事记览、哗众取宠者所可拟也。"未言戴表元。明徐象梅《两浙名贤录》卷四十六"侍讲学士袁伯长桷"说："始从戴表元学缉文，脱去凡近。长师王应麟，授以文献渊懿，深有悟造。尤长于论史，悉究前朝典故，叩之亹亹不倦。尝谓宋末文浸滥，益自奋厉，希古作者。"[1]在人们看来，戴表元、王应麟、舒岳祥是袁桷一生中重要的老师。但人们没有注意到，这些老师，与袁桷也有合与不合。由其合者，可以考察袁桷学术之渊源；由不合者，更能认识袁桷学术之旨趣。

---

[1] 徐象梅：《两浙名贤录》卷四十六《侍讲学士袁伯长桷》，明天启刻本。

一般都说戴表元是其幼年之师，从戴表元是学"缋文"等，似乎戴表元对袁桷学术影响不大。从现有文献看，戴表元确实是袁桷幼年之师，但戴表元对袁桷影响绝不仅仅在幼年，袁桷从戴表元所得，也不仅仅是"缋文"。袁桷成年后，他们依然保持联系。考察戴表元对袁桷的影响，可以纠正前人对袁桷生平记载的一个错误：苏天爵撰《袁文清公墓志铭》载："年二十余，宪府荐茂异于行省，授丽泽书院山长，不就。"由于这是袁桷生平记载的原始文献，所以不少人认为袁桷虽被举，但没有赴任。事实是，袁桷到任了。而由力辞不赴到改变态度而就任，与戴表元的督促有关。戴表元有《送袁伯长赴丽泽序》，反复说明应赴任的道理，说："而今之君子，率习为之辞曰：'我学治其身治其家，犹未之能也，而安能治人？'此说行，故贤者得成其谦，而不肖者亦以容其伪。及乎人不得已而取之，则谦者退处，伪者售焉。此甚非君子之通法也。"[1]本文乃为送其赴任而作，不赴任，自无此文。而吴师道《上袁伯长学士书》更明言其曾"憩金华之下，坐丽泽之上"[2]，任教职于丽泽书院。从现有文献可以判断，在戴表元生前，他们一直保持联系。《清容居士集》卷十四有诗题为《六月二十四日夜梦剡源师同游山寺主僧延入丈室出梅花画卷赋诗旁有胡用章先生坐主僧下时剡源对席仆居其次案上绿竹一枝青翠可爱剡源赋诗桷即援笔》，可见其感情之深。当时及后世多视戴表元为文章家，且认为，袁桷之文得自戴表元，如《元史》称："至元、大德间，东南以文章大家名重

---

[1] 戴表元：《剡源戴先生文集》卷十二《送袁伯长赴丽泽序》，《四部丛刊》影印明万历刊本。

[2] 吴师道：《吴礼部文集》卷十一《上袁伯长学士书》，《北京图书馆古籍珍本丛刊》影印清抄本。按袁桷自言："元贞元年，桷掌吕成公丽泽祠。"(《清容居士集》卷二十九《龙兴路司狱潘君墓志铭》)这是更准确的记载。成宗元贞元年(1295)，袁桷三十岁。

一时者，唯表元而已。其门人最知名者曰袁桷，桷之文，其体裁议论，一取法于表元者也。"[1]但袁桷认为，戴表元也是一位学问家，其《戴先生刻遗文疏》称戴表元："少负奇志，晚成大名。漱六艺之菁华，穷百氏之源委。"[2]袁桷与戴表元之学术渊源极其相似，他们虽为师徒，但又先后师事王应麟、舒岳祥，《元史·戴表元传》云："时四明王应麟、天台舒岳祥，并以文学师表一代，表元皆从而受业焉。"也就是说，王、舒是袁戴两人共同的老师。他们接受心学影响的途径也大致相同。这诸多共同处，不仅使他们感情深厚，也使其学其文，都有近似取向。特别是他们的文学理论主张，差不多可以说是师徒同声。

对袁桷影响最大的老师是王应麟。王应麟字伯厚，号深宁居士，宋元之际著名学者，以博学著称，《宋元学案》为立《深宁学案》。在袁桷所有的老师中，他最尊敬的也是王应麟。袁桷《先君子蚤承师友晚固艰贞习益之训传于过庭述师友渊源录》列三十多人，包括戴表元、舒岳祥、胡三省以及其舅辈史蒙卿，还有对他有荐拔之恩的程钜夫。所有这些人，全都直称其名，唯王应麟称"王先生应麟"，并言："先子命桷受业门下十年。"袁桷也是王应麟最重要的弟子，泰定时官刻王应麟《困学纪闻》，请袁桷作序，序称："桷游公门最久。"[3]很有意思的是，袁桷《清容居士集》卷四十八《跋象山先生经德堂记后》文录朱熹文《答项平父》，朱熹文在《晦庵集》卷五十四，比照原文，则袁桷所录文字，大不同于朱熹原文。王应麟《困学纪闻》卷五也曾录朱熹此文，袁桷所录，与王应麟此处文字，一字不差（唯少一"而"

---

［1］ 宋濂等：《元史》卷一百九十《戴表元传》，中华书局 1976 年版，第 4336～4337 页。

［2］ 袁桷：《清容居士集》卷四十《戴先生刻遗文疏》，《四部丛刊》影印元刊本。

［3］ 袁桷：《清容居士集》卷二十一《王先生困学纪闻序》。

字）。显然，所谓朱熹文，原是从《困学纪闻》抄来的。当时朱学大盛，"家有其书"，绝对不会是原书难找而转录于他书。而王应麟《困学纪闻》，当时尚未刊刻。可见袁桷读王应麟书之用心，受其影响之大。

袁桷基本上是学王应麟之所学，其学术特色，极其相似，我们几乎可以从王应麟认识袁桷的学术特点。王应麟所崇尚的，基本上也是袁桷所崇尚的；王应麟所追求的，基本上也是袁桷所追求的。王应麟为人所称道者，为中博学宏词科。理宗淳祐元年（1241），年十九，举进士。《宋史》本传载："初，应麟登第，言曰：'今之事举子业者，沽名誉，得则一切委弃，制度典故漫不省，非国家所望于通儒。'于是闭门发愤，誓以博学宏辞科自见。假馆阁书读之。宝祐四年中是科。应麟与弟应凤同日生，开庆元年，亦中是科，诏褒谕之。"[1]王应麟追求的是作"通儒"。博学宏词科，属宋代词科之一名，为招致文学之士而设。宋代词科，先后有不同名称，有宏词科、词学兼茂科、博学宏词科、词学科等。研究者认为，这些不同名称，代表了不同的人才选拔标准："宏词科着眼点在'词'，即选拔有文采之士，重点在'文'；词学兼茂科则'词''学'并重，在强调有'文'的同时亦不偏废'实学'；博学宏词科则先强调'学'要'博'，然后才是'文'须'宏'，是以王应麟认为究悉典章制度者方为'通儒'。"[2]王应麟向往博学宏词科并得中此科，则博学宏词既是他的学术追求，也是他的学术特点。《宋元学案》卷八十五《深宁学案》全祖望案云："《宋史》但夸其

［1］脱脱等：《宋史》卷四百三十八《王应麟传》，中华书局 1985 年版，第 12987～12988 页。

［2］张骁飞：《王应麟文集研究》第六章"《词学指南》研究"，中华书局 2011 年版，第 219 页。

辞业之盛，予之微嫌于深宁者，正以其辞科习气未尽耳！"[1]应该说，全祖望的看法并不客观。博学而宏文，追求有用于当世，是王应麟的学术特色，也是袁桷的学术特色。苏天爵为袁桷所撰墓志铭，开篇即定性袁桷为"文学博洽之儒"，这似乎是"博学宏词"的另一种表述，又赞袁桷之学术说：

> 昔宋南迁，浙东之学，以多识为主，贯穿经史，考核百家，自天官、律历、井田、王制、兵法、民政，该通曲委，必欲措诸实用，不为空言。[2]

从学源说，王应麟兼治朱、吕、陆学，《宋元学案》说他是"兼治朱、吕、陆之学者也。和齐斟酌，不名一师"[3]。兼取诸家，综罗文献，师法东莱；袁桷也是如此。他们兼取各家似吕祖谦，重视文献也似吕祖谦。袁桷生逢宋季，未成年而宋亡，命运使他没有机会中博学宏词科，但他心中有博学宏词情结。他说："方宋文治时，立博学宏词科。番阳三洪公、周文忠公，迄致清显。至吕成公、真文忠公，阐正学，弥贵重真。传诸徐凤，徐凤传诸尚书王公应麟。公曰：'中是科者实有命。'"[4]先历数中此科之人，有"番阳三洪"洪适、洪遵、洪迈，周必大，吕祖谦，真德秀；而王应麟则是真德秀之再传。如果不是宋元易代，袁桷也当中此科。但不幸，老天没有给他这个机会。不过，他虽不得中此科却依然可以传其学：作既博学且宏词的学者。袁桷继王

---

[1] 黄宗羲、全祖望：《宋元学案》卷八十五《深宁学案》，中华书局 1986 年版，第 2856 页。

[2] 苏天爵：《滋溪文稿》卷九《袁文清公墓志铭》，中华书局 1997 年版，第 137 页。

[3] 黄宗羲、全祖望：《宋元学案》卷八十五《深宁学案》，第 2856 页。

[4] 袁桷：《清容居士集》卷二十八《将仕佐郎信州路儒学教授陈君墓志铭》，《四部丛刊》影印元刊本。

应麟之学，也承接并发扬王应麟文风。四库馆臣评王应麟文："典雅温丽，有承平馆阁之遗。"评袁桷文风："博硕伟丽，有盛世之音。"这种相似，可以从师承关系得到解释。四库馆臣又赞扬袁桷："尤练习掌，故长于考据。"[1]就更与王应麟的影响有关了。不过，袁桷与王应麟之学也有同中之异。前人称王应麟之学正，《四库全书·困学纪闻》提要言"应麟博洽多闻，而理轨于正"[2]。而袁桷论学，却时有逸出儒家正轨之外者。

舒岳祥是袁桷的老师。从前人对袁桷的生平记载看，凡谈袁桷师从的，都提到舒岳祥。舒岳祥还是袁桷另外两位老师戴表元和刘庄孙的老师。但人们没有注意到，袁桷与舒岳祥，从性格到为学都不合。考察其不合的原因，对认识袁桷，也很重要。

袁桷的诗文中，很少提到舒岳祥。在《先君子蚤承师友晚固艰贞习益之训传于过庭述师友渊源录》中，他这样介绍舒岳祥："舒岳祥，台州宁海人。七岁能作古文，弱冠谒吴子良吏部，大奇之。吴学于陈耆卿舍人，舍人学于叶适正则。以师道自任，好讥侮。晚岁诗益工。官庆元时，与之游。后作书俾桷往事之。"介绍刘庄孙时说："学于舒。"[3]看不到弟子对师长敬意。袁桷敬重老师戴表元，戴表元敬重舒岳祥，而袁桷与舒岳祥之间似乎没有师生情谊。究其原因，大约舒岳祥"好讥侮"与袁桷"清而容物"的人格理想相悖。就诗文风格说，舒岳祥之好奇，也与袁桷的追求相悖。《宋史》《元史》均无舒岳祥传，其文集散佚，四库馆臣自《永乐大典》辑出，今四库本《阆风集》有胡

[1] 爱新觉罗·永瑢等：《四库全书总目》卷一百六十五《四明文献集》提要、卷一百六十七《清容居士集》提要，中华书局 1965 年版，第 1411、1435 页。

[2] 胡应麟：《困学纪闻》卷首提要，文渊阁《四库全书》本。

[3] 袁桷：《清容居士集》卷三十三《先君子蚤承师友晚固艰贞习益之训传于过庭述师友渊源录》，《四部丛刊》影印元刊本。

长孺、王应麟两序，从序中可窥知其为人与为文。胡序言："先生负奇气，固伯仲诸葛孔明、王景略，其视龌龊琐碎虽达官贵人若遗涕唾，不肯一回顾。少年已擢巍科，同时流辈，往往涉足要津，己独凝立却行，不能以分寸为进。"王序称："自重难进，阅群飞之刺天，而无竞心。不得弦歌《生民》《清庙》之章荐之郊庙，又不得绅金匮、石室书，续左、马、班氏之笔。晚岁涉坎险，历蹇难，萍流蓬转，有陶、杜所未尝。气益劲，思益深，胸中之书不烬，方寸之广居浩乎其独存。弄云月于嶙岩之下，友渔樵于寂寞之滨，固穷守道，皓皓乎白璧之全。"这些都是表彰其孤高不群。高才不合于时，一般说，总是反映出当时的社会问题。但就个体说，也可能与个人性格有关。仅就个体与个体的关系说，可以想象，舒岳祥的为人与为文，都难与袁桷相合。从学术上说，舒岳祥是永嘉之学的传人（永嘉叶适一传筼窗陈耆卿，再传荆溪吴子良，三传阆风舒岳祥），袁桷不喜永嘉之学，在《戴先生墓志铭》，他借戴表元之口，从文章角度批评永嘉之学，说："永嘉之学，志非不勤也，挈之而不至，其失也萎。"[1] 舒岳祥正是永嘉之文的代表，《宋元学案·水心学案》就说："水心传于筼窗，以至荆溪，文胜于学，阆风则但以文著矣。"[2] 则袁桷与舒岳祥的不合，就更容易理解了。如此看来，舒岳祥名为袁桷之师，但为人为文如此不合，不可能对袁桷有什么影响。

袁桷仰慕胡三省。袁桷有《祭胡梅涧先生》云："甲申之岁，先生出峡，访先子于城南。桷时弱冠气盛，望先生之道，不知佩玉之利于徐趋，驾车之不可脱衔也。先生微机以抉之，再而赧，三而竭，垂头

341

[1] 袁桷：《清容居士集》卷二十八《戴先生墓志铭》，《四部丛刊》影印元刊本。
[2] 黄宗羲、全祖望：《宋元学案》卷五十五《水心学案（下）》，中华书局 1986 年版，第1825 页。

却立，毕志以请业。由是始得知二千余年之内，论事不可以一概。而所谓非三代不陈者，实要君以行怪。"[1]甲申之岁，即元世祖至元二十一年（1284），袁桷十九岁。自青年时为胡三省所折服，即终生仰慕。他首先是景仰胡三省的博学，其次又从胡三省得到观察和认识历史问题的启发，培养了史识。其史学观，也鄙弃怪异而不合世用且迂腐的复古论。留心史事的袁桷，多次谈到史家之三长：才、学、识[2]，从胡三省学，其收益在此。胡三省的《资治通鉴音注》最后在袁家完成，在此过程中，袁桷受到濡染，应该是正常的。袁桷还仰慕胡三省的人格，他有《过扬州忆昔六首》（《清容居士集》卷十一）诗，其六怀胡三省，表达了对胡三省才识人格等全面的推崇，对其遭际表述同情，并抒写深切的怀思之情。

四、 时代学术风气

元代学术以融通为特色，不仅在理学内部合会朱、陆，当时学术各派，也都兼容并包。宋代理学排佛老，元代则少有排佛老者。由于许衡的大力提倡，朱熹之学被普遍认可，成为形式上的主流学术。但许衡又重实用，重实用是元代学术突出的特点，于是南宋理学的空疏之病，就遭到集中的批判。被二程力批的词章之学、训诂之学，也为元人所容纳。所有这些，在袁桷身上都有体现。

南宋学术门派森严，不同学派互为敌垒，其中特别是"朱陆之争"，两派学者互相攻击。在元人看来，这是不可思议的。既然都是圣人之学，那就小异而大同，只不过入学门径不同而已。在宋末元初，

---

[1] 袁桷：《清容居士集》卷四十三《祭胡梅涧先生》，《四部丛刊》影印元刊本。
[2] 刘昫：《旧唐书·刘子玄传》："史才须有三长，世无其人，故史才少也。三长，谓才也，学也，识也。"中华书局1975年版，第3173页。

倡导合同朱陆,已经成为学术大的走向。宋亡入元,不少人都力倡泯灭"朱陆之争",强调二者之同。如由宋入元的江西学者刘壎,他花很大功夫编《朱陆合辙》一书,其序云:

> 朱、陆之学,本领实同,门户小异。故陆学主于超卓,直指本心,而晦翁以近禅为疑;朱学主于著书,由下学以造上达,而象山翁又以支离少之。门分户别,伐异党同,末流乃至交排互诋,哗竞如仇敌。遂令千古圣学之意,滋郁弗彰矣。

刘壎推尊兼宗朱、陆的包恢,特别赞成包氏观点:"二家宗旨,券契钥合,流俗自相矛盾。"他进一步为这种观点寻找理论依据:

> 夫人惟一心,心惟一理。群圣相授,继天立极,开物成务,何莫由斯?孔子曰:"性相近也。"孟子曰:"先圣后圣,若合符节。"岂至于学能独异乎?[1]

343

批评宋人的分朱分陆,在当时是普遍的学术取向,如程钜夫,其《题象山先生遗墨后》说:

> 朱、陆二公来往翰墨,情与甚真。若此帖者甚多,余家亦宝数纸,恨不使妄有异同者一一见之。[2]

袁桷也反对朱陆之争,主张朱、陆会同。有龚霆松者撰《朱陆会同》一书,他为作序,说:

> 曩朱文公承绝学之传……陆文安公生同时,仕同朝,其

---

[1] 刘壎:《水云村稿》卷五《朱陆合辙序》,文渊阁《四库全书》本。
[2] 程钜夫:《雪楼集》卷二十四《题象山先生遗墨后》,文渊阁《四库全书》本。

辨争者，朋友丽泽之益。朱、陆书牍具在，不百余年，异党之说兴，深文巧辟……而二家矛盾大行于南北矣。广信龚君霆松，始发愤为《朱陆会同》，举要于《四书》，集陆子及其学者所讲授，俾来者有考。[1]

龚霆松《朱陆会同》与刘壎《朱陆合辙》同一宗旨，即例举朱、陆相同之论，证明朱、陆学术大旨之同，消弭朱、陆之争。袁桷认为，当时朱熹与陆九渊关于学术问题的辩论，是朋友间的辨析，通过辨析相互补益，在学术问题上并没有根本分歧。《周易·兑》卦之象辞说："丽泽，兑；君子以朋友讲习。"在《易》卦，兑为泽，兑卦下兑上兑，如两泽相并，程颐解释说："丽泽，二泽相附丽也。两泽相丽，交相浸润，互有滋益之象。故君子观其象，而以朋友讲习。朋友讲习，互相益也。"袁桷认为，朱、陆之论辩，乃是"交相浸润，互有滋益"。朱、陆矛盾，都是后来庸人兴起的。这种宗派之争，"党同恶异，空言相高"[2]，乃学术之大弊。

元代学术的又一突出特征是重实用而黜空言。元代文人反思宋代亡国之因，以为理学空疏误国，是其中之一。所以在元代，一边大力推行朱熹之学，一边批评理学之空疏。重实用，成为一代学术宗尚。北方学者郝经称："天人之道，以实为用，有实则有文。"且立志终生"不学无用学，不读非圣书"[3]。程钜夫代元仁宗所撰《行科举诏》，宣布其选人导向："举人宜以德行为首，试艺则以经术为先，词

[1] 袁桷：《清容居士集》卷二十一《龚氏四书朱陆会同序》，《四部丛刊》影印元刊本。

[2] 袁桷：《清容居士集》卷四十八《跋璜山经德堂记后（象山先生作）》。

[3] 郝经：《陵川集》卷二十《文弊解》、卷二十一《志箴》，《北京图书馆古籍珍本丛刊》影印明正德李瀚刊本。

章次之。浮华过实，朕所不取。"[1]现实的学风文风，入元后也确实发生了大的转向，程钜夫谈到过这一转向，说：

> 数十年来，士大夫以标致自高，以文雅相尚，无意乎事功
> 之实。文儒轻介胄，高科厌州县，清流耻钱谷，滔滔晋清谈
> 之风，颓靡坏烂，至于宋之季极矣。穷则变，敝则新，固然之
> 理也。国朝合众智群力壹宇内，自笔库达于宰辅，莫不以实
> 才能立实事功，而清谈无所用于时。[2]

探讨心性义理之玄奥，在元代已非时尚。学术要合于世用，成为时代共识。人们需要的是"以实才能立实事功"。

会同朱陆，崇尚实用，这两点在袁桷身上都有很充分的体现。在袁桷学术中，这两者还是密切相关的。这也使得袁桷的合会朱陆，有了他的独特处。

345

如果说元人合会朱陆，大部分人是主张兼宗朱陆的话，袁桷的真正看法与他们不同。在袁桷心里，不管朱学还是陆学，他都不是十分推崇。只是由于元代是朱学的天下，他有时说些推尊朱学的面子话；又由于家学渊源的关系，他没有明确对陆学的贬斥。在本质上，他对理学高谈性命而无实学的空疏，是厌恶的，他对此有不少尖刻的批评。如其《昌国州重修学记》说：

> 先儒以明理为纲领，讥诋汉唐不少假。濂洛之说盛行，
> 诚敬忠恕，毫分缕析，一以体用知行，概而申之。繇是髫龀
> 之童，悉能诵习。高视阔步，转相传授。礼乐刑政之具，狱

---

[1] 程钜夫：《行科举诏》，苏天爵：《元文类》卷九，《四部丛刊》影印元至正本。
[2] 程钜夫：《雪楼集》卷十四《送黄济川序》，文渊阁《四库全书》本。

讼兵甲之实，悉有所不讲。哆口避席，谢非所急。言词之不
工，则曰："吾何以华藻为哉？"考核之不精，则曰："吾何以
援据为哉？吾唯理是先，唯一是贯。"科举承踵，駸駸乎魏晋
之清谈。疆宇之南北，不接乎视听。驯致社亡，求其授命死
事，率非昔时言性理之士。后之学者，宁勿置论，而循其故
习者哉？[1]

袁桷对理学是从根本上否定的。理学宗师程颢要求学者"且省外事，
但明乎善，惟进诚心，其文章虽不中，不远矣。所守不约，泛滥无
功"[2]。一切的礼文、制度、学问之事，都是所谓"外事"，都应该
省去，学者应专注于内心的体认。程颐也说："古之学者惟务养情性，
其他则不学。"一切的学问都要省去，"养情性"就是全部学问，也是
为学的唯一目的，所以程颐说："古之学者一，今之学者三，异端不与
焉。一曰文章之学，二曰训诂之学，三曰儒者之学。欲趋道，舍儒者
之学不可。"儒者之学，就是宋儒的义理之学，或称心性义理之学。又
说："今之学者有三弊：一溺于文章，二牵于训诂，三惑于异端。苟无
此三者，则将何归？必趋于道矣。"[3]二程当时所提倡的，也有其合
理性。但流弊所至，以至于空疏误国。袁桷对理学空疏之弊，显然是
深恶痛绝的。所以他的批判，直指濂洛，而无所避忌。他对二程的批
评如此尖锐，对朱熹也不客气："自武夷之说行，其门人矜重自秘，皆
株守拱立，不能亲有所明辨。"[4]这好像只是贬斥朱熹的门人，但事
实上是指向朱熹的。以"武夷之说"代朱熹之学，或许是袁桷所独

---

[1] 袁桷：《清容居士集》卷十八《昌国州重修学记》，《四部丛刊》影印元刊本。
[2] 程颢、程颐：《二程遗书》卷二上，《二程集》，中华书局1981年版，第20页。
[3] 程颢、程颐：《二程遗书》卷十八，第187页。
[4] 袁桷：《清容居士集》卷四十九《跋宜春夏君与上饶陈先生文蔚讲经书问》。

用。搜索《四库全书》《四部丛刊》，未见有第二人用此说法。就行文口气看，也感受不到对朱熹多少敬重之意。在《送陈山长序》中，倒是以"朱文公"称朱熹，但却是更明确地批朱学之流弊：

> 数十年来，朱文公之说行，祠宇遍东南，各以《四书》为标准，毫杪撷抉，于其所不必疑者而疑之，口诵心臆。孩提之童，皆大言以欺世，故其用功少而取效近。礼乐政刑之本，兴衰治乱之迹，茫不能以知。累累冠绶，碍于铨部，老死下僚，卒莫能以自见，良有以也。[1]

在袁桷看来，元代文人沉抑下僚，不被重用，原因不在社会，不在朝廷，而在这些文人自身的空疏无用。这在当时，是不少人的看法。

对朱熹门人后学，袁桷唯一推尊的是辅广。辅广是朱熹最忠诚的弟子，"少读濂洛书，慨然愿学。从吕祖谦游，复师事朱子，与黄幹并称，时号'黄辅'。庆元初，伪学禁兴，蔡元定贬死，广独侍熹不去。入京师，居太学南，集同志，讲学不辍。尝扁其堂曰'传贻'，学者称'传贻先生'。又称庆源辅氏。所著有《论孟答问》《六经集解》《诗传童子问》《通鉴集义》诸书"[2]。由于辅广之书多不传，我们没有办法详细了解其问学。今传有《诗传童子问》，元明之际金华学者王袆曾就这部书说到辅广之学：

> 朱子《集传》，其训诂亦用毛、郑，而叶韵则本吴才老之说。其释诸经，自谓于《诗》独无遗憾。朱子之传行而毛、郑之说废矣。当时东莱吕氏有《读诗记》，最为精密，朱子实兼

------

[1] 袁桷：《清容居士集》卷二十三《送陈山长序》，《四部丛刊》影印元刊本。
[2] 沈季友：《檇李诗系》卷三《传贻先生辅广》，清刻本。

取之。而朱子门人辅氏有《童子问》，其说复多补朱传之未备者焉。[1]

综合有关文献，大致说来，我们对辅广之学可以有两点认识：一是曾从吕祖谦学，其学应兼具吕氏之长；二是不株守朱熹之说，且对朱熹之说有所补益。这应该是袁桷肯定其学的原因。袁桷为辅广《论孟答问》作序，他先指出，汉人之传注，有"蔓辞衍说，漫淫乎万言"的繁琐之弊，魏晋说经，则有空玄之弊。而后说到北宋理学家之解经，接着集中表彰朱熹之解："统宗据要，盖将使夫学者不躐等而进，若律之有均，衡之有权，不得以锱铢差也。既又惧其疑之未释，复为问答以曲喻之，其详且尽，不复可以有加矣。"但一转，就说到朱熹之书流行后的弊端：

　　书大行于天下，而后之师慕者，类天台释氏之教文，旁行侧注，挈纲立目，茫乎皓首，不足以窥其藩篱，卒至于圣人之经旨，莫之有解。日从事于口耳，孩提之童，齐襟拱手，相与言道德性命者皆是也。

读者自然明白，表彰朱子是泛，是虚，而指其流弊是实。而后说到黄幹与辅广："桷幼承父师，独取黄、辅二先生之书而读之。黄公之书，尝辅翼其未备，若可疑者，则以昔之所闻于先师而申明之。至于辅公，则直彰其义，衍者隐之，幽者畅之，文理炳著，不别为标的，以尽夫事师之道。微文小义，简焉，以释经为急，而其知行体用之说，不蕲合而有合矣。"[2]袁桷赞赏辅广的关键，就在于不求合而自与朱子

[1] 王祎：《王忠文集》卷二十《丛录》，《北京图书馆珍本丛刊》影印明嘉靖元年张齐刻本。
[2] 袁桷：《清容居士集》卷二十一《辅汉卿先生语孟注序》，《四部丛刊》影印元刊本。

合，不株守朱熹之说而能对朱说有所补益。人们自可体会袁桷之意。

元代一部分学者兼采佛老，既崇尚实学又兼尚佛老，这好像有点自相矛盾。事实上，重实用而兼采佛老的学者，不是要效法其禅思机锋，也不是要遁入虚空，而是认为佛老有益治道。程钜夫就说："孔、释之道，为教虽异，而欲安上治民、崇善闭邪则同。"[1]袁桷说：

> 道家者流，以清静无名为本，时王以其宜于治国，靡然宗之。传世益薄，长生之说侈，卒茫昧不复讲。今世所传，惟法、药与术，药、术又鄙弃不用，而法仅传，谓其宜于水旱疾病，通得而用之也。余行天下，与方外士游，率不得一二，盖其传受讹缺，浮靡恣荡，摄思握神，罔不知所以，而其祛役禁制，按图以求，叱咤瞬息，欲通灵于胗雟，不可得也。噫！其教若是，而为其学者又皆不自植立，可哀也矣。[2]

何者当取，何者当斥，他有清醒的认识。其取于佛老的，也是合于世用的部分。

五、 荟萃群说成博识有用之学

袁桷的为学主张，乃兼学博取，取各家之长，为有用之实学。他特别赞赏汉代扬雄"百川学海而至于海"之喻，他说：

> 扬雄有言曰："百川学海而至于海。"善喻者也。首之以训诂之精，次及夫名物度数之密，由小成至于大成，非积年不能，以至《周官》"乡三物"之教，讵止执一而以为传道之

---

[1] 程钜夫：《雪楼集》卷九《秦国文靖公神道碑》，文渊阁《四库全书》本。
[2] 袁桷：《清容居士集》卷三十一《陆道士墓志铭》，《四部丛刊》影印元刊本。

要，殆不可也。委流安行，由蹇而达，讫归于海，学之功也。[1]

汉唐经学的训诂之学，名物度数等，被宋代理学宗师摈斥，等同于异端，袁桷却大力倡导，并认为这是积年而成的真功夫。他认为，学者需要《周礼》所说的"以乡三物教万民"那样全面的修养。所谓"三物"即三事，郑玄注："物犹事也。"三事，指六德、六行、六艺，是一个人应该具备的三个方面的修养，也即学者应该学习的三个方面的内容。《周礼·地官司徒·大司徒》："以乡三物教万民，而宾兴之。一曰六德：知、仁、圣、义、忠、和。二曰六行：孝、友、睦、姻、任、恤。三曰六艺：礼、乐、射、御、书、数。"六德，是六种社会公德；六行，是家庭和亲友关系中的伦理道德；六艺则是六种实际才能。人应该具备这三个方面的全面修养，而不能如二程所主张的"惟务养情性"。"百川学海而至于海"，就是要广学博取，而后方能成其大。就如众流之汇，"会众以合一，由谷而之川，川以达于海"[2]。

《国学议》一文，比较集中地反映了袁桷的为学主张。他希望在国子学中恢复唐代的一些做法，比如"五经各立博士，俾之专治一经，互为问难，以尽其义"。学经当如此。北宋学者胡瑗在湖州办学的经验为人们所称道，袁桷认为也应该吸收。胡瑗创分斋制，《文献通考》载："是时方尚辞赋，独湖学以经义及时务，学中故有经义斋、治事斋。经义斋者，择疏通有器局者居之；治事斋者，人各治一事，又兼一事，如边防、水利之类。故天下谓湖学多秀彦。"[3]治事斋，程

---

[1] 袁桷：《清容居士集》卷十八《昌国州重修学记》，《四部丛刊》影印元刊本。
[2] 袁桷：《清容居士集》卷二十八《刘隐君墓志铭》。
[3] 马端临：《文献通考》卷四十六《学校考七》，中华书局1986年版。

颢说是治道斋,《二程遗书》载有程颢的介绍,说:"胡安定在湖州,置治道斋,学者有欲明治道者,讲之于中,如治民、治兵、水利、算数之类。"[1]胡瑗的做法在当时影响很大,"庆历中,兴太学,下湖州取其法,著为令"[2]。胡瑗湖州办学,为后人所称道,如宋元之际学者熊禾说:"昔安定胡公以经术、德行教人,至农事、礼乐、刑政、兵防之类,亦使之人治一事,世称为明体适用之学。"[3]经义为"明体",治事则"适用",所以袁桷《国学议》主张:"至于当世之要务,则略如宋胡瑗立湖学之法,如礼乐、刑政、兵农、漕运、河渠等事,亦朝夕讲习,庶足以见经济之实。"至于经学,他主张采纳朱熹《学校贡举私议》的意见:"往者朱熹议贡举法,亦欲以经说会萃,如《诗》则郑氏、欧阳氏、王氏、吕氏,《书》则孔氏、苏氏、吴氏、叶氏之类。先儒用心,实欲见之行事。"[4]说是效法朱熹,但其实他所列解经各家,与朱熹不同。其差异处在于,朱熹所举诸家,大致都是宋人,他则首举汉唐学者。对汉唐经学的不同态度,是他与朱熹的根本分歧。[5]《国学议》的主体部分,是对宋末以来教法之弊的批判,矛头所指,是理学,是朱学,是读书止于《四书》,且止于《四书》之朱

351

[1] 程颢、程颐:《二程遗书》卷一,《二程集》,中华书局1981年版,第18页。
[2] 脱脱等:《宋史》卷四百三十二《儒林二》,中华书局1977年版,第12837页。
[3] 熊禾:《勿轩集》卷三《晋江县学记》,同治正宜堂本。
[4] 袁桷:《清容居士集》卷四十一《国学议》,《四部丛刊》影印元刊本。
[5] 按其所举不同于朱熹。朱熹《晦庵集》卷六十九《学校贡举私议》之说是:"《易》则兼取胡瑗、石介、欧阳修、王安石、邵雍、程颐、张载、吕大临、杨时,《书》则兼取刘敞、王安石、苏轼、程颐、杨时、晁说之、叶梦得、吴棫、薛季宣、吕祖谦,《诗》则兼取欧阳修、苏轼、程颐、张载、王安石、吕大临、杨时、吕祖谦,《周礼》则刘敞、王安石、杨时,《仪礼》则刘敞,二戴《礼记》则刘敞、程颐、张载、吕大临,《春秋》则啖助、赵匡、陆淳、孙明复、刘敞、程颐、胡安国,《大学》《论语》《中庸》《孟子》则又皆有集解等书,而苏轼、王雱、吴棫、胡寅等说亦可采。"(《四部丛刊》影印明嘉靖本)除《春秋》学啖助、赵匡、陆淳三人外,其他全为宋人。袁桷则《诗》学首举郑氏,《书》则首举孔氏,显示其重视传统经学,表现出与朱熹学术精神之不同。

注，学者空谈性理，造成的儒者无用：

> 自宋末年，尊朱熹之学，唇腐舌弊，止于《四书》之注，故凡刑狱簿书，金谷户口，靡密出入，皆以为俗吏而争鄙弃。清谈危坐，卒至国亡而莫可救。近者江南学校教法，止于《四书》，髫龀诸生，相师成风。字义精熟，蔑有遗忘。一有诘难，则茫然不能以对，又近于宋世之末尚。甚者知其学之不能通也，于是大言以盖之。议礼止于诚敬，言乐止于中和。其不涉史者，谓自汉而下皆霸道；其不能词章也，谓之玩物丧志。又以昔之大臣见于行事者，皆本于"节用而爱人"之一语，功业之成，何所不可？殊不知通达之深者，必悉天下之利害。灌膏养根，非终于六经之格言不可也。又古者教法，春夏学干戈，秋冬学羽钥，若射御书数，皆得谓之学。非若今所谓《四书》而止。儒者博而寡要，故世尝以儒诟诮。由国学而化成于天下，将见儒者之用，不可胜尽。儒何能以病于世哉？[1]

理学影响，造成儒者"清谈危坐"而不务实，由此招致人们对儒者的讥讽。在袁桷看来，这些不能算真正的儒者，真儒应该是有用之儒。不仅博识、礼仪、制度、史学、词章，无不贯通；射御书数、兵刑、农事，以及钱谷户口等，无所不知，了解治国临民所需要的一切知识。这才是真儒，是有用之儒。这些批评，已经不止于针对朱熹，而是追溯而上，直指二程。此文写作在恢复科举之前，他希望通过国子学教

---

[1] 袁桷：《清容居士集》卷四十一《国学议》，《四部丛刊》影印元刊本。靡密：繁琐细碎。《汉书·循吏传·黄霸》："米盐靡密，初若烦碎，然霸精力能推行之。"颜师古注："米盐，言碎而且细。"（班固著，颜师古注：《汉书》卷八十九，中华书局1962年版，第3629～3630页。）

育，培养出有用之真儒，"由国学而化成于天下，将见儒者之用，不可胜尽"。但让他感到痛心的是，力倡实学的元代，国学教育，竟然沿袭"宋世之末尚"。这是许衡创例在先，"许文正公定学制，悉取资朱文公"[1]。生于南宋的袁桷深知其弊，呼吁改变。后来开科举，袁桷是深度的参与者，从制度的制订，到科考的实施，他都身在其中，"贡举旧法，时人无能知者，有司率咨于公而后行。及廷试，公为读卷官二，会试考官一，乡试考官二，取文务求实学，士论咸服"[2]。但考试的内容，却与他的主张相悖："明经经疑二问，《大学》《论语》《孟子》《中庸》内出题，并用朱氏章句集注。"[3]《四书》是考试的主要内容。所以后来应举者多在《四书》上下功夫，且专于朱注。经义所本，也不出朱学所传，"至仁宗皇帝，集群儒定贡举法，五经皆本建安，《书》蔡氏，为文公门人；而《春秋传》则正字胡公之从父文定公"[4]。不符合袁桷广学博取的为学主张，应该是他不愿意看到的。

袁桷论学重博学而厌空疏。他又认为，博学可以救空疏之弊。在《王先生困学纪闻序》中，就强调博识的重要："夫事不烛，不足以尽天下之智；物不穷，不足以推天下之用。"他不用朱熹常用的"格物致知"之说，而用"烛（明察）物""穷（穷究）物"。由"烛物""穷物"而获取"智"，适于"用"。"考于史册，求其精粗得失之要，非卓然有识者不能也。"读史的目的在鉴往知来，明乎得失。不博识，则不能"求其精粗得失之要"，"畜德懿德，必在夫闻见之广"。品德修养，也需要博识。积蓄

[1]　袁桷：《清容居士集》卷二十四《送朱君美序》，《四部丛刊》影印元刊本。
[2]　苏天爵：《滋溪文稿》卷九《袁文清公墓志铭》，中华书局1997年版，第135页。
[3]　宋濂等：《元史》卷八十一《选举一》，中华书局1976年版，第2019页。
[4]　袁桷：《清容居士集》卷二十四《送朱君美序》。

德行需要知识[1]，美好德行（懿德）的养成需要学问[2]，而王应麟《困学纪闻》之作，就是要让后学了解世间知识之丰富广博，以警示不学之人：

> 礼部尚书王先生出，知濂洛之学淑于吾徒之功至溥。然简便日趋，偷薄固陋，瞠目拱手，面墙背芒，滔滔相承，恬不以为耻。于是为《困学纪闻》二十卷，具训以警。[3]

读了《四书》便以为穷尽天下之理，袁桷认为这简直是无耻。正是从这样的认识出发，他对当时浙东地区众多学派多有肯定，当时金华地区有吕祖谦文献之学、陈亮（字同父）事功之学，唐仲友（字与政）经制之学。吕祖谦为袁桷所推崇，陈亮、唐仲友都被朱熹所贬斥，袁桷则给予积极评价：

354

> 东莱之学，据经以考异同，而书事之法，得于夫子之义例。以褒贬而言者，非夫子旨矣。龙川陈同父，急于当时之利害，召人心，感上意，激顽警媮，深以为世道标准，志不成而年逝，识者悲其不遇焉。说齐唐与政，搜集精要，纲挈领正，俾君臣得以有考礼乐天人图书之会粹，力返于古，是则论史者无遗蕴矣。[4]

事功之学、经制之学，都以实学问有用于当世，所以袁桷认为都是应该肯定的。只有博取各家才能博识。因此，袁桷之治学，不仅"于近

---

[1] 《周易·大畜》九五象辞："君子以多识前言往行，以畜其德。"
[2] 吴兢：《贞观政要·论崇儒学》："《礼》云：'玉不琢不成器，人不学不知道。'所以古人勤于学问，谓之懿德。"
[3] 袁桷：《清容居士集》卷二十一《王先生困学纪闻序》，《四部丛刊》影印元刊本。
[4] 袁桷：《清容居士集》卷四十九《书朱氏精舍图诗卷》。

代礼乐之因革，官阀之迁次，朝士大夫之族系，九流诸子之略录，悉能推本源委而言其归趣"[1]。而且"博闻广记，尤精于史学……他如琴、书、医药，诸艺深得其理"[2]。博识是袁桷自幼的追求，其《忆昔三首》其二说自己："七岁诵诗书，十龄学词章。骎寻志学岁，折节师老苍。纪事法班马，冥心契羲皇。谬与时彦交，宝书阅琳琅。"[3] 博识也成就了他的事业，"成宗皇帝初建南郊，公进十议……礼官推其博，多采用之"[4]。

袁桷是元代前期著名文章家，也是著名学者。我们可以把他当作那个时代儒者的代表，通过他认识那个时代的儒者。这对客观认识那个时代的儒士，认识那个时代，都是有益的。

（本文为 2013 年 10 月 25 日至 27 日上海师范大学"第二届江南文化论坛"论文，收入论文集）

[1] 苏天爵：《滋溪文稿》卷九《袁文清公墓志铭》，中华书局 1997 年版，第 136 页。

[2] 戴表元：《剡源戴先生文集》卷十二《送袁伯长赴丽泽序》，《四部丛刊》影印明万历刊本。

[3] 袁桷：《清容居士集》卷五《忆昔三首》其二，《四部丛刊》影印元刊本。

[4] 苏天爵：《滋溪文稿》卷九《袁文清公墓志铭》，第 135 页。

诗人李洞和他的湖上园亭宴集题咏

元代文献多有缺失，大量高价值的文献散佚，造成了元代文学史诸多的遗憾，一些成就很高的文学家，一些很有价值的文学活动，遗落在历史的烟尘中。拂去历史的尘土，让其人其事重回人们视野，对于认识那个时代，认识那个时代的文人及他们的生活和心理，是很有意义的。元代堪称一流的诗人和文章家李洞，就是这样一位被文学史遗落的人；他在济南大明湖上别墅召集的园亭诗酒雅集，就是被历史尘埃掩埋了的文学活动。由历史文献中留存的一些踪迹入手，对其人及其文学活动进行深入考索，将一些碎片拼接起来，尽力复原其人及其活动，无疑是很有意义的。

一、李洞生平考

李洞，《元史》有传。相对于很多《元史》无传的文人，他似乎是幸运的，我们应该对他了解得更多些。但其实却大不然。《元史》本传对他生平的记载存在错误且漏略极多，由其记载疏漏还造成后人的错误解读，导致其生平看似清楚却处处疑误。李洞的生平，需要深入考证，重新梳理。

首先是生卒年。今人关于他的生卒无异说，都认定为 1274 年至

1332 年。此说误。

1332 年。此说误。

此说依据的是《元史》本传所载："会诏修《经世大典》，洄方卧疾，即强起，曰：'此大制作也，吾其可以不预！'力疾同修，书成，既进奏，旋谒告以归。复除翰林直学士，遣使召之，竟以疾不能起。……卒年五十九。"[1]《经世大典》修成于文宗至顺三年（1332），上推五十八年为 1274 年。卒年和生年都据此确定。但此说误。问题是"复除"的时间《元史》并未说明，今人臆断为《经世大典》修成进奏后连续发生的事。使此说难以成立的，是他有两篇碑文写于 1332 年之后：一是《密州重修宣圣庙记》，成于元顺帝至元三年（1337）八月；一是孟林的《重建孟母断机堂记》碑，署"时至元丁丑冬十二月望日奎章阁学士李洄记"，乃元顺帝后至元三年。李洄肯定卒于后至元四年（1338）或以后。而马鞍山峨眉亭有李洄《夜过采江》诗碑，诗后有刻碑时跋语，记此碑刻于"元后至元六年庚辰秋"，公元 1340 年，此时"溉之已仙矣"。那么其卒年应在后至元四年、五年两年中。《元史》记有"复除翰林直学士"，召之不能起而卒。按当时权臣伯颜专权并排斥汉人的情势推之，后至元五年（1339）的可能性几乎没有，基本上可以推定为后至元四年，即公元 1338 年。《元史》关于其卒年五十九岁的记载是明确可信的，那么由 1338 年上推五十八年，是 1280 年，为世祖至元十七年。如此可以推定其生卒为 1280 年至 1338 年。还有一个明确的记载可做参证，可以将这一推定完全证实：泰定元年（1324）他辞官归乡（说见后），吴澄写《赠李溉之序》相送，其中有"而今而后，而知四十四年之非也"[2]之句，准确地说明他当年四十五岁。由此上推四十四年，是 1280 年；他卒年五十九

---

[1] 宋濂等：《元史》卷一八三《李洄传》，中华书局 1976 年版，第 4223 页。
[2] 吴澄：《吴文正集》卷三十一《赠李溉之序》，文渊阁《四库全书》本。

岁，则由此下推十四年，是 1338 年。如此可确知他生于 1280 年（世祖至元十七年），卒于 1338 年（顺帝后至元四年）。

关于里贯，《元史》本传记为滕州（今属山东）人，误。他是济南人。

张养浩与李泂同为姚燧弟子，张养浩《送李溉之序》有言："曩余谢太子文学，数往来今翰长牧庵姚公门。时李君溉之从牧庵学……问其里，则济南。……余以同乡闻，喜甚。""余与君同里，在京师比居又相好。"[1]张养浩与李泂为同门，关系密切，其言可信。又吴澄《赠李溉之序》也称"济南李溉之"[2]。陶宗仪《书史会要》卷七也言其为济南人。特别是王士点《秘书监志》卷十《题名》记"李泂，字溉之，济南人"[3]。这是类似于档案的记载，具有权威性。由此可以确定，李泂是济南人，《元史》所记误。

关于早年经历，《元史》所记极为简略："生有异质，始从学，即颖悟强记。作为文辞，如宿习者。姚燧以文章负大名，一见其文，深叹异之，力荐于朝，授翰林国史院编修官。未几，以亲老，就养江南。"这里漏略了太多信息。早年生活对一个人影响很大，李泂是一位诗人、文章家，早年生活可能影响他一生的创作和作品风格，更有必要考察清楚。

首先，李泂早年并不住在家乡济南，而在江南。张养浩《送李溉之序》言其"父字和甫，仕江南久"。他随父居住江南。具体居处不详。可以明确的是，他曾家庐山。其次，他是姚燧弟子，这对他一生

[1] 张养浩：《送李溉之序》，李鸣等校点《张养浩集》，吉林文史出版社 2008 年版，第 113 页。
[2] 吴澄：《吴文正集》卷三十一《赠李溉之序》，文渊阁《四库全书》本。
[3] 王士点：《秘书监志》卷十《题名》，清抄本。

影响也很大。他何时入姚燧之门，没有明确记载。张养浩《送李洄之序》追述其在姚燧处初识李洄，是在京师。时间在张养浩"谢太子文学"之后、姚燧入京任翰林学士承旨时（张养浩在武宗至大元年即1308年"谢太子文学"，时三十九岁。次年，姚燧入京任翰林学士承旨），即至大二年（1309）。但这应该不是李洄初入姚燧之门。其拜入姚燧之门的时间，只能推定。在此前，他能够拜入姚燧之门的机会，只有姚燧居郢（即江陵，今荆州）时。李洄当时居住在近处的玉沙县（今湖北仙桃）。此由时人宋褧（1294—1346）《送李溉之得请还济南》诗可知，诗言："鬌乱客江汉，早闻高士名。君居玉沙县，我在渚宫城。弱小知慕君，不得觑君面。"[1]渚宫城为今湖北江陵，与玉沙同属江汉地区。宋褧生于1294年，"鬌乱"时约1300年前后，其时李洄约二十岁。二十来岁的李洄在当地已经很有名气了："道路播词章，庸俗矜俊彦。"（《送李溉之得请还济南》）这是他能够拜入姚燧之门的必要条件。据刘致所编《姚燧年谱》，姚燧自至元三十年（1293）至成宗大德四年（1300）间，多数时间居住在郢（江陵），即宋褧自言所居之"渚宫城"，与当时李洄居住的玉沙县相近。此后姚燧授中宪大夫、江东宪使，离开了这里。以理推之，李洄拜识姚燧，只能在同居江汉时期。九年后，姚燧从江东回京师任职，刘致编《年谱》载：至大二年（1309），姚燧"拜荣禄大夫、集贤大学士、翰林学士承旨、知制诰、同修国史"[2]。由江东入京。李洄应该是在姚燧回京后，由玉沙来京从姚燧学习的，此由宋褧《送李溉之得请还济南》诗"骐骥厌庭户，鸾凤悲草莱。英标出世表，去去黄金台"推知。那么从江陵拜识姚燧，到数年后入京从师学习，这中间李洄还在玉沙。这次到京，

---

[1] 宋褧：《燕石集》卷二《送李溉之得请还济南》，文渊阁《四库全书》本。

[2] 查洪德编校：《姚燧集》附录，人民文学出版社2011年版，第696页。

对李洞的人生很重要。此时李洞已三十岁，到了可以出仕的年龄。姚燧也就推荐他任职翰林国史院了，即张养浩《送李溉之序》所言"寻用公荐，授翰林国史院编修官"，此即宋褧诗所言"风尘绮陌深，烟雾玉堂省"。梳理一下以上人生经历：幼年随父居住江南。约二十岁左右居住玉沙时，得以拜入姚燧之门。三十岁时到京师，不久在姚燧的推荐下任翰林国史院编修官。

但这次任职时间不长，很快就辞职回江南。张养浩序，正是送李洞归江南作。从张养浩序文字推断，应该不是在至大二年（1309）当年，也不会晚于至大三年（1310），因为至大三年，张养浩上《时政书》，言时政之弊十条，当国者不能容，欲构以罪。张养浩恐及祸，变姓名遁去。《送李溉之序》只能写在此前。李洞何以辞官？张养浩序说："叩焉，则曰：'洞亲老，学且未竟，将藉此奉欢，归以求吾所未至，敢以小有进画其大耶？'"这显然是托辞，大概还是有些不如意，他有《我本山人素志丘壑获归名山为愿毕矣爰以四月十一日离京师是夜抵潞阳慨然赋诗还慰匡庐隐者并以寄金门诸公为一噱云》诗，言："既不能低眉伏气摧心颜，诡遇特达惊冥顽。又不能抱书挟策干万乘，调笑日月相回盘。"[1]如此他这次是武宗至大三年（1310）四月十一离京。这次是去庐山，由张养浩序可知，他父母在庐山。李洞一生先后居住在庐山的时间应该不短，他在庐山有白云半间亭，此亭不在山中而在城中。虞集、王沂都有题白云半间亭诗。虞集《题李溉之学士白云半间》云："山中多白云，何由到城邑。招之恐不来，欲揽邈无

---

[1] 李洞：《我本山人素志丘壑获归名山为愿毕矣爰以四月十一日离京师是夜抵潞阳慨然赋诗还慰匡庐隐者并以寄金门诸公为一噱云》，苏天爵《元文类》卷五，《四部丛刊》影印元至正杭州西湖书院刊本。

迹。栖檐候晨光，纳牖作秋色。……日照香炉峰，月射仙掌侧。"[1]
即此可以确定，白云半间亭在庐山。王沂《题李溉之白云半间亭》二
首其一云："焚香坐清昼，一室遗垢氛。无人与争长，只许白云
分。"[2]"白云半间"之得名，源自佛教高僧庐山归宗志芝庵主偈
语。《五灯会元》卷十七《归宗志芝庵主》载："庐山归宗志芝庵主，临
江人也。……结茅绝顶，作偈曰：'千峰顶上一间屋，老僧半间云半
间。昨夜云随风雨去，到头不似老僧闲。'"[3]这一取名既有庐山的
地域特点，又显示李溉在这里的生活状态。庐山本是一个隐居的地
方，李溉在这里也处在隐居状态。

　　归去后李溉并没有一直守在父母身边，而是以庐山为中心漫游各
地。《元史》本传说他："尝游匡庐、王屋、少室诸山，留连久乃去，人
莫测其意也。"未言漫游的时间。《元史》这段文字给人的印象，好像
他的漫游是在晚年，其实大错，而是在这次辞官后，这年他只有三十
一岁。宋褧《送李溉之得请还济南》说他辞朝之后："浩歌香炉峰，巢
云寄木杪。朝辞九华顶，暮宿黄鹤楼。纶巾紫凤褐，欲去仍或留。"起
码他去了九华山、武昌黄鹤楼等，以及王屋、少室山。有准确时间可
考的是，仁宗皇庆元年（壬子，1312），他去过当涂的采石，作有《过
采江》诗（诗跋："王屋山人李溉溉之顿首咸拜时皇庆壬子作。"）。延
祐二年（乙卯，1315），他游庐山，写有《游庐山记》，言："延祐乙卯
二月九日，予还自江右，遇门人万子方于浔阳。别数年，一旦出不
意，相得欢甚，遂同游匡庐。"也就是说，他此前还去了"江右"。可
以考定，他三十一岁辞官，过了几年漫游日子。特别需要关注的是，

[1]　虞集：《道园学古录》卷一《题李溉之学士白云半间》，《四部丛刊》影印明景泰本。
[2]　王沂：《伊滨集》卷三《题李溉之白云半间亭》，文渊阁《四库全书》本。
[3]　普济：《五灯会元》卷十七，中华书局1984年版，第1131页。

《元史》特意点出他游庐山、王屋山、少室山，这三处都是佛教或道教名山。"留连久乃去，人莫测其意"并非闲话，似乎这一时期他有出世倾向。而自署"王屋山人"也颇引人注目，因为王屋山乃道教"十大洞天"之首。

此后还朝，《元史》本传说："久之，辟中书掾，非其志也。"不言具体时间，但可以断定不早于延祐二年（1315），因为据《游庐山记》，延祐二年游庐山显然在回朝之前。而《元史》本传接下来说"及考除集贤院都事，转太常博士。拜住为丞相，闻洞名，擢监修国史长史……"[1]已确知，至治元年（1321）他以集贤都事预贡举（见吴师道《谢李洞之都事书》），元代中书掾（内官）考满是三十个月，由此上推，应在延祐五年（1318）之前，可以大致推定为延祐四年（1317）。英宗朝，拜住为丞相，他得到重用，"擢监修国史长史，历秘书监著作郎、太常礼仪院经历"[2]。所谓受重用，如至治元年科考，李洞以集贤院都事预贡举。吴师道是至治元年进士，即为李洞鉴拔。吴师道《谢李洞之都事书》，是中进士后写给李洞的信，其中自述："及试于有司，执事实赞持衡，而愚不才，置诸选。执事诵其文而赏之，识其名而称之，传者藉藉而某初未之知。执事诚贤且明，而某不足以当之也。……某之此来，厕名英俊之后，诸公之知也。而执事独赏之至，称之笃，知我为最深，使其声流于时。"[3]又如受命致祠

---

[1] 宋濂等：《元史》卷一八三《李洞传》，中华书局1976年版，第4223页。

[2] 此处记载并不准确，任秘书监著作郎应是泰定元年（1323）事，王士点《秘书监志》卷十《题名》"著作郎"下记："李洞，字泂之，济南人。泰定元年三月二十八日上。"记载很准确。由此推之，任太常礼仪院经历也应在泰定元年。大概时间都很短，而后他就辞官归去了。也就是说，他的这次辞官，不是英宗死、泰定帝即位后立即就走，而是泰定帝即位一段时间后"除翰林待制"，他未就任，离开了。

[3] 吴师道：《谢李洞之都事书》，邱居里等校点《吴师道集》，吉林文史出版社2008年版，第219页。

山川，据袁桷《送李溉之致祠山川序》："至治二年，集贤都事李君溉之承诏，首北岳，遵济源，转北海，终会稽焉以登。"袁桷期望他此行归朝反映民生疾苦和社会问题，"溉之明国体，所历凋瘵，愿悉疏以白于执政"[1]。以此相期，说明他有这个能力。致祠山川时（至治二年，1322），身份还是集贤都事，转太常博士在之后，擢监修国史长史当然也在此后。李洄在朝顺利的时间不长，英宗遇刺，形势突变，他的命运也随之而变。

英宗死，泰定帝继位后，李洄选择离开朝廷，"泰定初，除翰林待制。以亲丧未克葬，辞而归"（《元史》本传）。这是公元1324年，他四十五岁。吴澄《赠李溉之序》作于此时，序说："济南李溉之以卓荦之才，骎骎向大用。一旦辞官而去，将求深山密林以处，泯泯与世不相闻，而韬其声光。此岂人之情也哉？"可见他的命运因朝廷变故而陡转。吴澄推想他辞官原因说："恍然如梦之得觉，醉之得醒，而今而后，而知四十四年之非也。是以然尔。"[2]也就是说，这年他四十五岁。他离京时，宋聚有《送李溉之得请还济南》送行，言："揭来重翔翔，五十霜鬓秋。……一登峦坡峻，再陟阿阁崇。牙符杂珂佩，通籍金闺中。谒帝兴圣宫，回车历城道。矫首凌天风，振衣下瑶岛。东望华不注，烟霞齐鲁郊。"叙述的就是这一人生转折。"五十霜鬓秋"是举其成数言之。《元史》本传说他："侨居济南，有湖山花竹之胜，作亭曰天心水面，文宗尝敕虞集制文以记之。"这里有两个问题：第一是所谓"侨居济南"，宋聚诗则题《送李溉之得请还济南》，是"还济南"。李洄是济南人，言"侨居"不确。第二，"作亭曰天心水面，文

---

[1] 袁桷：《送李溉之致祠山川序》，李军等校点《袁桷集》，吉林文史出版社2010年版，第382页。

[2] 吴澄：《吴文正集》卷三十一《赠李溉之序》，文渊阁《四库全书》本。

宗尝敕虞集制文以记之"并非一时之事。李洞何时建天心水面亭，没有准确记载，最晚是此时。李洞的湖上别墅，此前已有，吴师道在《李溉之赋庐山雪夜旧游》后注"至治辛酉为李公作《云卧八极赋》"[1]。"至治辛酉"为至治元年（1321）。起码至治元年已经有了名为"云卧八极"的居室。虞集作记则在多年后的文宗天历三年（1239）。李洞这次归济南，回到了在城北大明湖畔的别墅，有花竹之秀，园亭之胜。[2]其居室曰"云卧八极"，其湖上诸亭，除"天心水面"外，见诸文字的还有十一处。这是李洞宴居之所，也是他宴客吟赏之所。但他并没有一直住在济南。范梈有《送别周仪之官钱塘并柬李四秘书》："武帝龙飞第一春，京华相送各沾巾。……若逢李洞南天竺，为说前书感谢频。"[3]考周仪之为周天凤，字仪之，豫章武宁人。刘岳申有《奉议大夫泉州路总管府推官周君墓志铭》，所谓官钱塘，只有墓志铭所记"泰定丙寅考试江淛"[4]，泰定丙寅为泰定三年（1326）。由此我们还了解到，时人称他为"李四"。范梈又有《寄李秘书洞》："秘书出自蓬莱苑，流落东吴又一春……吾曹事业徒温饱，子等居诸异隐沦。"[5]由这些文献我们知道，他辞官归济南后还曾南下，几年中曾在杭州、东吴一带，并确知泰定三年（1326）在杭州。

文宗天历二年（1329），李洞再回朝任职，《元史》本传载："天历

---

[1] 吴师道：《李溉之赋庐山雪夜旧游（商德符画）》，邱居里等校点《吴师道集》，吉林文史出版社 2008 年版，第 74 页。

[2] 成瓘：《（道光）济南府志》卷十一："天心水面亭，《通志》云：'在府城北明湖上，元学士李洞建，天历三年，诏虞集为记。'又有《题李溉之湖上诸亭诗》俱见《艺文志》。超然楼，旧志云：'在水面亭后，元学士李洞建。'"清道光二十年刻本。

[3] 范梈：《送别周仪之官钱塘并柬李四秘书》，《元音》卷四，文渊阁《四库全书》本。

[4] 刘岳申：《申斋集》卷十一《奉议大夫泉州路总管府推官周君墓志铭》，文渊阁《四库全书》本。

[5] 傅习编：《元风雅》前集卷九，元建阳张氏梅溪书院刻本。

初，复以待制召，于是文宗方开奎章阁，延天下知名士充学士员。洞数进见，奏对称旨，超迁翰林直学士，俄特授奎章阁承制学士。"建奎章阁是天历二年的事，这时李洞已经五十岁了。入奎章阁，说明当时李洞的文名与声望都已极高。当时入阁者极天下一时之选，《元史》所谓"延天下知名士"，可见他是当时天下名流。这是他人生的辉煌，也是最后的辉煌。"洞既为帝所知遇，乃著书曰《辅治篇》以进，文宗嘉纳之。朝廷有大议，必使与焉。会诏修《经世大典》，洞方卧疾，即强起，曰：'此大制作也，吾其可以不预！'力疾同修，书成，既进奏，旋谒告以归。"（《元史》本传）《经世大典》成书进奏是至顺三年（1332）。从天历二年到至顺三年这三四年，是他人生最后辉煌的时期，也是奎章阁内君臣相得的时期。但人生总是不完美：在人生顺利时却身体不好。书成进奏，他只能谢病归去。而对他有知遇之恩的元文宗不久也去世了。元朝此时遇到了帝位危机。几年后，"复除翰林直学士，遣使召之，竟以疾不能起"（《元史》本传）[1]。这最后的十来年，是任职奎章阁与病休家居时期。不过，归去的李洞还在写作，起码上文提到的两篇碑文就写于这一时期。在"顺帝元统甲戌"（二年，1334），还把自己的旧作《过采石江》诗抄给了监察御史必申达而（《过采江》诗碑跋）。

365

总观李洞一生，似乎不得意，其出世之才未能充分发挥。但他的晚年也算是有一个辉煌。入奎章阁，与大制作，也差可慰藉吧。

二、 李洞的人格风神

《元史·李洞传》对他有一个概括的描述与评价，说：

---

[1] 宋濂等：《元史》卷一八三《李洞传》，中华书局 1976 年版，第 4223 页。

洞骨格清峻，神情开朗，秀眉疏髯，目莹如电，颜面如冰玉，而唇如渥丹然。峨冠褒衣，望之者疑为神仙中人也。其为文章，奋笔挥洒，迅飞疾动，汩汩滔滔，思态叠出。纵横奇变，若纷错而有条理，意之所至，臻极神妙。洞每以李太白自拟，当世亦以是许之。尝游匡庐、王屋、少室诸山，留连久乃去，人莫测其意也。侨居济南，有湖山花竹之胜，作亭曰天心水面，文宗尝敕虞集制文以记之。洞尤善书，自篆、隶、草、真皆精诣，为世所珍爱。[1]

这段简短的文字，给人的印象很深刻。首先它描述了李洞风姿之美；其次突出了他之多才，诗文书艺（未言及的还有音乐）兼美；最后比之李白，又表现其潇洒而风流，游则南北名山，居有园亭之胜。显然是一代不多得之杰出人物。这里分别述之。

1. 杰出特立而多才风流

李洞是杰出的，这似乎不需要多少材料去证明。文宗立奎章阁，建奎章阁学士院。凡入奎章阁者，都是一时杰出人物。如揭傒斯所言："天子既建奎章阁，置大学士二人，侍书学士二人，承制学士二人，供奉学士二人，参书二人。非尝任省台翰林及名进士，不得居是官。"[2]如虞集、揭傒斯、宋本、欧阳玄、许有壬、苏天爵、柯九思等当时一流文人，皆荟萃于此。李洞为奎章阁承制学士，与他们联袂并辔，其杰特不群，不言可明。元代大儒吴澄称其为"卓荦之才"，绝非虚誉。李洞又是文章宗师姚燧的弟子，而姚燧著名弟子张养浩、学术鲁翀、贯云石、刘致（时中），其才学德望，在当时都居一流。著名

---

[1] 宋濂等：《元史》卷一八三《李洞传》，中华书局1976年版，第4223页。
[2] 揭傒斯著，李梦生标校：《揭傒斯全集》文集卷四，上海古籍出版社2012年版，第333页。

学者与文人吴师道对李洞终生执弟子礼，而中期诗文宗主虞集与李洞的关系，我们从虞集《十月十六日奎章奏对回至李溉之学士宅宣旨行香孔林案上得佳纸因赋此诗并得其镇纸玉蟾》诗题及诗句"偶为传宣到书阁，就床夺得玉虾蟆"可以感受，他们之间的关系，到了可以豁略礼法的很随便地步。此外，李洞与当时揭傒斯、王沂、萨都剌、何中、张雨等很多著名文人都有诗文往来。张雨《舟次吴江寄溉之李学士》有"诗有羊何方得和，世无李郭更同船"[1]句，前一句用谢灵运典。谢灵运有诗《登临海峤初发疆中作与从弟惠连可见羊何共和之》，按羊、何为东海何长瑜、太山羊璿之，《宋书·谢灵运传》："灵运既东还，与族弟惠连、东海何长瑜、颍川荀雍、泰山羊璿之以文章赏会，共为山泽之游，时人谓之'四友'。"[2]后句用《后汉书·郭太传》典：郭太字林宗，博通坟籍，善谈论，美音制，名震京师，"后归乡里，衣冠诸儒送至河上，车数千两。林宗唯与李膺同舟而济，众宾望之，以为神仙焉"[3]。由此两句我们理解，他将李洞引为同调与知己，也包含对其诗才的赞扬。

　　杰出的人大多也是特立的。李洞的特立不群，从入仕之初就已显现。他以文章得姚燧赏识，荐为翰林国史院编修官，但他不久就辞职了。同门张养浩叙述其事说："夫编修官，品虽居八。国史之事实预焉，选部执资考法，比校甚严。君素无所阶，一举而班诸太史氏，在他人得之，其自荣幸为何如，而子顾以为不足，欲归以安亲而肆力于学，则其志岂浅浅？为丈夫者比哉！"[4]行事大不同于常人。他轻爵

[1]　张雨：《贞居先生诗集》卷五《舟次吴江寄溉之李学士》，《四部丛刊》影印钞元刻本。
[2]　沈约：《宋书》卷六十七《谢灵运传》，中华书局1974年版，第1774页。
[3]　范晔：《后汉书》卷六十八《郭符许列传》，中华书局1965年版，第2225页。
[4]　张养浩：《送李溉之序》，李鸣等校点《张养浩集》，吉林文史出版社2008年版，第113页。

禄但重学问,《元史·黄泽传》记载:"李洞使过九江,请北面称弟子,受一经,且将经纪其家。"黄泽谢不敢当,"洞叹息而去"[1]。

李洞在家乡济南建别墅,名其居室曰"云卧八极",乃取李白《古风》其四十一诗中"云卧游八极"语。吴师道为作《云卧八极赋》,其序云:"集贤都事李君溉之,风神高迈,夙有山林之趣。题其室曰'云卧八极',取太白诗语也。且命东阳吴某赋之。愚观君方以才业用,而其言将飘然独往者,故为之具道其乐,而复因末简以致意焉。"赋云:

> 夐高姿之绝尘兮,中湛然而洁清。餐玉芝以为粮兮,吸沆瀣于金茎。袭荪兰之芳菲兮,忧明珰之晶荧。渺独立乎物表兮,嗌浊壤之营营。美山林之幽遐兮,有白云之英英。攀谢公之遗躅兮,契希夷之高情。澹怡悦而自足兮,谁与共兹一塈。抚盘石以为床兮,翳长林以为幄。被纯素之幽光兮,眍浮游之冥漠……[2]

吴师道描述了一个"高姿绝尘""湛然洁清""独立物表"的高士形象,这高士就是李洞,也确实表现了李洞出群特立的人格精神。这篇赋的写作时间,吴师道在《李溉之赋庐山雪夜旧游》后注为"至治辛酉"[3],也即英宗至治元年(1321),正是李洞人生顺水顺风的时期,但其志向,不在庙堂,不在馆阁,而在山林。

李洞多才而风流。上文所引《元史》本传对李洞形象的描述,不

---

[1] 宋濂等:《元史》卷一百八十九《黄泽传》,中华书局1976年版,第4324页。
[2] 吴师道:《云卧八极赋并序》,邱居里等校点《吴师道集》,吉林文史出版社2008年版,第5页。
[3] 吴师道:《李溉之赋庐山雪夜旧游(商德符画)》,邱居里等校点《吴师道集》,第74页。

是孤立的文献，张养浩《送李溉之序》就有描述："白皙眉目，秀髯鬓且美，类神仙中人。后又得所述，飘逸有新意。"[1]其风姿之美，与风流儒雅，表里相称。其为人多沧州之趣，从张养浩《李溉之还山隐居》可见：

> 厌直承明拂袖东，此怀未易语诸公。高情野鹤云霄外，往事醯鸡瓮盎中。八表谪仙鲸海月，一襟高士虎溪风。黑头莫讶归来早，政要山林伴退翁。[2]

将李溉比作醉骑鲸鱼入东海的李白，比作留名千古的高士惠远、陶潜、陆修静。表现其风流的材料不少，没有必要多引。夏庭芝《青楼集》记歌妓天然秀，"丰神靓雅，殊有林下风致，才艺尤度越流辈"，"高洁凝重，尤为白仁甫、李溉之所爱赏"[3]。对这样一个歌妓"爱赏"（而非狎昵），那是真风流，因为他"爱"的是"风致"，"赏"的是"才艺"。李溉曾在杭州一段时间，在优美而多情的西子湖上，他也曾与其他文人们一样，放情山水，享受文人们追求的雅趣生活。张可久【百字令】《湖上和李溉之》让我们多少了解李溉当时生活的一些信息："六桥如画，看地雄两浙，人骄三楚。谁隔荷花，听水调、兰棹采莲船去。鹤舞盘云，虹消歇雨，一缕南山雾。冷香凝绿，嫩凉生满庭宇。　犹记醉客吹箫，自苏郎去后，别情无数。明月天坛尘世远，青鸟替人传语。玉解连环，书裁折叠，没放相思处。裴公亭上，诗来还是怀古。"[4]陶醉在西湖美景中。

---

[1] 张养浩：《送李溉之序》，李鸣等校点《张养浩集》，吉林文史出版社 2008 年版，第113 页。
[2] 张养浩：《李溉之还山隐居》，李鸣等校点《张养浩集》，第 61 页。
[3] 孙崇涛、徐宏图：《青楼集笺注》，中国戏曲出版社 1990 年版，第 128 页。
[4] 唐圭璋：《全金元词》，中华书局 1979 年版，第 929 页。

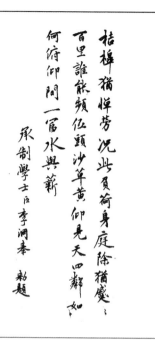

李洞多才。他以文章得姚燧赏识，能入姚燧之门，其文章之才可知。《元史》本传对其文章已有极高评价，从现在可见到的作品看，其《游庐山记》在元代可称一流，在中国游记文章史上也是名篇。其诗不必说。他是诗文词曲兼擅的名家，又是当时著名书法家，《元史》本传赞其"尤善书，自篆、隶、草、真皆精诣，为世所珍爱"，陶宗仪《书史会要》评其"书有晋宋家法"[1]。刘正成主编《中国书法全集》收有

李洞书法

370

李洞《题唐胡虔汲水蕃部图》（见上图）[2]，确实清秀可喜。李洞于书画精于鉴赏，多有题画之作，曾奉鲁国大长公主之命题画，见于明张丑《真迹日录》卷二记载。画家商琦画《庐山雪夜旧游图》，李洞为之赋诗，画与诗今均不传，但吴师道《李溉之赋庐山雪夜旧游（商德符画）》诗今存，"李公之诗商公画，谓是奇绝平生游。乾坤清明浩无际，俗子尘衿那得值。诗画同成一段奇，彼此天机自深契"。可见诗与画都是非凡之作。李洞还精于音乐，是一位赏乐者，杨维桢《李卿琵琶引并引》其引云："朔人李卿以弦鼗遗器鸣于京师，尝为李溉之学士

［1］ 陶宗仪：《书史会要》卷七，文渊阁《四库全书》本。
［2］ 刘正成主编：《中国书法全集》第47卷《元代名家卷》，荣宝斋出版社2001年版，第104页。

赏识，赐以《清平乐》章。"[1]当然，他既然是一位曲家，精于音乐也是自然的。

总之，李洞在他生活的时代，是一位不可多得的人物，其过人的才华、优秀的品格，得到了皇帝、宰相以及著名文人的赞赏。他在当时的文坛，是相当活跃的。

2. 李洞形象的李白想象

《元史·李洞传》载："洞每以李太白自拟，当世亦以是许之。"这句话给人的印象较深。当然，古代文人中自拟李白或者评者比之李白的人屡有所见，人们大不必当真，多是溢美之词，有的还有些荒唐。比如，中唐时有位张碧，据说可比李白，辛文房《唐才子传》说他："初慕李翰林之高躅，一杯一咏，必见清风，故其名字，皆亦逼似，如司马长卿希蔺相如为人也。天才卓绝，气韵不凡，委兴山水，投闲吟酌，言多野意，俱状难摹之景焉。"[2]同时人孟郊有《读张碧集》诗云："天宝太白殁，六义已消歇。……先生今复生，斯文信难缺。下笔证兴亡，陈词备风骨。高秋数奏琴，澄潭一轮月。"[3]说他的出现如李白复生，或者说可以弥补李白去世带来的诗坛缺憾。但一读其诗，就会觉得这样的比拟是何等不伦。李洞当然不会有李白的成就和地位，但这种比拟，是当时圈子中的共识。其人其诗，都有李白之风，如《我本山人素志丘壑获归名山为愿毕矣爱以四月十一日离京师是夜抵潞阳慨然赋诗还慰匡庐隐者并以寄金门诸公为一噱云》（诗见后引）确实有李白诗之神韵，读之，让人想起李白的形象。

因其人其诗都有似李白处，所以当时写给他或写他的作品，总有

[1] 杨维桢：《铁崖古乐府》卷二《李卿琵琶引并引》，《四部丛刊》影印明成化刊本。
[2] 辛文房撰，周绍良笺证：《唐才子传笺证》，中华书局2010年版，第976页。
[3] 韩泉欣：《孟郊集校注》，浙江古籍出版社1995年版，第370页。

一种李白想象。如其同门张养浩《过李溉之天心亭二首》其一："久别天心水面亭，风生吟袖喜重登。谪仙将月游何处，揖遍云山问不应。"[1]登上李洞的天心水面亭自然想起李白，看到水面之月，想起一生爱月的李白，想追寻李白的去处。宋褧《中秋与吕仲实清话忆溉之李内翰不见》诗，是在与吕仲实中秋赏月清话时想到李洞，想到大明湖，而直接称李洞是"李谪仙"："大明湖上水涵天，月色偏宜李谪仙。应笑吾曹杀风景，碧桐窗下对灯眠。"[2]自愧没有李洞那样的高致与洒脱，李洞如月下李白，自己则是灯前的俗子，人的差别，就如灯与月的区别一样，有仙凡天壤之判。虞集《访溉之不遇书壁》云："城南不逢李太白，壁间独见蔡寻真。方池古石净如玉，野鹤隔窗长似人。"[3]这首诗应该写于庐山，是李洞居庐山时，虞集曾访之。蔡寻真为唐时人，蔡侍郎女，居庐山九叠屏之南修道，德宗贞元年间诏以咏真洞天为寻真观。李洞曾访寻真观。虞集大约在白云半间亭壁间看到了李洞所写有关蔡寻真的诗文[4]。萨都剌把李洞的作为与李白的放情诗酒、鄙弃功名比拟，其《寄奎章学士济南李溉之》云："山东李白似刘伶，投老归来酒未醒。天下三分秋月色，二分多在水心亭。"[5]《再寄李溉之学士》："笑掷金龟上酒船，不须图像在凌烟。碧罗衫色

372

---

[1]　张养浩：《过李溉之天心亭二首》，李鸣等校点《张养浩集》，吉林文史出版社 2008 年版，第 92 页。

[2]　宋褧：《燕石集》卷九《中秋与吕仲实清话忆溉之李内翰不见》，文渊阁《四库全书》本。

[3]　虞集：《道园学古录》卷五《访溉之不遇书壁》，《四部丛刊》影印明景泰本。

[4]　按这里大约有一种联想：人称李洞为李白，作者来访"李白"不遇，壁上却题有有关蔡寻真的文字。唐时有两位高官之女同来庐山修道，蔡侍郎之女修道于九叠屏南，李林甫之女李腾空居九叠屏北。《雍正江西通志》卷一百五载："蔡寻真、李腾空。蔡为侍郎蔡某女，李为宰相林甫女。贞元中同入庐山。蔡居咏真洞天九叠屏南，李居九叠屏北凌云峰下，并以丹药符篆救人疾苦。"而唐李白有《送内寻庐山女道士李腾空二首》诗，因此又与访寻真的"李白"李洞联系。

[5]　萨都剌著，殷孟伦等点校：《雁门集》，上海古籍出版社 1982 年版，第 106 页。

乌纱帽，便是开元李谪仙。"[1]在萨都剌看来，李洞之诗才与酒狂，都可与李白相比："清平三曲动明皇，四海知名李白狂。把酒探春送行客，挥毫字字柳花香。"[2]（《题李溉之送别诗卷》）这又让我们猜想，大约李洞也有类似李白御前赋诗受到称赏的际遇，又有李白《金陵酒肆送别》（首句"风吹柳花满店香"）那样的经历与诗篇。特别有趣的是，王沂登上太白捉月亭想到了李洞，有诗《登李太白捉月之亭访温峤燃犀之所览草庐吴先生蛾眉亭记宋漕使韩南涧及学士欧阳圭斋乐府李溉之长歌慨然有赋》："牛渚矶头捉月亭，古今临眺总文星。……淋漓醉墨长歌好，尤忆山东李溉之。"[3]在这个传说李白捉月溺江的地方，在这个李洞来过且留下诗篇（当即《夜过采江》诗）的地方，"尤忆"当今"李白"——李洞。

把李洞想象做李白，是对他为人、才调、风神、生活方式的欣赏与认识，当然也是对他诗风的认识。立于马鞍山峨眉亭的李洞《夜过采江诗》碑，诗后跋语云："溉之学士李公所寄《夜过采江诗》，词气飘逸，有谪仙之风。"[4]将他想象为李白，比拟成李白，说明他的可爱和人们对他的喜爱。

朋友们想象李洞为李白，他本人生活中到处充满了李白印记，这集中反映在他在大明湖上所建别墅诸亭的命名上。两者之间显然是相互联系的。

373

[1] 萨都剌著，殷孟伦等点校：《雁门集》，上海古籍出版社1982年版，第107页。

[2] 萨都剌：《雁门集》卷四，第106、107页。

[3] 王沂：《伊滨集》卷十一《登李太白捉月之亭访温峤燃犀之所览草庐吴先生蛾眉亭记宋漕使韩南涧及学士欧阳圭斋乐府李溉之长歌慨然有赋》。

[4] 赵绍祖：《安徽金石录》卷五《太平府》，牛继清、赵敏清校点《赵绍祖金石学三种》，黄山书社2011年版，第165页。

三、 李洞湖上诸亭及其宴集题咏

李洞湖上诸亭，元代诗人有很多题咏，相关的诗文数量相当多。显示这里有过不少的文学活动，吸引了不少诗人且是当时最著名诗人参与。我们已经无法准确考知这些活动的时间，甚至这些园亭何时建成，也都无法确知。但吴师道自记"至治辛酉为李公作《云卧八极赋》"，也即吴师道为李洞湖上别墅之居云卧八极作赋在英宗至治元年（1321），这个时间是准确的。这一年，对于吴师道来说是一个特别的年份：这年他中进士。而在科举中鉴拔他的，正是李洞。吴师道以一个"南方之鄙人"[1]为李洞所赏识并鉴拔，心存感激，为其作赋。如果从这时算起，那么早于顾瑛玉山佳处（至正八年，1348）的玉山雅集二十七年。后来这里的文学活动规模和持续时间之长虽不及玉山雅集，但其参与者的层次及当时的影响，也很值得关注。特别是，在人们的心目中，这类在文人私家园林中举行的私人性的诗酒雅集都在南方（京城万柳堂是在任高官的别墅，雅集尽管是私人性的，但与纯私人性的文人雅集还是不同），而李洞大明湖上别墅诸亭这个几乎被历史遗忘的雅集活动则是在北方。当然，园主李洞有长期南方生活经历，参与者中南方士人也比较多。这大概是这一活动得以形成的原因之一。

与玉山雅集有详细的文献记载不同，我们现在看不到有关大明湖上诸亭宴集的文字记载，但从一些诗词作品中，我们可以清楚知道这里举行过诗酒宴集。张可久《钗头凤·感旧和李溉之》、王沂《菩萨蛮·题李溉之词卷》都透露出相关信息：

---

[1] 吴师道：《谢李溉之都事书》，邱居里等校点《吴师道集》，吉林文史出版社2008年版，第219页。

芳亭饮。仙帷寝。兰姬曾遗茱萸锦。苍兔乌。红鸾席。烟林凝紫，土花生碧。忆忆。（张可久《钗头凤·感旧和李溉之》）

大明湖上秋容暮。风烟杖屦时来去。说与病维摩。可人秋水呵。　自书盘谷序。和了停云句。把酒为君歌。济南名士多。（《菩萨蛮·题李溉之词卷》）[1]

张可久、王沂无疑都是诗酒宴集的参与者，人、物、环境、气氛都是那样美，不仅让参与的人印象深刻，而且使之久久回忆与向往。和顾瑛一样，李洞也是一位好客者，只是他没有顾瑛那样雄厚的资产，故宴集规模、持续时间、频繁程度，都不可能与顾瑛的玉山雅集相比，但李洞是可以竭其财力待客的，甚至"爱客酒能赊"[2]。这是一个文人们自我放松的地方，是一个可以享受心灵自由的地方，对文人们很有吸引力。一直到元明之际的汪广洋，对此地还极其追慕，作《过故翰林李溉之天心水面亭遗址》诗，云：

供奉归来已浪游，大明湖上贮清秋。十千美酒倾山雨，半百闲身对海鸥。水面风生杨柳岸，天心月过藕花洲。自从烂醉吹箫去，谁解临亭泛夕流。[3]

这真是一个让后代文人追怀的地方。李洞仙去，这里风物空美，当年的一切都已成为历史，后来人只能想象了。元末战争中，明军曾在这里设宴犒军。大约此后这里逐渐荒废，汪广洋来时（汪死于洪武十二

［1］　唐圭璋：《全金元词》，中华书局 1979 年版，第 934、822 页。
［2］　范梈：《和李溉之园居杂咏》八首其五，孙原理《元音》卷四，文渊阁《四库全书》本。
［3］　汪广洋：《凤池吟稿》卷八，明万历刻本。

年，1379），这里已成遗址。清人还写了一些题咏李洞湖上诸亭的诗，可见影响久远。

关于这里的园亭建筑，并不需要作过多考察。据虞集《题李溉之学士湖上诸亭》诗，所题有烟萝境、金潭云日、漏舟、紫霞沧洲、秋水观、无倪舟、红云岛、萧闲堂、松关、大千豪发、观心，有十一处，此外有曲水亭和最著名的天心水面亭，再加上云卧八极与超然楼，共十五处建筑。文献中所见与李洞有关的建筑，除白云半间亭在庐山外，其他都在这里，即济南大明湖上别墅。考察这些建筑命名的含义及其趣味取向，对认识李洞的心理心态及志趣等，都具有意义。由范梈《和李溉之园居杂咏八首》可知，李洞本有《园居杂咏》组诗（就如陶渊明有《归园田居》诗那样），但诗不传，我们无法了解他本人对园居的感受和理解，只能从其他方面加以考察了。

就其命名之意看，这十五处可以分为三类：第一类，来源与李白有关，这类有云卧八极、金潭云日、倪舟，此外还有几处与李白有一定关系。第二类，与理学有关，漏舟、天心水面、紫霞沧洲。第三类，与释、道有关，烟萝境、秋水观、大千豪发、观心。三类之外还有其他，有红云岛、萧闲堂、松关、曲水、超然楼等。

第一类中之"云卧八极"，吴师道《云卧八极赋》序中明言："云卧八极，取太白诗语也。"李白《古风》其四十一："朝弄紫沂海，夕披丹霞裳。……云卧游八极，玉颜已千霜。飘飘入无倪，稽首祈上皇。"[1]李白这首诗，前人都认为是一首游仙诗。李洞取以名室，其意取摆脱羁绊，身心自由。在李白之前，鲍照《代升天行》有"风餐委松宿，云卧恣天行"[2]。在李白之后，人们对李白诗意的理解，如元

---

[1] 瞿蜕园、朱金城：《李白集校注》，上海古籍出版社1980年版，第164页。
[2] 钱仲联：《鲍参军集注》，上海古籍出版社1980年版，第174页。

末明初林弼《过采石》诗"愿将江水变春醅,一醉千年长酩酊。云卧八极凌倒景,人间万事何足省"[1],都可作为理解李洞"云卧八极"之意的参考。吴师道《云卧八极赋》云:"羡山林之幽遐兮,有白云之英英。攀谢公之遗踪兮,契希夷之高情。澹怡悦而自足兮,谁与共兹一壑。……嘅下土之扰扰兮,纷万蜗之起灭。志彷徉而广大兮……"[2]吴师道受李洞之命作赋,应该是体会李洞之意的,其赋是了解李洞命名旨趣的重要参考。再一个与李白相关的是"金潭云日"。按古《幽明录》中有"黄金潭",但似乎与此没有直接关系。从虞集诗《题李溉之学士湖上诸亭·金潭云日》:"金沙滩上日,潭底见云行。只有琴高鲤,时时或作群。"[3]似乎只是切于此地之景。说与李白有关,是李白《鲁郡尧祠送窦明府薄华还西京(时久病初起作)》云:"朝策犁眉骍,举鞭力不堪。强扶愁疾向何处,角巾微服尧祠南。长杨扫地不见日,石门喷作金沙潭。笑夸故人指绝境,山光水色青于蓝。"[4]若与此有关,只是一种情景假设,由此表达对李白生活态度的追模,并无多少深意。与李白关系最密切的是"无倪舟",无倪、无倪舟,都源自李白诗。无倪,没有边际。无倪舟,源自李白《送蔡山人》:"我本不弃世,世人自弃我。一乘无倪舟,八极纵远舵。"[5]可见李洞命名之取意。"无倪"与"云卧八极"同源于李白《古风》之四十一:"云卧游八极,玉颜已千霜。飘飘入无倪,稽首祈上皇。呼我游太素,玉杯赐琼浆。一餐历万岁,何用还故乡。永

377

[1] 林弼:《林登州集》卷三,清康熙刻本。
[2] 吴师道:《云卧八极赋》,邱居里等校点《吴师道集》,吉林文史出版社2008年版,第6页。
[3] 虞集:《道园学古录》卷三《题李溉之学士湖上诸亭》。以下引此组诗不再注出处。
[4] 瞿蜕园、朱金城:《李白集校注》,上海古籍出版社1980年版,第985页。
[5] 瞿蜕园、朱金城:《李白集校注》,第1039页。

随长风去，天外恣飘扬。"我们可以由此感受取名"无倪舟"之精神追求。

第二类影响最大的是"天心水面"。题咏天心水面亭的诗人很多，张养浩有《过李溉之天心亭》（二首），王沂有《天心水面》诗，杨基有《天心水面亭》（二首），特别是虞集承文宗皇帝命作《天心水面亭记》，影响颇为深远。"天心水面"源自宋邵雍诗《清夜吟》："月到天心处，风来水面时。一般清意味，料得少人知。"[1]表现理学家的静中体道，影响很大。所以杨基《天心水面亭》（二首）云："海天万里遥碧，秋水一池鉴空。莫问鸢飞鱼跃，看他明月清风。""动中消息春到，静里工夫夜深。三十六宫春意，不道水面天心。"（"三十六宫春意"也源自邵雍，其《观物吟》："天根月窟闲来往，三十六宫都是春。"）对天心水面，学者有学者的理解，文人也有文人的理解，王沂《天心水面》诗则云：

> 渟泓常满杯，深静若无力。风起欲成文，月来同一色。
>
> 飞檐倒影动，触砌轻波洳。疑有谪仙人，骑鲸在亭侧。[2]

王沂把天心水面与骑鲸的诗人李白建立了联系。这里不能不说的是虞集《天心水面亭记》。文章开端谈作记缘起："天历三年春，臣集、臣泂、臣九思得侍清闲之燕，论山川形胜。臣九思曰：'济南山水似江南，殆或过之。臣泂之居在大明湖上，雍土水中而为亭，可以周览其胜，名之曰天心水面，可想见其处矣！'于是有敕臣集，书其榜而记之。"接着介绍"天心水面"之名取于邵雍诗，从《易》卦象分析，指出其取象"以风之初而行乎水之上，非动静之始交者乎？所谓'一动

---

［1］ 邵雍：《邵雍集》，中华书局 2010 年版，第 365 页。

［2］ 王沂：《伊滨集》卷三，文渊阁《四库全书》本。

一静之间，天地人之至妙'，至妙者庶于此乎可见"。接下来，他放下
了这玄奥的学术话题，引出人与文追求的"至清至和"之论："月到天
心，清之至也；风来水面，和之至也。"虞集阐发说：

> 今夫水，滔滔汩汩，一日千里，趋下而不争，渟而为渊，
> 注而为海，何意于冲突？一旦有风鼓之，则横奔怒激，拂性
> 而害物，则亦何取乎水也？必也至平之水而遇夫方动之风，
> 其感也微，其应也溥，涣乎至文生焉，非至和乎？譬诸人心，
> 拂婴于物，则不能和；流而忘返，又和之过，皆非其至也。是
> 以君子有感于清和之至，而永歌之不足焉。[1]

这成为虞集盛世之文、治世之音诗文理论的代表性论述。但未必符合
李洞取名之意。另外两处与理学相关的，一是漏舟，一是紫霞沧洲。

379

"漏舟"本见于《战国策·韩策二》："乘舟，舟漏而弗塞，则舟沉矣。
塞漏舟，而轻阳侯之波，则舟覆矣。"[2]虞集题诗即取此意："春水如
天上，秋潭见月中。如何列御寇，犹欲待泠风。"但显然不符合李洞的
性格，因此也就不会是李洞命名之取意。当是取程颐《伊川易传·既
济》六四爻"繻有衣袽，终日戒"传。程颐传云："当既济之时，以防
患虑变为急。"[3]不详述。"紫霞沧洲"与朱熹有关，虞集题紫霞沧洲
云："洞里琴鸣涧，洲前棹入云。拟寻云谷叟，同访武夷君。"说李洞
这里的生活可比朱熹在武夷山的生活。云谷叟、武夷君。均指朱熹。

---

[1] 虞集：《道园学古录》卷二十二《天心水面亭记》,《四部丛刊》影印明景泰本。

[2] 何建章：《战国策注释》卷二十七《韩策二·谓公叔曰乘舟章》,中华书局 1990 年版，
第 1020 页。

[3] 程颢、程颐：《二程集·周易程氏传·既济》,中华书局 1981 年版,第 1120～1121
页。《既济》六四爻："繻有衣袽，终日戒"。程传："当既济之时，以防患虑变为急"
"舟有罅漏，则塞以衣袽。有衣袽以备濡漏，又终日戒惧不怠,虑患当如是也"。

朱熹筑室武夷山芦峰之巅，号曰云谷。当然，"紫霞沧洲"也与李白有关，李白《春陪商州裴使君游石娥溪》诗："裴公有仙标，拔俗数千丈。澹荡沧洲云，飘飘紫霞想。"可以说，"紫霞沧洲"的取名，与两者都有关系。李洞从姚燧学，是元代苏门学派的传人，因而有效朱熹之志，而其人生更追慕李白。从"紫霞沧洲"之志趣说，两者并不矛盾。[1]

第三类，"烟萝境"，从字面看，是远离人世、烟聚萝蔓之境界，草树丛杂，荒寒之极。李洞别墅不可能是这样的。烟萝境乃指幽居或仙人修真处。唐裴铏《传奇·文箫》："一斑与两斑，引入越王山。世数今逃尽，烟萝得再还。"周楞伽辑注："烟萝，道家称隐居修真的地方。"[2]宋苏舜钦《离京后作》诗："脱身离网罟，含笑入烟萝。"[3]可以帮助我们理解其命名之意。"秋水观"似不必多说，应该与庄子有关。"大千豪发"，一望而知与佛教有关，豪发即毫发，一毫发而有三千大千世界。同是元人的尹廷高《玉井峰会一堂五首》其三："嶙峋绝顶最高寒，时捉枯藤自往还。世界大千豪发里，古今历劫刹那间。桑田海水虽无定，松月萝风尽自闲。一念万年清绝点，何愁不透祖师关。"[4]而虞集题诗："善听返无声，善视入无睹。还将一绪云，散作万山雨。"[5]似乎作道家精神的解说。最后"观心"，从字面看，儒、释、道三家都有反观自心、体察心性、发明自心本然之善之说，但大体上说，还是要归于佛教，佛教以心为万法根源，无一事在心外，观

---

[1] 瞿蜕园、朱金城：《李白集校注》，上海古籍出版社 2011 年版，第 1170 页。

[2] 裴铏著，周楞伽辑注：《裴铏传奇》，上海古籍出版社 1980 年版，第 89 页。

[3] 苏舜钦：《离京后作》，沈文倬校点《苏舜钦集》，上海古籍出版社 1981 年版，第 75 页。

[4] 尹廷高：《玉井樵唱》卷中《玉井峰会一堂五首》，文渊阁《四库全书》本。

[5] 虞集著，王颋点校：《虞集全集》，天津古籍出版社 2007 年版，第 195 页。

心即能究明一切事理。一切教行皆以观心为要，皆自观心而发观心空，故一切法空即所修诸行，所起诸教皆归空。唐施肩吾《题景上人山门》诗云："水有青莲沙有金，老僧于此独观心。"[1]而虞集题诗："炯炯灯留室，微微息若存。仰探当月窟，俯察识天根。"[2]是作理学的理解。

三类之外，红云岛，王沂《题李溉之别业红云岛》诗云："曲折藏一丘，蔫锦千树桃。东风落红雨，点缀宫锦袍。春涨绿未波，晴光漾轻舠。承明自厌直，不是秦人逃。"[3]按此是由岛上种桃树名。而虞集题诗则云："日出湖边曙，云生岛上红。"是取朝霞照射之景。不管怎样，应是就景取名，并无特别含义。"松关"即柴门，设想为村居生活，取其朴野而富诗意，孟郊《退居》诗："退身何所食，败力不能闲。种稻耕白水，负薪斫青山。众听喜巴唱，独醒愁楚颜。日暮静归时，幽幽扣松关。"[4]"萧闲堂"则是金代诗人蔡松年之堂名，因辛弃疾早年从学于蔡松年，此堂也引后人追怀，李洧因而借以名其堂，故虞集题诗云："受业萧闲老，令人忆稼轩。""曲水"自是取曲水流觞之意，王羲之《兰亭集序》有云："群贤毕至，少长咸集。此地有崇山峻岭、茂林修竹，又有清流激湍，映带左右，引以为流觞曲水，列坐其次。虽无丝竹管弦之盛，一觞一咏，亦足以畅叙幽情。"[5]李洧取此名，无疑有效慕兰亭雅集之意。而李洧之亭，应该实有"曲水流觞"。这也是此处举行宴集之一证。超然楼，可能受苏轼超然台命名的影

381

---

[1] 洪迈：《万首唐人绝句》卷三十三，明嘉靖刻本。

[2] 虞集著，王颋点校：《虞集全集》，天津古籍出版社 2007 年版，第 195 页。

[3] 王沂：《伊滨集》卷一《题李溉之别业红云岛》，文渊阁《四库全书》本。

[4] 孟郊：《退居》，韩泉欣《孟郊集校注》，浙江古籍出版社 1995 年版，第 63 页。

[5] 王羲之：《三日兰亭诗序》，房玄龄等《晋书》卷八十《王羲之传》，中华书局 1974 年版，第 2099 页。

响，苏轼《超然台记》："名其台曰'超然'。以见余之无所往而不乐者，盖游于物之外也。"[1]大概李洧也有此意。

在李洧湖上诸亭题诗最多的诗人是虞集，题诗十一处，未题者云卧八极、天心水面亭、曲水亭与超然楼。此外他还有题李洧庐山居处的白云半间亭诗。其次是王沂，王沂所题有紫霞沧洲、无倪舟、红云岛、天心水面亭，此外，还有数首写给李洧的诗与词，包括题白云半间亭、写于当涂采石矶李白捉月亭的《登李太白捉月之亭访温峤燃犀之所览草庐吴先生蛾眉亭记宋漕使韩南涧及学士欧阳圭斋乐府李溉之长歌慨然有赋》以及《题李溉之词卷》的《菩萨蛮》词。奇怪的是，曲水亭未见元人题诗，反倒有清人题诗数首。清人题诗，今所见最多的是题天心水面亭。超然楼仅见于地方志的记载，言为李洧所建，在天心水面亭后。

382

在李洧湖上别墅留诗较多的还有著名诗人范梈，他有《和李溉之园居集咏八首》，但题目中"集咏"，明清两代各种元诗选本都作"杂咏"，可能是繁体"雜詠"或"襍咏"形近而误作"集咏"。这八首诗不一一介绍，只引第六首一读，了解其内容与风味："偶从耕凿事，便有古人风。井泻千畦碧，林然独杏红。世情何近远，宦秩自卑崇。任道流行意，雩坛或与同。"[2]看来，这里与顾瑛的玉山佳处还有不同，这里不仅有园亭，还有田园。这里的宴集大约与玉山雅集的格调也有不同，与玉山雅集"觞政流行，乐部谐畅。碧梧翠竹与清扬争秀，落花芳草与才情俱飞"[3]不同，这里多舞雩归咏之趣。我们由这些作品，可以大致了解李洧归居大明湖上的生活和湖上宴集情况。

---

[1] 苏轼：《苏轼文集》卷十一《超然台记》，中华书局1986年版，第352页。
[2] 范梈：《范德机诗集》卷三，《四部丛刊》影印元抄本。
[3] 杨维桢：《雅集志》，顾瑛《玉山名胜集》卷上，中华书局2008年版，第46页。

由以上考察，我们知道在李洞的湖上别墅，有过类似于顾瑛玉山雅集的诗酒宴集活动，时间远早于玉山雅集。只是玉山雅集的诗文汇编成《草堂雅集》流传至今。李洞湖上宴集，没有作品汇集，没有活动记载，在这里举行的文学活动以及活动的成果，几乎被历史淹没了。这是元代文学史的遗憾。

四、 李洞的诗文曲作

最后，李洞是诗人文章家和曲家，我们不能不考察他的作品，他是诗文词曲兼擅的著名作家。《元史》本传言其"有文集四十卷"，不传。其诗，清人顾嗣立《元诗选》收有十一首，今人编《全元诗》在《元诗选》是基础上增补四首，其中误收《潘云谷墨赞》一篇，赞是文，非诗，实收李洞诗十四首。笔者发现《全元诗》漏收李洞诗一首。目前所见李洞诗十五首。另外《月夜过采石呈樵隐学士兄兼示吾徒李止顺文》诗，当涂峨眉亭有此诗碑，据碑文可以校正该诗《宋元诗会》本诸多文字。碑后有跋，为我们研究李洞提供了珍贵信息。其文，《全元文》未收，笔者搜求，知李洞传世文章尚有五篇，即《游庐山记》《密州重修宣圣庙记》《重建孟母断机堂记》《平阳会仙观碑记》，以及收入苏天爵《元文类》《全元文》失载而误收入《全元诗》的《潘云谷墨赞》。他有散曲流传，隋树森《全元散曲》收其套数一套【双调·夜行船】《送友归吴》。李洞词今不得见，但由张可久《钗头凤·感旧和李溉之》和《百字令》（湖上和李溉之），张可久《钗头凤》（感旧和李溉之），王沂《菩萨蛮》（题李溉之词卷）可知，李洞有词，并已成"卷"，今全部散佚不存。此外，据《元史》本传，知他与修《经世大典》，曾上文宗皇帝《辅治篇》。

李洞诗，最具代表性的是《我本山人素志丘壑获归名山为愿毕矣爱以四月十一日离京师是夜抵潞阳慨然赋诗还慰匡庐隐者并以寄金门诸公为一噱云》，是他辞官归庐山路途所作，表现了摆脱羁绊、身心都得自由的快意，有天风卷地之势：

> 野马脱羁鞅，倏疑天地宽。临风一长鸣，风吹散入青冥间。颇如鲁仲连，到海不复还。又如安期生，长留一舄令人看。江南浩荡忽如海，落日照耀浮云关。既不能低眉伏气摧心颜，诡遇特达惊冥顽。又不能抱书挟策干万乘，调笑日月相回盘。匡庐迢迢接仙山，仙翁泛若秋云闲。长松之阴引孤鹤，望我不见空长叹。采铅天池津，饮酿桃花湾。苍梧倒影三湘寒，赤城霞气生微澜。鲸鲵翻空海波赤，晓色欲上扶桑难。人间之乐今诚不足恃，何如归卧栖岩峦。栖岩峦，卧岩穴，夜半天风吹酒醒，犹有西溪万年月。[1]

潇洒飘逸，如天马在空，恣情云汉，有李白之神韵，又非模拟之作。有此一篇，足可见他在当时诗坛之地位。因其诗大多散佚，总体评价已不可能。就他现存的十五首诗看，寄或赠他人的三首，此诗外，有《寄吴原可》《月夜过采石江诗呈樵隐学士兄兼示吾徒李止顺文同发一笑》，后一首也是颇显气势的长篇。纪行诗二首，即《过太湖》《过东林寺》。咏歌一地或一处者二首，为《汉阳郎官湖歌》《裴公亭吟》，应制一首《舞姬脱鞋吟应制作》，其他七首皆为题画诗：《题周曾秋塘图卷》（二首）、《题钱舜举硕鼠图》《题王朋梅金明池图》《题宋徽宗御河鸂鶒图》《题唐胡虔汲水蕃部图》《题赵荣禄三山秋爽图》（《全元诗》失收）。题画诗有佳作，如《全元诗》失载的《题赵荣禄三山秋爽

---

[1] 苏天爵：《元文类》卷五，《四部丛刊》影印元至正本。

图》，见于明张丑《真迹日录》卷五，记："赵荣禄三山秋爽图，卷前有赵字方印，大雅长印，后有'子昂'二字楷款，赵氏子昂方印，松雪斋长印。其后有两贤诗。"两诗，前一首为张谦诗，后一首乃李洞诗："骑鱼人去蜃楼空，落日青铜灭没中。莫向三山问今昔，桑田原不是仙宫。"后署"监修国史长史李洞敬题"[1]。虽未见深意，亦自可喜。《题周曾秋塘图卷》二首其一也不错："家在东南云锦乡，心魂元是水花香。哦诗想入秋塘境，鸳鹭惊飞一夕忙。"[2]概括地说，其长篇以气势气韵胜，小诗以情趣胜。

目前所见李洞诗数量有限，而现存他人赠李洞诗、咏其园亭诗、与李洞唱和诗，却是李洞存诗的若干倍，这从一个侧面反映李洞在当时诗坛的影响。其诗集散佚，确是很大的遗憾。

李洞绝对无愧为元代一流文章家，在传世的五篇文章中，《游庐山记》（载明陈霖《（正德）南康府志》卷八）极精彩。《全元文》失收《游庐山记》，是不应该的，因为这篇文章曾收入多个游记选本，有的选本节选其中段落，题作《观开先瀑布记》。这是一篇优秀游记之作，在中国文章史上也不失为佳作。先看其游东林寺、登上方塔与天池山一节：

> 明日过匡山精舍，临罄湖，披奥草，求玉蟾丹井，入飞云洞，访隐者桂心渊，不遇。遂肩舆过东林寺。方行林隙中，白云徐舒，青峰递明，心忽不定。久之，因憩三笑亭。由三笑、虎溪、莲社、苏白堂，遂升上方，望灵运讲经台，慨然前人高风。上方出东林后，单山崛起，与匡阜对，阜若大屏居

385

---

[1] 张丑：《真迹日录》卷五，文渊阁《四库全书》本。
[2] 汪珂玉：《珊瑚网》卷二十七《名画题跋》三，文渊阁《四库全书》本。

前。其上翻经台。明日出西林，登天池山，望绝顶。路险甚，扪历穷涧，矫首千岩，瞰逼微岚，下视林壑横溃。凝立待定，四顾生怯。青萝葳蕤，咫尺无路。幽鸟飞鸣，山应逾远。有石突出霄汉间，其略若巨舰乘瞿塘县流急开峡口。问之，铁船峰云。[1]

这已经让读者感叹其非凡笔力了。舒缓之间，颇见韵致。虽极险急，笔调仍轻快，此已非常人所可到。当然，精彩的还是写开先寺瀑布：

至开先寺，其东马尾泉，其西飞玉泉、万竹亭、漱玉亭。青玉峡峻宇天辟，两岸岚翠欲滴，其地如大瓮泓渟，为潭有巨石，水从中来，触石分二道以出，状若白龙，飞坠潭中，盘旋数四，循石阪下，其巅委势远益缓，始逡巡敛怒趋去。登云锦阁西轩望瀑布，其旁香炉、双剑二峰，尤秀丽特甚。上有三石，梁横绝青冥，窅不见底。苔滑不可度，度辄得遇异人。瀑行青壁间，如长虹委蛇，下沉邃渊。须臾，大风暴起，泉不得行，从旁掣曳，欲断还续，忽飞旋重轮，直入空际。回风一散，万象溟濛，或文绡霞縠，陟江天际。偶随飚车，奄尔而逝，瞬息万状，殆不可穷。急雨继之，四山雾晦，银竹森竖，形神开悟。自以兹游冠绝平生。即相与命酒，颓然就醉以卧。

视角转换自如，远近巨细动静，多角度呈现景之奇变。动态描写的功夫，真可称大手笔。写人感受的文字不多，但调节节奏、慰人胸怀的作用却发挥得极好，读之，惬人心怀。再看后边写其游三叠泉：

---

[1] 李洞：《游庐山记》，陈霖《(正德)南康府志》卷八，明正德刻本。

乃携衾裯，跻山巅，观所谓三叠泉，方二三里，抵冰壑，已无路，稍进皆鸟道斩削，屹不得前。上摩苍冥，下俯幽壑。仰见一峰，戴巨磐石，直立云表。攀缘侧足，如是历九奇峰，谓之九叠云屏，而泉出其后，山穷绝处也。樵竖见止，谓游者往往触风雨云雾类，不得见而返。及至天宇澄霁，向之磐石如出井底，四围峦障欲合。泉若琼帘，从空悬布，为三叠而下，透映苍寒，飞淙溅雾，洒面蒙密，蘧然以醒，谓天地穷而万物亦穷也。

读过开先寺瀑布一节，读者以为景之险处已过，文之精彩也已过，不料峰回路转，又辟新境，文字也再出奇观。读过不得不服：此真为高手所为。掩卷回味，心神仍动荡不已。全文一千四百八十字，无枝无蔓，处处精彩。即使开头一段交代与叙述，也极可读："延祐乙卯二月九日，予还自江右，遇门人万子方于浔阳。别数年，一旦出不意，相得欢甚，遂同游匡庐。北出郭，日已衔山。明霞森射，勃菀天际。行未十里，道旁水声悲鸣，恼恍人意。骑稍相后先，辄失言绪。崇冈列岫，渐旋辟驰向以就来者。抵暮，经一小山，回溪生云，叠嶂蒙翳。路转欲冥。半岩有大树，高十丈余，白花纷敷，照映溪谷。"《元史》本传评其文"迅飞疾动，汩汩滔滔，思态叠出。纵横奇变，若纷错而有条理，意之所至，臻极神妙"[1]。读过《游庐山记》，始服此评为当。更感叹其文集散佚之可惜。

李洞是散曲名家，《录鬼簿》列入"方今名公"[2]，朱权《太和正

387

---

[1] 宋濂等：《元史》卷一百八十三《李洞传》，中华书局 1976 年版，第 4224 页。
[2] 钟嗣成：《录鬼簿》卷上，俞为民、孙蓉蓉主编《历代曲话汇编·唐宋元编》，黄山书社 2006 年版，第 317 页。

音谱》列之于"词林英杰"一百五十人中[1]。但其散曲今仅存套数【双调·夜行船】《送友归吴》，虽只一套，多数元散曲选本都入选，李洵因此进入元散曲研究者的视野。这套散曲确可称佳作，其【离亭宴煞】云："束装预喜苍头办，分襟无奈骊驹趱。容易去何时重返？见月客窗思。问程村店宿，阻雨山家饭。传情字莫违，买醉金宜散。千古事毋劳吊挽。阖闾墓野花埋，馆娃宫淡烟晚。"[2]款款道别情，完全不像其诗文那样天风海涛，淡淡的，情却浓。这套曲子评论已经很多，没有必要再多说。

发掘李洵及其大明湖上诸亭宴集题咏，对元代文学史研究是有意义的。它还提示我们：元代像这样被历史掩埋了的文学家和文学活动应该还有一些，或有待于研究者深入发掘，以弥补元代文化史与文学史的缺憾。

388

（原载《玉林师范学院学报》2016 年第 4 期特稿）

[1] 朱权著，姚品文点校笺评，洛地审订：《太和正音谱笺评》，中华书局 2010 年版，第 27 页。

[2] 隋树森：《全元散曲》，中华书局 1964 年版，第 701 页。

耶律楚材著述的流传与整理

耶律楚材（1190—1244），金元之际契丹人，字晋卿，号湛然居士。仕蒙古成吉思汗、窝阔台两朝，官至中书令，谥文正。他博览群书，能诗善文，旁通天文、地理、律历、术数，及释、老、医、卜之说。一生著述宏富，今见于著录的有：

《湛然居士集》三十五卷（《国史经籍志》作"移剌楚材《湛然集》"，《补元史艺文志》《千顷堂书目》《补辽金元艺文志》）

《湛然居士文集》十四卷（《补元史艺文志》《补辽金元艺文志》《国史经籍志》与《补三史艺文志》作"《耶律楚材集》十二卷"，未详是否一书）

《西游录》（《补元史艺文志》）

《辨邪论》（《补元史艺文志》）

《玄风庆会录》一卷（移剌楚材奉敕撰，《补元史艺文志》《千顷堂书目》作"五卷"）

《西征庚午元历》二卷（《国史经籍志》不著撰人，《补元史艺文志》《补辽金元艺文志》）

《麻答把历》（楚材依回鹘历撰，《补三史艺文志》《千顷堂书目》《补辽金元艺文志》作《回鹘历》）

《历说》(《千顷堂书目》《补辽金元艺文志》)

《乙未元历》(《千顷堂书目》《补辽金元艺文志》)

《皇极经世义》(《补元史艺文志》《千顷堂书目》《补辽金元艺文志》)

《五星秘语》一卷(《补元史艺文志》《千顷堂书目》《补辽金元艺文志》)

《先知大数》一卷(《补元史艺文志》《千顷堂书目》《补辽金元艺文志》)

这些文献资料的搜集与整理，从耶律楚材生前一直进行到现代，经历了如此漫长的时期。但就整个发掘与整理的任务来说，还远没有完成，现将流传与整理情况略述于下。

《湛然居士文集》十四卷。这是目前广为流传的耶律楚材的诗文集，今人认识和研究耶律楚材，主要依靠这部书。这部书得以广泛流传，赖谢方的校点之功。谢方校点本 1986 年 2 月中华书局出版。

关于《湛然居士文集》的成书，王国维《耶律文正公年谱余记》说：

> 文正集为中书省都事宗仲亨所集，癸巳岁始刊于平阳（有平水王邻及襄山孟攀鳞序。攀鳞亦流寓平阳），次岁万松老人又为之序。其集凡九卷，古律诗杂文五百余首。今本十四卷，凡古律诗杂文七百七十六首。盖前九卷癸巳所刊，后四卷（按当作后五卷）则甲午以后续增也。然亦至丙申而止。自丁酉至甲辰（公薨之年）凡八年，诗文无一存者，盖今之十四卷未为足本也。

癸巳即 1233 年，次年（1234）为甲午，丙申为 1236 年，次年

（1237）为丁酉，甲辰为 1244 年，耶律楚材去世。所以谢方校点《前言》说：

> 《湛然居士文集》最早编成于公元 1233 年（蒙古窝阔台五年），共九卷。这是当时中书省都事宗仲亨辑录的，这九卷就是现在本书的前九卷，写于公元 1233 年以前。后来又补辑了 1233 年~1236 年的作品，是为本书的后五卷。合计十四卷，即现在整理的十四卷本。

王国维、谢方梳理了《湛然居士文集》编辑刊行的大致情况。细究起来，其中还有些问题。这主要是：现在的前九卷（古律诗杂文五百余首）不是宗仲亨刊本，而是胡丞相增订重刊本，因而癸巳本也并非最早刊本。

《增订四库简明目录标注》卷第十七《湛然居士集》条下续录有："元宗仲亨刊本。元丞相胡氏重刊本，李攀龙序。"[1]说明最初的刊本有两种。那么哪一种是癸巳年刊"古律诗杂文五百余首"的九卷本呢？《标注》未说。

现存最早的《湛然居士文集》序有四篇：癸巳（1233）年十月晦日李微序，同年十二月初吉孟攀鳞序，同月望日王邻序，次年（甲午，1234）十一月晦日万松行秀序。除万松序外，前三序集中写于癸巳年底的一个半月中，并且都谈到了编辑刊行情况，其中以孟序最为详明：

> 适有中书都事宗仲亨，最为门下之旧，收录公之余稿，纤

---

[1] 邵懿辰撰，邵章续录：《增订四库简明目录标注》卷第十七，上海古籍出版社 1959 年版，第 773 页。

悉无遗。今又增补杂文，诚好事之君子，举其全帙，付之于
门下士高冲霄、李邦瑞，协力前修，作新此本……省丞相胡
公喜君之文，揄扬溢美，勒成此书。中或有误，更加厘正，命
工刊行于世……省僚王子卿、李君实、许进之、王君玉、薛正
之皆欣然向应，共赞成之。二公承宗公之志，毕其能事，同
诸君累求为序。

说得非常明白，这次刊行的，是由高冲霄、李邦瑞在宗仲亨刊本基础
上增订校勘的"作新"本，由胡丞相"勒成"。王序云："外省官府得
《居士文集》古律诗、杂文五百余首，分为九卷……特命良工版行于
世。"与现存前九卷合。此本刊行于平阳是可信的。这年四月，蒙古破
金汴京，耶律楚材收汴京刻工安置在平阳，成立经籍所，从此平阳成
为北方的刻书中心。《湛然居士文集》胡丞相重刊本当是经籍所刻成的
第一批书中的一种。

还有两个疑点。第一，李微序说："迩者中书省都事宗公仲亨更新
此集，墓（当为募）工镂版。"似乎宗仲亨也参与了增订工作，即孟序
中"今又增补杂文"为宗仲亨所为，或者就是李序中间有脱文。第
二，现存《湛然居士文集》中没有标注所云李攀龙序，或许"李攀龙"
为"孟攀鳞"之误。

说宗仲亨刊本是最早刊本当是不错的，只是刊于何时，版本和刊
刻的具体情况就不得而知了。但宗本不是现存十四卷本的前九卷。

今存十四卷本，清代人的目录书《千顷堂书目》《补元史艺文志》
都说是"中书省都事宗仲亨辑"[1]。现在我们查不到比这更早的编辑

---

[1] 黄虞稷撰，瞿凤起、潘景郑整理：《千顷堂书目》卷二十九，上海古籍出版社 1990 年
版，第 716 页。钱大昕撰：《补元史艺文志》卷四，商务印书馆 1937 年版，第 42 页。

刊行情况的记载。该本所收诗文截止于1236年，可以推测编定于此时，此后至耶律楚材去世八年的作品无一收入。这个十四卷本，元代是刊行了。今存北京图书馆藏陆心源校本、北大图书馆藏清抄本，都被认定从元刊本抄出，谢方点校本用作底本的《四部丛刊》本也是影写元本。

元刊本早已不存，十四卷本在数百年中一直以抄本流传。仅《增订四库简明目录标注》一书著录，就有昭文张氏旧抄本、路氏藏抄本、涵芬楼藏金侃抄本、知不足斋抄本、蒋西圃抄本、龙池山房抄本、抄校本等。直到清乾隆年间编入《四库全书》与《四库全书荟要》，之后编入《四部丛刊》的也是影印抄本。光绪二十一年（1895）才由桐庐袁昶刊行了渐西村舍本，民国时编入《丛书集成初编》。

这样来看，便显出谢方校点本的出版对研究耶律楚材意义重大了。该本作了较为精细的校勘，写了较为详细的校记，而且在王国维《耶律文正公年谱》的基础上进一步考证，给大部分作品标明了写作时间，搜集有一定量的附录。这对耶律楚材研究是一大贡献。但与许多古籍校勘本一样，本书也难免错处，其中比较明显也比较大的错误，如卷十四《屏山居士鸣道集说序》误作《屏山居士鸣道集序》，脱一"说"字，将《鸣道集说》一书误作《鸣道集》。《鸣道集》即《诸儒鸣道集》，是宋代理学家十一人的语录汇编；而《鸣道集说》是屏山居士李纯甫批判《诸儒鸣道集》的一部书。又如《赠东平主事王玉汝》误作《赠东平主事王玉》，脱一"汝"字，错了一人。王玉与王玉汝两人，《元史》均有传，这更易造成研究中的失误。这些错处大多承渐西村舍本而来，校勘时未能详察。

《湛然居士集》三十五卷。在谈该书之前，首先得弄清一个问题：《湛然居士集》三十五卷与《湛然居士文集》十四卷究竟是什么关系？

是同一部书的不同版本，还是两部书？如果是同一部书的不同版本，内容应该相同或大致相同；如果是两部书，内容当有较大不同。这问题之所以重要，是因为三十五卷的《湛然居士集》现在我们看不到，但还有发现的可能。

渐西村舍本《湛然居士文集》中芳郭无名人的后序说："其三十五卷之集，则予未之见也。"[1]近人张相文在《湛然居士年谱》附记中说：

> 案钱大昕《补元史艺文志》有《湛然居士集》三十五卷，然其书已久佚，近世所传，为渐西村舍袁氏所刊本，合诗文杂著十四卷，而凌乱复杂，谬误颇多，余因别为较订待刊。[2]

394　显然都认为三十五卷与十四卷本不是一书。而谢方校点《前言》称："钱大昕《补元史艺文志》录有《湛然居士集》三十五卷，未详何时何人所辑。……三十五卷本我们今天仍未见到，这是很遗憾的。"[3]看前一句，似看作另一部书；看后一句，又似乎看作同一书的又一版本了。王国维在《耶律文正公年谱余记》中遗憾地说："盖今之十四卷本未为足本也。"[4]不知为什么未提到三十五卷的《湛然居士集》。

两者肯定不是一部书，这不仅因为书名差一"文"字，而且可以从前人著录中考得。明代焦竑的《国史经籍志》误将移剌楚材与耶律楚材当作二人，本书卷五在金人著作中著录"移剌楚材《湛然集》三十

---

[1] 耶律楚材著，谢方点校：《湛然居士文集》，中华书局1986年版，卷首第15页。

[2] 张相文：《湛然居士年谱》附记，《南园丛稿》本，上海书店出版社1996年影印本。

[3] 耶律楚材著，谢方点校：《湛然居士文集》"前言"，第7页。

[4] 耶律楚材著，谢方点校：《湛然居士文集》，第380页。

五卷",在元人著作中著录"《耶律楚材集》十二卷"[1],这不可能是一部书。如果说《耶律楚材集》未必就是《湛然居上文集》,那么再看清人的著录。黄虞稷《千顷堂书目》卷二十九著录:"耶律楚材《湛然居士集》三十五卷（缺七卷至十二卷,又缺二十二卷、二十三卷）,又《湛然居士文集》十四卷（中书省都事宗仲亨辑）。"[2]倪灿《补辽金元艺文志》的著录与此略同,缺卷的说明也完全一样。这显然是两部书,并且著录如此具体,著录者无疑是亲见过这部三十五卷本的了（尽管已缺八卷）。而谢方所据的《补元史艺文志》的著录则远没有这样清楚,该书写道:"《湛然居士集》三十五卷,又十四卷。"[3]人们据此无法说明三十五卷与十四卷的关系。既然《湛然居士集》三十五卷不是《湛然士文集》的一种版本,而是另一部书,并且卷数较多,规模较大,那它有可能是耶律楚材的全集,一旦这部书发现,则耶律楚材研究中的不少问题可能得到解决。并且这部书清代尚有,那就不能完全排除重新发现的可能。

《西游录》《玄风庆会录》等。《西游录》二卷,蒙古拖雷监国元年（1228）清明写成于燕京,次年正月元日又写了序文。关于《西游录》的一些情况,我们先引陈垣先生《耶律楚材父子信仰之异趣》中的一段话:

> 他所著《西游录》,本来是有刻版的,但早就不传了。前半截说西域情形的,约在一千二百九十五年的时候,盛如梓曾载在他所著的《庶斋老学丛谈》里,他就说"此书人所罕

[1] 焦竑:《国史经籍志》卷五,《明代书目题跋丛刊》,中华书局1994年版,第417页。
[2] 黄虞稷撰,瞿凤起、潘景郑整理:《千顷堂书目》卷二十九,上海古籍出版社1990年版,第716页。
[3] 钱大昕撰:《补元史艺文志》卷四,商务印书馆1937年版,第42页。

见"了。计楚材成书在一千二百廿八年，至此不过六七十年，此书就说罕见，是什么原故呢?《西游录》后半攻击丘长春的话，一千二百九十一年，祥迈著《至元辨伪录》时，曾详引一千余字，可见此书当时已经少见。不然，他可以教人看原书便了，何必详引在《辨伪录》呢? 据我所知道的：一千六百零一年（明万历二十九年），嘉禾包衡著《清赏录》卷十一曾引用过《西游录》一段……完全一样。可见包衡所引，尚系原本。此书在中国万历时尚有流传，不过明初修《永乐大典》时，已不见采入，即有流传，亦极稀少了。[1]

此书原本此后在国内有无流存，也还不能确定，因为同治庚午年（1879）刊刻的李光廷《汉西域图考》有引文，与盛如梓节本也不同，可见那时尚有流传。在《湛然居士文集》受到研究者普遍关注之前，《西游录》曾是耶律楚材著作中最受人注意的书，1874年，俄国人白莱脱胥纳窦（Bretschneider）将《西游录》盛节本译成英文，刊载于他所著的《中古世之中国游历家》中，于是引起国内研究者的注意。清末研究西域地理或中西交通史的学者，把盛如梓节录的《西游录》作为珍贵资料，进行注释和考证。1895年，出现了李文田的《西游录注》，这本书曾多次刊刻，今知有《灵鹣阁丛书》第四集本、《郋郑学庐地理丛刊》本、《顺德李氏遗书》本、《玉简斋丛书》本、《烟画东堂小品·顺德师著述》本，后来又收入《丛书集成初编》。李氏之后，有范寿金《元耶律文正公西游录略注补》，载《聚学轩丛书》第四集；丁谦《元耶律楚材西游录地理考》，载《浙江图书馆丛书》第二集；张相文《耶

---

[1] 陈垣著，陈乐素、陈智超编校：《陈垣史学论著选》，上海人民出版社1981年版，第256～257页。

律楚材西游录会释》，编入他的《南园丛稿》。

　　1926 年，日本人神田喜一郎在日本宫内省图书寮，发现了旧抄《耶律文正（公）西游录》足本，第二年，王国维就抄录了一本，现存北京图书馆；同年，神田喜一郎出了排印本。这一发现，使得久已湮没的全本《西游录》重见天日，引起了很大反响。同是 1927 年，罗振玉就在中国印行了。苏联学者白莱脱胥纳窦也曾发表《耶律楚材（西游录）考释》，1937 年，白寿彝译成中文，在《禹贡》第一期上发表。1962 年，姚从吾在台湾出版《耶律楚材西游录足本校注》（《大陆杂志》1962 年特刊第二辑），后澳大利亚国立大学学者罗依果发表了英文译注本。1981 年，中华书局出版了向达先生注本遗稿，向达注本可代表《西游录》整理的最高水平。1987 年 6 月，宁夏人民出版社出版了杨建新等编注的《古西行记选注》，收录了《西游录》的序和上卷，其注释大致依向达注。

　　《玄风庆会录》一卷，写于蒙古成吉思汗十七年（1222）十月，其内容，是长春真人丘处机在西域大雪山向成吉思汗"论道"的记录。当时"论道"十分神秘，成吉思汗又特别命令论道的内容"勿泄于外"，所以这个记录整理本便一直收藏在绝密档案中，密不外传。到明代编《道藏》，将《玄风庆会录》收入《洞真部谱箓类》。这本书写得并不错，但人们一直不大关心它，甚至研究者宁可在那里猜测丘处机雪山论道的内容，也不肯读一下《玄风庆会录》，或者根本不知道有这部书。影响这部书流传的原因，可能是佛道两家的矛盾。这部书成书的特别之处是：它是一位反全真教的佛教居士整理的全真教大师的论道记录，这使得佛道两家都不愿提起，而其他人又不大关心。中国旅游出版社 1988 年 1 月出版纪流整理的《成吉思汗封赏长春真人之谜》，是《长春真人西游记》的注译本；书中附有《玄风庆会录》，并作了注译，略有删节，是从《道藏》中录出的，这使《玄风庆会录》得以流传。但似乎人们也并没有十分注意它。关于这部书的卷数，还有一点疑问。《补元史艺文志》著录为一卷，《道藏》中所存的也是一卷，《千顷堂书目》则著录五卷。按保存下来的文字看，篇幅有限，绝对没有分作五卷的可能。怎么理解这一矛盾？或者是《千顷堂书目》著录错误，或者是《道藏》所存不是全本。

《玄风庆会录》的作者尚有争议。按该书收入《道藏》"致"字十一号，著者结衔为"元侍臣昭武大将军尚书礼部侍郎移剌楚材奉敕编录"。"移剌楚材"即耶律楚材，但所署职衔未见史载。明代王世贞怀疑此书非耶律楚材所撰，近代陈铭珪认为系李志常门人所辑，参见《长春道教源流》卷八。而向达先生在他的《西游录》校注中认为，此书刊行于 1292 年，即元世祖至元二十九年，在成吉思汗会见丘处机后七十年，是道教徒针对耶律楚材《西游录》而作，也就是说此书是对《西游录》攻击道教的反应，参见向达《西游录》校注下卷注⑦[1]。这一观点尚未被普遍接受，研究者一般仍视此书为耶律楚材编录，如任继愈先生主编的《道藏提要》（中国社会科学出版社 1991 年版）就将此书属耶律楚材著。

属宗教内容的书，还有《辨邪论》。书已不存，唯留自序，收在《湛然居士文集》卷八，由此序，我们知道该书写于 1225 年（乙酉）西域，书的内容是批"糠禅"，属佛教内部斗争的文字。

《西征庚午元历》《麻答把历》等。《西征庚午元历》二卷，收存于《元史·历志》中。关于耶律楚材制历的情况，《元史·耶律楚材传》、宋子贞《中书令耶律公神道碑》及《新元史卷二四·历志一》

---

[1] 耶律楚材著，向达校注：《西游录》，中华书局 1984 年版，第 21 页。

《治历本末》都有记载，耶律楚材《湛然居士文集》卷八有《进征西庚午元历表》。概括说，他编制《庚午元历》原因，是中原使用的《大明历》时间已久，误差也大，虽有楚材父亲耶律履所修《乙未元历》，但不能适用于西域地区；西域的《回回历》当时误差也已很大，成吉思汗大军驻西域时，没有一部较好的历书，加之自古以来，还没有一部适用于从中原到西域如此广泛地区的历书。《庚午元历》的进步性，也正体现在这里。正是耶律楚材第一次提出了"里差"的概念，这是中国历法的一大进步。《庚午元历》二卷载于《元史》卷五十六、卷五十七，今人对它似也不大关心。

《麻答把历》现已不存。关于这部历书的情况，请看下面几条资料。宋子贞《中书令耶律公神道碑》说：

> （楚材）尝言西域历五星密于中国，乃作《麻答把历》，盖回鹘历名也。又以日食躔度与中国不同，以《大明历》浸差故也，乃定文献公所著《乙未元历》行于世。[1]

陶宗仪《南村辍耕录》卷九"麻答把历"条：

> 耶律文正王，于星历、医卜、杂算、内算、音律、儒、释、异国之书，无不通究。尝言西域历五星密于中国，乃作《麻答把历》，盖回鹘历名也。[2]

徐霆疏证《黑鞑事略》：

> 在燕京宣德州，见有历书，亦印成册。问之乃是耶律楚

---

[1] 宋子贞：《中书令耶律公神道碑》，耶律楚材著，谢方点校《湛然居士文集》，中华书局1986年版，第334页。

[2] 陶宗仪：《南村辍耕录》，中华书局1959年版，第108页。

材自算、自印造、自颁行，鞑主亦不知之也。[1]

张相文《湛然居士年谱》附记中引《黑鞑事略》这段文字，而后案断说：

> 今案：集中（按指《湛然居士文集》）有《进庚午元历表》，其非自造印自颁行可知。[2]

认为徐霆所见历书即《庚午元历》。

王国维《黑鞑事略笺证》说：

> 《元史·太宗纪》："七年乙未，中书省请契勘《大明历》，从之。"徐氏至宣德，在丙申春夏间（1236），则其所见历书，当系中书省契勘颁行之本。[3]

400　太宗七年乙未，是公元 1235 年，徐霆到宣德为此后一年，所以王国维认为徐霆所见为中书省契勘颁行的《大明历》。方豪《耶律楚材逝世七百年纪念》则说：

> 按楚材进《庚午历》至请契勘《大明历》，凡十五年，此十五年中楚材自算自印，亦极可能也。[4]

方豪认为徐霆所见既不是进呈成吉思汗的《庚午元历》，也不是请求窝阔台批准契勘的《大明历》，而是另一种历书。这很有道理，因为这两种历书都与"耶律楚材自算印造自颁行，鞑主亦不之知也"的记载不

[1] 彭大雅撰，徐霆疏证：《黑鞑事略》，《丛书集成初编》，中华书局 1985 年版，第 6 页。
[2] 张相文：《南园丛稿》上，上海书店出版社 1996 年影印本。
[3] 王国维著，谢维扬等编：《王国维全集》第 11 卷，浙江教育出版社 2010 年版，第 374 页。
[4] 《东方杂志》第三十九卷第一期，1943 年出版。

合。这另一种历书，只能是《麻答把历》，或称《回鹘历》了。再看王国维《耶律文正公年谱余记》中的一段话：

> 蒙古初起，用辽《大明历》，此事可于文正《进征西庚年元历表》（《文集》八）证之。逮太祖归自西域，或曾改《回回历》。太宗嗣位，乃复用《大明历》。文正《和李德修韵》云："衣冠师古承殷辂，历日随时建夏寅。"（《文集》三）又《谢非熊召饭》云："圣世因时行夏正，愚臣嗜数愧春官。"（《文集》四）此二诗作于太宗初。行秀《湛然居士文集序》亦称公"志天文以革西历"，则太祖末年必曾用《回回历》（回回岁首常在古天正地正间），否则不必作是语也。此事史所不纪，故著之（《元史·世祖纪》至元九年，禁私鬻《回回历》亦元初盛行《回回历》之证）。[1]

401

细读以上各段引文，我们可以得出这样的认识：西征归来之后，耶律楚材觉得回回历法有不少长处，便借用其历法编成《麻答把历》在中原推行，此即王国维所称"《回回历》"。由耶律楚材"自算印造自颁行"。成吉思汗并不关心历法的事，未曾通过官方颁行，当然也不曾禁止。到窝阔台继汗位，耶律楚材要推行全面的汉化政策，便用《大明历》取代《麻答把历》，但《麻答把历》深受中原群众欢迎，所以禁而未止，起码流行到忽必烈时期。《麻答把历》（即所谓《回回历》）今已不存，究竟是什么样子，已不可知。

　　另外，《千顷堂书目》《补辽金元艺文志》还著录有《乙未元历》。《乙未元历》本来是耶律楚材的父亲、金尚书右丞耶律履在金代编修

---

[1] 王国维：《耶律文正公年谱余记》，耶律楚材著，谢方点校《湛然居士文集》，中华书局1986年版，第377页。

的，据资料记载蒙古时期曾使用过《乙未元历》，大约在颁行时耶律楚材作过修订，所以也著录在耶律楚材名下。《乙未元历》也已不传。

《皇极经世义》《五星秘语》《先知大术》。都属占卜、术数一类书，今已不存。

集外文。耶律楚材的集外文，现知有诗、词、文各一篇。诗题《赠刘阳门》，或题《送刘阳门》，写于蒙古窝阔台十二年（1240），宋濂有《跋耶律文正王送刘阳门诗后》，载《宋学士全集》卷十四（《丛书集成初编》本）；王国维《耶律文正公年谱》云："此诗今藏武进袁氏。"[1]今不知有否。词为《鹧鸪天·题七真洞》，是耶律楚材少年时的作品。该词存于《词综》卷三十三，《全金元词》从《词综》转录。文一篇，是为成吉思汗所拟催丘处机西行的《诏书》，本文一直保存在《长春真人西游记》的"附录"中，直到1926年足本《西游录》发现，才知道出自耶律楚材之手。另外，从其子耶律铸《双溪醉隐集》中，可看到耶律楚材如下诗题：《十六夜月》《龙庭风雪》《火绒》《沙场怀古兼四娱斋》《题壶春园》等，另有"雷字韵"诗一首。这些诗都已不存。

耶律楚材的著作，对于研究蒙古时期的政治、经济、文化，对研究金元之际的中国北方社会，都具有重要价值。我们期待着耶律楚材著述材料的发现和整理能有新的进展。

（原载《历史文献研究》〔北京新五辑〕，北京师范大学出版社1994年版）

---

[1] 王国维：《耶律文正公年谱》，耶律楚材著，谢方点校《湛然居士文集》，中华书局1986年版，第371页。

刘秉忠文学文献留存情况之考查

　　刘秉忠是一位很具特色的人物，在元初政坛，是一位不动声色的风云人物，对一代政治体制、典章制度的奠定，发挥了重大的作用，也为当时的文化建设作出了突出贡献。刘秉忠（1216—1274），字仲晦，初名侃，邢州（今河北邢台）人。十七岁为邢台节度使府令史，后去职，出家为僧，法名子聪，号藏春散人。蒙古乃马真后元年（1242），从禅宗大师海云法师晋见忽必烈，留忽必烈幕府。秉忠博学多能，善谋划。曾上书忽必烈："以马上取天下，不可以马上治。"[1]建言革除弊政，建立制度，如定爵禄，减赋税，劝农桑，兴学校等。后从忽必烈征云南、征鄂州。为元朝营建上都、大都，立朝仪，定官制，建议以"大元"为国号等。至元元年（1264），忽必烈令其还俗，复刘姓，赐名秉忠，授光禄大夫、太保，参领中书省事、同知枢密院事等。卒赠太傅赵国公，谥文贞，成宗时改谥文正，赠太师。

　　刘秉忠自幼好学，至老不倦，精书法，天文、卜筮、算术皆有成书。《千顷堂书目》卷十三著录"刘秉忠《平砂玉尺》四卷，又《玉尺新镜》二卷"[2]。属堪舆风水术数之作，今存。然据明人蒋大鸿等辨

403

---

　　[1]　宋濂等：《元史》，中华书局 1976 年版，第 3688 页。
　　[2]　黄虞稷：《千顷堂书目》卷十三，上海古籍出版社 1990 年版，第 371 页。

谬,有作伪之嫌[1]。

作为一位诗文词曲兼擅的文学家,刘秉忠在元代文学发展的历史上,自应有一席地位。《元史》本传言秉忠有文集十卷。

《千顷堂书目》卷二十九著录"刘秉忠《藏春诗集》六卷(商挺编),又《文集》十卷,又《诗集》二十二卷"[2]。见于前人书目著录的又有《刘文贞公全集》三十二卷。据此,我们有必要对他的著述的留存情况作一考察。

《藏春集》(或名《藏春散人集》《藏春诗集》)六卷,初刊于元,元刊本已不存,今存为明天顺五年(1461)马伟刊本,题:"商挺孟卿类稿,马伟廷彦校正。"所收为诗和词,卷一七律八十首,卷二七律八十二首,卷三七律七十七首,卷四七绝一百五十一首,卷五词七十九首,卷六附录志传状碑铭祭文等。

《增订四库简明目录标注》卷十七云:"原集十卷,今佚其杂文四卷,惟诗仅存。"[3]以为此六卷乃十卷本所残留之六卷。《善本书室藏书志》卷三十三著录《藏春集》四卷,云:"按《元史》载有集十卷,明天顺五年处州守马伟厘为五卷,末一卷为诰命、神道碑铭诸文。""然诗仅七言律诗、七言绝句及诗余,而无古诗及五言律绝,又无杂文,乃未全之本。此又并五卷为四卷耳。"[4]两说似均出臆度。《爱日精庐藏书志》卷三十二著录之曹溶藏抄本,所录胡重跋云:"至元中学士阎复尝序其遗集,明天顺中处州守马伟衰次公诗为《藏春集》六

---

[1] 蒋大鸿:《平砂玉尺辨伪》:"地理多伪书,《平砂玉尺》者,伪之尤甚也。"
[2] 黄虞稷:《千顷堂书目》卷二十九,上海古籍出版社1990年版,第716页。
[3] 邵懿辰撰,邵章续录:《增订四库简明目录标注》,上海古籍出版社1959年版,第774页。
[4] 丁丙:《善本书室藏书志》卷三十三,中华书局1990年影印本,第790页下。

卷，锓板行世。"[1]则显系误说。马伟刊本明题"商挺孟卿类稿，马伟廷彦校正"，如何便成"马伟哀次"？但此类臆度及误说，却对今人颇有影响，应予澄清。清初黄虞稷《千顷堂书目》卷二十九著录"刘秉忠《藏春诗集》六卷（商挺编），又文集十卷，又诗集二十二卷"。"诗集二十二卷"在焦竑《国史经籍志》卷五著录作"《刘秉忠诗集》二十二卷"[2]。显然《藏春集》与《元史》本传之所谓"文集十卷"并非一书，也非黄氏所见之"诗集二十二卷"。近人傅增湘《藏园群书经眼录》卷十五著录《刘文贞公全集》三十二卷旧写本，注："古书流通处送阅。壬戌。"[3]文集十卷、诗集二十二卷合三十二卷，与六卷之《藏春集》也非一书，六卷之《藏春集》为商挺类编，文集十卷与《元史》所记合，文集十卷、诗集二十二卷合三十二卷，与傅增湘所见古书流通处之《刘文贞公全集》三十二卷合。只是《刘文贞公全集》绝非文集十卷、诗集二十二卷之旧本，《藏园群书经眼录》著录此本"卷一至十二诗，卷十三以后皆文。前有同邑云龙山人李冶序"[4]。

诗文之比与《千顷堂书目》著录不合，或为后人重编。如此看来，商挺所编之《藏春集》六卷流传至今，虽经明人之手，还基本保持了其原本面貌（如附录中所收《元史》本传，应为明人重刊时增入），但不是刘秉忠诗的全部。黄虞稷所见之"又文集十卷，又诗集二十二卷"之面貌我们无法推知，而三十二卷之《刘文贞公全集》可能是后人据其流传作品所编。顺便说一下，今人赵永源辑得刘秉忠佚诗多首，很有意义。但作者认为《四库全书》本之《藏春集》非全本，除承前人之

[1] 张金吾撰，柳向春整理：《爱日精庐藏书志》，上海古籍出版社2014年版，第604页。
[2] 焦竑：《国史经籍志》卷五，《明代书目题跋丛刊》，中华书局1994年版，第417页。
[3] 傅增湘：《藏园群书经眼录》卷十五，中华书局1983年版，第1297页。
[4] 傅增湘：《藏园群书经眼录》，第1279页。

说外，又举出《四库全书》本注"缺"之两处，一处是卷三之《庆王承旨慎独八帙之寿》"富公同享八句寿"下注云"缺"，一处是卷四之七绝《凤》"倘使而今有归意"下注"缺"[1]。坦率地说，这两处注"缺"不能说明什么问题，因为与《四库全书》本属同一版本系统的明刻本（《北京图书馆古籍珍本丛刊》影印）这两处都未缺，前诗后几句是："颜子不违三月仁。生值明昌建元岁，位符奎壁主文辰。当年浩气堂堂在，更看凋零楚树春。"后一首所缺之句是"谁能复奏九箫韶"。《四库全书》本注"缺"不能证明六卷本为不全之本。

《刘文贞公全集》今未见，其诗作的全貌，已无法得知。但可以肯定，《藏春集》以外的诗歌，数量应该相当可观。今人赵永源仅从残存的《永乐大典》卷九百一"诗"字韵就辑得刘秉忠读诗论诗诗二十八首[2]，这些都不见于《藏春集》，由此推测，《永乐大典》所收《藏春集》以外的刘秉忠诗当不在少数。

刘秉忠现存文，有《全元文》卷一百一十五所收《陈治要》《郝文忠公传》《常氏孝感碑》三篇，《陈治要》即《元史》本传所录之上忽必烈书。其他尚未见。

《藏园群书经眼录》所著录之《刘文贞公全集》收刘秉忠文计十卷，其数量相当可观。傅增湘见此书之壬戌年为1922年，距今未远，此书尚有重出之可能，则刘秉忠文和不见于《藏春集》的诗歌当有望重见于世。

刘秉忠词作，《藏春集》收七十九首，而《全金元词》则收录八十一首。《全金元词》所收而不见于本集的一首《木兰花慢》，题"混一后赋"，可以断定非刘秉忠作。按，刘秉忠卒于元世祖至元十一年

---

[1]　赵永源：《关于刘秉忠〈藏春集〉及其佚诗》，《文教资料》1996年第3期。

[2]　赵永源：《关于刘秉忠〈藏春集〉及其佚诗》。

（1274）八月。此前一年，宋襄阳守将吕文焕以城降元，宋于是失去长江天险。在刘秉忠死后的至元十一年九月，元将伯颜始大举攻宋，两年后，至元十三年（1276）正月，宋太后奉玺降元，二月，元将伯颜入南宋都城临安。此后又经过东南地区三年战事，到至元十六年（1279），宋才最终灭亡。所谓"混一"，最早也应在至元十三年元军占领临安后，而此时刘秉忠已去世两年。所以，此作绝非刘氏作品。今人为要将此词作归刘秉忠，多有曲说，但都不具说服力。《全金元词》所收而不见于本集的另一首是《朝中措》（书怀），从内容到风格看，倒像是刘秉忠早年之作。此外，既不见于本集，《全金元词》亦未收录而见于《历代诗余》卷九十一之《沁园春》，也断非刘秉忠之作。虽然作品风格与刘秉忠接近，但作品所写老来农耕生活，显然为刘秉忠所不曾有，"为农换却为儒，任人笑，谋身拙更迁。念老来生业，无他长技"[1]。这绝非刘秉忠口中笔下之语。今人李向军、李兵《〈全金元词·刘秉忠〉校正补遗》一文[2]谈到元人熊梦祥之《析津志》有刘秉忠《秦楼月》词一阕，见于今人所辑《析津志辑佚》之《河闸桥梁·卢沟桥》，从词作风格看，应是刘秉忠之作。

元人散曲例不入本集，刘秉忠也不例外。刘秉忠散曲，今知有小令【蟾宫曲】一组四首和【干荷叶】一组八首，分别载《阳春白雪》前集卷二和《阳春白雪》后集卷一，《全元散曲》收录。其中【干荷叶】第五首显然非刘秉忠作，原因与词作中《木兰花慢》（混一后赋）一样，此曲是凭吊已灭亡之南宋王朝的，其时刘秉忠已死。前人也曾对此曲真实性提出质疑。与《木兰花慢》词一样，今人仍以之为刘秉忠

---

[1] 王奕清：《历代诗余》卷九十一，文渊阁《四库全书》本。
[2] 李向军、李兵：《〈全金元词·刘秉忠〉校正补遗》，2004 年 11 月广州"第三届辽金文学学术研讨会"论文。

作，也有种种曲说，然亦不能服人。第六首至第八首，其所写内容与刘秉忠人格做派不合，其语言风格也与刘秉忠语言大异其趣。据《阳春白雪》后集的刊刻款式看，此三首接排，与其他不同，说明已怀疑其非刘秉忠作，但难以决断。如果研读了全部刘秉忠诗词曲作品，把握了刘秉忠作品中表现的人格与风格，就可明确看出这三首散曲与刘秉忠作品不合，当然就可以毫不犹豫地将之从刘秉忠作品中剔除。

我们期待着刘秉忠佚作的新发现。

（原载《文献》2005 年第 4 期）

行秀著述考

　　释行秀（1166—1246），字报恩，号万松老人，生活于金末及蒙古时期。俗姓蔡，河内（今河南沁阳）人。《金史》《元史》均不立传，生平资料见于其嗣法弟子居士耶律楚材《湛然居士文集》中有关诗文，及《补续高僧传》卷十八，《新续高僧传》卷十七，《继灯录》《畿辅通志》及《佛祖纲目》卷三十九，《续灯正统》卷三十五。

　　行秀是金元之际佛教禅宗曹洞宗之名师，影响颇大，与临济宗之禅师雪岩祖钦、高峰原妙，南北并立，成为一时佛界之代表人物。行秀少小出家，聪智过人。长好禅寂，勤于参访。谒胜默光有省，参雪岩满得悟，遂承其绪。构万松庵居之，潜志自修。金章宗闻之，迎主中都（今北京）万寿寺。蒙古窝阔台汗时，退居从容庵。行秀："于周孔老庄百家之学，无不博通。三阅藏教，恒业华严。"[1]"儒释兼备，宗说俱通，辩才无碍。"[2]其著述亦甚丰，今可枚举者不下十种，其中大部分"由于后世不传，其实不详"[3]。今就所见资料，考

[1]　费隐通容：《五灯严统》卷十四《行秀传》，商务印书馆1923年版。
[2]　耶律楚材著，谢方点校：《湛然居士文集》卷八《万松老人评唱天童觉和尚颂古从容庵录序》，中华书局1986年版，第191页。
[3]　陈士强：《佛典精解》，上海古籍出版社1993年版，第897页。

述于下。其不能尽者，有待方家。

《祖灯录》六十二卷。始见于行秀弟子释从伦《空谷集》卷三第三十八则所引，云宋释投子义青《颂古百则》所载"风穴初到黄龙，龙问：'石角穿云路垂葆，意若何？'"之"垂葆"为"垂藤"之误，以行秀《祖灯录》所载为证。《空谷集》及同为从伦所著之《虚堂集》，尚有数处征引《祖灯录》，今人可借此窥其一斑。按"祖灯"之义，即列祖之法灯也。所谓"僧海还同于一味，祖灯分照于无穷"，则《祖灯录》为记载禅宗列祖言行之史料著作，如《五灯会元》之类。清释净符撰《祖灯大统》，取名亦此义。

《释氏新闻》。始见耶律楚材《湛然居士文集》卷十三《释氏新闻序》[1]，《补元史艺文志》三著录。按"新闻"一词，义同"新知"；宋苏轼《次韵高要令刘湜峡山寺见寄》云"新闻妙无多，旧学闲可束"[2]，则《释氏新闻》，乃行秀读佛藏之笔录。按楚材序云："昔仰峤丛林为燕然之最，主事僧辈历久不更，执权附势，摇动住持人。泰和中，本寺奏请万松老人住持，上许之。万松忻然奉诏。人或劝之曰：'师新出世，彼易师之年少，彼不得施其欲，必起风波，无遗后悔乎？'"金章宗泰和年间，即公元1201年至1208年，此时万松行秀三十多岁，书成于此时，故大致仍属少作且为抄录他书而成。楚材序又云。"师应物传道之暇，手不释卷，凡三阅藏教，无书不读。每有所闻，能利害于佛乘、关涉于教化者，悉录之，目之曰《释氏新闻》。将使见书而知归，闻言而向道，真谓治邪疾之药石，济迷途之津梁也，岂小补哉！石门洪觉范著《林间录》，辨而且文，间有偏党之语。后之成人之美者，未尝不叹息于斯焉。我万松老师之意，扶教利人也深，

---

[1] 耶律楚材著，谢方点校：《湛然居士文集》卷十三，中华书局1986年版，第276页。

[2] 苏轼：《苏轼诗集》卷四十，中华书局1982年版，第2188页。

是以推举他宗，谈不容口，此与觉范之用心相去万万者也。读是书者，当知此心矣。呜呼伟哉！予请刊是书行于世，因为之序。甲午上元后一日。"[1]此甲午为公元 1234 年，是时行秀已年近古稀。由此序可知：其一，此书与《林间录》相类。其二，行秀辑录此书初衷，本为备以自治，非拟刊以行世。只是后来，其师徒均成名人，才思刊行。由此又可知其三，楚材之语，显有溢美。楚材序又云："师之切于扶圣教，急于化人心也，万分之一见于此书乎！"[2]

《从容庵录》六卷。全名《万松老人评唱天童觉和尚颂古从容庵录》，始见耶律楚材《湛然居士文集》卷八《万松老人评唱天童觉和尚颂古从容庵录序》[3]，《补元史艺文志》三著录。因此书是对南宋曹洞宗名僧天童正觉《颂古原则》的评唱，故又署"宋正觉颂古，元行秀评唱"。书成于蒙古成吉思汗十八年，即公元 1223 年，此时行秀五十八岁，已退居从容庵，故称《从容庵录》。所谓"评唱"，指的是对禅宗"颂古"或"拈古"著作的评析或评述。开评唱体著作体例的是北宋释克勤，有《佛果圆悟禅师碧岩录》，简称《碧岩录》或《碧岩集》，又称《评唱雪窦显和尚颂古要语》。《从容庵录》由行秀讲述，侍者离知笔录。收入《正大藏》第四十八卷，是行秀现存并流传最广、影响最大的著作。明人将《碧岩录》《从容庵录》以及行秀弟子从伦的《林泉老人评唱投子青和尚颂古空谷集》（简称《空谷集》）、《林泉老人评唱丹霞淳禅师颂古虚堂集》（简称《虚堂集》）辑成"四家评唱"刊刻，广为流布。清沙门受登《荆绝老人颂古直注序》云："禅宗颂古

411

[1] 耶律楚材著，谢方点校：《湛然居士文集》卷十三，中华书局 1986 年版，第 276～277 页。
[2] 耶律楚材著，谢方点校：《湛然居士文集》卷十三，第 277 页。
[3] 耶律楚材著，谢方点校：《湛然居士文集》卷八，第 190 页。

者有四家焉，天童、雪窦、投子、丹霞是已，而实嗣响于汾阳。夫古者，古德悟心之机缘也；颂者，鼓发心机使之宣流也。……释颂者，自柏山大隐、圆通觉海二集外，不啻数十家，质野者旨近，支离者意疏。若佛果、万松、林泉诸尊宿，采经传之蕴，汇诸家之长，纂修成集，称四家评唱。佐因领之盛，略该五宗之微言，而大隐、觉海等集弗克并踪矣。"[1]可知其为禅宗之重要著作。此书写成后，行秀即寄给当时随成吉思汗在西域原西辽境地的耶律楚材，楚材为此书写了序。行秀《寄湛然居士书》言："吾宗之有雪窦、天童，犹孔门之有游、夏。二师之颂古，犹诗坛之李杜。世谓雪窦有翰林之才，盖采我华，而不摭我实。又谓不行万里地，不读万卷书，毋阅工部诗，言其博赡也。拟诸天童老师颂古，片言只字，皆自佛祖渊源流出，学者罔测也。……万松昔尝评唱，兵革以来，废其祖稿。尔来退居燕京报恩，旋筑蜗舍，榜曰'从容庵'，图成旧绪。适值湛然居士劝请成之。老眼昏华，多出口占，门人笔受。其间繁载机缘事迹，一则旌天童学海波澜，附会方便；二则省学人检讨之功；三则露万松述而不作，非臆断也。窃比佛果《碧岩集》，则篇篇皆有'示众'为备；窃比圆通《觉海录》，则句句未尝支离为完。至于著语出眼，笔削之际，亦临机不让。壬午岁杪，湛然居士书至，坚要拈出。不免家丑外扬，累吾累汝也。"[2]耶律楚材序则云："吾宗有天童者，颂古百篇，号为绝唱。予坚请万松评唱是颂，开发后学。前后九书，间关七年，方蒙见寄。……其片言只字，咸有指归；结款出眼，高冠今古，足为万世之模楷。非师范人天，权衡造化者，孰能与于此哉！"[3]此序作于成书

[1] 许明：《中国佛教经论序跋记集》，上海辞书出版社2002年版，第1976～1977页。
[2] 万松行秀：《从容庵录》卷首，《大正新修大藏经》本。
[3] 耶律楚材著，谢方点校：《湛然居士文集》卷八，中华书局1986年版，第191～192页。

之次年，即 1224 年之中元日。其后八年，楚材又为行秀另一评唱著作写序，则称："今《评唱颂古从容庵录》已大播诸方。"[1]就此可知，《从容庵录》可称行秀代表著作：其一，书成于五十八岁时，乃思想成熟者之作。其二，万松对《颂古百则》素来精研，并为耶律楚材敬仰，故楚材坚请其成书。其三，自撰稿至成书，前后又近十年，且曾易稿。其四，楚材得稿后，以为可"高冠今古，足为万世之模楷"，虽推尊太过，亦可见此书确见真功。其五，刊行后流布很广。后人认识与研究行秀，也主要通过此书。天童正觉《颂古百则》辑禅门公案百则，行秀仿释克勤《碧岩录》体例，每则由五节构成：首"示众"，作用如引子；次公案，录自《颂古百则》；再次评唱，即对公案的评唱；复次颂古，亦录自《颂古百则》；最后是对颂古的评唱。

《佛典精解》云："与《碧岩录》相比较，行秀在对公案和颂古的评唱中，征引的佛教内外的文史资料更丰富些。"《从容庵录》"不只为天童正觉的《颂古百则》作解释，而且也纠正了《颂古百则》中的个别错误"[2]，是一部颇有价值的佛学著作。

《请益后录》二卷。全名《万松老人评唱天童觉和尚拈古请益后录》，始见耶律楚材《湛然居士文集》卷八《评唱天童拈古请益后录序》，《补元史艺文志》三"著录"，由于是对天童正觉《拈古百则》的评唱，故又署"宋正觉拈古，元行秀评唱"。行秀讲述，门人笔录，蒙古窝阔台汗二年（1230）成书，收入《续藏经》第一一七册。所谓"后录"者，非谓有前录，当对《从容庵录》而言，《佛典精解》据《续藏经》直作《请益录》而无"后"字。所谓"请益"者，乃侍僧请益，行

[1] 耶律楚材著，谢方点校：《湛然居士文集》卷八《评唱天童拈古请益后录序》，中华书局 1986 年版，第 193 页。
[2] 陈士强：《佛典精解》，上海古籍出版社 1993 年版，第 888、890 页。

秀因以讲说之意。行秀自序云："最初威音王以前，早有个无孔铁锤，大悲通身，八万四千姥陀罗臂，摸索不着。洞山之后，有无手人，上天童山顶，抛向九霄云外，下长芦岸边，沉在千寻海底，是可忍也。于是百般拈弄，遂成百则。百年之后，湛然居士断送万松，再呈丑拙。……万松忝授绪余，义无牢让。自庚寅九月旦请益，才廿七日，不觉伎俩已尽，撩人笑话。"此以隐喻之语述天童著《拈古百则》及自己在耶律楚材请求下二十七日成此评唱。楚材序云："雪窦《拈颂》，佛果评唱之《击节碧岩录》在焉；佛果《颂古》，圆通善国师评唱之《觉海轩录》在焉。是临济、云门，互相发扬矣。""三大老后，果有天童觉和尚拈颂洞下宗风，为古今绝唱。迨今百年，尚无评唱者。予参承余暇，固请万松老师评唱之，欲成三宗鼎峙之势，忍拈覆速衮之讥。……评唱《拈古请益后录》时，老师年已六十有五矣。循常首带佛事，人情晷隙之间，侍僧请益，旋举旋录，皆不思而对，应笔成文。凡二十七日，百则详备，神锋颖利，于斯见矣。"[1]可知此书乃行秀平日素习所得，非一时研思而成。又可知其亦为应耶律楚材"固请"而作，前后二十七日速成之书。又可知此书当视为《从容庵录》的续作。其价值，自在《从容庵录》之下。其体例，每则公案作两节，前节录《拈古百则》原文，后段为行秀评唱。明代虚一有题记评此书云："万松请益百则，老骨董，其词源滚滚，放肆汪洋，开合卷舒，具大自在。然虽如是，不无他指鹿为马，证龟成鳖，奈有傍不肯的在，争似山野？无禅可参，无说可说，免使人生爱憎取舍也。"[2]言此书于宗派有偏党处。

《心经宗说》。耶律楚材《湛然居士文集》卷十三有《心经宗说后

---

[1] 耶律楚材著，谢方点校：《湛然居士文集》，中华书局1986年版，第193页。
[2] 许明：《中国佛教经论序跋记集》，上海辞书出版社2002年版，第1579页。

序》，全文如下："白华山主楂折脚铛，煮没米粥。万松野老用穿心碗盛于无口人，虽然指空话空，争奈依实具实。嗟见浑抡吞枣，只管诵持；故教混沌开眉，妄生穿凿。如明以字，莫认经头；未解本文，且看注脚。湛然居士漆水移剌楚材详勘印行。"[1]此序以隐喻行文，故此书详情，难以了然。按《心经》乃《般若波罗蜜多心经》之省称，《心经宗说》，应为研讲《般若波罗蜜多心经》之著作。此书不传，不详其实。据楚材序，此书当为白华山主著，万松注，楚材刊行。此为据文推断。白华山主，其人不详。又行秀有《心经风鸣》，是否即此书，不敢臆断。

《通玄百问》一卷。不见前人著录。此书乃答释圆通之语。圆通，生平不详。此书收入《续藏经》第一一九册。

《万寿语录》。始见耶律楚材《万松老人万寿语录序》，《补元史艺文志》三"著录"。楚材序云："余忝侍万松老师，谬承子印，因遍阅诸派宗旨，各有所长。利出害随，法当尔耳。云门之宗，悟者行之于紧俏，迷者失之于识情；临济之宗，明者得之于峻拔，昧者失之于莽卤；曹洞之宗，智者得之于绵密，愚者失之于廉纤。独万松老人，得大自在三昧。决择玄微，全曹洞之血脉；判断语缘，具云门之善巧；拈提公案，备临济之机锋。沩仰、法眼之炉鞲，兼而有之。使学人不堕于识情、莽卤、廉纤之病，真世间之宗师也。"[2]此序作于"乙未夏四月"，即公元 1235 年，此时行秀年七十。命为《万寿语录》者，以其盛年住持万寿寺也。

《糠禅赋》。耶律楚材《湛然居士文集》卷八《辨邪论序》和卷十三《糠禅教民十无益论序》，两文均言及此作。前文云："盖道者易知

415

[1] 耶律楚材著，谢方点校：《湛然居士文集》卷十三，中华书局 1986 年版，第 274 页。
[2] 耶律楚材著，谢方点校：《湛然居士文集》卷十三，第 294 页。

易行，非掀天拆地，翻海移山之诡诞也。所以难信难行耳。举世好乎异，罔执厥中；举世好乎难，弗行厥易。致使异端邪说，乱雅夺朱，而人莫能辨。悲夫！吾儒独知杨墨为儒者患，辨之不已；而不知糠禅为佛教之患甚矣。不辨犹可，而况从而和之，或为碑以纪其事，或为赋以护其恶！……予旅食西域且十年矣，中原动静，寂然无闻。迩有永安二三友以北京讲主所著《糠禅教民十无益论》见寄，且嘱予为序。……然予辞而不序焉。予以谓昔访万松老师以问糠禅邪正之道，万松以予酷好属文，因作《糠禅赋》见示。予请广其传，万松不可。予强为序引以行之，至今庸民俗士，谤归于万松，予甚悔之。……谨以万松、讲主之余意，借儒术以为比，述《辨邪论》以行世。有谤者予自当之。"[1]周良霄著《元史》解"糠禅"即头陀教，是"金元时期，流行在中国北方的佛教异端"，"糠弹是金天会年间和尚刘纸衣所首创，在民间广泛流行。所谓'糠'，据《楞严经》卷十：'未来世有人唊糠愚痴种，无因而非见，破坏世间人。'敦煌所处《变魔文》亦有'外道之徒总是糠，大风一起无收掇'句。向觉民师认为：'糠'是外人对这一派的称呼，含有轻侮之意"[2]。按《金史·世宗本纪》载大定二十八年（1188）："十月乙丑……禁糠禅、瓢禅。"[3]可知其时势已颇盛，且禁而未止。至行秀、楚材批糠禅时，不仅"市井工商之徒信糠者十居四五"[4]，且儒士大夫亦"或为碑以纪其事，或为赋以护其恶"，在文人中大有市场。楚材称之为"糠蘖"，《湛然居士文集》卷八《寄赵元帅书》言："夫糠蘖乃释教之外道也。此曹毁像谤法，斥僧灭

[1] 耶律楚材著，谢方点校：《湛然居士文集》卷八，中华书局1986年版，第188页。
[2] 周良霄：《元史》，上海人民出版社1993年版，第740页。
[3] 脱脱等：《金史·本纪第八·世宗下》，中华书局1975年版，第201页。
[4] 耶律楚材著，谢方点校：《湛然居士文集》卷十三《糠禅教民十无益论序》，第276页。

教，弃布施之方，杜忏悔之路。不救疾苦，败坏孝风，实伤教化之甚者也。昔刘纸衣扇伪说以惑众，迄今百年。"又云："糠蘖异端也，辄与佛教为比。"[1]可知其为流传于金元时期，主要流行于下层民间，假托禅宗之一种，而实背离佛教宗旨且攻击佛教的一种宗教。行秀《糠禅赋》乃较早批糠禅之作。

《四会语录》。四会，指《净土》《洪济》《仰山》《万寿》。按行秀早礼邢州法隶净土寺赘允落发，受具戒。后于磁州大明寺参雪岩满得法，再归邢州净土寺构万松轩以自适，因此自号万松老人。《净土》语录应为再归净土时之语。而后迁中都万寿寺，晚年受蒙古主窝阔台汗敕再主万寿寺。《万寿》语录，当即两住万寿寺时语。金承安二年（1197），奉诏住大都仰山之栖隐寺，《仰山》语录出于此时。再移锡报恩洪济，是以有《洪济》语录。此书实可视为行秀一生学术之总结，惜其不传。耶律楚材《从容庵录序》尝云："师平昔法语偈颂，皆法隆公所收，今不复得其稿。"则此书或即法隆辈编成。

417

《鸣道集》《辨宗说》。见《补续高僧传》卷十八，不详其实。

《心经风鸣》《禅悦法喜集》。见《续灯正统》，内容不详。行秀传世诗作有《龙山迎驾诗》《和节度陈公一绝句》二首，见《全金诗》卷六十一。

行秀乃曹洞宗下名师，其说法"机锋罔测，变化无穷，巍巍然若万仞峰莫可攀仰，滔滔然若万顷波莫能涯际。瞻之在前，忽焉在后"。以至耶律楚材师从之后，感叹："回视平昔所学，皆块砾耳。噫！登东山而小鲁，登泰山而小天下者，岂虚语哉！"[2]且法席极盛，据记载得

---

[1] 耶律楚材著，谢方点校：《湛然居士文集》卷八，中华书局1986年版，第189页。

[2] 耶律楚材著，谢方点校：《湛然居士文集》卷八《万松老人评唱天童觉和尚颂古从容庵录序》，第191页。

法者一百二十人。而于其著述，除《从容庵录》《请益后录》外，研究者仅知名而已，且亦知此而漏彼。由于文献不足征，今此考证，于《鸣道集》以下诸书，也只能暂付阙如。

（原载《历史文献研究》〔北京新六辑〕，北京师范大学出版社1995年版）

研究中国文学须有中国思维

　　建构古典文学研究的学科体系和话语体系，已成为关注度极高的话题。话语问题，其实是思维问题。思维方式决定了言说方式。中国古代诗人作家想问题、写诗文，当然运用的是中国思维。这里所谓的中国思维，即中国传统的思维方式，一般概括为整体直觉，以及意象思维[1]。在 20 世纪很长的时期内，中国思维是受批判的。[2]今天看来，中国思维，是祖先创造的珍贵思想遗产，我们应该特别珍视。进入 21 世纪，古代文学研究和古代文论研究都提出要回归本土，回归到中国文化与文学生成的原始语境，这当然也包括运用中国思维方式研究中国的文化与文学。自然，回归本土并非要回到古代，今天研究古代文学，不能也不会排斥外来的理论与方法，不能没有世界眼光和当

---

[1]　蒙培元概括中国传统思维方式的特点为"经验综合型的主体意向性思维"：就其基本模式及其方法而言，它是经验综合型的整体思维和辩证思维。就其基本程序和定势而言，则是意向性的直觉、意象思维和主体内向思维，两者结合起来，就是传统思维方式的基本特征。其他种种特点，都是在这一基本特征的基础上形成的。见蒙培元《论中国传统思维方式的基本特征》，《哲学研究》1988 年第 7 期。

[2]　参考江东《对中国思维方式的哲学反思》，《天津师范大学学报》1998 年第 2 期；王雅《经学思维及对中国思维方式的影响》，《社会科学辑刊》2002 年第 4 期等。批评者甚至认为，近现代中国的落后与不幸，甚至包括当代中国现实中的许多问题，都与中国思维方式有关。

代意识。但面对今天的情势，更应该强调的，是要有中国思维。这也可展示我们的文化自信。

袁行霈先生谈研究中国诗学，就强调"要了解中国诗学特殊的思维方式和表达方式"。他概括中国诗学的特点有三：实践性、直观性、趣味性。所谓直观性，就是直觉性思维，它不是推论和演绎的，是一种印象式的把握，更多地靠妙悟。在表述时往往略去思考的过程，跳跃式地直接端出结论。评论者只是三言两语的感发，读者由此感悟，可能是心得其妙而口不能言。也可能读者的理解和评者的原意相去辽远，但读者自觉有灵犀相通。这类妙悟式的把握，读诗有得者击节赏叹，以为高妙，否则就如堕云雾，不知所云。他举了这样的例子：

> 敖陶孙的《敖器之诗话》评古今人诗曰："谢灵运如东海扬帆，风日流丽。""孟浩然如洞庭始波，木叶微脱。"没读过诗的人摸不着头脑，读过的人觉得说得好，但究竟说的什么意思，只能意会而不可言传。所以也可以说中国诗学批评是一种启示性的批评，研究它没有悟性不行，太死板也不行，把直观的感悟的印象式的语言转换成理论性很强的概念十分明确的语言，要特别小心，很容易失去原意，也失去了原有的生动活泼的水灵灵的好处。[1]

这是很难用现代思维去把握，或者转换成现代思维去表述的。这就是所谓的直觉思维。蒙培元分析直觉思维的特点说："直觉思维的特点是整体性、直接性、非逻辑性、非时间性和自发性，它不是靠

---

[1] 袁行霈、孟二冬、丁放：《中国诗学通论·绪论》，安徽教育出版社1994年版，第10～14页。又载入《当代学者自选文库·袁行霈卷》，安徽教育出版社1999年版。

逻辑推理，也不是靠思维空间、时间的连续，而是思维中断时的突然领悟和全体把握。这正是传统思维的特点。就是说，它不是以概念分析和判断推理为特点的逻辑思维，而是靠灵感，即直觉和顿悟把握事物本质的非逻辑思维。"[1]研究中国古代文学而不了解这种思维方式，就不能与古人话语接通，只能是自说自话，终与古人隔一层。

有关中国传统思维的研究已经很多，涉及的问题也很广泛，其中不少问题，都与我们的话题有关，比如不了解古人的经学思维，就弄不懂中国的文学问题；不了解古人的历史思维，也把握不了古人思考文学问题的思路。本文不是讨论思维问题，也不可能就所有思维与文学的关系问题全面展开，只就古代文学研究中的一些问题来说。

一、 有中国思维才能读懂古人

古与今、中与外之间的话语，有时候隔膜是很重的。有人举一个典型的例子，说："我们现在能够很清楚地意识到西医学和传统中医学之间彼此对话的高度困难，因为——就其一点而言——两者所谓的心、肝、脾、胃、肾等所意指者根本不同，它们是在全然相异的话语体系中被言说、被领会，并从而被规定的。"[2]为什么出现这种差异？实际上是认知方式也即思维方式不同造成的。西方的心、肝、脾、胃、肾概念，是建立在解剖学基础上的认知。中国古人的心、肝、脾、胃、肾概念，是建立在"天人一体"观念基础之上对人体生命的把握。中国古代学术所讲的心、性、义、理这些极常见概念，今人也往往不能

---

［1］ 蒙培元：《论中国传统思维方式的基本特征》，《哲学研究》1988 年第 7 期。

［2］ 吴晓明：《论当代中国学术话语体系的自主建构》，《中国社会科学》2011 年第 2 期。

通达地理解，程颢解释这些概念说："在天为命，在义为理，在人为性，主于身为心，其实一也。"[1]多个词表达的原本是一个概念，同一概念在不同语境中使用不同词语表达，有时还有意替换，如张载给程颢写信说："定性未能不动，犹累于外物。"[2]朱熹就解释说："此性字是个心字意。"[3]但同一个词又可表达多个概念，如"心"，就有本体之心、道德之心、器官之心等，如"心之官则思""恻隐之心，仁也"（孟子）、"物莫大于天地，天地生于太极，太极即是吾心"（邵雍）、"合性与知觉，有心之名"（张载）、"心包性情"（朱熹）。不了解中国思维，面对这些概念就会很迷茫。这种情况，古代文学研究中也普遍存在。吴承学教授在谈中外文体概念时说："中国文体学的'体'，是一个典型的中国本土文学概念，它是指文学艺术赖以存在的生命形式，具有极大的包涵性与模糊性。'体'兼有作品的具体形式与抽象本体之意，是形而下与形而上的有机结合，既有体裁或文体类别之义，又有体性、体貌之义；既可指具体章法结构与表现形式，又可指文章或文学之本体。在西方文论中，'文类''风格'与'形式'词义各异，在理论上，分工明确，但在中国古代却统一在'文体'之上，'体'是本体与形体之奇妙统一。'体'是一个无法完全用英文对译的概念……"[4]所有这些，不了解古人的思维方式，都无法弄懂。

不了解古人思维而读古人书，会感到处处有碍，或不理解，或理解的并非古人之意。这里举宋儒的两个话题为例来说明。

其一是宋儒讲"人性论"。宋代理学家程颐有这样一段话："论性

［1］程颢、程颐：《二程集·河南程氏遗书》卷十八，中华书局1981年版，第204页。

［2］程颢、程颐：《二程集·二程文集》卷二《答横渠张子厚先生书》，第460页。

［3］朱熹、吕祖谦：《近思录》，中州古籍出版社2008年版，第64页。

［4］吴承学：《中国文体学：回归本土与本体的研究》，《学术研究》2010年第5期。

不论气，不备；论气不论性，不明。二之则不是。"[1]这里"气""性"分别指人性中的"气质之性"与"义理之性"。宋儒认为，"人性"有"义理之性"（也称"天命之性"），有"气质之性"。人都禀赋有"义理之性"，"义理之性"无不善；人也都赋气而生，当一个人赋气成形时，所赋之气各有不同，所禀之气清则善（贤明），所禀之气浊则不善（愚恶）。于是人性就有了各种差异。讲人性，既要讲"义理之性"，就是这里说的"论性"，认识人性共同之善，即人都禀赋了"天命之性"；也要讲"气质之性"，即这里说的"论气"，认识人性差异的一面。论人性，必须关注"天命之性"与"气质之性"两个方面，缺少任何一方面都不能完整把握人性。朱熹解："论性不论气，则无以见生质之异；论气不论性，则无以见义理之同。"[2]但"天命之性"与"气质之性"构成了人性，不可分割，也即不能认为人性中存在着"义理之性"与"气质之性"，人性只是一个性，无法分而为二，故"二之则不是"。我们要说的是，在程颐心中，"义理之性"与"气质之性"是两个东西吗？不是。人性形成就没有了"义理之性"与"气质之性"了吗？也不是。人性是"天命之性"与"气质之性"相加吗？都不是。"义理之性"与"气质之性"，既不是合二为一，也不可分而为二。不了解这种思维方式，很难理解这段话。有学者借鉴西方形式逻辑思维，说西方形式逻辑有同一律和排他律，A 是 A，不是非 A；中国思维则不同，A 既是 A，也是非 A。但这个例子，恐怕是无法用这样的思维方式进行归纳的。

其二是关于"性与天道"的一次对话。《论语·公冶长》载："子贡

---

[1] 程颢、程颐：《二程集·河南程氏遗书》卷六，中华书局 1981 年版，第 81 页。

[2] 朱熹：《晦庵先生朱文公文集》卷四十一《答连嵩》，《四部丛刊》影印明嘉靖本。

曰：夫子之文章，可得而闻也；夫子之言性与天道，不可得而闻也。"[1]这段话看来很简单，但有一个疑问：孔子讲没讲过"性与天道"？如果讲过，他们这些最亲近的弟子，怎么能"不可得而闻"？如果没有讲过，那怎么会有"夫子之言……"的话？其实，"性与天道"原本是不能用语言表达的，是不可"言"的。那么何来"夫子之言性与天道"呢？道之精妙，可受而不可传。儒家治学，所重的是"下学而上达"，由形下的普通学问，悟解形上玄妙之理。如此，夫子所言者为"文章"，按朱熹解，是"德之见乎外者，威仪文辞皆是也"（同上引）。弟子可以从中悟出"性与天道"。清人顾炎武完全理解这种思路，他解释说："夫子之教人，'文、行、忠、信'，而'性与天道'在其中矣，故曰'不可得而闻'。"[2]

不了解这样的思维方式而读古人书，特别是读宋以后人书，很难真正理解和把握古人之意。

相关的文学问题，如 20 世纪古代文学研究中很著名的两个命题"文道合一"与"人性美"[3]，都不会出自古人之口。这些命题曾广泛流行，被普遍接受，自有其价值。我不否定也不反对今人使用这些命题，只是要说明它不出自古人，也最好不要用来解说古人。关于文道问题，在程朱成熟的理学思维形成之前，在人们的观念中，文与道为二，故有"文以载道""文以明道""文以贯道"，但没有出现"文道合一"之说。到程朱理学一元论思维形成，也即程颢说的"道一

---

[1] 朱熹：《四书章句集注·论语》卷第三，中华书局 1983 年版，第 79 页。

[2] 顾炎武著，张京华校释：《日知录校释》（上），岳麓书社 2011 年版，第 309 页。

[3] 按《刘子·崇学》有"耳形完而听不闻者，聋也；目形全而视不见者，盲也；人性美而不鉴道者，不学也"。（林其锬、陈凤金《刘子集校》，上海古籍出版社 1985 年版，第 22 页。）此"人性"指人之才质心智，"性美"言人聪颖，不同于儒学人性论的概念。

本"[1]出现，这一观念落实在文道关系上，便是对文道二元的否定，也不会再出现"文道合一"之说。朱熹曾对文道二元观念强烈评判，《朱子语类》卷一百三十九载陈才卿与朱熹的对话：

> 才卿问："韩文李汉序头一句甚好。"曰："公道好，某看来有病。"陈曰："文者贯道之器。且如六经是文，其中所说皆是这道理，如何有病？"曰："不然。这文皆是从道中流出，岂有文反能贯道之理？"[2]

他还猛烈批评了欧、苏的"文与道俱"说。道一元论观念被普遍接受，在人们的意识中，文与道不可能为二物。元明清人的表述是"文与道一"，文与道的关系，也与"天命之性"与"气质之性"的关系一样，既不能分而为二，也不是合二为一。所以，我们在古代文献中找不到"文道合一"的表述。[3]

425

"人性美"更不会出自古人。《礼记·乐记》说："人生而静，天之性也；感于物而动，性之欲也。"《礼记·中庸》说："喜怒哀乐之未发谓之中，发而皆中节谓之和。"后人由此辨析与性有关的问题，程颢说："盖生之谓性，'人生而静'以上不容说，才说性时，便已不是性也。"[4]"性"是内在的，当人说到"性"时，它已经被触动，触动的同时，它就发而为"情"，不是"性"了。宋人陈淳说："大抵心统性情。其未发，则性也，心之体也；其已发，则情也，心之用也。"[5]

[1] 程颢、程颐：《二程集》，中华书局1981年版，第117页。
[2] 朱熹：《朱子语类》卷一百三十九，中华书局1988年版，第3305页。
[3] 参考查洪德：《论元代文论的"文与道一"说》，《古代文学理论研究》第33辑，华东师范大学出版社2011年版。
[4] 程颢、程颐：《二程集·河南程氏遗书》卷一，第10页。
[5] 陈淳：《北溪大全集》卷三十八，文渊阁《四库全书》本。

既然"未发"为性,"性"就不是表现在外的,没有美不美的问题。一旦感于物而动,则发而为情。所以不可能有"人性美"之说。古代文学研究中使用很广泛的"人性美"命题,其实是"人情美"。

如何按照古人思维读懂古人,前人也曾为我们指示门径。如对概念的把握,可以"仁"为例,古人常常说"仁",但什么是"仁",没有完整准确的解说。那么怎样才能把握这一概念呢?程颐谈到过,《二程遗书》载:

> 问仁。(伊川先生)曰:此在诸公自思之,将圣贤所言仁处,类聚观之,体认出来。孟子曰:"恻隐之心,仁也。"后人遂以爱为仁。恻隐固是爱也,爱自是情,仁自是性,岂可专以爱为仁?孟子言恻隐为仁,盖为前已言"恻隐之心,仁之端也",既曰"仁之端",则不可便谓之仁。退之言"博爱之谓仁",非也。仁者固博爱,然便以博爱为仁,则不可。[1]

程颐又说:"当合孔孟言仁处,大概研穷之,二三岁得之,未晚也。"[2] "类聚观之,体认出来。"也即综合把握的而非阐释的方法。文学批评理论的很多概念,也应如此去把握。

无需论证,研究古代文学,要读懂古人而不是生解古人。

二、 读懂古人,使经典真正活在当下

为了说明经典解读确实存在严重的问题,先举两个今人解诗的例子。其一,苏轼《琴诗》:"若言琴上有琴声,放在匣中何不鸣。若言

---

[1] 程颢、程颐:《二程集·河南程氏遗书》卷十八,中华书局 1981 年版,第 182 页。
[2] 程颢、程颐:《二程集》,第 314 页。

声在指头上，何不于君指上听。"解者说，这首诗揭示的是主观与客观相互依存的关系。其二，元代诗人刘因诗《寒食道中》："簪花楚楚归宁女，荷锸纷纷上冢人。万古人心生意在，又随桃李一番新。"[1]解者说，这首诗揭示的哲理是历史总是在不断前进的。如此灵妙之作，被如此解说，把活泼泼的作品弄死，没有了一点美感，如袁先生所说"失去了原有的生动活泼的水灵灵的好处"，经典如何还能活在当下呢？

像袁行霈先生所说，读古人诗评而"摸不着头脑"的情况，更是普遍。宋释惠洪《冷斋夜话》卷五《柳诗有奇趣》载苏轼评柳宗元诗云：

> 柳子厚诗曰："渔翁夜傍西岩宿，晓汲清湘燃楚竹。烟销日出不见人，欸乃一声山水绿。回看天际下中流，岩上无心云相逐。"东坡云：诗以奇趣为宗，反常合道为趣。熟味此诗，有奇趣，然其尾两句虽不必亦可。[2]

我们感觉苏轼之评很好，但要准确把握其语意则不易。今人纷纷解说，未见得都是摸得着头脑的。

有些评论，可以用我们的灵心去补充，我们的补充也许与评论者的原意相去甚远，那也无碍，只要是遵循了中国人的思维，有利于感悟诗之妙处与趣味就好。如李白《金陵酒肆留别》："风吹柳花满店香，吴姬压酒唤客尝。金陵子弟来相送，欲行不行各尽觞。请君试问

---

[1] 苏轼诗是一首禅趣诗，是借琴讲因缘和合，讲妙音须妙指启迪而发妙声，以喻开悟本心。刘因诗是理趣诗，表达的即"人心生意"，天地生物之意在人心而人不自觉，却从自然春意勃发中表现出来，即"随桃李一番新"。

[2] 释惠洪：《冷斋夜话》卷五《柳诗有奇趣》，中华书局 1988 年版（与《风月堂诗话》等合订），第 43～44 页。

东流水，别意与之谁短长。"[1]范温《诗眼》载黄庭坚之评：

> 学者不见古人用意处，但得其皮毛，所以去之更远。如
> "风吹柳花满店香"，若人复能为此句，亦未是太白。至于
> "吴姬压酒劝客尝"，"压酒"字他人亦难及。"金陵子弟来相
> 送，欲行不行各尽觞"，益不同。"请君试问东流水，别意与
> 之谁短长"，此乃真太白妙处，当潜心焉。故学者先以识为
> 主，禅家所谓正法眼。直须具此眼目，方可入道。[2]

这里只就李白诗末两句之妙来展开，去理解和补充黄庭坚之评。在我
看来，不妨从两个方面理解：其一，两句写得洒脱灵动飘逸，诗如其
人，从诗句可以感受诗人李白风神。李白诗中近似句子，如"东流若
未尽，应见别离情"（《口号》）、"桃花潭水深千尺，不及汪伦送我
情"（《赠汪伦》），均不及此两句更见李白神情。其二，从诗法论，大
约在黄庭坚看来，李白诗的最后两句，揭明"留别"题意，是一层意
思；指明此为临江酒肆，也即指明写诗的特定场合以及特定的时间，
此又一层意思；表现惜别之意且透露出金陵少年对诗人的眷恋之情，
此又一层意思；写别意，以水为喻，指水为证，借水代答，此更是所谓
"妙处"。至于化无形为有形，赋予无生命的水以生命与灵性，当然也
应是题中应有之义。

今人说古人思维是非逻辑的。准确地说，应该是古人自有古人的
逻辑，古人自是古人的思路。研究古人作品，就应该了解古人的思
路、古人的逻辑，特别要了解古人特有的、不同于今人的逻辑。比
如，古人诗句之间的承接关系，往往就与今人的一般思路不同。清人

---

[1] 李白：《金陵酒肆留别》，《李白全集编年笺注》，中华书局 2015 年版，第 65 页。
[2] 胡仔：《渔隐丛话前集》卷五，人民文学出版社 1962 年版，第 27 页。

金圣叹评高适《夜别韦司士得城字》前四句："高馆张灯酒复清，夜钟残月雁归声。只言啼鸟堪求侣，无那春风欲送行。"说这四句之间关系是"唐人四句分承法"[1]，句子之间的语意关系，并非如今人一般理解的一二三四句承接着说下来，而是"分承"：三承一，四承二。其实，高适这首诗并不典型。今人瞿蜕园举杜甫诗："汲黯匡君切，廉颇出将频。直词才不世，雄略动如神。"（《奉和严中丞西城晚眺十韵》）说："'直词'是接汲黯说，'雄略'是接廉颇说。"[2]不过，像这种分承，是否了解对理解诗意并无大碍。更有一种"逆接分承"，即古人所谓"回鸾舞凤格"，第三句承第二句，第四句承第一句，有学者概括为AB—BA式结构。[3]这种章法在古诗中常见，如王维《山居秋暝》："空山新雨后，天气晚来秋。明月松间照，清泉石上流。"三承二说秋来，四承一说雨后。好在这首诗的分承也没有形成理解的障碍。

但有的作品影响就很大，不明白句子之间的关系，或读不懂，或造成误解。如宋梅尧臣《秋日家居》："移榻爱晴晖，翛然世虑微。悬虫低复上，斗雀堕还飞。相趁入寒竹，自收当晚闱。无人知静景，苔色照人衣。"中间四句，就是AB—BA式。"悬虫低复上，斗雀堕还飞"很容易理解，但"相趁入寒竹，自收当晚闱"是说什么呢？诗论家方回给了我们解释："'相趁入寒竹'以应'斗雀堕还飞'，'自收当晚闱'以应'悬虫低复上'。又是一体。"[4]"又是一体"即又是一种章法。原来，"斗雀堕还飞""相趁入寒竹"是一个意思，说鸟雀打斗着坠

---

［1］ 金圣叹著，陆林辑校整理：《金圣叹全集》（一），凤凰出版社2016年版，第187页。

［2］ 瞿蜕园、周紫宜著：《学诗浅说》，当代中国出版社2014年版，第222页。

［3］ 李友益：《钱锺书〈管锥编·毛诗正义〉导读》，湖北人民出版社2014年版，第52页。

［4］ 方回选评，李庆甲集评校点：《瀛奎律髓汇评》，上海古籍出版社2005年新一版，第444页。

落在地上，然后又飞起来一起向竹林中去了；"悬虫低复上""自收当晚闱"是一个意思，是说吐丝的虫子垂下来又上去，诗人想象着虫子大约把丝收起来晚上给自己做个帷帐吧。还有造成很大困惑和误解的，如李清照名作《一剪梅》："红藕香残玉簟秋。轻解罗裳，独上兰舟。"前些年，有专门讨论"独上兰舟"为何要"轻解罗裳"，因为这不符合生活常理。其实，这也是 AB—BA 逆接分承，"轻解罗裳"承"玉簟秋"，言秋意已浓，室内已凉，罗裳要解掉换秋装了。"独上兰舟"承"红藕香残"，室外荷塘里充满秋意，趁荷花还未完全凋谢去游赏。"轻解罗裳"与"独上兰舟"在语意上本没有关联，就如"相趁入寒竹，自收当晚闱"之间没有关联一样。

理解古人作品，需要了解古人思路。体会作品精妙之处，更应掌握古人思路。就极端者说，禅学思维是中国古代思维的重要形式，但今人往往很难把握其思路。如古代文献记载宋儒周敦颐与高僧佛印关于"道"的对话：周敦颐问："天命之谓性，率性之谓道。禅门何谓无心是道？"佛印答："满目青山一任看。"周敦颐有所悟："一日忽见窗前草生，乃曰：'与自家意思一般。'"[1]如此之类，今人大多困惑不解。如果研究古代的文学理论，研究诗学，最好还是尽可能有所了解。因为诗思如禅思，如宋人严羽所说："大抵禅道惟在妙悟，诗道亦在妙悟。"[2]元好问有诗云："诗为禅客添花锦，禅是诗家切玉刀。"[3]诗论中以禅喻诗，诗歌中有不少禅趣诗，如上文所引苏轼《琴诗》等，需要有禅思才能领悟。

---

[1] 释心泰：《佛法金汤编》卷十二，明万历二十八年释如惺刻本。
[2] 严羽著，郭绍虞笺解：《沧浪诗话·诗辨》，人民文学出版社 1983 年第 2 版，第 12 页。
[3] 元好问：《答俊书记学诗》，姚奠中主编《元好问全集》（上），山西人民出版社 1990 年版，第 435 页。

否定中国古人思维者，说古人的思维，具有模糊性、不确定性。其实，这也不可一概而论。中国传统思维有时也追求精密、精详、精准、精妙，《宋史·道学传序》批评"两汉而下儒者之论大道，察焉而弗精，语焉而弗详"[1]。批评不精不详，就是追求"精"与"详"。古人的思维有时是很精细、严谨的。不说学术性、论证性文章，即使诗歌及其评点，也能表现出其思维的严密精准性。唐杜荀鹤《雪》诗有"江湖不见飞禽影，岩谷时闻折竹声"两句，王安石读之，以为"飞禽影""折竹声"宜作"禽飞影""竹折声"[2]。就此我们可以体会古人思维的精准性：雪覆大地，禽鸟不飞，压抑了天地间的生机，是"不见禽飞"而非"不见飞禽"，因为栖息在鸟巢里的，也是"飞禽"。雪压竹折，人闻其声，是雪压而竹自折，非有施动者将其折断，且"折竹"动作，应为"见"而非"闻"，"时闻"的只能是"竹折声"。古人体悟入微如此，我们不能不佩服其精准且精妙。在古人诗歌评点中，辨析概念要求前后照应、完整表达的，也时时可见。贾岛名作《题李凝幽居》："闲居少邻并，草径入荒园。鸟宿池边树，僧敲月下门。过桥分野色，移石动云根。暂去还来此，幽期不负言。"此诗因"推""敲"公案而知名。清人顾安《唐律消夏录》则注意了另外的问题："上半首从荒园一路到门，情景逼真。'暂去'两字照应'月下'句，亦妙。可惜五、六杲写闲景，若将'幽期'二字先写出意思来，便是合作。"[3]"幽期"失照应，是这首诗不严谨处。顾安之评，要求诗应严谨。古人论诗，要求诗应针线细密、血脉贯穿，就是要求诗歌

[1] 脱脱等：《宋史》卷四百二十七，中华书局 1977 年版，第 12709 页。

[2] 陈善：《扪虱新话》卷八《王荆公晚年极精巧》，上海书店 1990 年据涵芬楼旧版影印本。

[3] 齐文榜：《贾岛集校注》，人民文学出版社 2001 年版，第 163～164 页。

思维的严谨。清人吴见思《杜诗论文》认为，读唐人律诗，必深入体会唐人思维之精密严谨，他说：

> 读诗之法，常先看其题目。唐人作诗，于题目不轻下一字，亦不轻漏一字。而杜诗尤严。次看其格局、段落，其中反覆照应，丝毫不乱，而排律更精。终看其句法，前后相合，虚实相生。而诗之能事毕矣。[1]

"不轻下一字，亦不轻漏一字""反覆照应，丝毫不乱"，都是说诗人思维的严密、严谨。了解古人思维的严谨性，有利于正确解读古人作品，把握作品的真精神。吴见思之论，实是元初方回《瀛奎律髓》之论的发挥。方回曾总结律诗一般章法说："盛唐人诗多以起句十字为题目，中二联写景咏物，结句十字撇开，却说别意。此一大机括也。"[2]（所谓"十字"是就五言律诗说，"起句十字"是首联，"结句十字"是尾联。）所谓"先看其题目"，是看首联如何扣题，如何解题（古人或称作"出题"）。诗法之细密严谨，也以杜诗为标杆。吴见思说"杜诗尤严"。照此思路去读，有不少作品可以避免误读，发现和把握作品的真精神。我们以杜甫名作《客至》为例：

> 舍南舍北皆春水，但见群鸥日日来。花径不曾缘客扫，蓬门今始为君开。盘飧市远无兼味，尊酒家贫只旧醅。肯与邻翁相对饮，隔篱呼取尽余杯。

这首诗古今解与评很多。多数人以为"写出村居留客，质朴多情，色

---

[1] 吴见思：《杜诗论文·凡例》，《四库全书存目书丛刊》影印清康熙十一年常州岱渊堂刻本。

[2] 方回选评，李庆甲集评校点：《瀛奎律髓汇评》，上海古籍出版社 2005 年新一版，第 1620 页。

色如画"（萧涤非主编《杜诗全集校注》引邵子湘评），"通首真率，从春水群鸥纡徐写来，总是殷勤留客之词"（同上书引陈之壎评）。只把这首诗看作留客待客之作，实在没有把握了诗之真精神。如果这样理解，这首诗一开始便让人感到疑惑：诗题"客至"，第一联与题目有什么关系？难道此律不合杜诗一般章法？古人也发现了这一问题，明人李长祥说："妙在第四句始出题，全不觉头重。"（同上书引）或者前两句是闲笔吗？杜甫律诗应该不会有闲笔[1]。有人这样猜测："舍皆春水之绕，日见群鸥之来，公之忘机，居之僻陋，具见之。昔人有以青蝇为吊客者，公殆以白鸥为狎客哉！"[2]（同上书引谢杰语）应该说，杜甫此诗中的"客"，一语两指：既指偶来之客即诗题下注的崔明府，也指"日日来"之常"客"群鸥。更进一步说，鸥才是杜甫心中性情契合之"客"。故"群鸥日日来"已出题，不需要等第四句。而"日日来"对理解诗意，特别关键。《列子·黄帝》载："海上之人有好沤鸟者，每旦之海上，从沤鸟游，沤鸟之至者百住而不止。其父曰：'吾闻沤鸟皆从汝游，汝取来，吾玩之。'明日之海上，沤鸟舞而不下也。"杨伯峻注引《三国·魏志·高柔传》注引孙盛曰："机心内萌，则鸥鸟不下。"[3]鸥鸟只与无机心者游。杜甫所居，白鸥之所以"日日来"，是因为主人无机心。清人黄生读出了此中意："前半见空谷足音之喜，后半见贫家真率之趣。隔篱之邻翁，酒半可呼，是亦鸥鸟之类，而宾主两各忘机，亦可见矣。"（萧涤非主编《杜诗全集校注》引《杜诗说》卷八）"宾主两各忘机"，确实是杜甫此诗之意。对于

（页码右侧）研究中国文学须有中国思维

---

[1] 杜甫另一首七言律诗《有客》，或题《宾至》："幽栖地僻经过少，老病人扶再拜难。岂有文章惊海内，漫劳车马驻江干。竟日淹留佳客坐，百年粗粝腐儒餐。不嫌野外无供给，乘兴还来看药栏。"就完全符合方回、吴见思概括的律诗章法。
[2] 萧涤非主编：《杜诗全集校注》，人民文学出版社2014年版，第2131～2138页。
[3] 杨伯峻：《列子集释》，中华书局1979年版，第67～68页。

杜甫来说，崔明府是偶来之客。崔明府之来，是杜甫生活中的偶然。此诗借客之偶来，写出诗人生活之常态，此常态，就是如处世外的无欲无求、忘世忘机的状态。中间四句即写诗人生活之常态。结联又引出邻翁，其意如黄生所言，以见居住此地者，皆如鸥鸟忘机之人。

中国传统思维追求概念精准与精妙，追求"曲尽其妙"，精妙是超越性的。清人顾奎光评元日能《红梅》诗有言："盖咏物诗首贵超脱，以若即若离自不可移易为佳。"[1]这里既追求"不可移易"的准确性，又追求"首贵超脱"之精妙摹写。追求精准与精妙，是所谓求"真"，真意，真趣。元释英有诗云："要识诗真趣，如君画一同。机超罔象外，妙在不言中。"[2]所谓"真趣"，就如文人画超越形似而表现所画对象的真意与真精神，读者在"真"处感受其妙。清人郑板桥写画家黄慎诗云："爱看古庙破苔痕，惯写荒崖乱树根。画到精神飘没处，更无真相有真魂。"[3]（《黄慎》）受佛学观念的影响，中国诗论中的"真"也往往指至妙至微的真实存在。"真"，是中国艺术的追求，也是中国思维的要求。"真意""真趣""真相""真魂"，都表现了中国思维对"真"的追求，是要求本质上的精准与精妙。元好问论诗有言："诗家圣处，不离文字，不在文字。"[4]如果我们从审美的角度去感受诗，感受诗情、诗妙、诗趣、诗味，需要由文字之妙进而感受超越文字之妙。如李清照《声声慢》十四叠字之妙，"寻寻觅觅，冷冷清清，凄凄惨惨戚戚"，古来都盛称其语言运用之妙，说妙在用叠字。但

---

[1] 顾奎光：《金诗选》卷二，乾隆十六年刻本。
[2] 释英：《白云集》卷三《答画者问诗》，文渊阁《四库全书》本。
[3] 王庆德：《郑板桥诗文集注》，文化艺术出版社2014年版，第105页。
[4] 元好问：《陶然集诗序》，姚奠中主编《元好问全集》（下），山西人民出版社1990年版，第46页。

用叠字就一定妙吗？傅庚生分析说："此十四字之妙，妙在叠字，一也；妙在有层次，二也；妙在曲尽思妇之情，三也。""有层次"又"曲尽思妇之情"才妙。"有层次"是思维的严谨性，曲尽其情，是表达的准微。严谨、准确而又描摹入微，才妙。如何"有层次"呢？傅先生说："良人既已行矣，而心似有未信其即去者，用以'寻寻'。寻寻之未见也，而心似仍有未信其即便去也，又用'觅觅'；觅者，寻而又细察之也。觅觅之终未有得，是良人真个去矣，闺阃之内，渐以'冷冷'；冷冷，外也，非内也。继而'清清'，清清，内也，非复外也。又继以'凄凄'，冷清渐蹙而凝于心，又继之以'惨惨'，凝于心而心不堪任，故终之以'戚戚'也，则肠痛心碎，伏枕而泣矣。似此步步写来，自疑而信，由浅入深，何等层次，几多细腻！"[1]那么，这个层次是循着怎样的思路步步推进的？傅庚生没有说，我们再细读，发现其顺序是：外部动作（由粗到细）→生理感觉→心理感受→情感情绪（由淡到浓）。仅如此排列可说精准（有层次），却难见其妙，要进一步用灵心一点，体味词人外部神情与内心感受的细微变化（曲尽其情），会得词人之心，才能真得经典之妙。

古代经典是活泼泼的，只有用心体悟，切入古人思维，才能很好解读，使其真正活在当下。

三、 中国思维与多民族文学精神的一体性

中国是一个民族众多、地域广阔、文化多元的国家，多元的又是一体的，具有不可分割的整体性。用今人的话说，中华民族是一个"精神共同体"。这一共同体之牢不可破，"体现了传统的中国智慧、

---

[1] 傅庚生：《中国文学欣赏举隅》，陕西人民出版社 1983 年版，第 2～3 页。

鲜明的中国特色与中国思维"[1]。从文学角度去认识和把握这一"精神共同体"体现的共同精神，了解古人用怎样的思维将不同种族、不同地域、不同文化背景的文学贯穿起来，构成文学精神的共通性，非常重要。古人建构多民族一体文化的实践，确实体现了中国智慧和中国思维。在中国历史上，元人在这方面的思考，很有理论价值。

宋人发明的"义理之性""气质之性"的性情论，到元代发挥了一个始料未及的重大作用，成为元人重建大一统文化、建构大元精神共同体的理论依据和思想基础。

元朝是大唐之后经历数百年分裂重新走向统一的大一统王朝，也是中国历史上多民族共居、文化最为多元的王朝。一个统一的政权，文化是多元的，但又必须是一体的。建立大一统的文化观念，是时代的需要。和历代王朝一样，元人也追求"六合同风，九州共贯"。但传统的大一统理论已不适用，比如尊王攘夷、重内轻外等，不合元代的时宜。必须用新的理论、新的思维，作为建立新的一统文化观念的思想依据。这就是宋人发明的"义理之性"与"气质之性"的人性理论。

建立大一统文化的要求，在灭宋统一南北之初，就已经提出来了。当时有人提出了"大中州"观念：南宋祈请使家铉翁，宋亡羁留北方，看到元好问所编《中州集》，见书中所收，不限于中州一地之人，由此感受了元好问含纳四方的胸怀，大为感动，写了一篇《题中州诗集后》，说元好问心中的中州，绝非地理意义上之中州："盛矣哉！元子之为此名也；广矣哉！元子之用心也。夫生于中原而视九州四海之人物，犹吾同国之人。"传统意义上"齐鲁汴洛"是中州，生长

---

[1] 马东亮：《各民族建设共有精神家园：中国特色与中国思维》，《中国民族报》2015年7月17日。

于此，是中州人物；"生于四方，奋于遐外"之人，也同样是"中州人物"。他阐释文化意义上的中州概念："壤地有南北，而人物无南北，道统文脉无南北。道统文脉无南北，虽在万里外，皆中州也。"[1]他从理论上提出了"大中州"概念：不以地域论，而以"道统文脉"论，道统文脉所在，即中州所在。如此，中州即天下，天下亦中州。这种观念，是符合先圣先贤遗意的，孟子有云："舜生于诸冯，迁于负夏，卒于鸣条，东夷之人也。文王生于岐周，卒于毕郢，西夷之人也。地之相去也，千有余里；世之相后也，千有余岁。得志行乎中国，若合符节，先圣后圣，其揆一也。"（《孟子·离娄下》）[2]郝经对此作了明确阐释："天无必与，惟善是与；民无必从，惟德之从。……以是知天之所与，不在于地而在于人，不在于人而在于道，不在于道而在于必行力为之而已矣。"[3]中原之道所行之处，即是中原；行中原之道的人，无论生在何地，属何种族，都是"中州人物"。到顺帝时修撰《大元大一统志》，目的是展现大元之大一统："春秋所以大一统者，六合同风，九州共贯也。""一统"，当然是文化观念。重塑大一统观念，并认为，三代以下，真正的大一统，只有大元："我元四极之远，载籍之所未闻，振古之所未属者，莫不涣其群而混于一。则是古之一统，皆名浮于实；而我则实协于名矣！"[4]

但是，在大元疆域内，原有多个政权：宋、金、西夏、吐蕃。大元版图内居住之人，更是种族众多。如果依然抱定"非我族类，其心

437

---

[1] 家铉翁：《题中州诗集后》，苏天爵编《元文类》卷三十八，《四部丛刊》影印元至正本。

[2] 杨伯峻：《孟子译注》，中华书局1960年版，第184页。

[3] 郝经：《陵川集》卷十九《辨微论·时务》，《北京图书馆古籍珍本丛刊》影印明正德李瀚刊本。

[4] 许有壬：《至正集》卷三十五《大一统志序》，《北京图书馆古籍珍本丛刊》影印清抄本。

必异"的观念，在元代无论如何是行不通的。必须有新的理论，能够和合所有地域、所有种族的人群。和合的前提，是确认所有地域与种族人的共同性。这共同性，就是宋代理学家说的天赋本善之性：上下千年，四方万里，华夏夷狄，凡属人类，无一例外，都生而赋有天命之善。与此共同性相比，差异性是次要的："五方嗜欲不同，言语亦异，惟性情越宇宙如一。"人类共有先天善性，为不同种族、不同地域人的涵容和合，提供了理论基础。元人认为，这一共同性，已经为历代的文学作品所证明："《离骚》崛起楚湘，盖未尝有闻于北方之学者，而清声沉着，独步千古，奇哉！后来'敕勒川'之歌，跌宕豪伟。彼何所得诗法，如此吻合？"[1]合理的解释是，无古今，无华夷，人之性情，"越宇宙如一"。

共有的本性之善为和合提供了基础。但要实现和合，还需要"化"的功夫，要"王化之大行，民俗之丕变"[2]，才能真正"六合同风"，合四海而为一。"化"，是以华夏化四夷，建立一统文化。宋代理学"气质之性""学问变化气质"之说，为元人提供了对待地域、种族差异，融会不同文化归为一统的思维路径。宋代理学家认为，人性的差异，是人赋气成形时，所赋之气不同形成的。赋气清浊不同，于是有了人性的万千不同。气质之性之浊，遮蔽了本然之性。清除气质之蔽，可恢复义理之性，变化人之性情。如何除蔽？就是学圣人之学，是为"学问变化气质"。不论中州四夷，若非圣人，都有气质之蔽，都应读圣人书，变化气质，而涵化于共同的文化

---

[1] 赵文：《青山集》卷二《黄南卿齐州集序》，台湾商务印书馆影印文渊阁《四库全书》集部134，第14页。

[2] 戴良：《鹤年吟稿序》，李军等校点《戴良集》，吉林文史出版社2009年版，第238页。

之中，涵养成圣贤气象，成为圣人之徒。赵孟𫖯惊叹"学问变化气质"的力量，其《薛昂夫诗集叙》说：

> 嗟夫！吾观昂夫之诗，信乎学问之可以变化气质也。昂夫西戎贵种。服狐裘，食湩酪，居逐水草，驰骋猎射，饱肉勇决，其风俗固然也；而昂夫乃事笔砚，读书属文，学为儒生，发而为诗、乐府，皆激越慷慨，流丽闲婉，或累世为儒者有所不及，斯亦奇矣。[1]

像薛昂夫这样变化气质而士人化的情况，在蒙古、色目士子群中具有共性。蒙古开国元勋赤老温，其后代居江南，至其玄孙脱帖穆耳，竟俨然宿儒。黄溍对脱帖穆耳有传神写照：

> 公为人廉介质直，不喜纷华。讲阅之暇，日与贤士大夫游。清言雅论，亹亹不倦。悬车之后，养高城南，辟斋阁，悬弓剑著壁间，聚古今图书，布列左右，延名师教其子。每遇风日清美，辄缓辔郊外，徜徉竟日。或幅巾藜杖，命家童抱琴自随，散步闾巷间。[2]

这类对蒙古、色目士人的描述，在元代文献中多见。他们不仅在观念上同于华人，且以华人自居。"六合同风"，由此实现。

　　读圣人书，在中原文化中涵养出儒雅气象的蒙古、色目士人，在元代中后期人数是相当多的。他们的自我文化身份认定，和当时人对他们的认识，都是"华"而非"夷"，典型的如马祖常，《元史·马祖常

---

[1]　赵孟𫖯：《松雪斋集》卷六《薛昂夫诗集叙》，《海王邨古籍丛刊》本，中国书店 1990 年版。
[2]　黄溍：《金华黄先生文集》卷三十五《明威将军管军上千户所达鲁花赤逊都台公墓志铭》，《四部丛刊》影印元刊本。

传》说：

> 祖常工于文章，宏赡而精核，务去陈言，专以先秦、两汉
> 为法，而自成一家之言。尤致力于诗，圆密精丽，大篇短章
> 无不可传者。有文集行于世。尝预修《英宗实录》，又译润
> 《皇图大训》《承华事略》，又编集《列后金鉴》《千秋记略》
> 以进，受赐优渥。文宗尝驻跸龙虎台，祖常应制赋诗，尤被
> 叹赏，谓中原硕儒唯祖常云。[1]

马祖常用《承华事略》等诱导文宗；在文宗眼中，马祖常则是"中原硕
儒"。由变化气质而脱夷向华的很多，如西域偰氏家族，元代开科举
后，偰氏一家有九进士。在中原士人眼中，他们属于"中州"，欧阳玄
为偰氏写的家传说：

> 观偰氏，世磊砢相望，勋节在国，利泽在民，虽汗简所
> 书，何以尚此？诸季起家擢科，如射命中。异时泓涵演迤，
> 硕大显融。无落于其世，识者已有以觇之。则是溉根而食
> 实，售物而取偿，天之于偰氏，独昭昭不忒如是，异乎前所闻
> 矣！使造物报施，每率是道，天下有不乐为善者哉？……偰
> 氏远稽前闻，溯厥本始，以垂方来，绵延百世，遂为中州著
> 姓，实自今启之，厚之至也。[2]

被视为"中州"的西域士人及家族，绝不仅仅是马祖常和偰氏。生活
在中原和江南的色目士人，普遍认同和服膺中原文化。如诗人戴良所
言，元代以中原文化涵濡，"积之既久，文轨日同，而子若孙，遂皆舍

---

[1] 宋濂等：《元史》卷一百四十三《马祖常传》，中华书局1976年版，第3413页。

[2] 欧阳玄：《高昌偰氏家传》，苏天爵《元文类》卷七十，《四部丛刊》影印元至正本。

弓马而事诗书，至其以诗名世"。这些人，"皆居西北之远国，其去豳秦盖不知其几万里，而其为诗乃有中国古作者之遗风"。说明元朝"王化之大行，民俗之不变"[1]。

文化精神的统一最直观地还是表现在语言上。故当时著名文人，不管是汉人还是色目人，都要求用中原语言统一四夷语言。身为色目人的马祖常说："东夷、西戎、南蛮、北狄，四方偏气之语，不相通晓，互相憎恶。惟中原汉音，四方可以通行，四方之人皆喜于习说。盖中原天地之中，得气之正，声音散布，各能相入，是以诗中宜用中原之韵，则便官样不凡。"[2]语言是文化的符合，语言的统一是文化统一最主要、最显著的表征。所以，作为一代文宗，虞集也同样特别强调这一点，他在为周德清《中原音韵》写的序中说，"五方言语"应取准于中原，"士大夫歌咏，必求正声"[3]。

从一定意义上说，以往我们认为最不重视文化的元代，在文化上却是有建树的。

研究多民族一体的中国文学，应该了解我们的祖先如何建构文化精神共同体，及其在文学中的体现。

中国思维也是动态发展的，不同时期思维也表现出不同的特点，比较明显的变化是，宋代理学产生之后，儒学思维方式有明显变化。中国文化中的儒释道各家，思维方式各有其独特性，所谓中国思维，是由各家思维方式共同构成的。不管中国思维方式如何变化，不管各

---

[1] 戴良：《鹤年吟稿序》，李军等校点《戴良集》，吉林文史出版社2009年版，第238页。

[2] 署名范德机（梈）：《木天禁语》，何文焕辑《历代诗话》，中华书局1981年版，第752页。

[3] 虞集：《中原音韵序》，俞为民、孙蓉蓉主编《历代曲话汇编·唐宋元编》，黄山书社2006年版，第227页。

家思维方式有什么差别，无法改变的一点是：研究中国文学，应有中国思维。

（原载《文学遗产》2018 年第 5 期,《南开大学学报》2019 年第 1 期推介）

近古诗学的"变"与"复"

　　古人言:"诗道不出乎变复。变谓变古,复谓复古。"[1]近世诗学史上出现了很多思潮、流派,其主张虽各不相同,但从这一视角看,都不外乎如何对待"古"。在变古与复古的交替中,不同时代又表现出不同特点。以这一独特视角梳理近古诗学的演变,审视其诗论主张,对于清晰认识和把握近古诗学的历史,从中获取一些有益的启示,是大有裨益的。

　　诗学中的"变古"与"复古",是涉及面很广的话题,它与正变、通变、因革、奇正,以及法与无法、天然与精致、新与熟、宗唐与宗宋,都有着高度相关。进而与"风雅正变""质文代变""诗体正变"等命题,都有着密切的关联[2]。

　　所谓近古,一般指元、明、清三代。元、明、清三代,在这一问题上表现出不同的思维特点,因而也表现出不同的趋向。我们大致可以理出这样一个基本线索:元人以"诗而我"为核心观念,尚古而非复古,出新而非求新,他们的经典概括是"不二古今"。明人或主复古或主变古,"复"与"变"各走极端,形成"诗必盛唐"与"各极其变"

[1] 吴乔:《围炉诗话》卷一,《清诗话续编》本,上海古籍出版社1983年版,第471页。
[2] 陈伯海:《释"诗体正变"》,《社会科学》2006年第4期。

的对立。但"变"与"复"同是思维困境，在困境中寻求诗歌发展的出路。明人承宋元之后，认为宋、元之诗虽不同，但都失去了诗歌的原本属性，诗而非诗，他们要恢复诗歌的风雅传统，维护诗体本原，于是倡导复古，希望诗歌发展回归正途。但"复"的结果并不成功，于是在明末就出现变古思潮，认为复古派的拟古恰恰失去了诗歌表现性情的本真，"丧精神之原"（谭元春《诗归序》），诗歌的出路在"变"不在"复"。当然也有折中派，但折中派还是主张复古的。清人抛弃明人的极端思维，他们发现，绝对的复古和弃古求新，都不能为诗歌发展找到出路，明人的"变""复"之路都没有带来诗歌的兴盛，只是造成不同的诗弊，于是在"复古"与"变古"之间走向融通，认为"变"与"复""非二道"，变而能复，复而能变，神明变化，才能得诗之妙。

一、"变"与"复"乃诗歌发展之常道

复古与变古，在中国古代都有很深的思想渊源。一般说来，右文之世必崇古，起码会高举"尊古"的旗帜。儒家观念里也始终以古为尚，表现为厚古薄今，伸正诎变。师心独造，总是被批判的。变易则是中国文化中一个永恒的法则。"群经之首"的《易》，其道即在变易，《周易·系辞下》言："易，穷则变，变则通，通则久。"宋人胡瑗口义："夫大《易》之道，穷极而复变，变极而必通。天地生成之道，人事终始之理，无有限极，周而复始，无有穷际，可以永久为万世通行之法也。"[1]"变"也是诗史发展"万世通行之法"，所谓"若无新变，不能代雄"[2]。

"变"与"复"是中国古代诗歌发展的常道。释皎然《诗式》卷五

[1] 胡瑗：《周易口义·系辞上》，清康熙二十六年刻本。
[2] 萧子显：《南齐书卷五十二·文学传论》，中华书局1976年版，第908页。

"复古通变体"说:

> 作者须知复变之道,反古曰复,不滞曰变。若惟复不变,
> 则陷于相似之格,其状如驽骥同厩,非造父不能辨。能知复
> 变之手,亦诗人之造父也。[1]

皎然要求把握好"复""变"的度,否则,走向一偏会造成弊端。这无疑是一种理性且客观的认识。但这种理性与客观,并不能完全解决诗歌发展中遇到的问题。当一种艺术发展到一定阶段,必然在追求精工中愈来愈讲究技法,追求精工的同时也会越来越远离天然;为救其弊,必有人起而倡导恢复古道,这便是复古。复古又会带来新的弊端,很容易走向模拟前人而失去生意,于是便会有人起而倡导变革。在中国古代诗歌发展的历史上,复古与变古思潮就这样交替出现。不管"变"与"复",弊端总是不可避免。

445

古代的诗论家们多具有很强的历史使命意识,"复古"与"变古"都是要为诗歌发展寻求出路,如元好问论诗所言:"汉谣魏什久纷纭,正体无人与细论。谁是诗中疏凿手?暂教泾渭各清浑。"[2]有正道方有正体。"复古论"的提出,多是感于风雅沦丧,其终极追求是复归风雅,表现为尊体、重法,多倡导古体学汉魏晋,近体宗唐。"变古论"者则针对拟古之风带来的陈腐无生意,强调恢复诗歌的诗性精神,恢复诗歌的清新与灵性,强调师心,强调师法自然,强调个性,强调因时变易。从清人叶燮下面的话中,可以体会变古派与师古派各自的用心:

---

[1] 李壮鹰:《诗式校注》,人民文学出版社 2003 年版,第 332 页。
[2] 姚奠中主编:《元好问全集》(上),山西人民出版社 1990 年版,第 337 页。

乃近代论诗者，则曰："《三百篇》尚矣；五言必建安、黄初；其余诸体，必唐之初、盛而后可。非是者，必斥焉。"……自若辈之论出，天下从而和之，推为诗家正宗，家弦而户习。习之既久，乃有起而捄之者，矫而反之，诚是也；然又往往溺于偏畸之私说。其说胜，则出乎陈腐而入乎颇僻；不胜，则两敝。诗道遂沦而不可救。……于是百喙争鸣，互自标榜，胶固一偏，剿猎成说。后生小子，耳食者多，是非淆而性情汩，不能不三叹于风雅之日衰也！[1]

叶燮所指，分别是明代的复古派和公安派、竟陵派代表的变古派，各派的初衷分别是维护风雅传统和保持诗性活力（"精神之原"），流弊则分别是"陈腐"和"风雅日衰"。清人鲁九皋《诗学源流考》赞赏明前后"七子"倡导复古是"以振兴风雅为己任"[2]，而姜宸英批评那些古意不存，"目涉浅薄，率己自是"之作，是"风雅道丧"[3]。元人杨维桢批评拟古之风，说："模朱拟白以为诗，尚为有诗也哉？故摹拟愈逼而去古愈远。"但他说的"古"却是"出言如山出云、水出文、草木之出华实也"[4]的自然与活力。即保持风雅传统，又不失诗性精神，是诗论家追求的最佳状态。所以，理性的诗论家认为，"变"和"复"要保持一个恰当的度。而运用之妙，存乎一心。神明变化，才有诗之神。任何过度的追求，结果都是旧弊未除而新弊已成。

如上所述，"复"是人的主观追求，"变"却是天地间永恒的法则。如此说，中国诗论史主导的思潮应该是"变"，如宋元之际邓光荐所

[1] 叶燮：《原诗》内篇上，人民文学出版社 1979 年版，第 3～4 页。
[2] 鲁九皋：《诗学源流考》，《清诗话续编》本，上海古籍出版社 1983 年版，第 1358 页。
[3] 姜宸英：《湛园集》卷一《汪中允秦行诗略序》，文渊阁《四库全书》本。
[4] 杨维桢：《东维子文集》卷七《吴复诗录序》，《四部丛刊》影印鸣野山房本。

言："诗贵乎变，不守一律。千变万化，变之不穷。""非诗之变，乃时之变也。"[1]唯变故进。但从中国诗论史上看，主导思潮却是"复"。如何看待这一矛盾现象？其实，"复"也是一种"变"，"变"中也有"复"。宋末严羽论诗宗盛唐，是复古论者，但他却大讲"变"，说："风雅颂既亡，一变而为《离骚》，再变而为西汉五言，三变而为歌行杂体，四变而为沈宋律诗。"[2]这是复古论者以"变"论诗史。明诗以复古为特征，但复古也是变易，朱彝尊就以"变"述明代诗史："明三百年，诗凡屡变：洪、永诸家称极盛，微嫌尚沿元习；迨'宣德十子'一变而为晚唐；成化诸公，再变而为宋；弘、正间，三变而为盛唐；嘉靖初，'八才子'四变而为初唐；皇甫兄弟五变而为中唐；至'七才子'已六变矣；久之，公安七变而为杨、陆，所趋卑下；竟陵八变而枯槁幽冥，风雅扫地矣。"[3]诗史就是这样在"变"中前行。清人纪昀从理论上总结说："文章格律，与世俱变者也。有一变必有一弊，弊极而变又生焉，互相激，互相救也。"纪昀梳理了从唐末至清诗学之"变"："唐末诗猥琐，宋杨、刘变而典丽，其弊也靡；欧、梅再变而平畅，其弊也率；苏、黄三变而恣逸，其弊也肆；范、陆四变而工稳，其弊也袭；四灵五变，理贾岛、姚合之绪余，刻画纤微，至江湖末派，流为鄙野，而弊极焉。"[4]"变"之初衷，是救前人之弊，旧弊除（或未除）而新弊又成，于是后人又起而变之。元初变宋，元末杨维桢再变。清人顾嗣立述元诗之变说："元诗之兴，始自遗山。中统、至元而后，时际承平，尽洗宋、金余习，则松雪为之倡。延祐、天

---

[1] 钱穀编：《吴都文粹续集》卷五十五《翠寒集序》，文渊阁《四库全书》本。
[2] 严羽著，郭绍虞校释：《沧浪诗话校释》，人民文学出版社1961年版，第49页。
[3] 朱彝尊：《静志居诗话》卷二十一《曹学佺》，人民文学出版社1990年版，第636页。
[4] 纪昀：《纪文达公遗集》文集卷九《冶亭诗介序》，清嘉庆十七年纪树馨刻本。

历间，文章鼎盛，希踪大家，则虞、杨、范、揭为之最。至正改元，人材辈出，标新领异，则廉夫为之雄。而元诗之变极矣！"[1]他认为元诗三变，各有特点，也各有成就。但在纪昀看来，元诗之变都是不成功的："元人变为幽艳，昌谷、飞卿，遂为一代之圭臬，诗如词矣；铁崖矫枉过直，变为奇诡，无复中声。"明人承宋元而变，前后"七子"复古，公安、竟陵变古，也都是"变"："明林子羽辈倡唐音，高青丘辈讲古调，彬彬然始归于正；三杨以后，台阁体兴，沿及正、嘉，善学者为李茶陵，不善学者遂千篇一律，尘饭土羹；北地、信阳，挺然崛起，倡为复古之说……久而至于后七子，剿袭摹拟，渐成窠臼。其间横轶而出者，公安变以纤巧，竟陵变以冷峭，云间变以繁缛，如涂涂附，无以相胜也。"林鸿（子羽）、高启（青丘）由元入明，承元而稍变，以及随之兴起的台阁体及茶陵派、李梦阳（北地）、何景明（信阳），都是倡导宗唐的，只是具体主张有些不同。纪昀认为，他们之"变"，是在使诗道"归于正"的道路上前行。对他们"变"的方向是肯定的，但对其成就，则是有限肯定。沿这一方向继续前行的后七子，纪昀就直接予以否定了。明末主张变古的公安、竟陵两派，和主张复古的云间派，纪昀都是否定的。他们是明诗最后之变。"国初变而学北宋，渐趋板实，故渔洋以清空缥缈之音变易天下耳目，其实亦仍从七子旧派神明运化而出之"[2]。在他看来，清初其实是明代复古与变古思潮的延续。明清两代，纪昀明指为诗弊者不多，但从"有一变必有一弊，弊极而变又生"的立论看，每一变必有一弊，不同的只是，有的是旧弊除而新弊成，有的是旧弊未除而新弊已成。如果说"变"与"复"思潮相互消长是近古诗学发展的常态，"变"与"弊"的交替，可能更体现

---

[1] 顾嗣立辑：《元诗选》初集杨维桢小传，中华书局1987年版，第1975页。

[2] 纪昀：《纪文达公遗集》文集卷九《冶亭诗介序》，清嘉庆十七年纪树馨刻本。

了诗学史发展的本真。

比纪昀早一百多年，明末的袁宏道就有"变"与"弊"交替之论，他认为，诗法的变革，起因在诗弊，动力在矫弊，他表述为"法因于敝而成于过"，认为从六朝到宋代，诗歌就是在"弊"—矫弊—新诗风成—"过"而成新弊……这样步步推进的："矫六朝骈丽饤饾之习者，以流丽胜。饤饾者，固流丽之因也。然其过在轻纤，盛唐诸人以阔大矫之；已阔矣，又因阔而生莽，是故续盛唐者，以情实矫之；已实矣，又因实而生俚，是故续中唐者，以奇僻矫之；然奇则其境必狭，而僻则务为不根以相胜，故诗之道，至晚唐而益小。有宋欧、苏辈出，大变晚习，于物无所不收，于法无所不有，于情无所不畅，于境无所不取，滔滔莽莽，有若江河。今之人徒见宋之不唐法，而不知宋因唐而有法者也。"[1]把诗歌发展的动力仅仅看成纠弊，当然过于简单化。但纠弊推动着诗史的发展，是肯定的。

449

"变"与"复"，不仅是人的主观追求，也是诗歌发展史之必然，特别是"变"，后之变前，往往是一种不得已。在前人的成就面前，后人不变，就没有出路。顾炎武说："诗文之所以代变，有不得不变者。一代之文，沿袭已久，不容人人皆道此语。今且千数百年矣，而犹取古人之陈言，一一而摹仿之，以是为诗，可乎？"[2]语言资源也不是无限的，沿袭不变，后人只能蹈袭前人，成为"鹦鹉名士"（梁启超语），变才能推陈出新。袁枚说："宋学唐，变唐。其变也，非有心于变也，乃不得不变也。"[3]不变没有出路。寻找出路必须变，但

[1] 袁宏道著，钱伯诚笺校：《袁宏道集笺校》卷十八《雪涛阁集序》，上海古籍出版社1981年版，第709页。
[2] 顾炎武著，黄汝成集释：《日知录集释》卷二十一《诗体代降》，上海古籍出版社2014年版，第471页。
[3] 袁枚：《小仓山房集》卷十七《答沈大宗伯论诗书》，清乾隆刻增修本。

"变"并不必然找到出路。明清之际贺贻孙《诗筏》如此说：

> 诗至中晚，递变递衰，非独气运使然也。开元、天宝诸
> 公，诗中灵气发泄无余矣。中唐才子，思欲尽脱窠臼，超乘
> 而上，自不能无长吉、东野、退之、乐天辈一番别调。然变至
> 此，无复可变矣，更欲另出手眼，遂不觉成晚唐苦涩一派。
> 愈变愈妙，愈妙愈衰，其必欲胜前辈者，乃其所以不及前辈
> 耳。且非独此也，每一才子出，即有一班庸人从风而靡……
> 互相沿袭，令人掩鼻。于是出类之才，欲极力剿除，自谓起
> 衰救弊，为前辈功臣。即此起衰救弊一念，遂有无限诗魔，
> 入其胸中……[1]

诗学似乎走进了一个绕不出的怪圈。"递变递衰"有些悲观，也有些绝
对，但它揭示了诗学进与退的辩证法，却是颇具眼光的：诗之妙，是
进，但是妙就少了浑成，于是进也就是退："必欲胜前辈者，乃其所以
不及前辈。"这样的意思，在贺氏之前的袁宏道有概括，他说是："诗
之气，一代减一代，故古也厚，今也薄；诗之奇之妙之工之无所不极，
一代盛一代……"[2]这是进与退的悖反，也是"变"与"复"的辩
证法。

二、元人倡导"不二古今"，救宋人之失

近古诗学从元讲起，但讲元不能不说宋。诗歌之所以要变，是因
为发展遇到了困境。中国诗史的困境不是到元才出现。诗歌在唐代极

---

[1] 贺贻孙：《诗筏》，《清诗话续编》本，上海古籍出版社1983年版，第142～143页。
[2] 袁宏道著，钱伯诚笺校：《袁宏道集笺校》卷六《与丘长孺》，上海古籍出版社1981年版，第283页。

盛之后，宋人已经深感突破之难，王安石就说："世间好语言，已被老杜道尽；世间俗言语，已被乐天道尽。"[1]清人翁方纲很理解宋人的困境，说："若夫宋诗，则迟更二三百年，天地之精英，风月之态度，山川之气象，物类之神致，俱已为唐贤占尽，即有能者，不过次第翻新，无中生有，而其精诣，则固别有在者。"[2]宋诗总的方向是求变，著名文人宋祁有言："夫文章必自名一家，然后可以传不朽。若体规画圆，准方作矩，终为人之臣仆。古人讥屋下作屋，信然。"胡仔《苕溪渔隐丛话》引此语，并发挥说："学诗亦然。若循习陈言，规摹旧作，不能变化自出新意，亦何以名家？鲁直诗云：'随人作计终后人。'又云：'文章最忌随人后。'诚至论也。"[3]黄庭坚（鲁直）是宋代最具代表性的诗人，他的追求，从一定程度上说，代表了宋代诗学的追求。宋人摆脱困境的路径，就是求工、求新、求奇，以学问和理性思维的优长而求深致，在唐诗主性情之外别树一帜。宋诗另辟蹊径，一直是一个褒贬不一的话题，连当时的陈师道都说："诗欲其好则不能好矣。王介甫以工，苏子瞻以新，黄鲁直以奇。而子美之诗，奇常、工新、易陈，莫不好也。"[4]有意求"好"，心先失去自然，诗必然失去天然意趣，必然"不能好"。在元人看来，宋诗之病，正在于着意求新、求工、求奇。元儒吴澄言："黄太史必于奇，苏学士必于新，荆国丞相必于工，此宋诗之所以不能及唐也。"去除宋人着意求好之病，回归自然："奇不必如谷，新不必如坡，工不必如半山。性情流出，自然而然"，如此则"兴寄闲婉，得诗天趣"[5]。

451

[1] 胡仔：《苕溪渔隐丛话》前集卷十四，人民文学出版社1962年版，第90页。

[2] 翁方纲：《石洲诗话》卷四，人民文学出版社1981年版，第122~123页。

[3] 胡仔：《苕溪渔隐丛话》前集卷四十九，第333页。

[4] 胡仔：《苕溪渔隐丛话》前集卷四十二，第284页。

[5] 吴澄：《吴文正集》卷十八《王实翁诗序》，文渊阁《四库全书》本。

如上所述，中国诗史总是在纠弊中前行。其弊不外两端：拟古与刻意求新。奇怪的是这两种病在宋人身上同时体现：他们用拟古的方式求新。黄庭坚说"文章最忌随人后"，但他又说："自作语最难……虽取古人之陈言入于翰墨，如灵丹一粒，点铁成金也。"[1]显然，黄庭坚之"变"，是在模拟中求变。在模拟中求变，"变"的空间也就有限。当变而无可变时，剩下的就只有模拟了。宋末出现的模拟诗风和拟古诗论，与此有直接关系。黄庭坚的崇拜者、宋元之际的刘壎论诗言学诗者要："《骚》《选》、陶、韦、柳与李、杜，盛唐诸作，熟读之……涵泳变化，优孟似叔敖矣！"[2]学律诗，那就要"选古今律诗若干首置几案间，日取讽咏之"，功夫到处，"或有见优孟意，是叔敖复生"[3]。

这种模拟诗风，入元就遭到批评，被认为是一条死路。程端礼幼年学诗曾受这种风气影响："余少嗜学诗，不得法。或曰：'当如优孟学孙叔敖衣冠，抵掌谈语，皆叔敖可也。'即取名家诗，昼夜读之，句拟字摹以求其似，如是者数年。非独自喜以为得，或者亦谬许之矣。"但"先生长者见之，曰：噫！是三年刻楮之智，不亦固乎？古人一家，篇句声韵风度，老少自不能似。谢不似陶，杜不似李，建安、大历、元和诸家，各不相似。今愈求其似，将愈不似。纵悉似焉，还之古人，则子无诗矣，能名家乎？"[4]元人批评这种所谓"学"，是"学西施者仅得其颦，学孙叔敖者仅得其衣冠谈笑，非善学者也"。他们认为，既要学习古人，又要超越古人，学是为了超越：

---

[1] 黄庭坚：《豫章黄先生文集》卷十九《答洪驹父书》，《四部丛刊》影印宋乾道刊本。
[2] 刘壎：《水云村稿》卷七《跋石洲诗卷》，文渊阁《四库全书》本。
[3] 刘壎：《水云村稿》卷五《新编七言律诗序》。
[4] 程端礼：《畏斋集》卷三《道士吴友云集序》，文渊阁《四库全书》本。

　　盖士非学古则不能以超于今，而今亦何必不如古？使吾自能为古，则吾又后日之古也。若同然而学为一体，不能变化以自为古，恐学古而不离于今也。……诗古矣，而不可以指曰自某氏；文古矣，而不可以指曰自某氏。此善学者也。学古而能使人不知其学古，则吾自为古矣。

前代诗文大家树立了如何学古的榜样："李、杜、王、韦，并世竞美，各有途辙；孟、荀氏，韩、柳氏，欧、苏氏，千载相师，卒各立门户。曾出于欧门而不用欧，苏氏虽父子亦各务于己出。"[1]这些都是"善学"者。元人之学古，总是立足于今，他们对此有更高层次的理论认识，大儒许衡论"善学"说："夫人之学，贵于师古。师古者或滞于形迹，而不适于用也；贵于随时，而随时者或徇之苟简，而不中于理也。二者其可谓善学乎？惟师古适用，随时中理，然后可与论学。"[2]所谓"善学"者，应"师古适用，随时中理"。刘壎不是在讲诗，但完全适用于诗，诗论家的思维也与此相通。

　　大儒吴澄有一篇"诗变"论，其《皮照德诗序》一文"具道古今之变"，说："诗之变不一也。虞廷之歌邈矣，勿论。予观三百五篇，南自南，雅自雅，颂自颂，变风自变风，变雅亦然，各不同也。"没有"变"就没有《诗经》的多样性，以此奠定"诗变"论之基础。《诗经》之后的诗史，就是诗"变"的历史："《诗》亡而楚骚作，骚亡而汉五言作，讫于魏晋，颜谢以下，虽曰五言，而魏晋之体已变，变而极于陈隋，汉五言至是几亡。"此为唐以前之变，诗体更迭，旧体衰而新体兴。"唐陈子昂变颜、谢以下，上复晋、魏、汉，而沈、宋之体别

---

[1]　刘壎：《桂隐文集》卷三《与揭曼硕学士》，文渊阁《四库全书》本。
[2]　许衡：《鲁斋遗书》卷八《留别谭彦清序》，《北京图书馆古籍珍本丛刊》影印明万历二十四年刻本。

出，李、杜继之，因子昂而变，柳、韩因李、杜又变"[1]。这是唐诗之变，由陈子昂以"复"为"变"，沈、宋"变"而新体出。陈子昂、李杜、韩柳是递相承变。在因革承变中，唐诗取得了辉煌。没有"变"，没有各家各体的丰富多样，就没有唐诗的辉煌。"变"中有"复"，"复"也是"变"。吴澄论诗主张"古祖汉，近宗唐"，但那只是学诗的途径，由学而超越，终至于"不《选》不唐，不派不江湖"[2]，不主一家自成一家，转益多师自成风格。他概括说："不必其似而惟其可，最为善述前人者。"[3]认为文章"品之高，其机在我，不在乎古之似也"，"古诗似汉魏，可也。必欲似汉魏，则泥"。师古而不"泥"古，是为"圆机之士"[4]。吴澄的这些见解，竟然不为后人所知，数百年后，仍在低于他的水准上争论，实在是诗论史的遗憾。

454

　　"不二古今"的命题出自大儒黄溍。吴澄认为，不"变"就没有诗史，黄溍则特别强调"变"中的不变：尽管诗歌的时代和地区各不相同，但不同中有"不二"的精神："以天地之心为本者也。其为本不二，故言可得而知也。"认识和把握了这"不二"之本，作诗就可以通达古今：

　　　　非出于古，非不出于古也。夫能不二于古今，而有不以天地之心为本者乎？绵千祀，贯万汇，而无迁坏沦灭者，莫寿于是物矣。[5]

[1] 吴澄：《吴文正集》卷十五《皮照德诗序》，文渊阁《四库全书》本。
[2] 吴澄：《吴文正集》卷二十二《胡助诗序》、卷十五《董震翁诗序》。
[3] 吴澄：《吴文正集》卷十七《黄体元诗序》。
[4] 吴澄：《吴文正集》卷二十二《孙静可诗序》。
[5] 黄溍：《金华黄先生文集》卷三《山南先生集后记》，《四部丛刊》影印元刊本。

这"不二"的"本"、这"天地之心"是什么？就是不变的精神，落实在诗上，就是"吟咏性情"，就是"发乎情，止乎礼义"。用我们的话说，就是《诗经》代表的风雅精神。近似的还有赵孟頫的观点，他认为，诗虽有古今，但不变的是风雅精神，在根本精神上并无古今之别："今之诗虽非古之诗，而六义则不能尽废。由是推之，则今之诗犹古之诗也。"[1] 诗歌永远随时代而变，今人不能回到古代。但"变"中的不变，是风雅精神。

文学史家普遍认为，元代是中国文学史的转折时期，其标志之一便是元曲的兴起。元曲中的散曲，与传统诗文截然不同，认为其体制、内容、审美情趣，都是全新的。但元代人并不这么看。比如，唐诗人李贺有《河南府试十二月乐词（并闰月）》，元曲家孟昉将其改写成十三首《天净沙》，其序云：

> 凡文章之有韵者，皆可歌也。第时有升降，言有雅俗，调有古今，声有清浊。原其所自，无非发人心之和，非六德之外，别有一律吕也。……今之歌曲，比于古词，有名同而言简者；时亦复有与古相同者，此皆世变之所致，非故求异乖诸古而强合于今也。使今之曲歌于古，犹古之曲也。古之词歌于今，犹今之词也。其所以和人之心养情性者，奚古今之异哉！[2]

"变"的是声调与语言，这些必须随世而变；不变的是"发人心之和"以及"和人之心养情性"的精神，这是不变的根本，是无"古今之异"

［1］ 赵孟頫：《松雪斋集》卷六《南山樵吟序》，中国书店《海王邨古籍丛刊》影印元后至元五年沈氏刊本。

［2］ 隋树森编：《全元散曲》，中华书局 1964 年版，第 1397～1398 页。

的。清人叶矫然《龙性堂诗话》初集录此序，不仅赞赏其曲词"音节和谐，甚见巧思"，且高度评价此序所表达的古今观念[1]。

号称明代"开国文臣之首"的宋濂，是元代金华之学的传人；他是黄溍的弟子，其诗学思想上承元人，下开明代复古思潮之绪。我们可以把他看作元代师古论的总结者。其《师古斋箴并序》云：

> 事不师古，则苟焉而已，言之必弗详也，行之必弗精也。……然则所谓古者何？古之书也，古之道也，古之心也。道存诸心，心之言形诸书，日诵之，日履之，与之俱化，无间古今也。若曰专溺辞章之间，上法周汉，下蹑唐宋，美则美矣，岂师古者乎？[2]

"无间古今"与其师黄溍的"不二古今"，应该是同一观念的不同表达。宋濂和他的师辈黄溍等人一样，主张"师古"而非"复古"，有人以"复古"名堂，请他作《复古堂记》，他在记中明确表示，一切都"随世而变迁"，所谓"古""未易以复之"[3]。但在他之后，明人一步步走向了复古之极端。

三、 明人"复"与"变"各走极端，同是困境思维

明代持"变""复"极端论的诗论家未必是大多数，但其观点影响极大。复古论者之"文必秦汉，诗必盛唐"，变古论者之"独抒性灵，不拘格套"等，几乎尽人皆知。其实，"文必秦汉，诗必盛唐"提出

---

[1] 叶矫然：《龙性堂诗话》初集，《清诗话续编》本，上海古籍出版社1983年版，第948～949页。

[2] 宋濂：《师古斋箴并序》，罗月霞主编《宋濂全集》，浙江古籍出版社1999年版，第922页。

[3] 宋濂：《复古堂记》，罗月霞主编《宋濂全集》，第1168页。

时，明立国已经一百多年，此前并无如此极端之论。而"独抒性灵，不拘格套"提出，已至明末，又十几年而明亡。这些说法之所以影响极大，与其承弊而起，以极端之说响震一时有关。

论明诗者或推尊明初之盛。如王士禛《池北偶谈》言："本朝诗莫盛国初，莫衰宣、正。"[1]他所谓的明初之盛，实为元末之盛。元明之际重要诗人刘基、高启、袁凯等，在明初的腥风血雨中凋零。由元入明的才智之士，几乎没有人能躲过厄运。以至于洪武九年（1367），朱元璋假意开言路，"特布告臣民，许言朕过"。刑部主事茹太素上书云："才能之士，数年以来幸存者，百无一二，不过应答办集。"又云："所任者，多半迂儒俗吏。"[2]诗人死于非命，诗坛冷落。在如此政治高压下，文人们不可能提出个人的诗学主张。号为明"开国文臣之首"的宋濂，只不过教人"竭弥纶之道，赞化育之任"，"美教化而移风俗"，歌时颂圣，"撰为雅颂以为一代之盛典"[3]。在弘治以前，人们对"复"与"变"的态度，大致仍延元人思路。洪武时高棅编《唐诗品汇》，言正变，标举的是"正中之变"和"变中之正"[4]。与元人"不二古今"的精神一致。李东阳主张学古能变，以为诗史发展"代与格殊"，对模拟的复古表示不满："必为唐，必为宋，规规焉，俯首缩步，至于不敢易一辞出一语。纵使似之，亦不足为贵，况未必似乎？"[5]延续的是元人的观念。

但是，台阁体和性气诗笼罩的明前期诗坛，确实需要一种有震撼

457

近古诗学的『变』与『复』

[1] 王士禛：《池北偶谈》卷十四，中华书局1982年版，第345页。
[2] 姚士观等编校：《明太祖文集》卷十五《建言格式序》，文渊阁《四库全书》本。
[3] 宋濂：《汪右丞诗集序》，罗月霞主编《宋濂全集》，第481页。
[4] 高棅：《唐诗品汇·叙目》，上海古籍出版社1988年影印明汪宗尼校订本。
[5] 李东阳：《李东阳集·文前稿》卷八《镜川先生诗集序》，岳麓书社1985年版，第115页。

力的改变。台阁体和性气诗，缺乏诗的生命活力，明人说是"诗道旁落"。他们必须使诗回归正途。起而拯之者，就是被称为"前七子"及其所代表的一班人。明清人这样评价当时的拯救和转变：

> 成化以还，诗道旁落。唐人风致，几于尽隳。独李文正才具宏通，格律严整，高步一时，兴起李、何，厥功甚伟。是时中、晚、宋、元，诸调杂兴，此老砥柱其间，固不易也。[1]

> 成、弘间，诗道傍落，杂而多端。台阁诸公，白草黄茅，纷芜靡蔓。其可披沙而拣金者，李文正、杨文襄也。理学诸公，"击壤""打油"，筋斗样子……[2]

如何回归诗之正道？在当时没有比提倡学习古人更高明的主张了。学古人，学习哪些古人？古体诗以汉魏晋为古，于是便学汉魏晋；近体唐为古，于是便宗唐。其实早在"前七子"之前的李东阳就已经在思考这一问题，明之前唐、宋、元三代，符合理想"诗道"的，只有唐诗，他说："诗太拙则近于文，太巧则近于词。宋之拙者，皆文也；元之巧者，皆词也。""六朝宋元诗，就其佳者，亦各有兴致，但非本色，只是禅家所谓'小乘'，道家所谓'尸解'仙耳。"[3]"七子"之一的何景明也说："近诗以盛唐为尚。宋人似苍老而实疏卤，元人似秀

---

[1] 胡应麟：《诗薮》续编卷一，上海古籍出版社 1958 年版，第 345 页。

[2] 朱彝尊：《静志居诗话》卷十，人民文学出版社 1990 年版，第 260 页。

[3] 李东阳：《麓堂诗话》，《历代诗话续编》本，中华书局 1983 年版，第 1379 页。其实早在李东阳之前的解缙，已经有过类似的思考，说："汉魏质厚于文，六朝华浮于实。具文质之中，得华实之宜，惟唐人为然。故后之论诗，以唐为尚。宋人以议论为诗，元人粗豪，不脱北鄙杀伐之声，虽欲追唐迈宋，去诗益远矣。"见解缙《文毅集》卷十五。

峻而实浅俗。"[1]要学，当然是学唐。从这一意义上看，他们的复古，确实是地地道道的"变"，以变为诗歌发展寻求出路，如四库馆臣所言："盖明洪、永以后，文以平正典雅为宗，其究渐流于庸肤。庸肤之极，不得不变而求新。"此时李梦阳等"倡言复古，使天下毋读唐以后书，持论甚高，足以竦当代之耳目，故学者翕然从之，文体一变"[2]。尽管他们的复古主张本身利弊相伴，类似的说法早已被元人批评并抛弃[3]，但在当时，还具有其合理性，所以受到当时和后人的称赏，当时顾璘就盛赞他们："上准风雅，下采沈宋，磅礴蕴藉，郁兴一代之体，功亦伟乎！"[4]清初朱彝尊称"七子"之功说："北地一呼，豪杰四应；信阳角之，迪功犄之……霞蔚云蒸，忽焉丕变，呜呼盛哉！"[5]纪昀也说："北地、信阳，挺然崛起，倡为复古之说，文必宗秦汉，诗必宗汉魏盛唐，踔厉纵横，铿锵震耀，风气为之一变，未始非一代文章之盛也。"[6]沈德潜的评价最符合我们的思路："永乐以还，崇台阁体，诸大老倡之，众人应之，相习成风，靡然不觉。李宾之（东阳）力挽颓澜，李、何继之，诗道复归于正。"[7]所谓"复归于正"，即"旁落"的诗道复归，回复了诗的本原。

明人复古论的极端思维，是从李梦阳开始的。他在革除茶陵诗喣缓冗沓之病的同时，也丢弃了李东阳兼综各代各家之优长的主张。如

---

[1] 何景明：《何大复先生集》卷十三《与李空同论诗书》，明嘉靖刻本。

[2] 爱新觉罗·永瑢等：《四库全书总目》卷一百七十《怀麓堂集》提要、卷一百七十一《空同集》提要，中华书局 1965 年版，第 1490、1497 页。

[3] 元人主张："近体吾主于唐，古体吾主于《选》。"（方凤《仇仁父诗序》）明人主张，与此近似。但元人主张广取博采，如明人这种绝对化之论，元人不取。

[4] 顾璘：《凌溪朱先生墓碑》，朱应登《凌溪先生集》卷十八，明嘉靖刻本。

[5] 朱彝尊：《静志居诗话》卷十，人民文学出版社 1996 年版，第 260 页。

[6] 纪昀：《纪文达公遗集》文集卷九《冶亭诗介序》，清嘉庆十七年纪树馨刻本。

[7] 沈德潜：《说诗晬语》卷下，人民文学出版社 1979 年版，第 238 页。

钱谦益所说："（李东阳诗）原本少陵、随州、香山，以追宋之眉山、元之道园，兼综而互出之。……要其自为西涯（按李东阳号西涯）者，宛然在也。"[1]李梦阳则取径过窄而走向模拟。这种被元人批评并抛弃的路子，很难真正为诗歌发展指引出路。除旧易，布新难。在复古思潮流行之时，弊端就已显现，七子中人也有明确认识，何景明就批评李梦阳（空同）说："空同子刻意古范，铸形宿镆，而独守尺寸。……若空同，求之则过矣。"[2]后人的批评就更多，"似古则与古人相复，亦必令人疑，令人厌"[3]。如果说"前七子"有使"诗道复归于正"之功的话，继起的"后七子"则弊端更为明显。在纪昀看来，"前七子"："虽不免浮声，而终为正轨。吐其糟粕，咀其精英，可由是而盛唐，而汉魏。"后继者则"惟袭其面貌，学步邯郸，乃至如马首之络，篇篇可移。如土偶之衣冠，虽绘画而无生气耳"[4]。复古派走上了末路。清人毛先舒的一段话，可以为这一时期诗学的"变"与"弊"作一总结：

> 宋世酷尚粗厉，元音竟趣佻衰，蒙醉相扶，载胥及溺，四百年间，几无诗焉。逮成、弘之际，李、何崛兴，号称复古，而中原数子，鳞集仰流，又因以雕润辞华，恢闳典制，鸿篇缛彩，盖斌斌焉。及其敝也，庀丽古事，汩没胸情，以方幅嘽缓为冠裳，以剟肤缀貌为风骨，剿说雷同，坠于浮滥，已运丁衰

---

[1] 钱谦益：《列朝诗集小传》丙集《李少师东阳》，上海古籍出版社 1959 年版，第 246 页。

[2] 何景明：《何大复先生集》卷三《与李空同论诗书》，明嘉靖刻本。

[3] 潘德舆：《养一斋诗话》卷六，《清诗话续编》本，上海古籍出版社 1983 年版，第 2095 页。

[4] 纪昀：《纪文达公遗集·文集卷九·冶亭诗介序》，清嘉庆十七年纪树馨刻本。

叶，势值末会。[1]

"剿说雷同，坠于浮滥，运丁衰叶，势值末会"的十六字评价，可见其弊之重。复古者之弊在模拟，清人薛雪痛言："拟古二字，误尽苍生。"[2]公安派、竟陵派乘其衰弊而起，以"性灵"纠模拟无生气之弊。

在公安派、竟陵派论者看来，复古派泯灭了诗歌的生命，"滞、熟、木、陋"，"丧精神之原"[3]。诗歌发展的出路在"变"，要"各极其变，各极其趣"，诗学需要一次大解放，以恢复个性、自由与生机。袁宏道所谓"独抒性灵，不拘格套，非从自己胸臆流出，不肯下笔。有时情与境会，顷刻千言，如水东注，令人夺魂"。他批评复古派"必欲准于盛唐，剿袭模拟，影响步趋"，大力宣扬其变古主张：

461

> 代有升降，而法不相沿，各极其变，各穷其趣，所以可贵，原不可以优劣论也。……不效颦于汉、魏，不学步于盛唐，任性而发，尚能通于人之喜怒哀乐嗜好情欲，是可喜也。……大概情至之语，自能感人，是谓真诗，可传也。[4]

"三袁"纠"后七子"之弊，确实为诗坛吹来一股清风。后人也有肯定者，如钱谦益《列朝诗集小传》言："万历中年，王、李之学盛行，黄茅白苇，弥望皆是。……中郎之论出，王、李之云雾一扫，天下文人

[1] 毛先舒：《诗辩坻》卷四《竟陵诗解驳议叙》，《清诗话续编》本，上海古籍出版社1983年版，第80页。
[2] 薛雪：《一瓢诗话》，人民文学出版社1979年版，第106页。
[3] 谭元春：《诗归序》，《谭友夏合集》卷八《明代论著丛刊》本。
[4] 袁宏道著，钱伯诚笺校：《袁宏道集笺校》卷四《叙小修诗》，上海古籍出版社2008年版，第187页。

才士始知疏瀹心灵，搜剔慧性，以荡涤摹拟涂泽之病，其功伟矣。"[1]清人潘耒言："明代前后七子之派行，而摹拟剽窃，相习成风，肤辞浮响，靡然一律。于是徐文长、袁中郎、小修诸君，矫而为峭拔清新之作，不循旧辙，见赏于世，以其直写性灵，偏至侧出，有真意味存焉故也。"[2]公安派风行，一时影响天下。但"机锋侧出，矫枉过正，于是狂瞽交扇，鄙俚公行，雅故灭裂，风华扫地。竟陵代起，以凄清幽独矫之，而海内之风气复大变"[3]。公安派、竟陵派这种师心独造的极端之论，很难被文人们普遍接受，特别是"任性发展，尚能通于人之喜怒哀乐嗜好情欲"之论，破了中国文人可以普遍接受的底线，所以长期受到口诛笔伐。我们看钱谦益近乎诅咒的评论：

> 《诗归》出，而钟、谭之底蕴毕露，沟浍之盈于是乎涸然无余地矣。当其创获之初，亦尝覃思苦心，寻味古人之微言奥旨，少有一知半见，掠影希光，以求绝出于时俗。久之，见日益僻，胆日益粗，举古人之高文大篇铺陈排比者，以为繁芜熟烂，胥欲扫而刊之，而惟其僻见之是师。其所谓深幽孤峭者，如木客之清吟，如幽独君之冥语，如梦而入鼠穴，如幻而之鬼国，浸淫三十余年，风移俗易，滔滔不返。……钟、谭之类，岂亦《五行志》所谓诗妖者乎？[4]

比之为妖言鬼语，不类人言。就诗学说，"极其变"的结果也必然带来

---

[1] 钱谦益：《列朝诗集小传》丁集中《袁稽勋宏道》，上海古籍出版社 1959 年版，第 567 页。

[2] 潘耒：《胡渔山诗集序》，《清代文论选》，人民文学出版社 1999 年版，第 408 页。

[3] 钱谦益：《列朝诗集小传》丁集中《袁稽勋宏道》，第 567 页。

[4] 钱谦益：《列朝诗集小传》丁集中《钟提学惺》，第 571 页。按《汉书·五行志》："怨谤之气发于歌谣，故有诗妖。"

更大的弊端。中晚明诗坛三变，都以救弊始，而以更严重的弊端终。钱谦益将之比为医病："譬之有病于此，邪气结辖，不得不用大承汤下之，然输泻太利，元气受伤，则别症生焉。北地、济南，结辖之邪气也；公安泻下之，劫药也；竟陵传染之，别症也。"所以他感叹说：

> 庆、历以下，诗道三变，而归于凌夷熸熄，岂细故哉？[1]

代表官方意志的《四库总目提要》同于这种看法，述明代诗学"变"与"弊"的历程说："盖明自'三杨'倡台阁之体，递相摹仿，日就庸肤。李梦阳、何景明起而变之，李攀龙、王世贞继而和之，前后七子，遂以仿汉摹唐，转移一代之风气。迨其末流，渐成伪体。涂泽字句，钩棘篇章。万喙一音，陈因生厌。于是公安'三袁'又乘其弊而排抵之。……学'三袁'者，乃至矜其小慧，破律而坏度。名为救七子之弊，而弊又甚焉。"[2]在愈变愈弊中，明代的诗运随国运结束了。清人定性竟陵派之兴，"可谓风雅之劫运矣"[3]。

有人概括明代诗歌的特点是复古。但明末以变古为主流。最后又有云间派倡导复古，但已经由明入清了。

四、清人惩明人之失，走向"复"与"变"之融通

清代诗学上承明人，"变"与"复"对立依然存在，唐宋之争就是一种表现。但更多的是反思明人的极端思维，以为变复"非二道"，走

---

[1] 钱谦益：《列朝诗集小传》丁集中《袁稽勋宏道》，上海古籍出版社 1959 年版，第 568 页。

[2] 爱新觉罗·永瑢等：《四库总目提要》卷一百七十九《袁中郎集》(存目)提要，中华书局 1965 年整理本。

[3] 田同之：《西圃诗说》，《清诗话续编》本，上海古籍出版社 1983 年版，第 763 页。

向"变"与"复"之融通。

郭绍虞先生讲清代学术的特点说："清代学术再有它特殊的成就，即是不仅各人或各派分擅以前各代之特长，更能融化各代、各派、各人之特长以归之于一己或一派。如经学有汉、宋兼采之论，文学有骈、散合一之风，都是这种精神的表现。明此，则知清代论文主张，所以每欲考据、义理、词章三者之合一，自有其相当的关系了。所以清代的文学批评，四平八稳，即使是偏胜的理论，也没有偏胜的流弊。"[1]清人自美这种学术风气说："无明人水火相射之习，诚太和元气也。"[2]厉鹗就明确反对诗界之众派纷争，以为"诗不可以无体，而不当有派"。认为诗原本无派，所谓"派"，不过是"后人瓣香所在，强为胪列耳，在诸公当日未尝断断然以派自居也"。他抨击说："迨铁雅滥觞，已开陋习。有明中叶，李、何扬波于前，王、李承流于后，动以派别概天下之才俊，啖名者靡然从之，七子、五子，叠床架屋。本朝诗教极盛，英杰挺生，缀学之徒，名心未忘，或祖北地、济南之余论，以锢其神明；或袭一二巨公之遗貌，而未开生面。篇什虽繁，供人研玩者正自有限。"所谓派，是好事者"强为胪列"，是诗界的"陋习"，给诗史带来的，都是弊端。厉鹗主张博观约取："众制既明，炉韝自我，吸揽前修，独造意匠，又辅以积卷之富，而清能灵解，即具其中。"要"合群作者之体而自有其体，然后诗之体可得而言也"[3]。

诗论之"变"与"复"也是如此，很多论者都是"变"与"复"兼

---

[1] 郭绍虞：《中国文学批评史》，百花文艺出版社1999年版，下册第12页。

[2] 杨际昌：《国朝诗话》卷二，《清诗话续编》本，上海古籍出版社1983年版，第1657页。

[3] 厉鹗：《樊榭山房集·文集》卷三《查莲坡蔗糖未定稿序》，上海古籍出版社2012年版，第735~736页。

采兼容，反对"变"与"复"的极端之论。清人吴乔就这么说：

> 诗道不出乎变复。变谓变古，复谓复古。变乃能复，复乃能变，非二道也。汉、魏诗甚高，变《三百篇》之四言为五言，而能复其淳正；盛唐诗亦甚高，变汉、魏之古体为唐体，而能复其高雅；变六朝之绮丽为浑成，而能复其挺秀。艺至此尚矣！晋、宋至陈、隋，大历至唐末，变多于复，不免于流，而犹不违于复，故多名篇。此后难言之矣。宋人惟变不复，唐人之诗意尽亡；明人惟复不变，遂为叔敖之优孟。[1]

清人明确认识到"变"与"复"各走极端，必然各成弊端，他们引明人之失以为戒："踵竟陵之习者，瘦寒枯涩；沿七子之风者，雷同肤蜕。"[2]尽管也有"神韵说""格调说""性灵说""肌理说"，但没有明人那种极端偏执之病。如倡"性灵说"的袁枚，其《续诗品·著我》云："不学古人，法无一可。竟似古人，何处著我？字字古有，言言古无。吐故吸新，其庶几乎？"[3]是"变"与"复"的融通之论，决不同于谭元春所谓的"口忽然吟，手忽然写"[4]。其实，像明末那样的争论，已经很难说是争是非，而是争意气，争胜负。如袁宏道所言："世人喜唐，仆则曰唐无诗。世人喜秦汉，仆则曰秦汉无文。世人卑宋黜元，仆则曰诗文在宋元诸大家。"以至于"粪里嚼查，顺口接屁"这样的谩骂之语，显然偏离了理性思考与讨论。故清人说："古今之论诗者多矣，顾有持其一说，不能无偏，往往得于此而失于彼，

---

[1] 吴乔：《围炉诗话》卷一，上海古籍出版社 1983 年版，第 471 页。

[2] 田同之：《西圃诗说》，《清诗话续编》本，上海古籍出版社 1983 年版，第 763 页。

[3] 袁枚：《续诗品》，《清诗话》本，上海古籍出版社 1978 年新 1 版，第 1035 页。

[4] 谭元春：《汪子戊己诗序》，《谭友夏合集》卷九，台湾伟文图书出版社《明代论著丛刊》1976 年影印本。

至其说之实可信者，后人又忽焉不察，遂至殊涂异户，无以尽惬夫尚论者之心。"[1]七子复古派和公安派、竟陵派，都不是诗之正途："拙者字比句拟，剽窃成风，几乎万口一响，若此诚陋。然曰'信腕信口，皆成律度'，亦终无是理也。"并打比方说："蹈袭者王莽法《周官》也，屏弃者亦秦人烧《诗》《书》也。""七子"之蹈袭前人，就像王莽改制，依照《周礼》设官那样可笑，而公安派、竟陵派之弃古自为，就如秦始皇焚书一样恶劣。

清人似乎有总结明人诗史与诗论史的自觉，他们既要清理明人诗歌创作与诗论之失，也吸收明人诗论之长，然后明确当下诗歌发展应循的路径。"变"与"复"，"不可一偏；必二者相济"[2]。代表官方意识的四库馆臣这么说：

> 诗至唐而极其盛，至宋而极其变。盛极或伏其衰，变极或失其正。……盖明诗摹拟之弊，极于太仓（按世贞太仓人）、历城（按指李攀龙）；纤仄之弊，极于公安、竟陵。物穷则变。故国初多以宋诗为宗。宋诗又弊，士祯乃持严羽余论，倡神韵之说以救之。……宋人惟不解温柔敦厚之义，故意言并尽，流而为钝根。士祯又不究兴观群怨之原，故光景流连，变而为虚响。各明一义，遂各倚一偏。论甘忌辛，是丹非素，其斯之谓欤？[3]

所谓左右佩剑，均未协中。纠两者之偏，归于中道。这是清初以来很

---

[1] 郑念荣：《龙性堂诗话序》，叶矫然《龙性堂诗话》卷首，《清诗话续编》本，上海古籍出版社1983年版，第928页

[2] 叶燮：《原诗·外篇上》，人民文学出版社1979年版，第44页。

[3] 爱新觉罗·永瑢等：《四库全书总目》卷一百九十《唐宋诗醇》提要，中华书局1965年版，第1728页。

多诗论家的追求。如叶燮《原诗》说:"五十年前,诗家群宗嘉隆七子(后七子)之学。"其学流行,造成弊端,诗歌创作失去了活力,也失去了丰富性,造成诗性精神的缺失。"于是楚风(指公安、竟陵诗派)惩其弊,起而矫之。抹倒体裁、声调、气象、格力诸说,独辟蹊径,而栩栩然自是也。"但一弊未除,一弊又成,叶燮为作案断:"夫必主乎体裁诸说者,或失则固,尽抹倒之,而入于琐屑、滑稽、隐怪、荆棘之境,以矜其新异,其过殆又甚焉。故楚风倡于一时,究不能入人之深,旋趋而旋弃之者,以其说之益无本也。"以一种极端纠另一种极端之弊,矫枉过正,只会造成新的弊端。叶燮的看法是:"夫厌陈熟者,必趋生新;而厌生新者,则又返趋陈熟。以愚论之: 陈熟、生新,不可一偏;必二者相济,于是陈中见新,生中得熟,方全其美。若主于一,而彼此交讥,则二俱有过。然则,诗家工拙美恶之定评,不在乎此,亦在其人神而明之而已。"[1]"变"与"复"的把握,也并非两者相济而取乎中那么简单。诗之妙,存乎一心。"变"与"复","亦在其人神而明之"。两者相济又须灵心独运,神明变化,得诗之妙。如果说变复"非二道"几乎是元人"不二古今"的翻版的话,叶燮此论则真正超越了元人,达到了一个新的高度。

467

明代的复古派和变古派各有短长,后人应避两者之短取两者之长,两长相济,归乎正道。与袁宏道同时的许学夷《诗源辨体》之论就比较客观,说:"元美、元瑞论诗,于正者虽有所得,于变者则不能知。袁中郎于正者虽不能知,于变者实有所得。"于前者取其正,于后者取其变,正而能变,变不离正,二者相济,得其中道,才是在"变""复"问题上应取的态度。许氏肯定袁宏道"以韩、白、欧为圣,苏为

---

[1] 叶燮:《原诗·外篇上》,人民文学出版社 1997 年版,第 43~44 页。

神，则得变体之实矣"[1]的看法。到清代，对七子复古派，批判者多肯定者也不少，对公安、竟陵变古派，则批评者多直接肯定者很少。但清人论诗，表现出对"变""复"主张的兼容，也可以看作对公安派、竟陵派主张有所吸收。具体表现为折中两极，兼取并容，论唐宋则主兼采唐宋，论诗法则兼取法与无法，论风格则主兼容多种风格等，都可以看作是对复古派与变古派的兼容。

清前期有吴雷发著《说诗菅蒯》，认为学古不当以时代限，他批评："论诗者往往以时之前后为优劣，甚而曰宋诗断不可学。"这不客观。明人或主学汉、魏、唐，或主学宋、学元，且不同主张相互攻击，他认为这是不能理解的：

> 且诗学之源，固宜溯诸古。至于成功，则无论其为汉、魏、六朝，为唐，为宋、元、明，为本朝也。一代之中，未必人人同调。岂唐诗中无宋，宋诗中无唐乎？……一人之诗，或有似汉、魏、六朝处，或有似唐、宋、元、明处，必执其似汉、魏、六朝者，而曰此大异唐、宋、元、明；执其似唐、宋、元、明，而曰此大异汉、魏、六朝，何其见之左也？使宋诗果不可学，则元、明尤属粪壤矣；元、明以后，又何必更作诗哉？[2]

这是极有见地、极富启发且极有说服力之见，能破明人之偏执。我们不知道钱锺书有关唐宋诗之论是否受到他的影响。[3]吴雷发认为，学

[1] 许学夷：《诗源辨体》卷三十六《后集纂要》卷一，人民文学出版社 1987 年版，第 381 页。

[2] 吴雷发：《说诗菅蒯》，《清诗话》本，上海古籍出版社 1999 年版，第 900 页。

[3] 钱锺书言："唐诗、宋诗，亦非仅朝代之别，乃体格性分之殊。……非曰唐诗必出唐人，宋诗必出宋人也。"见《谈艺录·诗分唐宋》，中华书局 1984 年版，第 2 页。

古的关键不在于学唐还是学宋，而在于"善学"："在善学者不论何代，皆能采其菁华，惟能运一己之性灵，便觉我自为我。"善学者得其精髓，得其精神，最终成就自我，"不善学者，或得其皮毛，或得其疵颣，则不可耳"[1]。这是客观理性的主张。如何是"善学"呢？清末的朱庭珍标举了一个善学前人的榜样，那就是苏轼：学前人要不袭其面目而得其精神，"神契""天合"，方能"自开生面，为一代大作手"：

> 东坡一代天才，其文得力庄子，其诗得力太白，虽面目迥不同，而笔力空灵超脱，神肖庄、李。……其性情契合，在笔墨形色之外，盖以神契，以天合也。故能自开生面，为一代大作手。后人效法前人，当师坡公，方免效颦袭迹之病。……肖形象声，摹仿字句声调，直是双钩填廓而已。[2]

神契天合，这是天才的学古。古今杰出诗人，没有不学前人而能成其为大家的，也没有模拟前人而能成就其大家的。关键在"性情契合，在笔墨形色之外"，"自开生面，为一代大作手"。此是的论。

关于法与无法，清人也作圆通之论。沈德潜有精到之见："诗贵性情，亦须论法。乱杂而无章，非诗也。然所谓法者，行所不得不行，止所不得不止，而起伏照应，承接转换，自神明变化其中。若泥定此处应如何，彼处应如何，不以意运法，转以意从法，则死法矣。试看天地间，水流云在，月到风来，何处著得死法！"[3]其见解总括了宋

[1] 吴雷发：《说诗菅蒯》，《清诗话》本，上海古籍出版社1999年版，第900页。
[2] 朱庭珍：《筱园诗话》卷四，《清诗话续编》本，上海古籍出版社1983年版，第2413页。
[3] 沈德潜：《说诗晬语》卷上，人民文学出版社1979年版，第188页。

人之活法、元人之由法入于无法，和其师叶燮的"神明变化说"。他既重性情，又论诗法，既不同于复古派，也不同于公安派，同时也并非完全排斥两派。游艺编《诗法入门》说："诗不可滞于法，而亦不能废于法。""法乎法而不废于法，法乎法而不滞于法。"[1]"不废"又"不滞"，方能有法之妙用。这也是关于"法"的圆通之论。明代复古派内部有关能否"自创一堂室，开一户牖"之争，清人乔亿给予案断："勿遽欲自开径陌，勿终不自开径陌。"为什么呢？他说："不能自开径陌，终是屋下架屋，然功力到此大难。当知'别裁伪体，转益多师'，未尝立异而体自不同，方为善变。若广袤未分，骤骋逸足，将入野狐外道而不可回，反不若守故辙之为愈也。"[2]这很能体现清人与明人思维之不同。

关于诗之风格，清人也主张承认并尊重其多元丰富性。潘耒认为，大自然本有"春之花烂熳，夏之花照灼，秋之花淡冶，冬之花清芬，种族不同，其于发天地之色一也"。就人说："天与人以无穷之才思，而人自窘之；地与人以日新之景物，而人自拒之。"不管是唐音宋调，后人都应兼取，学诗者既不能"醉竟陵之糟醨"，也不要"堕济南（按指王士禛）之云雾"，"格不拘正变，能别出机杼，自立门户者则取之。选不操一律，各存其人之本色，各尽其人之能事而止"[3]。破除"正"（即复古派）"变"（即变古派）之门户偏见，广采博收，才是选诗之道，也是学诗之道。

诗道不外"变""复"，以"变"与"复"为线索，梳理近古数百年诗学思潮的变化，对于认识近古的诗史与诗学史，是大有裨益的。宋

---

[1] 游艺：《诗法入门》，上海扫叶山房 1927 年本。

[2] 乔亿：《剑溪说诗又编》，《清诗话续编》本，上海古籍出版社 1983 年版，第 1128 页。

[3] 潘耒：《遂初堂集》文集卷六《五朝名家诗选序》，清康熙刻本。

人在模拟中求变，而刻意变古，元人"不二古今"，追求"诗而我"，明人"复"与"变"各走极端，清人惩明人之失而走向圆融。这是着眼于诗学自身发展的线索。但同时每个时代其诗学思潮的产生与发展，都与时代及政治环境有关。元人提倡"诗而我"，得益于宽松的政治环境。明人的一些主张，似乎是在元人基点上倒退。但进与退，都不是诗论家个人的问题。诗论家提出什么样的主张，并不全由个人识力决定，明人没有元代那样的环境，他们只能在所处的环境中思考问题，提出主张。他们对诗学问题的独立审视与思考，也是到了政治高压和恐怖解除之后才有可能。公安派、竟陵派的出现，只能在晚明的政治气候中。明亡入清，公安派、竟陵派过于个人化的主张必然遭到打击。清人之论，明显体现了当时的官方意识。纵向看，近古诗学"变复"论有自身发展的轨迹；横向看，每个时代的思潮，又是每个时代政治与社会生态使然。

471

到近现代，中国诗学遭遇了更大困境。人们在困境中寻求出路，依然沿此"变"与"复"的思路。近代梁启超提倡"以旧风格含新意境"[1]，现代顾随提出"用新精神写旧体诗"[2]，声言"我词非古亦非今"[3]，显然是不纯乎古亦不纯乎今。其所思所论，仍"不出乎变复"，即处理好"变"与"复"的关系。当前诗学界都在谈论旧体诗词的复兴，由此引发了有关诗歌问题的诸多讨论甚至争论。这些讨论与争论说明，不管是旧体诗词还是新诗，都存在着深重的困惑与迷茫，中国诗歌创作遭遇了新的困境。在此困境中，不妨从古代诗学中，从

[1] 梁启超：《饮冰室诗话》第六十三，人民文学出版社 1959 年版，第 51 页。
[2] 顾随：《致卢季韶》（一九二一年六月二十日），《顾随全集》第 4 卷，河北教育出版社 2000 年版，第 7 页。
[3] 顾随：《题〈积木词〉卷尾六首》其六，《顾随全集》第 1 卷，第 118 页。

古人的智慧中，寻找启发与借鉴。

（原载《文史哲》2017 年第 2 期，《新华文摘》2017 年第 16 期转载，《中国社会科学文摘》2017 年第 7 期转载，人大报刊复印资料《中国古代、近代文学研究》2017 年第 7 期转载）

于东新《金词风貌研究》序

　　于东新是刘崇德先生的弟子，跟随刘先生读博，做金词研究，创获颇多。他毕业回到内蒙古民族大学，已经是那里的教授、学科带头人。后来他申请要到南开大学做博士后研究。我当时觉得，他已经是教授了，不一定要做博士后，学术的交流和讨论，用什么方式都可以。但他态度很坚决，于是就进站了。他从内蒙古民族大学来，第一次谈话时，我自然想起年轻时读内蒙古民族大学周双利先生的书，读周先生的《萨都剌研究》，我问起周先生的情况，请他替我问候。出乎意料又觉得太巧的是，他说："周先生是我岳父。"我于是大为感叹，感叹这世界确实不大，又觉得于东新治学，有周先生指导，肯定路子正。他也肯定会和周先生一样，潜心扎实，不计功利。这些在后来进一步的接触中，都证实了。他常常向我描述周先生的真诚、厚道、善良。而这些，他都从周先生那里得来了。他又很仰慕刘先生，刘先生那种平和中蕴真见，平凡中含博大的风范，对他影响很大。他勤思考、求真知、不显扬、不外露的性格特点，显然与刘先生的影响有关。古人言"君子所以进德修业"，此便是学。

　　做博士后期间，东新继续金词的研究。前人论词之发展，或说：

"词兴于唐，盛于宋，衰于元，亡于明。"[1]或说："词兴于唐，成于南唐，大昌于两宋，否于元，剥于明。"[2]或说："词肇于唐，成于五代，盛于宋，衰于元。"[3]金词似乎都不在视野中。其实也不完全如此。元好问之遗山词，就为历代评者推崇，著名词人和词论家张炎就以为遗山词"风流蕴藉处，不减周、秦"[4]。清人陈廷焯说："元遗山词，为金人之冠。疏中有密，极风骚之趣，穷高迈之致，自不在玉田下。"[5]近人况周颐说："遗山之词，亦浑雅，亦博大。有骨干，有气象。以比坡公，得其厚矣，而雄不迫焉者，豪而后能雄。遗山所处，不能豪，尤不忍豪。"[6]吴梅则说："裕之乐府，深得稼轩三昧。……余谓遗山竟是东坡后身，其高处酷似之，非稼轩所可及也。遗山所作，辄多故国之思。"[7]遗山词外，金词中"吴蔡体"，也为词史研究者所熟知。金初宇文虚中与吴激席间为流落为歌妓的宋宗室女作词的故事，也流传很广。但对整个金词的研究，一直到20世纪90年代以后才兴起，我的老朋友赵维江这方面的研究为学界称道。但金词之为金词，其独特风貌是什么？从哪些方面入手去把握其独特风貌？这些问题还是需要进一步探讨。于东新不避艰难，毅然对这一问题作一整体探讨，写成《金词风貌研究》。他认为，金词承北宋词又不同于北宋词，与南宋词分途发展，也不同于元词。金词之为金词，其独特风格

474

[1] 陈廷焯著，杜维沫校点：《白雨斋词话》，人民文学出版社1959年版，第3页。
[2] 沈修：《彊村丛书序》，沈文泉《朱彊村年谱》，浙江古籍出版社2013年版，第191页。
[3] 陈匪石：《声执》，《词话丛编》本，中华书局1986年版，第4970页。
[4] 张炎：《词源》，《词话丛编》本，中华书局1986年版，第267页。
[5] 陈廷焯：《词坛丛话》，钟陵编著《金元词纪事会评》，黄山书社1995年版，第108页。
[6] 况周颐撰，屈兴国辑注：《蕙风词话辑注》，江西人民出版社2000年版，第131页。
[7] 吴梅：《词学通论·曲学通论》，上海古籍出版社2013年版，第85页。

的形成，与多民族的相互影响、与北方地域文化特点，与词人的身份相关。从这些方面切入，去把握和认识金词的特点，其论证是令人信服的。其书分上下两编，分别从纵横两个维度具体考察和描述金源词的风格风貌。上编分四个阶段考察金源词不同时期的风格，在金源词总体风格之下考察不同时期的风格特征，以及形成这些风格的时代和社会原因，其考察深入且客观。下编具体考察女真皇族词、一代文宗元好问词、渤海词、契丹贵族词人词，以及全真教士词，具体展示不同词人群的创作和风貌。其考察是深入的，描述是客观的。应该说，这是金词研究的一项重要收获。东新是做老实学问的，文献功夫扎实，但并不乏才情。我乐见此书的出版，这无疑是对金词研究，或者扩大些说，是对金代文学研究的推进。

金代文学从 20 世纪末逐渐受研究者关注，取得了一批高水准的成果，我的朋友张晶、胡传志的成就为学界瞩目。但近几年势头渐不如前。此时东新此著出版，更有提振声势的作用。愿金代文学研究有更多潜心的学者，有更多这样实实在在的著作出版。

2015 年岁尾

郭中华《金元全真道教文学研究》序

13 世纪的中国，无疑处在一个传奇的时代。成吉思汗的金戈铁马及其疾风迅雷的征战，让世界惊奇。当他在西域大雪山时，有两位传奇文士来相会其帐下。一位是佛教居士耶律楚材，一位是全真道士丘处机。丘处机应成吉思汗之邀来此讲道，耶律楚材已是成吉思汗帐下文士，他记录此次讲道，撰成《玄风庆会录》。在西域期间，两人畅游于西辽故地河中府，即今乌兹别克斯坦的撒马尔罕，游宴唱酬，写下了大量诗歌。两位奇人，在远离中原万里之遥的西域，以这种方式，为元代文学开端。

那么，问题来了。研究金元文学，不研究他们行吗？耶律楚材研究已经很多，丘处机本人的研究也有一些，那么，丘处机代表的全真教，这些道士的大量诗词，是否应该纳入文学史研究的视野呢？他们的诗词作品，数量巨大。根据《金元全真文学研究》著者郭中华掌握的数字，存世全真道士词有三千六百余首，诗有五千余首。当年唐圭璋编《全金元词》，在金词部分收全真道士词二千七百余首，而该书收金词总数是三千五百七十二首。从数量上说，全真词占据了金词的主体。这一巨大的存在，能视而不见吗？

但是，在文学史家看来，这些作品虽多，文学价值不高。文学史的研究，是关注一个时期代表性的作家作品。全真教道士的诗词，是传教用的，审美价值不高。这是长期以来被普遍接受的观点。应该说，这是文学史研究中长期存在而又不易解决的一个矛盾。

今天的研究者，应该如何面对这一矛盾？

全真教诗词，如果把它当作一个文学史现象，那么在中国文学史上，绝对不是一个孤立的存在，类似情况不少。比如唐代的寒山诗，我们举两首看："东家一老婆，富来三五年。昔日贫于我，今笑我无钱。渠笑我在后，我笑渠在前。相笑倘不止，东边复西边。""我见瞒人汉，如篮盛水走。一气将归家，篮里何曾有？我见被人瞒，一似园中韭。日日被刀伤，天生还自有。"[1]中国是诗国，很多内容都会用诗的形式表达，那些要传道、布道的人更是如此，全真教士在这方面更是有着明确的自觉，丘处机《证道篇》说："修仙妙诀本无多，恐泄天机怎奈何？欲向人间留秘诀，万般比喻咏诗歌。"[2]"修仙妙诀"不能直言，他的诗是证道的，他以诗"留妙诀"，读者可以借诗悟道。儒者也有，宋代那位神秘的邵雍写有一百三十五首《首尾吟》，其中一首说："尧夫非是爱吟诗，虽老精神未耗时。水竹清闲先据了，莺花富贵又兼之。梧桐月向怀中照，杨柳风来面上吹。被有许多闲捧拥，尧夫非是爱吟诗。"[3]月到中天，风来水面，是类似于禅的一种心灵境界（其《清夜吟》诗云："月到天心处，风来水面时。一般清意味，料得少人知。"）[4]。人们嫌他的诗诗味不足，列为另类，称作"击壤体"。赫赫大家也有类似作品，如理学大师朱熹，其《斋居感兴二十

477

［1］ 寒山著，郭鹏注释：《寒山诗注释》，长春出版社1995年版，第35、190页。

［2］ 丘处机著，赵卫东辑校：《丘处机集》，齐鲁书社2005年版，第162页。

［3］ 邵雍：《邵雍集》卷二十，中华书局2010年版，第516页。

［4］ 邵雍：《邵雍集》卷十二，第365页。

首》也属此类，比较好的如其九："太一有常居，仰瞻独煌煌。中天照四国，三辰环侍旁。人心要如此，寂感无边方。"[1]只是儒者在普通大众中没有那么多信众，接受度反不及全真教的传教诗词。这些作品，用高雅的话说，是以诗传道论道，通俗地说，是劝化大众。从审美的角度说，多有欠缺。这类诗有没有写得很美的？有，朱熹就有，比如他的《春日》诗："胜日寻芳泗水滨，无边光景一时新。等闲识得春风面，万紫千红总是春。"美倒是美了，他的本意，却不为人知了，读者都当游春诗读了。但只要关注一个细节，就知道他不是在游春，是写对圣人之道的体悟。因为泗水在曲阜，那时曲阜是金的地盘，朱熹是南宋人，他住在武夷山，是不可能到泗水滨"寻芳"的。对于传道布道的人来说，在诗句之美与教化效果之间，应该如何选择？对这一问题，古人的回答从来都是一致的"以意为主"。宁可不美，但要明白，能为更多人接受。他们未必没有把诗写"好"的本事，但那不是他们的追求。

说了这么多，这类作品应不应该进入文学史研究的视野的问题，还是没有回答。这本是一个难题，要作出不同于以往的回答，可能要重新审视"文学价值"这一根本问题了。其实，我们所说的"文学价值"，只是我们自己认定的，或者说是文学史家认定的。一首诗是不是具有文学价值，或者文学价值的高低，从来不是绝对的。文学评价，原本也没有统一的、普遍适用的绝对标准。对于不同人、不同人群、不同阶层，文学价值的评判，原本就有极大差别，各自有着各自的选择与评判。一首诗，甲读了，感动不已，或手舞足蹈，或如冷水浇背；乙读了，可能木然漠然，毫无感觉。甲读了觉得好，受到了触动，对

---

[1] 朱熹撰，朱杰人、严佐之、刘永翔主编：《朱子全书》第20册《晦庵先生朱文公文集》，上海古籍出版社、安徽教育出版社2010年版，第362页。

甲来说，就是好诗。乙读了没有感觉，对乙来说，就不是好诗。比如说，小孩子会背"举头望明月，低头思故乡"（李白《静夜思》）。思乡之作，古来很多，"陟升皇之赫戏兮，忽临睨夫旧乡。仆夫悲余马怀兮，蜷局顾而不行"（屈原《离骚》）[1]，多么动情啊！为什么不让孩子背？因为不适合。对于小孩子，《离骚》绝对不是好诗。还有"夜来风雨声，花落知多少"（孟浩然《春晓》），杜甫的"一片花飞减却春，风飘万点正愁人"（杜甫《曲江二首》其一）[2]比这动人多了，也没人让孩子背。不适合他们的诗，对他们来说，就不是好诗。当我们慨叹"《阳春》之曲，和者必寡"时，在我们的潜意识里，是把"《阳春》《白雪》"当作普遍的好作品了，但其实它只是高雅之士欣赏的好作品。对于下里巴人，"《下里》《巴人》"，就是好作品。当我们感叹"大声不入于里耳"时，应该明白，"里耳"自有"里耳"的价值认定，只是我们不愿意承认其价值而已。我们能不能改变一下自己，不把自己的鉴赏眼光当作普遍的价值评判标准，而把接受度，作为评判文学作品价值的重要因素。能被接受、能影响人（自然是积极的影响）的作品，对于那些接受者来说，就是有价值的，就是好作品。按照这样的标准，全真教诗词，对于它的受众说，是有价值的。而在那个时代，在北中国，其受众数量是极其庞大的。因为在那时的北中国，到处都是全真教盛行："今东尽海，南薄汉淮，西北历广漠，虽十庐之聚，必有香火一席之奉。"[3]（高鸣《清虚宫重显子返真碑铭》）所以丘处机说："千年以来，道门开辟，未有如今日之盛。"[4]

479

---

[1] 游国恩：《离骚》，屈原著，汤炳正等注《楚辞今注》，上海古籍出版社1996年版，第26页。

[2] 杜甫：《曲江二首》，杜甫著，仇兆鳌注《杜诗详注》，中华书局1979年版，第446页。

[3] 陈垣著，陈智超、曾庆瑛校补：《道家金石略》，文物出版社1988年版，第476页。

[4] 尹志平述，段志坚编：《清和真人北游语录》卷一，《道藏》第三十三册，第156页。

如此被一个时代普遍接受，影响着广大受众心灵的作品，而这种影响，并不是纯宗教的，应该承认，这些作品具有相当高的"文学价值"。

对于这样一个困扰文学史家的大问题，年轻学者郭中华在他这部《金元全真文学研究》中，作出了自己的回答，可见其学术眼光与学术魄力。该著对金元全真诗词的形式、内容、审美特征等作了深入的研究，视角转换和层次展开颇为精彩。作者在充分掌握文献的基础上，从文化的、心理的、社会的等多种视角，对金元全真道教文学进行立体交叉式探究，获得了具有开拓性的学术成果。作者既以"大文学"的眼光审视研究对象，而又回归文学，把全真道士看作诗人词人，把他们的诗词作为文学作品而非视作布道文献，着眼其直指人心的感悟与感动之力，揭示其文学与文化价值，这无疑是重要的理论突破。由此展现了金元全真道教诗词独特的审美结构、审美指向与审美境界，因而也具有独特的审美价值。阐明金元全真诗词中蕴含的济世精神，包括生活劝诫与心灵接引，在这些济世精神的背后，还包含着深刻的文化内涵。作者认为，全真诗词中包含有尘俗天地、林泉天地与仙道天地，与之相应的则有尘俗情怀、林泉情怀、仙道情怀。在金蒙易代的天崩地坼之际，全真诗词具有抚慰心灵的淑世功能。作者以其独特的视角，对历史上这类作品"文学价值"的重估，作出了很好的示范。

该著是国家社科基金项目成果。2018年，我作过一个"金元全真诗词研究"的项目结项鉴定，印象颇为深刻。今年春节过后，张震英教授说其高足郭中华有专著要出版，因为是金元段的成果，命我写几句话。见到材料，知道是我作过鉴定的成果。书如其人。郭中华是古代文学研究的后起之秀，性格醇厚，性情随和，为人诚恳，学风朴实，态度认真，治学勤奋，具有敬业精神和扎实的学术功底，近年来在全真教文学研究领域，取得了一定的学术成果，开辟了属于自己的学术天地，逐步形成了独具个性的学术风格。《金元全真文学研究》的出版，将是其学术进程的一个新起点，假以时日，相信会取得更加令人瞩目的成绩。我和张震英教授一样期待着。

2021 年 3 月

何跞《元代文学新论》序

今年 7 月 5 日，我在北京参加《中国大百科全书·中国文学卷》"元代文学"分支的小型会议。下午会后，何跞拿出了这部《元代文学新论：民族性、理学与真性情》书稿，说要我写序。我当时很有些意外。何跞 2012 年至 2015 年在南开大学从我读博士，研究的是元代文学。毕业后进入清华大学博士后流动站，研习哲学。今年她中标了国家社科基金项目，已经引起了很多人的关注。现在又突然拿出了这样一部书稿，似乎不可思议。让人觉得，她这样一个单弱的女孩子，体内蕴含着多大的创造力啊。其实，这部书稿的内容我知道，初稿是她读博期间写成的。

何跞是一个很有特点的女孩子。她外表柔弱，内心却有很强的独立意识；语言不多，却颇有灵性。在她打算考取我的博士生之前，已经阅读了元代文史的大量典籍。入学后和我讨论博士论文选题，因她硕士修的是古典文献学，我希望她发挥文献学之长，建议让她考察南宋旧都杭州地区的文学活动。但她不做。她说她要做能够感受生命、感受到心灵的文学研究。她爱写诗，当然希望研究诗，并且说，不能感动她的诗，她不喜欢，也不想研究。符合她这一标准的，在元诗中，有庐陵文人的诗，有元末丧乱诗。丧乱诗她也不会喜欢，于是建议她做庐陵文学研究。她看了一些作品，表示很愿意做这个课题。

　　不仅做什么有何跞自己的选择标准，怎么做，她也有自己的思路。我的在读研究生们——博士和硕士，每学期都有两次读书会，他们自己组织，预先准备，会上逐一发言，共同讨论，交流信息，交流心得，互相督促，甚至相互批评，在讨论和相互批评中增进了解和感情。他们很喜欢这一活动。在何跞参加的第一次读书会上，她谈了自己关于元代文学研究的宏观思考。当时主持的同学建议她先从具体问题的研究做起。我同意主持人的意见，同时也理解她。因为我当初刚接触元代文学时，大致同样的问题就曾引起了我极大的兴趣，希望从宏观上认识元代文学的独特性。那时又读了邓绍基先生的《元代文学史》，第一章就是"元代文学的若干历史文化背景"，谈了在蒙古政权下封建文化的继续发展、儒士问题、理学和全真教对文学的影响问题。这些问题，都是从宏观上认识元代文学必须了解的。可见邓先生当初也很关注元代文学时代特色宏观问题的思考。后来我每每跟邓先生讨论相关问题，邓先生总是热情肯定、鼓励和指导。现在我面对她，一如当年邓先生面对我。当然，当对具体的学术问题有了更多了解以后，再进入宏观问题的思考，会具有更坚实的基础，思考会感到更有根基，得出的认识也会更客观。这次读书会后，何跞没有放弃对元代文学宏观问题的思考。让我意外的是，当博士论文开题时，她居然提交了两个方案：一个是庐陵文学研究，一个是民族、地域、理学与元代文学特色的研究。开题会上，老师们一致建议她选取庐陵文学研究。等到提交论文初稿时，她还是割舍不下她对元代文学宏观问题的思考，她把这些与庐陵地域文学研究两部分糅合在一起成为一篇。我很理解她，但为了答辩顺利，还是建议她只提交庐陵文学研究的内容。庐陵文学研究作为博士论文，获得了评审专家和答辩委员的高度肯定。但对于她来说，却忍受了割舍之痛。这在她，心有不舍，心有不甘。

博士毕业，何跞进入清华大学哲学博士后流动站。这时她用割舍掉的宏观思维部分申请了北京市社会科学基金项目，顺利立项，这对她来说，不仅是鼓励，也是安慰，也证明了她思考问题的价值。她对学术问题就是如此执著。学术需要这种执著。

对元代文学的宏观思考，何跞紧紧抓住民族性与理学影响这两个因素，认为元代文学作为一个整体，方方面面都受到这两个因素的影响。这两个方面是构成元代文学整体特色最根本的因素。元代文人的民族性构成、文学思想的理学影响、元代文学作品中重性情的整体趋势，构成了元代文学的整体风貌，作为元代文学自身的标志性特征，使其真正区别于唐、宋、明、清文学。这三个方面相互作用，相互影响，以尚直尚真和大气的大元文学精神，绘出了一幅大元文学的独特盛景。她将民族性与文学性分别看作决定元代文学特色的外部与内部因素，说民族性作为元代社会政治历史的核心标志，体现着少数民族的社会主导性，或者说是文学外围主导性。而理学，作为汉族文化的核心思想，则体现着元代文化的主导性，或者说是元代文学内围的内在主导性。一个社会政治的，一个文化文学的；一个少数民族的，一个汉民族的，两者构成了元代文化和文学的整体。这是标志元代文学之共通性，成为元代文学的"元代性"。两个核心定性特点的共同作用，囊括了元代社会从政治历史外围到文化文学内围的方方面面，因而民族性、理学，这两者联合起来，是元代文化和元代文学的核心因素。由此她认为，元代精神，可以提炼为一个"大"字，阐释为主于性情，表现为求真不伪、自然直接，表现为民族性、理学这两个方面的并行不悖与融合。这个"元代性"或元代精神影响了元代文学的方方面面和整体，最终形成了元代文学独特的风貌。不论是元曲为代表的俗文学的直白世俗书写、利欲张扬，还是盛元文风的歌功颂德、春容盛大，还是元代诗歌的崇尚性情、宗唐得古，还是元代文论家们的兼顾性情与法度，其实都是"大"元文学精神的具体表现，因而都被囊括于"元代文学"这个整体之下，而具有"元代性"特征。

当然，何跞也不是天马行空式的悬空宏观思维，她清楚地知道，宏观问题的解答需要极微观细致的核心提炼，这又必然要深入到微观和最基本、基础的理论核心。它需要具体涉及代表性作家作品的文学论证，又需要极其深入的理论分析。她选取了元好问、耶律楚材、刘秉忠、郝经、胡祗遹、方回、戴表元、赵孟頫、杨维桢、萨都剌等作家进行细微的个案研究，甚至具体到方回《诗思》十首的研究，来支撑她的宏观阐释。熟悉元代文学研究的人能看出，她选的这些人，与么书仪《元代文人心态》一书所选多有重叠，但她与么书仪的视角和认识多有不同。这也可见她的性格。

博士毕业后的两年，何跞对这部书稿不断修改，认识逐渐深入，看法更趋成熟，使得这部书稿更具学术价值。她的大胆探索精神应该高度肯定，她的探索是很有价值的，她对学术的执著，她在学术问题上表现出的独立精神，更是可贵的。我有理由对她今后的学术发展寄予期望。我本人一直对元代文学的宏观问题保持持续不断的思考，对一些问题的认识不断深入，也不断变化。十几年来，也提出了若干对元代文学整体性认识的观点，这些观点逐渐被学术界接受和认可。也许何跞跟我一样，对元代文学宏观问题的认识今后会进一步深化和变化，但无论有什么变化，每一阶段的探索，都具有其独有的价值。

在何跞即将从清华大学博士后流动站出站时，传来好信息：她中标了国家社会科学基金项目。她高兴，我也为她高兴。

期待何跞学术的路每一步都走得很好。

2017 年盛夏

刘嘉伟《元代多族士人圈的文学活动与元诗风貌》序

2012年暑期，在内蒙古通辽召开了中国元代文学学会的成立大会。在一次小组会后，一位老先生对我说："今后的元代文学研究，要寄希望于你的这些学生了。"我当时特别感谢他对这些后进的鼓励，又说他是太过奖了。但在我心里，何尝不对他们的学术发展抱有希望呢？在那次会上，刘嘉伟和他的几位学友被选为学会理事，是理事中最年轻的部分，嘉伟是年龄最小的一个。这当然是我感到很欣慰的。2013年，我参评长江学者特聘教授，会议评审时有自我陈述，其中有人才培养一项，我在陈述中说我指导的学生："毕业博士7人，出站博士后1人。这8人共承担国家社会科学基金项目4项，教育部文人社科项目3项。1人入选河南省青年社科专家。刘嘉伟博士论文获全国百篇优博提名。"在这个成绩单中，刘嘉伟有国家社科基金项目一项，教育部项目一项，还有全国百篇优秀博士论文提名。我很感谢他们的努力。

2005年秋，我到南开大学文学院工作，嘉伟是我在南开带的第一届硕士研究生。他是吉林大学保送来的。在吉林大学读书时，就被评为"吉林大学十佳大学生"。硕士毕业直接攻博。在南开大学读书期间，又被评为"南开十杰"，还获得"周恩来奖学金"等一系列荣誉。博士论文获全国百篇优博提名。他是一个在各方面都要求自己做到最好的年轻人。在南开，他取得了突出的成绩。原本拟留校工作，但因多方面原因，他选择到江苏师范大学工作。后来我也尊重了他的选择。

嘉伟的硕士论文研究元代著名色目诗人廼贤，博士论文在此基础上扩展，题目就是《元代多族士人圈的文学活动与元诗风貌》。嘉伟勤于思考，这个题目，他做好了。

20世纪的元代文学研究，成就应该是很辉煌的。但从20世纪初到80年代末，元代文学的研究基本上是元曲研究。到90年代，人们开始关注元代的诗文文论等。但如何评价元诗，并没有形成新的思路和看法。进入21世纪，元代文学的研究出现了极大的变化。我们已经认识到，元代是中国历史上很独特的时期，当然也是中国文学史上很独特的时期。这样一个独特时期的文学，如何评价，如何认识，是一个大课题，也是一个新课题。用评价唐、宋和明代的眼光评价元代文学，用解读唐、宋和明代文学作品的思路解读元代作品，必有偏失。我们必须从全面而客观地认识元代社会、全面而客观地认识元代文人入手，重新审视元代文学。说它是一个大课题，原因在于，元代文学史的问题说不清，中国文学史后几百年的问题也都很难说清。比如说，研究界以往对元诗评价不高，就是因为人们用评价唐宋诗的标准评价元诗。元代文人的生存状态，诗歌对于文人的意义，都与以往不同。元诗当然也与以往的诗歌不同。元代文人已经不可能用诗歌换取社会政治地位，也不依靠诗歌博取声名。在元代写诗，不需要歌时颂圣，也没有必要刻意炫才。不能靠诗歌致显达，也不会因作诗而获罪。写诗不需要婉曲其语，深晦其意。人们读元诗，觉得没有唐宋诗那样意蕴深厚了，诗的蕴含，也没有以往诗歌那样费寻绎了。元代诗人几乎没有前代诗人那样大起大落的人生经历，诗中也少有刻骨铭心的人生体验和对人生问题的深邃思考。这都使得元诗似乎不及唐宋诗。但诗歌创作没有政治意图的助推，也就摆脱了政治的桎梏。元代诗歌与以前诗歌相比，最大的不同在于回归诗人自身：诗歌成为文人自身生活和群居社交生活的需要，写诗不是为了给人看，只是抒发自我情感以及朋友交往的需要，"自乐吾之性情"[1]成为诗歌创作重要的目的。但写诗品诗，已经成为文人生活的一部分，于是生活也更需要诗。元代诗歌更是呈现了不同于以往的新面貌。正因此，有人说元诗不反映现实问题。其实元代诗人并非不关注现实，但他们的反映现实，未必有"惟歌生民病，愿得天子知"（白居易《寄唐生》）那样直接的目的，而是目睹灾难之深重，人民之困苦，不能已于言，他们无暇修饰言辞，将自己所见惨象，直白道出："十里路埋千百冢，一家人哭两三般。犬衔枯骨筋犹在，鸦啄新尸血未干。"确实如张养浩诗所云"铁人闻此也心酸"[2]。这样的诗，虽不精致，但并不缺少动人的力量。我们必须换一种思路和眼光来评价元诗。

489

对于整个元代文学的研究，都应该有这样一种思路的转换。元代的文坛不同于中国历史上其他时期的文坛，其特点大致可以概况为文倡于下、文与道一、雅俗分流、华夷一体。这些特点，使得元代文学大不同于其他时代的文学。把握元代文学的特点和总体成就，也必须清楚元代文坛的这些特点。比如"文倡于下"，不了解这一特点，对元代文坛的很多现象都不能正确理解。此外，要把握元代文学的成就和

---

[1] 刘将孙：《养吾斋集》卷十《九皋诗集序》，文渊阁《四库全书》本。

[2] 张养浩注，李鸣等校点：《张养浩集》附录靳颢《庙堂忠告序》引，吉林文史出版社2008年版，第264页。

特点，在研究中还应该做到三个打通：打通不同文体，打通不同民族文学，打通上下时代文学。如此，对一个时期文学作通观性研究，才不至于因眼光的局限而导致对文学史问题的主观解读，才能使我们的看法比较的客观。20 世纪 90 年代关于元代文人地位低下还是优渥的争论，就是不同文体研究者各是其是造成的。而要认识一个时代文学的特点，比如说风格特点，也应该以通观性眼光，考虑各种因素的影响。比如说要认识元代诗歌的风格特点及其成因，就应该考虑不同民族、不同地域文化的影响。《元代多族士人圈的文学活动与元诗风貌》一书，可以看作这方面研究的一个示例。

"多族士人圈"的概念是 20 世纪 90 年代萧启庆先生提出来的。嘉伟的论文借用这一概念，对元代多族士人圈的文学活动做了具体考察，并揭示这种多族士人互动对元代诗风形成的影响，当然是开拓性的。经过这样具体的考察和分析，再看"中华文化是中国多民族共同创造的"这句话，就是那么实在，那么真实，那么有说服力，让人感觉是亲切的，而不仅仅是一种说法。

嘉伟是我的学生，关于本书，我不再多说，读者自有品评。我要说的是，嘉伟对文献的发掘是深入的，文献掌握是全面的，对问题的分析是入微的。其学风，是扎实的。嘉伟是一个永求上进的人，这一点充分体现在他的学术研究上。

当然，嘉伟还年轻，学术的路还很长。回到开头提到那位先生的期许，学术的希望在年轻人。我希望我们这一辈人从事的研究，在他们这一代手里展现出新的面貌。这是对嘉伟的期许，也是对他学友们的共同期许。

2015 年岁尾

胡蓉《元代色目作家研究》序

　　经过几年的打磨，胡蓉的《元代色目作家研究》一书要出版了，要我写序。胡蓉是西北民族大学高人雄教授的弟子，高人雄教授治学范围较广，西北的、民族的，多有涉猎，辽金元文学研究是她的一个方向。胡蓉和高人雄教授一样，也是一位执着追求学术的人。她原在河北的邢台学院工作，已经是副教授，关注历代文学批评理论和冀中南地区的区域文化研究，完全可以轻松、安逸地生活了。但她要追求学术，放弃安逸的生活和已经得心应手的工作，要通过读博回归学术，有志于元代文学的研究。对于硕士毕业后已经工作多年的她，这条路肯定不好走。应该是在 2014 年，高人雄教授可以招收博士研究生了，我便推荐了胡蓉。高老师原本有不少优秀的弟子要考，但还是录取了胡蓉。到西北读博，对胡蓉来说，是一个很好的机缘，使得她能在元代文学研究中独自开辟一片天地，因为在那里，可以对元代诗人队伍中的"西北子弟"即色目诗人有更真切的了解。

　　学术研究，从来就有高下精粗之别，但不是说地位高的学者就做得高精，而是说研究者既要有高远之见，又能下精深功夫。考察文献，思考问题，如此才能做出高而精的成果。学术界的走向有时候难以捉摸，原本不太受关注的民族文学研究，一段时间热闹起来。人们

491

找到历史上的一些非汉族作家，不管其家族已经在中原生活多少代，他身上还有没有其原族的因子，只管拿他的作品，作一番解读，说是体现了少数民族特色[1]，其实这些"特色"，同样体现在中原诗人作家身上。不管文章有多少客观成分，只要"创新"了，文章能发表就行。这样的文章，每看每奇怪，很多所谓的民族特色，根本就是无中生有，起古人于地下，他本人都不会同意，为什么要强为之说呢？更令人难以接受的是，研究古代的各民族文学，本应该考察多民族及其文化如何众派汇流，形成整体的中华文化和中华民族精神，但有的研究却致力于发现那些根本就不存在的所谓"民族特色""民族意识"，不是考察各民族如何融入中华民族，为整体的中华文化作出了什么贡献，而是着意从古代文学中寻找所谓的民族独特性甚至独立性，如果这些是真实的存在，研究也是需要和必要的，但有的却是将无作有。这样的所谓成果，既没有高远的学术眼光，也没有依据可靠文献下深细的考察功夫，主观先验地认定某人是"少数民族"，推论出他的某种"民族特色"。如此成果，不管作者是什么人，不管做得多么漂亮，听起来多么惊人，都难称"高""精"。与这种以主观假设为前提的成果相比，胡蓉的研究，视角独特，材料扎实，结论客观，值得赞赏。

前些天，我在接受《中华读书报》采访时说："元代是中华民族精神共同体形成时期，而文学在其中发挥了重要作用。"[2]这是元代文学的独特价值，也是我们今天研究元代文学独特的意义。中华民族精神共同体之形成，决不是中原文人可以独立完成的，西域各族士人在

---

[1] 比如，研究元好问文学理论，强调其为"鲜卑族"，以为元好问具有北方游牧民族率真任情的民族文化心理，豪迈粗犷的民族文化气质。

[2] 王洪波：《查洪德：元代文学的价值需要重新认识》，《中华读书报》2020 年 7 月 16 日。

其中发挥了重要作用。从这一意义上说，研究元代文学，不关注西北，不高度重视色目文士的贡献，一些重要的问题，就说不清楚。而要对色目诗人作家有充分的了解，对上述问题作出清晰的说明，不身在西北，不以色目文化的视角审视，就不能从他们的家族背景和文化根源上进行解析。所以说，胡蓉到西北读博，对她的学术研究来说是一个很好的机缘。她到西北，研究元代东迁色目家族及其代表性文人的作为与文化文学贡献，这是一个聪明的选择。胡蓉的导师高人雄教授是杭州人，但长期生活在西北，对西北地区的历史、文化、民风，都有透彻的了解。胡蓉又能利用接近敦煌研究院的有利条件，虚心向有关学者请教，如著名敦煌学与西域学学者杨富学先生、王志鹏先生，利用敦煌遗书中多种文字的文献，以及西北地区的碑铭、墓志，还有研究对象的家谱等，这些在中原难得见到的重要文献，对元代东迁的色目家族及其族源、原本的文化与文学状况、接受汉文化的途径与进程，分别作了个性化的考察。所考察的，主要有大都不忽木家族、贯氏家族、廉氏家族，光州马祖常家族，濮阳崇喜家族，福建王翰家族、偰氏家族等。这些家族，进入中原的第一代都以军功起家，经过三四代，转而以文事著称，这一点是共同的，即元人戴良所谓"遂皆舍弓马而事诗书"[1]。而各个家族原本的文化状况，影响着他们接受汉文化的进程。胡蓉既占有了材料，又下了功夫，对这些问题，都作出了具体可信的描述。这些家族的第一代，以武功与政事著称，如不忽木家族的海蓝伯，廉氏家族的布鲁海牙，贯氏家族的阿里海牙，马祖常家族的月乃合，崇喜家族的唐兀台，王翰的曾祖武德将军。第二代是由武功转向文事的过渡，大部分家族的第二代已经有了较高的汉文化

493

---

[1]　戴良：《鹤年吟稿序》，李军等校点《戴良集》，吉林文史出版社 2009 年版，第 238 页。

修养，但多未在文坛崭露头角，除不忽木的散曲创作有较高成就外，其他如贯只哥、廉希宪、合刺普华、马世昌、闾马，文学上都还无可称道。而第三代则完成了由武功向文事的转变，这一代人从小生活在汉地，与汉人杂居，拜汉人饱学之士为师，与汉族文人学士交往，受到汉文化的濡染，开始崛起于文坛，如贯云石、巙巙、廉惇、马润、达海（崇喜之父）、偰文质等。第四代则承袭了家族尚文的传统，但却赶上元明易代，成了元遗民，如王翰等。在著名的色目作家中，不忽木、贯云石、廉惇是其家族进入中原的第三代，马祖常、唐兀崇喜、王翰、偰玉立、巙巙和回回则是第四代。

清人赵翼评元好问诗的特色，究其形成的原因，曾有"此固地为之也，时为之也"之论[1]。影响一个作家风格的外部因素，大致不过时与地两端。色目家族迁居地的自然与文化环境，是影响其诗文风格风貌的直接且重要的因素，这一点，胡蓉也作了具体考察。燕赵文化之于不忽木家族、江淮文化之于马祖常、闽南文化之于王翰家族，都有深刻的影响。这使得色目作家的文学创作带有鲜明的地域特色。由色目作家东迁后居住地的南北分布，可以为这些诗人作家风格的差异作出合理的解释。马祖常诗文体现的中原气派，廼贤诗的东南灵秀之气，都是他们居住地的地域文化滋养而成的，也与当地自然风物相关。马祖常的朴实敦厚，以及他对中原学术涵养之深，甚至博得了文宗皇帝"中原硕儒唯祖常"的赞誉[2]。

研究元代色目人及其家族对汉文化的接受，进而关注他们对中华文化的贡献，不能忘记他们的色目人身份。在元代，由于色目人的身份优越感，他们看重其民族身份，因而也重视且维护其本族文化。色

---

[1] 赵翼：《瓯北诗话》卷八，人民文学出版社 1963 年版，第 117 页。
[2] 宋濂等：《元史》卷一百四十三《马祖常传》，中华书局 1976 年版，第 3413 页。

目文士及其家族，在接受中原文化的同时，保持其自身文化特色，才是色目士人之所以为色目士人的基本属性。正是由于他们在接受中原文化的同时，没有完全丢弃自身的文化，在大中华文化中，才显示了他们独特的价值。他们贡献了富有特色的作品，才能彰显他们对中华文化的直接贡献。胡蓉这方面的考察，是客观的，绝不同于前文说的那些将无作有的发掘。与此相关的一个问题，是元代"双语作家"（双语诗人）的研究。元代双语作家（诗人）的概念，不是胡蓉提出来的，在胡蓉之前，已经有相关的讨论，但真正用元代色目作家的存世作品将这一概念落在实处，是胡蓉的贡献，她还发表了这方面的论文——《元代畏兀儿双语作家考屑》（《民族文学研究》2016 年第 5 期，与杨富学合作）。她说：受到元代政治、宗教、民族、文化、语言等多种因素的交互作用，巎巎、安藏、必兰纳识里、迦鲁纳答思等一批双语作家应运而生，成为元代这一特定历史阶段的产物。历史上双语作家现象并不鲜见，但在元代特别突出，双语作家的产生与元代佛教播迁密切相关。元代双语作家不但存在而且具有一定数量，不身处西北，没有对西北及敦煌文献的利用，这样的成果，难以取得。这是胡蓉对元代文学研究的一个贡献。

胡蓉这部著作，是在其博士论文基础上修订完善而成。她的博士论文，从选题的确定，中间的调整，预答辩和答辩，我都是参与者。答辩后经修订完善，又有很大提升。如果现在我再给她一些建议，那么可以更进一步关注色目家族的姻亲关系，和汉人女性在家族文化提升中特殊而巨大的作用。对于色目家族及其代表文人对理学的接受，可以从伦理观念与心性学说两方面去考察。他们接受的，主要是理学中的伦理观念；他们发扬和维护中原文化的贡献，也主要在伦理观念及其实践方面。如此论述，会更客观和更清晰。

　　胡蓉这部经过多年打磨的著作终于要面世。这是一部建立在对中原文献与西北特有文献深入考察的基础之上的专著。该书站在元代文化与文学对中华文化的巨大贡献这一学术高度，对所涉及的问题进行精深考察，审慎思考，得出了诸多有价值的结论，富有新意，因而具有较高学术价值的著作。新著出版，是对元代文学研究的重要贡献，它会深化或更新人们对相关问题的认识。我也期待胡蓉对相关的研究继续推进，作出新的学术贡献。

　　　　　　　　　　　　　　　2020 年 7 月 31 日

张艳《元代雅俗双栖作家研究》序

张艳这部《元代雅俗双栖作家研究》终于要出版了，她在这一研究上付出很多，成果得来不易，我替她高兴。

说起这部书，进而说起这一课题研究的缘起，要追溯到十年以前。2010年，她考入南开大学攻读博士学位。她硕士在兰州大学，研究的是地方戏。现在要作元代文学研究，跨度实在太大。我还是希望她与硕士阶段的研究有一定衔接，哪怕有某方面的相关，也比完全脱节要好。这是大的思路。至于怎么提出了这一具体题目，还要回到当时的情景中来说。

前不久我出版了拙著《元代文学通论》，尝试以通观视野总览一代文学。书出版后，"通观"两字受到特别关注，著名学者张晶教授由此在《民族文学研究》2020年第5期发表题为《通观：作为文学史研究的进路》的宏文，对拙著给予很多过誉。我自然当不起如此盛誉，但以通观视野，对元代文学作整体研究，则是我与若干同道的共同追求。张艳是其中一位。就在张艳来南开读博的同一年，我的国家社科基金重点项目"元代文化精神与多民族文学整体研究"立项，"整体"就是"通观"的另一种表达。应该说，从该项目立项之前的两三年，直到今天的十几年，我们这些人就一直致力于这一思路下的元代文学研究。张艳在其中作出了重要贡献;《元代雅俗双栖作家研究》,就是重要成果之一。按照我们的思路,研究一代文学,应该上下贯通、左右打通,不同民族、不同地域、不同体裁文学当一体观。这其中,不同体裁之整体研究,是很重要的。

所谓文学史,是人们心灵的历史、情绪的历史,要考察和认识的,是文人的精神面貌,了解当时文人怎样活着以及希望怎样活着。了解这些,当然要通过作家留下的作品。鲁迅有段话,我觉得总不过时,他说:"我总以为倘要论文,最好是顾及全篇,并且顾及作者的全人,以及他所处的社会状态,这才较为确凿。要不然,是很容易近乎说梦的。"他以陶渊明为例,说:"陶潜正因为并非'浑身是"静穆",所以他伟大'。现在之所以往往被尊为'静穆',是因为他被选文家和摘句家所缩小,凌迟了。"他希望读者"自己放出眼光看过较多的作品,就知道历来的伟大的作者,是没有一个'浑身是"静穆"'的"[1]。文学史研究有所谓"知人论世"法,是说要很好地把握作品,需要了解作者,而要了解作者这个人,需要了解他所处的时代。其实,文学史研究更多的是与此反向的工作,即通过作品了解作家,通过一系列作家作品认识那个时代,认识那个时代人的心灵与情绪。这一认识,追求的是全面与客观。如果我们仅就一个作家的部分作品去认识这位作家,那就没有"顾及作者的全人",我们的认识,就是偏颇、不全面、不完整的,按鲁迅的说法,是被"缩小"的。特别是在元代,有些人既写诗文又写曲,而在诗文与曲中展示的形象,则相去太远。我们可以借大家熟知的欧阳修的例子来说明。高文大册如《与高司谏书》《朋党论》中展现的欧阳修是欧阳修;诗如《庐山高》中展现的欧阳修是欧

498

---

[1] 鲁迅:《鲁迅全集》第六卷,人民文学出版社 2005 年版,第 439~444 页。

阳修，词作如《朝中措·平山堂》中展现的欧阳修也是欧阳修；《醉翁琴趣外编》中所见的欧阳修，也不能不说是欧阳修。这其实是欧阳修一个人的不同方面、不同表现，这所有的欧阳修合在一起，才是完整的欧阳修。每一个人都是多面的，在不同场合，面对不同对象，应付不同事务，总会表现出不同面貌。元代很多著名文学家也都是如此。比如姚燧，他立身刚正，不畏权贵，这在他的诗文中表现充分。但他也随和家常，有时豪纵放旷，不拘礼法，这要通过其散曲认识。一个作家，一个文人，必须从不同方面了解他，才能认识这一"全人"，一个时代的作家队伍，更是如此。既不能以一部分作家代替作家队伍的全体，更不能以一些作家甚至这些作家某方面的作品认识作家队伍的全体，如此都是以偏概全。如此显而易见的错误，我们却一直在犯。

"一代有一代之文学"，从文学史发展"代胜"的角度说，是一个很好的概括。但如果以某一文体掩盖或代替一个时代文学的全部，那我们的文学史，就是残缺的。如果一个时代多体裁文学的研究，各自叙述，各说各话，互不关联，那我们的文学史就是拼盘式的，是相互割裂的。文学史的研究要革除残缺与割裂之弊，就应以通观视野，对一代文学作一体观，其中重要的一个方面，就是打通不同文体的研究。打通，说起来轻松，做起来不易。要打通，先从一些多体兼擅的作家入手，认识其不同文体的不同风貌，在不同文体中展现的不同形象，从不同方面认识一个作家、一群作家、一个时代作家队伍的"全体"。这就是本课题提出的思路与所想达成的目标。基于这样的认识，该书以一种新的研究思路，以期改变以往元代文学研究中各体文学研究各自表述、互不关联的局面，即从元代雅俗双栖作家这一独特视角突破，把元代诗文词曲等置于同一视野中作一体观，围绕两条主脉进行研究：一是全面系统梳理雅俗兼擅的作家队伍的基本情况，从整体上展现元代文坛的雅俗双栖现象。二是围绕雅俗双栖作家，通过不同文体的关联研究，来认识一批作家的完整人格与精神，以获取对整个元代文人的客观认识。可以肯定地说，这是全新的研究。

张艳这一目标，是分两步走的。读博三年，要完成这一任务，显然困难，于是选取元代雅俗兼擅的代表作家作个案研究，当时选定的是胡祗遹研究。2013年张艳博士毕业，转年即以"元代雅俗双栖作家研究"中标国家社科基金项目。从个案到群类，就研究进展看是前进一步，从基本思路上说是回归本初。三年后项目结项，又经过几年完善、打磨，才交出版社出版。

在如此新思路、新视野下，经过多年深入研读、思考，这部辛勤耕作、精细打磨的专著，必然是对元代文学研究新的开拓，展示新的视野，贡献新的结论。其学术价值，当然值得高度肯定。

这个看似简单的题目，其实涉及两个大的理论问题。

首先是有没有俗文学作家问题。郑振铎《中国俗文学史》给俗文学的义俗是："俗文学就是通俗的文学，就是民间的文学，也就是大众的文学。"郑氏归纳俗文学的六种特质，前三种是："1. 大众的。她是出生于民间，为民众所写作，且为民众而生存的；2. 无名的集体的创作，我们不知道其作家是什么人；3. 口传的。"如此定性，俗文学非作家文学，是没有作者名氏的，且是口头的。但他按文体将俗文学分为五类，其中第三类是"戏曲，包括戏文、杂剧、地方戏"[1]。其书第九章是"元代的散曲"，散曲也被纳入"俗文学"的范畴。很明显，他的说法是自相矛盾的，因为杂剧和散曲，大部分是作家文学，是有作家名氏的。从历史上看，所谓"俗"文学，并非都无作者可

---

[1] 郑振铎：《中国俗文学史》，作家出版社1954年版，第1～9页。

考。如《山房随笔》所载林观过俗诗:"三山林观过,年七岁,嬉游市中,以鬻诗自命。或戏令咏转失气,云:'视之不见名曰希,听之不闻名曰夷。不啻若是其口出,人皆掩鼻而过之。'林试神童科,不甚达。"[1]这肯定应归入俗文学,但它是有作者名姓的。即使有些谣谚,其实也是有作者的。可以自信地说,俗文学作家,这一概念是成立的。

其次是雅与俗的问题。"雅""俗"是中国文学理论批评史上一对重要范畴,其内涵丰富且复杂。有风格之雅俗,有趣味之雅俗,有体裁之雅俗,与之相关的,还有语言之雅俗。宋人突破了雅俗之绝对界限,改变了雅俗对立观念,以俗为雅,变俗为雅,大俗大雅,使雅俗观内涵更加多样,在一定情景下,雅与俗相互融通与转换。在风格、趣味、体式三者之间,雅俗关系更加多样。如上文所引林观过咏转失气,雅的体式、雅的语言(集《老子》《尚书》《孟子》语),但趣味却是低俗的。而俗言俗体不碍有雅趣,如元代无名氏散曲【仙吕·游四门】:"琴书笔砚作生涯。谁肯恋荣华。有时相伴渔樵话。兴尽饮流霞。喺。不醉不归家。"[2]俗体俗言,表现的是大雅之趣。雅趣,还有山林清雅与庙堂高雅之不同,两种雅甚至可能大异其趣。在元代,山林清雅有时与浅言俗体同体共生,以对抗世俗之浊与陈腐之滥。即使只说体式之雅与俗,也随时代衍变,如王国维所说:"雅俗古今之分,不过时代之差,其间固无界限。"[3]使用如此丰富复杂的概念,就必须有极严格的意义限定。本课题所谓的"雅俗双栖",雅与俗,仅

501

[1] 蒋正子:《山房随笔》,《丛书集成初编》本,中华书局1985年版。

[2] 隋树森编:《全元散曲》,中华书局2018年版,第1908页。

[3] 王国维:《观堂集林》卷第五《尔雅草木虫鱼鸟兽名释例上》,上海古籍书店1983年影印本《王国维遗书》。

就体式（体裁）说，并且限定在元代。体式，诗文词等为雅，曲（剧曲与散曲）为俗。具体讨论中，当然会涉及"雅俗"范畴丰富复杂的内容，但都是建立在明晰概念基础之上进行的讨论。

该著将"雅俗双栖"作家，按所从事的创作体式分为三类：诗文词兼作散曲、诗文词兼作杂剧、诗文词兼作散曲、杂剧。这其中，诗文与杂剧兼作，超出了以往研究者的认识范围。在很长一个时期中，研究者认为，元代正统雅文学作家与新兴俗文学作家是对立的。传统文士敌视甚至仇视新兴文体。这当然没有足够的文献依据。据邓绍基先生考证，"正统"文士的代表虞集不仅盛赞曲作的社会功用，自己还创作过《十种仙》杂剧[1]。张艳此著，在这方面下了很大功夫，书的第四章专门考察这一问题。作者首先从历史题材、文坛风尚、文人担当精神、理学背景、地域文化等方面探讨元代诗歌与杂剧的关系；然后将元代诗、剧兼擅作家，从作品辑存和散佚角度分四类：诗（文词）、杂剧俱存者，诗歌有存、杂剧散佚者，杂剧有存、诗歌散佚者，诗歌、杂剧皆不存者。类似这些，都是该著可贵的突破。

在此书即将面世之际，除了对作者表示祝贺，我还回想起张艳读博及毕业以后的点点滴滴，为她的坚毅而感动。她来读博时，家远在新疆石河子。女儿面临中考，丈夫在中学任教且担任毕业班班主任，而她的学业与研究压力，较之她的同学更重，这主要来自硕士与博士之间极大的跨度。她几乎每天都承受着极大心理压力，但一直顽强前行。有时她实在放不下家和女儿，也需要缓解一下自己的精神压力，要回新疆，但总是很快又回来了。我作为导师，也尽力为张艳缓解压力，帮助她树立自信，尽可能让她摆脱焦虑，轻松前行。博士毕业，

---

[1] 邓绍基：《虞集与〈十花仙〉杂剧》，《文学遗产》2012 年第 3 期。

论文得到了专家好评，我和她一样高兴。毕业后的几年，工作任务繁重，但学术上从未放松。这部著作，就证明了张艳这些年的努力。

这部书的出版，是张艳学术研究的一个阶段性总结，期待她继续前行。

2021 年初春

杜改俊《忽必烈潜邸幕僚形成研究》序

　　杜改俊教授是一位有思想、勤思考、接受新事物快的学者。我与改俊教授认识，是在 2006 年。那年 8 月，山西陵川召开了郝经暨金元文化的讨论会，我因之前发表过关于郝经的论文，被邀请参加了这次会议。会上我有一个发言，讲了元代文学研究的现状与走向问题。我的基本看法是：当时的元代文学研究已走入困境，其表现是研究队伍的萎缩和研究水平的下降，因而受关注度也很低。元曲研究在经历极盛后渐冷，前沿的研究转向关注元曲以外的其他文体，特别是诗文文论，这是一个需要研究但缺乏研究的领域。郝经当然就是重要的研究对象之一。客观认识一个时代和一个时代的文学，必须全面且整体地研究一个时代和一个时代的文学。这些思考发表在《民族文学研究》2006 年第 3 期上，题目叫《元代文学研究的困境与出路》。我发言刚结束，就有一些人过来交流攀谈，还有人索要我的发言稿。应该是在会议中间休息时，改俊来与我交流，说她对我的发言很感兴趣，也介绍了她自己提交的会议论文。后来，她的会议论文刊发在《民族文学研究》上。

　　这次会后，改俊与我保持着联系。2008 年，改俊就在《文学遗产》第 4 期发表了《金莲川文人集团的文学创作》，并且被人大复印报刊资料《中国古代、近代文学》转载。对此，我很看重。因为那时，重要期刊发表元代文学研究论文的数量，和研究界对元代文学研究的关注度，都已经跌入低谷，而关注度的重要参照，就是二次文献的转载与摘录。元代文学研究要走出困境，必须吸引更多的年轻学者投身其中，特别是那些有学术敏感与学术眼光的年轻学者。我当时在关注忽必烈金莲川幕府文人，这是一个独特而又在元代影响深远的群体。我2007年开始在南开招收博士研究生，第一届的同学任红敏，我给她题目就是"金莲川藩府文人文学研究"。改俊能敏感地抓住这样一个问题，并且肯定是自己找到的这一题目，且有论文发表在《文学遗产》上，我当然很看重。我建议她到南开来读博，尽管由于一些很具体的原因，她后来到北京读了博士，但研究方向一直没有改变，于是就有了这部《忽必烈潜邸幕僚形成研究》，这是她多年思考所得，她很珍惜。在即将出版时，希望我写几句话。我乐意借此机会，记下我与改俊教授的交往，也就相关问题，谈一些感受与看法。

杜改俊教授这部新著，讨论的核心问题是忽必烈金莲川幕府何以形成、如何形成，她要回答的是一个更深层次的问题：一位蒙古藩王，为何能被中原士人接受，最终成为中原之主、中国之主。围绕这样的问题，改俊教授的思考，很多是深刻、新异的，且能给人以启发。她认为，忽必烈之所以能为中原士人接受和拥戴，源于三个"契合"：汉族士人的"天下观念"与忽必烈明君特质的契合，"蒙汉杂糅"的君臣观与"双向"忠君观的契合，蒙古统治者用人标准与幕僚成员"期于有用"人生态度的契合。她为什么要讲这么多"契合"？因为她要回答一个长期困惑学者的问题：元初北方士人的"华夷观"，以及今人应该如何看待他们的"华夷观"。特别是第一个"契合"，她特别展开：在中国文人的心目中，"天下"与"国家"实是两个概念，

"国家"是一家一姓之国，此国之兴亡与皇室家族及与此有密切关系的臣属有关；而与普通知识分子和一般百姓关系并不很大。但"天下"之安危则"匹夫有责"。由"天下"观念推出的另一种思想，就是任何一个属于"天下"的君王，只要有德有才，都可成为天下明君。而忽必烈"度量弘广，知人善任"，能行"仁政"，"虽在征伐之间每存仁爱之念"。忽必烈身上表现出的质朴、率性，也吸引了汉族文士；这些特质符合了汉人心目中明君的特点，由此获得了当时北方士人的普遍拥戴。她这是从大中华民族观念出发作出的解说，是对长久困惑学者"华夷"问题的很好解答。有意思的是，清朝雍正皇帝著有《大义觉迷录》，他在书中论证清朝的正统性说："自古帝王之有天下，莫不由怀保万民，恩如四海，膺上天之眷命，协亿兆之欢心，用能统一寰区，垂庥奕世。……盖德足以君天下，则天锡佑之，以为天下君，未闻不以德为感孚，而第择其为何地之人而辅之之理。"[1]忽必烈大约没有想过论证自己的合法性，他只是用自己的作为去证明，改俊教授替他作了辩说，其意恰与雍正之说近似。

很巧的是，我近来要回答如何客观评价元代文学问题，由于这一问题绕不开"华夷之辩"，也作了一些思考。在我看来，近代以来的不少学者，忽视或者忽略了"华夷观"的古今演变，将近代的"华夷观"上推到金元时期，用近代的"华夷观"审视、评价金元时期的相关问题，这是观念的错位。华夷，在古代本指中原华夏与边夷族群，如《晋书·元帝纪》载刘琨《劝进表》："天地之际既交，华夷之情允洽。"[2]杜甫《严公厅宴同咏蜀道画图得空字》："华夷山不断，吴蜀

---

[1] 清雍正皇帝：《大义觉迷录》，沈云龙主编《近代中国史料丛刊》第36辑，文海出版社1973年版，第1页。
[2] 房玄龄等：《晋书》卷六，中华书局1974年版，第147页。

水相通。"[1]"华""夷"同属"天下",而"天下"是一体的,"莫非王土"。用现在的话说,"华夷"关系,是国内民族或地域关系。宋元时,"华夷"还有其时代含义,即指国家的疆域,如关汉卿【南吕·一枝花】(杭州景)套数:"大元朝新附国,亡宋家旧华夷。"王季思注:"宋元时称国家的疆域为华夷,因为它包括了少数民族地区。"[2]到近代,"华夷"转而指中国与外国,"华夷"关系当然就演变成中外关系。如林则徐让人翻译鸦片战争前西洋人对中国的重要时事评论,编成《华事夷言》。魏源《海国图志》卷一《筹海篇一·议守上》说:"攻夷之策二,曰调夷之仇国以攻夷,师夷之长技以制夷。"[3]"华"由中原衍变为中国,"夷"由边夷衍变为外国。元代的"华夷"问题,当然是国内问题。蒙古族本来就是我国北方的一个边地民族,唐时称为蒙兀,或称蒙兀室韦,居住在黑龙江额尔古纳河一带,唐时其居住地就在大唐的版图之内。用近代的"华夷"观念看待元代的"华夷"问题,当然就出现了很大问题。钱基博《中国文学史》痛骂元代诗文作家:"认贼作父,歌功颂德,如不容口,而不知颡之有泚也。呜呼!哀莫大于心死,而丧心病狂以为盛德形容,斯诚民族之奇耻,斯文之败类已!"[4]正是在这种观念错位下形成的认识。至今仍有这种观念错位的学者,可以读一读杜改俊教授的辨析。

杜改俊教授新著有不少超越前人之论,比如说,忽必烈潜邸幕僚形成的媒介是宗教。宗教是当时蒙古社会文化的核心和主体,蒙古人当时信奉萨满教,萨满教是一种多神教,所以他们形成了对宗教非常

---

[1]　萧涤非主编:《杜甫全集校注》(5),人民文学出版社 2014 年版,第 2588 页。

[2]　王季思编:《元散曲选注》,北京出版社 1981 年版,第 48 页。

[3]　魏源:《海国图志》卷一,清光绪二年魏光焘平庆泾固道署刻本。

[4]　钱基博:《中国文学史》,湖南蓝田新中国书局 1943 年版,第 494 页,中华书局 1993 年整理本删去。

宽容的态度。他们很容易把别的宗教中的神，理解为自己所信仰神中的一种。蒙古高层与中原文化的接触开始于宗教，是佛教和道教。而中原佛道人士，大多深受儒家思想影响，或者说其根子上是儒生。儒家治国之道，经由这样的途径，影响了忽必烈和其他蒙古高层。改俊教授特别指出，当时的佛道人士，没有像其他宗教的"布道者"那样狂热地宣讲自己的宗教教义，而是根据现实的处境，重点宣讲现实中迫切需要的儒家仁政思想，这为后来忽必烈接受中原文化、重用汉儒，奠定了基础。应该说，这一情况，此前也有研究者注意，但却没有如此明确具体地揭示出来。这一揭示，对于认识元代政治与文化特点，具有更为普遍的意义。因为在元代历史上，佛道人士始终发挥着维系儒士与蒙古高层之间关系的重要作用。

改俊教授还敏锐地认识到蒙、汉文化在人伦观念上的契合点。以儒学为本体的中原文化，特别注重人伦关系，儒家哲学就是人伦哲学，中原政治就是人伦政治。而当时的蒙古社会结构，还处在以血缘为纽带的阶段。也就是说，人伦观念为当时蒙、汉社会所共有，这为金莲川幕府的形成，提供了共同的思想基础，并且在其形成过程中发挥了重要作用。中原士人以人伦关系为纽带，将大批人才引入忽必烈幕府，而忽必烈对此是高度认可的。以人伦关系为联结的幕府成员，是金莲川潜邸幕僚中的"基础群体"。据改俊教授考察，属于"血缘人伦圈"中的人，超过了潜邸幕僚总数的三分之一。进一步，借助"伦理波纹圈"步步扩展，既为忽必烈网络了北中国的英才，又强化了幕府中人才的内部结构。这些都见前人所未见，深刻、新颖，且符合历史的实际。对认识这一群体，具有启发意义。

总之，这是一部有思想、见深致、多新意的著作，当然也是一部很有价值的著作。它的出版，将会推进元代文学与文化研究，深化人们对相关问题的认识，纠正某些认识偏失。也希望改俊教授有更多、更具学术价值的成果问世。

2021 年 4 月 16 日

任红敏《忽必烈潜邸儒士与元代文学发展》序

2013 年底，在北京师范大学古籍与传统文化研究院召开的元代文学与文献研究论坛上，我对 21 世纪以来特别是近些年来元代文学研究的形势，作了一个乐观的评估：与古代文学研究进入 21 世纪整体上活力有些减退不同，元代文学研究近些年出现了可喜的局面。我当时用四个"新"概括：新人、新著、新思路、新面貌，"新"不断涌现，研究不断深入，元代文学研究的格局，相比十多年前出现重大变化。"四新"，新人是关键。"新人"有一群，任红敏是其中之一。我当时例举若干新的研究思路，其中就包括任红敏承担的国家项目、教育部项目、河南省社会科学规划项目所展示的思路，这部《忽必烈潜邸儒士与元代文学发展》就是其中之一。这样的研究思路，在 20 世纪没有出现，在 21 世纪最初的几年也没有见到，只有到了近些年，元代文学研究全面兴起之时，类似的题目才不断涌现。这对于一个学科或一个学术方向来说，是很值得高兴的。

十年前我初来南开，2007 年首次招收博士研究生，红敏是我第一届两名博士生之一。当时给我印象特别深刻也让我感动的，是她的坚毅和勤奋，这种坚毅，其程度超过有担当能力的男人。勤奋更不必说，她几乎把所有可利用的时间都用来读书和写作。她与同门的师弟、师妹们一起，经常沟通、切磋，相互鼓励，交换信息，共同营造了和谐向上的学风，各自都取得了好的成绩。客观地说，她入校时未显示特别的优势，毕业时，参与她论文评议和答辩的先生，都给予她很高评价。由于她与同门这样刻苦的努力，他们在博士毕业后的几年里，都很快崭露头角，被研究界认可。在目前活动的中国元代文学学会、中国辽金文学学会，红敏都是理事。朋友们见到我，总要提到我这几个学生，夸赞几句。这给我带来不少愉快。

红敏的博士论文是有关忽必烈金莲川幕府文人的研究，这是元代文学研究非常重要的课题，但长期以来没有引起研究者的重视。

有元一代，有几次文人向政治中心的大聚集，每一次聚集，都可以看作是元代文学发展史的重要节点。其中最为重要的应该是第一次，即忽必烈以皇太弟之尊开府金莲川（这里后来成为元朝的上都），招纳了大批幕府文人。《元史》的记载是："岁甲辰，帝在潜邸，思大有为于天下，延藩府旧臣及四方文学之士，问以治道。"[1]在此后的一段时间里，北中国的大批精英汇聚于此，有的留在幕府，有的在幕府中过渡后被派往各地治理地方。在忽必烈即位后，这其中不少人成为他的心腹股肱之臣，为他谋大事、规大政。文化政策之制定，更是有赖这些人的谋划。世祖时期的文化政策取向，奠定了整个元代文化政策的基础，世祖潜邸文人的文化主张，由此影响了整个元代文化与文学的走向。

511

一般说，元政府在文化方面积极主动的作为不多，这与其前宋、其后明，形成鲜明对比。我将这种状况概括为"文倡于下"，政府少有文化建设，也少有推动文化发展的措施，从另一个方面说，是政治很

---

[1] 宋濂等：《元史》卷四，中华书局 1976 年版，第 57 页。

少干预文化。当然，元政府在文化上并非完全缺位，并非没有文化政策或者政策导向，导向不仅有而且发挥着作用，确实影响了元代文化与文学发展的走向，由此形成了元代文化与文学的一些基本特点。《元史·赵良弼传》记载赵良弼与忽必烈的谈话：首先是赵良弼进言："宋亡，江南士人多废学，宜设经史科，以育人材，定律令，以戢奸吏。"这些都被忽必烈采纳。又："帝尝从容问曰：'高丽，小国也，匠工奕技，皆胜汉人。至于儒人，皆通经书，学孔、孟。汉人惟务课赋吟诗，将何用焉？'良弼对曰：'此非学者之病，在国家所尚何如耳。尚诗赋，则人必从之，尚经学，则人亦从之。'"[1]忽必烈这段话中匠工、经学、诗赋的顺序，显示的是在他心目中位置的顺序。元承金，金代科举以词赋取士，金之士人长于词赋，重文。金亡后，北方文人反思亡国教训，认为"事虚文而弃实用"是重要原因。入元，学术与文学尚实，成为基本趋势。这一趋势正好与兴起于漠北的蒙古政权的需要相契合。但要改变中国北方人才的结构，还不是短时间可实现的。改变文人的学术趋向，要靠朝廷用人政策和文化政策，要发挥政策的导向作用。忽必烈面对中国北方的人才现实，其困惑在此，赵良弼建议的用心也在此——以政策所"尚"引导士人弃词章而取经术。

不管是在潜邸时期还是即位之后，忽必烈的用人导向一直是明确的。其弃文求实的取向，直接从对科举的态度上体现出来。姚燧《董文忠神道碑》记载了至元八年（1271）有关科举的一次御前论争："侍读徒单公履欲行贡举，知上于释崇教抑禅，乘是隙言：'儒亦有是科，书生类教，道学类禅。'上怒，已召先少师文献公、司徒许文正公与一左相廷辩。公自外入，上曰：'汝日诵《四书》，亦道学者？'公曰：

512

[1] 宋濂等：《元史》卷一百五十九《赵良弼传》，中华书局 1976 年版，第 3746 页。

'陛下每言：士不治经究心孔孟之道，而为赋诗，何关修身？何益为国？由是海内之士，稍知从事实学。臣今所诵，皆孔孟言，乌知所谓道学哉？而俗儒守亡国余习，求售己能，欲锢其说，恐非陛下上建皇极，下修人纪之赖也。'事为之止。"[1]这位徒单公履是金进士，尽管以经义科中选，但他是重词章的，元世祖建国号诏书，就是他的手笔，实为词章之士，而"先少师文献公、司徒许文正公"是姚燧的伯父姚枢、老师许衡，他们是怀卫学派的代表，是义理之士。这一论争，是词章之士呼吁恢复科举借以争取地位，因而与义理派学者发生的冲突。这一冲突一直延续。《元史·杨恭懿传》载，至元十二年（1275），"侍读学士徒单公履请设取士科，诏与恭懿议之。恭懿言：'明诏有谓：士不治经学孔孟之道，日为赋诗空文。斯言诚万世治安之本。今欲取士，宜敕有司，举有行检、通经史之士，使无投牒自售，试以经义、论策。夫既从事实学，则士风还淳，民俗趋厚，国家得才矣。'奏之，帝善之"[2]。还是徒单公履，另一方则是许衡在关中时的朋友——义理派学者杨恭懿。这次看得更明白。词章之学在当时始终不被重视，词章之士也少为朝廷所用。当时北方词章之士以元好问为代表。20世纪90年代以前的金代文学研究，主要集中于元好问，而元好问研究所关注的，是他的所谓大节问题，贬之者攻其北觐忽必烈，且请忽必烈为"儒教大宗师"，维护者强调其未曾仕元。矛盾的双方都只从元好问一方着眼，争论他对新朝的态度，而没有考虑忽必烈对元好问的态度。当时决定元好问出处的，不是元好问本人，而是忽必烈。对于忽必烈，元好问的姿态已经做足，北觐，上"儒教大宗师"

---

[1] 姚燧：《董文忠神道碑》，查洪德编校《姚燧集》，人民文学出版社2011年版，第230页。

[2] 宋濂等：《元史》卷一百六十四《杨恭懿传》，中华书局1976年版，第3842页。

尊号，剩下的事，他无能为力，主动权不在他。也就是说，他是出是处，不在于他仕与不仕，而在于忽必烈用与不用。他之未仕元，不是他不仕，是忽必烈不用。清人沈德潜的一句话说到了关键："元世祖未尝欲其仕。"[1]（《宋金三家诗选·遗山诗选例言》）元好问诗写得好，无奈忽必烈压根就不明白诗有什么用，或者说不知道为什么要作诗。这样的用人趋向直接影响了后来科举政策的制定。仁宗皇庆二年（1313）十一月《行科举诏》称："举人宜以德行为首，试艺则以经术为先，词章次之。浮华过实，朕所不取。"[2]这是元政府对经术与词章的态度。力争恢复科举的徒单公履此时已不在世，他恐怕没有想到，他争取的科举恢复了，但词章却依然受排斥。这种排斥，在《行科举诏》中表述得尚不十分明确，所谓"词章次之"，似乎词章还有一定地位，如果看当时中书省的上奏，就不一样了。皇庆二年（1313）十月中书省奏："学秀才的，经学、词赋是两等。经学的是说修身、齐家、治国、平天下的勾当，词赋的是吟诗、课赋、作文字的勾当。自隋唐以来，取人专尚词赋，人都习学的浮华了。……俺如今将律赋、省题诗、小义等都不用，止存留诏诰章表，专立德行明经科。明经内'四书''五经'，以程子、朱晦庵注解为主，是格物致知修己治人之学。这般取人呵，国家后头得人材去也。"[3]《元典章》和《通制条格》都载有此奏。这样的用人取向和文化政策，对元代文学的发展，影响是巨大的。而所有这些，都奠基于忽必烈潜邸幕府时期。潜邸幕府文士，是其大政的规划者。从这样一个角度来认识忽必烈潜邸时期、潜邸文人对元代文学发展的影响，就明白了很多问题的

[1] 沈德潜：《宋金三家诗选》，齐鲁书社1983年影印清乾隆刻本。
[2] 程钜夫：《行科举诏》，苏天爵《元文类》卷九，《四部丛刊》影印元至正本。
[3] 方贵龄校注：《通制条格校注》卷五，中华书局2001年版，第220页。

根蒂。任红敏此著的价值在此，其对元代文学研究的独特意义在此。

　　至于其他，她是我的学生，就不说了，相信读者诸君会有评价。但有一句话还是要说：元代文学的研究，我及我的同辈，能做的有限。我们师辈所期待于我们的，现在我们又要期待他们了。可以高兴地说，他们会比我们做得好。

2016 年 4 月 15 日

王双梅《元上都文学活动研究》序

　　王双梅新著《元上都文学活动研究》，是在她博士论文基础上数年修订打磨而成。唐人贾岛诗有"十年磨一剑"（《剑客》）之句，后演变为成语，今人常用来称誉一些学术成果，言其为功夫之作，乃长期积累、潜心研究所得，非浅泛速成者可比。那些被誉为"十年磨剑"之作，是不是全都名副其实，我无法详知。但王双梅这部书，确有"十年"之功。2013 年，王双梅进入南开读博，因为她来自内蒙古通辽，我建议她做这一题目。2017 年博士毕业，她以此论文答辩。那年她抽到盲审，评审的结果是全优，继而被评为南开大学优秀博士论文。2019 年，获评天津市优秀博士论文。自博士毕业至今，她一直没有停止对这一课题的思考，且对书稿进行修订。现在交付出版，借用贾岛的诗句说，就是"今日把示君"——展示给学界同行。从拟议到出书，前后十年。

　　本书研究的元上都，是草原深处的一座都城。元代实行两都制，有上都和大都。上都，又称上京、滦京，是元朝的夏都，在今内蒙古锡林郭勒盟正蓝旗。大都则是冬都，在今北京。每年三四月至八九月，皇帝巡幸上都。《元史·地理志一》载："上都路，唐为奚、契丹地。金平契丹，置桓州。元初为扎剌儿部、兀鲁郡王营幕地。宪宗五

516

年，命世祖居其地，为巨镇。明年，世祖命刘秉忠相宅于桓州东、滦水北之龙冈。中统元年，为开平府。五年，以阙庭所在，加号上都，岁一幸焉。"[1]这里有几个重要的时间节点：蒙古蒙哥汗（宪宗）元年（1251），忽必烈受命总领漠南汉地军国庶事，后驻帐于桓州，史称"开府金莲川"。蒙哥汗六年（1256），忽必烈命刘秉忠主持在此筑城，历三年（1259）竣工。次年，蒙哥汗死，忽必烈在此即位，改元中统（1260），以此为开平府。这里既是忽必烈潜邸，又是其即位之地（古人称"龙兴之地"或"龙飞之地"），由此居有极高政治地位。到至元元年（1264），加号上都，成为两都之一。按元人所记，这是一块宝地："龙岗蟠其阴，滦江经其阳。四山拱卫，佳气葱郁。……山有木，水有鱼。盐货狼藉，畜牧蕃息。"[2]（王恽《中堂事记》）上都在元代地位异常重要，"圣上龙飞之地，天下视为根本"[3]。元朝皇帝还有另一角色：大蒙古国大汗。在上都，他们更多体现其蒙古大汗角色。与大都相比，上都更具国际性色彩。

517

这座城在草原深处，但由汉人刘秉忠负责规划与修建，其格局、形制、命名，多体现中原文化因素，大致同于中原都城。即以其建筑的命名看，有大明、仪天、宝云、宸丽、慈福、鸿禧、睿思等殿，大安、延春、连香、紫檀、凝晖等阁，绿珠、瀛州两堂。就文化属性说，她是草原的，也是中原的。《元史·世祖本纪》载："帝（忽必烈）在潜邸，思大有为于天下，延藩府旧臣及四方文学之士，问以治道。"[4]从那时起，这里就集合了一批中原文化精英，在远离中原之地，形成

————————

[1] 宋濂等：《元史》卷五十八，中华书局1976年版，第1349～1350页。

[2] 王恽：《秋涧集》卷八十二《中堂事记》，《四部丛刊》影印明弘治本。

[3] 宋濂等：《元史》卷一二六《廉希宪传》，第3095页。

[4] 宋濂等：《元史》卷四，第57页。

了一个中原文化中心。而蒙古语称此城为"兆奈曼苏默",为一百零八座庙之意。这众多庙宇,体现的则是多元文化。上都坐落草原,联通欧亚,中西文化在这里交汇。这样一座城,在历史上,在世界上,是极其独特的,又是广纳多种文化,多元汇聚的。在这里进行的各种文化与文学活动,理应受到研究者的高度重视。

但这座都城,自明初废弃以来,沉睡六百多年,在20世纪末,重新成为文史研究者关注的焦点,再次吸引了世人的目光。1988年,其遗址被确定为国家第三批重点文物保护单位。1996年,列入申报世界文化遗产名录清单。2012年,第36届世界遗产委员会会议讨论并通过将元上都遗址列入《世界遗产名录》。在这一过程及其前后的若干年,元上都成为学术研究的一个热点,人们以极大的兴趣,作了多方面的研究。但这多方面,主要是考古与历史的。文学的研究,在很长时期内,是很少甚至是缺位的。人们也关注了上都纪行诗,但主要是被当作史料而非研究对象。对上都纪行诗作文学的研究,是近若干年的事。2012年国家社科基金年度项目还有内蒙古锡林郭勒职业学院杨富有教授的"上都扈从诗与元代多元文化交流研究",在此后的几年里,杨教授还完成了《元上都扈从诗辑注》。以纪行诗研究为代表的元上都文学研究,为今人了解元上都,发挥了一定作用。但全面的元上都文学研究,在王双梅此著之前,一直未见。双梅此著,是开创性的。

元上都文学中心的形成,基于元代的两都制。一批翰苑文人随皇帝往来于大都与上都,于是上都、大都就成为文化和文学中心。每年夏天,皇帝巡幸上都,大批文士扈从,他们多是文坛精英。公务之余,在这里举行各种文学活动。有雅集唱和,诗文赠答,谈曲论诗,观书题画。其活动是很丰富的。在这里形成的文学思想、文学风气,影响着整个文坛,引领着文风走向。上都文学中心是独特的,因为她远离中原与江南，在草原深处。这个文学中心的出现，改变了古代文学的地域格局，也使中国文学史的版图极大拓展。

随着南北统一，游历之风的兴起，众多非翰苑文人也来到上都。他们或为寻求进身，或者是来观光，使得上都成为各种身份文人聚集之处。在上都期间，他们因乡邦之谊、师生之情、友朋之契，与翰苑文臣一起，作文学交游。还有一些蒙古、色目文人，释子道流，属国文人，也聚于上都。于是，在上都形成了以馆阁文臣为核心的，多地域、多民族、多文化背景的文人群。上都的文学活动，也呈现多元文化的丰富色彩。

文人壮游上都、乐游上都，还体现了元代的时代精神。在元人苏天爵看来，由文人的上都之行，可以观士气，观国运。他说，南宋公卿士大夫"当使远方，则有憔悴可怜之色"。元代"混一海宇，定都于燕，而上京在北又数百里……朝士以得侍清燕，乐于扈从，殊无依依离别之情也"，由此可知"国家作兴士气之为大也"[1]。罗大巳认为，元代文人是有幸的，他们的活动空间和眼界都空前扩大，他们行前人未尝行之地，见前人未尝见之物，感前人未曾有之情，把自己的经行所见所感写入诗中，又可使读者足不出户而神游万里，这是前代文人难以想象也无法企及的：诗人"岁走万里，耳目所及，穷西北之胜。具江山人物之形状，殊产异俗之瑰怪，朝廷礼乐之伟丽，与凡奇节诡行之可警世厉俗者，尤喜以咏歌记之。使人诵之，虽不出井里，恍然不自知其道齐鲁、历燕赵，以出于阴山之阴、蹄林之北"[2]。这些作品，展现出的是新异境界和阔大豪迈气象。

519

---

[1] 苏天爵：《滋溪文稿》卷二十八《跋胡编修上京纪行诗后》，中华书局1997年版，第470页。

[2] 罗大巳：《滦京杂咏跋》，杨允孚《滦京杂咏》卷后，文渊阁《四库全书》本。

从中国文学史发展史的视角看上都文学，愈加显示其特殊价值。中国古代文学的风貌是如何形成的？是在不同地域、不同民族、不同文化类型的相互影响与交融中形成的。主体的中原文化不断吸收各种文化因素，随着历史的进程，在动态发展中，不断呈现出新的面貌。要对这一问题有具体直观的认识，元上都文学无疑是一个很好的标本。尽管它远离中原，但它的基本风貌是中原的，一如上都建筑的主体风格与命名体现着中原文化精神一样。它融汇了草原因素、中原因素、江南因素，甚至还有域外各种文化因素，而又不仅仅是草原的、中原的、江南的。扩而大之，元代文学的风貌，是以中原文化为主体，融汇了草原文化、西域文化，甚至安南文化与海洋文化，造就了元代文学多样化的整体风貌。有一种研究将上都文学视为边塞文学，这既不符合历史的实际（上都是都城，不是边塞），也失去了研究上都文学最重要的意义。

全面研究上都文学及其活动，对我们认识元代文学，甚至认识中国古代文学，具有如此重要的意义，王双梅《元上都文学活动研究》，作为第一部全面研究上都文学活动的著作，其意义与价值也就不言而喻了。

王双梅治学的特点，是执着而踏实。她首先是下足"笨功夫"，搜集整理了数十万字的上都文学资料，编成《元上都文学研究资料汇编》，而后对这些资料分类整理，理出头绪，从大量文献中概括和抽绎出结论。用大量文献，展示上都文学活动的面貌，梳理出上都文学活动演进之轨迹，并寻求其背后的原因。依据具体作品，对不同类型作家及作家个体，作出恰当的评价。这种扎扎实实下"笨功夫"的治学，当今特别值得肯定。比起那些"聪明"学问，这样的成果，更值得信赖；这样得出的结论，更加可信。

作者已经在此基础上进一步扩展，以"元两都文学活动研究"为题，中标国家哲学社会科学基金 2018 年年度项目。我期待着作者的新成果，也期望她达到新的学术高度。

2021 年端午

杨富有教授《元上都扈从诗辑注》序

　　杨富有教授《元上都扈从诗辑注》书成，嘱我作序。我历来对潜心做资料辑录工作的学者充满敬意，因为这是消耗自我有益他人的工作。杨富有教授这项工作尤其如此。此书所收元代上都诗，是辑注者多年辛勤搜求所得。是元代文学研究界，当然也是我本人期待已久的成果，其价值自不待言。此书出版，必将有益于学林。我乐意为此写几句话，也借此机会记述我与杨富有教授之间的机缘与情谊，留作他日的回忆。

　　我与杨富有教授应有缘。杨教授在锡林郭勒职业学院工作，任院长。这是离元上都遗址最近的高校。元上都，在草原深处。我一个生长中原、长期从事古代文学特别是元代文学研究的人，以中原人的视角看，那是一个神奇的地方，一个神秘的地方，更是一个在中国文学史上有着特殊意义的地方。在一个远离中原，更远离江南的草原深处，在 12 世纪至 13 世纪这一特殊时段里，竟然形成了一个中原文化与文学的中心，这不仅大大拓展了古代中国的文学版图，也使中国文学呈现出前所未有的面貌。因为上都是都城，一批批中原和江南的文人来到这里，来到这样一个与他们以往生活环境极不同的地方，入前所未入之境，见前所未见之物，感前所未感之情，更有前所未有的身心体验，异域风物，高天旷野，激发出无限诗情。惊奇之余，他们以惊人诗笔写下大量诗作。这些作品，记载了中国诗史前所未有的自然风物，展现了中国诗人前所未有的人生感受，故也可以说，是中国诗史前所未有之作。他们又将上都所见所感，带回中原，带回江南；由此再看中原，再看江南，多了一个新的参照，于是使得元代文学中加入了新的因子。一个古代文学研究者，一个元代文学研究者，能对此无动于衷吗？能不对此牵情挂怀吗？21世纪初，我从河南来到南开大学工作，2007年招收第一届博士研究生，我给学生任红敏的博士论文选题就是金莲川幕府文人的文学研究，上都，就在金莲川。到2013年，王双梅从通辽的内蒙古民族大学考入南开读博，我直接让她作《元上都文学活动研究》。两篇博士论文都得到了很好评价。可见，元上都和元上都文学，都是我心之所思、情之所系。

杨富有教授不仅生活工作在这里，并且是对元上都及其文学有独到研究的学者，他屡屡给我以惊喜。

在我心心念念于元上都文学研究时，在2012年国家社科基金立项名录上，我意外地看到了"上都扈从诗与元代多元文化交流研究"，承担这一项目的，正是杨富有教授，所在单位就是锡林郭勒职业学院。这是他给我的第一个惊喜。这一信息吸引我特别关注的，除了题目，还有承担者的单位。当时在我心里，不仅把他引为学术的同道，又因其学校的特殊性而特别感佩，因而在潜意识里还将他引为同类，因为在1996年我承担第一项国家社科基金项目时，我的工作单位是安阳师专，那时我所在的整个学校不知道什么是国家社科基金。我深知在这样环境中从事学术研究之不易，因而觉得与他应有心灵相通处。我当然特别希望认识这位学者，但却无缘。接下来，他又给我第二个惊喜：就在这年，我应邀到内蒙古师范大学作讲座，讲元代文学的一些问题。讲座结束，不少人前来握手打招呼，其中大部分是老朋友，有一位不认识的先生自我介绍是杨富有，是专程从锡林郭勒赶来听讲座的。我欣喜又极感动。我的讲座无甚高论，当然不值得从遥远的锡林郭勒赶来听。但得遇新知，且是我引为同道同好且心有所慕的新知，自然是人生快事。2015 年夏，锡林郭勒职业学院与内蒙古师范大学在锡林郭勒联合举办了元代文学与文献研究论坛，在会上，杨富有教授发表了他的论文《元上都的封赏活动及其影响——以扈从诗为主要材料的分析》，这是我第一次听其高论，深感他是一位勤思考、有见解的学者。而如今摆在我面前的这部书稿，算是他给我的又一次惊喜。因为他辑录的上都诗达两千多首，远远超过目前研究者所掌握的数量。

这部书是元代上都汉文诗的辑存，它的独特性，它不一般的价值，都因"上都"二字而显现。上都，中国历史上曾经的都城，但又不同于其他都城。不管从哪个方面看，上都在中国历史上都具有其独特性和独有的意义和价值。

观察上都，有不同视角——元朝视角和大蒙古帝国视角，或说中原视角和草原视角。从元朝视角看，它是大元两都制的夏都；从大蒙古帝国视角看，上都是大蒙古帝国象征意义上的都城。从元朝视角和中原看，每年夏季及其前后的半年时间里，皇帝巡幸上都，朝中百官及侍从文臣扈从，大批诗人聚集此地，使得远离中原的上都成为中原文化与文学的一大中心。我上文所述，属于中原视角。而从蒙古帝国的视角看，尽管忽必烈即位后，大蒙古帝国已经分裂，但在名义上，他和他的继承者还是蒙古大汗，来到上都，他们以蒙古大汗的身份——尽管只是象征意义的，在此大宴宗王，接待来使。从一定意义上说，上都还是横跨欧亚大陆的大蒙古帝国精神聚合点和心理联络地，它连接东西方，大半个世界的来使在此聚合，带来了各地的文化，于是这里也就成了多种文化荟萃之处，融合着农业、游牧、商业等各种文明，成为当时联络极为广阔、文化极其多元、开放和包容程度极高的世界性都城。杨富有教授的国家社科基金项目"上都扈从诗与元代多元文化交流研究"，就含有这一视角的因素。

中国古代文学研究者多从汉文化视角看上都。在前代中原文人眼中，这里是异域敌国、荒寒之地，而在元代却成了上国乐土。在前代中原和江南文人的想象中，这里是神秘而可怕的。两宋使臣出使辽金，也曾来到此地。元人扈从上都，与宋人所见同，但所感所思不同。漠北风物，只有到元人笔下，才得以展现其美好，只有元代诗人，才对此地风物有观察玩赏心态。有此心态，才会有相应的描写和记录。所以元末危素说："当封疆阻越，非将与使弗至其地，至亦不暇求其物产而玩之矣。我国家受命自天，乃即龙冈之阳、滦水之滢以建都邑，且将百年。车驾岁一巡幸，于是四方万国，罔不奔走听命，虽曲艺之长，亦求自见于世，而咸集辇下……顾幸生于混一之时，而获见走飞草木之异品，遂写而传之。"[1]在元代文人观念里，大元朝的建立，不是边地民族对中原的占领，而是中原疆界向四外的拓展，华夷一统，真正实现了"天下车书共一家"。此前千百年乃是，中原与草原，汉与胡，长城限南北。历史留下的记忆，多是杀伐，是秋风战马，是荒漠白骨。到元代，对抗化为和谐，血腥成为历史。陈孚《秦长城》诗云：

> 驱车出长城，饮马长城窟。朔云黄浩浩，万里见秋鹘。
> 白骨渺何处？腥风卷寒沙。蒙恬剑下血，化作川上花。祖龙
> 一何愚，社稷付征杵。长城土未干，秦宫已焦土。千载不可

525

---

[1] 危素：《危学士全集》卷五《赠潘子华序》，清乾隆二十三年刻本。

问，但闻鬼夜哭。矫首武陵源，红霞满山谷。[1]

"蒙恬剑下血，化作川上花"，在陈孚看来，这是时代的幸运。

此前的北宋人使辽，南宋人使金，也写下了一定数量的使北诗。蒋祖怡、张涤云《全辽诗话·陈襄使辽诗》收陈襄诗二首《墨崖道中作》《使还咸熙馆道中作》，两诗如下：

> 阴山沙漠外，六月苦行人。冰迸金莲晓，汤回铁脚春。马饥思汉草，仆病卧胡尘。夜梦京华阻，披衣望北辰。（《墨崖道中作》）

> 土旷人稀使驿赊，山中殊不类中华。白沙有路鸳鸯泊，芳草无情蛱蝶花。毡馆夜灯眠汉节，石梁秋吹动胡笳。归来览照看颜色，斗觉霜毛两鬓加。（《使还咸熙馆道中作》）[2]

宋亡后随宋主北上上都的汪元量，一出居庸关就感觉到死亡的威胁，其《出居庸关》诗云："平生爱读书，反被读书误。今辰出长城，未知死何处。下马古战场，荆榛莽回互。群狐正纵横，野枭号古树。黑云满天飞，白日翳复吐。移时风扬沙，人马俱失路。踌躇默吞声，聊歌远游赋。"[3]同样的地域，同样的环境，到元代刘敏中笔下，完全是另一种感觉，其《初赴上都赤城至望云道中》云："晓日曈昽过赤城，风烟遥接望云亭。好山解要新诗写，瘦马能摇宿酒醒。高下野桃红漫漫，萦回沙水碧泠泠。人家剩有升平象，满地牛羊草色青。"[4]

---

[1] 陈孚：《陈刚中诗集》卷三，明抄本。
[2] 蒋祖怡、张涤云：《全辽诗话》，岳麓书社 1982 年版，第 293 页。
[3] 汪元量：《增订湖山类稿》，中华书局 1984 年版，第 81 页。
[4] 刘敏中著，邓瑞全、谢辉校点：《刘敏中集》，吉林文史出版社 2008 年版，第 258 页。

刘诗是美的，祥和的。可以说，元上都文学，是中国文学史研究待了解的领域，不了解元代的上都诗，是中国文学史研究的缺憾。杨富有教授这部书，正好为读者弥补这一缺憾。

写到这里，想到一个相关的问题。曾见若干学者研究中国边塞诗，或者专门研究元代边塞诗，把元代的上都诗归入边塞诗，还将"元代边塞诗"与"唐代边塞诗"对比，说元代诗人笔下的边塞与唐人笔下的边塞大不相同，唐代边塞诗写边塞苦寒，环境恶劣；元代边塞诗中，边塞是优美的，祥和的。看到这样的研究成果，我不知道如何评说。上都诗怎么成了"边塞诗"？这里不是"边"，是大元帝国的都城；这里也没有"塞"，而是广阔的金莲川，不管从自然地理上说，还是从军事、政治上说，这里都非"塞"。我想，生活在锡林郭勒，研究元上都文学的杨富有教授，是不会同意将他辑录的这部分作品称作"边塞诗"的。由此延伸，我可以说，身在上都的杨富有教授，研究元上都文学，有其独特优势，这不是一般地用"地利"两个字所可表达。身在上都，对此地此境，有一种感受，有一种体验，有一种认知，有一种不在此地人理解不到的东西。有此独特优势，我完全可以对杨教授进一步的研究，充满期待。

从更广阔的意义上说，元上都在中国政治史、文化史，甚至经济史、中外交通交流史上，都是一个独特的存在。1988年，元上都遗址被列为第三批全国重点文物保护单位后，特别是在20世纪末、21世纪初，国家启动元上都遗址申报世界文化遗产以来，有关的研究迅速展开并逐渐深入，取得可喜成果。但不管是历史文化的研究，还是文学的研究，因资料的分散，致使检索不易，一直深深困扰着研究者。杨富有教授这部书，正好为研究者解困。本书辑录元代上都诗，计七十二位诗人两千多首作品，是首次对上都诗作全面搜求整理，收录了几乎目前可见的全部上都诗作，数量大，涉猎广，内容丰富，展现了元代上都诗的基本内容和整体风貌。撰者还对诗歌涉及的元代典章制度、历史事件、相关地理、有关的宗教知识、事语典故，包括元代大都与上都之间的辇路、驿路所经之地的山川河流、地名驿站、历代遗迹，元上都宫殿建筑，在上都举行的朝政与宗教仪式，祭祀活动，相关的礼仪，上都宫廷与市井生活，文化与文学活动，游乐竞技，中外交往，以及其他一些特殊词语，作了简明的注释。相信读者诸君读此书，会在眼前打开一个新的境界，一个你不曾了解的中国文化史、文学史上一个独特的境界。我们因此应该感谢杨富有教授的劳动和他对元代文学研究的贡献。

2020 年 5 月 6 日

罗海燕《金华文派研究》序

　　罗海燕的第一部著作《金华文派研究》要出版了，海燕一定要我写一篇序。我既乐见此书的出版，写序当然也是乐意为之的。

　　《金华文派研究》是在他博士论文基础上修订而成的，既是他在校三年潜心读书与思考的成果，也刻下了他这一段学术之路步步前行的印记。

　　2009 年，罗海燕从河北大学考入南开，跟从我研习元代文学。他硕士论文做的是元末诗人戴良研究。戴良是元末重要诗人和文章家，同时也是宋元"金华之学"的重要传人。只是在元代中期，"金华之学"在承传中逐渐文人化，一个学派流衍而成文派。戴良是元末金华文派的重要一员，以一位诗人和文章家的面目出现在中国文学史上。在元代后期和明初，金华文派影响极大。按我的思路，博士阶段的研究尽可能与硕士阶段的研究相衔接。经过商讨，确定他的博士论文题目为《金华文派研究》。

　　显然，这是一个难度很大的题目：金华之文由"金华之学"衍变来，它本身带有浓厚的学术色彩，金华之文是学者之文，金华文人之诗，有着深厚的学术底蕴，但又远不同于宋人的"以学问为诗"。"金华之学"被认为是朱学正宗，金华之文在明初主导文坛。不管从

"学"说还是从"文"说，都是一个不易驾驭的题目。把握这其中的问题，没有前人的研究可资借鉴。所有认识，都需要从原始文献得来。在文献功夫之外，还需要有相当的学养和识力，否则，再完备的文献，也只是一些无意义的材料。

由"金华之学"到金华之文的衍变，其衍变的轨迹如何？这是必须深入考察梳理清楚的。以"北山四先生"（何基、王柏、金履祥、许谦）为代表的金华朱学，入元后色彩渐变，他们的弟子黄溍一辈，学不及文，学者色彩淡而文人色彩浓，其代表人物有柳贯、黄溍、吴莱等，号称"金华三先生"，吴莱年岁远小于黄、柳，故也有人称黄、柳为"金华两先生"，他们终结了"金华之学"，开创了金华文派，是金华文派第一代。他们的弟子沿着文人化道路继续前行，出现了一批卓越之士，著名的有宋濂、王祎、胡翰、戴良等，在元明之际号称"金华四先生"，为金华文派第二代；这一代身经元明鼎革，在政治上出现分化，戴良与宋濂等人政治取向不同，成为坚定的元遗民。但这并不影响他们之间的感情，也不妨碍他们作为一个文派的整体。及明初方孝孺被杀，金华文派衰微。这种考察，大略说来似乎不难，但要作深入细致的考察，把问题说清楚，也是非常困难的。

整体把握金华文派与当时江西诗文、吴地诗文、北方诗文的同异，以彰显金华文派的特色，也是需要深细功夫与辨析之明。与"金华之学"一样，江西草庐之学，北方鲁斋之学，在元代都流而为文，表现了共同的趋势，但具体情形又各不相同。把握其不同，才能更清晰地认识"金华之学"与金华之文。这种把握，对于一位博士研究生来说，其难度之大，可想而知。

这所有的问题，海燕都努力去把握了。应该说，也都做出了很可称道的成绩。他在掌握大量文献的基础上，深思邃索，从地域、学术、文学多视角考察了"金华之学"到金华之文的衍变过程，梳理了金华文脉，揭示了金华之文的学术渊源、生成背景、文派特色，以及主要成就、贡献与文学史地位。史的脉络清晰，论证辩说深入。进一步拓展还由金华文人的人生道路、政治抉择扩展开来，思考了在专权与独裁政治下，文学与政治的关系，分析了文人的两难选择和难以避免的人生悲剧。其研究的价值也因而得以提升。

不仅如此，他还发掘了长期被遗忘或被忽视的东西，比如他发掘了王毅及其门人一脉，完善了"金华之学"的谱系；考察了石抹宜孙等人为主导的士人圈及其在元末独特的意义，可以帮助人们认识元末东南地区文人及民众的感情取向及其变化，并可透视这种变化的原因，澄清一些历史的误解和曲解。

总之，金华文派的研究是一项开创性的研究，这一研究，不管对宋元学术史的研究还是对元明文学史的研究，都作出了贡献。具体的评价无须我多言，自有读者评说。

531

海燕从我学习三年，他的朴实与刻苦，给我留下极深的印象。他入学时基础并不是很好，但毕业时却得到了老师们一致的肯定。他在南开读书三年的进步不仅仅是学术，他的修养在三年中全面提升。我眼见他每一方面的每一进步，这些进步给我带来欣慰，从这一角度说，我是应该感谢他的。他毕业后到天津社会科学院工作，又受了多方面的历练。当然，他还年轻，不管是学术的路还是人生的路都还很长，相信他会保持所有好作风和好学风，未来的成就和进步，是可期待的。他会给我带来更多的欣慰。

2015 年 6 月

陈才生校注《存复斋文集》序

　　陈才生教授是我在安阳师院的同事，他多才而为人低调，言语不多而内蕴丰厚，文质彬彬，待人如春阳温煦。他讲授写作课，但学术上涉猎颇广。20世纪80年代初，他曾出版过研究女性作家的专著《缪斯钟情的女儿们：女作家写作的奥秘》，后来又专注于李敖研究，出版有李敖研究系列著作，如《李敖的灵与肉——李敖思想研究》《李敖这个人》等，当时颇有影响。前些天接到他的电话，说整理了元代画家、诗人朱德润的《存复斋文集》，拟出版，命我写序。这当然大出我的意料。因为在我的印象中，他的研究与古籍整理实在离得较远。他竟然涉足古籍整理，且能选取少有人关注又很有价值的《存复斋文集》，不能不说，他是有眼光的。写序的事，旧时老同事，无法拒绝，只能从命。

　　朱德润其人，今人对他似乎不大了解。元代有一批诗书画兼擅的文人，他是其中之一。应该说，他在中国画史和诗史上都可称名家。先说画，他在中国画史上有较高地位，存世画作尚有多幅。其中传世名作《松溪放艇图》[1]，就颇有可说道处。宋代苏轼的朋友驸马王诜

　　　　[1]　余辉主编：《故宫博物院藏文物珍品大系·元代绘画》，上海科技出版社2005年版，第116～117页。

画过一幅画，苏轼题诗其上："丑石半蹲山下虎，长松倒卧水中龙。试君眼力看多少，数到云峰第几重。"至元代，王画已佚，苏诗尚存，于是朱德润便将苏诗诗意画成《松溪放艇图》，将苏诗题于画右上角白处（或误认为朱德润诗）。画面右侧有怪石，犹如半蹲山下之虎；又画长松一株，宛转盘曲，如水中卧龙，这是画中主景。溪中画一小艇，缓缓行进，艇上两位老者，一人拢袖倾听，一人挥左手，遥指远方，似在说话。远处重叠之山峦，隐现于云雾迷蒙之中。清乾隆皇帝又在左上方云山之上题诗："畸人闲泛绿溪濆，相榷微言不可闻。便使下风闻一二，赫胥前事那区分。"由此可知这幅画的影响。

朱德润诗文也有较高成就，俞焯序其文集，谓"泽民绩学而为文，理到而词不凡"。其《异域说》所记佛林国事，可补中外交通史之缺。他当然算不上元代一流诗人，但其《德政碑》《无禄员》《外宅妇》《官买田》《水深围》等诗，如唐人白居易之新乐府，批评时弊，颇为流行，可称名篇。今人难以想象，元代有些官吏是没有俸禄的，为了养家，只能贪腐，这是制度使然，《无禄员》即揭露这一弊端："无禄员，仓场库务税课官。尊卑品级有常调，三年月日无俸钱。既无禄米充口食，家有妻儿徒四壁。冬来未免受饥寒，聊取于民资小力。……贪心一萌何所止？转作机关生巧抵。……更祈恤养无禄人，免教饕餮取于民。"[1]元代佛道横行，为一大害。霸占田产，娶妻生子，骄奢淫逸，《外宅妇》写的就是僧人之妻："外宅妇，十人见者九人慕。绿鬓轻盈珠翠妆，金钏红裳肌体素。"僧人有妻，且如此豪奢，原因是："僧人田多差役少，十年积蓄多财资。寺傍买地作外宅，别有旁门通巷陌。朱楼四面管弦声，黄金剩买娇姝色。"诗中转述此女父亲之语：

533

---

[1] 朱德润：《存复斋文集》卷十，明刻本。

"老子平生有三女。一女嫁与张家郎，自从嫁去减容光。产业既微差役重，官差日夕守空床。一女嫁与县小吏，小吏得钱供日费。上司前日有公差，事力单微无所恃。小女嫁僧今两秋，金珠翠玉堆满头。又有肥膻充口腹，我家破屋改作楼。"[1]这种社会现实，让人唏嘘，让人愤惋。《水深围》揭露的问题更为严重：官吏们往往借灾害民，发灾难财，民遇灾不敢申报，因为申报了，不仅得不到赈济，还要破家赔偿官府，"因此年年怕官恼，水淹水深俱不报。东南民力日渐穷，不愿为农愿为盗。人生盗贼岂愿为？天生衣食官迫之"[2]。这些都是朱德润有影响的作品。遗憾的是，这样一位有多方面成就的人，正史无传，其事迹见于周伯琦《有元儒学提举朱府君墓志铭》（《存复斋文集》附），以及《洪武苏州府志》《吴中人物志》《昆山人物志》等。今人陈高华《元代画家史料》对其生平资料有详尽辑录。其文集，清人编《四库全书》，馆臣以为其诗"肤浅少深致"不收，入存目。这样一部比较重要的元人文集，流传不广，不能不说是一种遗憾。

朱德润集初编成于元至正九年（1349）秋闰七月，有合沙俞焯序和金华黄溍序，名《存复斋集》，虞集有《存复斋集题辞》。明陆容《菽园杂记》卷十五载："予观政工部时，叶文庄公为礼部侍郎，尝欲取吾昆元末国初以来诸公文集，择其可传者，或诗或文，人不出十篇，名曰《昆山片玉》以传。命予采集之。"其所采有"朱德润泽民《存复斋稿》"[3]。书名《存复斋稿》，与明王鏊《姑苏志》卷五一、董斯张《吴兴备志》卷七所载同，是为元本名。今传十卷附录一卷本，乃明成化十一年（1475）其重孙朱夏重编，东吴项璁刊，题《存复

[1] 朱德润：《存复斋文集》卷十，明刻本。
[2] 朱德润：《存复斋文集》卷十，明刻本。
[3] 陆容撰，佚之点校：《菽园杂记》卷十五，中华书局1985年版，第183页。

斋文集》，民国间以常熟铁琴铜剑楼所藏影印入《四部丛刊续编》。又民国间上海商务印书馆印孙毓修等辑《涵芬楼秘笈丛书》，第五集据旧抄本影印《存复斋文集》十卷（附录一卷），后有孙毓修民国七年（1918）跋，谓此本旧为陆氏乐山书堂写本。陈才生教授本次整理，选取《四部丛刊续编》影印明成化本为底本，选择得当。校勘、注疏，都投入很大精力。相信此集的整理出版，对朱德润研究，对元代绘画史与文学史的研究，都将提供很大便利。陈才生教授对于元代文学艺术史研究，与有功焉。我作为长期从事元代文学与文化研究的人，对陈才生教授表示敬意与谢意。

2017 年盛夏

附 录 |

查洪德： 元代文学的价值需要重新认识

《中华读书报》王洪波

为查洪德教授《元代文学通论》一书所吸引多少是一个"意外"。作为书评编辑，要"对付"大量新书，一本书总是先读前言后记目录，但大多数书的阅读却也仅止于此，此乃不得不如此的常态。读《元代文学通论》，也是照此行事： 先读后记和附录，即颇受震动；再读绪论，兴趣则更加浓厚；本来元代文学完全在自己阅读范围之外，竟欲罢不能，百万言的三册，月余时间内，断断续续，居然读完了！

王国维在《宋元戏曲史》中说："楚之骚、汉之赋、六代之骈语、唐之诗、宋之词、元之曲，皆所谓一代之文学，而后世莫能继焉者也。"此说影响极大。就一般读者而言，对元代文学的了解也仅限于杂剧和散曲。《西厢记》《窦娥冤》等几部杂剧，《天净沙·秋思》《山坡羊·潼关怀古》等若干散曲，就构成了我对元代文学的全部认知。而《元代文学通论》主要以元代文献为依据，全面考察有元一代文学的各个方面，涵盖元代诗歌、文章、散曲、杂剧等体裁，对元代文坛随时间而衍变、因地域而散布的样貌，对元代文坛诸多特征、风气和流派等，都作了细致深入的分析梳理，元代文学独具的特色和独有的价值亦由此显现。读此书，深感元代文学绝非自己以前想象的那么贫乏，也深感我们从一般文学史教科书上读到的论断没那么值得信赖。

查洪德先生现为南开大学杰出教授，中国元代文学学会副会长，可谓名校名教授。不过，翻看他的履历，却不难看到他问学之路的不易。他是 1977 年恢复高考之后的第一届大学生，就读于安阳师范专科学校（安阳师范学院前身），毕业后留校，先是从事教学行政工作，后调到学校学报编辑部，曾任安阳师范学院中文系主任（文学院院长）。这中间，他刻苦深造，取得博士学位。20 世纪 90 年代初，跟从元代文学研究大家、北京师范大学教授李修生先生访学，参与《全元文》项目，开始大规模阅读元代文献，一步步在元代文学研究领域登堂入室，成果累累。"我只是老老实实读了些元代文献（还有不少没读），把自己的想法写了出来。做学问也许不需要特别大的本事，但需要老实"，"阅读了元代文学的原始文献，回观以往对元代文学的评价，就感觉不够客观。但如何客观评价，却不是一件容易的事，甚至说是很艰难的事。这就需要奠定求真的决心，拿出求真的勇气，下足求真的功夫，追求文学史的真实"。"老实""决心""勇气""功夫"……这些词，刻画出一个真正学者的态度和追求，令人感动。

学术研究的宗旨在求"真"

中华读书报：拜读三卷本《元代文学通论》，深为大著对一系列元代文学史成说的颠覆而震撼。中国社会科学院文学研究所陶文鹏研究员认为大著"许多章节论题和观点发人所未发，具有重大学术价值"（《光明日报》2020 年 5 月 2 日），四川外国语大学中文系张红波博士认为"《通论》中众多结论与目前通行观点大不相同，甚至有截然相反之处，势必会对今后的元代文学教学与研究产生重大影响"（《中华读书报 2020 年 6 月 10 日》）——专家的话印证了我作为外行读者阅读大著的感受。不过，在谈大著之前，能否请您介绍下您的治学经历，您是怎么走上研治元代文学的道路的？

查洪德：非常感谢《中华读书报》对《元代文学通论》的持续关注。《元代文学通论》出版后受到媒体和学术界如此关注，我是没有想到的。书去年 12 月出版，今年 1 月就上了《光明日报》"光明书榜"，3 月又上《中华读书报》月度好书榜，此外《团结报》《深圳晚报》也推荐了这部书。世界读书日的前一天，《名作欣赏》公众号还以"读书日专题"推送了书的后记。陶文鹏先生写了书评，以陶先生的资望、地位、影响力评我的书，我感到惶恐。贵报发了张红波先生的文章，我不认识张先生，谢谢他给《通论》如此高的评价。我看到文章的题目（《为元代文学正名》）时，感到有些意外。

近来微信群里有不少对《元代文学通论》的评论。和您一样，大家关注书中一些不同于以往的说法，肯定这些说法，说是重要的学术贡献。我想在这里作些说明，顺便回答我"怎么走上研治元代文学的道路的"。重新认识和评价元代文学，还要从 20 世纪末说起。20 世纪 90 年代，是元代文学研究的转折期。1991 年，邓绍基先生主编《元代文学史》出版，那是重评元代文学的开始。同时，李修生先生主编《全元文》项目上马，吸引了一大批年轻人参与编纂。这些人中的一部分，至今仍坚持元代文学与文献的研究，我是其中的一个。在这群人中，对于元代文学的不少问题，都形成了与以往流行观点不同的看法。从事学术研究多年，我从未刻意求新。我追寻的，只是客观，或者称为"真"吧。求真就必须实。我只是老老实实读了些元代文献（还有不少没读），把自己的想法写了出来。做学问也许不需要特别大的本事，但需要老实。元人刘秉忠有一首论诗诗，我借来谈学术："诗如杂剧要铺陈，远自生疏近自新。本欲出场无好绝，等闲章句笑翻人。"（《近诗》）在我看来，《元代文学通论》只是寻常话语、"等闲章句"。"等闲章句"却能"笑翻人"，那是意外效果。也许一些读书所得，积思所悟，在自己是寻常话语、"等闲章句"，而别人可能感觉不寻常，非"等闲"，获得了意外效果。

我在《通论》后记中说，我们这一辈人，对于元代文学研究，做的只是"两个基本"：整理基本文献，提出基本问题。整理基本文献，有几位朋友做得多一些。提出基本问题，可能我做得多一些。我们这些人，从90年代初到现在，一直在做元代文学与文献的研究与整理工作，由此阅读了元代文学的原始文献，回观以往对元代文学的评价，就感觉不够客观。但如何客观评价，却不是一件容易的事，甚至说是很艰难的事。这就需要奠定求真的决心，拿出求真的勇气，下足求真的功夫，追求文学史的真实。其中种种艰辛，不必细说，但克服困难，步步前进，只在于坚持、坚守而已。

我就是这样走上研治元代文学的道路的，并一直走到了今天。这里更需要说的，可能是从何处入手走上研治元代文学之路的。正好在1990年，我到北京师范大学跟从李修生先生访学。此前我发表过两篇研究元代曲家郑廷玉的文章，当时我在安阳师专工作，郑廷玉是当地曲家，李修生先生给我的第一个建议是作彰德地区的戏曲研究（安阳在元代为彰德府路，在明清为彰德府）。我觉得作戏曲研究自己没有优势，且别人研究已经相当充分。我希望借参编《全元文》的契机，作当时还不受关注的元代诗文研究。那时有人倡导加强文学史薄弱环节的研究，也契合我的想法。这想法得到李先生支持。但入手后感觉困难很大，问题很多。正是这些问题和困难，引我步步前行。这期间有幸得到邓绍基先生的高度关注，几乎我每走一步，邓先生都给予肯定和鼓励，并对我寄予厚望。于是我无法停下脚步，只能艰难前行。

中华读书报：在很多像我这样的非专业读者这里，元代文学往往构成一个盲点，对其重视的程度也远不如对先秦、两汉、魏晋、唐宋等时段。请问在专业的古代文学研究中，元代文学研究的现状如何？

查洪德：您所关注的，其实是很多人普遍关注的。您想了解的，也是很多人想要了解的。您的提问包含了很重要的问题：元代文学在中国文学发展史上处于怎样的地位？进一步说，元代文学为中国文学、中国文化贡献了什么？我们为什么应该关注元代文学？以往评价元代文学的地位，大致是两句话：其一，即王国维所说"元之曲"为有元一代之文学。其二，元代是中国文学史的转折时期，表现有两点：一是俗文学取代雅文学，占据文学的主体地位；二是叙事文学较之抒情文学发达，戏曲和小说取代了诗词的主体地位。现在看来，这种认识需要修正。元代文学在中国文学史上确实具有很特别的位置，其中一个显著的标志是，元代是中国古代文学大格局形成时期。中国古代文学所有文体，在元代齐聚文坛。在这一意义上说，研究中国古代文学不高度关注元代，恐怕是不行的。

从更重要的意义上说，元代是中华民族精神共同体形成时期，而文学在其中发挥了重要作用。在元代文人观念里，大元朝的建立，是中原疆域向四外的极大拓展，"四振天声，大恢土宇，舆图之广，历古所无"，因取《易经》"乾元"之义，定国号为"大元"（图克坦公履撰《建国号诏》），"我元四极之远，载籍之所未闻，振古之所未属者，莫不涣其群而混于一。则是古之一统，皆名浮于实；而我则实协于名矣"（许有壬《大一统志序》）。由此，王化大行，无远弗届。千百年的胡汉对立终于消除，"蒙恬剑下血，化作川上花"（陈孚诗），庆幸于"华夷一统太平秋"（耶律楚材诗），真正实现了"天下车书共一家"

（张昱诗）。

（张昱诗）。

　　20世纪初至今的一百多年，元代文学研究的历程，大致可以分成四个阶段：第一阶段，20世纪初，一方面受明人"元无文""元无诗"观念的影响，另一方面又认为小说戏曲乃"无学不识者流"的"淫亵之词"，应该烧毁，结论是：元无文学。第二阶段，以元曲为元"一代之文学"，从王国维《宋元戏曲考》、吴梅《中国戏曲概论》出版，一直到20世纪末。第三阶段，加强元代文学史薄弱环节研究，发掘诗文等的价值，从20世纪90年代至今。第四阶段，近些年，以通观视野对元代文学作整体性研究，认识元代文学的一体性，进而认识元代文化的一体性，为中华文化的一体性、中华精神共同体的形成这一重大认识提供参考。《元代文学通论》是国家社科基金重点项目"元代文化精神与多民族文学整体研究"（2010年立项）成果。可算是这方面的尝试吧。

541

　　现在可以大致梳理一下元代文学研究的现状了。分体裁说，元代戏曲（杂剧与南戏）研究的历史最长，成就最高。元代戏曲在中国文学史上的经典地位，不能动摇，也不容动摇。不足的是，20世纪90年代以前，戏曲的文学阐释，以阶级性、人民性为评价标准，对作品作反封建、反传统、反民族压迫的解读，这是偏差。90年代以后戏曲研究逐渐趋冷，但也出版了几部重要的著作。元代散曲研究，90年代以后取得了较大的成就，是元代各体文学中研究比较成熟的部分。元词研究，与散曲一样，90年代后曾取得重要成果，但多在二十年前，近些年进展不大。元代诗文与诗文理论批评研究，90年代以后逐步兴起，但形成气候，是近十来年的事，目前发展态势很好，形成了一个年轻而有朝气的研究队伍，有一批受关注的年轻学者，在古代文学研究界为数极少的青年长江学者中，元代文学研究界占两位。这些年，新视角、新思路的课题和成果不断涌现，国家社科基金项目立项数量在整个中国古代文学类项目中占了相当比重。但就目前所处的研究阶段看，文献整理方面，基本文献整理取得了相当大的成就，而深度整理与作品的精细解读还远不够。史与论的探讨方面，基本问题逐步提出，深入地探讨有待推进。其他文体的研究，如话本、文言小说等，进展不大。另外，随着笔记研究进入研究者视野，元代笔记也开始引起注意。至于打通文体、地域、民族，对元代文学作整体把握，则是近些年的事。

总而言之，不管是文献的整理，还是史论的探讨，元代文学研究都依然任重道远。与中国古代文学其他时段的研究情况相比，还有很大差距。这几年，李修生先生多次说，元代文学研究刚刚开始。从一定意义上说，这是一个客观的判断。

元代为何长期未开科举

中华读书报：研究元代文学，不能不关注元代读书人的社会地位问题。有一个"九儒十丐"的说法流传特广（据说尽人皆知的"臭老九"一词，或即源于此）。很多元史学者已指出，此一说法不能当作信史看待。这一说法最重要的文献依据是南宋遗民谢枋得的一段话，但谢枋得不过是引用"滑稽之雄，以儒为戏者"的话，当不得真。您在书中说，谢枋得文章是在"批判宋代科举制度造成了科举程文无用之士"，谢在宋亡入元后第九年即称"文运大明，今其时也"，"他为人们可以抛弃'场屋无用之文'而作'经天纬地'有用之文而欢欣鼓舞"。这里的解读会不会有点矫枉过正？毕竟，谢枋得是誓不降元并绝食而亡的文天祥一般的人物啊，他对元朝停办科举未必会欢欣鼓舞吧？

查洪德：你提出的既是很好的问题，也是很重要的问题。这是两個问题，其一，谢枋得对新朝的态度；其二，谢枋得对科举的态度。

先说谢枋得对科举的态度。这要多说几句。在宋元之际、金元之际，都形成了科举误国的舆论，谢枋得就曾说："以学术误天下者，皆科举程文之士。"（《程汉翁诗序》）和他同时的刘壎，对这一说法表示极度赞同，说："科举程文之士，误我国家，传笑万世。此则诚为至论。"（《隐居通议》卷十六）这是当时很多人对科举的态度。他们认为，科举之弊之害，是多方面的。科举造成无法挽救的诗文之弊，进而败坏世道人心。由宋入元的黄庚就说："唐以诗为科目，诗莫盛于唐，而诗之弊至唐而极；宋以文为科目，文莫盛于宋，而文之弊至宋而极。甚矣诗与文之极其弊而难于其起弊也。"进一步指出："国以诗文立科目，非世道之幸；士以诗文应科目，又岂人心之幸？宜古道之滋不可挽也。"可以看出，时人对科举，已经到了痛恨的地步。在他们看来，停科举，是诗文的大解放："自科目不行，始得脱屣场屋，放浪湖海。凡平生豪放之气，尽发而为诗文。"（《月屋漫稿序》）与黄庚同时的戴表元，也力言科举造成诗弊，说在宋时："诸贤高谈性命，其次不过驰骛于竿牍俳谐、场屋破碎之文，以随时悦俗，无有肯以诗为事者。"（《方使君诗序》）用"俳谐场屋破碎之文"称呼科举程文，可见他们的憎恶程度。要知道，谢枋得、戴表元这些人，是中过进士的。他们的批判，决不是科场失意者的个人痛疾之语。

在北方，由金入元的文人，反科举的声音同样强烈。与宋人的意见大致近似，人们批评"时文之弊"，"言诸生不穷经史，唯事末学，以致志行浮薄"（《金史·选举志》）。元好问说："初，泰和、大安间，入仕者惟举选为贵科。荣路所在，人争走之。程文之外，翰墨杂体，悉指为无用之技。"（《故河南路征收课税所长官兼廉访使杨公神道之碑并序》）视有用之技为无用，必是无用之人。

元初北方的儒士，有义理之士、经济之士、词章之士。三种人对待科举的态度不同。前两种人都坚决反对科举，词章之士要求开科，他们说是"俗儒守亡国余习"（姚燧《董文忠神道碑》）。反科举的意见，占有压倒性优势。以往说，蒙古人反对开科举，这种说法缺乏文献依据。当时多数汉族文人坚决反对开科。

再说谢枋得对新朝的态度。以往把谢枋得不仕元解释为坚持民族气节，是对元政权的敌视。真是如此吗？这个问题很容易说明。"九儒十丐"说出自谢枋得的《送方伯载归三山序》，这篇文章本身就可说明问题。方伯载是一位年轻人，他要回乡，大约由于人生不如意，有才而不为世用。谢枋得写了这篇文章为他送行。文章说，现在儒者（科举程文之士）之所以贱，是因为无用。你方伯载"有远志，强记而善问，落笔皆英气，薄科举程文不为"，会有机会为当世所重的，你应该有这样的信心："天下岂终无好文章乎！古之所谓经天纬地曰文者，必非场屋无用之文也。子既薄场屋之文而不为，文而经天纬地，必有所传矣。""子能为董公、为子房、为四皓，帝必不敢以儒之腐者、竖者待子矣。安知以文章名天下者，不在子乎！安知使儒道可尊可贵者，不自子始乎！"你应该抱着积极的态度，为当今社会所用，以有用之才，改变儒者被轻视的状况。谢枋得本人不仕元，因为他是前朝官员，古人重出处大节，他坚守的，是义不仕二朝。对年轻人，他鼓励为时所用，鼓励积极有为。这就是谢枋得对当时政治的态度，当然也是对新政权（"帝"，只能指忽必烈）的态度。原始文献如此，不需要解读。

中华读书报：另一值得注意之点是元代文化政策，就是统治者不重视文化建设，也不干预文学创作，大著写道"元代是自秦汉以来唯一没有文字狱的朝代。""骂官员，贬胡人，甚至揭皇帝之短的内容，在元代诗文皆可见。可写所欲写，能言所欲言，在中国古代，是特别可珍视的。"这确实是很难想象的。

查洪德：元代是中国古代自秦汉以后唯一没有文字狱的朝代，是学界共识。元代文人地位不高，这是事实。但文人历来重心理感受。元代文人不用担心因言招祸，他们活得坦然，是难得的。我们应该关注的，是这些社会现象如何影响文人心灵，进而对文学产生重要影响。

先比较元末和明初两个典型事例。元顺帝幼时，元文宗曾下诏说他不是明宗的儿子，诏书是虞集起草的。等顺帝即位，就有人想借这事整虞集。如果在其他朝代，其祸绝不仅仅是杀头，但元顺帝却说："此我家事，岂由彼书生耶？"虞集也就没事了。元明之际诗僧释来复（见心），在元末活得很潇洒。入明，他并未意识到不能继续潇洒了。有次朱元璋请他吃饭，他写诗谢恩，后四句是："金盘苏合来殊域，玉碗醍醐出上方。稠叠滥承天上赐，自惭无德诵陶唐。"朱元璋大怒，说："汝诗用'殊'字，是谓我为'歹朱'耶？又言'无德诵陶唐'，是谓朕无德，虽则欲陶唐诵我而不能耶？何物奸僧，辄敢大胆如此！"（郎瑛《七修类稿》卷四十七《明天渊》）这里有些演义成分，但基本是事实。这些事件，对文人心理的影响，无疑是巨大的。在元，可放言无忌；入明，则噤若寒蝉。由此，我们不难对两个时期的文坛状况作出基本判断，进而对两个时期的文学价值作出推断。

明代朱权《太和正音谱》说元人散曲有所谓"不讳体"，也叫"盛元体"，其体"快然有雍熙之治，字句皆无忌惮"。这是说散曲，杂剧当然也是"字句皆无忌惮"。这些论断，可以从元代文学文献中得到印证，并非夸大其词。

《窦娥冤》"反映阶级压迫"？《西厢记》"反封建"？

中华读书报：美国汉学家奚如谷撰写的《剑桥中国文学史》元代部分指出元代文学有三个主要特点，第一个即为白话文学的成熟。我们读元代文学，都会注意到其中通俗文言体、口语体文字颇不少，另外《三国志平话》《武王伐纣书》等半白半文的历史小说在文学史上也很重要，大著似没有予以特别关注。

查洪德：确实未能关注。张红波先生的文章（《中华读书报》2020 年 6 月 10 日《为元代文学正名》）已经指出了。除了您和张先生提到的，拙著未能论述的还有元代的白话碑，蒙古族文学经典《蒙古秘史》，数量众多的元代笔记（特别是其中的域外游记更是元代文学具有独特价值的部分）。这些内容之所以没有关注，是因为我自己没有作具体深入的研究，没有发言权。在此前提下，作些情况介绍和说明。

首先想说明的是，20 世纪元代文学研究界有一个比较流行的说法，认为在元代，白话的俗文学已经占据了文坛中心的位置，传统的诗文则处于文坛的边缘。这种观点至今还有影响。这不符合元代文学史的实际。元代文学是雅俗并存，互相之间也没有 20 世纪研究者描述的那种矛盾。《元代文学通论》第十二章《文坛特征论之二：雅俗分流》对此有说明。这一章内容先期以《元代文坛的雅俗分流》为题发表在《西南民族大学学报》2009 年第 12 期，《新华文摘》2010 年第 8 期转载。在元代，白话俗文学还不能与诗文抗衡。元代一些诗文词曲兼擅的作家，比如贯云石，我们现在说他是曲家，其实在当时，他首先是文章家，其次是诗人，没有人说他是曲家。

其次，有些问题我有过关注，或者正在做，而没有纳入这部书中。这有两部分。其一是元代笔记，我正在主持"全辽金元笔记"项目，这是一个很大的工程，有一个团队在做，明年出版第一辑。我们对元代笔记作文献普查，得到的结果是，现存元代笔记近二百七十种，近九百卷，这是超出人们想象的，其文献价值也很高。其二是与草原有关的文学活动与文学作品。近些年来，内蒙古的学者展开草原文化与草原文学的研究，成立了"草原文学理论研究基地"，设在内蒙古民族大学。2016 年基地成立，举办了草原文学论坛，我有幸受邀参加。在会上我有一个发言，对草原文学的概念和特征提出了自己的看法。我的一些基本看法，逐渐为内蒙古的同仁们认同。我觉得，作元代文学的研究，应该关注草原，关注草原的文化与文学，以及它给中国文学带来了什么。元代文学的有些问题，可以从这一视角审视。我指导的博士研究生，有人专门从事这方面的研究。

再次要说明，《元代文学通论》是以通观视野对元代文学作整体性审视。元代文学构成复杂，地有南北，人有华夷，体分雅俗，由此形成了元代文学的诸多板块。所谓通观视野下的元代文学研究，就是将元代文学中这各具特色、各自发展的多个板块，纳入元代文化精神这一总的视域作整体观照，不再区分文体、地域及作家的民族身份。从这一角度说，《元代文学通论》不一定具体讨论所有文体。书中对元代文学的总体认识，是建立在所有文体基础之上的。

中华读书报：对于元杂剧，今人评价很高，尤其对其主题思想赞誉有加。例如，顾学颉选注《元人杂剧选》（人民文学出版社 1998 年版）选入十六种杂剧，将其分为五类，第一类为"反映阶级压迫和种族压迫的悲剧"，如《窦娥冤》《陈州粜米》等；第二类为"正面描写反抗封建统治的农民英雄人物的喜剧"，如《李逵负荆》等。您的看法与此不大相同，大著指出："在 20 世纪，严重影响元杂剧研究的，是阶级性、人民性评价标准。""在元杂剧的研究中，先验地以反传统意识解读元杂剧，以反映阶级矛盾和民族矛盾为标准评价元杂剧，导致对杂剧作家作品的曲解。"您指出元杂剧绝非反封建、反道德，而是"厌乱思治"（第三章），体现出"淑世精神与社会重建意识"（第二十三章）。但是，像《窦娥冤》这样的作品不是可以解读为一种代表底层人民的反抗精神吗？《西厢记》不可以解读出赞美恋爱自由的反封建思想吗？

查洪德：这里提出的确实是重新认识元代文学，特别是元杂剧主题的关键问题。

先说《窦娥冤》。《窦娥冤》是不是"反映阶级压迫""代表底层人民的反抗精神"，只能从作品本身看。

首先要问，在《窦娥冤》里，谁属社会"底层"？窦娥是吗？不是。窦娥一方的窦天章、蔡婆婆是吗？更不是。窦天章读书读到可以"上朝取应"，可以被看作社会"底层"吗？他当时因"时运不济，功名未遂"，一时陷入困境。他出场时，就是一个潜在的上层社会人物。果然再来时，已是参知政事，朝中二品大员。"家中颇有些钱财"的蔡婆婆是一个高利贷者，食利阶层，用阶级划分法，她属剥削阶级。窦娥不管是附属于窦天章，还是附属于蔡婆婆，都不在社会"底层"。出事之前，窦娥的苦，是心灵的煎熬。至于物质生活，她自我描述其生活环境是"锦烂熳花枝横绣闼""剔团圞月色挂妆楼"，生活是很优裕的。事件发生时，她和蔡婆婆已经成为一个家庭经济共同体，她怎么能"代表底层人民"？真正属于"底层"的，反倒是加害她们的张驴儿父子。

其次，我们看窦娥案是如何形成的。蔡婆婆虽然"家中颇有些钱财"，但没有自我保护能力。加害她的是什么人呢？第一个是赛卢医，是个生意萧条的穷医生，因穷极铤而走险，要杀害蔡婆婆。这是整个案件的起因。由此引来了张驴儿父子，这父子（两个光棍）属流氓无产者，地痞无赖，真正是除了体力一无所有的社会"底层"。尽管他们经济上赤贫，但可以对蔡婆婆施加身体暴力。对此，蔡婆婆和窦娥，都无力对抗。因他们的讹诈和逼婚，才有了后边一系列事件，包括关键情节"毒死公公"。在张驴儿父子的逼迫下，蔡婆婆一开始就屈服了。窦娥之所以不从，第一是道德观念的支撑，当然她也不会看上张驴儿；第二是相信有官府为她做主。官府的作为，决定了事件发展的方向。不幸的是，她遇上了昏官。这楚州太守桃杌昏庸而又颟顸。桃杌，是"梼杌"谐音。上古的梼杌是一个"不可教训，不知话言，告之则顽，舍之则嚚，傲很明德，以乱天常"（《左传》语）的家伙，是一个顽冥不化、搞乱天下的人。这很有象征意义。桃杌断案，没有支持有钱的蔡家，却听信地痞无赖的诬陷之词，武断地判窦娥死刑。这样看就很清楚了：窦娥案的发生，是因为社会混乱。私放高利贷和地痞横行，都是社会混乱的标志。社会混乱的原因，当然在官府，官府不能有效治理社会。平时没有正常行使管理社会的职责，关键时候又胡乱断案，窦娥悲剧由此形成。窦娥明确揭示了问题的关键："这都是官吏每无心正法，使百姓有口难言。"窦娥心目中的保护者，却成了最终的加害者。窦娥案平反的契机，是窦天章的归来。他是窦娥的父亲，这点其实并不重要，那只是方便窦娥鬼魂的诉冤。关键是，他已由原来的潜在上流社会成员，变成现实的权力行使者，关键是他有"势剑金牌"，能"威权万里"，这些是皇帝赋予的权力。窦娥案的平反，标志着官府职能的恢复（尽管只是剧作家的愿望），而非"底层人民反抗"的胜利。去除一切预设的观念，客观看《窦娥冤》故事，它与"反阶级压迫""底层人民的反抗精神"，都没有关系。现在再读《窦娥冤》的经典唱段【滚绣球】："有日月朝暮悬，有鬼神掌着生死权。天

549

地也，只合把清浊分辨，可怎生糊突了盗跖、颜渊。……地也，你不分好歹何为地？天也，你错勘贤愚枉做天！"感觉与原来应该不同。

再看《西厢记》的"反封建"问题。可以这样说，用"赞美恋爱自由的反封建思想"解读《西厢记》，是把现代人的价值观加给了古人。什么是"反封建"？所谓"反封建"，或者反"封建"的制度，或者反"封建"的观念。元代的杂剧作家，这两点显然都不可能。

以往的研究认为《西厢记》提出了"愿普天下有情的都成了眷属"的美好理想，具有强烈的反封建礼教的意识。如果说愿"有情的都成了眷属"就是反封建，那就应该证明，这一愿望是与封建观念对立，不能为封建观念所容的。也就是说，以感情为基础的婚姻，与符合礼法的婚姻，两者必然对立。以感情为基础的婚姻，必然不合礼法；合礼法的婚姻，一定缺乏感情基础。作家作品必须在这两者之间作出选择，不能既维护礼法，又提倡情感。事实是这样的吗？唐代的李德裕，是一位"封建"士大夫，但他有《鸳鸯篇》诗，说"君不见昔时同心人，化作鸳鸯鸟。和鸣一夕不暂离，交颈千年尚为少"。诗的最后两句说："愿作鸳鸯被，长覆有情人。"在观念上，这比"愿普天下有情的都成了眷属"如何？能就此证明李德裕"反封建"吗？元好问有《摸鱼儿》(问莲根有丝多少)词，词序说："泰和中，大名民家小儿女，有以私情不如意赴水者，官为踪迹之，无见也。其后踏藕者得二尸水中，衣服仍可验，其事乃白。是岁，此陂荷花开无不并蒂者。"他在词中严厉质问："天已许。甚不教、白头生死鸳鸯浦？"为什么要拆散他们，导致如此人间悲剧！"天"已许而"人"不许，在元好问看来，"小儿女"的私自结合，不仅是正当的，而且是神圣的。在"天"和"人"之间，无疑"天"更具有神圣性。如果"愿普天下有情的都成了眷属"是反封建，元好问就更"反封建"，元好问应该是远超王实甫的"反封建斗士"。但如果看元好问大量的诗文，他却是地地道道的"封建卫道士"。《西厢记》就是把一个始乱终弃的故事，改成了一个读书人科场得意、婚姻美满、花好月圆、皆大欢喜的故事。对社会的批判是有的，但不是"反封建"。崔莺莺的越礼行为，直接表达的，是对老妇人无"信"的不满。"信"是绝不低于"父母之命，媒妁之言"的"封建"道德标准。在元代，男女之间礼防不严，甚至无礼防，是普遍的社会现实。元代社会的当务之急，不是要破除"封建"道德的束缚，而是重建社会基本道德，不存在作家"反封建"的现实社会基础。

元代诗坛不缺名家和名篇

中华读书报：我们知道，唐诗、宋诗乃至清诗的成就都广受认可。存世唐诗大约为五万三千首（陈尚君先生的估计），而《全元诗》收诗为十四万首；但唐诗我们可以随口背诵几十首，诗人的名字也可说出一大串，而大多数人对元诗却几乎没有什么概念。难道元诗成就如此惨淡吗？仅从大著的引用来看，像杨维桢、虞集、萨都剌的诗都给予我很深印象。当然，决定作品命运的不在其本身水准，而在于阅读和接受，您在书中引用了季广茂先生的话，"经典化之途有时异常漫长"，那么，在未来，会不会有的元代诗人能够脱颖而出，走上"经典化之途"，其作品广为传颂呢？

我们知道好的选本有助于优秀作品的流传，不知您有没有编一本"元诗选"的计划？另外，在《元代文学通论》取得相当成功的背景下，您是否有趁热打铁撰写一部新的"元代文学史"的想法，以在更广范围内传播元代文学研究的新成果呢？

查洪德：如何让更多人了解元诗的成就，这是我近几年一直在想的事。您这里给我提出了两个方面的期待，一个是向广大读者推广包括元诗在内的元代文学精品，推进这些作品的经典化，一个是写出一本新的元代文学史。

向广大读者推荐文学精品，是学者的责任。您刚才的话，邓绍基先生很早就说过。邓先生常常感叹，说现在的年轻人，说起唐宋诗人，都很熟。说起明代诗人，也能举出前后"七子"，等等。问起元代诗人，连名字也说不出。邓先生感慨的状况，至今也没有根本改变。客观地说，元诗的成就，确实没法与唐诗比。十四万首元诗的价值，不会高于五万首唐诗，这无需论证。但元代有没有很好的诗？有。这里举一个唐诗误收的例子。在唐诗名篇中有一首署名戴叔伦的《画蝉》："饮露身何洁，吟风韵更长。斜阳千万树，无处避螳螂。"好吗？很好，但它实实在在是元末诗人丁鹤年的作品。元人的诗被当作唐诗名篇，说明元诗确实有精品。以诗人论，像李、杜、苏、黄那样的大家，元代一个也没有。但像您说的杨维桢、虞集、萨都剌等，在中国诗史上都可称名家。由于长期以来对元代文学的偏见，他们的光辉被掩盖了。以诗作论，元诗可称名篇的应该相当多，我们有责任让广大读者欣赏、感受这些作品的美。我这些年经常在各种场合、面对各种听众讲古代诗歌，讲诗的品鉴欣赏。我研究元诗，但给人讲诗，举的例子，却大多是唐诗，一部分是宋诗，很少有元诗，我也因此常常反思自责。元诗的普及，是比研究更艰难的工程。三十年前，邓绍基先生已经做了，他选编过《元诗三百首》（百花文艺出版社1991年出版），《元诗精华二百首》（与史铁良合作，陕西人民出版社1998年出版），我们应该努力接着做下去。从学术层面上说，这里还有不少问题，没有必要在这里讨论了。我要说的有两点：第一，近些年出版的古代诗歌选本太多，但能成为经典传之久远的，恐怕很少。"乱花渐欲迷人眼"，增加了工作的难度。要做出为读者喜闻乐见、能推进作品经典化的选本，需要以对古人负责、对读者负责、对学术史负责，也对自己负责的精神，毫无功利目的，尽心尽力投入，精选精注，精雕细刻，做出精品。这对编选者是极大的挑战。第二，我目前已经接受商务印书馆的约请，在做《元好问诗词选》。在阅读了已有的众多选本后，内心感慨较多，感触较深。这话待后交流。至于会不会作《元诗选》，逻辑上说应该有可能。

会不会写一部新的《元代文学史》？邓绍基先生主编的《元代文学史》，尽管出版已近三十年，在我看来，依然是元代文学研究者的必读书。当然，总结近三十年来元代文学研究的新成果，写出新的《元代文学史》，是必要的。陶文鹏先生评《元代文学通论》的文章，结尾处明确提出："我期望他在总结元代文学创作经验和文学史发展规律这两方面，更下大功夫钻研，锐意进取，精益求精，写出一部全面、真实、更有理论性与审美性的元代文学史。"他特别强调"审美性"，这是他一贯的主张，也是对我的要求，这就需要对作品的细读深悟。人民文学出版社副总编周绚隆先生也曾希望我写一部《元代诗史》。感谢师友对我的信任和期待，所有这些我都谨记于心，作为对我的鞭策。我个人感觉，一个人能够做的事实在很少，我本人更是如此。我在《元代文学通论》的后记中说："把元代文学研究做好，有待来哲。"我坚信，年轻的学者，一定会比我做得更好。

（本文为《中华读书报》著名记者王洪波对本人的专访，发表于《中华读书报》2020年7月16日）